陌生救赎

刘俊杰　武迪　著

中国文史出版社

图书在版编目（CIP）数据

陌生救赎 / 刘俊杰，武迪著. —北京：中国文史
出版社，2020.1
ISBN 978-7-5205-1975-5

Ⅰ.①陌… Ⅱ.①刘… ②武… Ⅲ.①长篇小说—中
国—当代 Ⅳ.①I247.5

中国版本图书馆CIP数据核字（2020）第024096号

责任编辑：张春霞

出版发行： 中国文史出版社

社　　址： 北京市海淀区西八里庄69号院　邮编：100142

电　　话： 010-81136606　81136602　81136603（发行部）

传　　真： 010-81136655

印　　装： 廊坊市海涛印刷有限公司

经　　销： 全国新华书店

开　　本： 787mm×1092mm　1/16

印　　张： 23.75

字　　数： 426千字

版　　次： 2020年5月北京第1版

印　　次： 2020年5月北京第1次印刷

定　　价： 58.00元

目　录

俯仰天地看人生

（代序）

人生，何以无愧人生？何以无愧脚下生存的热土？每个人文化层次不同，价值观各异，回答也不同。但殊途同归，人的一生总要结束。重要的要看他的一生做了什么？

人类自从有了阶级，就有了国家机器，古往今来，监狱就是国家机器的重要组成部分，是维护社会稳定的专政机关。社会主义初级阶段的监狱，肩负着惩罚与挽救各类犯罪分子的神圣使命。广大监狱干警，以对党的绝对忠诚、对人民高度负责的精神，庄严地履行着自己崇高的责任，奉献着自己宝贵的青春。

长篇小说《陌生救赎》，以华北冀东某地为切入面，在一场打黑除恶斗争之后，危害一方的黑恶势力首犯马旭东、杜青云一伙被绳之以法。但斩草没有除根，判决之后，数十名罪犯被押往监狱服刑。路上，暂时漏网的黑恶头目马旭龙驾车追踪，欲趁机劫持全副武装的押运囚车，救出其胞弟马旭东。光天化日之下，囚车被黑恶势力追踪挟持，暴力劫持罪犯的场面即将发生。警车上，老狱长潘永年果断决策，与黑恶势力斗智斗勇，挫败暴力劫持罪犯的阴谋，将罪犯押回监狱。

狱中，广大狱警忠实地执行党的政策，对在押犯实行科学化、人性化管理，政策攻心，改造育人，最大限度地挽救误入泥潭的罪犯。与此同时，残余在社会上的黑恶团伙头目马旭龙等人，贼心不死，利用各种机会，以卑劣方法、阴谋手段，暗中向监狱渗透，一方面贿赂当地贪腐分子、身居要职的公安局副局长、副市长，寻求保护伞，扩大黑恶势力范围；另一方面用酒色、金钱拉拢腐蚀狱警，策划越狱阴谋。广大狱警以政策为动力，与在押服刑犯展开面对面的较量，惩治首恶，改造了大多数，使他们获得了新生，成为社会上自食其力的人，净化了社会空气。真实而艺术地再现人民狱警忠于祖国、忠于人民，不顾个人安危，全力推动社会和谐发展的优秀品质。

本书故事情节紧张，扣人心弦，是弘扬人民警察主旋律的佳作。许许多多的人民狱警，就是我们身边的学习榜样，塑造的人物有血有肉、有棱角、有感情、有理想，各种人物形象栩栩如生。同时，该作品材料翔实，披露了许多鲜为人知的细节，从当年解密的历史档案资料中反复核实。作者曾在狱中生活多年，采访了大量的当事人，感同身受，历经十余年创作，反复修改，多方面征求意见。此外，作者还多次前往北京秦城监狱、功德林、团河监狱、劳改劳教所、女子监狱、天堂河劳改农场、清河劳改农场、兴凯湖劳改农场深入生活，采访不同岗位的狱警，多次深入不同的监区、服刑人员生活改造之地，体验狱警管理服刑犯的甘苦，由此写出不亚于《肖申克的救赎》中国版的佳作。相信读者读后，一定会击掌拍案：同样是人，人性何以如此悬殊？

毋庸讳言，高墙电网内外，中国现代监狱如何改造服刑犯？这是一个鲜为人知的话题。高高的围墙、冷酷的气氛、密如蛛网的电网、威严的环境、神秘的氛围……小说把现实中灯红酒绿下的人们拉进完全陌生、人际关系敌对、你死我活的各种矛盾当中，并以华北某监狱为背景，以全新视角展示新世纪高墙电网监狱内发生的故事。其目的是宣传法律尊严、弘扬正气、鞭挞邪恶、警示犯罪，配合全国扫黑除恶，打击黑恶势力的保护伞，开展全民普法教育活动，促进构建和谐社会的发展。

品读《陌生救赎》，时刻感受到在狱警这个特殊的岗位上，以人性化的理念、科学化的教育，在大墙世界里默默奉献，每时每刻都进行着情与法的交融、善与恶的撞击，与狼共舞的精彩人生，演绎出了许许多多可歌可泣、情感悲壮的人间故事……

人生无悔，无悔人生，感谢作者以浓墨重彩，描写新时期人民狱警文学形象，揭示他们改造服刑犯的严酷环境和少数服刑犯的狡诈、残忍、凶狠，警示后人。使青年一代、特别是广大党员干部，从心灵深处深刻地认识到社会的复杂，提示那些少数已然或正在变质的官员，悬崖勒马；惊醒广大干部要为官一任，造福一方，责任重于泰山，民心不可辱，公理大于天；时刻牢记水能载舟，也能覆舟的真理，让全国普通百姓从已看到的、前人错航的悲剧故事中，吸取沉痛的教训，及时警醒，并在法律的约束下，确定正确的人生航向。

《陌生救赎》的文学价值就在于警钟长鸣。当下，社会处于转型期，国内外各类矛盾错综复杂，为人处事做好人、行善事、奉公守法，应该成为所有人的人生信条；反之贻害无穷，悔恨不已。作者就是要把这种最真实的感受，告诉所有监狱外的朋友们。

作者刘俊杰是我的朋友，也是北京写作学会副会长。他曾在中国教育报从事新闻工作多年，又在中央广播电视大学等单位任教多年。退休后从事影视剧创作拍摄，多部获奖，余暇勤奋耕耘，出版了多部长篇小说，受到读者好评。更难能可贵的是，《陌生救赎》没有重复他自己以往的创作领域，而是在一个全新的领域，奋力拓展自己的创作视野，并以独到的视角，向读者推出歌颂真善美，鞭挞假恶丑的力作，可喜可贺！预祝刘俊杰的创作，百尺竿头，更进一步。再结硕果！

北京写作学会会长　陆地

2020 年 1 月 18 日

（备注：本书序言作者——陆地教授，系新闻传播学博士后，先后任中国青年报、北京电视台等新闻媒体记者、主任编辑，清华大学新闻与传播学院教授，中国广播电视协会学术委员，中国电视艺术家协会艺委会委员，中国教育学会广播电视学分会副会长。现为北京大学新闻与传播学院教授、博士生导师、视听传播研究中心主任。出版多部诗歌集和艺术专著。）

第一章　危情时刻

看守所押送罪犯的囚车，半路突遭黑恶势力的拦截，面对歹徒狂妄的叫嚣，人民警察为了捍卫法律的尊严，举起了枪，黑洞洞的枪口……

白茫茫的海东盐场，天水相连，一片银色的世界。

远远望去，一座座排列整齐的白色盐山，就像埃及的金字塔一样，巍峨壮观。同时，又像洁白的珍珠银光闪闪，镶嵌在北国平原的大地上，天空中不时出现的海鸥鸣叫飞舞，更向世人揭示着这里是个美丽而又神秘的地方。然而，在地平线上，也有着另一番景致，高墙电网下，持枪游动的武警哨兵，还有两扇灰色阴森的监狱大门，像一只怪兽的大嘴，警示着世人，更显示着这里是个特殊的地方。大门两边悬挂的两个白色的标牌上，分别写着漆黑的大方字：唐州市海东监狱、唐州市海东监狱培新学校。阵阵海风吹来，空气中有股淡淡的海腥味。

监狱的大门口，有一条公路，逶迤通向远处的乡村、街道、城市，把这个特殊的地方与社会的肌体联系起来。忽然，远方的公路上警笛长鸣。透过薄薄的云雾，车队由远而近，两辆蓝白相间的大巴警车，闪着红蓝色的警灯，在一辆响着刺耳警报的桑塔纳警车开道下，正在公路上急驰。稍有常识的人都知道，这是一个押解囚犯的警车队。

在飞驰的桑塔纳指挥警车内，坐着四名神情严肃、全副武装的公安干警。司机是位年轻干练的警察，副驾驶上坐着一位手持冲锋枪的武警战士，轿车后座上坐着一位五十多岁，体态较胖的警官。他就是唐州市第一看守所所长潘永年。

他鹰般锐利的目光，不时掠过车窗，警觉地观察着公路及周围的情况，见周围没有出现什么异常情况，他转向坐在身边的唐州市第一看守所管教科科长说："少平，这次我们押解这么多的犯人入监，是我当看守所所长十多年来的第一次，也是感觉押解危险最大的一次。你知道，改革开放，虽然设置了纱窗，但还是有些苍蝇、蚊子飞了进来，腐蚀了个别人健康的肌体，近几年来地方社会治安状况不好，在我们这个城市也确实存在着一定的黑恶势力，给社会造成了相当大的危害。他们这些人绑架人质、敲诈勒索、抢劫、贩毒、伤害、强奸等等，简直无恶不作。如果不是这次省委政法委组织的打黑除恶的专项行动，打掉了几个称霸一方的黑恶势力组织团伙，把这一帮坏蛋收进了法网，还不知道他们嚣张到什么时候。"

郑少平这位有着十几年狱警生涯的基层干部，似乎也有同感，他点点头，忽然像想起什么似的，提醒说："潘所长，等到了监狱，我们向监狱交人的时候，是不是把马旭东、刘大虎、杜青云等几个危险分子的情况，重点向他们说说，以便监狱根据实际情况有所准备，加强对他们几个人的看管。"

潘永年手摸脸颊，沉吟片刻，表态说："我看很有必要，这个事情由我来与高天宇监狱长谈吧。哎，少平，那个叫胡桂荣的练法轮功的犯人，最近表现得怎么样啊？"

"他受毒害太深，看样子，一时半会儿还很难解决他的思想问题。"郑少平建议说："这样吧，等会儿你见到高监狱长的时候，把胡桂荣的情况也详细地向他介绍一下，也让他心里有个数。"

潘永年若有所思地点了点头。

桑塔纳轿车继续响着刺耳的警报声向前疾驰。透过后车窗，他回望车后的大巴警车一眼，没有发现什么异常，才放心地舒了一口气。

大巴警车内，两边的座位上坐满了年龄不等、表情不同的犯人，每名犯人除了各戴一副手铐外，还与同排邻座的犯人两人合戴一副脚镣。车厢的过道上，几名腰间配枪、表情严肃的武装警察，时刻用警惕的目光监视着车内犯人们的一举一动。此时，有的犯人低头垂脸、似睡非睡；有的犯人望着窗外不断掠过的一座座雪白的盐山和一排排蓝色的水池，一脸的茫然。也许，他们正在猜测着这些盐山和水池可能与他们之间即将产生的某种联系，是勇敢面对，还是故意逃避，在潜意识里也许很多人都在做着进一步的打算……

动物学家认为：狼，是大自然动物种群中最残忍、最凶恶、最狡猾的动物，在有文字记载的历史中，几乎都是贬义或是诅咒，如狼心狗肺、狼子野心、狼狈为奸等，而在人类的进化史中，人的兽性一面确实还没有彻底进化完成，在许多地方和许多人身上，也还残留着狼性，考察这辆车上的在押犯，从他们所犯的罪行上，或多或少可以嗅出狼的气味。由于车身的轻微摇晃，犹如摇篮，有人产生了困意。

蓦地，被铐住双手、坐在车厢最后一排座位上的一个三十多岁、满脸横肉、表情凶悍、双臂纹着青龙的犯人大声叫喊："报告政府！我尿急！快憋死我啦！再不停车，我就要尿裤子啦！"他这么一喊，打破了车厢内平静的气氛，车厢内的犯人们哄堂大笑。

这时，一个尖嘴猴腮、秃顶干瘦、双臂纹着青蛇的犯人阴阳怪气地说："你他妈的尿急！我他妈的还憋着一肚子屁没放呢！你他妈憋得难受！老子还想下车把屁放干净呢！"车厢内又是一阵哄笑。

"杜老三，你别他妈的跟我装蒜，等有机会我他妈的揍扁了你！"胖子犯人受了奚落，气恼地骂道。

"马老二，别张狂！我杜老三候着你！"瘦猴挑衅地骂道。

"马旭东！杜青云！你们都给我闭嘴，放老实点！过去在社会上，你们这些人就胡作非为、横行霸道，在看守所里你们也整天捣乱，眼看着就要被关进监狱了，还这么嚣张！你们以为监狱里是那么好待的吗？在监狱里你们再敢胡乱撒野，哼！等着瞧吧！有你们受的！"一名警察大声地呵斥道。

突然，这名警察发现远处一直尾随押解车队的两辆黑色奔驰轿车加快了速度，逐渐靠近后，紧紧地咬住了押解车队。前面一辆奔驰轿车悬挂着唐 B-18888 号牌，他认出是唐州市神龙集团总裁马旭龙、车上在押犯马旭东哥哥的车牌，感觉情况有异。于是，他赶紧拿起对讲机，向坐在前面一辆警车内的所长潘永年呼叫报警："3号呼叫！3号呼叫！1号听到请回答！1号听到请回答！"

"我是1号，发生了什么事？"桑塔纳警车内的潘永年所长，听到报警呼叫，迅速拿起对讲机。

"报告，车队的后面靠近了两辆轿车。"

"知道是哪儿的车吗？"

"是神龙集团马旭龙的车！"

潘永年听后神色顿变，他大声命令道："全体注意！全体注意！进入准备战斗状态。2号车、3号车加速向前！控制住车内可能出现的突发事件。1号车殿后，掩护你们的安全。行动！"潘永年说完，放下对讲机。几乎同时与车内的人一起掏出了手枪，推上子弹。然后像是自言自语，又像是向自己的战友们下达命令。咬牙切齿地说："我潘永年不管你马旭龙有多大的道行，谁给你撑着，今天你若敢截老子的车队，我就他妈的向你开火，打碎你的脑袋！"

郑少平提醒道："潘所长，突发情况，我们是不是应该向市局谭局长报告一下，请示处置方案？"

潘永年带着一脸愤怒的表情骂道："请示啥呀？照我说的干！搞砸了，我兜着！"

再说被铐在大巴囚车内的马旭东，似乎发现了囚车后面尾随着的黑色奔驰轿车，他带着一脸紧张而兴奋的表情，不时地回头张望，眼看着后面的两辆轿车跟得越来越近，他突然佯装有病，就地一躺，捂着肚子"嗷嗷"乱叫："报告政府！快停车！我要撒尿！"见囚车内的武警没有人搭理他，他又变换戏法喊道："我肚子疼死啦！哎哟！哎哟！疼死我啦！你们行行好吧！让我下车吧！哎哟……"

被称为3号的警察看着在地上打滚的马旭东，怒斥道："马旭东！别装了！想跑？门都没有！"然后，他向3号车的司机大声命令道："快！加速前进！"

兵听将令，司机一阵疾驰，两辆押解犯人的大巴囚车，飞快超过了潘永年乘坐的桑塔纳警车。

警车指挥车内，潘永年命令司机："停车！把车横在公路上！挡住后面的车！"

司机猛打方向盘，警车一个急转弯，把车横在公路上。车还未停稳，潘永年等四人迅速跳下车，举起了手枪，枪口都对着紧跟而至的两辆奔驰轿车。

潘永年威严地喊道："停车！"

只听两声刺耳的刹车声，奔驰轿车停了下来。这时，两辆奔驰轿车的车门同时打开，从车上下来8个戴着墨镜的人。他们均身着黑色西装，有的剃着青亮的光头、有的留着硬棱的板寸、有的长发过颈，虽然发型不一，但所有人的表情却是一致的，都带着一种特别的凶相和野性。其中，一位留着四六式发型，看上去文质彬彬，但一脸霸气的人迎着枪口不慌不忙地走近潘永年，两手一摊，说："哎哟！这不是潘所长吗？大白天的，你这是要干吗呀？"

潘永年厉声道："马旭龙！站住！别往前走了！撞上我的枪口，会走火的！"

马旭龙用手捏了一下自己的鼻子，冷笑一声说："潘所长，你这是执行任务呢，还是带着弟兄们打劫呀？如果你是执行任务，那你的枪口不该对着守法的良民哪！你是想利用自己警察的身份持枪抢劫，在退休前捞点钱花吧？"

"哼……"对手的油嘴滑舌，把潘永年气得不知说什么好。

马旭龙见此招见效，又油腔滑调地调侃道："我说潘所长，缺钱的话，你说话呀！何必舞刀弄枪动粗呢？我马旭龙没别的，就是有钱！哈哈！有钱！除了钱，我还有的是女人！你有吗？不光这些，我还有身份！我是市人大代表、市政协委员！实的、虚的，我都有。你有吗？你有吗？你啥也没有！为什么呀？我告诉你，你糊涂啊！我弟弟关在你那儿，我本想和你潘大所长交个朋友，你却不给我这个面子。你也不想想，在唐州市这块地盘上，谁敢不给我马旭龙面子啊？就连你的头，你的顶头上司，也要拍着咱哥们……"

潘永年用一种轻蔑的口气，带着威严的目光逼视着马旭龙说："小子！你给我听着！我不管你是钱多、女人多，还是认识当官的多，后台有多硬，请你千万别落在我的手上！我这里可没有你的好果子吃！今天我押解79个犯人进监狱，遗憾的是差了你一个，没给我凑上个整数。不过，别着急，有机会！我相信用不了多久，在我退休之前，我会在看守所亲自为你接风的！看在咱俩是老熟人的分上，我会把最重的脚镣送给你戴的！怎么样？马旭龙！我潘永年还算够意思吧！"

马旭龙听到这里，气恼地说道："潘永年，你别嘴硬身子软，跟我说大话，你以为我马旭龙的威风是靠西北风吹出来的吗？别用你手里的那个破玩意儿来吓唬我，告诉你，我见多了。将来咱俩谁栽在谁的手里还不一定呢！咱们走着瞧！"然后，他扫了横在公路上的警车和押解弟弟逐渐远去的大巴囚车一眼，知道今天已占不到什么便宜，再强行动武，不会有什么好果子吃，弄不好连自己的小命都得搭上，他气恨地向自己手下的打手们一挥手："我们回去！"这伙人纷纷钻进轿车，掉头而去。

潘永年望着绝尘而去的马旭龙，嘴里狠狠地骂着："呸！狗杂种！看你还能猖狂几天？等你栽到我手里的时候，有你好看的。看我怎么收拾你！"说完，潘永年把枪插进腰间，冲着郑少平等人一挥手："我们走！"

其实，这伙亡命徒没有走远，转过一片树林，他们又停了下来，掉转车头，注视着逐渐远去的囚车。马旭龙一挥手，他们又纷纷上车，悄悄尾随着车队，寻找劫持囚车的时机。伴随着奔驰车的欢叫声，在飞奔的轿车内，马旭龙骄横地吸着香烟。

一旁的喽啰鬼子六身穿一身黑色裤褂，留着光头，愤愤不平："龙哥，今天咱们就这样无功而返了？"

麻老四："就是！眼看咱们就攥上东哥了，干掉那几个狱警，咱们就大功告成了，没承想……"

马旭龙："你们懂什么，小不忍，则乱大谋，要等待时机……你们懂吗？"

喽啰们摇摇头，一脸茫然。

前面隐约看见了监狱的岗楼、围墙、电网，马旭龙一脸沮丧，霍然扔掉烟头，骂了一声："他妈的，这个老东西，没有给我们留下一点机会。我们回去！"

轿车在公路上掉头返回。

一辆轿车在飞奔。车内，司机问："龙哥，我们去哪儿？回公司吗？"

马旭龙："屁话，回公司干什么？"

鬼子六："那我们……"

马旭龙："你们哥几个辛苦了，我带你们去潇洒潇洒，洗洗澡、泡泡妞，放松放松……"

麻老田、鬼子六："谢龙哥！"

轿车箭一般向前驶去。

此时，在海东监狱办公楼二层的会议室里，正在召开监狱工作会议。

在一张椭圆形会议桌的一端，坐着一位身着狱警警服、五十多岁、满头银发、和蔼可亲的老警官，他就是海东监狱的监狱长兼党委书记。他正在主持着会议："同志们，今天一大早把大家请来开会，主要议题就一个，我们研究一下上午接收唐州市第一看守所送来的入监新犯问题。听看守所潘所长讲，今天要送来的新犯很多，情况也比较复杂。这就要求我们在各个方面都要做好充分的准备工作，保证安全顺利地接收好这批入监新犯。下面就请大家谈谈具体意见。"

马监狱长话音刚落，坐在他旁边的海东监狱的聂政委说道："我先讲两句，随着我们国家法制建设的不断提高，在新的形势下，我们一线工作的监狱人民警察，要及时地提高自身素质、提高管理水平。我们既要严肃地维护法律的尊严，也要充分地保障好服刑人员的合法权益。虽然我讲的这几句话与今天会议的议题有点远，但实际上却与我们今天接收新犯的具体工作有着必然的关系。时代不同了，环境也发生了很大的变化，现在是以经济为主体的社会，社会上很多正常的和不正常的一些东西也在时刻影响着我们监狱的管理秩序和改造环境。"

聂政委咳嗽一声说："各位，不瞒你们说，今天，就在开会之前，我接到我一个老战友的电话。我的这位老战友就在我们市公安局任主要领导。他给我打电话的主要意思是，希望我来关照一下唐州市第一看守所即将送来的两名新犯，而这两名新犯还是涉黑分子，一个叫马旭东、一个叫刘大虎。现在的情况和以前不同了，新的问题出现了不少，问题也越来越复杂，这就要求我们做具体工作的同志要接受更多的锻炼和考验。我就讲这么多。下面，请高天宇同志谈谈今天接收新犯的工作想法吧。"

主管改造工作的副监狱长高天宇清清喉咙说道："早晨，唐州市第一看守所潘永年所长打来电话，他说，今天要送来79名入监新犯，预计上午10点钟左右到我狱。据潘所长介绍，这批入监新犯暴力犯居多。因为前一段时间省委政法委组织开展的打黑除恶专项行动，集中警力打掉了本地区几个有相当规模的黑恶势力组织团伙，抓捕了一大批暴力犯罪分子。其中有些涉黑分子的社会背景相当复杂。这种情况必然会给我们的监管改造工作带来一定的压力和困难。这是新的形势下出现的新的问题，但是我们必须敢于迎接挑战。唐州市一看即将送来的79名新犯，加上唐州市其他各县区看守所前几天送来的入监新犯，今年第六批入监新犯已达300多人，这也是今年以来入监人数最多的一批。情况复杂，压力确实不小，困难也存在。但我们没有退路，只能前进，迎难而上。今天的会议，教育科科长梁启明同志、狱政科科长贾洪强同志、狱侦科科长郑浩南同志、入监大队队长梁永康同志、中心医院院长董云良同志等这些做具体工作的同志都在，大家好好考虑一下监狱领导的指示意见。上午接收完唐州市一看送来的新犯后，下午，我们几个人坐在一起，根据监狱领导的指示精神，以及掌握的新犯实际情况，研究制定一套完善的工作方案。明天上午报监狱领导审批。刚才马监狱长、聂政委都讲了一些重要意见，对我们的启发很大。现在请陈书记讲几句吧。”

坐在马监狱长旁边的另一位戴着一副近视眼镜的老警察、监狱纪委书记陈明德用右手推了推镜框，开始讲话：“刚才玉清同志和清华同志讲了一些意见，天宇同志也介绍了一些情况，都很重要。根据新的形势，调整工作思路，改进工作方法，非常必要。新的环境对我们来说是一种考验，面对这种考验，我相信我们的绝大多数同志会有更大的进步，但难免会在个别人身上出现一些问题。纪检工作必须跟上新形势的要求，我准备在近期组织召开一次全监狱干警都参加的纪律教育动员大会，向大家提一些具体的要求。今天的会议主要是研究业务问题，我就不多讲了。”

陈明德的话音刚落，高天宇的手机响了。高天宇拿起手机，按了一下通话键，说：“你好！我是高天宇。”

“高监狱长吗，我是潘永年。”话筒里传出潘永年的声音。

“潘所长，你们到了什么位置？”高天宇问。

“我们已经到了武警警戒检查站了！再过一会儿就可以到监狱大门口了。”潘永年说。

“潘所长，我们马上到！”高天宇站起说：“现在散会，各司其职，马上前往大门口。”

在距离海东监狱大门口南面五百米的武警警戒检查站，有三名武警战士胸前挎着冲锋枪，高举着警示牌，示意正在闪着警灯、响着警报即将驶到检查站的押解车队停车，接受检查。

潘永年知道，在押解车队后面的公路上，还尾随着另外一群“狼”，他们虽说衣冠楚楚，道貌岸然，坐在高级豪华轿车内，但血红的眼睛却紧紧盯着前面的车队，时刻准备伸出锯齿獠牙，咬碎囚车的钢铁囚笼，觊觎囚车里的同伴，把他抢回狼群。但从警大半生、有着丰富经验的这位老警察，没有给对手任何机会，直到把囚车押到监狱前。车队在检查站停了下来。但警示闪烁灯和警笛没有停，三名武警战士走近迎面而来的潘永年等人，立正敬礼，客气地说："警官同志，请出示你们的证件和报告押犯的人数。"

潘永年还礼后，掏出了证件递给武警班长过目，然后说："车上押犯人数79名，请你们核对。"

两名武警战士听后，分别登上两辆坐满押犯的大巴车，仔细核对犯人人数。核对完后，两名武警战士分别下车向正在与潘永年说话的武警班长大声报告说："报告班长，第一辆车内押犯40名，清点完毕！"

"报告班长，第二辆车内押犯39名，清点完毕！"

那位武警班长听后，向潘永年敬礼，说："警官同志，你们可以走了。"

潘永年潇洒地还了个军礼，然后挥手下令："我们走！"车队驶过检查站，向着监狱的大门口疾驶而去。

监狱的大门口，高墙森严、铁网林立、警灯闪烁，气氛紧张。在监狱的大门口，高天宇、梁启明、贾洪强、郑浩南、安永康、董云良等人和教育科、狱政科、狱侦科、入监大队、中心医院等部门的40多名干警迎候着押犯车队。

押犯车队响着刺耳的警笛呼啸而至，缓缓停下。

这时，有两个班的武警战士分别持枪围住了坐满押犯的两辆大巴车。

潘永年从桑塔纳警车上下来，快步迎向走过来的高天宇，笑呵呵地握住高天宇的手说："哎呀！我说，高大人哪，你今天也是有点太客气了吧！率领这么多的文武百官来迎接我。搞得这么隆重，兄弟我可是有点承受不起呀！"

高天宇捶了潘永年一拳，虎着脸说："谁让你一下子就送来这么多剃光头的来吓唬我呢！准备的人少了，我应付得了吗？"

路边，潘永年说："是啊！这些剃光头的可不是吃干饭的，而且他们当中有些人背后的势力可是很不简单呢！很烫手啊！我们在来的路上就差点出了大问题呀！我这个所长也不是那么好当的！这下好了！我现在可以把包袱甩给你了。"

高天宇一脸诧异，压低声音问："老潘，到底怎么回事？有什么特别情况吗？"

潘永年忧心忡忡表情复杂地说："车上可有几个难啃的瓜呀！刺儿头，你小心点吧！"

第二章　响鼓重锤

狱警与服刑犯，历来是猫和老鼠，属于天敌。鼠怕猫，这是自然法则。而刚刚接手的囚徒，却让老狱警犯难，可见对方在当地黑恶势力中的臭名昭著。但在人民狱警面前，他们还敢猖狂吗？

听到老前辈的提醒，高天宇一怔，随即追问："他们都叫什么名字？"

潘永年说："马旭东、刘大虎、杜青云，哦！对了，还有一个叫胡桂荣的。"

高天宇微微一笑，问道："老班长，还有别的要提示吗？"

潘永年："重点的我都告诉你了，别的我就不多说了。你自己看着办吧。"

高天宇："好吧，你说的我都记住了。现在就请你命令他们都下车吧。"

潘永年："那好吧！"

然后，潘永年向车上一挥手，高声喊道："全体注意了！车上的犯人们听着，两人一组，提上自己的行李，按顺序下车。"

潘永年的命令下达后，就听哗啦、哗啦脚镣的撞击声不绝于耳。他们两个人一组被看守所的押解干警打开手铐后，各自提着自己的行李袋、拖着脚镣排队下车。79名犯人拖着几十副沉重的脚镣，稀里哗啦的铁链声伴着79个晃动的光头，这情景令人心生恐惧。

等所有的犯人都下车以后，高天宇大声命令道："值班干警注意了！各就各位！打开大门，放人进院。"

这时，只见那两扇紧闭着的灰色大门慢慢地自动开启。等"咣当"一声两扇大门完全打开以后，这时画面出现慢镜头。伴着稀里哗啦的脚镣声，慢放的镜头开始出现了长长的犯人队伍，晃动的光头长队，慢慢地移向监狱的广场，广场的四周三步一岗，早已站满了警戒警察。

行走在狱前漫长的通道里，每个犯人内心陡然如八级大风的海面，波涛汹涌，都在思考刑期怎么过？第一名走进来的押犯刘永和，原双龙县交通局局长，因犯贪污罪、受贿罪被判处有期徒刑 8 年。此时，在他的内心世界里正在激烈地询问着很多问题：我今天为什么走进了这个地方？我现在成了一个什么样的人？我究竟应该怎样面对今后的生活？痛苦的思想催动着痛苦的表情；伤痛的眼角，流淌出了滴滴泪水。

第二名走进来的押犯是头大面凶、玩世不恭的马旭东，他是本地黑恶势力骨干分子，因犯绑架罪、故意伤害罪被判处有期徒刑 14 年，他东张西望，似乎在自己的潜意识里寻找一种无畏的感觉。

随后，出现了戴着近视眼镜、表情复杂的胡桂荣，因犯利用邪教组织破坏法律实施罪被判处有期徒刑 5 年。此时，他在想些什么呢？也许在他的内心深处一直都在做着某种痛苦的选择。

此后，又出现面带微笑、东张西望、充满好奇表情的王三，犯抢劫罪被判处有期徒刑 12 年，随着一种新的环境出现，也许在他的潜意识里正在盼望着出现一种新的生存变化……

等排在队伍最后面的一名犯人进入监狱的大院后，身后的监狱大门又咣当一声紧紧地关上了。

熟悉监狱的人都知道：监狱内的管理，如同现代化工厂的流水线作业，各司其职，各管一段，各负其责。在监狱内的广场上，狱政科科长贾洪强高声命令道："狱政科的值班干警注意了！进入现场，给押犯解镣。"

随后，围在犯人四周的狱政科十几名干警齐声答："是！"

只见他们呼啦一下进入犯人中间开始为犯人们解镣，稀里哗啦的解镣声响成一片。当最后一名犯人的脚镣被解开以后，贾洪强又大声喊道："收队！"只见十几名狱政科干警每人提着几副脚镣撤离了现场。

工夫不大，79 名犯人排成四排站在广场当中，周围有十几名干警监视警戒。高天宇带领着几名警官站在犯人们的对面。入监大队队长安永康扯着大嗓门给新犯们讲话："所有犯人们听着，我是海东监狱入监大队队长安永康。从今天起你们首先要在入监大队接受一个月的入监教育培训。主要内容有：学习背诵服刑人员行为规范，一日生活制度行为养成和队列训练。待入监教育培训结束后，你们才被分配到海东监狱的各大队中队的具体单位投入正常改造。现在在你们还没有进入入监大队监区之前，大家首先要接受违禁物品的安全检查和身体健康检查。什么是违禁物品呢？请大家注意听着，如果你携带了下列物品，请你主动交出来，放在地上由我们做出适当的处理。如果有人隐藏不交，被搜查出来，我们将会对你进行严肃的处理。大家都听清了没有？"

"听清了！"众犯人大声回答。

安大队长继续说道："监狱规定的违禁物品有：现金、刀具、便服、棍棒、绳索、通讯工具、危险品、毒品、非法印刷品音像制品和各种酒类。我刚才讲的，大家都听清了没有？"

"听清了！"众犯人大声回答。

安大队长说："好！现在就请你们配合我们的检查。"

紧接着安永康又大声命令道："入监大队的值班干警，各就各位，检查开始！"

俗话说：兵听将令草听风。在押犯在拘留所早已受过军事训练，他们闻令而动，只见站立在犯人周围的十几名干警，走进犯人队列当中，开始对犯人检查搜身。高天宇也带领几名警官走近站在前排的犯人。当高天宇走到第一排第一名犯人跟前时，发现他随身携带的物品只有一个不大的布口袋，布口袋装得鼓鼓囊囊的，但没有携带被褥。

高天宇喝问："你叫什么名字？"

这名犯人高声答道："报告政府，我叫王三。"

高天宇："你的行李呢？看守所没给你发被褥吗？"

"报告政府，发了。"王三迟疑片刻，回答："让我换烟抽了。"

高天宇闻言十分恼火："那你盖什么呢？"

王三嬉皮笑脸："报告政府，现在是夏天，用不着盖被子。"

高天宇："那冬天呢？"高天宇步步紧逼："你怎么过呀？"

见面前的这位警官没有为难自己，反而十分关心自己以后的生活，王三低下头，有些内疚地说："报告政府，我不知道。"

看见眼前这名在押犯与众不同，手里提着个塑料编织袋，高天宇心里一动，不解地问："你的袋子里装的是什么东西呀？打开看看。"

在众多武警威严目光的注视下，王三蹲下解开布口袋，开始往外掏东西。只见他一个又一个地掏出了几十个硬邦邦的玉米面窝头。现在就是农村一般家庭也很少有人吃玉米面窝头，高天宇有些意外，他喊了一声："王三。"

王三立正回答："到！"

高天宇："你的这些窝头是从哪里来的？留着干什么呀？"

王三迟疑一下回答："报告政府，这些窝头是我在看守所里帮别的犯人洗衣服，别人赏给我的，我没舍得吃。听别的犯人说，监狱的生活好，吃的都是白馒头。我想把自己分的白馒头攒多了寄回家给我妈吃，我吃窝头就行了。"

高天宇："你家里还有什么人呢？"

王三："报告政府，就我老妈一个人了。"

高天宇听后，表情复杂地对站在身旁的安永康说："永康，王三的事就交给你了，被褥日用品由你来解决。"

安永康答："是。"

随后，高天宇又走到紧挨王三的另一名犯人跟前，问道："你叫什么名字？"

犯人五十来岁，个子不高，但比较胖，保养得不错。答道："报告政府，我叫刘永和。"

高天宇看他带了大包小包好几件行李，便问："你带了这么多便服？看样子档次还都挺高，你想在监狱里穿吗？"

看了看摆在地上的东西，刘永和答道："是。"

高天宇："你被捕前是干什么的？"

刘永和答道："双龙县交通局局长。"

高天宇："刚才安大队长说了，监狱里是不允许穿便服的，这是违禁物品，你听到了吗？"

刘永和："报告政府，我听到了。"

高天宇："这些东西由监狱负责给你寄回家，在监狱里要统一穿囚服，你听清了吗？"

刘永和："是！听清了！"

随后，高天宇又走向第三名犯人。

这第三名在押犯就是马旭东，此刻，马旭东低着头，双手抱肩，故作老练地悄悄打量四周，观察附近的环境，正在他沉浸在如何及早逃脱牢狱之灾的遐想时，一双皮鞋有力地敲击路面，一步一步走向马旭东。

走近后高天宇看到，在这名犯人的脚下摆放十几条中华牌和熊猫牌香烟、洗发水、毛毯、便服等很多高档物品。高天宇还发现一台精美的小型收音机。高天宇蹲下身子拿起收音机打开又关上，放在地上。然后又随手翻看放在地上的一摞书，从一本书中突然掉出几张美女裸体照片，高天宇拾起照片，瞟了一眼，扔在地上。

这名有着十几年狱警经历、管理犯人经验丰富，能够洞察秋毫的中年警官，站起身来，用一种威严的目光逼视着面前的这个犯人。只见这个犯人穿着一件前后都绣着张牙舞爪恶虎图案的肥大短袖衫、一条花格短裤，脚穿一双皮制的拖鞋。裸露的双臂和双腿上纹满了青龙、骷髅头、蝎子、蜘蛛等恐怖图案。瞧着这名犯人的另类形象，再看看他那玩愣的表情，虽然只是短短的十几秒，他的脑海里就运筹好了如何对付眼前这只"狼"的策略，决定先给他来个"杀威棒"，杀杀他的傲气，打打他的威风，灭灭他的"狼"性。咬着牙齿，高天宇直点他的穴位，厉声问道："你是不是叫马旭东？"

马旭东见有一名警官走过来，先是一愣，二人目光激烈交锋、上下打量。但当他听到对方说出自己的名字，以为自己以前靠金钱、美女铺的道，前来关照自己，暗自思忖，心想：这钱的作用就是大，有钱能使鬼推磨，刚来这里，就有人前来关照自己。监狱怎么样？高墙铁网又怎么样？只要有人，那还不是脚面水——平蹚，他立时犹如被注入了吗啡，兴奋起来，有些沾沾自喜，高兴地随口说道："是不是市里的公安局谭局长找你……"

没等马旭东说完，高天宇早已知道对方要出什么牌，说什么话，他摆手制止道："我不认识什么谭局长。"然后，他向身边的几位干警果断地一挥手，命令道："搜他的身！"

马旭东闻言一惊，他暗自埋怨：大哥，你不是说都打点好了吗？这些狱警怎么对兄弟还那么厉害？是不是你们该花的钱没有花？该打点的关节没有打点？兄弟我可是为你们顶雷！为你们受罪啊！

入监搜身，马虎不得，稍有疏漏，就会为日后的工作留下安全隐患，它是入监教育的重要前奏，也是提醒犯人失去自由的开始，正在马旭东胡思乱想之际，两名干警闻声奉命上前搜查马旭东。一名干警熟练地从马旭东缝在上衣里面的暗兜里，搜出了一摞百元的钞票，另外还有一叠美元。

另一名干警从马旭东短裤的插兜里搜出了十几张印制精美的名片。

高天宇接过名片，随手翻看了几张，一张烫金的名片上印着"唐州市神龙集团总裁马旭龙"，一张名片上印着"唐州市公安局副局长谭云海"，另一张名片让高天宇深深地吃了一惊，黑色的字体清楚地印着"唐州市人民政府副市长刘长瑶"。高天宇看完这些名片后用一种特别的目光狠狠地盯着马旭东，直吓得马旭东赶紧地低下了头。

此刻，在高天宇的内心深处正在急速地思考着很多问题，他不希望自己想象的事情都是真的，但直觉又在告诉自己，他不愿意看到的那些东西的确都是真的。也许，这就是不可回避的社会现实吧！高天宇的脸上充满着迷茫的表情。

第三章　与狼共舞

在人类漫长的进化过程中，一些人残留着野蛮残忍的野性一面，狱警与囚犯教育与被教育，改造与被改造，共同生活在一个天地里，这种猫鼠天敌的关系，决定狱警工作的危险，他们被人戏谑地称为"与狼共舞"……

就在狱警们与狼共舞，用智慧、用汗水做着拯救在押犯灵魂工作的时候，在距此不足一百公里的唐州市，却是另外一番景象。一条繁华的街道上五彩缤纷的灯火交相辉映，如水的车流显示出这个年轻城市的生机与活力。在马路的一边矗立着一座十几层高的综合大楼，楼顶上的霓虹灯闪现着四个大字：神龙集团。大楼的门前停放着各式各样的小轿车，门口的保安员正在忙碌地指挥着车辆的出出进进。从透亮的大玻璃窗看去，一至三层好像是餐饮区，很多男女食客正在尽情地推杯换盏；从隐隐听到的音乐声中，可以判断出四至五层肯定是舞厅和酒吧；六层以上可能是客房或办公区。无论它的内部是如何设置的，单从这幢大楼展示出来的气派与喧哗，就可以断定这幢大楼的主人绝不是等闲之辈。

在这幢大楼的豪华总裁办公室里，身穿丝绸马褂的马旭龙，正靠在宽阔、柔软的老板椅上打电话。

话筒的那一头是公安局谭局长："海哥，阿东和大虎已经进去好几天了，里边的情况咱一点也不清楚。你不是说你有个什么战友在监狱里当政委，你也跟他打了招呼，他是怎么说的？"马旭龙说。

"阿龙，别提了！我的那位战友啊！一根筋、老正统，把我给顶回来了。过去在部队上，他当连长、我当指导员的时候，他就是这种倔脾气，很难与他沟通啊！他还劝我少沾这种事。反倒教训起我来了。"

"海哥，阿东他们可是为了我们大家挡着很多事呢！别让他们在里边待久了。

阿东他脾气不好，时间长了会出问题的！"

"阿东案发以后，当初检察院和法院该找的人我都找了，做了很多的工作、瞒下了很多事情，最后才判了阿东14年。要不阿东可能就会丢命的。"

"海哥，我知道在阿东的事情上你已经尽全力了。问题是以后怎么办？难道就让他这样在里面待下去呀！阿东从小跟我混到现在，要不是阿东拼死拼活地帮我打江山，我也混不到现在这个样子。我要想尽一切办法让阿东早点出来。"

"海哥，你看我现在是不是应该找一下长瑶市长？请他出面活动一下。找监狱方面的领导协商一下阿东将来的出路，我心里也好有个底。"马旭龙又用试探的口气问道。

"阿龙，你是不是昏了头了？要不是长瑶市长帮你，你能像现在这么风光吗？不要动不动就往外甩长瑶市长这张牌。阿东的事，你先别着急，等咱们慢慢想办法，我想，机会和办法总是会有的。再说，我这个公安局长也不是白吃干饭的，至于怎么办才能够让阿东早点出来，等咱俩见面后再详细谈。就这样吧！待会儿我还要主持一个重要会议，有事再联系。"说完，电话里的海哥"啪"的一声挂断了电话。

马旭龙听着电话里"嘟""嘟""嘟"的忙音，慢慢地把电话放下，骂了一声："他妈的，谭老四跟我装起神来了。"马旭龙一个人静静地坐了一会儿，按了一下桌子上的电铃。从门外走进一位二十四五岁、长得非常漂亮的姑娘。马旭龙冲着姑娘一摆手说："晓兰，把门关上。"

晓兰回身关上门后，走到马旭龙的身边说："龙哥！是不是不高兴了，谁惹着你啦？为什么事呀？"

马旭龙拉住晓兰的一只手揉搓着说："晓兰，阿东和你哥大虎已经进监狱好几天了，那边一点消息都没有，我着急呀！"

晓兰用另一只手轻轻捶着马旭龙的肩膀说："龙哥，我知道你对东哥好，对我哥也好，我和我哥从小就失去父母，这么多年我哥一直跟着你，你也一直关照着我哥，从小到大，我哥为了我吃了很多的苦。你一定要想办法把我哥救出来呀！只要我哥能出来，让我付出多大的代价我都愿意。"

马旭龙："晓兰，只要你听话，好好跟着龙哥，侍候好龙哥，让龙哥高兴，龙哥决不会亏待了你，关于你哥的事，不论花多少钱，我都会答应你的要求。你先不要着急，我正在想办法，救你哥出来的事你就不用操心了。你就等待好消息吧！别把你的身子给我急坏了，听话啊，宝贝！"马旭龙慢慢地站起来、双手摸着晓兰淌满泪水的脸说道。说着，马旭龙一手用手绢为晓兰擦着眼泪，一手揽着晓兰的细腰，向里间的卧室走去。

翌日清晨，霞光初照，监狱操场上，入监二中队150多名新入监的犯人穿着崭新的囚服，整齐地站在院子里。入监大队的安永康大队长，入监二中队的陆浩中队长，陈明指导员站在犯人队列的前面。

只听陆浩中队长大声发出口令："全体都有！""稍息！""立正！""向右看齐！""向前看！"然后说道："现在请安大队长来给你们这些新入监的学员上法制教育课，希望你们大家都要遵守课堂纪律，认真听讲，做好笔记。下课后，你们每个人结合自己所犯的罪行认真反省自己，写出一份认识比较深刻的心得体会，明天上午8点钟统一交上来。大家听清楚了吗？"

众犯人齐声回答："听清楚了！"

陆中队长说："好！现在听我口令，向右转！""按各组编队，跑步进入学习室。"

众犯人齐声答："是！"随后，一排排的新在押犯按顺序迅速地跑进了学习室，站在自己的位置上等候指令。

狱警安永康、陆浩、陈明跟着走进学习室。

陆浩命令道："坐下！"

只见150多名新犯齐刷刷地坐在了自己的小方凳上。

随后，三名警官也在课桌后面的椅子上坐了下来。陆浩说道："下面欢迎安大队长给大家讲话！"

哗哗的掌声持续了近一分钟，停下来后，安永康说："学员们，你们的过去是因为自己学习不够，法律意识淡薄，才做出了很多这样或那样的危害社会的事情，你们的行为给国家和人民的生命财产都造成了巨大的伤害和损失，同时也给你们自己和家人造成了深重的灾难。我真诚地希望你们都能够认真地反思一下自己。如果你们每个人都能够确定一个正确的人生方向，老老实实做人，踏踏实实做事，靠辛勤的劳动做合理合法的事情，你们每个人都可以创造自己的幸福，实现自己的人生价值。你们也可以享受到社会的温暖和家庭的欢乐。虽然你们昨天走错了一步，但是今天你们能够吸取教训，正确地面对现实，好好地总结自己，弃恶从善，改邪归正。我相信你们的明天大有希望。你们一定能够实现自己未来的美好理想。"说着，他打开电教设备，开始播放狱犯接受教育改造的画面：

刑犯王三在学习文化、识字；

赵刚汗流满面地在打扫卫生；

刘永和一丝不苟在出板报，宣传法制；

刑犯在出操，进行晨练；

刑犯在参加升旗仪式，接受教育。

参加学习的在押犯们，看到自己的形象上了教室前的银幕，很是兴奋。他们禁不住窃窃私语，安永康用手势平息大家的议论。说："我希望大家都要牢牢地记住我所讲的话，只要你们真诚地认罪悔罪，积极地劳动改造，一定会得到政府给予的减刑奖励，早日回家与亲人们团聚；也一定会得到社会和亲人们的谅解。我衷心地祝愿你们在座的每一个人都能够珍惜政府对你们的挽救，珍惜家里亲人们对你们的殷切期望，珍惜自己的生命和青春。你们年迈的父母在日夜盼望着你们；你们惦念的妻儿在时刻等候着你们！学员们！努力吧！我的话讲完了。谢谢大家！"

安永康讲完话，全体新犯报以热烈的掌声。

陆浩中队长开始讲话说："下面，我抽考一下学员们行为规范的学习情况。我点到谁的名字谁答到。赵刚！"

赵刚："到！"话音刚落，一名新犯站起来，立即大声回答："报告政府，入监学员赵刚奉命应试规范，请指示！"

陆浩中队长："请你背诵行为规范第七条。"

赵刚："是！第七条，按号令起床，洗漱如厕，不拥挤抢位，按规定的标准整理内务，做到整齐划一。背诵完毕，请指示！"

陆浩中队长："坐下！"

赵刚："是！"赵刚答完后，立即坐在自己的凳子上。

陆浩中队长："胡桂荣。"陆中队长继续抽考行为规范。

胡桂荣："到！报告政府，入监学员胡桂荣奉命应试规范，请指示！"

陆浩中队长："请你背诵行为规范中的第十不准。"

胡桂荣："是！第十不准，不准传播有害气功邪教，未经允许不准习拳练武，收藏或自制习武器械。背诵完毕，请指示！"

陆浩中队长："胡桂荣，你认罪吗？"

"我，我，我还没有完全想通。"胡桂荣吭哧了半天。

陆浩中队长："你先坐下！"

"是！"胡桂荣立即坐在自己的凳子上。

陆浩中队长："田二亮。"陆中队长又点到一名新犯。

田二亮："到！报告政府，入监学员田二亮奉命应试规范，请指示！"田二亮站起来大声回答。

陆浩中队长："请你背诵行为规范第六条中的第七不准。"

田二亮："是！第七不准，不准打架斗殴，聚众滋事，制造凶器，偷窃，赌博，纹身，搞同性恋，毁坏公私财物。背诵完毕，请指示！"

陆浩中队长："坐下！"

"是！"田二亮立即坐在自己的凳子上。

陆浩中队长："刘大虎。"陆中队长的抽考还在继续。

刘大虎："到！报告政府，入监学员刘大虎奉命应试规范，请指示！"刘大虎站起来，大声回答。

陆浩中队长："请你背诵行为规范的第二条。"

刘大虎："是！第二条，服从管理，接受教育，参加劳动，认罪悔罪。背诵完毕，请指示！"

陆浩中队长："坐下！"

"是！"刘大虎立即坐在自己的凳子上。

陆中队长又喊了一名新犯的名字："杜青云。"没人应声，他又大声问道："杜青云呢？"

杜青云："在！"坐在最后一排的杜青云有气无力地应了声。

"站起来！"陆浩大声呵斥道。杜青云佯装有病，一手扶墙一手捂着肚子，慢慢地站了起来。

陆中队长皱皱眉头，问："杜青云，你怎么了？"

杜青云："报告政府，我让坏人给气病了。"杜青云用阴冷的小眼瞟了一眼坐在不远处的马旭东说。

陆中队长问："你说谁气着你了？"

"是他！"杜青云用手一指在旁边坐着的马旭东说。

陆中队长问："他怎么气着你了？"

杜青云："今天早上上厕所时，在厕所里马旭东抢了我一撇子。"

"马旭东，你站起来！"陆中队长喊道。

众人的目光转向马旭东，他慢腾腾地站了起来。

陆中队长问："马旭东，有这事吗？"

马旭东一脸骄横："陆队长！杜老三净他妈的胡说，我没有打他！他是屁憋得肚子疼吧？"马旭东嚷道。学习室里有的犯人发出了小声的哄笑声。

杜青云回骂道："马老二，你别他妈的在政府面前砢碜我，我他妈的混社会的时候，你他妈的还尿裤子呢！"

安永康一拍桌子，高声吼道："你们俩都给我住口！这里是学习室，不是你们撒野的地方！"

学习室内鸦雀无声。

安永康接着说："警告你们，别以为自己有什么了不起，在社会上还算个什么人物，有钱、有背景就可以胡来吗？你们的钱是靠真本事赚来的吗？别以为你们有点硬关系，难道所有的人都买他们的账吗？我明确告诉你们，无论你在社会上混得怎么样，是个什么样的人物，犯了国法，进了监狱，都必须服从监狱的管理。如果你胆敢在监狱里故意制造事端，抗拒改造，那就是罪上加罪！我安永康对这类人决不会手软。马旭东、杜青云，你们俩给我听好了！我命令你们俩，从现在起面壁反省三天，好好想想以后该怎么做？"

然后，安永康对陆浩、陈明一挥手道："把他们俩给我押到前面来，面壁反省！"

陆浩和陈明快步走到学习室的后面，把马旭东、杜青云押到了前面。

马旭东和杜青云相互瞪了一眼，站在众犯面前都垂下了头。

夜晚，监狱里的气氛显得异常的宁静，只有岗楼上偶尔传来武警哨兵短促的口令声和拉动枪栓的撞击声。

高墙上的电网，在警戒灯的映照下显得阴森森的。

狱城的上空，偶尔也会传来几声猫头鹰或野鸭刺耳的鸣叫声。

高墙内的夜晚，不免更让人感到压抑和心悸。

月光如洗，透过入监二队监室的铁窗照进楼道。晚上9点钟，监狱里的犯人们已经就寝。大多数犯人带着一天的疲劳早已进入了梦乡；在入监二中队的监室里，马旭东却躺在自己的铺位上翻来覆去怎么也睡不着。他在心里恨恨地骂着："狗娘养的杜青云，我马旭东从来都没丢过面子，更没人敢在老子面前吹胡子瞪眼睛。今天让你个狗娘养的杜青云耍了一把，还挨了警察的训斥和罚站，老子在这么多的人面前丢了丑……"他越想越窝火，铁了心要好好整治一下杜青云。

马旭东瞟了一眼在监室内来回巡视的值班警官，见没有人注意到自己，他摸出圆珠笔，又从笔记本上轻轻地撕下一条小纸片，写了几个字，小心翼翼地把小纸片叠成一个小方块，攥在手心里。然后用胳膊肘碰了碰睡在邻铺的王三，压低声音问："王三，王三，你小子睡着了吗？"

王三翻过身来，小心地睁开眼睛，偷偷地望了望巡视的值班警官，说："东哥，啥事？"

马旭东压低声音对王三说："把这个纸条给大虎。"

王三接过纸条，装模作样地翻过身去。他想喊醒与自己相隔一米左右的刘大虎，但又怕惊动警官。于是王三慢慢地从被窝里伸出一只脚，用脚指捅了捅刘大虎的屁股。

刘大虎睡眼惺忪地翻了翻身，刚要张嘴说话，王三用手指放在嘴边"嘘"的一声制止了。随后伸出另一只手将纸条递了过去。刘大虎倍加小心地打开纸条，上面写着："大虎，找碴儿修理一下杜老三，阿东。"他又仔细地看了一遍，把纸条摁在手心里搓成小纸团，放进嘴里，一口咽了下去，倒头便睡。

第二天吃早饭时，身穿囚衣的犯人们，开始在狱中食堂排队打饭。每人发两个馒头，一盆大米粥，半勺黄豆炒咸菜。刘大虎有意识地靠近杜青云，紧紧地跟在杜青云的屁股后面打饭。杜青云正在弯着腰打粥，回身的时候一下子撞在刘大虎身上，一盆粥全洒到刘大虎的衣服上。

刘大虎吼叫着骂道："杜老三，你他妈的眼睛长到狗屁股上啦！你他妈的想打架吧？"

杜青云还嘴骂道："刘大虎，你别他妈的整事，你杜三爷不怕你！"

"去你妈的！"刘大虎出手就是一拳。

这一拳直打得杜青云"噉！噉！"乱叫，右眼变成了熊猫眼，鼻子也淌出鲜血。刘大虎冲上前照着杜青云的身上"咣咣"踹了两脚，把杜青云踹得连滚带爬，捂着肚子在地上打滚。嘴里不停地叫骂着："刘大虎！你这条马旭东养的狗，竟敢咬到我的头上来。我他妈的跟你拼了！"杜青云一抹满嘴的血，爬起来号叫着猛地扑向了刘大虎。

在现场值班的狱警陈明指导员听到打架声后，和另一名警官迅速冲进人群，陈明用力拧住了刘大虎的胳膊，另一名警官制服住疯狂号叫的杜青云。

陈明大声命令道："所有的人都原地别动！抱头蹲下！"150多名新犯迅速地两手抱着自己的脑袋，蹲在了地上。

对于寻衅滋事的在押犯，监狱自有制裁的规定，早饭时的在押犯打架，惊动了狱领导，处理结果是刘大虎拖着沉重的脚镣，在陆浩和陈明两位警官的押送下，沿着狱中甬路一步一步地向严管队走去。

"哗啦！哗啦！"的脚镣声，响彻刘大虎的耳际，他每向前迈出一步，从他的面部表情中，似乎可以看出他的内心世界正在进行着激烈的思想斗争。他的思绪回忆着一件件的往事，脑海里不断地闪现着幼时的画面……

乡村小河边，一帮十多岁的孩子在少年马旭龙的带领下，正在与另一帮十几岁的孩子对阵打架。只听少年马旭龙大喊一声："大虎，给我揍他们！"

闻令出击，就见身强力壮、虎头虎脑的少年刘大虎第一个冲了上去，拳打脚踢，不一会儿就打趴下对手好几个，被打败的好几个孩子狼狈而逃……

长大后的刘大虎，手持双管猎枪与手持大片刀的马旭东正在被一大帮手持砍刀和棍棒的人追杀。格斗中，马旭东渐感不支，只听马旭东喘着粗气对刘大虎喊："大虎，掩护我！要不东哥的小命儿今天就玩完了……"

刘大虎猛推一把马旭东说："东哥，你快跑！我跟他们拼了！"说完，满脸淌血的刘大虎看了一眼继续逃跑的马旭东，回过身来，迎着追赶过来的人群"咣！咣！咣！"猛烈开火。随着几声惨叫，转眼之间倒下好几个。

追过来的人群见对方真的开了火，同伴倒下好几个，随即转身拔腿向后跑。

这时，刺耳的警报声呼啸而至，十几名武装公安警察犹如天兵天将，团团围住手持双管猎枪的刘大虎，冷森森的枪口都对准了刘大虎。刘大虎犹如置身冰窖，再无斗志，他扔下手里的猎枪，双手举过头顶。两名公安警察走上前，"咔嚓"一声给刘大虎戴上了铮亮的手铐，推着刘大虎走向警车。

恰在此时，只见一位二十多岁的姑娘，发疯似的跑过来，嘴里不停地喊着："哥哥！哥哥！哥哥！……"

刘大虎被两名警察架着刚踏上警车，听到呼喊，猛地回头，发现疯狂追来的妹妹，他大声叫着："妹妹，晓兰！晓兰！妹妹……"法律无情，刘大虎被警察塞进了警车。他不顾一切地回过身，双手扶着车窗的铁栏杆满脸热泪，疯狂地呼叫着："晓兰！晓兰！晓兰！"

警车后，刘大虎的妹妹晓兰边哭边跑边喊："哥哥！哥哥！哥哥……"

"快走！"一旁押解狱警的催促声，打断了刘大虎的思绪。

行走在监狱内长长走廊里的刘大虎，脸上表情复杂，似乎还有些茫然。陆浩和陈明押着刘大虎走进了监狱里的严管队。"咣唧"一声，铁门打开，刘大虎被推进禁闭室的铁门。

他转过身来面带歉意地对陆浩和陈明说："陆警官！陈警官！对不起！我给你们添麻烦了。我想好好在这里多待些日子，求你们不要很快地提我回去。"

二人有些意外地对视一眼："为什么？"陆浩惊异地问道。

刘大虎说："我的心里很乱，我想自己多静一会儿。"

"那好吧。"陆中队长说："你先好好待着吧！"

　　监狱的广场，是监狱的中心地带，这一天，正在进行操练。观礼台上坐着监狱长马玉清、政委聂清华、纪委书记陈明德和副监狱长高天宇等监狱领导，以及梁启明、贾洪强、郑浩南等几位科长。台下的广场上三百多名入监学员整齐地排列着方队，等候着检阅。方队的周围站立着十几名入监大队的警官监视警戒。

　　方队前入监大队安永康大队长面向方队发出口令："全体都有！"

　　"立正！"

　　"向右看齐！"

　　"向前看！"

　　然后，军人出身的安大队长向后转身，跑步至观礼台下。立正！敬礼！向台上的监狱长马玉清高声报告："报告马监狱长！入监大队第六期培训学员集合完毕，结业验收是否开始？请指示！"

　　"开始！"马玉清命令道。

　　"是！"安永康向马玉清敬了个礼，高声回答。然后，他以军人标准的步伐跑步到方队前面，立正后，面向全体学员发出口令："全体学员！请举起右手，面对警官宣誓！"

　　闻声而动，只见全体在押犯学员面向台上的监狱领导齐声宣誓："热爱祖国，明礼诚信，服从判决，深挖罪根，持之以恒，昂扬向上……"高亢的宣誓声响彻狱城上空。

第四章　高墙揭秘

平常百姓，柴米油盐酱醋茶，平凡生活。而高墙铁网，水泥铁链，囚徒吃什么？做什么？干什么？鲜为人知。一群囚犯与一批狱警，他们本是水火，如何相处？请看本章的笔触探秘……

宣誓完毕，安永康大队长又大声命令道："下面，齐唱入监教育歌！"

"入监服刑为改造，预备唱！"

安永康大队长打着节拍指挥着。歌词："入监服刑为改造，认罪服法第一条，挖掉罪根断罪源，重塑人生定坐标……"

由男性喉咙里发出的气势雄壮的歌曲，催发着新犯们的改造激情，在每个人的胸膛里不停地激荡着。

安永康大队长紧接着命令："全体都有，听我的口令！"

"向右转！"

"向左转！"

"向后转！"

"齐步走！"

安永康发出新的口令：

"立定！"

"向后转！"

"正步走！"

随着全体学员们高呼着的口号声，整齐的学员队伍，迈着坚定的步伐，向观礼台上的监狱领导们，展示着新一期入监学员的培训成果。第一排刘永和、赵刚、田二亮等几个人，感到从未有过的兴奋，从他们充满激情的脸上，已经让人们看到了他们对明天充满了希望。

检阅完毕，马监狱长离开座位，站到话筒前，开始讲话："学员们！刚才我观看了你们的汇报表演，感触很深！从你们表演队列时的坚定步伐中，从你们高喊誓词的激情中，我已经看到了你们回归社会的愿望和信心。我衷心期待着你们把入监培训当中学到的东西认真地运用到今后的改造生活中去。牢记《监狱服刑人员行为规范》，并严格按照《行为规范》的要求约束自己的一言一行，令行禁止，积极地投身改造，争取立功受奖。早日回归社会，与亲人们团聚。"

热烈的掌声打断了马监狱长的讲话。

马监狱长打了一个手势，等掌声渐息时，又语重心长地说："我在监狱工作了三十多年，当了大半辈子警察，迎来送走了成千上万的犯人。你们当中，有的人被判了几年或者十几年，这在你们的一生中只是一段不长的特殊经历。你们还有更多的年华，可以在高墙外享受自由的阳光雨露，去追求自己的美好理想。用你们的勤劳和智慧来创造新的财富。你们当中的有些人很可能会成为非常风光的大老板、企业家，比我强啊！我们当警察的，不论白天还是黑夜，陪着你们，我们在监狱里守候的时间比你们长啊！为的是什么呀？我们为的就是把你们这些人，培养成将来比我们强的人。"

马监狱长的讲话，似春风吹过，全场的犯人们被他深情的话语打动，学员们对马监狱长的讲话再次报以经久不息的掌声。

集训结束，在押犯被分配到各自的中队、小队、班组，在监狱的广场上，新犯们各自提着自己的行李，蹲在地上，分成好几拨。每拨犯人的前面都站着几名警官，他们分别在念着犯人们的名字。今天是新犯下队分流的日子，海东监狱各大队的警官都来入监大队接人。

在最南面的一拨新犯面前站着贾洪强、梁启明、郑浩南等三位科长。贾科长手里拿着一份名单念着：

"刘永和！""到！"

"赵刚！""到！"

"田二亮！""到！"

"胡桂荣！""到！"

"马旭东！""到！"

"王三！""到！"

"杜青云！""到！"

"你们几个人提好自己的行李，跟我到直属大队二中队报到。"

贾科长拍了一下郑浩南和梁启明的肩膀，向人群旁边走了几步，然后对郑浩南和梁启明两位科长说："你们二位去严管队接刘大虎吧！我看把刘大虎就留在严管队当值班员挺合适。刘大虎被关禁闭的这段时间里思想变化很大，有些事情刘大虎将来也许会对我们提供很多的帮助，你们明白吗？"

郑浩南和梁启明两位科长心领神会地点了点头。

工夫不大，贾洪强和另一名警官，带着刘永和等几名新犯来到直属大队二中队的大门外。二中队中队长黄涛、指导员林海生、副中队长杨明贵、干警吴志强、干警唐亮等人正在中队门口迎接他们。

贾科长忙走上前对黄中队长说："黄队长，给你们分来7个新犯，现在交给你了。"

黄涛中队长说："贾科长，今天亲自来，恐怕还有别的事吧？"黄涛中队长说。

贾科长："算你猜对了。"

黄涛中队长对身边的吴志强和唐亮说："你们把人带进去，先好好检查一下他们有没有违禁物品，再给他们安排好铺位，把应该注意的事项跟他们交代清楚。回头，我和林队长再分别找他们谈话。"

吴志强和唐亮答声："是！"然后，他俩转对站在门口的新犯们说："走吧！"

第一个进门的新犯刘永和喊道："一！"

第二个进门的新犯赵刚喊道："二！"

……

在押犯依次报数，缓步走进了中队的大院。

黄涛看着犯人们都进了院子，然后对贾洪强说："走吧，咱们进屋说。"

随后黄涛、林海生、杨明贵、贾洪强及另一名警官走进了中队办公室。

贾洪强把几名新犯的档案递给黄涛，然后说："这次分给你们中队的7名新犯当中，有几个重点犯人。其中的马旭东和杜青云，他们俩曾是附近黑恶势力组织的骨干。他们在社会上独霸一方、危害乡里，横行惯了。据了解：他们不但养成了阴险狡诈、好逸恶劳的恶习，而且他们的社会关系非常复杂，很可能有一定的社会背景。这些客观因素，都可能会影响到今后你们对他们的教育改造。我先向你们几位中队领导通个气，你们心里有个数。形势是严峻的，毫不客气地说，你们是在与狼共舞，从某种意义上讲，在监狱，我们狱警可以说是与狼共学，与狼同穴，狼是很狡猾、很残忍的，我们要想取得胜利，必须时刻保持警惕，哪怕睡觉时也不能大意，也要睁一只眼，不然，我们就会受损失，就会受到狼的伤害。"

"请领导放心。"

"我们明白。"狱警们纷纷表示。

贾洪强坐下后又说："另外，胡桂荣是一个比较顽固的法轮功人员，你们还需要花费很大的精力去做他的思想转化工作。你们的担子可是不轻啊！监狱领导把这几名重点犯人都放在你们中队，是对你们的信任，希望你们完成好任务。"

黄涛："请组织放心，我们会竭尽全力做好我们的工作，决不辜负领导们对我们二中队的希望。"

贾洪强说道："好！那我就不多说了，有事需要我帮忙的，尽管开口。"

黄涛："好吧！"他们走出办公室。

傍晚，在二中队的监室里，吴志强和唐亮正在给新犯们安排铺位。刘永和对安排给自己的铺位不太满意，他低声对吴志强说："队长，能不能把我的铺位安排到靠边的地方？"

吴志强转问："为什么？"

"我年龄大了，身体又不好，喜欢找一个安静点的地方待着。"刘永和回答："另外，我夹在别人中间怕碰着别人，惹是生非的，骂也骂不过别人，打也打不过别人。免得给自己找麻烦。"

吴志强："你以为这是在家啊？你想在哪儿睡就在哪儿睡！再说了，监狱里是谁想打谁就打谁，谁想骂谁就骂谁的地方吗？你好好待着吧！"吴志强态度严肃地说。他看看站在一旁的在押犯马旭东和杜青云，个个都七个不服，八个不忿，不像善茬的样子，就含沙射影地说："警告你们，谁要是敢在我的眼皮子底下耍霸道，欺负人！我决饶不了他！"

听话听音，杜青云从眼前这位警官的话里，听出了弦外之音。他贼眼乱转，凑到吴志强的跟前讨好地说："队长，我这个人爱打抱不平，谁敢欺负人，我他妈的就揍扁了他！"

吴志强把眼一瞪，冲着杜青云呵斥道："你给我住嘴，你自己说话就不干不净，咋打抱不平呢？一边给我老实待着去。你把你自己管好就行了。"他来回走动几步，站定后威严地咳嗽一声，大声地对监室里所有的犯人们说："大家都听好了！咱们中队，不管是早来的，还是晚来的，希望你们大家都要互相帮助，和睦相处，都好好地改造自己，谁胆敢在我的眼皮子底下故意制造事端、拉帮结伙、称王称霸，无论是谁，我吴志强决不会客气！大家都听清了吗？"

"听清了！"众犯人齐声回答。

这时，外面有人喊："吴志强，到会议室去开会。"吴志强答应一声，出门走向二中队会议室。

这是一个三间合一的教室兼会议室，虽是中度装修，但却显得庄重、典雅，具有监狱改造人、教育人的特色，与会人员陆续到齐，小小会议室里坐满了狱警。黄涛、林海生、杨明贵、吴志强、唐亮等人正在召开中队工作会。投影仪上显示刘永和的图像。

中队长黄涛第一个讲话："首先，我谈一下刘永和的情况。此人曾担任过多年双龙县交通局局长，思想比较成熟，但也比较复杂。通过对他的提讯了解到，他不但不认罪，而且正在申诉。因此，我建议对他采取以下改造方案：第一，我们要严格执行监狱政策，依法保障他行使自己的合法权利，他向有关司法部门寄发的申诉材料，要及时地帮他发送，决不扣留和延误。第二，要认真地和他谈心，详细了解他的案情和家庭情况。如果案子本身没有实际的出入，只是他想利用某些自己的社会关系，通过不正当的渠道，来逃避法律对他的制裁，我们就要耐心地做好说服教育工作。劝他放弃不正确的想法，踏踏实实地改造，走正确的新生之路。第三，他有较高的文化知识，目前也可以发挥一下他的优势，我建议，可以让他负责中队的板报宣传工作。"

黄涛端杯喝口水："其次，我谈一下胡桂荣的情况……"投影仪显示胡桂荣的图像："该犯到现在还没有转变思想，我们要重点加强对他的思想转化工作，在生活上、劳动上都给他一些方便和照顾，尽量减少他对政府的对立情绪，以及对教育改造的抵触心理。通过我们耐心细致的工作，争取在较短的时间内能有一个好的效果，使他能在内心真正放弃对法轮功的迷信和依赖。对了，听说胡桂荣有较为严重的胃病，可以安排一个积极改造分子来适当地照顾一下他的生活，对于他的胃病治疗，我们要做到及时、周到。"

投影仪显示马旭东和杜青云的资料图像，黄涛站起来，表情严肃："……接下来，就是关于马旭东和杜青云这俩癞子头啦，他们俩都有严重的暴力倾向，抗拒改造心理十分严重。我们不但要加强对他们的法制教育，帮助他们弃恶从善、走积极改造的道路，同时，也要时刻预防他们在监狱内制造新的暴力事件。尤其是马旭东，他的抗拒心理和抗改手段都应引起我们的高度警惕，但在对他的教育改造中，我们也要坚决避免思想偏见，应当用更大的勇气和耐心来争取他走新生之路。在我们眼里，他是狼，有野性，残忍狡猾，但我们更应看到，他是人，可以教育、帮助，改造成新人。哪怕只有百分之一的希望，也不该放弃。"

黄涛："还有一个就是王三……"投影仪显示王三的图像："……针对王三家里生活条件比较差的实际情况，我建议我们五位队长每人捐出 40 元钱，为他购置一些日常用的生活必需品，也给他弄点纸和笔，让刘永和帮助他学一些文化知识，这对他以后回归社会大有裨益。这次中队工作会上我就先讲这么多，看看大家还有什么意见？"

指导员林海生说："关于胡桂荣的问题，我想补充几句，先重点地了解一下他各方面的基本情况，然后，我来和他谈谈心，做做他的思想工作，争取在近期取得一些成效，尽快地完成对他的教育转化工作。"

黄涛说道："也好，海生，你是咱们监狱有名的帮教能手，胡桂荣的转变工作那就请你多操点心了！"

杨明贵说："马旭东这小子，我多找他谈谈，如果好言相劝他不听，我是不会惯着他的。他敢玩邪的，我宁可挨处分，也要收拾这小子。"

"老杨，教育帮助一定要注意方式方法，遇到问题要妥善处理，要按国家的法律和政策办事。"黄涛提醒道："千万不能感情用事，尽量防止和避免因工作不细出差错。眼看着再有两年你就该退休了，你还是平平安安地领到退休金回家，陪着嫂子好好安度晚年吧。"

吴志强说："黄队长，王三的事由我去办。至于大家要为他捐钱的事，我看就免了吧，不用大伙费心了，反正我现在还是光棍一条，没有养家糊口的负担，这点钱还是让我一个人来解决吧。"

"对了，志强，你小子也是个快三十岁的人了，终身大事也该重点解决解决啦！别太挑剔了，找一个差不多的行了！快点成个家吧。"黄涛笑着说。

吴志强抢过话头说："我的事情好办，不管怎么说，我还是个一手货，不怕没人要。我说黄队长，你还是先帮咱们小娟找个妈妈吧！虽然你心里一直怀念着嫂子，但是你也该为孩子想想啊！小家伙放学回家连口热乎饭都吃不上，多可怜啊！"

杨明贵开玩笑道："黄涛，你嫂子在学校里教书，一块儿工作的女孩子多得是，回头我拍拍她的马屁，这事就交给她办啦！"

黄涛："谢了，到时候我请客，吃大餐。"

杨明贵："得了吧你，你的大餐我们还不知道，一碗面条，面条一碗……"

"哈哈……"众人开怀大笑。

第二天，黄涛、林海生、杨明贵、吴志强、唐亮等人一起在学习室给全中队的犯人们开会。黄涛首先讲话："这次我们中队分来了 7 名新学员，我希望大家，不论先来的还是后到的，刑期长的还是刑期短的，都要和睦相处。我们中队也是个大家庭，大家在一起吃，在一起住，老学员要把好的东西教给新学员，新学员要虚心学习老学员的优点。无论是生活方面、学习方面，还是生产技术方面，大家都要互相帮助、取长补短、共同提高。大家要严格按照《监狱服刑人员行为规范》来约束自己的行为，做到令行禁止。我希望大家都能积极靠拢政府，走积极改造的道路，争取立功受奖，早日回归社会与亲人们团聚。"

犯人们听到这里掌声一片。正在这时，只见三名身穿囚服、左臂上戴着"积委会（积极改造委员会）"标牌的犯人在学习室门口向黄涛报告：

"报告黄队长！你们中队犯人刘永和的家属来接见。"

"海生，你接着给大家讲吧。我带着刘永和去接见。"黄涛转过头去，对坐在自己旁边的林海生说道。

"好，你去吧。"林海生说。

然后，黄涛对正在听讲的刘永和喊了一声："刘永和！"

"到！"刘永和迅速起立答。

"跟我去接见。"黄中队长一挥手说。

"是！"刘永和答。刘永和跟随黄涛走出了学习室。

新时期的监狱，实行人性化管理。在接见室里，接见的犯人很多。黄涛领着刘永和走进接见室时，看见有一位四十多岁干部模样的中年妇女和一位二十多岁的漂亮女法官等在接见室里。两个人看到刘永和进来，立刻走了过来，中年妇女拉着刘永和的手，眼泪不由自主地流了下来，伤感地说："永和，你怎么样？"

"爸爸！"漂亮的女法官冲着刘永和喊了声。女法官含泪上前拉住了刘永和的手。

刘永和强忍住泪水问道："陈芳、海燕，你们还好吧？"

她们都默默地点了点头。

陈芳说："永和，你就别惦记我们娘俩啦，我们一切都挺好。你还是多保重自己吧。"陈芳说。

这时，刘永和忽然想起了站在旁边的黄中队长，忙转过身来向自己的妻子和女儿介绍道："这是我们中队的黄队长！"

刘永和向黄中队长介绍说："这位是我的妻子陈芳。"然后又向黄中队长介绍："这位是我的女儿刘海燕。"

中年妇女忙用手绢擦了擦眼泪，不好意思地说："对不起，黄队长，失礼了！"

忙伸出手与黄中队长握手，说道："黄队长，你好！"随后从自己的挎包里取出一张名片双手递给黄涛。

黄涛接过名片看了一眼，很意外地道："啊？原来你是双龙县县委陈书记呀！"

"陈书记，您请坐！"黄涛忙说。

"好！"陈芳应道。几个人找了个空桌坐了下来。

陈芳对黄涛表态："黄队长，让你见笑了。我们家出了这样的事，说句实在话，我很伤心。我丈夫也是党培养多年的领导干部，因平常不注意学习，放松了自己，做出了对不起组织，对不起老百姓的事。现在党和政府正在努力加强干部队伍的廉政建设、惩治腐败。我站在组织的立场上，对我丈夫的处理结果没有任何异议。我希望他通过这次深刻的教训，能够认识到自己的错误，好好反省自己、总结自己、改造自己、悔过自新、重新做人。我站在家属的角度，希望黄队长多费心，对我丈夫多帮助、多教育。使他能够早日认识到自己的错误，积极地改造，争取立功受奖，早日回家。我丈夫的事就拜托你了！"

黄涛说："陈书记！身为刘永和的家属，难得你能有这样的态度，这对我们的监管工作是一种有力的支持。我一定会尽全力做好自己应该做的工作，请你们放心！"

陈芳说："如果他在学习方面、劳动方面或生活方面有什么需要，请你随时打电话和我联系。"

黄涛："监狱里有亲情电话，我们可以帮助你丈夫通过亲情电话及时和你联系。"

"我们娘俩是一定会全力支持他的。"陈芳拍了拍女儿的肩膀说。

黄涛站起身来说："陈书记，你也是个大忙人，来一趟不容易，不打搅了，还是你们全家人一起多待一会儿吧。"然后他与陈芳握了握手就离开了。

黄涛走后，刘永和用一种责备的口气说："陈芳，你刚才怎么能和黄队长说那样的话呢？我已经向监狱说明了，我的案子有出入，量刑过重，正在准备继续向上级法院申诉，争取改判。我现在什么地位、权力都没有了，被关在监狱里，整天和一群盗窃犯、抢劫犯、强奸犯吃住在一起，面子都丢尽了。你认识的人多，求着你办事的人也多，难道你就不想替我找找关系，为我改判轻一点，让我也早点回家吗？"

"……"陈芳低着头泣不成声。

刘永和又对着女儿恳求道："闺女，你是法官，你们县法院和市中院是一个系统，都是一家人，谁都有求着谁的时候，找关系也比较方便，难道你就不盼着爸爸改判轻点吗？难道你就忍心看着爸爸在这里受罪吗？"

"爸……"海燕泪流满面地望着刘永和更是说不出话来。

陈芳抬起头来，泪眼婆娑。她很伤心地说："永和，你做的事情已经很严重了，已经很对不起组织了，最重要的是伤了老百姓的心。你刚才说的话，如果不是对着我们娘俩说，而是让家乡的老百姓听到了，他们是会更恨你和骂你的！咱们家乡是个山区穷县啊！老百姓盼着你这个当交通局局长的能多修几条路、多为他们做点好事！可你呢？贪污受贿都干了些什么呀？你现在还认识不到自己的错误，竟然要求我们娘俩为你找关系来开脱罪责。你是不是非得把我们娘俩也拖进来陪你啊！如果你真的想早点回家，你心里还惦记着我们娘俩，你就应该从现在做起，好好认罪服法，听政府的话，争取正道减刑，我们娘俩支持你！盼着你！等着你！如果你再想着搞歪门邪道，你还会栽跟头的！不但害了你，也会让我们娘俩更痛苦、更伤心！永和！你听清了吗？"

"这……我……"刘永和听见妻子如此表示，低着头泣不成声。

海燕说："爸爸！妈妈说得对！您落到这步田地，我和妈妈已经很痛心了。在别人面前，我们承受了很多白眼和非议。如果你是为了国家、为了老百姓做好事被坏人陷害了，我和妈妈肯定都会帮您说话的。甚至让我们陪着您进来都可以！可是您不是呀！"海燕眼泪汪汪地看着这位曾经令自己崇拜的父亲，紧紧地拉着父亲的手，哽咽着继续说："爸爸！您千万不能一错再错了。好好改造，争取减刑，这才是正路啊！"

陈芳说道："永和，你的教训够深刻的了！如果你现在改正，将来你出去还有机会做点正事。千万不能再糊涂下去了！"

刘永和望着陈芳深情伤感的眼神，望着女儿万分期盼的目光，流下了悔恨的泪水。他说："你们娘俩的话，我都听明白了。你们的心情我理解！我知道自己错了，也知道自己该怎么做了！"

"孩子……"刘永和抹去泪花说："爸爸交给你两件事：一是要替爸爸照顾好妈妈。她工作辛苦，身体又不好，你要多想着妈妈点。二是你下次来看爸爸的时候，多给我带一些法律知识方面的书，我想好好学学。"他对海燕叮嘱道。然后，他又转对陈芳表白："你是我的妻子，也是家乡老百姓的父母官。有机会的话，你代表我向家乡的父老乡亲们道个歉！就说我刘永和辜负了他们的期望！我对不住大家！等我出去后，就搬到山上去住。我就是用镐刨、用手搬、用肩扛，我也要为乡亲们去修路啊！"

陈芳和海燕母女俩听到这里，热泪止不住往下流，脸上也都露出了欣慰的表情。

接见的时间快结束了，临别之际，刘永和悲切地说："以后，你们母女没时间，就不要来看我了！"

听到丈夫的话，陈芳甚感意外："为什么？"

海燕："是啊，爸爸，为什么不让我们来看你？"

"咳——"刘永和声音哽咽："我……我……嗨……"他愧疚地埋头，沮丧地蹲在地上，不敢正对妻子和爱女期盼的目光。

第五章　雨中情话

高墙电网，隔离了家人的距离，夫妻、父女、兄弟、姐妹就此天各一方，法律为何如此无情，因为，人们都要为自己的行为付出代价的，不管他是高官，还是平民，不管他是万贯家财，还是一贫如洗……

不知何时，天空飘起蒙蒙细雨，刘永和与家属接见完毕，离开接待室，他低头走路，任凭细细的雨丝洒在头上、身上，尽管淋湿了头，他也全然不顾，昨天人上人，今天阶下囚。昨天夫贵妻荣，一家三口，尽享天伦之乐，今天自己身陷囹圄，高墙林立，铁网高耸，夫妻、父女，天各一方，短暂相见又相别，别有一番滋味在心头。情绪低落的刘永和，在前面满腹心事地走路，黄涛紧随其后，另外一名狱警提着食品袋走在后面。

黄涛："想不到你有一个这么幸福的家庭，妻子那么贤惠，那么有事业心；女儿那么聪明、漂亮……"

刘永和："你别说了，我糊涂啊，我糊涂……"他沮丧地捶着胸膛。

黄涛："人无完人，一个人一生哪有不跌跤的，犯错误并不可怕，可怕的是一个人跌倒了爬不起来……"

刘永和一把抹去泪花："政府，您看我的表现吧。"

刘永和回到监舍，带回了很多吃的、用的和香烟。他打开一包香烟，对同犯们说："哎！大家都来抽一支。"

"刘局长，谁看你来了？"有的犯人问。

"是我爱人和女儿。"刘永和说。

"刘局长，嫂子和女儿长得一定都很漂亮吧？有没有带照片呀！让我们大家也瞧瞧。"又有同室犯人问。

"没有！没有！"刘永和忙说。

"你女儿一定也是个大闺女了吧？"胡桂荣问。

"25 岁了。"刘永和回答。

这时，马旭东一脸奸笑地凑了过来，嬉皮笑脸调侃说："刘局长！我在外面混了十几年，相好的女人连我自己都记不清有多少了，可他妈的没遇上一个好货，不是三陪小姐，就是他妈的四陪风流娘们！都他妈的不是为了骗我的钱，就是为了骗我的色！我一个好青年被耽误到现在，我家老太太一直着急抱孙子。可他妈的没有一个愿意和我结婚、给我生儿子的。哎，我说局长大人！也算咱爷们有缘分！你在外面风光当局长的时候，咱高攀不上。现在咱爷们都穿一样的裤子了，闺女长得怎么样？如果还没主，能不能赏脸给我个机会呀？"

马旭东的话逗得众犯人哈哈大笑。刘永和越听越生气，但咬牙不吭声。

"东哥！我看刘局长不吭声，就是默许了！？快给老丈人磕个头哇！"王三凑到马旭东跟前说。

众人又是一阵哄笑。

主值班员李涛和学习员刘军走了过来。李涛看见马旭东欺负刘永和，仗义执言道："马旭东，请你放尊重点，不要出口伤人、无理取闹！"

马旭东气势汹汹地说："小子！你他妈也是个犯人！政府让你当值班员管点事，你他妈的跟我装起干部来了。啥事都想管，玩飘了是吧？"

李涛回道："我是主值班员！该我管的我就管！"

马旭东狡辩道："呵呵……猪鼻子里插大葱，你倒装上象了。我和刘局长谈的是私事，关你屁事！再说了，你有两个月就他妈的滚回家了，是不是不想痛快走哇？回到唐州市不想混了吧？你小子别看我马旭东在监狱里边关着，只要我往外边说句话，就有人让你小子上医院里躺着去，去胳膊留腿是我说了算。怎么样？想不想试试啊？"

李涛说："马旭东！你别拿大话吓唬我！你扰乱监狱秩序，我有责任制止你！"

马旭东："我他妈的受政府管，你他妈的算老几？".

刘军挤过去，指着马旭东："你不要给脸不要！满嘴脏话，你给我放规矩点！"

马旭东："哎哟！小子，政府都给了你们什么好处？都他妈的跟我装起正经了！都他妈的势利眼！我他妈的揍死你们！"马旭东说着，就一拳打过去，正打在刘军的鼻子上，打得刘军鲜血直流。马旭东转手又向李涛打来一拳。李涛一闪，躲了过去。三人打成一团。

突然，马旭东的手被身后伸出的一双大手有力地钳住。马旭东刚骂出半句：

"你他妈的……"转过脸来，发现是二中队黄涛中队长，马上收敛起野性。

"马旭东！你太张狂了！这里是你随便撒野的地方吗？管不了你了是吗？你是不是想进严管队的小号里待着去呀？啊！"黄涛瞪着眼睛喝问。

往日欺软怕硬的马旭东，面对管教严厉的目光，不敢再张狂，低着头不敢再吭声。

黄涛紧接着说道："走，跟我到办公室去。"

"是。"马旭东有气无力地答。

来到中队办公室里，黄涛推门而进，坐在办公桌前，马旭东随后悄步跟进来，佯装胆怯地站在墙角。黄涛眼睛怒视着站在不远处的马旭东说："马旭东，你以前在社会上欺男霸女，做过的坏事已经不少了！走到今天这种地步，难道就不应该好好想一想吗？你刚三十多岁，人生还有很长的时光，难道你不想好好做个人？活出个人样来吗？你所犯下的罪行，受到了法律的制裁，这是你罪有应得，怨不得别人，应该怨的是你自己。你判了十四年，如果你真心悔过、好好改造，政府会给你机会，减几年刑，出狱后你还有大好的时光，可以有所作为。希望你好好珍惜自己，不要把自己送上绝路！"

从来不吃眼前亏、并且善于伪装的马旭东马上来了个 180 度大转弯，口是心非地说："是！是！黄队长说得对！黄队长说得有理！我一定改正错误，好好做人！"

这时，老狱警杨明贵走进办公室，瞅了一眼马旭东，问："这小子怎么了？"

黄涛说："他在监室里捣乱，还动手打了刘军。"

杨明贵说："黄涛，你回家吧。今天我值班，让我好好给他上一课。"

黄涛说："好吧！老杨，你和马旭东好好谈谈。我今天回家看看小娟去。"

"你又好几天没回家了，赶紧回家看看孩子。这里有我呢，你就放心走吧！噢，对了！我给小娟买了点蛋糕，你给孩子带着。你整天就知道工作，家也不顾，孩子整天在家泡方便面吃，孩子跟着你受了多少委屈呀！唉！……"杨明贵叹了口气，顺手整理了一下桌上乱七八糟的文件和材料，又说道："秀青去世快十年啦！你也不能老抱着枕头睡觉吧？今天我就不跟你啰唆了，快点回家吧！"杨明贵催着黄涛走。

这时，黄涛的手机响了起来。黄涛接通手机，只听电话里传来一个哭哭啼啼的小女孩的声音："爸爸！你什么时候回家呀？我好想你呀！"

"爸爸马上就回去看你。"黄涛安慰女儿。

"你别回家里了。我正在医院里输液呢？"

"小娟，你怎么了？"黄涛紧张地急忙问道。

电话里传来一个温柔的声音："喂！你好！我是黄小娟的班主任老师吴玉华。"

"吴老师，你好！你好！"黄涛很意外，客气地说。

"你女儿黄小娟今天下午突然发高烧39度多，我把她送医院打点滴了。现在情况好多了！请你来接孩子回家吧！"吴玉华接着说。

"吴老师，谢谢你了！"黄涛听着，热泪盈眶地说。挂断手机后，黄涛一边从橱子里拿出头盔，一边对杨明贵说："老杨，我走了！这里的事你就看着处理吧。"

"你快走吧！看看孩子的情况。回头给我个电话。"杨明贵冲着匆匆离去的黄涛背影高喊。

黄涛走后，杨明贵关上门，瞪着眼睛，挽起衣袖，围着马旭东转了两圈，然后指着马旭东的鼻子，气呼呼地说："喂！你小子是不是吃饱了撑的！没事找事？还动手打人？你是不是肉皮子发麻啦！我给你松松筋骨哇？"

马旭东吓得忙摆手说："别！别！别！杨队长可别拿我开练！"

杨明贵："你小子还有害怕的时候，你小子不是玩得挺横的吗？"

马旭东："我早听说您当过特种兵！我可吃不住您的拳头啊！我错了！我服了你还不行吗？"

杨明贵："哼！这还差不多？你小子还挺开事的！"

马旭东眼珠一转，玩开了花花肠子，嘴巴甜得就像抹了蜜："杨队长，同犯们都说您是刀子嘴豆腐心，我看一点都不假。而且我看您不光心眼好，更会主持公道。今天的事不是我故意捣乱，我只是跟那个当过局长的谈谈心，我知道他学问高，想请教一些问题。我不也是想进步吗！谁知道，李涛和刘军那俩坏小子，总是瞧着我不顺眼！打击我的积极性，不让我和刘永和说话，还跟我动粗！要不是他俩合伙欺负我，我是不会动手打刘军的。"

杨明贵瞪着眼睛说："你小子说的这些都是真的吗？"

马旭东说："杨队长，我敢跟您老人家撒谎吗？不信，你可以找王三来作证啊，他当时就在场。"

杨明贵瞟着马旭东，有些怀疑地说："李涛和刘军这俩小子，在这儿改造也好几年了，表现还算不错，也都减了两次刑了，眼看着都要回家了。可这俩小子把这份恩情账都记在别人的头上了，他俩跟林指导员相处得像一家人似的，林指导员怎么说，他俩就怎么做。可我的话，他俩就不那么当回事啦！唉！犯人们也很势利眼哪！"

听到这里，马旭东似乎悟出了什么，像苍蝇找到了下缝儿的鸡蛋，笑嘻嘻地掏出中华烟来，凑到杨明贵面前说："杨队长，您老都这么大年纪了！还跟他们争啥呀？啥事能过且过呗！舒舒服服待两年就退休了，还是趁机会多交几个朋友吧！林指导员跟李涛和刘军走得近，那俩小子出去后肯定是不会忘林指导员的。当今世道就这样！多个朋友多条路嘛！杨队长，我看您老人家人实在、可交！您要是看得起我马旭东，我们爷俩不是也可以成为好朋友吗？"

杨明贵叹口气说："唉！没权没势的糟老头子，别人谁愿意跟我交朋友啊？我也帮不了人家，我这辈子算完喽！"

说话听音，马旭东犹如狡猾的苍蝇，闻见腥味，赶忙说："哟——您老人家可别这么说，我马旭东就是不会给有权有势的人拍马屁，没权没势不要紧，只要人实在，我就愿意交。杨队长，我在您的手下改造，您就是我的衣食父母！我也想早点回家，您以后就把我当成重点帮助的改造对象吧！我会把事做明白的。我哥哥是个干大事业的人，他还急等着我快点回去，帮他做事呢！"

杨明贵有些兴趣，问："你哥哥是干什么的？"

马旭东："我哥……那可是大好人，他是唐州市最大的私营企业——神龙集团的总裁，叫马旭龙。在社会上一提我哥的名字，没有不知道的。"

杨明贵眼睛一亮："噢！神龙集团哪，这我知道，原来是你哥的。"

马旭东继续吹嘘道："我哥与很多当大官的都是铁哥们，我哥还是市人大代表和市政协委员呢！我哥也好交朋友，过几天我哥肯定来看我，您带我去接见的话，我就可以介绍你们认识啦！"

杨明贵说："好吧！"

马旭东又乘机说："对了，杨队长！您的手机号码能告诉我吗？以后我哥有什么事情找我，我就告诉他打您的手机。您及时给我传个话，我也图个方便，行吧？"

杨明贵迟疑了一下说："好吧！不过，有一点你要记住！今天咱俩的话，请你不要跟任何人提及，该背人的地方就背着点。我是个快要退休的人了，我可不想招惹什么是非！别搞得灰头土脸，我没法见人。懂吧！"

马旭东点头哈腰地连忙说："那是！那是！"

监狱大门口，浓雾似一口大锅，笼罩了四野，天地一片昏黑，夜色深沉，狂风骤起，铜钱大的雨点击打着地面。惦念女儿病情的黄涛，归心似箭，他推出摩托车走出大门口，打着火骑上去，飞快离去。

公路上，驾驶摩托的黄涛，如离弦的飞箭一般，奔驰在海东监狱到唐州市区一百多华里的公路上。阵雨时下时停，黄涛全然不顾，骑着摩托车在雨夜的马路上急驰飞奔。

摩托风驰电掣驶到唐州市工人医院门口，黄涛飞快下车跑到一楼的门诊处，拦住一位穿白大褂的人问道："医生，请问急诊室输液室在哪？"

值班医生往上一指，道："二层东面。"

黄涛快步上楼，挨个房间地找，等找到小娟的病房时，护士正在给小娟拔针头。小娟首先看到了浑身被雨淋透的黄涛，大喊了一声："爸爸！"

黄涛也激动地喊了一声："小娟！"他快步赶过去，把女儿抱在了怀里。

小娟伏在黄涛的肩头一边叫着爸爸，一边嘤嘤地哭泣着说："爸爸，我想你！"

黄涛听着孩子的哭泣声，心里很不是滋味，禁不住掉下了愧疚的眼泪。

小娟哭诉说："爸爸，你又五天没回家了，我一个人在家里，我好想你呀！"

黄涛摸着女儿的头，安慰孩子说："小娟，乖女儿，爸爸这几天忙，你不是希望爸爸当个好警察吗？"

小娟一边哽咽着，一边用自己的小手绢给爸爸擦眼泪："爸爸，我不怪你！"

黄涛把随身提着的食品袋递给小娟说："你看，这是杨伯伯给你买的你最爱吃的蛋糕。"

小娟破涕为笑说："杨伯伯真好！爸爸，你替我谢谢杨伯伯！"

随后，小娟指着一直站在旁边，看着他们父女俩的吴玉华说："爸爸，她就是我们吴老师！"

黄涛扫了眼前秀丽的女老师一眼，笑了笑说："啊！对不起！吴老师，麻烦你了！"说着，他伸出了满是雨水的大手，吴玉华身穿朴素的服装，显得既得体，又大方，齐肩秀发，如瀑布般黝黑而明亮，鸭蛋脸细腻而又红润，大眼睛高鼻梁，明眉皓齿，体态姣好，典型的大家闺秀，东方美人。刚要伸出手去握的时候，黄涛又不好意思地把湿漉漉的手缩了回去，说了声："吴老师，对不起！我的手太湿了。"

吴玉华看着突然出现在自己面前的这位高大英俊的警官，腼腆地点点头，脸上露出了羞涩的微笑。

黄涛说了声："我们走吧！"

黄涛抱着小娟走出治疗室，吴玉华紧随其后，三个人走到医院的门厅外，雨越下越大。吴玉华打开一把雨伞，不好意思地说："就一把伞。"

黄涛笑了笑说："吴老师，你和小娟先等一会儿，我去拦一辆出租车。"说完，他冒雨跑向马路去拦车。

出租车开过来，三个人先后上了车，小娟说："爸爸！我和吴老师还没有吃晚饭呢！"

吴玉华忙说："没什么，马上可以回家了，等回家我再吃吧。"

小娟忙说："吴老师，我还想让你陪我一起吃蛋糕呢！"

一位老师，占用这么长的时间，冒雨陪伴自己的女儿来看病，黄涛深为感动，正想找个什么方式或借口回报一下，这时听到女儿的话，灵机一动，黄涛赶忙接过来说："这样吧，反正我们三个人都饿着呢！如果吴老师不介意的话，我们就找个饭店吃顿便饭吧。要不然，我们回家也得做饭吃。"

见小娟父女真心相邀，吴玉华不好再推辞，点点头说："那好，我们就找个地方随便吃点吧。"

雨夜的街道，行人寥寥，他们来到一家餐厅，找到一个环境幽静的餐桌，大厅里正放着萨克斯曲《回家》，黄涛领着吴玉华和小娟找了个僻静的角落坐了下来。吴玉华掏出自己的手绢递给小娟说："小娟擦擦手。"

黄小娟接过手绢擦了擦自己的小手后，随手把手绢递给了黄涛说："爸爸！你的手上都是水，你也擦擦吧！"黄涛"哦"了一声，接过手绢就擦起来，擦完手又擦自己的脸。

喜欢娴静、出落得犹如一朵荷花的吴玉华，一直微笑着默默地看着面前的这位男子汉，似乎要洞悉他的内心世界，看着他棱角分明的脸，姑娘心头浮起几片云霞。黄涛猛一抬头，与吴玉华的目光正好相对，吴玉华迅速躲开目光，羞红了脸，装作若无其事的样子。

黄涛忽然好像想起了什么，看看弄脏了的手绢，不好意思地笑了。

吴玉华也笑了。

小娟看看爸爸，看看吴老师，似乎心有灵犀，小眼珠一转："吴老师，我爸爸把手绢给你弄脏了！咋办呢？那就给我吧。等我回家洗干净了，留着给我爸爸用，我让爸爸买条新的手绢送给你。"说完她抢过黄涛手中的手绢道："我先保管着吧！"

黄涛憨笑着望着吴玉华的脸，似乎在征求着什么！

吴玉华微笑着低下了头，默许了孩子的请求。

吃饭的时候，小娟把袋子里的蛋糕拿出来三块，每个人的盘子里各放一块说："吴老师，这是杨伯伯给我买的我最爱吃的蛋糕。我妈妈去世后，家里没人做饭，爸爸整天上班不在家，有时候还好几天都不回来，我只好每天吃方便面。杨伯伯心疼我，就总给我买蛋糕吃！"

吴玉华问："杨伯伯是谁呀？"

黄涛接过话说："哦！老杨是和我在一起工作的一位老同志。他从警一辈子，自己没有孩子，老两口就把小娟当亲生闺女看待。"

小娟又抢着说道："杨妈妈还经常给我买新衣服呢！"

黄涛嗔怪："小娟，别没礼貌，说起来没完了，先让吴老师吃饭吧！"

吴玉华摆摆手说："我和孩子们待习惯了，愿意和他们在一起生活，听他们讲话。黄同志！"

小娟忙插嘴，甜甜地说："吴老师，我爸爸是个当官的！是个中队长。别人都叫我爸爸黄队长！"

吴玉华眼睛一亮："啊！黄队长，我对监狱的工作一点也不了解，请你讲一些你们的事情吧。"

听到面前这位漂亮女性的请求，黄涛有些腼腆，他思忖了片刻说："我们的工作，在外人看来有些神秘，其实，倒也没什么特别的。简单地说：是这样，监狱和公安局、检察院、法院都是一个系统，都归政法委管。一个人触犯了法律，首先公安局负责侦查，然后再移交检察院起诉，最后由法院来审判，结案后被判刑的人就投到监狱里进行教育改造。根据监狱法的规定，服刑人员在服刑期间能够认罪服法，有立功悔改表现的，监狱可以给予记功减刑、提前释放的奖励。对于改造表现不好的，或者在服刑期间再次犯罪的，不但减不了刑，有的还甚至被加刑。监狱警察就是根据国家法律的规定，对服刑人员进行正常的教育改造，促使他们走悔过自新的道路。"黄涛一口气说了这么多话，犹如在吴玉华面前打开一扇窗户，使她看到许多新鲜的风景，她频频点头。吴玉华又问道："那你们有正常的公休日吗？"

黄涛答道："有啊！和你们一样。"

"可是……"吴玉华又继续问："那小娟怎么说，你总在单位不回家呢？"

黄涛说："噢，是这样……在具体工作中，我们会经常遇到很多预想不到的事情，比如说，有的犯人突然生病了，有的犯人思想出现危险倾向了，或者有的犯人家里出现什么重大变故，种种情况。有时，我们还要出去搞家访等等。所以，我们的休息时间有时连自己也掌握不了。我们狱警的任务和你们教师有许多相同之处，你们是教书育人，我们是治病救人。"

"治病救人……"吴玉华感慨地说："原来监狱里的事情这么复杂，监狱警察也挺辛苦啊！"

第六章　爱满人间

俗话说，有男女，就有爱情、友情、亲情，狱警也是人，而且是有情有义的人。值班时，面对高墙、服刑犯，精神高度紧张。睡觉，都要睁着一只眼，稍有疏忽，就会酿成大错，还可能丢了性命，为此，他们的职业，被称为高危行业。可当他们歇假时，面对孤寂和青睐的女性时，也是柔情似水……

黄涛给桌上各自的酒杯里满上啤酒，举举酒杯，又说："我们在监狱里工作已经习惯了这种生活。再说，犯人们也是人呢！他们虽然犯了罪，但他们也有自己的思想和感情啊！也有自己的妻儿父母啊！其中绝大多数人很痛恨自己的过去，都有重新做人的愿望，希望早日回家与亲人团聚。作为管教干警，我们也应该多为他们想一想啊！多给他们一些关心，他们就能够更踏实地改造；多给他们一些实际的帮助，他们就多一些早日新生的希望。这几年，国家在监狱建设方面投入了大量的财力物力，用来提高和改善服刑人员的生活条件和改造环境，也是用心良苦啊！"

"原来是这样！"吴玉华听着黄涛的叙说，不住地点头。然后，她冲着黄涛不好意思地笑着说道："你看，我光顾让你跟我说话了，你还饿着肚子呢！快吃饭吧！"她笑容满面地不断给黄涛和小娟碗里夹菜。小娟看着吴老师老是给爸爸的碗里夹菜，爸爸也大口大口地吃得特别香，就在一旁抿着小嘴偷偷地笑。小娟在心里设想着，如果温柔漂亮的吴老师能够爱上英俊帅气的爸爸，该多好啊！他们是多么般配的一对啊……

这时，有一个八九岁的小女孩抱着一大把玫瑰花走了过来。她左顾右盼地望望，就径直朝着黄涛跑过来，对黄涛说："警察叔叔！买朵鲜花送给阿姨吧！"

黄涛望着眼前这个和自己的女儿一般大小的小女孩问："小姑娘，你多大了？"

小女孩说："叔叔，我9岁了。"

黄涛又问："你为什么这么小的年纪就出来卖花呢？你的爸爸妈妈呢？你出来卖花他们放心吗？"

小女孩含着泪花说："我爸爸被抓进了监狱，妈妈离家出走了，家里只剩奶奶和我了。我要上学，家里没钱，我卖花挣学费呢！叔叔！我想上学！"

黄涛心情沉重地把小女孩抱进怀里问："你叫什么名字啊？"

小女孩答道："叔叔！我叫胡小玉。"

黄涛问："啊！小玉姑娘，那你同意不同意把花都卖给我呀？"

"好哇。"小玉十分高兴："要不，你都买了吧？"小姑娘恳求道。

黄涛说："那怎么行呢？今天是情人节，买一枝送给阿姨表示一下就行了。我不想宰你呀！"

"可我凑不够学费呀。"

"要不，我买一枝，付给全部花的钱怎么样？"

"那……那……你不是挨宰了吗？"

"那要是今天叔叔愿意让你宰呢？"黄涛笑着说。

小玉说："那你多亏呀？"

黄涛笑说："奶奶不是还在家等你吗？你要是老不回家，她多担心，你把花都卖给我，你不就可以早点回家了吗？今天叔叔跟你做笔大买卖不好吗？"

小玉勉强点点头，算是默认了这笔交易。

黄涛问："小玉姑娘，这些花你准备要多少钱呢？"

小玉歪着脑袋想了想，不好意思地说："叔叔！那你给我100块钱吧！我赚你10块钱。"

黄涛听后哈哈大笑着说："好，买卖公平，胡老板，咱们成交！"他从上衣口袋里掏出500块钱，乐呵呵地对小玉说："小玉姑娘！叔叔今天刚发了工资，叔叔有钱，这100块钱买花钱，这400块钱呢？是叔叔借给你上学交学费的钱。等你将来大学毕业，有了工作，挣了钱，再还叔叔好不好？"

小玉说："那怎么行呢？我们不认识，我怎么能拿你这么多钱呢？"

黄涛摸着胡小玉的头说："我们现在不就认识了吗？"然后，顺手指着小娟说："小玉姑娘！这个是你小娟姐姐，欢迎你以后常到我们家来找小娟姐姐玩！那我们大家不就都是好朋友了吗？小玉姑娘，你愿意不愿意和我们交朋友？"

稚气的小玉使劲地点点头，眼里闪着晶莹的泪花。

黄涛高兴地说："好，小玉姑娘真爽快！既然我们都是朋友了，那就一起吃饭庆贺一下吧！"黄涛说完，向旁边站立的服务生招呼："再来一套碗筷。"待服务生放好餐具，他给小玉倒满了一杯饮料，说道："来，咱们大家干一杯！"

几个人共同举起酒杯，愉快地喝下这杯幸福的琼浆。

小娟把小玉拉到自己身边坐下，说："小妹妹！把这些蛋糕送给你吃吧！我给你留下我们家的电话号码，有事你需要帮忙就给我打电话。记住，每天晚上7点钟后给我打，星期六星期天白天也可以。"她随后把写好的纸条递给了小玉问道："你记住了吗？"

小玉点点头说："小娟姐姐，我记住了。"

小玉突然在小娟的脸蛋上亲了一口，说："小娟姐姐，再见！"说完，她高兴地跑了。快跑到酒店门口时，小玉回过头来冲着黄涛和吴玉华喊道："叔叔！阿姨！祝你们幸福！永远相爱！"

小娟抱起一大堆玫瑰花走到吴玉华面前说："吴老师！我代表爸爸把花送给你，祝你天天快乐！"吴玉华窘得面色羞红，站起身来，用深情的眼神看了看黄涛，慢慢地接过鲜花，把小娟拥在怀里，脸上露出了幸福的微笑。

饭后，他们一起来到餐厅门口，三人走出饭店，黄涛说："吴老师！辛苦你半天了，先送你回家吧！"

吴玉华说："我家离这儿比较远，还是先送你们回家吧！咱们打一个车走，先送你们爷俩，再送我。"

黄涛说："那好吧！"黄涛伸手拦车，一辆出租车停下。

三人坐上一辆出租车。

出租车离去……

出租车行驶在雨后城市的街道上，唐州市是沿海的一个地级城市，区域有限，不一会儿，出租车到了黄涛家的楼下。三人同时下了车，黄涛热情地对吴玉华说："吴老师！请到家里坐一会儿吧！"

吴玉华摇摇头："不了，今天太晚了，改天吧！以后会有机会的。"

小娟拉着吴玉华的手说："吴老师，到我家坐会儿吧，我还想让你参观一下我的小卧室呢！我的小卧室里还有很多好玩的玩具呢！"人小鬼大的小娟，知道眼下是个难得的爸爸和吴老师相互了解的机会，她渴盼着这一天许久了，今天，老天有情，下着霏霏细雨，又是周末的晚上，机会难得，她拉着吴玉华的手久久不放，使劲儿摇晃着，不住地哀求道："吴老师，到我家里坐会儿去嘛……吴老师，走吧！"

孩子的真情和天真，似乎打动了吴老师，正在吴玉华犹豫不决的时候，黄涛的手机响了。

黄涛接通了手机："喂，你好！我是黄涛。"

"黄队长，胡桂荣病了，情况非常严重。"电话里传来杨明贵急促的声音。

"他现在在哪里？"黄涛急切地问。

电话里传来杨明贵的声音："正在中心医院抢救呢！我已经打电话报告了高监狱长，他说他和董院长马上就来。你好不容易回趟家，本来我不想告诉你，可看样子胡桂荣病得不轻，我怕自己处理不好，所以就向你报告一声，请你拿主意！"

黄涛说："老杨，我马上回去。"

杨明贵问："那小娟怎么办呢？要不要我给你嫂子打个电话，让她把小娟接到我家去住。"

黄涛说："嫂子也累一天了，别再打搅她了，这事你就不用管了，注意照顾好胡桂荣！我马上就赶回去。"然后，黄涛放下电话对小娟说："对不起！爸爸有急事，得马上回单位一趟。你自己回家快睡觉吧！听话，啊！"

小玉点点头说："爸爸，你忙去吧！我不用你操心！让吴老师留下来陪我做伴儿不就得啦？你就放心走吧！"

吴玉华对黄涛说："黄队长，你去吧！我留下来陪小娟。"然后，吴玉华关切地叮嘱黄涛道："注意下雨路滑！骑摩托车当心点！太晚了，就住单位吧！"

黄涛抹去脸上的雨水："吴老师，再见！"

小娟："爸爸再见！"

吴玉华挥手向黄涛告别。黄涛上了出租车后，又大声对小娟喊道："好闺女，爸爸上医院取摩托车，从那儿就走了。你要听吴老师的话，听见了吗？"

黄小娟大声回答："听见了！爸爸，你就放心吧！"

黄涛冒雨赶回监狱，吴玉华与小娟上楼后，小娟打开房门把吴玉华让进屋。吴玉华打量了一下屋子，这是一套两室一厅的住房，房间内的摆设虽然简单，却收拾得很利落。在客厅的电视机旁边，放着一幅放大的女人照片，吴玉华仔细端详着，她已经感觉到照片上的女人在这个家庭的位置。这时，小娟走过来拉住吴玉华的手说道："她是我妈妈！在我一岁的时候，妈妈就生病去世了。我和爸爸都非常想念她！爸爸在家的时候，有好多回半夜里，我发现爸爸一个人看着妈妈的照片，脸上还挂着泪珠呢！"

吴玉华听小娟讲着，坐在客厅的沙发上久久地凝视着照片上的女人。突然一阵急促的电话铃声让吴玉华回过神来。她打开手机说：

"你好！我是吴玉华。"

"我是爸爸！"电话是唐州市委书记吴成彬打来的。吴书记旁边站着的人是吴玉华的母亲，曙光实验小学的杜校长。吴书记接着说："小华，今天怎么这么晚还不回家呀？是不是跟同学搞聚会呢？"

"不是，爸爸！我们班有个叫黄小娟的学生，她今天生病了，发高烧，我把她送医院打了点滴，现在我在她家陪她呢！"吴玉华说。

"那她的父母没在家吗？"吴书记问。

"她妈妈早就去世了！她爸爸是个监狱警察！工作忙，经常顾不上她。"吴玉华回答。

"啊！原来是这样，那你就好好陪陪孩子吧！有时间把孩子带到咱家来玩。"吴书记嘱咐道。

"我跟小华说两句……"吴玉华的母亲从吴书记手里抢过电话叮嘱道：

"哎，小华！没妈的孩子都是苦孩子！以后你要多照顾她，她缺什么吃的、穿的，你就给她买！钱妈妈给。"

"谢谢妈妈！今天我就不回家了。我住在小娟家里。"吴玉华告诉母亲。

"好吧，早点睡吧！"吴玉华的母亲释然说。然后，她就放了电话。

寝室内，夜深了，小娟早就抱着小兔子玩具睡着了。吴玉华翻来覆去睡不着，她慢慢地回想着今天所发生的一切……

她脑海里一会儿出现黄涛英俊的脸和憨厚的微笑；一会儿回想着他那感人肺腑的话语；一会儿出现她给黄涛夹菜，黄涛吃饭香甜的样子；一会儿出现他怀抱小玉的影子。接着，另一个女人俊俏的脸又一遍一遍地在大脑里晃动……想着想着，她坐起来给小娟掖掖被子，抬手看了看手表，已经是深夜两点钟了。

吴玉华慢慢地闭上了眼睛……

瓢泼大雨下个不停，黄涛骑着摩托车飞驰在漆黑的雨夜里。狂风吹打着他的脸颊，吹开他的雨衣，冰凉的雨水，把他淋得透湿，他全然不顾，飞奔来到监狱后，奔向中队办公室。此刻，在二中队办公室里，杨明贵一个人在办公室里来回地踱着步，黄涛快步走进，忙问："老杨，胡桂荣怎么样了？"

杨明贵说："正在医院抢救呢！可能要做大手术！马监狱长来了，正在会议室开会研究胡桂荣的情况呢！"

黄涛说："老杨，你在中队盯着！我去医院看看。"

杨明贵说："你快去吧！"

黄涛转身快步走出。跑步赶到了监狱中心医院，飞步来到病房。他看到胡桂荣正躺在病床上痛苦地呻吟着。黄涛俯下身问道："胡桂荣，你怎么样？"

胡桂荣慢慢地睁开眼睛，望着黄涛焦急的面孔，有气无力地说："我这胃病是多年的老毛病了，前几年，我想通过练法轮功来治好自己的病，可是……"

黄涛用手制止道："你身体虚弱，少说话，等病好了咱们再聊。"

胡桂荣轻轻地点点头。

黄涛叮嘱："胡桂荣，你一定要配合治疗，监狱领导都来了，正在研究你的问题，待一会儿肯定有结果。我先去看看！"说着，他转身出了病房，通过走廊，快步向监狱的办公楼赶去。他一边擦汗，一边赶路，汗水雨水沁湿了他的警服，他浑身汗水赶到了会议室外面，高喊了声："报告！"

"进来！"只听马监狱长说了声。

黄涛跨进会议室，向领导们敬了个礼。

马监狱长看见一身雨水、头发湿漉漉的黄涛进来，忙说："你来得正好！来！坐！坐！"

黄涛用眼迅速地扫视了一圈，到会的有监狱长马玉清、政委聂清华、副监狱长高天宇、教育科科长梁启明、狱政科科长贾洪强、狱侦科科长郑浩南、中心医院院长董云良等人。

董云良院长正在发言，他继续说："胡桂荣突然发病，经咱们医院初步诊断是严重的胃病，很可能是胃癌。如果不及时做胃切除手术，极有可能出现生命危险。按咱们中心医院现有的设备和技术状况，做这样的大手术，要确保患者的生命安全、万无一失，存在着一定困难。不过，如果没有更好的办法，咱们中心医院也会尽力去做的。不管怎么说，抢救人的生命要紧！"

大家都静静地听着董院长的情况通报，听到这里，与会者都不约而同地互相望望，谁也没吱声。

马监狱长拿起茶杯，喝了一口，说："云良刚才把情况都说清楚了。根据咱们监狱中心医院的实际情况，做胃切除手术没有十分把握，胡桂荣虽然是一名服刑人员，但他的生命和我们警察的生命同样重要。生命没有贵贱之分。所以，我建议，既然咱们中心医院没有绝对的把握确保胡桂荣的生命安全，那么，我们就必须同唐州市的几家大医院尽快联系，把胡桂荣转到社会上的医院去做手术。比如唐州市工人医院。当然，这肯定会花一些钱，也肯定会牵扯我们一定的精力。虽然我们目前的财力也很紧张，但生命大于天，我们必须把胡桂荣的生命安全放在第一位。"

大家听到这里，心情紧张，正等着马监狱长的下文。

一旁的聂政委接话，说："我支持马监狱长的意见。胡桂荣的生命不仅与我们同样宝贵。通过这件事，我们不但要教育胡桂荣本人，而且要更彻底地揭露法轮功的歪理邪说。这个意义非常重大！今天的情况很紧迫，我就不多说了，还是请马监狱长最后决定吧。"

马玉清对高天宇说："天宇，你辛苦一趟，马上送胡桂荣到唐州市工人医院，组织进行手术治疗。无论花多少钱，你找我要。"

高天宇霍然站起回答："好吧！散会后，我马上去办！"

马玉清监狱长转对贾洪强和郑浩南说："你们狱政科和狱侦科派出专人到医院轮流值班，确保安全！"

两位科长立即站起回答："是！"

马玉清又对黄涛指示说："黄涛，你把中队的工作安排一下，随高监狱长一起去医院，负责联系胡桂荣的家属并配合高监狱长做好其他方面的工作。"

"是！"黄涛立即应声回答。

马监狱长对梁启明吩咐："你把胡桂荣的详细情况写个材料，尽快汇报给上级领导。"

梁启明说道："我马上去办！"

马玉清监狱长站起问："大家的任务都清楚了吗？"

众人回答："清楚了！"

马监狱长说："好，散会！立即行动！"

监狱大门口，夜色迷茫，高墙电网，一片森严。警笛鸣响，不一会儿，只见一辆面包车和一辆本田车闪着警灯开出监狱的大门，消失在茫茫的夜色中。

城市的黎明悄然而至，晨曦拉开夜幕的帷幔，城市又如醒来的少女，恢复了青春的活力，尽情展示着她的魅力，新兴城市一片繁荣。车水马龙的街道，车辆川流不息，公园里晨练的人们怡然自得，上学的学生脚步匆匆，自行车的铃声响成一片……

天亮了，曙光初照。

在唐州市工人医院，医护人员正在给胡桂荣做详细的病情检查。诊断结果：胡桂荣患的是胃癌，需要做大手术。

在三病区走廊，医院的院长正在向高监狱长介绍着胡桂荣的病情："……胡桂荣需要在医院待很长一段时间，希望监狱方面要配合我们做好对胡桂荣的治疗。不过医疗费……"

"医疗费请医院放心！"高天宇打断了一下说。说着高天宇掏出一张现金支票递给院长，说："这是 3 万元现金支票，请先押在医院财务科。如果不够请随时通知我！治疗上的事请院长多操心了！"

院长说："支票你去交给收费处。治疗上的事，我们一定全力以赴，确保手术成功。这种手术我们医院做过很多例，不会有问题的。不过，病人手术后需要很长时间的休养，也需要好好调养。"

高天宇表示："这些问题请院长放心，我们会做好的。"

"那好吧，高监狱长，那我就不打扰了，再见！"院长说着，与高天宇握了握手走进了病房。

院长走后，高天宇对贾洪强和郑浩南说："你们安排好人，要对胡桂荣进行 24 小时不间断的看护，决不能出现任何意外情况。除去必要的医护人员和胡桂荣的直系亲属可以进入胡桂荣的病房，其他任何人不得接触胡桂荣。值班人员一定要坚守岗位，决不能离开病房半步。明白了吗？"

"明白！"两人齐声答。

然后，高天宇和黄涛一边往医院外走，一边叮嘱道："黄涛，你马上与胡桂荣的家属取得联系，并详细了解清楚他家里的情况，汇报给我。治好胡桂荣身体上的病和促使胡桂荣的思想转化，这两项工作都很重要。如果胡桂荣的思想问题解决了，这就为我们做其他法轮功习练者的思想转化工作积累了经验。你一定要把工作做得细一些，明白吗？"

"明白，我一定把工作做细了。"黄涛应声道。

"好！黄涛，我对你一向很放心的，不过有一件事，我一直挂在心上，很不放心！"高天宇说着，走向汽车。

"高监狱长，什么事呀？"黄涛着急地问。

"你的终身大事啊！干工作固然重要，但家庭的建设同样重要哇！你吃饱了不饿，可孩子扔在家里没人管也不行啊？小娟这孩子挺懂事。不能老委屈孩子啊！我知道你跟秀青的感情很深，一直忘不了她。可秀青去世有十年了，你不能一辈子就这样下去吧？你不顾及自己，也该为孩子想想吧？有合适的，赶紧研究一个，我还等着给你当证婚人呢！你不能老这样让我等下去呀！"高天宇说。

黄涛说："谢谢领导关心，好吧！如果有看上我的，我就抓住不放。"

高天宇捶了黄涛一下说："这还差不多。好啦！我走了，再见！"

黄涛为高天宇关好车门，向高天宇挥了挥手说了声："再见！"

送走高天宇，黄涛掏出手机给自己家里打电话。拨了好几遍，家里的电话老占线：怪事，小娟给谁打电话呢？黄涛泛起嘀咕。

俗话说：大人有大人的烦恼，小孩儿有小孩儿的趣事。黄涛的家里，小娟正在接电话，是卖花的胡小玉打来的："喂！你是昨天给我蛋糕吃的小娟姐姐吗？我是胡小玉。"

"我是黄小娟，你是小玉妹妹啊！"

"是我！小娟姐姐，我想问问你，我上学的事应该找谁呀？我该把上学的钱交给谁呀？"

"你把钱交给学校呀！"

"你能不能帮我找找人啊？你爸爸是警察，肯定认识好多人，求叔叔帮帮我呀？"

"小玉，你别着急！我们一起想办法，以后有什么困难你就说。"

"我奶奶因为我上学的事愁得整天哭，我怕她会急出病来的。奶奶要是病了，谁给我做饭呀？"

"如果奶奶给你做不了饭，就到我家来吃。上学的事，你别着急，我跟吴老师说一声，她肯定会帮忙的。今天是星期六，我不用去上学，我们见面再说好吗？"

"可我今天还要去卖花呢！如果今天我卖不完，肯定要赔本的！"

"我和你一起去卖吧，反正今天我没事。我们俩把花卖完了，就去找吴老师！"

"那太好了！"小玉高兴地说。

"你在哪儿呀？"小娟问。

"我在凤凰岛公园门口呢！"

"那你就在那等我吧！我一会儿就到。"

"好吧！"小玉说。

"小玉，一会儿见！"小娟说着，挂了电话，从冰箱里拿了两个苹果，又从厨房里找了两盒方便面，装进书包里。正准备出门，电话响了。她拿起电话问："是小玉吗？"

"小娟，是我！"电话里说。

"爸爸！"小娟高兴地喊了声。

"刚才电话老占线，是谁在打电话啊？"黄涛说。

"是昨天卖花的小玉妹妹。"小娟说。

"你没喊她到咱家来玩？"

"她想去上学，不知道怎么办？我想让我们吴老师帮帮她。"

"好哇！我们小娟也长本事啦！知道关心别人，好！爸爸支持你！"

"爸爸！你什么时候回家呀？"

"我现在正在市里呢！爸爸正执行公务，晚上回家陪你。"

"那太好了！爸爸！晚上见！"

"小娟，上街当心点！"黄涛嘱咐道。

"我会的！爸爸，再见！"小娟说。

小娟挂了电话，跑下楼。小娟由楼道里推出自行车，她骑上自行车就往市中心赶。一路上绕绕转转，最后来到凤凰岛公园门口。

公园门口，聪明的小娟先到旁边的唐州市工人医院院内存车处，将自行车存好，再转回来找到小玉。小玉看到小娟跑来，高兴地跑上前抱住小娟说："小娟姐姐，你真好！"

小娟拉着小玉的手说："把花分给我一半，咱俩一块卖。"

"好！"小玉把抱着的玫瑰花给了小娟一簇说。

小娟问："我们到哪里卖呢？"

小玉回答："到人多的地方呗！"

小娟说："今天是星期六，广场上人肯定多！我们到那卖吧！"

小玉点点头，说："好吧！"

两个人到了唐州市中心广场，在熙熙攘攘的人群中叫卖着。

小玉嘴甜如蜜："叔叔，买花吗？"

小娟问："阿姨买一朵吧？"

直到快中午了，俩人还剩了一些花没卖完。

这时，一个戴墨镜的人挎着一位非常漂亮的小姐走过来，身后还跟着好几个随从。戴墨镜的人对小娟说："小丫头，这玫瑰花多少钱一枝？"

"叔叔，两元一枝。"小玉抢着回答。

戴墨镜的人随口骂道："小兔崽子！这么小就学会宰人了！老子今天心情好，就不跟你争了！数数，多少枝？都卖给我吧！"

小玉把小娟手里的花拿过来，放在一起数了数，说："叔叔！一共45枝，90块钱！"

戴墨镜的人掏出一百元大钞对小娟说："小丫头，看你长得挺讨人喜欢的！这是100元，零头就不用找了，但我有个条件……"

他坏笑着掏出一支烟叼在嘴上，摸出打火机接着说："给老子点支烟！"

小玉低下头，没吭声。

小娟用眼睛瞪着他。戴墨镜的说："哎哟！小兔崽子，还挺倔的！"

　　僵持了一会儿，小玉小声说："叔叔，我给你点。"小娟去拦小玉，被小玉轻轻推开了。她接过打火机，"啪"的一声打着了火，双手抖抖地举了过去。

　　戴墨镜的人深深地吸了一口，慢慢地吐出一串烟圈来，嘿嘿一笑说："小家伙还算开事！行了，给我吧！"他抓过鲜花递给身边的小姐，把100元钱扔给小玉，转过身哈哈大笑着走了。小玉捡起钱，从自己的口袋里掏出10元钱，快步追上戴墨镜的人，把钱塞到他的手上说：

　　"叔叔，找你的钱。"

　　戴墨镜的人一下子愣住啦！他惊讶地看着小玉，脸上的笑容僵住了。小玉和小娟拉着手跑远了。他摘下墨镜对身边的小姐说道："晓兰！这俩丫头的倔脾气跟你小时候一模一样！"

　　"龙哥，我们走吧！"晓兰说。

第七章　挽救灵魂

人是否有灵魂，自古以来争论不休，但有一点是不容否认的，就是思想意识对人生的行为的影响，是起决定作用的。一名人民狱警，无私帮助在押犯的母亲，实属罕见……

黄涛骑着一辆破旧的自行车，询问多次，直到累得一身热汗，才找到胡桂荣家的村子，这是一个位于城乡接合部，只有几十户人家的小村子。他几经打听，总算找到了胡桂荣的家。他放好自行车，上前敲门。一位白发苍苍的老妇人开了门，上下打量着黄涛，问道："你找谁呀？"

黄涛打量着眼前这位衣衫褴褛、面黄肌瘦、一脸病态的老人几眼。秋风中，老人颤颤巍巍，犹如一棵苍老、枯朽的老杨树。说不定哪阵风刮来，就会把她吹倒。他心里一阵发酸，反问道："老人家，请问这是胡桂荣家吗？"

"是！"老人点点头说。

黄涛和蔼地走上前："老人家，您是胡桂荣的母亲吧！我是监狱的警察……"

见是警察登门，老人的心情又不平静起来，着急地打断话，问："是不是我儿子又办什么错事了？"

"老人家！没事，我是主管胡桂荣的队长，我叫黄涛，来家里看看。"

老人客气地说："啊！是黄队长，快请屋里坐！"

黄涛走进院子，步上台阶，进屋后环视了一下屋里简陋的陈设，在小餐桌旁坐了下来，对老人说道："大娘！你的小孙女呢？"黄涛接着问道。

老人答："孩子上街了。"

黄涛："孩子的妈妈经常过来看孩子吗？"

老人长叹一声说道："唉！离开家以后就没再回来过！也怪不得人家呀！在我儿子被关进监狱以前，媳妇不愿他练法轮功，两口子为这事整天吵架，媳妇拿他没

052

办法，一生气就和他离婚了。唉，真是作孽呀！"

"都是法轮功给害的，好好一个家给毁了！"黄涛感慨道。

老人说到这里已泣不成声："我老了！管不了我儿子，他不去好好上班，整天把一大帮人领到家里练什么法轮功。说是练这种功什么病都能治，不用吃药、打针。净胡扯！那是蒙人的。他有胃病，不去医院治，把看病的钱尽买了些乱七八糟的书，瞎折腾！家里的东西让他折腾光了，最后把自己也折腾进了监狱！就可怜了我那孙女小玉，看着别人家的孩子上学总掉眼泪！可我没钱交学费呀！也不怕你笑话，小玉连着好几天了，天天起早贪黑去卖花……"

黄涛："小玉今年9岁了吧？"

老人："是啊，孩子9岁了。"

黄涛脑子里忽然闪过一个念头，卖花的胡小玉可能就是胡桂荣的女儿。

"哎呀！你看我光顾跟你说话了，大娘给你倒杯水去。"说完，老人支撑病体就去了厨房。

黄涛站起来，看到墙壁上挂着一幅放大的夫妻照，走过去一看，照片上的男人正是胡桂荣。从照片上似乎可以看出这本来是一个幸福的家庭。法轮功残害了这个家呀！黄涛正思考着，老人愁眉不展、一脸无奈地走进客厅说："哎呀，对不起，煤气罐没气啦！小玉回来我怎么给她做饭呢？"

黄涛说："大娘，你别着急，我先去给你换煤气。"

"那怎么行呢？"老人阻拦说。

"大娘，你就不用客气了。"黄涛说着走向门口，来到厨房。

"那我拿钱给你。"老人说着。

老人走进厨房的时候，黄涛早已扛着煤气罐走出院门了。"好人呢！好人呢。"老人追出院门时连声感叹。

在海东监狱通往盐场的公路上，一辆豪华的奔驰车正在急驰。车上坐着身穿一身月白色高档西服的唐州市神龙集团的总裁马旭龙，身旁是他的女秘书刘晓兰，这是一位时尚而又富于魅力的女人，20来岁，正是一枝鲜花最美丽的季节。前面开车的人和副驾驶位置上的人都戴着墨镜，一副保镖的打扮。

马旭龙抚摸着刘晓兰细腻柔软的小手说："晓兰，待会儿你见了大虎，千万别把咱们的关系告诉他。你哥跟我这么多年，一直非常尊敬我，如果他知道你跟了我，还怀了我的孩子，非把他气疯了不可。他知道我有过很多女人，肯定不会相信我对你的感情是真的。大虎知道我太多事情，一旦他跟我翻了脸，跟别人瞎说，那对大家都不会有好处的。你明白吗？"

晓兰若有所思，听见马旭龙叮嘱，连忙点点头。

马旭龙又说："见了大虎，你就说你在公司当财务主管，每月工资嘛？"

马旭龙想了一下，接着说："你就说是我看在他的面子上，每月给你5000元。别的什么，你看着往好里说就行了。"

晓兰默默地在想着自己的心事，没有吭声。

此时，在海东监狱直属二中队学习室，犯人们正在组织学习，坐在小板凳上学规范。正值休息期间，马旭东见狱警不注意，"啪"的一声点上一支香烟，顺手甩给杜青云一支，说："来！三弟，抽一支！"

杜青云一脸惊喜，阿谀讨好说："东哥，你是抽中华不倒牌子啊！"

马旭东一撇嘴："谁像你似的，在外边整天吸白粉，现在混得在里边抽炮筒子烟都费劲了？不过，三弟，无论怎么说，咱们这些都是在道上混的，别看过去你跟我作过对，咱道上有道上的规矩，黑的跟黑的一伙，白的跟白的一拨，咱别让白的把黑的看扁了！今后谁他妈的敢跟咱哥俩儿较劲，咱就一起收拾他！"

小偷王三凑到马旭东跟前，小声猥琐地说："东哥，赏赏脸，一会儿抽完的烟屁赏给小弟，尝尝怎样？"

马旭东瞥了王三一眼，没理他。

见对方没有动怒，也没有嫌弃自己，王三讨好地拍着胸脯说："东哥，我王三今后就听您的了。谁他妈的敢跟东哥玩邪的，装怪兽，我王三出手扁他！"

杜青云讥笑道："王八三！别他妈的穷嘚瑟了！你说大话的时候，瞧瞧你的裤子尿湿了没有？"

众人听了哄堂大笑。

这时，李涛和刘军走了过来，李涛冲着马旭东说："马旭东，你不好好上课，在学习室抽烟，还带头说一些乱七八糟的话，合适吗？"

马旭东把眼一瞪，蛮横地说："啥叫合适不合适？我归政府管，你他妈的狗拿耗子多管闲事，你说合适？别以为政府给了你一点好脸色看，就不知道自己姓什么了？别在我这装洋蒜！更别把眼长在屁股上，瞧我马旭东，把我马二爷看低了。真把我惹上气来，我他妈的就狠削你们一顿！"他气势汹汹地往前靠了靠，叫嚣道："你们信吗？"

李涛和刘军上前分别抓住马旭东的两只手，说："走，找队长去！把你刚才说的话跟队长说一遍！"

杜青云抓起小板凳，从李涛的身后慢慢地靠过来，刚要举起来砸李涛，忽然，有人嚷道："队长来了！"

众犯人听到后，马上都在自己的位置上规规矩矩地坐好了。

李涛和刘军却站在原地没动。

杨明贵走进来，高喊一声说："马旭东！跟我去接见。"

马旭东在狱警的监护下，来到狱中接见室里，和哥哥马旭龙见了面。两名马旭龙的保镖围着马旭东，"东哥！""东哥！"地叫着。刘晓兰独自站在一边，面无表情，两只手在摆弄着自己的手机。

马旭东瞅了瞅马旭龙身后的刘晓兰，嘿嘿一笑，小声说："哥！你把晓兰带来，想犒劳犒劳我吧？"

马旭龙瞪了他一眼说："放屁。"几个人找位置坐下来后，马旭龙问马旭东："阿东，大虎分哪儿去了？"

马旭东低声道："大虎分到严管队去了。"

马旭龙："你们平常能见面吗？"

马旭东："监狱里管得严，不让乱窜队，不太好见！不过，机会还是有的。"

马旭龙："大虎这么多年没少给我卖力！在里面能帮他的地方，你要尽量帮他！"马旭龙向马旭东使了个眼色说："懂吗？"

马旭东点点头说："我明白！"

马旭龙又问："阿东，你在里面待得怎么样？"

马旭东垂头丧气："不怎么样！他妈的二中队的几个队长都一本正经，不好对付！不吃我这套！不过，大哥！"马旭东用手偷偷一指站在不远处正与接见室警察说话的杨明贵说："刚才带我进来的老家伙，我倒是试探过他，可能有门。不过，他只是个副中队长，办事能力可能差一点。"

马旭龙："阿东，你现在这种情况，身边有个人帮你，总比没有强。他能力大小先不要管，他对你实在就行。眼光要放远一点，懂吗？如果他是条合胃口的鱼，我就用心去炖炖。"

马旭东小声说："我知道他的手机号码，也跟他提过你。"

马旭龙："阿东，你去请他过来！"

马旭东离座去请狱警杨明贵。两人一起走过来，马旭东赶紧介绍说："哥！这就是我跟你说过的、对我有大恩的我们中队的杨队长。"

马旭龙故作热情地握住杨明贵的手说："啊，您好！杨队长，我弟弟跟我讲了，您对他特别好，很照顾他！多谢了！"

马旭龙顺手掏出一张精美的名片，递给杨明贵说："杨队长，咱们就算认识了，以后就是朋友！如果有用得着小弟的地方，请您别客气！"

杨明贵接过名片，看了一眼，像是自言自语，道："神龙集团总裁！啊，真不简单呢！这么年轻就成了大老板了！国家政策好啊！给了你们这些年轻人施展才华的机会。"

马旭龙笑着点点头说："那是！那是！杨队长，您请坐！"

杨明贵迟疑地说："不坐了！我们认识了，以后有空再聊吧！今天和你弟弟好好唠唠吧！"

马旭龙说："也好，哪天杨队长有时间，我接杨队长到公司好好地喝点。"

杨明贵说："我这人当兵出身，别的没啥爱好，但是喝酒还没服气过谁！"

"太好了！好喝酒的人都好交朋友！"马旭龙笑着说，"那我就恭候杨队长大驾光临了！"

马旭龙对马旭东说："阿东，我在你的卡上存了两万块钱，留着你在里面的商店里买些吃的、用的。我还给你带了几十条中华烟和一些补品。正好杨队长在，我让杨队长帮你带进去吧！你缺啥就联系，把身体当回事！"

两名保镖各自提着两大袋子东西，放在地上。接见室的两名警官看见了，跟着走过来说："带这么多香烟进去不行！监狱有规定。"

马旭龙和马旭东用求助的目光看着杨明贵："杨警官……"

杨明贵踱过来说："来的人是我的朋友，两位给我老杨点面子，这点东西就让他带进去吧！如果里面有违禁物品，出了问题我负责！"

两名警官敬礼："是，杨警官。"

杨明贵带着马旭东由侧门准备离去。马旭龙趁人不备，把一个纸条塞给马旭东，马旭东先是一怔，随后退进袖口里。马旭东装作小便，来到厕所内，看看左右无人，急忙展开纸条，上面写着几个潦草的字：做好准备，择机越狱！

杨明贵在外面催促："马旭东，快点，怎么这么磨蹭？"

马旭东一惊，答应一声，把纸条搓皱，塞进嘴里。

刘大虎走进左侧接见室，看见妹妹晓兰，他跟跄一下，险些摔倒。晓兰看到哥哥刘大虎，忙上前拉住刘大虎的手，眼泪汪汪地说："哥，你好吗？"

刘大虎也动情地摸着晓兰的脸说："晓兰，哥挺好的！你怎么样？没人欺负你吧？"

晓兰听了，迟疑片刻，慢慢地摇了摇头。

这时，马旭龙走了进来，拍了拍刘大虎的肩膀说："大虎，想龙哥了吧？"

大虎点点头，说道："龙哥，你坐！"

　　几个人坐了下来，晓兰亲密地抱着刘大虎的胳膊，靠在刘大虎的身旁，看着刘大虎不住地抹着眼泪。

　　大虎问："龙哥，最近怎么样？"

　　马旭龙："我和弟兄们都很好！你别惦记！就是大家都很想念你。哎，大虎，在里面待得怎么样？"

　　大虎："还行，队长们对我都特别好！前几天我患了感冒，队长还亲自带我去输液，让食堂病号灶给我做鸡蛋面。最近，监狱里正在组织电脑学习班，我想去学学。"

　　晓兰忙说："哥，那你就快报名啊！学学电脑将来有用，你不能光打打杀杀的，你得长点真本事！你可千万别在里面混日子啊！你在里面学好了，我就是受再大的苦，我也值了！"说着晓兰的眼泪又流了下来。

　　刘大虎看看妹妹凄苦的样子，望着马旭龙问："龙哥，是不是有人欺负晓兰了？"

　　马旭龙赶忙掩饰："大虎，有我龙哥在，谁敢欺负晓兰呀？现在，晓兰在咱们公司做财务主管，我把财政大权交给她了，你如果不是我的生死兄弟，我能这么做吗？"马旭龙拍着胸脯表示。

　　两个保镖附和着说："是呀！虎哥！龙哥对晓兰太好了！每月给晓兰的工资比我们还多呢！龙哥不都是看在你的面子上吗？"

　　马旭龙从包里拿出一沓钱递给一名保镖，说："去！把这五千块钱给你虎哥存到卡上！再去把我给大虎带的二十条红塔山香烟和吃的东西都拿进来。"

　　保镖答应着，跑出去取东西了。

　　刘大虎说："谢谢龙哥！我现在不求龙哥别的，只希望龙哥替我把晓兰照顾好！我和晓兰从小就没了父母，晓兰小时候受了不少的苦。我跟龙哥这么多年，看在我的分上，希望龙哥能像对待亲妹妹一样照顾好晓兰。别让她再受什么委屈，我就非常感谢了！"

　　马旭龙说："大虎，你不在，我就是晓兰的亲人，你就放心吧！我亏了谁也不会亏了晓兰的！"

　　刘大虎说："有龙哥这句话，我就放心了！"

　　两名保镖拎着东西进来，零零碎碎地摆了一地。

　　马旭龙拍了拍刘大虎的肩膀，郑重其事地说："大虎！龙哥今天还有事，以后再来看你！临走龙哥嘱咐你几句话，我会想尽一切办法让你和阿东早点出去，至于怎么出去，我来安排。公司离不开你们俩，事情我们还要往大做。晓兰我会照顾好，你不用惦记啦；在里面这段时间，无论到什么时候，遇到什么情况，都不能对外人乱讲话！生活上有什么需要，随时跟我联系，明白吗？"

"明白。"刘大虎说，"龙哥，放心吧！兄弟知道该怎么做！"

马旭龙说："那就好！大虎，我们走了。"

说着，马旭龙拉着晓兰的手转身就往外走。晓兰一步三回头地看着刘大虎，泪珠顺着脸颊往下流。晓兰充满悲切地叮嘱："哥！你一定要保重呀！哥！你一定要早点回来呀！哥！你一定要记住我的话呀！"

刘大虎看着撕心裂肺痛哭而去的妹妹，流下了痛恨的泪水。

小娟和小玉俩一起，蹦蹦跳跳来到广场附近的农贸市场。这是一个十分热闹和繁华的地方。在一个卖拉面的小吃摊前，小娟饥肠辘辘，她摸摸衣兜，空空荡荡，没有买饭的钱，她犹豫半天向老板请求说："老爷爷，跟你要点开水行吗？"

老爷爷问："孩子，你渴了？"

小娟说："不是，我饿了。"

老爷爷说："那你等会儿，爷爷给你弄碗面吃不就行了吗？"

小娟从挎包里拿出方便面说："爷爷，我自己带了方便面，你给我弄点开水就行了。"

老爷爷连连点头道："行！行！"老人随后从锅里舀了开水，给小娟和小玉把方便面泡上，指了一下身后吃饭的小桌子说："孩子，坐里面去吃吧！"

小娟和小玉两个孩子，在一张空桌前坐下，泡好方便面，狼吞虎咽，不一会儿就吃完了。

小娟问："小玉，吃饱了吗？"

小玉摇了摇头。

见小伙伴没有吃饱，懂事的小娟从挎包里又拿出两个大苹果，递给小玉说："再吃一个大苹果就饱了。"

她们吃完苹果，小娟又问："小玉，吃饱了吗？"

小玉点点头。小娟似乎胸有成竹地说："咱们现在就给吴老师打电话，联系你上学的事。我跟吴老师说了，吴老师肯定能帮这个忙的！"

她俩跑到一个公用电话亭前。小娟很有礼貌地对里边一位中年妇女说："阿姨，我打个电话行吗？"

中年妇女说："打吧，本市3毛钱一分钟。"

小娟拿起电话拨通了吴老师的手机。

电话里说："喂！你好！我是吴玉华。"

"吴老师，我是小娟。我想求你帮我办件事！"小娟嫩声稚气地说。

"小娟，是什么事啊？"吴玉华问。

"吴老师，我有一个好朋友，她想上学！我们不知道怎么办，求你想想办法。"

"那她的爸爸妈妈呢？怎么不给她办呢？"

小玉抢过电话说："吴老师，我的爸爸妈妈都不在家。小娟姐姐说这事你能办，吴老师求你帮个忙吧！"

吴玉华说："你让小娟听电话。"

小玉又把电话递给小娟。"小娟，你们在哪里呢？"吴玉华问。

"我们在广场边的农贸市场呢！"小娟说。

"你们吃中午饭了吗？"

"我们吃过饭了。"

"这样吧！我马上打车过去，接你们来我家里。然后咱们再详细说，好吗？"

"吴老师，我还有自行车呢？你告诉我地址，我们去找你吧！"

"你知道唐州宾馆吗？"

第八章　意外邂逅

人生无常，今天的苦难，预示着明天的幸福。今天的享乐，可能蕴含着明天的灾难。破解的方法，就是常怀一颗善良之心，不论高居庙堂的高官，还是平常百姓，都要善待他人，善待环境，由此，命运就会改变，幸福就会降临……

"知道！吴老师，待会儿见！"小娟甜甜地回答，她放下电话，拭去额头的热汗，付了电话费，拉住小玉的手边走边说："小玉，咱们去吴老师家吧！"

小玉此时有些胆怯，她悄悄扯住小娟的衣角问："咱们就这样去呀？"

小娟有些不理解："怎么了？"

小玉挺懂事地说："咱们头一回上吴老师家，还是求吴老师办事！空着手去多不好意思啊？"

见伙伴问得在理，小娟一怔问："那怎么办呢？"

小玉说："咱们买点苹果吧！"

小娟想了想说："行！"

她俩来到水果摊前，小玉请求："阿姨，给我们称六个苹果，要好的、那箱个大、红色的……"

两个人在水果店买了几个大苹果，用塑料袋装着，又来到工人医院自行车寄存处，小娟取了自行车，驮着小玉高高兴兴地向唐州宾馆赶去。此刻，吴玉华老师正在唐州宾馆的大门口等着，看见小娟她们过来，急忙迎过去。

吴玉华看着坐在后座的小姑娘，说："哎，这不是小玉姑娘吗？"

小玉从自行车上跳下来，也惊讶地望着吴玉华，又看看小娟说："吴老师！昨天晚上，我还以为您是小娟姐姐的妈妈呢。真不好意思呀！"

吴玉华笑着拉起小玉的手说："咱们回家吧！"

这是一幢较为豪华的三层小楼，铁门开处，吴玉华带着两个孩子走进大门。树荫遮地，鲜花盛开，气氛怡人。两个小姑娘到了吴玉华的家后，吴玉华的父母特别高兴，又是递苹果又是开饮料。

俩孩子十分有礼貌，不停地说："谢谢爷爷！谢谢奶奶！"

吴玉华问道："你俩拎的什么东西呀？"

小玉回答："我俩给您买了点苹果。"

吴玉华问道："小玉，你们不挣钱，为什么给我买苹果呢？"

小玉脸红了，不好意思回答："我上学的事还得麻烦您呢！给您买苹果是应该的呀！"

这时，吴书记摸着小玉的脑袋，说道："小玉姑娘！你这一套是从哪学来的？要想送礼，也找错主啦！你们吴老师哪有那么大的本事啊！"小玉一听急了，哽咽着说："爷爷，我要上学！"说完，"呜呜"地哭了起来。吴玉华的父亲哈哈大笑起来，把小玉拉在怀里，摩挲着小玉的头说："哎！爷爷和你开个玩笑！我们不能让小玉白费了这片心意，这事爷爷给你办了！至于礼收不收，待会儿再说。"

小玉一听眼含着泪珠乐了起来，说："爷爷，你真好！你真能帮我办到吗？"

"我堂堂一个市委书记，这点小事还能难住我吗？"吴书记说。

"小玉的父亲练法轮功，她父母就因为这个离了婚。她的父亲也因练法轮功被判了刑，关进了监狱。家里只剩小玉和她七十多岁的奶奶。小玉为了上学，自己每天出去卖花挣学费。这孩子很懂事的！"吴玉华对父亲说。

小玉指着小娟说："爷爷！小娟姐姐的爸爸是个特别好的警察！他借给我400元钱，让我交学费呢！"

吴书记沉默了一会儿，气愤地说道："这个该死的李洪志，坑害了多少人啊！法轮功真是害人不浅。"

然后，他对老伴说："老杜，这孩子上学的事我就托付给你这位校长啦！学费嘛，既然小玉看得起我这老头子，我也不能白收人家的礼，学费需要多少，我替她交了，这事就这样定了。"

小玉急着说："爷爷！我有钱，不用你交！"

吴书记说："你的钱留着，给你和奶奶买点好吃的吧！"

吴书记转过脸来，又对小娟说："孩子，回去见了你爸爸，你替爷爷捎个话。就说，吴成彬书记谢谢他！他是人民的好警察！还有，请他方便的时候，来我家里坐坐。我想和他好好聊聊，请他吃顿便饭。今天呢，爷爷就先请你俩吃饭啦！你们在这里坐着，我给你们去炖鱼。"说完就挽起衣袖进了厨房。

几分钟之后，大家围在一起吃饭，人们都往小玉的碗里夹菜，小玉津津有味地吃着。

饭后，吴书记问："小玉，你奶奶身体怎么样啊？"

小玉："奶奶身体不太好。"

吴书记冲着老伴说："老杜！你去准备一些东西，待会儿让小华去看看小玉的奶奶。打车去，顺便把俩孩子送回家，问问老人家还有什么困难，回来告诉我一声，我们能解决的就尽力帮着解决。虽然胡桂荣犯了罪，但他的家人是无辜的。"

吴书记对吴玉华说道："小华，趁天还没黑，你把孩子们送回去吧！"

吴玉华拎起给小玉奶奶带的东西说："小娟、小玉，我们走吧！"

"爷爷奶奶再见！"俩孩子挥手向吴书记夫妇告别，蝴蝶一样飞走了。

吴玉华带着俩孩子，打车来到了小玉家。还是那个破旧院落，她们一进屋，小玉就蹦蹦跳跳地跑到奶奶跟前，高兴地喊道："奶奶，我可以上学了！"然后，小玉指着吴玉华介绍："奶奶，这是吴老师！"

吴玉华对老人微笑着说："老人家，您好！"

老人乐呵呵地说："好！好！"

小玉又拉起小娟说："奶奶，这是我告诉过你的小娟姐姐！我以后可以和她在一个学校里上学啦！"

老人望着她们，连声说："太好了！太好了！你们都是好人哪！小玉遇着你们真是福分啊！"然后，老人又伤感地说："我老了！不中用了！什么也帮不了孩子！"说着，老人落下泪来。

老人不好意思地说："吴老师，光听我唠唠叨叨的，你请坐！我给你们倒水喝。"她抹了抹眼泪进了厨房，片刻又出来了，说："唉！你看我这记性，煤气罐没有了！刚才，监狱来了一位警察，他听说我家煤气罐没气了，二话没说，扛起煤气罐就出去帮我灌煤气去了……"

老人正说着，只听"丁零！""丁零！"有人摁门铃。

吴玉华站起来，走出屋去开门，嘴里喊着"请稍等"！拉开院门，她吃了一惊。门开后，只见黄涛正大汗淋漓地扛着煤气罐站在门口。两人先是一愣，相互注视着对方，一时不知道说什么好。

这时，只见由屋里跑出来小娟，嘴里喊着："爸爸！爸爸！"扑过去一下子抱住了黄涛。

当晚，在海东监狱办公楼会议室里，监狱长马玉清、政委聂清华、副监狱长高天宇、教育科科长梁启明、狱政科科长贾洪强和狱侦科科长郑浩南等人正在会议室听取黄涛的情况汇报。

黄涛声音洪亮地说着："经了解，胡桂荣和爱人李秀芝原来均是唐州市饮食服务公司的职工，1997年因单位经营不善、效益不好，同时下岗。下岗后，胡桂荣思想消沉，不能重新自谋职业，整日足不出户、唉声叹气。'屋漏偏逢连阴雨！'胡桂荣患有多年的胃病，在这一段时间也反复发作。胡桂荣听说练法轮功可以治好自己的病，而且不用打针吃药，最主要的是不用去医院花钱！因此，他就痴迷于练法轮功。他经常组织一帮人，在自己家里一起习练传授法轮功，严重地影响了正常的家庭生活，引起了其妻子的强烈不满。夫妻为此多次发生矛盾，最后导致了夫妻关系的破裂，两个人分道扬镳，办理了离婚手续。

"据说，李秀芝就在本市打工，但两年没有回家，甚至连自己的女儿也未见过面。现在，胡桂荣家里只剩下一位七十多岁的老母亲，和一个年仅九岁的女儿胡小玉。因生活困难，胡小玉一直辍学在家。直到今天，胡小玉的情况被市委书记吴成彬知晓，才得以解决。明天，胡小玉将正式走进学校的大门。顺便说一句，胡小玉的学费还是吴书记自己掏的腰包。根据胡桂荣家庭的实际情况，我认为胡桂荣本人、包括他的家人，已无力承担这次的医疗费用。同时，我还从唐州市工人医院了解到，胡桂荣的胃切除手术完成后，还需要一段时间的放射性治疗，总体费用可能远不止三万元。因此，我们在资金方面应该有所准备。我了解的主要情况就这些，我先讲这么多！"

黄涛讲完，大家小声地议论着。

马监狱长摆摆手，示意大家安静，然后他开始讲话："黄队长的工作做得比较细！我先说钱的问题，这不是主要问题。虽然我们目前还存在着相当大的财政困难，但人命关天，我们只好勒紧自己的裤腰带了。李洪志宣扬法轮功邪教，散布有病不用吃药，练法轮功能治百病，这歪理邪说坑害了多少人？现在事实摆在我们面前，如果胡桂荣的胃不做切除手术，那么胡桂荣的生命就随时会有危险。所以我们要用铁的事实，来教育胡桂荣本人和那些法轮功习练者，也让广大老百姓更加认清法轮功的邪恶本质。假如我们这善良的愿望能够实现，就是花再多的钱我看也是值得的！"

会场上，大家不约而同地鼓起掌来，会议室里响起一阵掌声。

聂政委接过话来，说："马监狱长刚才讲的道理很深刻！我完全同意他的意见！我们共产党员就是应该在关键问题上识大体、顾大局，以国家利益为重。彻底揭露法轮功的罪恶本质，是我们目前的一项政治任务。胡桂荣的问题是摆在我们面前的一个实际问题，我们必须花大气力来认真解决好这个问题，把这项工作完成得更好。"

与会者听到聂政委讲到这里，纷纷点头，表示赞同。

"我建议，"聂政委又说，"黄涛同志不但要继续参加对胡桂荣的监护治疗工作，而且还要抽出一定的时间为胡桂荣的家庭多做一些事。比如，有可能的话，我们是否可以努力促成胡桂荣的家庭完整，把胡桂荣的爱人李秀芝寻找回来。让胡桂荣的女儿享受到母爱，也让他的老母亲得到照顾，胡桂荣的思想感情上也就有了依赖。这个工作成功了，一定会产生更为积极的效果。"

马玉清、聂清华和高天宇等三人小声叽咕了几句，高天宇说："聂政委刚才这个建议很好，我们应该努力去做。这活儿还是黄队长去干。"

"是。"黄涛随即应声道。

高天宇问贾洪强和郑浩南："你们狱政科和狱侦科对胡桂荣的监护人员确定了吗？"

贾洪强回答："我们狱政科准备派周小兵去。"

郑浩南回答："我们狱侦科准备派邱大伟去。"

高天宇说："好！待会儿散会后，黄涛喊上周小兵和邱大伟，我们一起走。医院通知明天做手术，我去看看还需要做哪些准备工作。"

马监狱长说："好！那就请你们再辛苦一趟。"

第二天，在唐州市工人医院里，高天宇领着贾洪强、郑浩南、周小兵、邱大伟等人来到胡桂荣的病房。高天宇对躺在病床上的胡桂荣说："胡桂荣，医院准备今天给你做部分胃切除手术，你同意吗？"

胡桂荣艰难地点点头，说："谢谢政府！我已经疼得受不了了。"

这时，贾洪强走到病床边，把一大袋补品放在胡桂荣脑袋边的床头柜上，说："马监狱长和聂政委让我们给你带来一些补品，并让我转达他们对你的慰问！"

胡桂荣感动地流下了热泪："都怨我呀！是我对不起政府，也对不起老婆孩子，更对不起我的老母亲。"他惭愧地说着，呜呜地哭了起来。

高天宇一转身，不见了黄涛，问郑浩南："浩南，黄涛呢？"

郑浩南答："他去接胡桂荣的家属了。"

高天宇："噢！他的工作做得真细致。"

高天宇随即掏出手机与黄涛联系，手机通了，没人接。

此时，黄涛背着胡桂荣的母亲刚刚走进工人医院的大门。在他的身后，紧跟着吴玉华、小娟和小玉。黄涛的手机里传出彩铃《红河谷》的曲子，但黄涛没法接。他只是背着老人使劲往楼上跑，直到跑到胡桂荣的病房，把老人放下，黄涛才掏出手机看了一眼。随即望着站在面前的高天宇，两人会心地笑了。

胡桂荣的母亲扑到儿子的床前，大声哭了起来："桂荣，我的孩子！"

小玉也趴在床边，边哭边喊："爸爸！爸爸！你怎么了？"

胡桂荣流着泪问："妈！小玉！你们是怎么熬过来的？"

老人激动地回答："还不是很多好心人照顾我们！孩子，你就别惦记我们啦！你就放心吧！"

"我……"胡桂荣说不出话来。

老人哽咽着说："都怪你呀！都是你的错呀！好端端的一个家，都让你给毁了！你做了对不起政府的事，政府还花钱救你！监狱的黄队长千方百计照顾咱家。连小玉上学的事都是市委吴书记亲自给办的！"

胡桂荣深感愧疚地说："妈，我错了！妈，我错了！我浑蛋！我糊涂呀！我对不起家里人！对不起政府！都是李洪志这个王八蛋害的我呀！"胡桂荣抱住母亲说着，哭着。胡桂荣越哭越伤心。过了一会儿，胡桂荣的情绪稍稍稳定，他问女儿道："小玉，你妈妈回过家吗？"

小玉一听，忍不住泪珠滚落下来，慢慢地摇了摇头。

胡桂荣自言自语地说："都怪我，是我太伤她的心了！"

"爸爸！这就是我们吴老师！"小玉眼里闪着泪花，拽了拽站在边上的吴玉华说。

"吴老师！小玉就交给您了！您就多操心吧！谢谢您了！"胡桂荣用万分感激的目光望着吴玉华说。

"爸爸！这是小娟姐姐！对我像亲姐姐一样！刚才背奶奶进来的黄叔叔，就是小娟姐姐的爸爸！"小玉又指着小娟，高兴地向爸爸说。

胡桂荣的目光转向黄涛，内心充满了万分感激。看着周围这些关心他的人，胡桂荣泪如雨下。

在医院胡桂荣病房外的走廊里，高天宇和黄涛并排地在来回踱着。高天宇问："中队的事情都安排好了吗？"

黄涛答道："我把应该交办的事情都与林指导员交代清楚了。他工作细致，会把中队的工作干好的！"

高天宇又问了一句:"海生的身体近来怎么样?"

黄涛:"我就是非常担心他的身体!他的身体状况非常不好,但上进心很强,我担心他吃不消啊!还有,林指导员家庭条件特别不好,他母亲为了供他上大学,劳累过度,长年卧病在床。林指导员长年还要花费很多的钱为老人吃药治病,他日常生活非常节俭,一个人的工资养活三口人不容易呀!他家离得远,一年回不了几趟家,整个心思全用在工作上了。不管遇到多难缠的犯人,他都会不辞辛苦地做好说服教育工作,直到犯人的思想稳定。犯人们都很佩服他啊!我挺幸运,遇上这么一个好搭档!否则,工作压力早就让我喘不过气来了!林指导员不容易啊!"黄涛不由自主地说了这么多。

高天宇长叹一声:"是啊!在我们监狱有太多这样优秀的同志,一直默默地为党工作着!为了挽救那么多失足的生命,为了拯救千万个不幸的家庭,他们都顾不上自己的家。我这个老警察在监狱里干了二十多年,体会太深了!一年四季从家里到监狱两点一线,忙忙碌碌,日复一日,年复一年,老的一辈退了,新的一代来了,这就是监狱警察的生活。不过,看到你们年轻人有这么强的敬业精神,为国分忧,勇于献身监管事业,我这老警察就放心了!"

高天宇拍拍黄涛的肩膀微笑着说:"同志,继续努力吧!"

胡桂荣的手术做得很成功。晚上,黄涛和邱大伟一起值班。邱大伟坐在走廊的长椅上,见黄涛从病房出来,站起来说:

"黄队长!胡桂荣的手术做完了,可咱俩还没喂肚子呢!你这当领导的也忒不关心下属啦!你要是怕花钱,我请你呀!"

"你看看,我这脑子想什么呢?把我都忙晕了!你这一提,我还真饿了!你在这盯会儿,我去给咱们买点吃的。"黄涛一拍脑门道。

"好哇!那就有劳黄队长啦!"邱大伟有些兴奋。看见黄涛转身就往楼下走,他又喊道:"喂!黄队长!别净买包子、馒头来糊弄我啊!难得在市里待几天,能不能赶时髦请我吃顿好的?诸如麦当劳什么的?"

黄涛问:"哪有卖的?"

邱大伟答:"你真是个土老帽儿!你这话问得真让人笑掉大牙啦!告诉你!百货大楼一楼。快去吧!"

黄涛刚走不远,邱大伟又补一句:"到那可千万别问人家多少钱一斤!那是论'份'卖!"

黄涛走后,邱大伟走进病房。

胡桂荣安然地躺在病床上,睡着了。突然,邱大伟的手机响了,他赶紧朝病房外走，边走边掏出手机说：

"喂，哪位？"

"别给我装傻了！你认不出号码？"电话里一位姑娘抢白说。

"啊！是聂大人！有什么指示啊？"邱大伟开着玩笑说。

"你吃饭了吗？"电话里聂荣花问。

"怎么？你想让我宰你呀？"

"别耍贫嘴！快说！到底吃没吃饭？"

"还没呢！哎哟！我都快要饿死了！"

"你现在在哪呢？"

"你猜猜看？"

"单位？"

"不是！"

"在家里？"

"错了！"

"在医院？"

"啊？你怎么知道的？"邱大伟意想不到地问。

"露馅了吧？你想糊弄本姑娘，还嫩了点吧？"聂荣花哈哈大笑着说。

"聂队长！你真是太厉害！我越来越佩服你啦！"邱大伟说。

这时，只听电话里传出郑浩南的声音："喂！大伟，你不好好盯岗值班，打什么热线电话啊？"

"郑科长，你在我老丈人家啊？"邱大伟这才恍然大悟。

"我找聂政委谈点事。"郑浩南说。

"我妈听说你在医院值班，已经买了麦当劳，让我给你送去！"聂荣花说。

"还是老丈母娘好啊！疼姑爷十顶十！"邱大伟高兴地说。

"那我就不好了？等着吧！我马上到。"聂荣花说着，挂上了电话。

邱大伟得知未婚妻要来送好吃的，心花怒放，他看看胡桂荣还在睡觉，哼着小曲，来到走廊内，刚刚来到楼梯口，就看见聂荣花小跑着上了楼梯，邱大伟赶忙迎上前去说："嗨，你来得挺快呀！"

"我还不是怕我老公饿着嘛！饿坏了不也是我的损失吗？我才没那么傻！你好我才好嘛。"聂荣花开着玩笑。

邱大伟向四周看了一眼，见没人注意，突然在聂荣花的脸上亲了一口说：

"还是老婆疼我啊！"

"去你的！还没嫁给你呢，谁是你老婆呀？来！帅哥，快点吃饭吧！"聂荣花捶了他一拳说。说完，两人坐在走廊的长椅上就开饭了。

"黄队长呢？"聂荣花边吃边问。

"黄队长上街给我买麦当劳啦！估计让人家给扣那儿了吧？"邱大伟说。

"你别尽拿别人开心，还是先管好你自己吧！"聂荣花说。

"我根本用不着替自己操心！在单位有我老丈人管，在家里有老丈母娘管，在外边有我老婆管，啥事还用我操心？"邱大伟大大咧咧地说。

"别光知道耍贫嘴！你也干点轰轰烈烈的事出来让我看看，本姑娘大小也混了个队长，你不着急呀？"聂荣花说。

"我咋不急呢？我堂堂七尺男儿，不能混得不如自己的老婆啊！如果有机会，我肯定迎着枪子第一个冲上去，哪怕壮烈了，我……"邱大伟信口开河地说着。

"闭上你的乌鸦嘴！"还没等邱大伟把话说完，聂荣花呵道，并用纤纤玉手堵住了邱大伟的嘴，用一种嗔怒责怪的眼神看着邱大伟。

再说黄涛打车到百货大楼去买麦当劳，为何久去未归呢？原来，他被突发的情况缠住了。在经过一家豪华的大酒店门外的甬路时，忽然，黄涛隔着高高的石栏发现有一个特别熟悉的身影，正从刚刚驶来的一辆高级轿车上下来，他仔细一看，惊讶得不知所措。那人竟然是身穿便衣的杨明贵，他被一大帮喽啰模样的人簇拥着走进酒店。

怎么会是他？自己的战友和同事。黄涛感到非常纳闷，也不知是出于本能，还是职业习惯，黄涛在一种莫名其妙的力量驱使下，鬼使神差地下了车，悄悄跟进了酒店。在酒店三楼的一个大包间里，杨明贵一帮人落了座，关上了门。黄涛站在门外，只听里边有人对服务员说：

"小姐，今天我宴请的可是一位尊贵的客人，菜不用点了，先按3000元的标准给我上。"

"请问龙哥，今天喝什么酒？"服务员问。

"那还用问？我马旭龙就只喝一个老牌子，五粮液！"

"龙哥，请稍等！"服务员说了声。

服务员从里边走了出来。黄涛跟上去道：

"小姐，请留步！"

"请问先生有什么事吗？"服务员问。

"请问小姐，里边请客的人是谁呀？"黄涛探问道。

"你连他都不认识啊？他就是我们酒店的老板！大名鼎鼎的神龙集团总裁马旭龙啊！"服务员颇感意外地说。

黄涛听后，"哦！"了一声，恍然大悟……

黄涛走出酒店，立即掏出手机往中队办公室打电话：

"喂，海生吗？"

"我是林海生。"林海生答。

"海生，中队有什么事吗？"

"挺好，没什么特别的事！"

"马旭东这两天表现怎么样？"

"昨天，他家里又来人接见他啦！"

"是谁来的？"

"听说是他的哥哥来的。他哥哥还是市里一个什么公司的老板吧，给马旭东带了许多东西，是杨队长带着去接见的，具体的我不很清楚。"

"海生！你找时间和刘永和好好谈谈，他最近表现不错，也有一定的组织能力，李涛就要回家了，我看可以让刘永和接李涛的值班组长。哎！刘军也快回家了，中队学习员是不是也该考虑个人选了？"

"我看赵刚干学习员的工作比较合适。"

"那你就看着安排吧！中队的事我一时半会儿还顾不上，你就多操心吧！好了，没别的事我先挂了。"

黄涛和林海生通完电话，又拨通了吴志强的手机，说："志强呀，我是黄涛！刚才我跟林指导员通了电话，谈了一下中队的工作。我不在中队，中队的事林指导员忒累，你要多帮帮他。他身体不好，干工作又要强，一忙起来什么都忘了，你要监督他按时吃饭、按时吃药！别把身体给搞垮了，知道吗？"

"知道！"

"志强，多注意一下马旭东和杜青云，他们这种人，是不会老实待着的！"

"明白！"

机敏的黄涛打完电话，见二中队没有什么异常情况，他又悄悄返回豪华的包间附近，找了一个不被人注意的角落，便于观察的地方，要了一壶茶，一边慢慢喝茶，一边注意豪华的包间里的情况，暗中保护杨明贵，生怕发生什么意外。

在神龙集团的酒店里，马旭龙正在设宴款待杨明贵。豪华的包间里围着餐桌坐着五六个人，桌子上摆满了丰盛的菜肴，大家正在推杯换盏热情地谈论着。马旭龙说："杨队长！"随后又改口说："杨大哥！我这么称呼你，你不介意吧？"

"哪有那么多讲究，我一个大兵出身的，也是个大老粗，急性子、直肠子，没那么多的弯弯绕。只要别人不把我当外人看，我就把他当朋友。"

"我就说么，我第一眼见杨大哥，就知道杨大哥是个实在人，可信可交！可以成为知心朋友！"

"在座的都是好朋友，我来介绍一下。"说着，马旭龙站起来首先介绍一位身材魁梧的中年人：

"谭云海，咱们唐州市公安局分管治安工作的副局长！我们都叫他谭四哥！"

"杨老兄，咱们都是当警察的，是自家弟兄，有用得着兄弟的地方，打个招呼就行了。"谭云海客气地说。

"你好！谭局长！哎呀！马老板真不简单，交的朋友都是这么有身份！真是幸会！幸会！"杨明贵站起来边和谭云海握手，边奉承马旭龙。

"这位是我的把兄弟，也是谭局长的堂兄弟，谭九明！我们都叫他九哥。"马旭龙推出一位四十多岁、脸带刀疤、一脸凶相的人。

"既然你是龙哥的朋友，也就是我老九的朋友。在唐州市这块地盘上，你如果遇到磕磕碰碰的事，尽管说话！兄弟我绝对给你摆平！"谭九明一抱拳，向杨明贵说道。

杨明贵也一抱拳说："多谢了！以后难免有用得着兄弟的地方。"

马旭龙指着身边的一位漂亮小姐说道："这位是我的秘书，刘晓兰！"

晓兰站起来，随手端起酒杯说道："感谢您的赏光！欢迎杨大哥经常来神龙集团，有什么事您尽管吩咐！来，我敬杨大哥一杯！"

杨明贵高兴地端起了酒杯说："好！来，咱们大家一起干一杯吧！"他有些喝高了，摇摇晃晃站起来问："卫生间在哪儿？"

服务员把醉醺醺的老狱警杨明贵领出包间时，他不断说着酒话，脚下绊蒜一般打软，似没有根的稻草，在大风的吹拂下，东倒西歪。

走廊内，隐在暗处的黄涛确认此人就是自己的同事、战友，心里犹如被刀割一般："怎么是他？真的是他？他就是杨明贵？

看来，今天他不仅仅是喝高了，还可能被拉下水！

不可能，他是久经考验的老同志，人民的老狱警。怎么会这样？但是，他没有被拉下水，他来这里干什么？

为什么会与社会黑恶势力的头目们一块儿喝酒、唱歌？

对此，黄涛百思不解，十分纳闷，脑子里画了一个大大的问号。

第九章　黑白人生

　　狱警的生活如何，一直是外界人们猜测的话题，过去，影视剧里的牢头狱卒一个个凶神恶煞，吃请受贿，神气十足，而今天的人民狱警，则是有着铁的纪律，一个个普普通通，有血有肉的人民警察……

　　在有些人眼里，警察是很神气的，警服一穿，大盖帽一戴，十分神气。其实不然，他们幕后默默无闻的工作，却很少为人所知。特别是狱警，有人称他们是终生囚徒，更有甚者，把狱警视为无期徒刑。因为，在押犯即使是被判无期，也有可能减刑或是保外就医，而狱警却是终生的职业。他们在大墙内外，辛勤工作，而且每时每刻，冒着生命危险，事无巨细地做着挽救在押犯心灵的工作。特殊的工作性质，使他们每天面对在押犯的教育改造工作，都是如履薄冰，因为这些人大多都是亡命之徒，是社会的反动分子，也是威胁社会安定的主要因素。也只是基于此，他们在人们心里除去神气，还有神秘。而当你有幸走进他们的生活，就会发现，他们都是普普通通的人，有着善良人的情感，有着常人的喜怒哀乐。就在城市的繁华区，灯红酒绿，有钱有势的人，大吃大喝、沉迷于靡靡之音，陶醉于嗲声浪气的晚宴时，在直属二中队的办公室里，林海生一边吃着方便面，一边看着犯人家属的来信。有一封信来自南国边陲西双版纳，是田二亮的未婚妻乌丹写的。

　　林海生正看着信封的地址，门外有人喊："报告！"

　　林海生应了一声，"进来！"

　　田二亮兴冲冲地走了进来，站在距离林海生两米远的地方。

　　林海生笑着说："看你高兴的，是不是听说你的未婚妻来信了，才这么高兴啊？"

　　"是！我已经盼了很长时间了。"田二亮不好意思地说。

林海生："那你快拿去看看吧！"

田二亮："是！"

田二亮乐呵呵地走到林海生面前接过了信。他看见办公桌上摆着的还未吃完的方便面，说："林指导员，你又吃方便面啊？老吃这东西，对胃不好。我那儿有从狱内小卖部买的豆奶粉，我拿给你冲几袋喝吧！"

林海生："谢谢！不用了。你快回去看信吧！"

田二亮："是！"拿着信答应一声，离开了。

田二亮回到监室，躺在自己的床上，慢慢地打开自己最想念的人的来信，娟秀的字体和亲切的话语，温暖着田二亮的心："亲爱的二亮：你好！自从你离开家乡到现在，已经有一年多了。在我们分别的这段日子里，我每天都在想着你！盼着你！希望你早日回到我的身边！后来，从你的来信里得知你进了监狱，可能需要挺长时间才能回来。我不相信这是真的！我更不会相信你会犯法！后来，从你父母那里我才知道了事情的全部经过。原来，你是在唐州市打工时，遇上了黑心老板。到了春节，他不付给你辛苦一年的血汗钱，你甚至连回家的路费都没有！你才一气之下，拿了那黑心老板的东西。你以为他欠我们的，我们拿他的东西不犯法！可是，法律是无情的！"

二亮翻个身，又继续读信："……二亮！我知道你是无意的！是被坏人给逼的！我原谅你！我也会像以前那样深深地爱你！无论多长时间，我都会永远等你！你一个人在遥远的北方，身边没有一个亲人，你一定要自己照顾好自己！我想好了，等过些日子，我把家里的事情安排好，就去看你！我决定留在离你不远的地方，找份工作，陪着你！我就可以经常去看你！我舍不得把我最心爱的人孤零零地扔在监狱里苦熬岁月，我愿隔着高墙电网唱歌给你听！唱那首你最喜欢听的、咱家乡的山歌……永远爱你的丹丹。"

随着话音的结束，激动不已的田二亮忽然兴奋地从床上跳下来，大声地喊道："丹丹，我爱你！"他这么一喊，惊醒了监室里已经熟睡的人。

主值班员李涛抬起脑袋看了看，惊异地问道："二亮，都夜里十点多了，你嚷什么呢？"

田二亮不好意思地一吐舌头说："涛哥，没事！"说完，钻进被窝睡觉了。

某歌厅包间内，杨明贵喝了很多酒，身子歪倒在椅子上，迷迷糊糊的。

一旁的谭云海给马旭龙使个眼色，然后退出房间，马旭龙跟了出来。他俩来到走廊僻静处，在灯光昏暗的角落里，俩人聊了起来。谭云海说："阿龙！趁他喝多了，让他往沟里走走，套紧点！你别看他是个小人物，也许将来他有大用场！况且，咱们的阿东还在他手里捏着呢！哪怕拉住他，先让阿东在里面日子好过点！你明白吗？"

马旭龙会意地点点头，又故意笑着问道："你们同行你熟悉，用哪几招呢？"

谭云海一拍马旭龙的肩膀，说道："你看着办吧！你比我有经验！我还有事，今天晚上十点全局有个统一行动！哎！对了，咱们娱乐城那么多小姐，通知她们，晚上注意点！"

马旭龙笑着说："有你海哥在，我怕什么呀？你不带人来查，别人谁敢过来捣乱呀？你手下的弟兄，谁不知道你跟我是怎么回事！别操心了，走你的吧！"

送走谭云海，马旭龙回到包房里，见杨明贵东倒西歪，有点不省人事，喝得确实差不多了。他便向谭九明递了个眼色，说："我看，今天杨大哥喝得也不少了，别让杨大哥喝醉了，喝醉了就没意思了。"

杨明贵胡乱地摆着手，头也没抬，说着："不喝了！不喝了！……"

马旭龙接着说："既然大哥不想喝了，那我们就扶大哥到 KTV 包房，喝喝茶、听听歌！让大哥也放松放松吧！"

杨明贵瞪着一双发红的眼睛，口齿不清地问道："K、K、KTV 是哪里呀？离这远吗？"

马旭龙与谭九明相视一笑，马旭龙回答道："KTV 就在楼上，是咱们酒店的包房。咱们上去喝茶，还可以唱歌！"

杨明贵硬着舌头说："喝茶行！唱歌、唱歌我可不会！"

马旭龙说："大哥不会唱，兄弟找人给你唱！"

随后，马旭龙向身旁的晓兰吩咐道："晓兰！你去安排一下，杨大哥和九哥一起去，安排俩像样的，唱唱歌！"

晓兰点点头，顺手拎起放在沙发上的小挎包先离开了。

马旭龙向谭九明一努嘴，谭九明扶起迷迷糊糊的杨明贵走出房间。

这天是大雾天，为了监管安全，犯人们没有出工。犯人们都被关在中队的院子里自由活动，有的犯人在抱着吉他弹唱，有的犯人在玩牌，比喝水。也有的犯人在看小说或趴在床上写家书。杜青云和几名犯人围在一起海聊吹牛皮、侃大山："老子在市里混的时候，三帮四派，谁见了我不喊一声'三哥'。"

他见有人投来敬佩的目光，杜青云又接着吹嘘说道："你们知道吗？我在唐州市里开凤凰城酒吧的时候，到我那里捧场的，全是他妈道上混的头面人物。"

坐在杜青云周围的一帮人都竖着耳朵听杜青云瞎白话。

这时，王三插嘴说道："三哥，你开的酒吧里有小姐吗？"

杜青云嘿嘿一笑说道："你个王八三，真是井底之蛙，没见过天日，你他妈净说一堆废话，你小子这辈子算是白活了，屁事不懂，我的酒吧里养的小姐，足有咱们中队这么多人，个个靓，骚得很，像你小子这样的，随便派一个招待你，三下五除二就先把你小子干趴下了。"

杜青云的话逗得大家哈哈大笑。

王三忙说："她们……她们……没那么厉害吧？"

然后，王三一拍自己的胸脯："三哥，要不哪天你叫一个来，我试试，我还是个童男子呢，别看三弟干活不行，干这事猛着呢，人家都叫我猛男。"王三不服气地说。

杜青云笑骂道："呸！你小子吹牛皮不上税是吧？你要是猛男，我他妈的就是泰森。"他俩的调侃话语又引起了周围人的一阵哄笑，杜青云又拿王三开涮道："王八三，今天给杜三爷整个节目，演好了，杜三爷赏你一包好烟抽。"

王三笑呵呵地问道："真的？"

杜青云用手做了一个乌龟爬的手势："大家都在场作证哪，谁骗你谁他妈是'这个'！"杜青云一指周围的人坏笑道。

这时，周围的人起哄说："王八三，杜三哥都起誓像你王八三了，你快给大伙演着看哪！"忽然，只见王三单腿跪地，在杜青云面前摆了个俯首称臣的姿势，杜青云双腿盘坐在床铺上。

杜青云拉着长腔说道："王八三！"

王三赶紧应声道："喳！臣在。"

"抬起头来。"

"微臣不敢。"

"为何不敢？"

"臣长得相貌丑陋，不敢见人。"

"丑到何种地步？"

"跟瞎猫一样！"

杜青云和王三的表演，逗得周围的人哈哈大笑，杜青云继续拿王三开涮，杜青云拿起一个烟盒，往床面上用力一拍："呔，大胆狂徒，你犯的是何罪？从实招来。"杜青云大声说道。

王三假装吓得浑身直哆嗦，赶紧双腿跪地："三爷饶命！三爷饶命！小人犯的是抢……抢劫罪……"王三边磕头边求饶道。

这时，马旭东也悄悄凑上前来看热闹，见王三正跪在杜青云的面前瞎白话，照着王三的屁股猛踹一脚，大声骂道："王八三，你他妈不犯贱，活不了是吧？去！到后院给我洗衣服去！"

杜青云从床上"噌"的一下窜下来，冲着马旭东气急败坏地说道："你……"

杜青云和马旭东刚要动手打架，只见杨明贵走进了监室。杨明贵冲着杜青云喊了一声：

"杜青云！"

"到！"杜青云赶紧跑到杨明贵的面前答道。

"走，跟我去接见。"杨明贵一挥手说。

接见室里，杜青云和妹妹杜美丽隔着铁窗，面对面坐在了一起。杜美丽20多岁，身着黑色时髦时装，乌发挽个结，扎了一个白色蝴蝶结，虽有几分姿色，但白皙的脸上，罩着一层愁云。她看了一眼身穿囚衣，外罩黄坎肩的哥哥，眼泪流了下来。看见妹妹一脸的愁苦相，杜青云问道："美丽，家里现在怎么样？"

杜美丽一脸愁云："还能怎么样？都把我给气死了，你小老婆这个骚货真够呛！把你的那点家底都快折腾光了！你被抓进来以后，酒吧里的事，全是她说了算！财权人权都归她一个人了，连我这个当领班的，给客人派哪个小姐，还得向她请示！前几天我还听人说，她还要把咱们的酒吧给卖了，说要去深圳开什么公司？还不是她想趁你在里面关着，独吞你的财产溜啊？"杜美丽生气地说道。

杜青云一拍桌子，恨恨地骂道："这个臭娘们！我还没有死，她的心就长草了？等我出去以后，我非一刀宰了她不可！"

杜美丽煽风点火地说："哥，她还有更气人的事呢！"

"啥事？"杜青云瞪着眼睛问道。

杜美丽说："她还跟你过去拜把子兄弟二秃子有一腿呢！"

"谁说的？"杜青云忙问。

"还谁说的呢？我都亲眼看见了！他们俩整天在我面前晃来晃去，勾肩搭背的一点都不避讳我。"杜美丽说。

"这个骚货……她……"杜青云气得说不出话来。

杜美丽叹了口气，继续发泄着自己的怨气："唉！真是戏子无情，婊子无义呀！当初我就反对你娶那个陪酒的小姐做老婆，可你就是不听，现在后悔了吧？你只图她长得好看了，可那个贱货心眼忒坏！"

"美丽，谈这小娘们净给我添堵，不说她了，谈点别的吧！"杜青云向杜美丽摆了一下手，杜青云接着问道："美丽，今天你给哥都带什么好吃的来啦？"

杜美丽一脸无奈："哥，你不是不知道，现在，钱都在那个小妖精手里捏着，我手里也没啥钱，我只给你买了几根火腿肠，带了几斤好旱烟，你就在里面瞎对付着过吧！"

杜青云听到这里，一脸丧气的表情。

杜美丽担心地问："哥，你在里边混得怎么样？"

"唉，不怎么样呗！像我这种臭脾气，肯定在里边混不好！里边的人都很现实，政府警官看你的实际表现，规规矩矩听他们话的人，他们就给你记功减刑。像我这样整天惹事的人，他们不会给我好脸色看！"杜青云叹了口气说。

杜美丽又问："那其他犯人呢？"

杜青云生气地说道："犯人更他妈的势利眼！有钱或有警官做勾的，就混得开！我们中队的马旭东，这小子在里边就有别的犯人帮他刷饭盆、洗裤子，还有警官护着他。"杜青云说着，压低声音趴在杜美丽的耳边轻声说："我跟你说，别告诉别人，还有警官给他往里边带酒喝呢！"

杜美丽惊讶地问道："真的？还有这样的警官？"

杜青云用手偷偷指了一下站在不远处正在与接见室警官聊天的杨明贵说："那个老家伙就是马旭东的勾！"

此时，铃声响起，接见时间到，他们只好各自站起身……

杜青云从接见室回来，刚走进监室，一个犯人就问道："三哥，带回什么好烟来了？让哥们抽着。"一个犯人问道。

杜青云没吭声。这时，很多同犯围了过来。

"三哥，今天是谁看你来了？肯定是你酒吧里，跟你有过一腿的小姐吧？"一个犯人问道。

又有一个犯人插话说道："三哥手里就是捏的女人多，给三哥好好拍拍马屁！说不定三哥会给咱们哥们弄几个来？让哥几个也飘一会儿。"

马旭东和王三也凑了过来。马旭东挖苦地说道："你们杜三哥没有别的本事，在外边不是吸白粉就是当鸡头，净干露脸的事啦！"

杜青云本来心情就不顺，听马旭东当着这么多人的面羞臊他，顿时怒火冲天！他把手里拎着的火腿肠和老旱烟往地上一摔，挽起袖口，冲着马旭东走了过来。杜青云嘴里狠狠地骂道："马老二！你他妈的管谁叫鸡头呢？"

马旭东一看杜青云要打架的气势，也不示弱地骂道："杜老三！你狂什么？我他妈就管你叫鸡头呢！你这个头顶没长毛的秃鸡！"他的话把杜青云激怒了，杜青云像一头恶狼一样，吼叫着扑向马旭东。一狼一虎，互不相让，针尖对麦芒，话音刚落，两个人就"叮咣"地打在了一起。

干瘦的杜青云哪里是壮如猛牛的马旭东的对手，马旭东三下五除二就把杜青云打翻在地。马旭东用脚踩着躺在地上杜青云的脸，得意地骂道："杜老三！你他妈的服不服？"

"杜老三，起来接着干！"

"杜老三，起来接着干！"围在旁边看热闹的犯人起哄着。

"怎么，三哥变成三孙子啦？"王三也凑过来讥笑着对杜青云说。

这时，只听一声大喊："都给我闪开！"

杨明贵手里拎着一根电警棍，站在一边怒视着马旭东和杜青云。

马旭东赶紧放开杜青云，杜青云躺在地上不起来。

"打呀？你俩怎么不打了？不过瘾接着干哪！"杨明贵用手掂着电警棍慢条斯理地说。

杨明贵边说着，边向马旭东和杜青云走了过来。他走到马旭东的面前，拿起电警棍就要电马旭东。马旭东忙往旁边一躲，摆着手嘴里连声求饶道："别！别！别！杨队长！求你别拿这家伙招呼我！我可受不了！"

杨明贵呵斥道："你小子整天就会惹事！到墙根站着给我反省去！"

"是！是！是！"马旭东忙答应。

马旭东跑到墙壁前，规规矩矩地站在了那里。

杨明贵走到躺在地上的杜青云面前，用脚踢了一下杜青云，问道："为什么打架？"

杜青云瞟了一眼杨明贵，坐起身来说："没……没打架！我俩摔跤，闹着玩！"

杨明贵呵斥道："你俩是不是吃饱撑的！？没事干了？你们再胡闹，我把你俩都送严管！在小号里待着去！每天给你们几个窝头吃，看你们还有没有精神闹？"

杨明贵一转身，冲站在旁边的李涛和刘军吩咐："去，你们俩把杜青云扶进监室去！"

李涛和刘军走过去，扶起杜青云……

监狱的大门口，墙上的挂钟时针指向早上八点钟。在海东监狱的大门一侧，马玉清、聂清华、陈明德、高天宇、梁启明、贾洪强、郑浩南等监狱领导整齐地站在马路边，监视着犯人们出工的队伍。两千多人的出工队伍，以中队为单位，在中队队长的带领下迈着整齐的步伐，高唱着《出工歌》，浩浩荡荡地走出了监狱的大门……

"踏着晨曦，迎着朝阳；步伐整齐，歌声嘹亮；

勤奋劳动，锻造人生；挥洒汗水，换来希望；

告别过去，向着未来；自觉改造，扬帆起航！

告别过去，向着未来；自觉改造，扬帆起航！

一二三四！"

林海生、杨明贵、吴志强、唐亮等人带领着直属二中队的犯人队伍，步伐整齐地行进在出工的路上。

在劳动现场，林海生给犯人们分配完活后，就把刘永和叫到了跟前。林海生让刘永和坐在自己的对面，与刘永和谈心。

林海生问："刘永和，最近感觉怎么样？"

刘永和："林指导员，说句实在话，前段时间我确实存在着一定的思想问题！我觉得自己在当局长的时候，处处受到别人的尊重，需要什么，说句话就行了。衣食住行都有别人伺候着，可现在什么事都需要自己亲自做，很不习惯。再想想这么长的刑期，感觉很可怕！所以，自己老是想，能不能找找关系改判一下，哪怕减去三年两年也好。我是没有权力了，可我爱人还是个县委书记，如果她说句话，别人还是会考虑的。"

林海生笑着问道："那你妻子是什么态度？"

第十章　亲情难忘

夫妻本是同林鸟，大难临头各自飞。这是在告诫世人，夫妻感情的不可靠。可在人间，并非都是如此。许许多多的夫妻，相濡以沫，白头偕老，即使一方遭难，也是不离不弃，演绎出一曲曲人间爱情悲歌……

刘永和沉思片刻说道："可我没想到，我爱人她不配合，就连我女儿也劝我认罪服法，好好改造，争取正当的渠道立功减刑。唉，到了这个份儿上，我也没有其他办法了。想想！她们说得也对，有我这种关系的还可以想一想，那么，没这种关系的想都不敢想！说起来对他们也不公平。再说了，我的教训就够深刻了，再牵连老婆孩子犯错误，让老百姓指着脊梁骨骂我们全家，骂我的祖宗，就更是没脸见人！"

林海生笑着说："你能对自己的问题认识这么深刻，证明你进步很快！应该坚持下去。把主要精力都投入到积极改造上去，你的未来才会有希望。我真心希望你能做出个样子来，起个模范带头作用。"

刘永和表示："林指导员，我也准备好好干一些事情，可我不知道从哪入手？该怎么干？"

"这个嘛，你不用担心，有时间你可以多找李涛和刘军谈谈，他们都是改造积极分子，在咱们中队服刑都五六年了，有很多好的改造经验，你可以请教他们。"林海生安慰他说："他们俩马上就要获得新生了，等几天，开完减刑会，他们就回家了。对了，我有个想法。"

刘永和问道："林指导员，你有什么想法？"

林海生说："准备让你接替李涛犯人小组长的工作，协助政府队长搞好各项改造工作，在犯人中发挥你的积极作用，从管理监室环境卫生、组织大家学习到劳动生产各个方面希望你带个好头。"

刘永和说:"林指导员,您放心!我会积极努力去做的!"

突然,远处传来的吵嚷声,引起他们的注意。

沟渠旁,在劳动现场的另一端,杨明贵正在监督犯人干活。

突然,有犯人吵了起来。他忙跑过去喊道:"吵什么吵?怎么回事?"

李涛跑过来向杨明贵报告:"报告杨队长!大家都在干活,马旭东不但抽烟,转悠着玩,嘴里还不干不净地笑骂别人。"

杨明贵转向马旭东问:"是这么回事吗?"

马旭东眼珠一转,狡辩道:"报告政府,姓李的小子净他妈的胡说!我身体不好,干不了重活,我也不能闲着呀!我想给大伙唱首歌,鼓鼓干劲!可李涛却说我故意捣乱!"

杨明贵问:"李涛,他唱什么歌了?怎么唱的?"

李涛迟疑片刻后回答:"杨队长,马旭东这么唱的,'一群劳改犯呀,都是大傻蛋啊!干活瞎卖力呀,没人给工钱啊!'"

杨明贵听完,瞪着马旭东问:"这是鼓劲的歌吗?净他妈的放屁!有病干不了活,明天别出工了,老实在中队待着。"

马旭东赶紧应声道:"是!是!是!"赶忙垂头干活。

林海生与吴志强站在劳动现场高处,巡视着犯人劳动现场的情况。吴志强对林海生说:"林指导员,过几天开完减刑大会,咱们中队一下子走六个人,而且走的都是改造积极骨干,尤其是犯人值班组长李涛和学习员刘军,他们一走,我们应该提前选个培养对象啊!"

林海生说:"这几天我也在考虑这些问题,也初步有了人选,准备和大家商量商量。"

吴志强问:"哪个?"

林海生说:"我看刘永和、赵刚、田二亮等人各方面情况还都不错。"

吴志强说:"你和我想一块去了。"

俩人正说着,只见林海生突然一只手抓住吴志强的肩膀,额头上随即渗出了豆大的汗珠,另一只手紧紧地捂住了自己的肚子。

吴志强惊恐地问:"林指导员!你怎么了?"

林海生慢慢地蹲在地上说:"胃病又犯了。"

吴志强说:"林指导员,我送你去医院吧?"

林海生说:"志强,你快扶我进屋,别让犯人们看见。"

"好！"吴志强应道。

吴志强迅速背起林海生进了劳动现场的临时办公室。

吴志强把林海生放到床上，倒了杯开水问："林指导员，药呢？"

林海生指了指自己的上衣口袋。

吴志强赶忙掏出药，倒了一杯水，帮林海生吃了下去。

林海生对吴志强说："志强，我躺一会儿就没事了。你快到劳动现场去吧！别出问题。"

"是！"吴志强含着泪应了声，走了出去。

林海生闭着眼睛躺在床上，双手捂住肚子紧咬着嘴唇，汗珠不断地从脑门上淌了下来。忍过一阵子后，似乎药力发挥效力，病情好了许多。忽然，兜里的手机响了，林海生赶紧睁开眼睛，打开手机：

"您好！谁呀？"

"爸爸，我是铁蛋！"电话里传来一个小男孩的声音。

"是儿子啊！"林海生的脸上马上浮现出幸福的微笑，喊了声。

"你都快半年没回家了，我好想你呀！你答应给我买的玩具枪给我买了吗？"铁蛋说。

林海生歉意地说："啊！对不起！铁蛋，我还没给你买呢！"

"爸爸说话不算数！"铁蛋在电话里马上哭了起来。

"儿子！爸爸这几天就去给你买，外加一辆大坦克，行吗？"林海生赶紧劝道。

"真的？"铁蛋马上止住哭声。

"真的！爸爸一定说到做到！"林海生说。

"那你什么时候给我送回来呀？"铁蛋问。

"爸爸会尽快的。"

"一言为定？"

"一言为定！"随后铁蛋说，"妈妈也很想你！妈妈还掉了眼泪呢……"

这时，铁蛋旁边的女人说："铁蛋！别瞎说！小孩子，你懂什么呀？"

"爸爸，我没瞎说！"铁蛋说。

"铁蛋，我跟你妈说两句！"林海生说。

电话里一个温柔的声音传来："海生！你好吗？"

"好！好！我很好！"听到妻子的熟悉声音，林海生顿觉一股暖流传遍全身，他连忙说。

"……"话筒里一阵沉默。喜妹一时不知说什么好，或者是不知从何说起。

"喜妹，你好吗？"林海生问。

"我挺好！全家都好！就是妈妈总念叨你，你已经有半年没回家了，俺也很想你！"喜妹这么说着，就"嘤嘤"地哭了起来。

林海生忙问道："喜妹，你怎么了？"

"俺就是不放心你的身体，怕你熬坏了！你要是有个三长两短，全家人可怎么办呢？"喜妹说。

"我身体好好的！最近这段胃病一直没犯。你就别担心了！哦，对了，妈最近身体怎么样？"林海生赶忙安慰喜妹，但他又挂念老母亲的健康问题。

喜妹说："还不是老样子，我会照顾好的！你就别惦记啦！"

"我给家里寄的药，妈按时吃吗？"

"天天都吃呢！不过病情没有明显的好转。我想跟你商量，等我攒点钱，准备送妈到市里的大医院住一段时间，好好治一治。"

"妈什么意见？"

"妈不同意！她说去市里大医院看病花钱多。舍不得花这些钱！"

"我算了一下，今年咱家的庄稼收成不错，除去留下吃的口粮，剩余的粮食可以卖个千八百的；你从家里走时买的两个小猪崽，现在每个都有两百斤啦！也能卖一千多块钱；我和铁蛋还养了五十多只兔子，如果都卖了，也能卖几百；加在一起能凑足三千块钱。等过些日子，我把这些东西都卖了，就把钱给你送去，由你安排妈妈住院的事。"

"哎——"林海生答应一声，含着眼泪说："喜妹，委屈你了！"

"别说这样的话，都是我应该做的。你有胃病，别紧勒着自己！开了工资也买点补品吃，身体要紧！听见了吗？"

"喜妹，谢谢你！"林海生动情地说。

"……"电话的那一边，喜妹的泪水再也忍不住了，夺眶而出。

静默，短暂的静默。

"喜妹，还有别的事吗？"林海生问。

"没了，电话费挺贵的，剩下的话等见了面再说吧！"喜妹答。

"好吧！再见！"林海生说。放下手机，林海生的泪水喷薄而出，心里真不是滋味。他掏出手绢擦拭着眼泪。这时，唐亮进来喊："林指导员，收工了！"林海生赶紧擦干眼泪，应了声："走！"

夜深了，狱中监室的犯人们早已进入梦乡。马旭东抬起身来，左右望望，没什么动静。他偷偷地穿好衣服，下床，鬼鬼祟祟地从自己的床头柜里拿出两袋东西，溜到杜青云的床边。

马旭东用手捅了一下闭眼装睡的杜青云，俩人对视一眼。杜青云直接钻出被窝，马旭东望着早已穿好衣服的杜青云，差点没乐出声来。俩人轻手轻脚地出了监室，顺着墙根朝后院溜去。

这是一条通往后院的巷道，十分僻静。王三正在后院值夜班。马旭东看见他，小声喊道："王八三。"

"哎！"王三应道。

"今天是二爷的生日！老杨队长给我弄了两袋'三加六'，趁着天黑人静，我和你杜三爷偷着喝点！你小子给我盯着人点！"马旭东叮嘱说。

"哎！哎！"王三低声应着，看了看马旭东身后的杜青云。

"别他妈的让队长把我们哥俩给逮住，也他妈的防着李涛和刘军这俩王八羔子！还有刘永和赵刚这俩人也不是什么好东西，别让他们知道给点了炮。明白吗？"马旭东不放心，再三地嘱咐着。

"三弟明白！"王三赶紧满脸赔笑地说。

马旭东扯了一个鸡腿递给了他说："王八三，这是赏给你的！"然后，他又叮嘱王三道："我和你杜三爷在后院偷着喝，十分钟完事。你站在一旁看着院子里的动静。有人过来查岗，你就咳嗽一声，通知我们，懂了吗？"

"懂了！"王三说。

马旭东和杜青云刚转过身，王三拉住杜青云的衣角，央求说："三哥，给三弟留一口！"

"王八三，你等着喝尿吧！我这给你留一大壶呢！兔崽子，等着吧！"杜青云用手拍了一下王三的光头说。

然后，杜青云暗中拉了一下马旭东，俩人诡笑着向后院的暗影里走去。

虽说同沐一束月光，但每个人的想法却迥然不同。再说监室内，李涛躺在床上，心想着明天开完减刑大会就回家了，就可以见到日思夜想的家人了！回想着在监狱里这几年的改造生活，心中充满了对几位队长的感激之情！想想这几年的改造收获，就觉得信心倍增！想到明天就要离开生活了好几年的中队，似乎心里还有点难以割舍！这也曾是自己的家，对这里的一草一木、一砖一瓦太熟悉了！他想最后多看一眼这里的一切，告别了，永远地告别了！想到这里，他坐起身来，正要下床，发现马旭东和杜青云的床上空空的没人，疑窦顿生。心里不禁犯起嘀咕，他们能干什么去呢？这俩坏小子整天在一起勾勾搭搭，干不了什么好事！

　　他看了看墙上的表，时针已经指向凌晨两点。李涛不由自主地琢磨着，这个时候，夜深人静，这俩家伙一块儿出去能有什么好事呢？他们去哪儿了？李涛自言自语道："不行！我得出去看看！我做主值班最后一班岗啦！可别出什么事！"

　　李涛迅速穿好衣服大步走了出去。他在院子里转了一圈，没有发现马旭东和杜青云的踪迹。他疑心重重地走向后院，却见王三正站在后院值岗，就走近跟前问道："王三，你看见马旭东和杜青云了吗？"

　　王三撒谎说道："没看见！"

　　李涛疑问："他俩都没在监室，两个大活人在院子里走动，你说你没看见，你这值岗的是干什么吃的！"

　　王三见李涛盯问得紧，瞒不过去，就笑嘻嘻地说："我和你开个玩笑！东哥和云哥在厕所里解手呢！"

　　李涛一看王三的表情，就知道他说的不是实话。于是，他就往后院的厕所走去。

　　王三忙上前，拦着李涛说："我说，涛哥！你也太看不起三弟了吧？这点小事我能跟你撒谎吗？"

　　李涛没好气地用手一推王三说道："躲一边去！"说完，李涛继续往里走。到了厕所门口，他往里一看，里边没人。他再仔细地搜寻四周，在厕所墙角的暗影下发现了马旭东和杜青云。李涛疾步走上前，质问道："马旭东！杜青云！深更半夜的你俩躲在这干什么呢？"

　　马旭东和杜青云慢慢地站起来说："怎么？我们俩半夜起来解手还得给你打报告哇！'管天管地，管不着拉屎放屁'这句话你不知道哇？"

　　李涛追问："那解完手你们为什么不回去？"

　　马旭东说："我哥俩抽支烟再回去，怎么！不行啊？"

　　李涛望着马旭东和杜青云一脸的坏相，就知道他们刚才肯定没干好事！于是，他就转过去往他们的身后看了看。在他们身后的地上，扔了一堆啃剩的鸡骨头。而且，李涛也闻到了浓烈的酒味。李涛追问："刚才，你俩是不是在这偷着喝酒了？"

　　见事情败露，马旭东急于掩饰，他气急败坏地说："你放屁！那是你放屁喷出来的味！"

　　"没喝酒你急什么？你咋骂人呢？"李涛生气地问道。

　　马旭东知道露馅了，于是，他靠近李涛威胁着说："小子！别没事找事，明天你就回家走出这院了，睁一只眼闭一只眼，没人说你瞎！你今天要是敢向队长报告，把老子给雷了！我他妈的今天晚上废了你！"

这时，杜青云突然走上前来，一把抓住李涛的衣领，恶狠狠地说："小子！东哥刚才说的话你听清了吗？我再重复一遍！你要是把我哥俩点了炮，大不了我哥俩到严管队住一个月单间！可你他妈的临走我也让你脸上挂点花！"

李涛听到这里，用力掰开杜青云抓着自己衣领的手，顺势攥住，并大声说道："你俩跟我走，咱们找队长说去！"

马旭东和杜青云见李涛非把他们的事捅出去不可，于是恼羞成怒，互相使了个眼色，像两只恶狼似的扑向李涛。三个人厮打在一起，杜青云顺手抓起王三值班坐的一个木板凳，照着李涛的头上狠狠地砸了下去，顿时鲜血喷涌而出。

"叮咣！叮咣！"的打斗声引来了很多犯人，刘军首先看见满脸鲜血的李涛，大声急问："涛哥，怎么回事？"

"他俩在这偷着喝酒！"李涛大喊着。

刘军听后，向身后的刘永和、赵刚、田二亮等人猛一挥手喊道："上！抓住他们！"

对于害群之马，大家都十分气愤。由于他俩半夜三更喝酒，破坏了狱规，大家都要挨批评，再一看，这两个家伙把李涛打成这样，十分气愤，一帮人齐冲上去，共同制服了马旭东和杜青云，大家一起扭着马旭东和杜青云的胳膊，押着向中队办公室走去……

翌日，在监狱的广场上，整齐地坐着两千多名服刑人员，会场上播放着欢快的乐曲。主席台上大幅标语上写着：海东监狱第四批减刑大会。主席台上坐着监狱的领导，有监狱长兼党委书记马玉清、政委聂清华、纪委书记陈明德、副监狱长高天宇、教育科科长梁启明、狱政科科长贾洪强、狱侦科科长郑浩南。大会由副监狱长高天宇主持，高天宇宣布："海东监狱2000年第四批减刑假释大会现在开始！"

高天宇宣布完毕，台下响起了雷鸣般的掌声。

高天宇继续说："这次我监狱获得减刑奖励即将走向新生的共计26人。受到行政记功、表扬的有128人。下面我宣布获得减刑奖励即将走向新生的人员名单，并请你们走到主席台前来，接受大家的祝贺。"

高天宇念道："获得减刑奖励人员有，康复一中队的马军，康复二中队的刘永强、赵广志；中心医院的许波、陈浩、刘志勇；勤杂中队的王平、马季青；出监一中队的刘大鹏；出监二中队的雷保明、吴建军；直属一中队的杨小明、孟祥伟、田福圆、郑昆；直属二中队的李涛、刘军、张强、吴小明、毛艳峰、许连青、刘超；

直属三中队的吴涛、郑海明、程军、马东宁……"

被念到名字的犯人，伴着喜气洋洋的乐曲声，走到主席台前，接受大家的祝福！他们一齐转身，向主席台上的监狱领导深深地鞠躬！表示他们诚挚的谢意！

会议继续进行下一个议程，高天宇主持着："下面，有请新生代表李涛，作表态发言！"

头上缠着纱布的李涛走到台前，掏出稿纸，深情地念道："尊敬的政府领导，全体服刑人员：大家好！我叫李涛，唐州市路北区人，我因犯盗窃罪被法院判处有期徒刑九年。入狱后我的思想压力很大，认为自己一切都完了，不但毁了名誉，失去了自由，还要在高墙电网的监狱内消磨掉自己的大好年华。在万念俱灰意志消沉的情绪中，我没有心思去积极地参加劳动和学习，整天抱着一种混日子的思想磨泡刑期，消极改造。政府队长发现我的问题后，没有冷落我、歧视我，而是满腔热情地关心我，耐心地做我的思想工作。我生病了，队长们就不分昼夜地陪护我，还用自己的工资给我买来营养品；劳动上我不懂生产技术，队长就手把手地教我。队长们的无私真情，融化了我冰冷的心。我开始振作起来，积极地投入改造生活中去。

"功夫不负有心人！几年来，我获得了丰硕的改造成果，先后获得两次记功减刑的奖励。今天，我就要获得新生了！此时此刻，我怀着无比激动的心情，怀着对党和政府无限的感激之情，向挽救我，与我朝夕相处多年的政府警官们表示真诚的感谢！借此机会，我也向全体在座的服刑人员表示我衷心的祝愿，我衷心地希望大家能积极地靠拢政府，踏实改造，争取立功受奖！早日回家与亲人团聚！谢谢大家！"

对李涛的讲话，全场报以热烈的掌声！

随后高天宇宣布："下面，我们以热烈的掌声，欢迎马监狱长讲话！"

马玉清微笑着望着大家，高兴地说："今天，是我们迎来的又一个喜庆的日子！今年全监狱已有166人获得了减刑假释的行政奖励，这是你们认罪服法积极改造的成果。我衷心地祝愿你们这些人重新回归社会以后，能为社会、为自己的家人做出自己应有的贡献！也希望你们在座的大家，在改造的道路上继续努力，不断进步！党和政府为了挽救你们，在监狱建设方面投入了大量的财力物力，来改善你们的生活条件和劳动条件，提高你们的各方面待遇，我们的管教干部也在不断地加强学习，提高自身素质，进行更加文明、更加规范的管理。你们的改造环境越来越好，我衷心地希望你们大家都要珍惜自己的青春，珍惜政府提供给你们的良好环境，珍惜我们那么多朴实无私的管教干警，对你们付出的真诚心血，奋发向上，努力改造，争取优良的改造成绩！"

这时，全场爆发出雷鸣般的掌声。随后马监狱长又语重心长地说："我干了多半辈子监狱警察的工作，迎送的犯人太多了，几十年了，心情一直都没有平静过呀！看着走出监狱这个大门的人有了出头的日子，我的心情和他们一样，高兴得不得了哇！回到家里的时候我就美美地喝上两盅，跟自己的老伴碰碰杯庆贺一下！就像我们家遇到了什么喜事一样啊！可是，每当我看到监狱里又送来那么多新人的时候，我的好心情都被搅没了，再回到家里的时候就喝闷酒了。我年纪大了，想帮你们做点事的机会不多了，趁我还没走，我留给大家一句话，也算我求在座的大家一件事，我希望凡是认识我马玉清的，等你们回家的时候，别忘了告诉我一声，也让我高兴高兴！又进来的人，都免了。"

这时，主席台上所有的领导都站起来热烈鼓掌！台下的服刑人员也都站了起来，流着感动的泪水，用热烈的掌声向马监狱长致意……

在冀东河西县的大山里的山间小路上，短发齐肩的喜妹，烙印着山里人的淳朴，上身穿着紫色碎花袄，臂挎黑皮包，儿子铁蛋背着书包，铁蛋有着山里孩子的顽皮劲儿，一边赶路，一边追逐纷飞的蝴蝶，采摘路边的野花，母子正在急匆匆地赶路。铁蛋蹦蹦跳跳地跑在前面，不时地回头问喜妹："妈妈，我们怎么还不到汽车站呢？"

喜妹擦擦额上的汗水说："急什么，翻过前面这个小山头，我们就可以坐上公共汽车了。"

翻过一座山梁，娘俩累得气喘吁吁，终于来到了山间的公路边，耐心等候路过的公共汽车。

铁蛋又问："妈妈，我们什么时候能见到爸爸呀？"

喜妹说："坐上车，半天就能见到你爸爸了。"

说着话，喜妹母子俩站在路边等车，这时，只听山那边一阵喇叭响，一辆公共汽车驶了过来。喜妹和铁蛋使劲挥挥手，汽车在他们娘俩面前停了下来。喜妹和铁蛋上了车。

车内人很多，娘俩挤到最后一排，找了个座位坐了下来，铁蛋就像警卫员一样守护着妈妈。喜妹坐在车窗边，想着很快就要见到日思夜想的亲人了，脸上挂着幸福的微笑。由于多日的劳累，不一会儿喜妹就闭着眼睛睡着了。

小铁蛋却瞪着一双大眼睛，警惕地注视着四周的动静，眼睛盯着妈妈身边的书包。他知道包里藏着钱，那是带给爸爸准备为奶奶治病的钱。

早晨早早起来赶路，坐在汽车上的喜妹有些困意，再经过汽车一摇晃，坐在柔软的靠垫上，就像躺在摇篮里，喜妹睡着了，她的脸上挂着幸福的微笑，她在做梦！梦乡里的她，扎着两根羊角小辫，正与虎头虎脑穿着短裤头的林海生在河边戏水、玩耍。林海生把用火烧熟的玉米棒子分给她吃，两人吃得满脸黑乎乎的，互相看着对方的小黑脸，俩人都咯咯地笑个不停……

喜妹又梦见自己长大了，林海生要离开山村去城里上大学，她拎着一篮子鸡蛋送林海生："海生，你这一走要多长时间才能回来呀？"喜妹羞怯怯地问。

"等学校放假的时候，我就可以回来。"林海生说。

"那我想你的时候，能不能去学校里看你呀？"

"学校离咱家这里有好几百里，路太远！你也没出过门，就别去了。"

"那你可一定要给我来信呢！俺想你的时候，就读你给我写的信。"

"我会给你经常写信的。"海生表述自己的想法。

"那你……每周都要给我写信！不许忘记！"喜妹提出一个姑娘的心愿。

"好！我答应你。喜妹，我不在家，你多替我照顾一下我妈妈。"

"你妈妈也是我妈妈，什么替不替的？你就别操心了！我会照顾好老人家的！"

俩人拉着手往前走着。林海生说："喜妹，别送了，送君千里，终有一别。回去吧！"

喜妹拉着林海生的手，脉脉含情，难舍难分！林海生已经走出很远，喜妹还站在那，看着林海生的背影，久久不愿离去。她的脸上挂满了泪珠……

喜妹还梦到：林海生大学毕业以后，当了人民警察，然后回家乡举行热闹的婚礼。在欢快的新婚鼓乐声中，她身着漂亮的红花袄，头戴小红花，对着镜子照了一遍又一遍，看着镜子里的自己，喜妹的脸上挂满了幸福的微笑。这时，门外响起了迎亲的唢呐声，众乡亲燃放着鞭炮，拥着喜妹，把喜妹送到了林海生的家。

林海生的母亲笑得合不拢嘴！林海生身着威武的警装，胸戴红花，与喜妹一起向母亲及众乡亲鞠躬礼拜！给前来贺喜的乡亲们敬酒！晚上，在洞房里，喜妹依偎在林海生宽阔的胸前，噫哎细语："海生，我能在你怀里躺一辈子多好啊！"喜妹闭上眼睛，在林海生的怀里尽情享受着，享受着那百般温存与酣畅淋漓。

梦中的喜妹幸福地追忆着往事……

突然，铁蛋一声大喊："哎！不许偷我妈的钱！"

喜妹忽然惊醒，她看到几个年轻人正在向司机喊："停车！"

小铁蛋已经追上去，死死地抱住了一个窃贼的大腿。被铁蛋抱住大腿的人凶狠地骂道："小兔崽子！放开我！"

"我不放你！你把偷我妈的钱还给我！"铁蛋高声喊叫。

那个家伙狠劲地揪住铁蛋的耳朵骂着："我叫你不放！我叫你不放！我把耳朵给你拧下来。"

铁蛋也不示弱，照着窃贼的大腿狠狠地咬了一口。窃贼疼得"哎哟"一声，放开了铁蛋。

这时，汽车已经停下，司机打开了车门。

被咬的窃贼对两个同伙喊了一嗓子："傻帽儿，还不快跑！"

两个同伙急忙朝车门奔去……

这时，喜妹侧身赶到了车门口，堵住车门，对被铁蛋抱住的窃贼喊道："你们不能走！你们偷的钱是我给婆婆治病的钱，你们把钱拿走了，我婆婆的病就治不了了！大哥！我求求你们，把钱还给我！"

那窃贼一把把喜妹推下了汽车，骂道："去你妈的！"疯狂的窃贼夺门而出，喜妹被重重地摔在地上。脸上、胳膊上流出鲜血。铁蛋一看妈妈被摔在了地上，松开了窃贼，扑向躺在地上的喜妹，大声地叫着："妈妈！妈妈！"

三个窃贼随即下车，拔腿就跑……司机怕招惹是非，冷漠地把汽车开走了，铁蛋又追上被他咬伤大腿的窃贼，抓住他的胳膊狠狠地咬。喜妹也强忍住疼痛爬起来，拽住窃贼的另一只胳膊与他搏斗，并大声地喊："你不能走！你还我钱！你还我钱！"

那个窃贼几次没有挣脱，他气急败坏地向同伙大喊："你们还他妈的愣着干什么？还不快点过来帮我呀？"听到同伙的召唤，跑在前面的两个窃贼转回身，张牙舞爪地冲了过来。铁蛋迅速地拾起撒在地上的苹果和鸡蛋，狠狠地砸向冲上来的窃贼。铁蛋砸得很准，不是砸在他们的脑门上，就是砸在他们的眼睛上，疼得窃贼"嗷嗷"乱叫，弄得满脸蛋花，狼狈不堪。

"宰了你们。"窃贼见铁蛋母子穷追不舍，自己的同伴又被死死缠住，难以脱身，动了杀机，他们掏出明晃晃的匕首，躲过铁蛋投掷的物品，凶相毕露地冲向铁蛋。

第十一章　迷途知返

在人们的印象中，女人是水做的，杨柳细腰，弱不禁风。而被视为巾帼英雄的女子，多为奇才，为数不多。现代社会，女性得到解放，她们与男子齐眉。面对寒光闪闪的匕首，临危不惧，勇敢与歹徒搏斗，再现女法官的本色。

就在喜妹母子面对歹徒攻击，万分危险的时候，蓦地，一辆挂着警灯的小轿车由远及近飞驰而来。开车的司机是年轻漂亮的女法官刘海燕，坐在副驾驶位子上的是她的同事，一位中年女法官，她们正在说话。突然，中年女法官用手一指喊道："海燕，你看！"

警车上的人发现了前面有情况。

海燕马上打开警笛警灯，迅速赶到现场，警车一停，两个人拉开车门冲向歹徒。歹徒见来者没有枪，还是女的，便像恶狗一样扑过来，但出乎他们预料的，女法官都是警校毕业，腿脚不凡，三招两式，没有占到什么便宜。

一个歹徒见势不妙，拼命挣脱开喜妹的拉扯，打了一声哨，拔腿就跑。其他歹徒，也转身钻进山林。铁蛋追在他们后面，边捡土块追打歹徒，边大声地骂着："坏蛋！坏蛋！把钱还给我妈妈！把钱还给我妈妈！"

眼看着歹徒越跑越远，喜妹大声喊着："铁蛋！回来！"说完，连气带怕坐在地上哭起来……

海燕蹲下身，扶着喜妹关切地问："大嫂，怎么回事？"

"那几个坏蛋抢了我妈妈的钱，我妈妈的钱是为我奶奶治病好不容易凑起来的。"小铁蛋抢着说。

"大嫂，你们这是去哪儿？"海燕问。

喜妹缓口气说："去海东监狱。"喜妹站起来拍拍身上的土说："大妹子！谢谢你们了！"然后，她收拾起散落在地上的东西，拉着铁蛋叹口气说："咳，妈妈的钱都被坏人抢走了，咱们娘俩走着去吧！"

海燕与中年女法官交换一下眼色，抢上一步拉住喜妹问："大嫂，你去海东监狱哪个中队？"

喜妹回答："我去直属二中队。"

海燕看了一眼中年女法官，中年女法官冲着海燕点点头："大嫂，我们正好也去直属二中队，上车，我们一起走吧！"海燕对喜妹说。

喜妹用感激的目光看着海燕说："那太感谢你们了！"见是警察，他们放了心，没有再问什么，随后，喜妹和铁蛋上了小轿车。

喜妹上车后，见车后座还坐着一位妇女，两眼散乱地望着四周，似乎在想着自己的心事。

海燕驾驶着汽车继续赶路。出于职业的习惯，她一边注视着前面的路况，一边和喜妹聊了起来："大嫂，你爱人是干什么的？"

"孩子他爹是个监狱警察。"喜妹说。

铁蛋抢过话，有些炫耀说："我爸爸是个当大官的！"

海燕笑着用儿童的口吻问铁蛋："你爸爸是个多大的官啊？"

铁蛋回答："是个指导员！"

海燕问喜妹道："大嫂，你爱人是不是姓黄？"

喜妹摇摇头："不是，我爱人姓林，叫林海生。"随后，喜妹惊喜地问海燕："大妹子，你认识黄队长啊？"

海燕说："啊！认识，我父亲在直属二中队。"

喜妹颇感意外地问："你父亲是哪个队长啊？我怎么没听说过呀？"

海燕不好意思地说："我爸爸是个犯人。"

喜妹："噢——"没有再说什么。车内，出现暂时的沉默。

此时，二中队办公室里，吴志强正在写着什么东西。忽然，有三名积委会的犯人在门外喊："报告！"何谓积委会呢？积委会就是在押犯在服刑期间，成立的犯人积极改造委员会，由在押犯的改造劳动积极分子参加，负责刑期中的一些具体事务。

"进来！"吴志强说。

"报告吴队长！你们中队的赵刚接见。"积委会的犯人说。

"知道了！"吴志强说着，站起来到监室通知赵刚去接见。

吴志强带着赵刚走进了接见室，铁蛋眼尖，大喊一声："吴叔叔！"

吴志强一看到铁蛋，惊喜地跑过去抱起铁蛋，俩人好一阵子亲热。吴志强捏着铁蛋的鼻子问：

"铁蛋，想不想吴叔叔啊？"

"想！"铁蛋说。

"吴叔叔可想你了！"

"我还想黄叔叔、杨爷爷和小亮叔叔。"

吴志强把铁蛋放下，走到喜妹跟前说："嫂子，来多会儿了？"

"刚到。"喜妹说。

吴志强问："你们来，林指导员知道吗？"

"他不知道。"

吴志强打量周围一眼："林指导员带着犯人出工干活去了！这样吧，嫂子，我先送你们娘俩去招待所吧！"

喜妹说："不麻烦你了，这里的招待所我住过，自己能找到，你这里还有事，你先忙你的吧！"然后，喜妹对一直站在旁边的海燕说："大妹子！谢谢你们了！要不是搭你们的车，我们娘俩还不知道走到什么时候才到这儿呢，我们娘俩先走了，再见！"

铁蛋也挥挥手，说："阿姨，再见！"

铁蛋临出屋还不忘冲着吴志强做了个鬼脸说："吴叔叔，再见！"

送走了喜妹娘俩，海燕掏出工作证走到吴志强面前说："吴队长，我是双龙县人民法院的，我叫刘海燕，这是我的证件。"

吴志强伸出手说："啊！你好！"

吴志强与海燕及那位中年女法官分别握手。

海燕说："吴队长，你们中队押犯赵刚的妻子许梦婕已经向我院提出起诉，要求与赵刚离婚。我们按照法律程序，先带许梦婕来与赵刚当面调解。"

吴志强说："啊！欢迎你们来！我们一定配合你们的工作。"随后，他安排两位女法官和许梦婕坐定，吴志强对海燕说："刘法官！请你稍等！我马上通知狱侦科的同志过来。"

吴志强掏出手机，给狱侦科科长郑浩南打电话："喂，郑科长吗？"

"我是郑浩南。"电话另一端的郑浩南答。

"我是吴志强！是这样，我们中队押犯赵刚的妻子向法院提出起诉，要求与赵刚离婚，法院来了两位同志，正在接见室等你。"吴志强说。

郑浩南说："好！我马上过来。"

打完电话，吴志强非常热情地对海燕说："刘海燕同志，狱侦科科长马上就过来，请你们再稍等一会儿。"

海燕问："吴队长，你们中队是不是有个叫刘永和的人？"

吴志强回答："有啊！"

海燕说："我想见见他。"

吴志强问："你们认识？"

海燕难为情地说："他是我父亲。"

吴志强用一种吃惊而又尴尬的眼神看着刘海燕……直看得刘海燕有些不好意思，脸色变红。两个人都尽力回避着对方的目光，海燕最后打破僵局说："我父亲犯了法，是对法律知识学得不够，这次来，我专门给我父亲带来了一些法律书籍，让他好好学习学习。"

吴志强说："那太好了，有你们家里亲人的大力支持，我们的工作就好干多了。"

海燕问："我爸爸在里面怎么样？"

吴志强回答："你父亲的表现非常不错，还担任了犯人值班组长，改造的热情很高，心态和情绪都不错。"

"看来，他已经觉悟了。今后，还要请吴队长多帮帮我父亲，拜托了！"

然后，海燕随手掏出笔记本，写了几个电话号码，递给吴志强说："吴队长，这是我的联系电话，我父亲身体不好，糖尿病很严重，如果他需要什么药，监狱医院没有的话，就麻烦你打电话告诉我，我会及时送过来。这几个号码，你随便打哪个都能找到我的。"

吴志强接过纸条说："这是我们的职责，不要客气。那好吧！我一定会打电话给你的！"

此时，在接见室的另一间屋子里，赵刚和许梦婕正在讨论离婚的事情。

郑浩南和法院的另一位女法官坐在一旁。

赵刚首先打破僵局说："梦婕，是我对不起你！你跟我在一起生活了几年，无论从哪个方面讲，你没有任何对不起我赵刚的地方！是我做了对不起你的事，即使你能原谅我赵刚，我都不能原谅我自己。我不但害了我自己，而且害了你。再说，强奸犯的名声实在是不好听，让你跟着我抬不起头来做人，对你也实在是不公平。关于你提出的离婚要求，我无条件地答应。咱们分手以后，我希望你将来找一个感情上靠得住的好男人，至于家庭财产问题，我愿意都留给你，我只有一个要求，把女儿小雨给我留下，给我个精神寄托。"

梦婕抬起泪眼说："把孩子留给你可以，可谁照顾她呀？她刚两岁呀！"

赵刚说："我把孩子交给我姐姐赵娜，让她先替我抚养着孩子。你放心吧！孩子不会受任何委屈的！只要你同意就行了。"赵刚说。

梦婕非常伤心地说："赵刚，我不是落井下石，在你蹲监狱的时候向你提出离婚的问题，可是你太不应该去想别的女人，而且你强奸的还是我的亲妹妹呀！你怎么能让我接受得了呢？说句心里话，我并不情愿离开你，可是我即使原谅了你，你以后又怎么面对我的父母，面对我的妹妹呀？"

赵刚羞愧地说："梦婕，快别说了，咱俩的一切就到此结束吧！"

同时，在另一侧的接见室里，海燕和刘永和面对面地坐在桌子两侧。刘永和仔细打量女儿，千言万语又不知该问些什么，女儿是他看着长大的，自小就很听话，学习也很努力。从没有让他着过急，大学毕业后，又考取了法官，就在一家事业有成，其乐融融的时候，自己出了事，连累妻子不说，还让女儿跟着遭罪、丢脸。迟疑好久，他才问："海燕，你妈妈好吗？"

海燕说："妈妈很好！"

刘永和问："你妈妈最近身体怎么样？"

海燕说："倒没什么，只是工作太累，最近这段时间睡眠不太好，一到晚上老是翻来覆去睡不着觉。"

刘永和内疚地说："是我连累了你们，给你们添了麻烦。我不在你妈妈身边，你一定要照顾好你妈妈，她也很难啊！"

"爸爸，你不要这么说，只要你能认识错误，洗心革面，重新做人，我和妈妈就放心，别的你就别操心了！你还是照顾好你自己吧！"

刘永和问："海燕，我跟你要的法律书带来了吗？"

海燕说："带来了。听你们吴队长说，你最近挺不错？"

"这还不都是你们大家帮助的结果吗？要不是你们都劝我，批评我的不正确思想，我的思想一时半会儿还很难转过弯来。这段时间我也确实认真反省了自己的问题，找出了犯罪的根源。回想一下，不该做的事太多了，我现在只想好好改造自己，努力补过才是啊！哦，对了。海燕，我给县委写了一份悔罪反省的材料，希望县委把我作为反面教材来教育广大的在职干部，以我为鉴，以我为戒，好好为党工作！另外，关于咱们县山区公路规划和建设问题，我给县政府写了一份个人建议书。"刘永和说。

刘永和从怀里掏出两个厚厚的信封，接着说道："今天你来得正好，你就顺便把它带回去吧！交给你妈妈。"

海燕打开信封简单地看了看说："爸爸，这些东西我不能带。"

"为什么？"刘永和有点意外地问道。

海燕说："你应该首先把这些材料交给你们的队长，由队长审查后，通过正常的渠道寄出去。"

刘永和恍然大悟地点了点头。海燕又微笑着说："爸爸，你今天能有这么大的进步，女儿真为你高兴！我希望爸爸一定要坚持自己的信念，千万不要辜负大家对你的期望！"然后海燕伸出双手，攥着刘永和的手眼含热泪地说："爸爸！我和妈妈天天都在盼着你回家！"

监狱的生活紧张而有节奏，对在押犯的改造，也是在国家政策的框架内，在有关政策的指导下，有条不紊地进行着，傍晚，狱犯劳动收工的队伍，迈着整齐的步伐，伴着嘹亮的《收工歌》一队队走进了监狱的大门。

"晚霞红，浪子归，劳动汗水洗尘灰。

不劳而获是罪过，加速改造奋力追。

66635，66632，加速改造奋力追，奋力追。"

林海生、杨明贵和唐亮等一起带着二中队收工的队伍走进了监狱大门。广场上，贾洪强正带领着十几名积委会的犯人，对收工的犯人进行安全搜身检查。脱帽，翻兜，脱鞋，搜身。

这时，刘大虎冲着刘永和、田二亮、王三等人走了过来。

刘大虎对他们几个人问道："有没有携带违禁物品？"

几个人齐声说："没有！"

林海生带着收工的队伍刚回到中队院里，正忙活着。吴志强从办公室里出来对林海生说："林指导员，嫂子和铁蛋来了。"

林海生高兴地问："真的？在哪儿呢？"

吴志强说："在招待所呢！这里的事情你就不用管了，快去看嫂子和孩子吧！"吴志强说。

林海生说："那就辛苦你啦！"说完，高兴地转身就走。还没走多远，吴志强又从身后喊道："不许动！转过身来！"随后响起"哒哒哒"的电子机关枪的声音，林海生看着吴志强手里端着一把电子冲锋枪，高兴地冲着吴志强笑着说："哎呀，志强，你可是帮了我的大忙了。要不今天铁蛋说啥也不会饶过我的。"

吴志强说："买机关枪的事，你都骗了人家铁蛋半年多了，今天找上门来，你再空着手去见他，他不揍扁你才怪呢！"

林海生跑过来，夺过吴志强手里的冲锋枪说："谢谢啦！"转身就跑着去了招待所。

林海生兴冲冲地跑进招待所。父子见面，铁蛋看见林海生大声喊着："爸爸！"铁蛋扑进了林海生的怀里。

林海生抱着铁蛋又是亲脸蛋又是捏鼻子，他举起冲锋枪扣动扳机"哒哒哒"。

铁蛋喊着："爸爸！子弹别打着妈妈！"

林海生说："傻小子，这是电子枪，没有子弹。"随后，他把枪挂在铁蛋的脖子上，铁蛋高兴得又蹦又跳，大声地喊着："我抓坏蛋去喽！我抓坏蛋去喽！""哒哒哒"，端着枪跑到外边玩去了。

一直站在旁边看着林海生父子亲热的喜妹非常高兴，待铁蛋跑远后，才定定神，瞧着自己朝思暮想的爱人，看着林海生消瘦的面孔，一种无限的疼爱涌上心头，两眼流出了疼爱的泪水……

林海生也痴痴地望着自己心爱的人。此刻，久别的夫妻四目相对，心中似有千言万语，可一时又不知从何处说起，林海生慢慢地向喜妹走去。

喜妹再也抑制不住内心的感情，"哇"的一声哭出声来说："海生，我好想你啊！"然后，喜妹伏在林海生的肩头哭泣不止。

林海生摸着喜妹的秀发，眼泪也夺眶而出，动情地说："喜妹，委屈你了！"

喜妹抬起头深情地看着林海生说："你是不是胃病又犯了？"

"没有！没有！"林海生忙说。

喜妹说："看你瘦的，皮包骨头了。你骗得了别人，你能骗得了我吗？我是你的女人，难道我还不了解你吗？你心里只有别人，从来都没有想过自己。我从小跟着你一块长大，你的心我还不懂吗？"

林海生扶着喜妹走进房间，坐在床上问："家里的事情都处理好了吗？"

喜妹难过地说："处理好了。可是……"

喜妹刚要说下去，铁蛋突然闯了进来，嚷道："妈妈！妈妈！我饿了！"

喜妹赶紧打开背包，去拿里面的煮鸡蛋，一看全烂了。

林海生诧异地问："喜妹，怎么搞的？"

"爸爸，都怪那几个坏蛋！他们在汽车上抢了我妈妈的钱，还打我妈妈！给我奶奶治病的钱都让那几个坏蛋抢走了！我看他们打我妈妈，我就抱住一个坏蛋的大腿狠劲咬他，疼得他哇哇乱叫。我还用鸡蛋砸他们。"铁蛋心直口快，抢着说。孩子说到这里，望着林海生歉意地说："爸爸，我打不过他们，妈妈的钱还是让那几个坏蛋抢走了。"

"儿子，好样的！你做得对，我们就是要和坏蛋作坚决的斗争！你现在打不过他们，等你长大了，就一定会打得过那些坏蛋了。"林海生摸着铁蛋的头说。

"爸爸，我长大了也做警察！去抓坏蛋！"铁蛋望着林海生说。

林海生望着可爱的儿子，摸着他的头说："好！好！铁蛋有志气！走。咱们吃饭去。"他得知妻子被打，全家人千辛万苦积攒准备给母亲治病的救命钱也被坏人抢去，十分心疼，但此刻，他看到喜妹母子平安，他就知足了，他还能再说什么呢，人世间，还有什么比一家人平安更令人欣慰的呢？他一扫愁云，带着妻子儿子走向餐厅。

狱中监室里，夜深了，月光如洗。一束月光透过监室的窗户，洒进屋里，照在屋地上，恍如白昼。年轻的赵刚躺在自己的铺位上，翻来覆去，睡不着觉。

他回想着当初与妻子许梦婕谈恋爱时的情景……

那是他们快要大学毕业时，在唐州市理工学院的校园里，在枝叶茂盛的梧桐树下，在美丽的月光下，赵刚和许梦婕并肩而行。他与许梦婕情意绵绵、海誓山盟。

"赵刚，你毕业后准备去哪儿？"许梦婕问。

"我准备回到我们老家的学校去教书。"赵刚说。

"你们老家那么穷，为什么非要回去呀？留在唐州市，找个好点的工作不好吗？"

"我们老家条件是不好，可乡亲们的心都是热的。当初我上大学的学费还是乡亲们给我凑的呢！我怎么报答他们呢？我只能用我学到的知识来回报他们。"

"赵刚，你心眼好，人长得帅，我非常喜欢你！我爸爸妈妈也挺喜欢你！可是你要坚持回老家去，不能留在唐州市里生活，他们肯定会反对咱们继续交往的。"

"那你什么态度啊？"

"赵刚，只要你对我好，保证一辈子喜欢我，你到哪儿，我就跟你去哪儿。"

"梦婕，你放心，无论到什么时候，我都不会背叛对你的感情的。我会爱你一辈子！"赵刚说完，把梦婕紧紧地搂在怀里……

秋日，在山区一处农家院里，痴心爱着赵刚的许梦婕，冲破父母的阻力，在妹妹许梦雪的支持下，与赵刚在一个农家小院里，在乡亲们的祝福声中，在吹吹打打的锣鼓声中，在噼噼啪啪的鞭炮声中，举行了热闹的婚礼。

　　洞房花烛夜，赵刚再次向自己的心上人许下了至爱一生的诺言。只见赵刚双手抚摸着许梦婕俊俏的脸，看着自己心上人那双美丽的大眼睛，动情地说：

　　"梦婕，我赵刚今生今世只爱你一个！如果，有一天我背叛了你的感情，你就亲手杀了我！"

　　"要是真的有那么一天，杀了你我舍不得。"梦婕说。然后，梦婕用手一捏赵刚的鼻子，钻进赵刚的怀里，娇嗔地说："我会跟你离婚，一辈子也不会让你再碰我。"

　　赵刚乐呵呵地说："那我现在，就趁你在我身边，多碰碰你。"随后，赵刚就嬉笑着扑过去一下抱住许梦婕，许梦婕捶打着赵刚连说着："你坏！你坏！你这个大坏蛋！"

　　赵刚用一个热吻堵住了梦婕的嘴。梦婕在本能的驱使下迎合着，嘴里不断发出诱人的呻吟。

　　从赵刚的洞房里传出一对新人幸福的缠绵声……

第十二章　孽缘恶果

栽什么树，结什么果。不论何人，都要为自己的行为付出代价，或喜或忧，或善或恶，都难逃这个自然法则，一个善良的青年，一时冲动，为此遗憾终生，教训深刻，不得不引人深思……

一年后，许梦婕生下了女儿小雨。因产后身体虚弱，许梦婕叫来了自己的妹妹许梦雪来帮着照顾小雨。十八岁的许梦雪清纯靓丽，身着飘逸的白色长裙，衬托出优美的曲线，更显楚楚动人。在赵刚的眼里，自己的小姨子更像一朵散发着一种特殊香味的玫瑰花，而且越闻越醉人。

有一天中午，赵刚从外边回家，尿憋得难受，他着急地闯入卫生间，正赶上梦雪在沐浴，她伸展着玲珑的躯体，赵刚看到这一切顿时只觉热血沸腾，两眼直勾勾地盯着梦雪。

这时，梦雪也发现了赵刚，害羞地转过身去。

赵刚一晃神，理智地转身拉上了卫生间的门，站在门边好一会儿才喘上一口气，平静下来。在不知不觉中，赵刚对梦雪有些心猿意马，梦雪玲珑的曲线不时地飘来飘去，挥之不去，不时勾起赵刚强烈的欲望。

初夏的一天，梦婕正在学校里给学生上课，赵刚早早回家准备做晚饭。一推卧室门，映入眼帘的是梦雪裸露的双腿。原来梦雪正在陪小雨睡觉，在强烈的欲火催动下，赵刚丧失了理智，他慢慢地走过去，轻轻地解开了梦雪的乳罩，一对刚刚发育成熟的小白兔般丰满的乳房窜了出来。梦雪似乎正在做梦，笑眯眯轻轻地翻了一下身。赵刚一冲动就扑了上去，不顾梦雪的愤怒反抗，强奸了梦雪。当许梦婕回到家里撞见令人难以相信的情景时，所有不该发生的事情已经发生了……

许梦婕大脑一片空白，抱起在床上哇哇哭闹的女儿，扶起靠在墙边嘤嘤哭泣的妹妹，毅然到乡派出所报了警。

数日后，赵刚因强奸罪站在法院的被告席上。法官大声地宣判："赵刚，男，26岁，因犯强奸罪被判处有期徒刑七年。"

此时，身穿囚犯服的赵刚听着法庭的宣判，泪流满面，悔恨交加……

回想到往日的甜蜜与噩梦，赵刚捶打着自己的头，再也没有睡意了。他起身穿好衣服，走出了监室，在灯光昏暗的院子里转悠着，转悠着。点着的烟，掐灭了；又点上，再掐灭。

最后，赵刚似乎在心里下定了决心，向着院外中队办公室走去。

到了门岗，赵刚向正在前门值班的二亮请求："二亮，我去找林指导员。"

"林指导员在办公室里，你去吧！"二亮说。

此时，已是晚上11点多，林海生在办公室里值夜班，他给自己泡了一碗方便面后，就又拿起针线缝制东西。忽然门外有人喊："报告！"

林海生回答："进来！"

"是！"赵刚走进了办公室说："报告林指导员，我想跟您谈谈心。"

林海生说："好啊！赵刚，坐下说。"

"谢谢林指导员！"赵刚说着，就坐在了身旁的椅子上，问道："林指导员，您还没吃饭呢？"

林海生说："啊，手里有点活，没顾上。"

赵刚："您缝什么呢？把活给我干吧。"

"不用了，我给王三缝个枕头，马上缝完了。"随后，林海生把缝好的枕头往办公桌上一放，对赵刚说："赵刚，你有什么话，咱们随便谈，有话尽管说，别有什么顾虑。"

赵刚："林指导员，您先吃饭吧！要不方便面泡时间长了就没法吃了。再说，总吃方便面对胃也不好。"

林海生说："没事，习惯了。赵刚，是不是你妻子今天来和你商量离婚的事，心里产生压力了？"

赵刚："不是，我倒觉得自己轻松了。"

林海生感到不解："为什么会有这种感觉呀？"

赵刚："过去的事情我都想了一遍，越想越恨自己。造成今天这样的结局，完全是自己的责任。虽然我妻子和我提出离婚，我心里有些不愿意，我只是有些舍不得我妻子。可是，我一想起自己做的事，还有什么脸再留人家呢？林指导员，我想通了，不怪人家，是我错了。走到今天这一步，我也是报应。我把心里话跟林指导员说说，是想求个心里痛快！我也想告诉您，您不用担心我有思想包袱。另外，我也想让林指导员对我今后的路多指点指点。"

林海生思忖片刻说："赵刚，你这个人本质还是不错的。我认为你走上犯罪道路也是一时冲动造成的，发生了不该发生的事情。不过既然已经走到了今天这一步，就应该勇敢地面对现实，知错就改就有希望。刚才我听了你的思想汇报，我很高兴，难得你能把自己的问题认识得这么清楚。"

"谢谢政府的夸奖！"赵刚说着站起，就要鞠躬。

林海生摆摆手，示意赵刚坐下又说："不要搞这些虚头巴脑的表面文章，来点实实在在的干货。既然认识到了自己的错误，也就找到了今后的改造方向，那就是弃恶从善，走新生之路。你在中队也算个文化比较高的人，根据你的改造表现，我正在考虑给你安排一个比较重要的改造岗位。"

赵刚被林海生坦诚的谈话所感动，他又要站起来表示感谢，但看到对方的眼神，只得把腰挺了挺，坐得更直些。

林海生赞许道："这就对了嘛，人就应该挺直腰板做人！这不，咱们中队的主值班员李涛和学习员刘军已经回家了。他俩的工作还要安排新人接替，我已经和其他几位队长研究过了，准备让刘永和接替李涛的工作，任中队的主值班员，让你接替刘军的工作，任中队的学习员。希望你不要辜负了政府队长对你的信任，努力干好自己的工作。"

看到领导对自己如此信任，赵刚很激动："请林指导员放心！我赵刚一定会听从队长们的教导，好好改造自己，努力完成队长们交给的任务。请队长们放心！"

虽说同在一个监狱，同沐一束月光，但由于世界观不同、价值观不同，思想行动确实差之千里，在审讯室里，却在上演内容完全不同的生活剧。在严管队里，郑浩南和贾洪强正在夜审马旭东。马旭东戴着手铐，拖着脚镣坐在两位科长对面的铁椅子上，身后站着一名监护的干警。

贾洪强问："马旭东！你喝的酒是从哪里弄来的？"

马旭东抬眼看了看贾洪强和郑浩南，没有吭声。

贾洪强态度严肃地又问一声："马旭东！我问你话呢？"

马旭东歪着脑袋慢条斯理地说："贾科长，别问了，你说从哪弄来的就是从哪弄来的！反正我自己造不出来。"

贾洪强一拍桌子怒问道："马旭东！你别跟我装成'死猪不怕开水烫'的样子，

你不说，早晚我们也会弄清楚。你最好争取主动，无论你是接见时自己偷着带进来的，还是别的同犯给你倒进来的，甚至是我们监狱的某位干警帮你弄进来的，我希望你把事情说清楚，谁的责任就是谁的责任。你如果想蒙混过关，我劝你趁早打消这个念头。马旭东！你喝的酒到底是从哪来的？"

马旭东斜着眼睛看看两位科长，还是不说话。

郑浩南生气地说："马旭东，严禁服刑人员在监狱里喝酒，这是《监狱服刑人员行为规范》里明确规定的，我想你不可能不知道。虽然你是明知故犯，但事情已经发生了，就事论事，这种事情也不至于给你加刑，涉及不到法律上面的问题，是违反监规的问题。做错了事不要紧，关键是认识到自己的错误，知错就改，以后不再犯类似的错误。这次因你和杜青云喝酒的事，你被关一个月的禁闭，就是希望你在这里好好地反省一下自己。我说的话你都听清了吗？"

马旭东叹了口气说："唉！郑科长、贾科长，是我糊涂。我在外面时，就喜欢喝一口，进来时间长了，就嘴馋了。前些日子，我的朋友来看我，正好他们给我带来了两袋酒，我就趁着接见室的警官不注意，藏在裤裆里带进来了。我想光自己喝也没什么意思，所以我就喊醒杜青云一起去啦。事情就是这么个经过。"

贾洪强听到这里，冷笑一声问道："马旭东，假如你刚才说的经过是真的，你也认为喝酒不对，那么我问你，为什么犯人组长李涛发现了你喝酒，你不但不承认你错了，还与杜青云一起打伤了李涛？这又怎么解释呢？"

马旭东骨碌着大眼珠子，狡辩道："李涛说话嘴太臭！骂我和杜青云不是好东西，我俩也骂了李涛一句，可李涛认为自己是犯人组长，觉得自己了不起，丢了面子，他竟然恼羞成怒，抢起板凳打我们。"

贾洪强说："这么说，李涛头上缝了十几针的伤口是他自己给自己打了，与你和杜青云根本就没有一点关系，是吗？"

"我不知道！反正李涛的伤不是我打的。"马旭东狡辩说。

听到这里，贾洪强与郑浩南互相对望了一下，对站在马旭东身后的监护干警命令道："先把马旭东送回小号！把杜青云带来！"

"是！"监护干警答。

随后，押着马旭东走出了审讯室。不一会儿，只听"咣啷、咣啷"的脚镣声传进了审讯室。

杜青云带着一脸狂傲神情走了进来，走到铁椅子旁边站住，然后扭过身来看着贾洪强和郑浩南故意问道："两位科长，请问这把椅子是为我准备的吗？"

"你哪来这么多废话。坐下！"站在杜青云身边的监护干警威严喝道，往椅子上用力一按杜青云。杜青云"扑通"一声被按坐在铁椅子上。"咣啷"一声铁椅子被监护干警牢牢地锁上。

杜青云被锁进铁椅子上后，用阴冷的一双小眼，瞟了一眼坐在对面的贾洪强和郑浩南，拉着怪腔说道："两位科长，我杜老三也不是一只从小长大的病猫，黑白两道的规矩我都懂一些，今天我又犯在政府手里。说吧，你们准备怎么收拾我，我杜老三保证大气不吭一声，想怎么办，随你们的便。"

杜青云先发制人，拉出了一副无赖的架势。

郑浩南厉声呵斥道："杜青云，你少在我面前摆邪阵，今天你要不老老实实把你的恶行交代清楚，我是不会让你混过去的。"

杜青云咧嘴冷笑着说道："郑科长！你也太看不起我了，我杜老三大小在社会上有过一号，我敢吃凉饭，就不怕肚子疼！你想知道什么我都告诉你。"

郑浩南问："杜青云，你和马旭东喝的酒是从哪来的？"

杜青云痛快地回答："是我妹妹来看我的时候，偷偷给我，我带进来的。"

郑浩南又追问："李涛头上的伤是谁打的？"

杜青云随口说道："是我拿板凳砸的。"

郑浩南提醒："你知道把李涛打伤缝了十几针，法医鉴定是轻伤，你又犯了新罪，你知道吗？"

杜青云满不在乎地说："郑科长，我杜老三是不会赖账的，该加几年刑你们看着办吧！"

郑浩南："你是不是破罐子破摔了？"

杜青云："我是死猪不怕开水烫……"

星期天，二中队杨明贵值班。他来到招待所看望喜妹和铁蛋。他给铁蛋拎了一大袋子好吃的，铁蛋一见杨明贵立即上前喊："杨爷爷！"

杨明贵摸着铁蛋的小光头问："铁蛋，想爷爷了吗？"

"想！"铁蛋调皮地说。

"好孩子，爷爷今天给你买了很多好吃的，你怎么报答我呀？"杨明贵说。

"我给爷爷翻跟头。"铁蛋调皮地一笑说。说着，铁蛋就在门厅里打起了把式，拿大顶。

"哈哈，好小子，有两下子，将来肯定有出息。"杨明贵大笑，然后杨明贵又问铁蛋："我说铁蛋，将来长大了做什么呀？"

铁蛋不假思索地说："将来我长大了当警察抓坏蛋。"

这时，铁蛋神秘地伏在杨明贵的肩头说："前几天我妈妈的钱在汽车上被坏蛋抢走了，我就抱着一个坏蛋的大腿使劲地咬他，咬得那家伙'嗷嗷'乱叫。等我长大了练好拳脚，我非狠狠地揍他们不可。"

杨明贵问："怎么？你妈妈的钱被人抢了？抢了多少？"

铁蛋气愤地说："那几个坏东西，欺负我力气小，我妈妈把家里的粮食都卖了，把两头猪也卖了，把我养的五十只大兔子也卖了，卖了很多钱呢！卖东西的钱是等着给我奶奶治病的，钱都被几个坏蛋抢走了。气得我妈妈直哭呢！"

杨明贵又问："铁蛋，你妈妈的钱被坏人抢走了，你爸爸知道这事了吗？"

"爸爸知道了，是我告诉爸爸的。"铁蛋骄傲地说。

"你爸爸呢？现在和你妈妈在一起吗？"杨明贵又问。

"爸爸一大早就上班去了。"铁蛋说。

"铁蛋，领着爷爷去看你妈妈去。"杨明贵吩咐说。

"哎——"铁蛋答应一声，领着杨明贵欢快地跑在前面，推开门说："妈妈，杨爷爷来看你来啦！"

"啊！是杨队长，你快请坐！"喜妹正在给铁蛋缝衣服，忙站起来笑着说。

"喜妹，听说你们来啦，过来瞧瞧，家里人都好吗？"杨明贵问。

"都挺好的！"

"家里老人身体怎么样？"

"还不是老样子，这么多年了，一直也没有到医院去看过，这不，我这次就是想和海生商量一下，把我婆婆送到市里的医院去好好地治治病。可是……"喜妹说到这里又不吭声了。

"事情我都知道了，不管怎么样，老人的病还是要想办法治的。这样吧，我刚发了工资，这一千多块钱虽然解决不了大问题，你先拿着，我再想想别的办法。"热心肠的杨明贵说。

"杨队长，那怎么行呢？这钱你快装上，给老人治病的钱我和海生再想办法。"喜妹忙推辞说。

"喜妹，你就别客气了，什么时候了，咱不帮谁帮啊？再说了，我又无儿无女，就我们老两口，没什么负担，怎么说也比你们好过多啦，你就收起来吧！我走了。"杨明贵说着，把一沓钱塞给喜妹转身就走。

"爷爷，再待会儿吧？"铁蛋说。

"今天爷爷值班，我去换你爸爸回来。"杨明贵说。

"爷爷，那你什么时候再来找我玩啊？"铁蛋扯着杨明贵的衣角说。

"只要爷爷有空，爷爷就过来陪你玩，好吗？"杨明贵说着，摸摸铁蛋的头，走向门口。

"爷爷说话算数？"铁蛋说。

"铁蛋，爷爷说话算数！爷爷今天还有事，改天爷爷肯定来找你玩。爷爷走啦！"杨明贵说。

"爷爷再见！"铁蛋挥着手说。

杨明贵回到了中队办公室，一进门正看见林海生在地上做被子，杨明贵说：

"我说，海生啊！我说你哪辈子托生的丫鬟命啊！大礼拜天的，不好好陪陪喜妹他们娘俩，你一大早跑这来做什么啊？你是不是神经有毛病啊？你给谁做被子呢？"

"老杨，王三的被子太薄了，我从出监队找了两床旧被子，给他做了一条厚点的。"林海生站起来说。

"王三这小子天生就是个贱货，能吃能睡，就是他妈的不能干活，整天耍滑头，你对他再好也没用。我看这小子是没救了。"杨明贵说。

林海生一边说着话，一边把缝好的被子叠了起来："老杨，待会儿你把被子交给王三，我回去了。"

"你快去吧，这些事就甭管了，快回去陪喜妹多待会儿吧！"杨明贵催促说。

林海生走后，杨明贵抱着被子就往院子走。他来到中队的院子里，看到有的犯人在散步，有的在闲谈，有的在洗衣服，有的在晾被子，狱犯们看到杨明贵进来，都赶紧立正站好。杨明贵走进监室，看到有的犯人在下象棋，有的在看书，有的在写信，有的在抱着吉他弹唱歌曲，王三叼着烟在领着一帮人打牌喝凉水。

杨明贵把抱着的被子往床上一扔，怒气冲冲地高声喊道："马上停止一切活动！都给我到学习室开会！"杨明贵的话音一落，犯人们马上拿起自己的小板凳"稀里哗啦"地往学习室里跑……

犯人们都在学习室坐好后，杨明贵走了进来，他用一种威严的目光扫视着屋子里的所有犯人。大家一看就知道今天杨队长的来头不对，你偷着看看我，我偷着瞧瞧他，没人敢吭声。杨明贵大声骂道：

"看什么看？都给我坐好了。听着，咱们中队谁是犯抢劫罪进来的？把手举起来。"

这时，全屋子有十几名犯人举起了右手。

"举手的人都到前面来！"杨明贵喊道。

十几名抢劫犯都莫名其妙地站起来走到前面。

"都给我面冲墙站好了！"杨明贵说。

十几个人都规规矩矩面向墙壁立正站好。

突然，杨明贵猛一拍桌子大声骂道："都他妈的给我撅着！你们这帮吃人饭不拉人屎的浑蛋！站起来都他妈的七尺高了，不凭借自己的力气吃饭，光他妈的靠偷抢别人的东西活着，你们不觉得缺德吗？啊！你们家也有老有小，也有妻子儿女，你把别人辛辛苦苦挣来的血汗钱都抢走了，不觉得自己有愧吗？"

他气愤地来回走动，然后，猛然一挥手："……难道……难道……你们的良心都让狗吃了吗？咱们中队的林指导员，是多好的人呢！他为了让你们这些人学好，走正路，没黑天没白天地为你们操劳，整天拖着个病弱的身体，还在想着你们的冷，惦着你们的热！他自己的老母亲七十多岁了，一直病在家里，没钱到像点样的医院治病，老婆孩子全家人省吃俭用，卖猪卖粮凑了点钱，准备给可怜的老人治病。"

杨明贵越说越气愤，用手指点面前狱犯说："你们有没有良心？林指导员的妻子领着孩子，从几百里远的地方跑来，准备把钱交给林指导员为老人安排住院治病。可是，有几个丧心病狂的畜生，光天化日之下，在公共汽车上，就把治病救命的钱都给抢走了！你们好好想一想，人心都是肉长的，你们的心怎么那么狠呢？"

杨明贵拿起林指导员刚刚为王三做好的新被子说："你们面壁的人都转过来。"

然后，他走到王三面前生气地说："王三，看见了吗？这就是林指导员今天起了个大早，为你这个抢劫犯做的厚被子。林指导员把自己的老婆孩子扔在招待所里，却还惦记着你这个王八蛋！"他越说越气，再也压不住心中的怒火，随后"啪啪"抽了王三几个大嘴巴子，骂道："你活得不臊得慌啊？"

杨明贵转过身又指着站在前面反省的十几名抢劫犯说："你们都给我听好了，你们都给我好好想想，每人给我写一份反省检查，晚上交给我。都听明白了吗？"

"听明白了！"见杨警官发了火，众人齐声答道……

第十三章　迷途知返

老监狱长退休，新老领导班子交替，面对复杂的局面，千头万绪，该如何开展在押犯的教育改造工作？社会上的黑恶势力，内外勾结，他们把罪恶黑手，伸进监狱，图谋劫狱，而同时在押犯也做出自己的抉择……

俗话说：铁打的营盘，流水的兵。又是一度秋风至。岁月无情，在监狱大楼二楼会议室正在召开监狱领导班子新老交接会议。长条会议桌两侧坐满狱警，为首的有马玉清、聂清华、陈明德、高天宇及监狱的其他几位领导，和监狱各部门的负责人都正襟危坐地在会议室开会。

老监狱长马玉清正在讲话，他语重心长地说："关于我退休的事，今天省劳改局领导已经和我正式谈过了。至于由谁来接替我的工作……"他指了指坐在自己旁边的一位警官说："省劳改局政治处刘处长来向大家宣布。在没有宣布以前，我以一个即将交最后一班岗的老警察的身份，跟在座的大家说几句知心话。"

与会者纷纷鼓掌，马玉清做了个手势，待掌声平息后又说：

"我在海东监狱干了三十年了，在座的各位，也都是在监狱有十几年二十几年工作经历的人了，对监狱工作的苦辣酸甜大家也都深有感触。我们监狱干警有许许多多优秀的同志一直都在年复一年，日复一日地为党和人民奉献着自己宝贵的青春，挽救了成千上万个失足的生命和不幸的家庭。使他们能够重新做人，重新享受亲人团聚的幸福。他们用自己无私的爱庄严地履行着自己神圣的使命，他们用衣食父母的感情来对待服刑人员，关心服刑人员的改造，使他们重新做人回归社会，为我们的国家做出了不可磨灭的贡献。我用一个老党员、老班长的身份向同志们表示我深深的敬意！"

在座的大家对马监狱长语重心长的讲话报以热烈的掌声。

马玉清继续说："在我临走之前，我想办完最后两件事：第一件事就是把我这个月的工资捐给林海生同志，为治好林海生母亲的病尽我一份同志之间的情谊。第二件事，告诉杨明贵同志，在我今天离开办公室之前，请他交给我一份工作检查。"

马玉清扫视着会议室里所有的人，万分真诚地接着说："党和政府近年来正在大力提倡监狱的文明管理，提高我们干警的自身素质，提高我们干警的管理水平，而杨明贵同志昨天还在对服刑人员进行打骂体罚。这是与我们正在执行的监狱管理政策格格不入的。希望大家也引以为戒。我今天想说的话就这么多，我的话讲完了。"大家听后热烈鼓掌向马玉清致意！

随后，省劳改局政治处刘处长站起来，向大家宣布："经省劳改局党委研究决定，任命高天宇同志任海东监狱监狱长。"

高天宇站起来给大家敬礼！大家热烈鼓掌表示祝贺！

随后，刘处长接着念道："任命梁启明同志任海东监狱副监狱长。"

刘处长对梁启明说："启明同志，你原来的工作暂时交给副科长吴秋杨同志负责。"

"是！"梁启明应声道。

高天宇："下面，我们就今后的工作，进行具体研究……"

秋天，是一年中最为美丽的季节。夜色迷人的唐州市，处处散发出诱人的魅力。在一条繁华的街道边，神龙集团的大楼显得格外引人注目，楼前停放着各式各样的高级轿车，很多红男绿女出出进进，莺歌燕舞。

在总裁办公室里，风采迷人的晓兰正在电脑桌前玩着电脑。

这时，门开了，马旭龙喝得醉醺醺地走了进来，马旭龙把手包往老板台上一甩，坐进自己的老板椅内，得意地说："晓兰，你知道今天晚上我请的客人是谁吗？说出来你都不相信，我马旭龙十几年前还是个大街上抢包子吃的小混混时，谁他妈的都看不起我。"

他趾高气扬道："今天，老子有钱了，都他妈的抢着跟我马旭龙套近乎，就连我小时候打群架时抓过我的派出所所长、现在的公安局局长谭云海，今天也他妈的跟我称兄道弟，替我撑起腰杆来了。今天我请来喝酒的刘长瑶市长，就是二十多年前开除我学籍的小学校长！今天也他妈的对我恭敬起来，主动帮我揽工程，拍我马屁！呸！这帮家伙，跟我一样，利欲熏心，只要你给他们钱，让他们干什么，他们就干什么！什么不要脸的事都敢干，比他妈的我马旭龙的心还黑！哈哈！有钱真是他妈的爽！钱这玩意儿，就是他妈的实在，钱能把有些人的红心给熏成黑色的！"

这时，晓兰倒了一杯茶水放在马旭龙的面前说："龙哥，既然你认识那么多当官的，你也答应过我，不让我哥在监狱里待很久，他到底什么时候出来呀？"

马旭龙："你急什么呀？我弟弟阿东不是也关在里面吗？你急，难道我不比你急吗？阿东和大虎是我的左膀右臂，这么多年来一直为我冲锋陷阵，如果没有他俩为我拼命，我能有今天这么大的事业吗？怎么救他们出来，我自然有自己的安排，你就别操心了。"

马旭龙拉着晓兰的手，一把把晓兰拽进自己的怀里，说："只要你真心地跟着我，我是无论如何都不会亏待你的。"

马旭龙用胳膊揽着晓兰，在晓兰的脸上亲了一口。晓兰无可奈何地应付着……

这时，马旭龙放在桌上的手机突然响了，马旭龙没好气地骂道："谁他妈的打电话来烦我呀？"

"龙哥，咱们煤矿来了不少闹事的，是三喜矿上的。"电话里一个男子急促地说。

"他们来要干什么？"

"他们说我们采了他们的矿脉，要我们赔他们钱。"

"放屁……"马旭龙一听，恶狠狠地说道："三喜这个王八羔子真是有点活腻了！敢蹲在我肩膀上撒尿了，我非教训他一下不可！通知所有的弟兄，带上家伙，全部到矿上集合！我马上就到！"马旭龙抓起皮包，抢步出门。

马旭龙走后，晓兰继续玩着电脑。这时，一名女服务员气喘吁吁地跑来报告，说："晓兰姐！你快去看看吧！四楼舞厅打扫卫生的李秀芝大姐被客人打伤了！"

晓兰听后，连游戏机也没有顾得关，站起身赶紧往楼下跑……

晓兰赶到四楼卫生间外边走廊时，她看到地上躺着一位三十多岁满脸是血的妇女，她赶忙拨开众人，急切地喊："秀芝姐！秀芝姐！你醒醒！"

李秀芝奄奄一息不能答话。晓兰气愤地问站在旁边的服务员："是谁打的人？"

"打人的已经走了。不过那个客人我认识，都喊他九哥，是龙哥的朋友。"一位坐台小姐说。

晓兰咬牙切齿骂道："原来是他这个王八蛋！"

晓兰对站在旁边的保安说："快！你们把秀芝姐背起来，我打车送她去医院。"

夜色中，川流不息的大街上，一辆出租车在飞奔。在出租车上，晓兰抱着秀芝坐在后座上请求司机："师傅！请你开快点！"晓兰一边催促司机，一边不停地呼唤昏迷中的李秀芝。转过一条街，出租车就到了唐州市工人医院。晓兰下了车跟司机师傅说："大哥，请你帮帮忙！帮我把病人抬进去吧？"

出租车司机皱皱眉，十分不情愿，推脱说："她身上都是血，已经把我的车弄脏了，你还要让我把衣服弄脏啊！算了吧，你还是把车钱给我，我还得去做生意呢！"

晓兰无奈，只得付给出租车司机车费。晓兰一个人力气单薄，根本抱不动病人，急得晓兰四处张望，寻求帮助。忽然，晓兰看见不远处一位警察正在买包子，晓兰就急忙跑过去，也不管三七二十一，拉住警察的胳膊说："警察同志，求求你！我这有个病人，请你帮我抬进去好吗？"

买包子的警察正是在工人医院监护胡桂荣的狱警黄涛。黄涛一听有人求助，责任感和使命感使他扔下已经买好的包子，二话没说，就跟着晓兰跑向出租车，急得卖包子的大娘直喊："同志，退你钱！"

黄涛在晓兰的帮助下，背起浑身血迹的李秀芝就往医院急诊室跑。

黄涛、刘晓兰赶到了急诊室门前，高喊："医生！有急诊！医生！有急诊！"

医生们闻讯纷纷过来，马上对秀芝实施急救。晓兰着急地等在急救室门口，一位医生走过来拿着单据递给晓兰说："小姐，你去一楼收费处交一下住院费吧！"

晓兰拿起单据就急忙跑到一楼，从收费窗口把单据递进去。

收费处里面的工作人员说："小姐，请你交三千元押金。"

晓兰马上打开自己的手包拿钱，把钱都倒出来数了数，对那个工作人员说："对不起！我钱不够，少交点行吗？"

"医院也不是我家开的，我说了不算。该交多少交多少吧！"收费处里面的工作人员冷冷地说。

"姑娘，差多少钱？"这时，恰巧黄涛走过来，看见这尴尬的一幕，对晓兰说。

"差六百。"晓兰有些不好意思地说。

黄涛毫不犹豫地从自己的上衣口袋里掏出钱来，数了数还有八百多元，就拿出六百元递给晓兰说："姑娘，给！这是六百元，把钱交了吧！"

"大哥！太谢谢你了！"晓兰感激地看了一眼黄涛，接过钱来说。

"别客气！救人要紧！"黄涛说完，转身离去。

此时，在被黄涛抢救的在押犯胡桂荣的家里，也是一番忙碌景象，小娟和小玉正挽着袖子帮奶奶做包子。奶奶蒸熟了一锅包子端了出来，高兴地对小玉说："这一锅没放肉的包子咱们三人吃，下一锅放了肉的蒸好了，你俩送到医院去，给你黄叔叔和邱叔叔吃。"

小玉说："奶奶，我知道了。"

奶奶又把笼屉搬进厨房去蒸。然后，奶奶又叮嘱说："咱们先吃吧！你俩吃完了就去。"

小玉问："奶奶，我爸爸还要在医院里住多久啊？我要是天天能见到爸爸多好啊！"

"你爸爸命好哇，他遇到了好人，他已经在医院里住了三个多月了。"奶奶听后，叹一口气说。然后，奶奶用手摸着小玉的头说："要不是监狱花了那么多钱给你爸爸治病，你爸爸肯定就活不了多久了。孩子，你一定记住政府对咱家的这份恩情啊！"

小玉使劲儿地点了点头。

奶奶又对小娟说："你爸爸是天下最好的人呢！身边又没有女人照顾，真是苦了他了。"

小玉听后，引起联想，对小娟说："小娟姐，吴老师不是对黄叔叔挺好吗？你怎么不去求求吴老师做你的妈妈呀？那天晚上，我第一次看见你们在一起吃饭的时候，我就把你们当成一家人了！黄叔叔和吴老师多般配呀！"小玉又问小娟："小娟姐，那天黄叔叔买了那么多玫瑰花送给吴老师了吗？"

小娟幸福地点点头。

经过抢救，李秀芝很快苏醒，加之她没有内伤，只是外伤和受到意外打击，心里恐惧致使一时昏厥，经过治疗，她很快康复，这一天在医院的病房里，秀芝得知自己快要出院了，十分高兴，今天，她的心情比较好，正在望着窗外观看风景。突然，一个小姑娘的出现，使她的心情紧张起来，只见小娟和女儿小玉正拎着东西往医院里走。她情不自禁地叫了一声："小玉！"看到女儿，她异常兴奋，自那一年自己离家出走，已经好几年没有见到女儿，今天的意外，使她再也难抑那颗母亲的心。她赶紧梳梳头，整理整理衣服，转过身往病房外走……

在快到楼梯口的时候，她看见小娟和小玉正往楼上拐弯。秀芝急忙背过身去，待小娟和小玉上楼后，她悄悄地跟了过去。到了楼上，她看到有个警察迎着两个孩子走过来。小娟喊着："爸爸！"

"黄叔叔！奶奶让我俩给你和邱叔叔送包子来了。"小玉喊着。

邱大伟也高兴地走了过来说："奶奶又给我们做什么好吃的了？"

小娟说:"是肉包子。"

邱大伟说:"小玉,告诉奶奶,就说大伟叔叔谢谢她老人家了!"

小玉"哎"了一声,随后问道:"我爸爸呢?"

邱大伟说:"你爸爸正在看书呢!不过你爸爸现在看的书不是过去的什么法轮功那些邪书,而是法律知识书。你爸爸最近这段时间,进步很快,这次住院,不但把他身体上的病治好了,而且把他的思想病也给治好了。"

小玉说:"谢谢你们,这回我和奶奶有盼头了,要是我妈妈也能回家多好啊!"

黄涛安慰说:"小玉,等把你爸爸的病彻底治好了,叔叔就帮你找妈妈。"

小玉激动地抱住黄涛的大腿,央求说:"黄叔叔,快帮我把妈妈找回来吧!我好想妈妈呀!要是妈妈听说我爸爸的病治好了,我也上学了。她一定会高兴的!一定会回来的!"

黄涛安慰孩子说:"小玉,你不要着急。你爸爸手术后,又做了三个月的放射性治疗,效果非常好。眼看着就要康复出院了,你爸爸这几天的心情也特别好,他还说等回去以后还要帮助我们做别的法轮功人员的思想工作呢!"

小玉说:"是黄叔叔救了我爸爸!"

小娟说:"还有邱叔叔呢!"

黄涛说:"不是我和邱叔叔救了你爸爸,是党和政府救了你爸爸!"

黄涛又对小玉说:"小玉,回家后告诉奶奶一声,就说你爸爸过几天就要出院了,让奶奶来看看你爸爸。"

小玉眼泪闪着泪花说:"谢谢黄叔叔!"然后,几个人走进了胡桂荣的病房……

此刻,躲在暗处的秀芝,把这一切看了个清清楚楚,听了个明明白白。她一直在偷偷地抹着眼泪,看着几个人进了病房,她又悄悄地往里走,透过玻璃窗往里面看,看到小玉正坐在胡桂荣的身边。

大病初愈的胡桂荣,养得白白胖胖,精神不错,一扫脸上的愁云,正在与两位警察高兴地说着话。"黄队长、邱警官,以前都是我不好,是我毁了自己的家,也害了自己。其实,原来我就知道自己病得不轻,可我和爱人都在一个效益很差的企业上班,一个月拿不了多少工资,根本就没条件治病。后来听说练法轮功可以治病,又不花钱,就想投机,陷入了圈套,而且越陷越深不能自拔。唉!我真浑啊!好好的家给毁了!我最爱的妻子秀芝,也让我气得离开了我和孩子!现在我想起来好后悔啊!"说着,胡桂荣两手抱头凄然泪下。过了一会儿,胡桂荣又继续说道:"黄队长,要不是政府这么用心地挽救我,我这一辈子就完了。听小玉说,她上学的事还是市里的吴书记亲自给办的，我惭愧啊！"说着说着，他又情不自禁呜呜地哭了起来……

目睹这感人的一幕，秀芝在窗外也感动地哭出声来。

忽然，楼道内有人在秀芝的身后说道："秀芝姐，你在这里干什么呢？我都找你老半天了，你不在自己的病房里好好待着，跑到这来干什么？"秀芝一转身，见晓兰拎着一大袋子水果在高兴地叨叨着……

这时，病房里的人都闻声走了出来，小玉惊喜地喊了一声："妈妈！"不顾一切地冲过去，抱住了日夜思念的妈妈李秀芝。

李秀芝也大声喊着："小玉！我的孩子！"

母女俩抱头痛哭……

黄涛、邱大伟、晓兰和小娟等人都被眼前的情景感动了。这时，病房里的胡桂荣也快步走了出来，激动地喊着："秀芝！"

一家三口相拥着，用泪雨表达着感情。

胡桂荣痛心疾首地说："秀芝，我对不起你呀！我不该练法轮功啊！我好后悔啊！看在咱们夫妻多年的分上，也看在孩子的分上，你回家吧！孩子需要你啊！我也需要你啊！咱们家离不开你啊！"

"你就别说了……"李秀芝哽咽着说不下去。

胡桂荣说："从今以后，我一定在监狱里听政府的话，好好改造，争取立功减刑，早日回家！回家和你好好过日子。"

"妈妈，跟我回家吧！我现在上学了，你回家给我做饭好吗？"小玉也哭着对妈妈说。

黄涛走近李秀芝说："李秀芝同志，我是胡桂荣所在中队的队长，我叫黄涛。这次陪护胡桂荣治病的同时，我的领导交给我的另一项任务就是把你找回来。地方政府和监狱方面都很关心你们家的情况，也都希望你们能够破镜重圆！"

"秀芝姐，今天真是个好日子！没想到你们一家人在这儿团聚了。你还愣着干啥呀？大家都盼着你们全家人团圆，你跟大家表个态呀？"还没等李秀芝说话，晓兰已热情地接过去说道。

李秀芝摸着女儿的头，看着胡桂荣真诚的眼神，又望了望大家期盼的目光，激动地说："谢谢大家对我们一家人的关心！待会儿我就带小玉回家。"

黄涛和邱大伟对视了一下。

"胡桂荣！"黄涛拍了一下胡桂荣的肩膀喊了声。

胡桂荣忙答："到！"

"难得你们一家人相见，你领她们娘俩进病房好好说会儿话，我给你们一小时的时间。"黄涛说。

胡桂荣感激地看着黄涛说："谢谢黄队长！谢谢邱警官！"

胡桂荣一家三口相拥着走进了病房。

突发的情况，感人的场面，把匆匆赶来的晓兰弄糊涂了，她痴痴地站着，懵懂着站在病房外，不知该说什么好。黄涛对正在发愣的晓兰半是提醒半是玩笑地说道："姑娘，你可以离开了！"

"警察大哥，你忘了，我借你六百块钱还没还呢？你怎么就赶我走哇！"蓦地，晓兰回过神来，笑嘻嘻地对黄涛说。晓兰从挎包里摸出六百块钱，随手也拿出一张名片递给黄涛说："警察大哥，我叫刘晓兰，这是我的名片。"晓兰说完，连钱带名片一起塞到黄涛手上。

黄涛接过名片看了看，随后说道："哦，原来姑娘是'神龙集团'的总裁助理。那你和李秀芝是什么关系呀？"

"秀芝大姐在我们的娱乐城上班，负责打扫卫生。前一天晚上，被几个喝醉了酒的顾客打了，我和秀芝姐个人关系非常好，所以我就把秀芝姐送来住院了。"晓兰忙说。突然，她像记起什么，兴奋地说："你忘了，那天，还是你背秀芝姐进急诊室的呢。"

黄涛听完，把那六百块钱又重新塞给晓兰，说道："这都是我们人民警察应该做的，钱我不能要。"

"为什么？"晓兰问。

"你助人为乐做好事，这是义举，我应该向你学习！再说了，帮助服刑人员家属也是我们监狱警察的一份责任。你拿这六百块钱给李秀芝买点补品吃吧！"黄涛说。

"那好吧！我就代表秀芝姐谢谢你啦！"

这时，站在一旁的邱大伟走上前来，问晓兰："你们老板是不是马旭龙？"

"是的！"晓兰点点头说。

"他有个弟弟是不是叫马旭东？"

"没错！"晓兰说。

"他弟弟现在不是在你们监狱里吗？"晓兰反问道。

"马旭东是关在我们监狱。姑娘，你了解以前的马旭东吗？"邱大伟说。

"我哥哥从小就和马旭东在一起，我怎么不了解他呀？"晓兰回答说。

"那你哥哥叫什么名字啊？"

"我哥哥叫刘大虎，也是关在你们监狱，我哥和马旭东一起被判的刑。"

"请问刘助理，李秀芝在你们娱乐城被打，你们公司准备怎么处理呀？"黄涛问。

第十四章　回头是岸

大千世界，芸芸众生，或为利来，或为利往。都应记住两个字：莫贪。不然或为利害，或为利死，概莫能外。

大梦惊醒，也不乏人的顿觉。

晓兰也不敢说什么，只是发泄不满道："我是当一天和尚，撞一天钟。许多事情，也是难得糊涂。"

黄涛不解地问："你是总裁助理，难道处理这样的事情你就没点底吗？"

他们边说边走向凉亭走廊，晓兰道："你们不知道，我这个助理呀，只是挂个虚名，我们老总是个很霸道的人，别人很难做他的主。估计秀芝姐被打的事他是不会管的，更不要指望他来承担住院的一分钱。不过，秀芝姐住院的钱我已经全部支付了，用不着再找别人啦！"

黄涛问："刘助理为什么对李秀芝这么好呢？能告诉我为什么吗？"

"秀芝姐以前我们不认识，自从她到我们娱乐城上班以后，我听说她被自己的丈夫赶出家门，我觉得她非常可怜。因为我从小是个孤儿，所以我就与秀芝姐相处得非常亲近。自己有什么心里话也总对她说。这次秀芝姐被人打，我非常的难过，我也为此事找过我们老板马旭龙，问他准备怎么处理。马旭龙说是秀芝姐不懂规矩，惹恼了他的朋友，责任在秀芝姐。不但不出一分钱的住院费，还准备开除秀芝姐呢！"晓兰有些气愤地说。

"岂有此理？刘助理，你怎么看待这件事呢？"这时，邱大伟问道。

"马旭龙在黑白两道都很霸道，谁也惹不起他，我也没有更好的办法。我想秀芝姐离开'神龙集团'也好，免得以后再受到什么伤害。我打算借给秀芝姐一笔钱，帮她开个洗衣店。无论怎么样，我们都要帮助秀芝姐好好地生活下去呀！"晓兰说。

"刘小姐，你做得很对！如果我们大家都能去关心一下社会上那些遭遇不幸的人，那么，我们这个社会就会增添很多和谐的光彩了！"黄涛表示赞许。

"看得出来，你们都是好警察。你们是哪个中队的？"晓兰说。

"我们是直属二中队的。"黄涛说。

"那个叫杨明贵的队长，前些日子我们老板马旭龙还请他吃过几次饭呢！"晓兰说。

黄涛和邱大伟听后，心里一沉，他们对视一眼，没说什么，各自想着自己的心事……

就在黄涛他们谈话的时候，在病房里，胡桂荣一家人也在拉着家常。回首往日的风风雨雨，生活中的磕磕绊绊，他们的心里都很不平静，都有各自的内疚："秀芝，过去都是我不好，好好的一个家让我弄得乱七八糟，真是罪过呀！"胡桂荣说。

"今天，我能听到你说出这样的话，都是政府帮助的结果呀！我希望你一定在监狱里好好改造，早点回家！全家人都需要你！"李秀芝泪眼婆娑，望着丈夫，表达自己的心愿。

"妈妈，我和奶奶天天都在想你！这回爸爸认错了，你也原谅爸爸了！以后可别再离开我们了！等过几年爸爸从监狱里回来了，我们家肯定会好起来的！"小玉生怕再失去妈妈，见缝插针说："妈妈，我现在都会挣钱了，前些日子，我卖花还挣了二百多块钱呢！等我长大了，我会挣很多很多的钱给你们花的。"小玉又对李秀芝说。

这时，黄涛、邱大伟、晓兰及小娟等人走了进来。晓兰对李秀芝说："秀芝姐，小玉是你的亲骨肉，没妈的孩子是最苦的孩子，我从小就失去父母，没人疼爱，从小跟着哥哥拾破烂，受尽了屈辱，你可千万别眼看着小玉走我的老路啊！"

"刚才，你姐夫已经向我认错了，我也原谅他了。待会儿你就可以跟我到我家看看去。大姐给你包饺子吃。"李秀芝说。

"秀芝姐，今天要回家包饺子，恐怕不是专门为了我吧？是不是姐夫想吃啦！"晓兰开着玩笑说。

"不管是谁想吃了，今天大家都跟着沾光。"李秀芝也笑着说。

"这么多人吃，那得包多少啊？"晓兰说。

"妈妈，我帮你做。"小玉抢着说。

"阿姨，我也帮你。"小娟也说。

黄涛和邱大伟看着眼前这感人的一切，黄涛激动地说："天下没有过不去的风雨，好日子会来的。"

这时，病房门忽然开了，吴玉华拎着两袋子水果和食品来看黄涛，全屋子的人都把目光集中在吴玉华的身上。小娟和小玉都跑过去抱住吴玉华高兴地喊道："吴老师……"

有情人终成眷属。一个忙于事业，一个曾经遭受感情的磨难，一对大龄男女，在生活的风霜雨雪，偶然相识，又在感情世界，磨出爱情的火花，他们倍感珍惜和幸福。在一间环境优雅的咖啡屋里，黄涛和吴玉华选了一个单间面对面坐在柔和的灯光下，听着优美的音乐，俩人用真诚的目光看着对方。

情窦初开的吴玉华面对自己心仪的男人，极力掩饰自己内心的情感，问："黄涛，你在医院里还需要待几天呢？"

看着自己面前心爱的姑娘，黄涛想说几句温存的话，可却心嘴不一，难以说出口，他恨自己拙嘴笨腮，平常讲话，不管面对多少人，也是一套一套的，面不改色，心不跳，可今天愣是嘴不对心，心里有话说不出，尽说一些前后不着边际的话，平平淡淡，没滋没味："我……后天……可能……就要回去了。"这句话，几乎憋出黄涛的一身汗。

看到黄涛紧张的样子，吴玉华暗暗发笑，又说："我爸爸听说你们监狱为了挽救一个犯人的生命付出了很多的心血，他很受感动！他也很欣赏你这个监狱警察！他希望你如果有时间，到我家里坐一坐。他想更多地了解一些你们监狱里的情况，顺便也想请你吃顿便饭。我妈让我告诉你带上小娟一起去。"

"这……这……不好吧，我怎么好意思去给领导添麻烦呢？能不能让我们监狱领导专门向吴书记汇报一下监狱的情况。"

"我爸爸准备过段时间亲自去监狱慰问一次，这次他只想见见你。"

黄涛难为情地说："我没有见过大领导，到时候肯定会紧张，能不能让我好好想想，考虑成熟以后再说？"

"那你先打个电话，跟我爸爸亲自解释一下，就说你没见过大领导，见了他会紧张。"吴玉华说着摘下脖子上的手机，黄涛忙用手势制止。可是吴玉华已经拨通了吴书记的手机。

吴玉华说："爸爸，我是小华。"

吴书记问："啊，是小华呀！你有什么事吗？"吴书记问。

"我现在和黄涛在一起，我把您的想法跟他说了，他说不好意思见您，等他准备准备再说。"

电话里，吴书记开着玩笑："我又不是中央领导，他准备什么呀！你告诉他，把我当成一位普通老百姓就行了。他这个当队长的，是不是架子太大了，看不起我们这些老百姓啊！"吴成彬接着说："小华，你让那位黄队长接电话，就说有个老百姓想和他这个当官的说几句心里话，请他给个面子接电话。"

吴玉华微笑着把电话递给了黄涛。黄涛接过吴玉华的手机，忙站起来，只听吴成彬说："你是黄队长吗？有位老百姓想找你谈谈心，向你请教一些问题，你方便吗？"

"对不起，吴书记，我怕影响您休息。"黄涛不好意思地说。

"还有别的理由吗？"吴成彬问。

"没有，没有。"黄涛忙说。

"如果没有别的理由，明天晚上就让小华带你来家里吧！"吴成彬热情相邀说。

"是，吴书记。"黄涛忙答道。

黄涛把手机递给吴玉华，吴玉华伸手去接手机的时候，俩人的手触在一起，俩人的手都没有收回。瞬间，一股电流传遍他们全身。黄涛一只手托着手机，俩人都深情地望着对方，慢慢地俩人的手紧紧地攥在了一起。这时候，服务生过来，递上菜单问："请问两位需要点什么？"

"就给我俩先来两份扬州炒饭吧！我有点饿了。"黄涛赶紧说。

吴玉华听了"扑哧"一声笑了。

服务生也笑了。服务生歉意地说："对不起，先生！我们这里不卖主食，我们这里有各种西式点心、小吃和水果拼盘，还有各种酒水。"然后，服务生又拿过一张精美的菜单说："请先生自己选吧！这上面的东西我们这里都有。"

黄涛接过来菜单，端详了半天也不知道点些什么好。

这时，吴玉华乐着拿过菜单看了看说："来两杯摩卡咖啡，一杯加糖，一杯不加糖；一份水果拼盘；一份烤面包。"

服务生答应一声，拿着菜单退了出去。

吴玉华转过头来看着黄涛，只见黄涛刚才憋了一脑门子汗。

"黄涛，你如果感觉热，把帽子摘了吧？"吴玉华说。

黄涛应了一声，摘下自己的帽子，掏出手绢擦脸上的汗。这时，吴玉华发现黄涛手中擦汗的手绢，正是那天他们第一次吃饭时她给黄涛的那一条，顿时，吴玉华脸上露出了幸福的微笑。

夜晚，华灯初绽，各种各样的霓虹灯闪烁，秋意迷人。在唐州市神龙大酒店的一个豪华大包间里，坐着三个衣冠楚楚的人，他们边吃边聊。马旭龙对着一位五十多岁、戴着一副金丝眼镜、理着背头的人说："长瑶大哥，最近我总觉得好多事都不顺心，我们的房地产开发公司今年比去年同期的收入几乎少了一半，主要原因就是我们进行的福鑫花园平改楼工程利润太不理想，一是有些刁民不按时搬迁，索赔过高，延误了工期，加大投资成本造成的；二是有些相关行业管理部门不太配合我们，甚至还有很多人到市委去告我们的黑状。他妈的！我怀疑背后有些人在跟咱们作对。"

"是啊，最近有些人也说了我很多闲话，有些事已经反映到省纪委去了。前两天市委吴成彬书记还专门找我谈过话。风向不太好哇！该我们注意的，应该动动脑筋了。"刘长瑶接过话头说。

"唉！"马旭龙叹一口气说道："是啊！前几天，我们的煤矿与相邻的三喜煤矿发生冲突，阿龙带人去平事，结果我们的人被三喜的人打伤了好几个。吃了三喜这个王八羔子的亏。要不是怕事情闹大，搞砸我们的正事，我早派人把三喜这个小子给收拾了。"他给长瑶市长面前的酒杯里满上酒，"唉！"了一声，叹一口气，用求助的目光盯着刘长瑶又说："自从阿东和大虎他俩被抓进去后，好多事都不顺当，像我们平改楼拆迁刁民捣乱的事和三喜这个小子黑吃黑的事，要是有他们在我身边，谁敢给我添堵？有些人就是他妈的欠揍！可他们现在都关在监狱里。昨天，我本想去监狱看看阿东和大虎，就提前给监狱的杨队长打了个电话，结果他告诉我，阿东被关禁闭了，我去了，监狱也不会让见。我们现在处处被动，得想个法子啊！"

这时，谭云海也看着刘长瑶的脸色，小心地说道："是啊！长瑶大哥，有些小事我和阿龙不用麻烦你就都搞定了，可有些事我和阿龙就力不从心了，大事还得您拿主意呀！"

"沉住气嘛！"刘长瑶慢声慢气地说道。然后，他把身子往前靠靠，又对马旭龙和谭云海压低声音说："阿龙、海子，你们俩都是我最信任的人，我们一起做的事，绝不能让第四个人知道。无论遇到什么情况都要管住自己的嘴，你们明白吗？"

"是！"马旭龙和谭云海赶忙点头称是。

"眼前我们遇到了一些不顺心的事，这没什么了不起的，我会想办法一件一件地解决，没有过不去的火焰山！要把眼光放远一些，这段时间我想到上边活动活动，为我们的将来打算打算。"刘长瑶继续说道。

"长瑶大哥，你看我需要给你准备多少？"马旭龙赶紧问道。

刘长瑶伸出一个手指。

"一百万？"马旭龙问。

刘长瑶点点头……

在吴玉华家里，市委书记吴成彬正围着围裙做饭。他先蒸熟了一锅米饭，端出厨房，然后又抓起一条大鲤鱼，高兴地对老伴说："今天露露我的手艺，给我们的警察同志做一个糖醋鲤鱼尝尝，他们这些监狱警察很辛苦啊！"

"听小华说，这个黄队长人品非常好，就是不知道人长得怎么样？"杜校长说。

"我们为女儿选对象啊，第一标准就是人品，第二才是长相。不过人模样也不能长得太难看了。我想我们家的女婿有小华把关错不了。就不用咱俩操心了吧！要想操心，那咱俩就分分工，我负责政审，你负责招待，怎么样？"吴成彬说。

"只要你们爷俩这两关过了，我就绝对保证招待好。"杜校长说。

说完，老两口都笑了……他们看一眼窗外，不免焦急道：时候不早了，他们怎么还不来呀？

其实，为了这次"上门"，还有比他们更着急的，就是黄涛。这会儿，在学校的大门口，黄涛正在焦急地等待着吴玉华和小娟。等了半天，他才见吴玉华和小娟从学校里面走了出来。黄涛焦急地迎上去说："怎么这么半天？玉华，咱们走吧！"

"黄涛，今天你倒表现得挺积极的。"吴玉华看看表对黄涛开玩笑说。

"玉华，你不能让我空着两手去见你爸爸呀！"黄涛忙解释说："你得让我表现表现啊。"

"怎么，连你这个优秀警察也不讲原则啦？也学会串门送礼啦！"吴玉华戏谑说："你有这份心，我就领情了，还是让我替你代劳吧！"吴玉华说着。

她举着一袋苹果说："这不，送礼的东西我替你已经买好了，咱们走吧！"

"就买几个苹果呀？"黄涛吃惊地问。

吴玉华说："瓜子不饱是人心嘛！再说了，你也不了解我爸爸的脾气，今天你拎着这些苹果去赴约，能给你开门进屋，就证明给你面子不小了。如果你还敢有其他非分之想，恐怕你今天就吃不上糖醋鲤鱼啦！"

这时，小玉喊了声："黄叔叔！"连蹦带跳地跑过来，拉住黄涛的手说："黄叔叔，你是不是接我去看爸爸呀？"

"小玉，咱们今天不去，等明天带着奶奶一块去看爸爸好吗？啊？还有你妈妈也一块去。"黄涛忙蹲下摸着小玉的头说。

"黄叔叔，等明天看完我爸爸，以后我能不能再到监狱去看我爸爸呀？"小玉说。

"能！能！"黄涛忙说。

"小玉，跟吴老师回家，今天爷爷做了糖醋鲤鱼请你吃。"吴玉华过来拉着小玉的手说。

"今天我回家帮妈妈收拾屋子，洗衣服去。告诉爷爷一声，改天我再去看爷爷。"小玉说完，冲着黄涛、吴玉华和小娟三人摆摆手说："黄叔叔！吴老师！小娟姐！再见！"说完，蝴蝶一般飞远了……

一声门铃声，杜校长冲着吴成彬兴奋地说了声："来了！"门开了，小娟喊着"爷爷！奶奶！"就往里跑。黄涛跟在吴玉华的身后也进了屋。

黄涛见了吴玉华的父母忙施礼："吴书记好！杜阿姨好！"

"小黄，来！坐！坐！"杜校长热情地说。

杜校长上下打量着黄涛，脸上露出了满意的笑容，又是倒水又是端水果，忙得不亦乐乎。

吴成彬起身握了握黄涛的手，笑着说："欢迎！欢迎！来！来！坐下谈。"

黄涛忙说："吴书记，打扰您了！"

"你说什么呢？小黄，我今天也是难得有机会把你请到家里来，等着向你讨教工作经验呢！"吴成彬说。

"吴书记言重了！"黄涛腼腆地表示，在有些拘谨的同时，脸色微红。

吴成彬见状哈哈大笑。

厨房里，吴玉华一边择菜，一边问正在忙碌的母亲："妈！你看他怎么样？"

"他太好了！比我想象的还要好！小华，我就猜着你的眼光差不了，他不但人长得帅，心眼又好！你这辈子能嫁给一个这样可靠的人，妈就放心了！你们就好好地相处吧！妈妈一百个同意！"杜校长表态说。

吴玉华听后，脸上挂满了甜美的笑容。

这时，客厅内，吴书记与黄涛谈兴正浓，显然两人谈得很投机。

只听吴成彬说："社会上对你们监狱警察的工作缺乏了解，也包括我这个当市委书记的。我们有那么多的好干部、好监狱警察在为国家为人民默默地奉献着自己的青春，忠心耿耿地为党工作，很值得我们学习啊！而且，你们监狱警察，一干就是一辈子，很是辛苦啊！前些日子，我听政法委的一位同志讲过一句，很有意思！

是形容你们生活的话，他说，'被送到监狱里的犯人都是有期徒刑，而在监狱工作的警察都是无期徒刑'。这句话很形象啊！社会上缺乏对监狱警察的了解，也就缺乏对你们的理解。我们这些在地方工作的干部有责任，是我们的宣传教育工作没有做到位呀！我这个市委书记有不可推卸的责任啊！我应该向你们道歉才对呀！"

"书记，您太客气了，与您的要求比，我们的工作还有许多不足。"

"别谦虚！我听说，让你们给治好病的练法轮功的人思想已经转变了？"吴成彬问黄涛。

"是！他还准备回去帮我们做其他几名法轮功人员的工作呢！"黄涛回答。

"你们工作真是做到家了！很让我感动啊！小黄，你回去先跟你们领导打个招呼，就说我吴成彬要带领唐州市政法委的同志们向你们学习取经去，回来后向我们市里的干部介绍你们好的工作经验。"说着，吴书记拿起沙发旁边茶几上的电话，拨通后，说道："是广播电视局的王局长吗？"

电话里说："吴书记！是我。"

"王局长，过几天我准备带我们市里的一些干部去海东监狱参观学习，并参加一些监狱组织的活动。你们局做好宣传报道的工作，把监狱警察的一些好的工作经验和先进事迹好好宣传一下，这对我们地方干部的工作会产生很好的积极作用。你放下电话以后，马上通知一下你们局的记者马旭阳，让她去工人医院，详细了解一下监狱组织治疗法轮功人员胡桂荣的事情经过，这对我们地方批判法轮功的工作会有很大益处，你知道吗？"

"吴书记！我马上落实你的指示。"

这时，杜校长笑呵呵地冲着吴书记和黄涛喊道："老吴！小黄！吃饭啦……"

医院门口街道上，年轻、漂亮的女记者马旭阳，驾驶着汽车，正往唐州市工人医院赶，车上坐着一位摄像记者，他们一起去采访海东监狱为押犯胡桂荣治病的事。到了医院，俩人下了车，直奔住院部。

他们到了住院部，马旭阳向值班医生问道："海东监狱的住院病人在哪里？"

"在四楼。"值班医生回答。

俩人听后，迅速上楼……

当他们走进四楼的走廊时，马旭阳忽然惊喜地喊了一声："邱大伟！"

"马旭阳！"邱大伟也惊喜地叫了一声。

邱大伟忙迎了过来，俩人走到对面时，马旭阳拉住邱大伟的手说：

"老同学，你上医院干什么来啦？是不是不舒服看医生来了。"

"不是，我在这值班，看护病犯哪！"邱大伟说。

"啊！我明白了。这么说今天我是来对了。"马旭阳点了点头说。

"什么来对了？"邱大伟说。

"本姑娘今天就是专门来采访你们这事的，看样子，我们俩有机会可以找一个环境幽雅的地方好好谈谈了。我既可以完成公差，又可以与大帅哥单独谈谈心，一举两得，太棒了！大伟，你看我的主意好不好？"马旭阳高兴地说。

"旭阳，你要采访，也轮不到我呀？"

"为什么？"

邱大伟用手一指不远处站着的黄涛说：

"你应该找我们领导了解情况啊！"

两人边说着话边向黄涛走来。邱大伟抢着介绍道："旭阳，这是我们海东监狱直属二中队队长黄涛同志，正在医院救治的病犯是他们中队的，你要采访找他就对了。"

马旭阳赶紧伸出手与黄涛握手，并自我介绍道："你好！黄队长！我是唐州市电视台的记者，我叫马旭阳，今天来采访你们海东监狱全力救治在押的法轮功病犯的事，希望你们的工作精神和工作态度，能够让我们唐州市的党员干部同志们受到鞭策和鼓舞，学到好的工作经验，请黄队长谈一谈。"

马旭阳和她的同事把摄像机镜头和话筒都对准了黄涛。

黄涛："送押犯胡桂荣到社会医院，投入大量的人力和物力救治押犯胡桂荣是我们海东监狱党委集体做出的决定。监狱党委的指导思想是胡桂荣的生命无价，我们的责任重于泰山。虽然胡桂荣利用邪教组织破坏了法律，成为一名罪犯，但他的生命和我们的生命一样宝贵。全力救治胡桂荣的生命，是我们党的监狱政策所决定的，我们也希望通过铁的事实，来揭露李洪志宣扬的练法轮功，有病不用打针吃药的歪理邪说。让更多的人认清法轮功邪教的罪恶本质……"

马旭阳采访完黄涛后，就邀请邱大伟来到了一家咖啡屋。

两人面对面地坐在了一起，马旭阳说："大伟，时间过得真快呀！想想我们一起大学毕业快四年了，回想我们一起在校园里的生活，太美好了！那时候我们每个人除了学习，就是和自己喜欢的同学待在一起谈天说地，无忧无虑，没有社会上人的思想那么复杂。你是咱们全校有名的大帅哥，好多女孩子的目光全让你给抢跑了。我看着她们都用献媚的眼神看你，我恨死她们了！尤其是那个聂荣花，如果不是她软磨硬泡地死缠着你，她是不会把你从我身边抢走的。

"唉！也怪我这人的脾气不好，太硬了，才把你给吓跑了。我现在真后悔呀！"马旭阳叹了口气继续说。

"旭阳，每个人都有自己的独立性格，这本身没有错，在谈朋友找生活伴侣方面，重要的是彼此的性格相互适应，只有双方兴趣爱好的很多一致才能产生情投意合的感情嘛！我是这么认为的。"邱大伟说。

"大伟，从你的解释上，我现在不恨聂荣花了，我恨我自己！我现在想明白了，俩人相爱，确实需要俩人有许多共同的东西，而且在相互寻找共同点的时候，也需要两人都做出适当的让步。而我太任性了，只觉得心里喜欢你就够了，但没有考虑细致，我对你说话做事的方式太霸道了。所以才让聂荣花钻了空子。不过，大伟，我今天可以认真地告诉你，希望你给我一个改正错误的机会，我不奢望你把自己的爱情再施舍给我，我只希望与聂荣花公平竞争，是输是赢，听天由命。哪怕为此付出再多，我也决心坚持到底！"马旭阳无限深情地望着曾经令她倾心所爱的邱大伟说。

说着说着，马旭阳漂亮的脸蛋上早已挂满了晶莹的泪花。

"旭阳，你的心情我能理解，我也真心地感谢你能这么看得起我。不过，我不能欺骗你的感情，实话跟你说，我现在和聂荣花的感情很深，而且也准备在适当的时候举行婚礼。"邱大伟接过话茬说道。

"我不管！我不管！"马旭阳马上打断邱大伟的话哭泣着说。

然后，马旭阳抬起泪眼动情地说："大伟，只要你和聂荣花一天还没有走进洞房，我就绝不放弃这一天的机会。"说完，马旭阳趴在桌子上呜呜地哭泣不已。

邱大伟往四周扫视了一眼，劝慰道："旭阳，旭阳，别这样！让别人看见了不好。咱们今天不谈这个话题了，谈点别的好不好？"

"对不起！大伟，我太激动了！"马旭阳掏出手绢擦了擦眼泪，忧郁地说。然后问邱大伟："你想谈什么？"

"谈谈你工作和家里的事，我们随便聊聊。"邱大伟想了想说。

"工作上的事，我是名记者，每天就是到处跑，采访新闻，回来后把新闻稿件往领导那一交，让他们看着处理就行了，我只是个跑腿的、学舌的，没什么好谈的。至于家里的人和事，我不想谈他们，我的两个哥哥都是在本市出名挂号的人物，我大哥马旭龙成了头号暴发户，我二哥马旭东进了监狱。至于我大哥的钱究竟是怎么赚来的，我二哥为什么进的监狱，我不讲，很多人都明白。"马旭阳说。

"你和你的两个哥哥相处得怎么样？"邱大伟追问一句。

　　马旭阳摇摇头，然后说："我觉得我们不像一个妈生的，我与他们从小到大也说不到一起，做不到一起。对他俩我也没有那种兄妹感情，他俩做什么事，都背着我，我也不想问。各走各的路，他们再有钱，我也不想花他们一分，我也怕花了他们不干净的钱，将来自己跟着受连累。反正我现在自己能养活自己。"

　　马旭阳说到这里又摇摇头说："不说了，我累了！大伟，咱们走吧！"

第十五章　蛋清蛋白

人类的感情，是最复杂的。面对兽欲的蹂躏，为救哥哥性命，纯情姑娘选择了忍耐。但懵懂的心灵，却如春天的冰封，一旦觉醒，就会迈出新的脚步，幼年埋下的仇恨种子，终于发了芽……

在通往海东监狱的公路上，一辆白色的本田轿车正在急驰。晓兰开着车准备去看望哥哥刘大虎。晓兰打开车上的音响，车内顿时飘起了悠扬的歌声，是电影《小花》的主题曲《妹妹找哥泪花流》：

"妹妹找哥泪花流，

不见哥哥心忧愁；

望穿双眼盼亲人，

盼哥回村报冤仇，

啊……啊……

盼哥回村报冤仇……"

晓兰怀着一种伤感的心情听着这首感伤的歌，两眼溢满了伤心的泪水……

晓兰远远看见监狱的高墙、铁丝网，还有持枪而立的武警。说句心里话，像晓兰这样的花季年华，她应该或者徜徉于大学校园，或者与男友花前月下，或者与朋友游览名山大川，而她却来监狱，看望哥哥，她很长时间不能接受这样的现实，但不幸偏偏降临在自己身上，想到这些，她心烦意乱，猛地把车停在路边，伸手关掉了音响。把车熄火，伏在方向盘上抽泣起来。痛苦的往事，如同电影画面一样，一一闪现在面前……

十多岁的大虎领着六七岁的晓兰翻垃圾桶、捡空易拉罐。寒风中，晓兰穿着单薄的衣服被冻得浑身发抖，俊俏的小脸蛋抹得黑乎乎的，她拉着哥哥的手说："哥哥，我饿了！"

大虎用手背蹭了蹭小黑嘴说："晓兰乖，你蹲在这里别动，哥哥给你买吃的去。"

晓兰乖巧地蹲在垃圾桶旁边一动不动。大虎向不远处的市场跑去……

市场上人很多，各种叫卖声不绝于耳，有卖大饼的，有卖包子的，也有卖烤红薯的，卖什么的都有。大虎跑到一个卖包子的摊位前，看着热气腾腾的肉包子，吸溜了一下口水，说：

"阿姨，我买二十个包子。"

卖包子的中年妇女说："两块钱。"

大虎就从衣服兜里掏出了一大把零钱，有几分的硬币，也有一角、两角、五角的散钱，七拼八凑，凑足了两块钱，递了过去。然后，大虎抓起包子就往回跑……

大虎刚跑不远，路边的绿化带里突然窜出几个男孩，拦住去路。

其中一个指着大虎说："东哥，过来一个买包子的小子！"

被称为东哥的男孩子，就是马旭东，他看了看站在他身边比他看起来稍大一点的男孩儿马旭龙问："哥，怎么办？"

那个大一点的男孩儿咬咬牙一挥手说："给我拿下！"

那个被称为东哥的家伙一挥手，说了声："弟兄们，给我上！"

这时，四五个男孩儿就像一群饿狼一样围住了刘大虎。那个被称为东哥的家伙骂道："喂！臭小子！大白天就敢偷包子吃？快把包子还给我，不然我揍扁了你！"

大虎抱紧包子说："我不是偷的！是我用捡破烂的钱买的。"

"他妈的！你敢顶嘴，你知道这一带的垃圾归谁管吗？归你二爷我马旭东！没有我的允许，你就在我的地盘上捡钱花，你也玩得太大了吧？哎！把包子给我！"那个被称为东哥的家伙走上前打了大虎一巴掌骂道。

"我不给！"大虎扭着身子，护住怀里的包子说。

这时，一直站在旁边观战的那个大男孩马旭龙说："扁他！"

几个小男孩应声说："是！"同时扑向了大虎。大虎与他们拼命搏斗，包子撒了一地。

正在混战中，晓兰跑过来大声喊叫："你们别打我哥！你们别打我哥！"

大虎就像那被激怒的猛虎一样，挥舞着拳头，不一会儿，几个小男孩都被大虎打趴在地上。

大虎正要与被称为东哥的小男孩动手，那个稍大一点的男孩儿见势不妙，眼珠一转，计上心来，大喊了一声："住手！"男孩儿说着，按住了准备还击大虎的他弟弟的手，走到大虎面前，双手抱拳说："兄弟，有种！你叫什么名字？"

"刘大虎！"大虎气哼哼地说。

"兄弟，咱们不打不相识，俺叫马旭龙！大家都叫我龙哥。"那个稍大一点的男孩儿自我介绍道。然后，他一指准备与大虎动手的小男孩说："这位是我弟弟，叫马旭东，兄弟们都喊他阿东。这一带是我们哥俩说了算的地盘。"

马旭龙走近刘大虎，拍着刘大虎的肩膀继续说："兄弟的拳脚不错！龙哥正在扩大地盘，找帮手，跟龙哥混吧！有龙哥在，保证你天天都有包子吃！"

马旭龙用脚踢了踢躺在地上的几个小男孩儿骂道："他妈的，都是些没用的东西，还不快起来给虎哥赔礼！"

"虎哥！"几个小男孩都毕恭毕敬地走到大虎面前叫着……

记得那一天，晓兰得知哥哥出事之后，她直奔"神龙集团"大厦，急匆匆地跑进了马旭龙的办公室，焦急地对马旭龙说："龙哥，我哥哥为什么被公安局的人抓走了？他究竟干了些什么呀？请你快去找人救他吧！"

她见马旭龙不为所动，又再次恳求："如果我哥这次再被判刑，他这一辈子就全完了！龙哥，你无论如何也要帮帮他呀！"

"晓兰，这次你哥犯的事与'神龙集团'一点关系都没有，完全是他自己的事，这个你一定要记住。如果我要去帮他，也完全是看在我们哥们个人的情分上，而且他这次犯的事也不小，要想摆平这件事，不花大钱肯定不行，你看怎么办？"马旭龙装模作样，故弄玄虚说。

晓兰突然跪在马旭龙面前声泪俱下地说："龙哥，你无论如何都要帮帮他呀！我就这么一个亲人，我不能再失去他呀！"说着，晓兰摘下了脖子上挂着的手机，撸下了手上戴着的戒指，取下了耳朵上穿着的耳环，掏出了手包里所有的钱，全都放在地上，泪流满面地望着马旭龙说："龙哥，只要你能救我哥，晓兰这辈子愿意给你做牛做马！"

马旭龙奸诈地一笑，说道："晓兰，你放在地上的东西能值几个钱？连请人吃顿饭都不够，还想救人？开玩笑！要想救出大虎，不花个三五十万行吗？我知道你一辈子也挣不了这么多钱，不过，只要你听话，我倒愿意成全你的心愿。"说着，马旭龙站起来走到晓兰跟前蹲下，慢慢地扶起晓兰。随后，马旭龙揽着晓兰，走进了隔壁的卧室。

不一会儿，卧室内传出了"啊！"的一声惨叫，自此，晓兰成为马旭龙的女人，发泄兽欲的对象……

　　晓兰不愿再想这些不快的往事，发动汽车，缓缓前行，但她思想不集中，大脑里，还在天南地北，天马行空地胡思乱想，不知何时，她驾车来到行人寥寥的监狱门前公路汽车站。突然，车前一个人影一晃，晓兰一激灵，惊醒了痛苦的回忆。她随即一个急刹车，但还是眼睁睁地看着一名怀抱婴儿的妇女倒在自己的车前。随即传来婴儿"哇哇……"的哭声。

　　晓兰用力推开车门急忙下车，眼前的情景把她吓懵了，一个妇女额头流着鲜血躺在地上，怀里紧紧抱着一个两岁左右的婴儿。这时，旁边的中巴车上陆陆续续下来很多乘客，他们大多是来海东监狱探监的。大家围过来，看着这血淋淋的现场，你一言我一语地议论着。

　　有位男乘客质问晓兰："你怎么开的车？大白天的你往人身上撞？"

　　有位女乘客看着地上躺着的人说："这位大姐刚才在车上还跟我聊过天，她是孩子的姑姑，是来监狱探望孩子的爸爸，是从几百里以外的双龙县的山区来的，唉！真可怜！"

　　一位四十多岁文质彬彬的男乘客提议："大家先都别议论这些了，还是想想办法救人吧！"

　　有位乘客焦急地说："说的是啊！先救人要紧！"

　　"这里荒郊野外的，离唐州市市区一百几十里路，等送到医院，人早没命了！"又有人提出异议。

　　吓得头昏脑涨的晓兰，没有了主见，她抱着被撞妇女的头急得直哭，问大家："那怎么办呀？"

　　有人提醒道："哎！监狱里有医院！去求求他们吧！"

　　晓兰听后，猛地站起来说："求大家帮帮我！把人抬上车！"大家七手八脚地把受伤的妇女抬上车。这时，人群中有一位二十多岁穿着傣族服装的姑娘，抱起小孩对晓兰说："我跟你去！"话没说完，她就上了晓兰的车。

　　晓兰毕竟是见过世面的，她知道此刻最重要的是救人。她驾车急速往监狱医院赶。因为出事现场距离监狱很近，转眼就到了海东监狱武警检查站。值勤的武警例行公事地举起红色的警示牌，示意晓兰停车检查。这时的晓兰哪还管这些，她一踩油门就冲了过去，继续飞奔……

　　看见有车闯关，武警检查站的武警战士马上报警，两辆警用摩托车随即追了上来。

　　武警战士也赶忙用对讲机呼叫监狱门岗，请求拦截未经检查的车辆。

　　监狱门岗值勤的哨兵接到报警，冲到马路当中，端着冲锋枪对着晓兰开过来的车，举枪示警！同时，一阵急促的警报声响起！瞬间，监狱大门口聚集了很多警察，把晓兰的车围了个水泄不通。

高天宇、聂清华等监狱领导也赶到了现场。

晓兰急忙下车，"扑通"一声就跪在地上，气喘吁吁地说："警察同志！快救人！我求求你们了！"晓兰手指汽车，说着就晕了过去。

这时，从晓兰的车上下来一位身着傣族服饰的漂亮姑娘，她怀里的婴儿"哇哇"哭着。大家走近车旁，只见后座上躺着一位满脸鲜血的中年妇女，已经奄奄一息。

高天宇、聂清华、梁启明等监狱领导看着这一切，立刻明白过来。

随后，监狱的几位领导紧急商量。高天宇说："按常规，社会人员没有特殊理由，任何人不得随意进入监狱！可是，今天发生的情况比较特殊，我建议我们三人临时做个决定，特事特办，马上把伤员送进我们监狱中心医院，组织力量全力抢救！如果出现责任问题，我负责！"

聂清华和梁启明都表示同意。聂清华说："人命关天，救人要紧！我们三人集体负责！"

"好！"高天宇说。随即，高天宇用手势命令放行，并指挥周围的干警道："马上抢救伤员！"

"是！"监狱干警齐声答。大家抬起车上的伤员和躺在地上的晓兰，领着怀抱婴儿的傣族姑娘，一起跑进监狱的大门，朝中心医院奔去。

几分钟后，中心医院的一间急诊病房里，狱医们正在全力抢救被撞的妇女。而在另一间急诊病房里，晓兰躺在一张急救床上，输着氧气。

那个傣族姑娘在另一张床上哄着婴儿。

监狱办公楼的会议室里，监狱领导班子召开紧急会议，全体成员正在听取董云良的情况汇报，董云良说："经咱们医院全力救治，被撞妇女已经脱离了生命危险，诊断的结果是，由于汽车惯性的剧烈冲撞，造成重度昏迷，头部有外伤三处，最大伤口缝合九针，最小伤口缝合四针，腿部和腰部造成大面积皮外擦伤，骨骼没有出现大的问题。根据现在的情况分析，估计在我们医院最少需要观察治疗十天时间。女司机由于极度的精神紧张和恐惧，出现严重的心理障碍和心率过速反应，致使出现暂时昏迷状态，但无生命危险，需要调养几天。婴儿由于受到被撞妇女的本能保护，没有造成任何内伤和外伤，不过经检查发现婴儿存在严重的营养不良现象，需要及时调养，基本情况就这样。"

听完董云良的情况汇报，在场的人都松了一口气。

"好！脱离了危险就好！"高天宇说："一定继续加强观察和治疗，要绝对保证伤病人员的生命安全，提供充足的营养补品，保证把她们安全地送出咱们监狱的大门。"接着，高天宇又语重心长地对大家说："我们做任何事情，站位都要高一些，要用对党和人民高度负责的精神，要用实际行动来履行我们警察的神圣使命，来践行'三个代表'重要思想，提高我们监狱警察队伍的素质，更好地为人民服务。"

这时，门外忽然有人喊："报告！"

"进来！"高天宇应声说道。

郑浩南推门走了进来。

高天宇看见郑浩南，高兴地说："你来得正好，快把你掌握的情况给大家介绍介绍。"

"是！"郑浩南应了一声。他坐下来，开始向大家汇报："各位领导，下面我把狱侦科初步掌握的情况和采取的一些必要安全措施向领导们汇报一下。首先，我讲一下受伤妇女的情况，受伤妇女名叫赵娜，她是我们监狱直属二中队服刑人员赵刚的姐姐，她带的那个婴儿是赵刚的女儿，名叫小雨，俩人是前来探视赵刚的。赵娜家住唐州市双龙县四道河镇，在监狱大门外的汽车站点下车时被刘晓兰所驾驶的本田轿车撞伤，经过抢救，目前，赵娜已经脱离生命危险，能够正常与人交谈。"

"其次，我谈一下肇事司机的情况，肇事司机名叫刘晓兰，她是唐州市神龙集团公司总裁助理，是我们监狱严管队服刑人员刘大虎的妹妹，也是来探监的。肇事原因正在进一步核实，据肇事司机刘晓兰讲，主要原因是她本人驾车精神不集中所致，而且，刘晓兰表示愿意承担事故的全部责任。"

"最后，我谈一下那位傣族姑娘的情况，她叫乌丹。她是我们监狱直属二中队服刑人员田二亮的妻子，三年前俩人已经领取了结婚证，但尚未按当地风俗习惯举行婚礼，所以她自称是田二亮的未婚妻。乌丹是一位乐善好施、见义勇为的好姑娘，当她看到赵娜被撞伤后，毫不犹豫地帮助刘晓兰一起将赵娜送往医院，并主动承担了照顾赵娜所带婴儿的事情，目前正在我们中心医院陪护赵娜，并照顾赵刚的女儿小雨。"

"这就是她们几个人的基本情况。另外，我顺便说一下，刘晓兰的肇事本田轿车已经被我们狱侦科存放在咱们监狱的车库内，刘晓兰的手机也暂时被狱侦科保管，并已经关闭手机电源。今天，我已经派邱大伟留在中心医院协助医院的工作，根据需要我会安排狱侦科干警轮流在中心医院值班。基本情况就这些。"

高天宇和其他几位监狱领导听完后，都非常满意。

随后，高天宇接过话，说道："基本工作，中心医院的同志和狱侦科的同志做得都比较好，我看今天我们监狱党委能不能做出个特殊的决定，在几位探监家属还需要在监狱医院滞留的这几天，安排他们在中心医院接见自己的家属。接见的方式、接见的时间能不能比常规也放宽一些，给他们更多一点方便，让他们好好谈谈心。"

高天宇的话引起会场上人们的共鸣，人们议论纷纷，表示赞同。

高天宇轻轻咳嗽一声，止住大家的议论，又说："我想我们监狱的管理，可以更人性化一点，多给服刑人员和亲属提供一些必要的融合感情的条件和机会，对加快服刑人员的改造，可能会起到积极作用。"

会场内响起掌声，以示支持。

高天宇朗声道："同志们：社会在发展，人类在进步！建设更加文明、更加和谐的社会是时代发展的潮流。我们的监管改造工作要顺应大趋势，打破一些旧的管理思想和管理体制，体现我们监管工作的创新，只要对改造服刑人员有利的事情，我们就尽量去做，并且要做好！我希望大家讨论一下我的意见。"

聂清华率先表态："对于高监狱长的意见我完全同意。近几年来，国家对监狱的财政投入越来越大，其根本目的就是要努力改善服刑人员的改造环境，最大限度地体现对服刑人员的人性化管理，提高监狱工作的管理水平，提高服刑人员的改造质量。所以，社会的积极因素与监狱改造工作的融合，无疑对提高这种质量能够提供积极的帮助，所以我们面对时代的要求，也应进行不断的思想革命……"

在监狱领导开会研究突发情况的时候，中心医院的院长办公室里，董云良和贾洪强正在谈话。忽然听见门外有人喊："报告！"

董云良说了声："进来！"

这时，邱大伟带着服刑人员刘大虎、田二亮和赵刚先后走了进来，三人在墙根站成一排，听候指令。

贾洪强说："今天，叫你们三个人来，是因为你们的亲属要接见你们，为什么安排你们到中心医院接见呢？是因为赵刚的姐姐前来探监时在监狱外被车撞伤了。"

赵刚听后刚要问，忽然想起了监规纪律，强忍着焦急的心情，没敢吭声。

贾洪强继续说："不过，所幸的是人已经没什么大事了，过几天就可以康复出院。"

贾洪强接着说："肇事司机叫刘晓兰，也是来探监的，是刘大虎的妹妹。刘晓兰肇事后受到惊吓，曾一度造成昏迷，现在已经基本恢复正常。田二亮的妻子乌丹助人为乐、帮助陪护赵娜并照顾赵刚的女儿小雨，现在她们几个人都在医院里暂住。"

董云良接过话头："监狱领导为了照顾你们的特殊情况，根据你们平时的改造表现，特别批准在医院的病房里安排你们接见。你们几个听好了，楼上一号病房是赵刚，二号病房是刘大虎，三号病房是田二亮。"

贾洪强威严地咳嗽一声："下面我宣布几条纪律：第一，不准大声喧哗、吵闹，影响医院的正常管理秩序；第二，给你们每人连续三天的会见时间，时间是每天上午九点至下午四点，中午可以在一起用餐，不得违反规定时间；第三，会见时间内，不得随意出入房间，有事向值班干警报告，临时值班室设在四号病房，有狱侦科邱大伟等警官轮流值班，他们这几天专门负责你们的接见工作。都听清楚了吗？"

三人齐声答道："听清楚了！"

贾洪强说："那好，你们三人就跟邱警官上楼去吧！"

"是！"三人齐声答。

在一号病房内，赵娜头缠纱布，躺在病床上。忽然听见有人敲门，她随口说了声："请进！"这时，赵刚推门进来。赵娜一看到日思夜想的弟弟，惊喜地叫了一声："大刚！"

赵刚也喊了声"姐姐"！泪水夺眶而出。他迅速跑到了赵娜的床前，"扑通"一声跪在姐姐的床头，抱着姐姐呜呜地哭了起来。

赵刚哽咽着说："姐，都是我害的你，如果你要有个三长两短，我可怎么办呀？"

赵刚这一哭，把在另一张床上睡觉的小雨惊醒了。小雨"哇"的一声也哭了起来。赵刚赶紧跑过去，抱起啼哭的女儿，泪如雨下，一滴滴的热泪落在孩子的脸上。赵刚悲痛地说："小雨，爸爸对不起你呀！都是爸爸的罪过呀！都是爸爸的罪过呀！"

赵娜禁不住哭着劝慰赵刚说："大刚，别哭了！外边还有很多人呢！别吵着人家！"

赵刚这才止住了哭泣，也想起了贾洪强科长嘱咐的话。他用袖子抹抹眼泪，抱着小雨坐在了赵娜的床边。赵刚说："姐，你躺好！你现在感觉怎么样了？"

赵娜："我没什么事了，大刚，你在里面怎么样？"

赵刚："挺好的！中队的活也不累，学习的时间倒挺多，监狱里面有文化扫盲班、有电脑培训班；各种想看的书都有；吃的也很不错，每星期按时改善几次伙食；住的环境也挺好，干干净净，就像那电视里看到的大学生宿舍一样。总之，一切还都行，尤其是监狱里的干警，对待我们就像对待自己的亲人一样，跟我们在外面想象的完全是两码事。他们都很关心我们、爱护我们，教给我们怎么做人，教给我们学知识、学文化、学技术。看到警官们都这么好，我的内心常常责备自己。他们越对我好，我的心里就越是难受，觉得自己对不起别人，是个罪人！如果不是他们对我的耐心帮助，我也不会转变得这么快。"

赵娜叮嘱："弟弟，你在里面要好好表现，可不能胡思乱想。"

赵刚："姐，你放心！我现在过得很踏实！虽然梦婕来监狱跟我离了婚，我倒觉得这样也好，公平，让自己的心里多一些自责，对我以后的人生也会有很大的好处，自己教育了自己，才能做到自觉去往好做。"

赵娜听着弟弟发自内心的表白，满意地笑了。

"姐，那个撞你的司机现在怎么样了？"赵刚问赵娜。

"她已经没什么大事了，只是还有些头晕，这两天老是呕吐。听说当时也把她吓昏了，但那位小姐挺勇敢的，开着车闯武警检查站，武警拿着冲锋枪追她，她都没停车！为了救我的命，她给那么多的人都跪下了！"赵娜答。

赵刚："姐，那她是干什么的？"

第十六章　噩梦初觉

姐弟亲情，血浓于水。为了挽救误入迷途的一奶同胞，姐姐悉心开导弟弟，启发他的觉悟，希望他迷途知返，重获新生。面对姐姐的苦口婆心，弟弟想起如烟往事，不觉潸然泪下！深感痛悔。

赵娜梳理一下思绪，沉思片刻说："听说她是唐州市一个大公司的总裁助理。啊！我想起来了，她说的，那个大公司叫神龙集团。"

"我知道这个公司。"赵刚听后点点头，若有所思地说。

在二号病房里，晓兰两手握着哥哥大虎的手，眼含热泪地望着大虎说："哥，你别再对马旭龙抱着什么幻想了，他是不会来救你的！你为他当替罪羊不值得！当初你被抓捕的时候，我就去求过他，他答应的挺好，他说很快就把你弄出去，可是事情都已经过去两年多了，他连一点实际行动都没有。本来是该他进来坐牢，他哄骗你，你就逞英雄替他顶罪，你做得值吗？"

大虎问晓兰："龙哥对你怎么样？要是他对你好，不让你在外边受委屈，我也就没什么牵挂了，替龙哥顶着点也没什么。"

晓兰急忙说："哥，你净说傻话，你得到什么了？你失去了什么你知道吗？"

"……"大虎无言以对。

"他整天在外边花天酒地地生活，你能比吗？他有家庭、有事业、有名气、有地位，你有吗？你给他卖命，甚至当替罪羊，他还恩将仇报！"晓兰激动地说。

"怎么了？"大虎瞪大了眼睛问。

"哥，是你从小一手把我带大的，我也没有任何瞒着你、背着你的事情，为了你，我也没有舍不下的东西，你出事被抓的那天，我去找马旭龙，求他无论如何也要把你保出来，我知道你已经不干什么坏事了。如果他用心去办，是肯定能够把你保出来的，可他却说是你自己干的坏事，与他没有任何关系，还说保你得花很多钱，我救你心切，跪下求他，可这个混蛋……"晓兰说着，有些说不下去了。

大虎焦急地说道："到底怎么了？你说呀！"大虎焦急地说道。

晓兰眼泪汪汪地望着大虎，悲愤地说："他趁机强奸了我！"

大虎听后如五雷轰顶，双手紧紧地抱住自己的头。然后双手抹着晓兰脸上淌着的泪水，痛心疾首地说："晓兰，都是哥哥害了你！"

晓兰："哥，我不怪你，要怪只能怪马旭龙这个混蛋！"

大虎咬牙切齿地说："等我出去，非亲手宰了这个畜生不可！"

晓兰："哥，我也非常恨他！但是现在，凭借你我的力量根本就拿他没办法，他钱多势大，我们只能等机会。为了等这个机会，我已经委屈自己两年多了，我留在他身边骗取他的信任，就是为了掌握他更多的罪证，让他受到法律的制裁！"

"既然他姓马的不仁，就别怪我刘大虎不义！我知道他很多犯罪的勾当，我要揭发他！"

晓兰："哥，你先别急，等我把他违法犯罪的事情掌握得更详细以后，我俩就联合起来，到法庭去作证！如果唐州市扳不倒他，我就去省里或北京去告他！"

这时，晓兰突然呕吐，大虎赶紧拿来痰盂，给妹妹捶着背，关切地问："晓兰，你怎么了？"

"我怀孕了，怀的是马旭龙的孩子。"晓兰说。

大虎瞪大了眼睛看着晓兰。而晓兰却显得很平静地说："马旭龙没孩子，他想让我给他生一个，我为了让他更信任我，所以……"

"那你准备怎么处理这件事啊？"大虎急忙问道。

"趁这次车祸的借口，我就说流产了。"晓兰答道。

"……"大虎听后，没吭声。

随后，晓兰又絮絮叨叨地对大虎说："哥，我虽然没有生过孩子，但我挺喜欢孩子的，那位赵娜带的孩子挺讨人喜欢的，我听说那个孩子的父亲是个犯强奸罪进来的，妻子扔下孩子跟他离婚了，孩子由他姐姐赵娜替他抚养。听赵娜大姐说，他家住在贫困山区，条件很不好，但孩子是她弟弟的骨肉。唉！拉扯着个孩子也不容易呀！"

"那个孩子的父亲我认识，是和我一起入监的，人倒不错，听说改造还挺积极的。"大虎说。

晓兰："哥，我有个想法，不知道你同不同意？我将来也不想嫁人了，只盼着你早点出去，娶个好嫂子，我跟你们生活在一起，自己领养个孩子，找个寄托就行了。既然你跟那个孩子的父亲认识，能不能跟他商量一下，把孩子交给我替他抚养，也免得他们姐弟俩为孩子的生活发愁。孩子的爸爸出去后，如果他还想要回孩子，我就还给他，如果他不要了，我就留在身边做伴。"

"你的想法倒也可以！这么做对他们没有什么不好的地方，可是就是不知道人家是怎么想的？"大虎无奈而又伤感地说。

"那你先去问问他嘛！"晓兰说。

"他就在隔壁一号病房里，最好你亲自跟他去说。"大虎提议说。

"走！"晓兰高兴地说。

在隔壁的三号病房里，乌丹和田二亮正在翻来覆去地看着一张婴儿照片，照片上一个两岁左右的小女孩穿着傣族服装，摆着跳舞的姿势，甜甜地笑着，她是他们的女儿。乌丹高兴地指着照片对田二亮说："二亮，宝宝的鼻子像你，脸型像你；眼睛像我，小嘴像我；都继承了咱俩的优点了！"

"本来，我以为你在信上只是随便说说来看我。没想到这么远的路，你真的来了！从我们家乡西双版纳到这里有三千多公里，难得你一片真情啊！"田二亮说。

"二亮，你这次走错了路，你知道我为什么能原谅你吗？我知道你的心眼不坏！要不是那个黑心老板不给你工钱，把你逼上绝路，你是不会去拿他的东西的！可他反过来告你盗窃，把你送进了监狱。你在信上说那个黑心老板势力很大，谁都惹不起他！那他叫什么名字啊？"

二亮："大名我不知道，别人都叫他龙哥，是当地黑社会的老大！"

乌丹剥了一个香蕉，递过去说："二亮，我想留在唐州市，在这打工，我有一个两全其美的想法：第一，离你近一点，想你时来看你也方便；第二，我出不来这口怨气！我想见识一下那个把你害进监狱的人，我饶不了他！如果不是他把你害进监狱，你可以天天在我身边，我们也可以天天和宝宝在一起，我也早就成了你明媒正娶的媳妇了！这一切都是那个恶人害的！"

"那个恶人的弟弟也被抓进来了，是严打进来的，就分在我们中队。"田二亮说。

"那我们先去找他弟弟算账。"乌丹瞪着大眼睛说。

乌丹说着，拉起田二亮就往外走。田二亮笑着说："乌丹，这里是监狱！监狱是不允许我们那么做的。"

"对！对！"乌丹听后也恍然大悟，连声道。

乌丹心情稍好了一些，就接着对田二亮说："二亮，那个撞人的司机听说我想留在唐州市打工，她主动说要帮我找份工作。我看她人也挺好的，还是个没结婚的大姑娘！正好我俩也好有个伴，过两天我就准备跟她走。"

二亮："过两天走？只可惜你看不到我演出的节目了。"

乌丹："什么演出啊？"

二亮："是监狱教育科组织的，是为了丰富服刑人员的文化生活，准备的一场文艺节目，全是我们服刑人员自编自演的。"

乌丹："二亮，你准备演什么节目啊？"

二亮："我准备给大家表演芦笙独奏。"

乌丹："那太好了，有没有伴舞的？"

二亮："我们这里没有女犯人，尽是男的跳，不好看。"

乌丹："能不能让我跟你一起演出呀？你吹芦笙，我跳孔雀舞，多美呀！"

二亮："想法倒挺好，估计可能不行。"

"我们找那个值班的邱警官，跟他商量商量。"乌丹突然眼睛一转，对田二亮说："事在人为嘛。"

……

为了构建和谐社会，实行人性化管理，监狱领导决定：批准胡桂荣在监狱举行复婚仪式。这天，直属二中队的大院里一派喜庆气氛！林海生组织大家为服刑人员胡桂荣布置新婚洞房。大家各司其职，有的扫院子，有的擦玻璃，忙里忙外，干得热火朝天。林海生在监舍里正挥毫泼墨写着喜联，旁边围了很多观看的人，只见：

上联写的是：法轮碾碎鸳鸯巢。

下联写的是：政府送给幸福家。

横批是：破镜重圆。

大家看着林指导员写的充满深意的喜联，都高兴地叫好，也为他那饱满流畅的字体，鼓起了掌。

黄涛正在中队办公室与胡桂荣聊着天。"今天是你大喜的日子，你不但从人生的误区中走了出来，踏向了光明的大路，而且曾经的爱人又回到了你的身边，这一切都来之不易，你一定要好好珍惜呀！"黄涛说。

"黄队长，没有政府对我的深切关怀，没有你们这些队长胜似亲人的真诚帮助，我是不会有今天这一切的，过去的一切都是我自己毁的，今天的一切都是你们给我的，我这一辈子不知道该怎么报答你们呢？"胡桂荣说。

"你要想报答，就应该报答党和政府的恩情！"黄涛说。

"黄队长，我也想做一些对党对政府有用的事，可我不知道自己应该怎样去做？黄队长，你能给我指点指点吗？"

"好！胡桂荣，今天监狱在为你们夫妻举行一个隆重的婚礼，同时也准备举行一个教育感化大会，希望你能用自己的亲身经历和真实感受作一个现场发言，以便教育其他还没有转化的法轮功人员。因为海东监狱所有的法轮功服刑人员都在我们直属大队服刑改造，所以你的现身说法更有实际意义。"

"黄队长，请放心！我一定尽力去做。"

"今天市委吴书记要来参加你们的婚礼，小玉学校的很多老师也来参加。大家都为你们全家人高兴啊！"

"我谢谢大家了！"胡桂荣激动地说。

海东监狱大门外，高天宇带领监狱领导正在等着迎接即将莅临的唐州市委吴书记。这时，一辆小轿车和一辆大巴车急驰而来，稳稳地停在监狱门前，吴书记笑容满面地从小轿车上下来，高天宇等人忙迎上前去，高天宇握着吴书记的手说：

"欢迎！欢迎！吴书记，您辛苦了！"

"哪里！哪里！真正辛苦的是你们呐！"吴成彬乐呵呵地说。

吴成彬指着从大巴车上下来的几位，分别向大家介绍道：

"这位是唐州市广播电视局的王局长！"

"这位是唐州市劳动人事局的闫局长！"

"这位是唐州市曙光小学的杜校长！也是我的老伴！"

"这位是唐州市电视台的记者马旭阳！"

……

大家都愉快地互相握手，互致问候！

"今天是我们海东监狱服刑人员胡桂荣大喜的日子！同时也是我们整个监狱大喜的日子！吴书记和各位领导的光临，是对我们工作的大力支持，我们表示热烈的欢迎！"高天宇说。

李秀芝、吴玉华、小娟、小玉等人也都随着吴书记来到了海东监狱，同车来的还有唐州市曙光小学的三十多位教师。

高天宇及监狱的其他几位领导陪同吴书记一行到监区参观。他们先后来到入监大队、教学区、服刑人员食堂，最后来到监狱的中心医院。

高天宇把赵娜、刘晓兰及乌丹的情况向吴书记一行做了简单的介绍。吴成彬高兴地说：

"海东监狱真值得我们好好学习啊！这位傣族姑娘也值得我们学习啊！"

"吴书记，谢谢您的夸奖！我只是做了我应该做的。"乌丹不好意思地走到吴书记面前说。

大家愉快地交谈着。

性格开朗的乌丹和吴书记正聊着，忽然向吴成彬提出一个请求："吴书记，听说今天监狱为一个服刑人员举行婚礼，我们能不能参加呀？"

"在这里他说了算，你们得请示他啊！今天我的一切活动都要听他安排。"吴成彬风趣地指着高天宇说。

"你们参加，我们欢迎啊！赵娜和刘晓兰都可以去啊！"高天宇笑着说。

她们几个人高兴地鼓起掌来。

"高监狱长，是不是婚礼结束后还有个文艺演出，我能不能上台表演个节目啊？"乌丹又对高天宇说。

"你会表演什么节目啊？"高天宇问。

"我会跳孔雀舞啊！"

"好啊！我们欢迎！"

"那我能不能也参加演出啊？"赵娜也挤上前着急地问。

"那你演啥节目呀？"高天宇乐呵呵地说。

"我在我们双龙县还演过小品呢！"赵娜说。

"好！我同意！也算你一个！"高天宇说。

在监狱的广场上，两千多名服刑人员整齐地坐在台下，前排坐着来参加胡桂荣婚礼的嘉宾，主席台上就坐着吴书记及海东监狱的主要领导。

一条大红的横幅上写着：服刑人员面向亲人忏悔大会。

梁启明正在主持着："首先，让我们以热烈的掌声欢迎唐州市市委吴书记来我们海东监狱参观指导！"

会场上爆发出雷鸣般的掌声！

随后，吴成彬讲话，吴成彬说："我代表中共唐州市委、唐州市人民政府，向日夜奋战在教育改造工作一线的广大监狱干警同志们致以亲切的问候和崇高的敬意！你们用对党和国家的无限忠诚，对人民群众高度负责的精神，用你们坚忍不拔的意志，用你们无私奉献的品德，投身于挽救失足灵魂的伟大事业中，为国家、为人民立下了不朽的功勋！你们舍小家顾大家，不讲名，不图利，默默地奉献着自己宝贵的青春，把自己的满腔热情都奉献给了国家，奉献给了人民！老的一辈走了，新的一代来了，前赴后继！我向你们致以崇高的敬礼！"

全场顿时爆发出热烈的掌声！

随后，吴书记又对台下两千多服刑人员满怀深情地说：

"今天我向在场的服刑人员也说几句知心话，看到你们这么多人穿着标志着犯罪特征的囚服坐在这里，我的心情非常沉重啊！你们每个人都上有老下有小，有自己曾经苦乐相伴的心上人，你们进监狱赎罪，社会上留下了那么多的亲人，你们的亲人们都在用一种无限的深情守候着你们、期盼着你们！造成今天悲剧的是你们当初的无知，犯下了不可饶恕的罪恶。"

会场内，有人抹泪，有人唏嘘。

吴书记高声道："亲人们期盼你们的是希望你们良知的觉醒。我以唐州市市委书记的身份要求你们，我也以一个普通老百姓的身份劝慰你们，觉醒吧！你们要用真诚的心去改过，用自信的心去争取美好的未来！政府在千方百计地挽救你们！亲人们在日日夜夜地思念着你们！国家的建设和发展需要你们，努力吧！你们的前途是光明的！你们的改造肯定是成功的！我相信你们！"

这时，全场的服刑人员热血沸腾，全体起立，向吴书记报以经久不息的掌声！

随后，梁启明宣布："下面，由直属二中队服刑人员胡桂荣做现身说法思想汇报，并向亲人忏悔。"

只见，胡桂荣快步走上主席台，他先恭恭敬敬地向吴书记及主席台上的监狱领导深深地鞠了一躬，然后转过身来对着台下也鞠了一躬，他动情地说道：

"尊敬的市领导、尊敬的监狱领导、至爱的亲人们以及与我朝夕相处的同犯们，你们好！我叫胡桂荣，因利用邪教组织破坏法律实施罪，被唐州市路北区人民法院判处有期徒刑五年。罪恶的法轮功邪教使我毁掉了幸福的家庭，迫使我妻离子散，罪恶的魔爪甚至差一点夺去我宝贵的生命，是党和政府挽救了我的一切，是伟大无私的监狱警官给了我第二次生命。"

与会者鸦雀无声，静静地聆听讲述者发自内心的忏悔。

"我原来有多年的胃病，因为自己的无知、不相信科学，企图用李洪志的法轮功邪教来救治自己，没想到不但没有救了自己，还毁掉了自己美好的一切。我入狱以后，思想还一时没有觉醒，管教队长苦口婆心地做我的思想工作，开导我，希望我放弃邪念，树立正确的人生观！让我相信科学，相信党和政府！监狱领导得知我的胃病突然发作，在我生命垂危的时候，不惜花费巨大的财力拯救我的生命；监狱的警官们还纷纷捐款，伸出热情的双手，监狱为了做好我的胃切除手术，根治胃癌，花费了七万多元的医疗费用，治疗时间长达三个多月，直到我康复出院。"

会场内，有人哭泣，有人唏嘘。

"不仅如此，监狱在了解了我的家庭困难后，还帮助我家解决了很多其他困难。我家孩子因家庭条件困难未能按时上学，是唐州市市委吴书记亲自为我的孩子解决了上学问题，帮我这个犯了罪的人把孩子送进学校的大门，吴书记还用自己的工资，给我的孩子交了学杂费……"

说到这里，胡桂荣已是泪流满面，他慢慢地转过身去，给吴书记深深地鞠了一躬，并哽咽着说道："吴书记，您是我们家的大恩人哪！"

胡桂荣转过身来，稳定了一下自己的情绪，接着说道："我在唐州市工人医院住院期间，我们直属二中队的黄队长不但给了我精心的照顾，还帮助我们家做了很多好事，并做通了我已经离婚妻子的思想工作，又把她接回了我的家里，使得我们又走到了一起。今天是我们夫妻破镜重圆的大喜日子，黄队长还要做我的证婚人！我真是一辈子都忘不了党和政府对我的大恩大德啊！"

胡桂荣泪花闪闪，又说："我胡桂荣不是没心没肺的人，也不是铁石心肠的人，就是再没有良心的人，也该醒悟了！我没有太高的文化，也不会用太漂亮的语言表达我的感受，但我会用自己真诚的心，听从政府队长的教导，好好改造，争取早日与家人团聚！"

有人鼓掌，有人叫好！

"我也希望同犯们放弃一切罪恶的邪念，尤其是那些至今还被法轮功恶魔控制着思想的人，赶紧悔悟吧！和我站到一起来，听党和政府的话！走光明的道路！同犯们，努力吧！光明就在眼前，幸福就在眼前，谢谢大家！"

这时，许多服刑人员都深深地被胡桂荣的话语所感动，眼含着热泪，报以热烈的掌声！

随后，梁启明说："下面，我宣布，胡桂荣、李秀芝新婚典礼现在开始！"

"有请新娘李秀芝、证婚人黄涛到台上来，请新娘家属代表吴成彬书记、新郎家属代表高天宇监狱长到台前来。"

吴成彬、高天宇满面笑容地走到主席台的中央。这时，主席台上的横幅也变成了"胡桂荣先生、李秀芝小姐新婚典礼"，加上两边大红的"喜"字，更映出一片喜气洋洋的气氛。

邱大伟手拿喜庆的红绸带，分别给吴书记和高天宇斜披在胸前。新娘秀芝身穿漂亮的婚纱在伴娘晓兰的搀扶下缓步走上台来。

这时，全场人情不自禁地站起来，报以雷鸣般的掌声！欢呼雀跃！一片欢庆！

梁启明主持着进行下一个仪程："下面，请新郎、新娘给证婚人三鞠躬！"

这时，只见证婚人黄涛站在新郎新娘的面前，身着笔挺的警装，笑容满面地站在那里。胡桂荣挽着秀芝面向黄涛，两人略显拘谨地看着黄涛。

梁启明喊道：

"一鞠躬！"

"二鞠躬！"

"三鞠躬！"

然后，梁启明接着喊："给双方亲属代表三鞠躬！"

胡桂荣和秀芝又面向吴书记、高天宇，伴随着梁启明的喊声深深地鞠躬：

"一鞠躬！"

"二鞠躬！"

"三鞠躬！"

随后，梁启明又说：

"请证婚人颂祝福词！"

黄涛精神抖擞，走向前问："胡桂荣，你愿意娶李秀芝为妻吗？"

胡桂荣万般真诚地说："我愿意！"

黄涛又对李秀芝问："李秀芝，你愿意嫁给胡桂荣为妻吗？"

"我愿意！"秀芝深情地说。

黄涛高声："胡桂荣、李秀芝自愿结为夫妻，并有唐州市路北区民政局颁发的结婚证书，经我们监狱政府认定胡桂荣与李秀芝的婚姻合法有效，准予结婚！我希望新郎新娘在未来生活中，互敬互爱，永结同心，白头偕老！"

"夫妻对拜！"梁启明大喊道。

随即，婚礼的热闹劲达到高潮！大家高喊着、欢呼着！

"胡桂荣！亲一个！"

"胡桂荣！再来一个！"

……

"我宣布，新婚庆贺活动现在开始！"梁启明说。

这时，只听广场上鞭炮齐鸣，震耳欲聋，五彩的纸花漫天飞扬。台上的干警使劲往台下抛撒喜糖，所有的人都沉浸在无比欢乐的气氛之中，好不热闹！梁启明接下来宣布：

"新婚庆贺活动现在结束！"

"晚上七点监狱举行盛大的文艺晚会，请各大队、中队把人员组织好，准时参加！散会！"

在海东监狱的严管队临时法庭里，贾洪强和郑浩南陪着唐州市中级人民法院的两名法官给杜青云下达加刑判决书。一间临时设置的法庭里，审判长双手拿着判决书大声念道：

"罪犯杜青云，在监狱服刑期间，不思悔改，抗拒改造，在狱内重新犯罪，故意伤害服刑人员李涛，致李涛轻伤，已触犯法律，判处有期徒刑两年。该犯尚有余刑七年三个月，数罪并罚，合并执行有期徒刑九年。"

审判长宣读完毕，问道：

"杜青云，你是否上诉？"

"我不上诉。"杜青云满不在乎地回答。

在直属二中队的办公室里，黄涛对杨明贵和吴志强说："杨队长，你和志强去严管队把杜青云接回来。杜青云今天已经接到加刑判决书了。"

"好！我和志强马上去！"杨明贵应声道。

在直属二中队院内，犯人们正在排队打饭。因为今天是胡桂荣新婚大喜的日子，监狱食堂也为犯人们改善伙食。每名服刑人员两份菜，一份是猪肉炖粉条，一份是西红柿炒鸡蛋。看着犯人们都高兴地排队打饭，黄涛和林海生的脸上也露出了微笑。黄涛对犯人们大声说：

"今天是咱们中队胡桂荣大喜的日子！监狱为大家改善伙食，希望大家都吃饱、吃好。饭后都不要喝凉水，也不要留剩饭，吃多少打多少。"

黄涛又冲着犯人组长刘永和和学习员赵刚喊道：

"刘永和！""到！"

"赵刚！""到！"

俩人忙应声跑了过来。

"吃完晚饭，你们俩组织大家迅速整理好卫生，六点半准时组织好队伍在院内待命。"黄涛说。

"是！"刘永和和赵刚立即回答。

"今天杜青云回来了，他在严管队的小号里关了半年多，在严管队关小号吃的不如咱们中队，他的身体肯定很虚弱，千万嘱咐他别暴饮暴食，弄出病来。另外，他的思想情绪不稳定，你们俩多找他谈谈心，多帮助帮助他，有什么情况，你俩及时向队长汇报，明白吗？"林海生说。

"是！"刘永和和赵刚立即回答。

"好了，你们俩也快去吃饭吧！"黄涛说。

在监室里，大家都在自己的床头柜上放着饭菜，坐在塑料板凳上吃饭。杜青云正在狼吞虎咽地吃着。马旭东拎着个烧鸡和一大瓶可乐凑过来，他把烧鸡和可乐往杜青云的柜子上一放，嘿嘿一笑说道：

"三弟，二哥慰劳慰劳你。"随后，马旭东从自己的上衣兜里掏出两包中华牌香烟，甩给杜青云。自己又掏出一支香烟点上，吐了一串烟圈……

"三弟，这点屁事别往心里去！回头大哥再来接见时，我把你的事跟大哥说说，让大哥帮你找找关系，花俩钱，办个保外就医什么的，先出去，不就得了！咱哥们在外面啥事没经过？不就加了两年刑吗！别在大伙面前灰头土脸的给二哥丢份子。"马旭东继续说道。

杜青云打开可乐瓶，给马旭东倒了一杯，把剩下的半瓶可乐一对嘴"咕咚咕咚"地一仰脖子喝了下去……然后，杜青云点上一支烟，深深地吸了一口，说："二哥，你还别说，三弟虽然身子比你瘦，可骨头不一定比你软？有事你尽管吩咐！"

"有种！"马旭东嘿嘿一笑，端起可乐跟杜青云碰了一下说。

这时，刘永和冲着他俩走了过来，表情严肃地说：

"马旭东！回到你的位子上去吃饭！《监狱服刑人员行为规范》规定，不许同犯之间伙吃伙喝，你不知道哇？"

马旭东站起来骂道："我操！你这老家伙还没过足官瘾是吧？啥事都想管，比他妈的李涛还操蛋！"

刘永和："马旭东！你别骂人！我是在跟你讲道理，监规纪律也不是给你一个人规定的，大家都得遵守。"

马旭东："少他妈的给我上政治课！"

这时，赵刚跑了过来，眼睛瞪着马旭东说："马旭东！你是不骂人不会说话是吧？动不动你就要混？你以为这是在你们家呀！请你以后放规矩点，老实待着！如果你非得撒野整点事，有种你冲我来，咱俩上后院见个高低！"

马旭东被赵刚一唬，正不知道如何是好的时候，一直站一旁冷眼观战的杜青云往后一推马旭东，站到赵刚面前，用手一拍赵刚的肩膀，说："赵刚，有种！你不是想见个高低吗？来！咱俩上后院，单挑！"

赵刚推开杜青云的手，气冲冲地说："走！"

俩人正要往外走，田二亮跑进来喊道："刘永和！赵刚！队长们吃完饭回来了，让你俩赶紧组织好队伍去广场看晚会。"

正在找碴儿挑衅的杜青云听说黄涛中队长回来了，再加上田二亮的加入，他不敢再叫横，马上如霜打的茄子一般，蔫了下来。

晚上，监狱广场上飘扬着嘹亮的《三大纪律八项注意》，彩灯闪烁的舞台装扮着狱城的夜色。全体服刑人员以中队为单位在队长的带领下迈着整齐步伐，高喊着口号："一二三四！"步入广场，按指定位置迅速坐好。大家都满怀喜悦，脸上挂着微笑，等待观看精彩的文艺节目。

广场照明用的大灯一熄，主持人走上舞台，说："海东监狱新生剧团，大型文艺晚会现在开始，第一个节目：大合唱《没有共产党就没有新中国》，演唱者：直属三中队合唱队！"

全体合唱队员怀着对党的无限深情，激情地歌唱：

"没有共产党就没有新中国，

没有共产党就没有新中国，

共产党辛劳为民族，

共产党他一心救中国，

……"

嘹亮的歌声，焕发着全场人的爱党激情，大家用掌声回应着。

随即，合唱队依次退场，主持人接着宣布："下面为大家演唱的第二首歌曲是狱园歌曲《入监教育歌》！"

一曲完毕，全场观众报以热烈的掌声。

第十七章　感召冥顽

人民狱警，实行人性化管理，意在唤醒在押犯的良知，使他们迷途知返。然而，社会的复杂性、人类的冥顽，对权力的崇拜，对财富的贪婪，又无时无刻不在抵触这种管理，就在监狱努力尝试、探索改造在押犯良策之际，社会上又有人磨刀霍霍……

台下，吴书记和监狱的领导以及前来参观的市里各部门领导都坐在前排，前排的中心位置坐着吴书记和高天宇。吴书记的左边分别坐着杜校长、吴玉华、黄涛、小娟，紧挨他们坐着胡桂荣、李秀芝、小玉一家三口及林海生、喜妹、铁蛋一家人；在高天宇的右边分别坐着邱大伟、聂荣花，及吴志强、刘海燕、晓兰、赵娜等人，乌丹怀抱小雨也坐在他们身旁。

主持人继续宣布："下一个节目，配乐诗朗诵《回家的路》，表演者：直属二中队服刑人员刘永和！"

这时，刘永和一身囚服走上舞台，高声说道："下面我为大家朗诵一首自己创作的长诗《回家的路》。"刘永和满怀激情地抒发自己的心声：

"那一日，我走了！

在那个灰色的季节，

我失去了自由、幸福的生活，

留下了悔恨、悲伤，

从此，没有了快乐！

我独自品尝着用无知换回的恶果。

梦中回首，

只见母亲站在瑟瑟寒风中，

泪眼遥望，搜寻着迷途的儿子，

泪水冲不走无尽的幽怨与伤感。

四周眺望，

我在热切地寻找，

寻找那条回家的路！

在那曾经迷失的地方，

我步履蹒跚，踽踽前行，

岁月是那么的曲折、漫长。

天地间，辽看几载春秋，

人世间，壮观几度夕阳，

家！我的归宿！

何日重返你的怀抱？

……"

刘永和倾诉着心声，唤醒了全体服刑人员的内心情感。很多人怀着与刘永和同样的心情，流下了止不住的泪水。短暂的静默后，全场报以热烈的掌声！

俗话说：物以类聚，人以群分。在监狱举行旨在感化人、教育人的文艺会演之际，在社会的角落里，仍有人为"发财"煞费苦心地密谋着。夜晚"神龙集团"马旭龙的办公室里，灯光昏暗。马旭龙与谭九明正在密谋着："九哥，你说你有两个干黑活的东北朋友，联系上没有？"马旭龙问。

谭九明说："联系上了，今天晚上八点就到我们唐州市，待会儿我就去接他们。"

马旭龙问："他们叫什么名字？"

"一个叫张军，一个叫王建，俩人身上都背着好几条人命。这俩人不但做事狠，而且还很讲义气，绝对可靠。"

马旭龙："九哥，你找的这两人我看倒挺合适，不知价钱你是怎么和他们谈的？"

"四十万。"谭九明伸出四个手指头冲马旭龙一比画说。

马旭龙听后站起身来，点燃一支烟，沉思着走了几步，然后说道："钱倒不是问题，如果他们干得顺手，四十万买三喜这小子一条命，值！不过，我还想让他们再干一件活，两件活都干完了，我给他们一百万。"

"啥活？"谭九明问道。

"帮助阿东出来。"马旭龙阴沉着脸说道。

"阿龙,你是怎么计划的?"谭九明问道。

"我计划让这俩小子先接应阿东越狱。如果成功,再让阿东带着他们干掉三喜。等把三喜做了,我准备安排阿东他们三个人一起去缅甸。一是为了躲避公安的抓捕;二是让他们在缅甸帮助我们打理那里的几家赌场;三是……"马旭龙又坐回到谭九明对面的沙发上慢声说道。说到这里,马旭龙端起放在茶几上的酒杯,一仰脖子喝完后,看着谭九明不吭声了。谭九明着急地问:"阿龙,这第三是什么?你赶紧说呀!"

马旭龙:"这第三就是,万一有一天,咱哥们儿在唐州市这块地盘上待不下去的时候,让阿东在缅甸给我们占块地方,留条后路。"

谭九明疑惑地自语:"留条后路?"

"唉!天有不测风云,我们还是多为自己做一些打算为好。"马旭龙叹了口气又说道。

"阿龙,你是不是听到什么风声了?怎么说出这么丧气的话?"谭九明疑惑地问道。

"最近这段时间,内忧外患,先是阿东、大虎被抓进监狱,后来,三喜这小子找碴儿跟咱们干仗。最近,省纪委又派人来调查长瑶市长,这不,晓兰这丫头又突然失踪几天了,我知道这丫头跟我有二心,别他妈的遭她一冷锤。"马旭龙不无忧虑地说。

"不至于吧?"谭九明说道。

"我听阿东说,大虎这小子变了,在监狱里跟政府凑得挺近。大虎又知道我那么多事,万一他们兄妹俩合起来搞咱们,就麻烦了……"马旭龙忧心忡忡地说,脸上布满愁云。

在马旭龙的办公室里,马旭龙和谭九明继续谈论着。

马旭龙说:"九哥,从今以后,凡事我们都要多长几个心眼,该防的防着点。"他抬腕看着表,继续说:"九哥,现在已经七点半了,你马上去火车站接人,把他们安顿在咱们酒店。我去晓兰家搜查一下她的房间,看看她那里藏没藏着对咱们不利的东西,一会儿就回来,然后我请来的两个东北人吃饭。过两天我带他们俩去监狱接见阿东,相互认识一下,也了解一下阿东的情况。如果目前情况对我们有机会,我们就赶紧行动。对了,九哥,我留给海哥的那套别墅,他住进去了没有?"

谭九明:"还没有,房子钥匙还在我这呢。"

马旭龙:"把钥匙给我,阿东回来了,我先安排他住那里,那里相对比较安全。"

谭九明把钥匙甩给马旭龙说："阿龙，没别的事，我接人去了？"

"你去吧！"马旭龙说。

深夜，一辆轿车悄无声息驶来，马旭龙开着车来到晓兰家的楼下。

他下了车，幽灵一般径直上楼。他随手掏出一串钥匙，轻轻地打开了房门，回手关上了门。马旭龙打开室内的灯，他环视了一下，就开始翻弄晓兰的卧室。他把卧室翻弄一遍，又把房间的东西整理好。

马旭龙关掉房间的灯，退出了房间。他疾步下楼。下楼后，悄悄开着车一溜烟地走了。

此刻，在海东监狱的晚会现场，又掀起新的高潮。在一阵掌声之后，接着主持人继续宣布："下一个节目，舞蹈《飞来的孔雀》，表演者：乌丹，直属二中队服刑人员田二亮的妻子；芦笙伴奏，直属二中队服刑人员田二亮。"

主持人手持麦克风继续介绍说："各位，你们可能不知道，乌丹姑娘不仅是一位多才多艺的南国才女，是一只迷人的南国孔雀，是祖国边陲西双版纳飞到千里北国的金孔雀，还是我们海东监狱服刑人员田二亮的妻子，也是我们的亲人。下面，让我们用热烈的掌声欢迎这对有情人上场。"

这时，婉转悠扬的芦笙声，把人们的思绪带入了南国的山寨，美丽的西双版纳，山清水秀，风光迷人，如画的世界里，飞舞着一只美丽的孔雀。乌丹姑娘用万般风情诠释着内心的情感，表达着对生活的无限热爱，表达着对自己眷恋情人的无限思念。醉人的芦笙声，优美的孔雀舞，把人们带入了对美好生活的无限向往！

表演结束，人们还沉浸在天堂般的梦幻中，许久，人们才回过神来，爆发出经久不息雷鸣般的掌声！很多服刑人员情不自禁地站起来高呼：

"再来一个！再来一个！"

这时，田二亮手挽着乌丹的手向全场观众鞠躬谢幕！

主持人走上台，高声宣布：

"下面，由严管队的刘大虎为大家演唱一首《中国人》！"

刘大虎精神饱满地走上台来，面向观众，首先给大家鞠了一躬，然后深情地说："大家好！虽然我是一名失足的浪子，但我也是一位炎黄子孙。通过政府队长的教育，我也懂得了深爱自己的祖国，热爱自己的人民！下面我为大家演唱一首《中国人》！"

这时，震耳欲聋的音乐声响彻广场的上空，刘大虎高亢的歌声从心底唱响：

"五千年的风和雨啊藏了多少梦,

黄色的脸,黑色的眼,不变是笑容,

八千里山川河岳像是一首歌,

不论你来自何方,将去向何处,

一样的泪,一样的痛,

曾经的苦难我们留在心中。

一样的血,一样的种,

未来还有梦,我们一起开拓,

手牵着手不分你我昂首向前走,

让世界知道我们都是中国人!"

激情的音乐,激情的歌声,唤起了全场人的爱国激情,一曲终了,全场掌声雷动。伴着观众的掌声晓兰怀抱着一束鲜花迈着轻盈的脚步走上舞台,晓兰用双手捧着鲜花向自己的哥哥表示祝贺!

这时,主持人款款走上台,挽留住谢幕退场的刘大虎,面对台下的观众高声问道:大家说,刘大虎唱得好不好?"

"好!"大家齐声高喊。

"再来一个要不要?"

"要!"

刘大虎微笑着向台下欢呼的观众挥手致意,接着深情地说道:"刚才,我的同犯田二亮说出了一句我也想说的话,今天也是我一生难忘的日子,昨天的我曾经浪迹社会,挥霍着自己宝贵的青春年华,失足的浪子,在不是亲人胜似亲人的我们辛勤的政府队长高尚情操的感召下,我冰冷的心被融化了,我泯灭的良知被唤醒了!我要告别过去,迷途知返!我要在海东监狱把自己锻造成一个有用之人!我决不会辜负政府队长们对我的期望!在不远的明天我完成改造,告别高墙,我全部的梦想都在自己的脚下,我会充满自信地告诉我的亲人们,让我从头再来!下面,我把这首《从头再来》特别献给还在高墙内重塑新生的朋友们!希望你们树立坚强的自信,坚定自己的步伐,向往新生,争取早日回归家园,从头再来,创造幸福!"

这时,音乐响起,刘大虎用深沉的情感唤起同犯们新生的激情:

"昨天所有的荣誉,

已变成遥远的回忆,

……"

刘大虎激情的演唱催人泪下,感人至深。

一曲结束，全场掌声雷动。

此刻，马旭东和杜青云坐在中队同犯们的最后边阴影处，他们无心看节目，窃窃私语。马旭东瞟了一眼舞台上正在表演节目的刘大虎，恨恨地骂道："他妈的，刘大虎这小子，让政府给赤化了。真他妈的没骨头，还他妈的帮政府说起话来了。呸！真他妈的不要脸。"

杜青云说："听说他妹妹今天也来看晚会了？"

马旭东低声："刚才上台给他献花的那个女的就是他妹妹，这个丫头片子也不是什么好鸟，我得把他们兄妹俩的事跟我大哥好好说说。"

就在马旭东、杜青云窃窃私语，发泄不满之际，演出再掀高潮。主持人："下面，请大家欣赏小品《妈妈的生日》，表演者：入监二中队服刑人员王大顺和我们今天的嘉宾赵娜小姐！"

只见舞台上，随着圆形光柱的投射、移动，一位白发苍苍的老太太手拄着拐杖，哆哆嗦嗦地走上台来，她走到台中央，在一个小方桌旁的椅子上坐了下来。小方桌上点着一支蜡烛，闪着微红光亮，蜡烛旁边的盘子上，摆放着几个白馒头，还有一盘炒鸡蛋。

老人看了一眼饭桌上的东西，长叹了一声，说道："唉！今天是腊月初八，也是我七十岁生日。以前哪，我儿子大顺在家的时候，每到我过生日的这天，总给我买一盒大蛋糕，大顺这孩子特别孝顺，自从我老伴去世以后，十多年啦，我们娘俩一直相依为命，感情特别深。哪承想啊？前几年，大顺这孩子跟别人打架，被抓进了监狱。从他离开家以后，家里的日子就一天比一天地难过，再到我过生日的这天哪，就吃不上蛋糕啦！"

老人用手一指摆在桌子上的馒头和鸡蛋，继续说："这不，我就蒸了几个馒头，炒两个鸡蛋就当蛋糕吃了。唉！要是大顺在家多好哇！也不知道这孩子哪天能回家？今天呢，我的右眼老是跳，是不是我儿子大顺该回来了，我到门口等着去。"

老人颤巍巍站起身来，拄着拐杖向门外艰难走去，她坐在大门口，怀抱着拐杖，眼望苍茫的夜空，浑浊的眼神，久久期盼着儿子的归来。

在舞台的一端，只见一个三十多岁的犯人喊了一声："报告！"

"进来！"话外音。

"报告队长！今天是我妈妈七十岁生日，我想给家里打个亲情电话。"

"好哇！这是应该的！王大顺，你自己拨吧！"

王大顺拿起小方桌上的电话开始拨号，拨通了家里的电话，没有人接。王大顺自言自语地说："天这么晚了，我妈妈去哪儿了？是不是她已经睡着了，我再拨一遍。"

王大顺的家里响起了"丁零零！丁零零！……"的电话铃声。

只见王大顺的老母亲慢慢地从地上站起来，一边往屋子里走，一边唠叨着说："谁这么晚了还打电话来？又是电信局打电话催要电话费的吧？我已经欠了人家两个多月的电话费了。"

老人坐在椅子上，两眼盯着桌子上响个不停的电话机，长叹一声："唉！愁死我了！这个电话我是接还是不接呢？要是电信局打来的，我怎么跟人家说呢？我要是不接，万一是儿子大顺打来的，家里没人接电话，肯定会把孩子急坏的，为了能跟在监狱里的儿子说说话，怕儿子想家，我把家里养的几只鸡下的蛋都卖钱交了电话费了。唉！真是愁死我啦！这个电话我到底是接还是不接呢？"

老人一狠心，说："不管谁打来的，我还是接吧！"她说着拿起电话，小心地说了一句："喂，你是谁呀？"

"妈！我是您儿子大顺啊！妈，今天是您的生日，儿子不能陪在您的身边，妈！儿子对不起您！儿子给您磕头了！"只见监狱里边的王大顺"哇"的一声大哭起来。说着，王大顺扑通一声跪在地上，冲着家乡的方向重重地磕了三个头。王大顺泪流满面、万分悲痛地问："妈，您好吗？您老人家一定要保重身体，等我回家呀！妈，您听见了吗？妈，今天是您的生日，儿子给您唱个歌吧！"

"祝－你－生－日－快－乐！

祝－你－生－日－快－乐！

祝－你－生－日－快－乐！

祝－你－生－日－快－乐！

……"

王大顺哽咽着唱道。

王大顺再也唱不下去了，跪在地上呜呜地痛哭着。

电话的另一边，王大顺的母亲双手紧握着听筒，老泪纵横。

此刻，烛光里孤独、悲切的老人，更显得苍老、凄凉。

舞台上的情景感染了台下的观众，两千多名服刑人员的心震颤着，一双双泪眼注视着舞台。曾经泯灭的心被唤醒，两千多颗心一起跳动、共鸣，大家凝望着台上的老人，伴随着《烛光里的妈妈》的主题曲，都默默地站了起来，任泪雨洗刷着自己……

第十八章 高墙春意

服刑犯根据服刑年限和狱中表现，监管条件的区别，限制狱犯的自由。由此，服刑就是一种惩罚。但在新时期，人民狱警实行人性化管理，意在改变服刑犯的思想，从灵魂上挽救他们，给狱囚以悔过自新的机会，重获新生。

这时，主持人走上场，宣布："下面，我们用最热烈的掌声，有请曾在我们海东监狱服刑改造，今天已走上新生、成为企业家的李涛先生，给我们大家讲几句话。"

只见李涛身着笔挺的西装，扎着漂亮的领带，脚穿锃亮的皮鞋，精神抖擞地走上台来。他拿起话筒，面对全场的观众，先深深地向大家鞠了三个躬，然后，无限深情地说："尊敬的各位领导，你们好！"

全场响起了热烈的掌声！

李涛接着说："各位服刑人员，大家好！"

全场又响起热烈的掌声！

李涛说："今天，我怀着万分激动的心情站在这里，又面对曾经相识的大家，心中无限感慨。昨天的我，也曾经是一位挥霍青春的浪子，在监狱内度过了五年多洗心革面的岁月。党和政府，以及各位尊敬的政府队长，给予了我无限的关怀和真诚的帮助，把我造就成了有用之才，培育了我新的生命，把我送回了五彩迷人的墙外世界，把我送回了当年我不愿离开的家，送到了久别亲人的身边，让我重新得到了美好的一切。"

李涛微笑着继续对大家说："今天难得与大家相聚，我也非常想念大家，海东监狱曾经是我临时的家，这里有曾经与我朝夕相处难舍难忘的亲人，尊敬的政府队长；也有许多曾经与我共同生活过的同犯们，我难忘你们，我想念你们，我也会经常来看望你们。"

这时，全场又响起了热烈的掌声……

"你们都是我李涛的朋友，我会用我自己的微薄之力，来感谢监狱政府曾经给予我的无私帮助，我会用我自己的微薄之力，支持朋友们的积极改造，我希望朋友们听党的话，听政府队长的教导，踏实改造，积极向上，用勤奋的学习，辛勤的劳动造就自己，早日获得新生。今天，我站在这里向大家郑重承诺：在座的全体服刑人员，无论是谁，只要在一年的改造生活中，没有任何违规记录的，我向他每年无偿提供200元的生活补助奖励来购置生活用品，向每年获得政府奖励记功，记表扬的提供300元奖励的生活补助。向积极靠拢政府，有重大立功表现的一次性向本人奖励5000元。向积极学习各种文化知识，报考各种专业，争取到大学文凭的，目前在监狱已经报考学习的，向每人每年提供1000元的学习费用。"

这时，李涛从上衣兜里掏出一张现金支票向大家宣布："这是一张从我公司已经开出的20万元的现金支票，由监狱监督使用。"

这时，主持人宣布："下面，有请梁启明监狱长上台。"

梁启明快步走到台上，首先给李涛行了一个标准的军礼，然后接过支票，与李涛热情握手，从李涛手里接过麦克风，面向台下的观众高声说道："我代表监狱领导和管教干警，代表全体服刑人员向李经理表示衷心的感谢。"

全场报以热烈的掌声……

梁启明接着说："李涛先生没有忘记党和政府的关怀，自强自立，勤劳致富，已经成为社会发展的栋梁之材，他饮水思源，回报社会，慷慨支持监狱的改造事业，支持服刑人员的改造，除捐献20万元设立改造奖励基金外，还向监狱捐助了20台电脑，为的是让服刑人员能够学习到电脑知识。李涛先生是我们广大干警学习的榜样，也是全体服刑人员学习的榜样，我们衷心地祝愿李涛先生在未来的事业上取得更大的成绩。"

这时，主持人走上台，宣布："新生剧团文艺演唱会到此结束。朋友们再见！"

清晨，红日东升，朝霞满天。在海东监狱的大门口，马玉清等监狱领导在监视着出工的犯人队伍，黄涛等几位队长带领着直属二中队的八十多名押犯迈着整齐的步伐高唱着《出工歌》走向野外的劳动现场。

狱犯排队来到了劳动工地，黄涛喊道："刘永和！"

"到！"刘永和迅速答道。

"你带领一组、二组随吴队长去插秧。"黄涛对刘永和吩咐。

"是！"刘永和立即回答。

四十多名犯人跟随着吴志强、刘永和去了稻田地。

"赵刚！"黄涛喊道。

"到！"赵刚迅速答。

"你带领三组、四组随杨队长去鱼塘。"黄涛继续派工。

"是！"赵刚立即回答。

在鱼塘劳动现场，有四十多名犯人，两人一副担子，从鱼塘底往外抬黑泥，杨明贵站在鱼塘边大声说道："今天的劳动定额是每两个人往外抬一百筐泥，谁先干完活谁歇着。"然后，杨明贵对站在身边的赵刚吩咐："你给他们记数，谁偷懒完不成任务，你就如实向我报告，回去后我就找他算账。"

"是，杨队长。"赵刚回答道。

分配完活杨明贵看看周围，没有发现什么异常，便哼着小曲，转悠走了……

马旭东和王三两人一副担子，俩人抬了几筐黑泥，马旭东就累得气喘吁吁地坐在了地上歇着，马旭东掏出一支烟来，也顺手甩给王三一支，自己掏出打火机来"啪"的一声点燃了香烟，慢慢地吐了几个烟圈，然后嘴里就开始骂脏话："呸！这劳改队真他妈的不是人待的地方，让咱们干这种苦力活，这不是折腾人吗？我他妈的判了十几年，照这样下去，不等我出去，就得把我累死在里边，谁他妈研究的监狱这个破玩意儿，这个人真他妈的缺德。"

王三坐在马旭东的旁边，对马旭东说道："二哥，咱们干这点活还叫活啊？二哥是你身体太胖了，总不锻炼，身体待虚了，你要是体格好啊，咱们分的这点活，三个小时就干完了。"

马旭东笑着骂道："王八三，你他妈说得轻巧，你以为我是你啊？老子从娘胎里生出来那天，直到现在，一天活都没干过，谁会像你似的？天生就是个贱坯子。"

王三奉承道："对对，我是贱坯子，受累的命。二哥，你来劳改队也这么长时间了，这是你第一次跟着出工干活，总在中队泡病号，老杨队长已经很照顾你了，不派你出工，还是有警察照顾好啊，二哥你今天是怎么了？非要跟着出来凑热闹，你这不是闲着没事，吃饱撑的吗？"

马旭东嘿嘿一笑说："你不懂，你以为我那么傻呀？放着清福不享出来受罪。"

"那你出来为啥呀？"王三问道。

马旭东冲王三一摆手招呼："过来。"

然后，马旭东对王三小声嘀咕道："二哥我好东西吃得太多了，今天想尝尝烧鱼的滋味，待会儿，你小子给二哥偷条鱼去。"

王三偷看周围问："那鱼抓回来用什么烧啊？"

"这你不用管，杜老三已经把酒精盒和铝盆藏在工具车上带到了工地，用土埋上了，你先去抓鱼，待会儿我让杜老三拿着东西去找你，你烧鱼，杜老三给你放哨。"马旭东说。

"二哥，那咱们什么时候开始烧啊？"王三问马旭东。

"现在咱们先干点活，等中午饭车来了，趁中午吃完饭，大伙都休息的时候咱就整。"马旭东说。

王三做了一个喝酒的动作问："二哥，光吃鱼，多没劲，有这个吗？"

马旭东嘿嘿一笑，拍了一下王三的光头说："你他妈的就是嘴馋，中午给你弄两口。"

"好了。"王三一听高兴地说道。

不知不觉，中午开饭的时间到了，一辆小四轮拖拉机拉着饭菜到了工地树荫下，杜青云、马旭东、王三等犯人都排好队开始打饭。中午饭是每人三个白馒头、大白菜炖粉条，犯人们打完饭都有秩序地蹲在地上吃着，杨明贵对站在自己身旁的黄涛说："黄涛，志强和唐亮在办公室先吃着呢，你也去吃饭吧，我一个人在这里盯着就行了。"

"杨队长，还是你先去吃吧。"黄涛推辞。

"黄涛，还是你先去吃吧，别因为吃饭不及时闹出胃病来。海生就是因为总是吃饭不及时，凉一口热一口造成的胃病，别争了，你快去吧，反正今天我也不饿，就让我在这里盯着吧。"杨明贵再次提议。

"那好吧，我先吃饭去了，待会儿来换你。"黄涛见杨明贵话语诚恳，没有多想说。

"黄涛，别换我了，吃完饭，志强你们几个先休息休息，这儿有我呢，你就别担心了。"杨明贵再次表白说。

"杨队长，那你受累了。"黄涛心里由衷感谢这位老同志说。

"走吧，走吧。"杨明贵冲黄涛摆摆手催促道。

犯人们吃完饭，有的靠在一边打盹，有的几个人坐在一起侃大山。

这时，马旭东冲着杜青云和王三一摆手，杜青云和王三会意地向不远处的一个土坡后面溜去，杨明贵见杜青云和王三往边上走，冲着他俩喊道："杜青云、王三，你们俩干吗去？"

"我和王三拉屎去。"杜青云说道。

马旭东凑到杨明贵的面前，掏出中华烟来"啪"的一下给杨明贵点上一支，然后马旭东指着工地办公室边的一把椅子，献殷勤说："杨队长，您先坐椅子上休息去，正好我还有事跟您说，向您汇报。"

杨明贵被狡猾的马旭东支开，到墙根下闲聊去了……

杜青云和王三俩人鬼鬼祟祟地来到杨明贵视力不达的地方，在一个土坡后面挖好了一个坑忙活着，杜青云用手抓开一堆松土，从里面抠出来一个大塑料袋，取出一个小铁盒，又拿出一个小铝盒，然后拧开一个盛满水的塑料桶往铝盒里加上水，又把扒好鱼膛的几条鱼往里一放，端起盆来放在提前挖好的小土灶上，下面放上盛酒精的铁盒，掏出打火机"啪"地一点，铁盒子马上闪起火光。

"王八三，你知道这个叫什么吗？"杜青云嘿嘿一笑对王三问。

"叫什么？"王三忙问。

"这叫清水煮白鱼，瞎吃。"杜青云故意卖弄说。

杜青云叹了口气对王三说："唉，只有在劳改队才有这种发明啊，放着家里的大鱼大肉不吃，好日子不过，跑到劳改队偷吃清水煮白鱼来了，我他妈的就是一个纯怪兽。托人弄脸倒口酒喝，也跟他妈做贼似的。下辈子我他妈再托生一回，说啥也不进来了。"

"三哥，听说过去你在外面时，混得也挺有钱，玩得挺大，怎么现在混到这份儿上了？"王三不解地问。

杜青云从兜里掏出旱烟盒，用烟纸卷了个烟炮筒子说："别他妈的提了，说起来我就生气，不是跟你吹，原来三哥手里也有几百个，是倒白粉挣的，可他妈这东西后来把我也迷上了，吸了几年白面，就把我手里的钱飘走了一大半，这不，把我这身体也作践得就剩一把骨头了。"

"听说三哥过去也养过几十个小弟，你进来这么长时间了，怎么就没有人看你来呀？"王三还是不明白地问。

杜青云带着一脸愤恨的表情骂道："哼！什么小弟，都是他妈吃人饭不拉人屎的东西，你有钱给他们花，他们就管你叫大哥，一旦你混差了，就都他妈躲的没影啦，你小子出去以后千万别混社会，早晚是病。"

"三哥，你的那帮兄弟不管你，家里三嫂怎么也不来看你呀？"王三又问杜青云。这小子，真不开眼，哪壶不开提哪壶。

杜青云一听这话更来气了："什么三嫂、三嫂的，以后别他妈在我面前这么称呼她。"杜青云说至此，火冒三丈，双眼瞪圆，恨不得吃了谁。

"这个臭娘们怎么伤你这么疼啊？"王三还在往杜青云的伤口上撒盐说。

"真是作孽呀，都是我他妈自己找的，我原来的那个媳妇，虽然人模样长得一般，可她心眼好，不但手脚勤快、能过日子，对我父母还特别孝顺，小日子过得挺美的，就是他妈的我碰上现在这个骚货以后，我他妈的就败家了。"杜青云长叹一声，伤感地说道。

"这个骚货原来是干什么的？"王三还在打听别人的隐私。

"是个陪舞的野鸡。"杜青云恶狠狠地说。

"那现在这个野鸡干什么呢？"王三还在刨根问底。

"听说我进局子来以后，她把我的凤凰城酒吧就当自己的了，挣的钱都他妈的让她一个人独吞了。奶奶，看我日后不宰了她这个骚货。"杜青云发泄着怒火。

"这个野鸡，现在是不是也成大老板了？"王三猜测道。

"他妈的，这个野鸡成精了，现在成了真正的大鸡头了……"杜青云咬牙切齿骂道。

这时，那边树荫下，狡猾的马旭东还在与杨明贵山侃海聊，转移视线。

杨明贵半是批评，半是提醒："我说马旭东，你到咱们中队的时间也不短了，人家刘永和、赵刚、田二亮都记上好几个功了，就连那个练法轮功的胡桂荣也记上功和表扬了，你倒好，到现在不但没记上功，还倒扣着分，你们几个人可是坐一个车来的，一批入的监，照你现在这样混下去，你到底还想不想减刑啊？想减刑就别老惹事被关严管啦。"

马旭东一脸假笑，说："杨队长，我的好哥哥，我也不想老往严管队的小号里跑哇！可是咱们中队有几个坏小子，就老是瞧我不顺眼，净跟我找别扭，我干点啥事他们除了拦着我，就是跟政府打我的小报告，我快让他们几个人挤对死了。"

"都谁挤对你了？"杨明贵不满地问。

马旭东侧脸看看左右："还能有谁？就咱们中队的那几个，黄队长眼里的大红人，刘永和、赵刚、田二亮……对了，就连那个练法轮功的胡桂荣，有时也跟着他们瞎起哄，跟他们一个鼻孔出气。"马旭东接着说。

"你也不能光怪人家啊！你自己身上的毛病也不少嘛，弄得我在几位队长面前也不好说话，你哥哥把你托付给我了，我只能在生活上照顾你一下，别的我就费劲了。"杨明贵站起来，走向田埂说。

马旭东为缠住杨明贵，紧走几步，绕到他的面前，又说："杨队长，您把我照顾到这个份儿上，我已经很知足了，至于记不记上功，减不减刑，就不用您老人家操心了。"

"虽然你们家里有钱，在里边屈不着你，可你也不能混十几年啊，应该想办法减几年，早点回家才对呀。"杨明贵开导马旭东说。

"让我早点回家这个问题，我哥哥正想办法解决，我在里边待不了几天就走了。"马旭东嘿嘿笑着说。

"怎么个解决法啊？你说待不了几天就走了，你哥哥不会买架直升机把你接走吧？"杨明贵闻言一怔，警觉地问道。

马旭东忽然意识到说走了嘴，忙解释道："杨队长，您老人家说什么呢？我哥哥再钱多胆大，也不敢来劫狱啊！您老人家净开这种玩笑。"

"那你怎么说，你待不了几天就回家了？"杨明贵瞟了马旭东一眼察言观色问。

"我哥哥上边不是有关系嘛，他们可以给我办个假释什么的。"马旭东眼珠一转搪塞道。

"你不知道监狱有明文规定，判十年以上的暴力犯，不允许办假释啊，更何况你还是个涉黑分子呢。"杨明贵不以为然地说。

"我不是有高血压、糖尿病嘛，我哥哥正操持给我办保外就医呢。"马旭东又忙解释说道。

马旭东和杨明贵正说着话，赵刚和田二亮急匆匆跑到杨明贵的面前。

赵刚说："杨队长，刚才我和田二亮清点了一下人数，少了两个。"

"快说，少谁了？"杨明贵惊慌地问道。

"杜青云和王三不在。"赵刚回答。

"你们俩快去那个土坡后面找他俩去，他俩跑那儿拉屎去了。"杨明贵一听高声命令。

"是！"赵刚、田二亮应声道。

随后，赵刚和田二亮找杜青云和王三去了，看着赵刚和田二亮的背影，杨明贵自言自语地说："杜青云和王三拉屎，怎么去了这么长的时间……"

在土坡后面，杜青云和王三看着铝盆子里快要炖好的鱼，脸上乐开了花。杜青云一拍手说道："哇噻！可他妈的炖好了。"说着，杜青云往铝盆子里一伸手，捏出了一块鱼肉就往嘴里塞，拿起塑料袋装的小酒，用牙咬个小口，对着自己的嘴就喝上了，王三忙上前对杜青云笑嘻嘻地说道："三哥，给三弟来一口。"

杜青云一抹嘴巴，美美地"吧唧"了两下嘴，顺手把酒递给王三说道："来！王八三，大爷赏你一口。"

王三一把抢过酒来，对着嘴刚要喝，田埂上，赵刚和田二亮快步奔跑，四下寻找。赵刚焦急地嘟囔："这两小子跑哪儿去了？"

田二亮边跑边喊："王三……杜青云……"

土坡后面，杜青云、王三正在有吃有喝，独自享受。赵刚和田二亮从远处跑来。越过一道大渠，赵刚和田二亮忽然看见王三和杜青云正躲在僻静处独自享受。赵刚一看铝盆子里炖着的鱼，再看看王三手里捏着的塑料袋，一股浓烈的酒味飘进了赵刚的鼻孔，赵刚明白了，杜青云和王三正在这里私开小灶，偷着喝酒，他上前一把夺过王三手中的酒，随后又抓住王三的胳膊，厉声说道：

"好哇，你们俩胆子够大的，躲在这里违纪开小灶，偷着喝酒，走！跟我去见队长。"

"还有你。"赵刚一指杜青云说："带杜青云一块走。"赵刚又对田二亮吩咐道。

杜青云一看忙了半天的好事，突然让赵刚和田二亮给搅了，还非要拉着他和王三去见队长，心想，这回又歇菜了，杜青云做贼心虚，忙向赵刚和田二亮哀求道："别、别，两位兄弟，求你们哥俩高抬贵手，别把这事捅出去，你们哥俩只当我和王三在这里蹲着拉屎呢，什么都没看见。"

王三也忙求饶着说："赵哥、田哥，给三哥和三弟留个面，别往上捅了行不行？"

赵刚厉声说道："不行，你们俩跟我走！"

这时，气急败坏的杜青云冲王三大喊了一声："三弟，揍他俩！"

话音刚落，杜青云就号叫着扑向赵刚，几个人立刻混战在一起。他们的打斗声引来了众狱犯的围观。

这时，黄涛、吴志强、杨明贵和唐亮几位队长从不同的方向跑了过来。

黄涛急忙大声喊道："都给我住手！赵刚，你们几个人为什么打架？"然后，黄涛走到赵刚面前问道。

赵刚用手一指不远处，还在开着锅的一盆鱼说："杜青云和王三在这里私开小灶，还偷着喝酒。"

黄涛看了一眼盆里炖着的鱼，一脚把盆踢翻，然后又问赵刚："他们喝的酒呢？"

"黄队长，在这儿呢。"田二亮拾起地上的酒袋说。

黄涛从田二亮手中接过酒，闻了闻，然后走到王三的面前喝道："王三。"

"到。"王三忙答。

"你刚才喝酒了吗？"黄涛喝问。

王三瞟了一眼站在旁边的赵刚，结结巴巴地说道："黄队长，我没喝。"

"你没喝？那谁喝了？快说。"黄涛阴沉着脸问道。

"杜青云喝了，我也想尝一口，可我刚要喝，就被赵刚抢去了。"王三说。

"酒是哪儿来的？"黄涛又问王三。

只听杜青云低着头接过话说道："黄队长，酒是我偷偷拿来的。"

黄涛走到杜青云面前，用威严的目光逼视着杜青云说："杜青云，把刚才的话再给我重复一遍，酒是哪儿来的？"

杜青云垂眉敛目答道："酒是我拿来的。"

只见黄涛冲吴志强和唐亮一挥手说："把杜青云铐上，送严管队。"

吴志强大步走到杜青云面前，麻利地掏出一副锃亮的手铐，空中弧光一闪，"咔嚓"一下，未待杜青云反应过来，铐住了他的双手。

随后，黄涛又冲着杨明贵吩咐道："把王三带回去，面壁反省三天！"

第十九章　致命诡计

一个姑娘一旦看清豺狼的真实面目，弱女子做出的抉择，就是坚决的。同时，看到兄弟及同伙深陷囹圄，马旭龙心急如焚，他千方百计筹划更大的阴谋……

参加完海东监狱的晚会，晓兰带着乌丹和小雨回到了自己的家里。但她心情却久久不能平静。这些日子，生活目的懵懂的晓兰似乎明白了许多做人的道理。她一改往常懒散、贪吃贪睡的毛病，忙着给小雨换洗衣服，晾晒被褥。她的眼前，不时浮现与赵刚接触以来的画面，思考着许多人生迷茫的问题。

月光如水，透过窗口，照进监室。赵刚也辗转反侧，睡不着觉，通过几天来他对晓兰的接触和了解，对晓兰的印象很不错，所以同意把小雨交给晓兰抚养。赵刚面对夜空一线明月，暗暗祈祷："月亮老人，我赵刚对不起天，对不起地，对不起你，可还是托你带个话，问候好心人晓兰，保佑小雨过上好日子……"

晓兰也通过对赵刚家庭和他本人情况的了解，更增加了对小雨的感情。晓兰为了把小雨照顾好，也把乌丹带回了自己的家里，一是想与乌丹交个知心的朋友，二是也希望乌丹帮她照顾好小雨。

晓兰："乌丹，你就在我家住下吧，做保姆照顾小雨，这样既解决了你的工作，也解决了你的住房。怎么样？"

乌丹豪爽地一笑："没问题……我就愿交你这样的朋友。"

晓兰："咱们可说好了，工作比较累，问题也不少，可工资不多！每月给600元，怎么样？"

乌丹："OK……"

晓兰："那咱们就敲定了，你和小雨住左面这间，我女光棍住右面这一间。"就此，乌丹在晓兰家里住了下来。

回家的第二天，晓兰悄悄地走进唐州市工人医院，在妇产科门前犹豫片刻，她推门走进人工流产手术室。晓兰记得，她曾叮嘱乌丹："这事你要替我严守秘密，如果马旭龙追问流产的事，你就证明是因撞车所致……"

当天晚上，晓兰正靠在床上看电视，手机突然响了，她一看号码，是马旭龙打来的。晓兰刚接通电话，马旭龙就气恼地责问："晓兰，这么多天见不到你的影子，你到哪儿去了？为什么连手机都不开，我派人到处找你，把唐州市都翻遍了，活不见人，死不见尸，你是不是跟哪个小白脸私奔了？"

"我现在就在家里，前几天我去监狱看我哥哥去了。"晓兰故作生气地说。

"看大虎也不能去这么多天呢？你住哪儿了？"马旭龙大声地责问。

"我住在监狱的医院了。"晓兰回答。

"你他妈的放屁！你以为监狱是你们家呀？你连监狱的大门都进不去，怎么能住在监狱的医院呢？你连编瞎话都编不好！"马旭龙骂道。

"我真是住在监狱的医院里了。是这样，我去看我哥哥那天，不小心开车把人撞了。"晓兰说。

马旭龙："把车撞坏了没有啊？"

晓兰："没有。"

马旭龙："人呢？"

晓兰："伤得很重，所以我只好就近把撞伤的人送到了监狱的医院抢救。"

马旭龙："她出院了吗？"

晓兰："出院了。"

马旭龙以小人之心猜测："她敲诈你多少钱呢？"

晓兰："医疗费监狱医院一分都没收，我说给伤者一些经济补偿，她也一分没要。"

"晓兰，你没事吧？"马旭龙见没受什么经济损失，缓和了一下口气说。

"龙哥，对不起！孩子掉了！"晓兰说。

果不其然，马旭龙闻言发火了："你这个贱货！不好好给我们马家生个龙种，我也是希望跟你有个寄托，也准备分给你一些家产，可你他妈的却不争气，给我添乱！我他妈的这些日子别扭透了！净是不顺心的事。"马旭龙一听破口大骂。

"怎么了？"晓兰问。

"前些日子，因为煤矿的事跟三喜干了一仗，我们的几个弟兄还吃了亏，这小子也太狂了，要是阿东和大虎在，我非叫他们废了他不可，只可惜共产党把他们关了起来。"马旭龙说着，有些沮丧。

晓兰故意挑逗他："你那么大的本事，手眼通天，你赶紧把他们弄出来呀。"

马旭龙："你这次去见到阿东和大虎了吗？"

晓兰："我没有见到阿东，只见到了我哥哥。"

马旭龙又叹了口气说："还是他妈的从一个窝里爬出来的亲！你们都他妈的靠不住，明天我去看阿东。"马旭龙又叹了口气说，然后，挂断手机。

在海东监狱接见室里的一个角落里，马旭龙和马旭东哥俩面对面地坐着。马旭龙一言不发坐在那里抽闷烟。

马旭东问："哥，看你不开心的样子，是不是谁惹你生气了？"

马旭龙点点头。

马旭东问："哥，前几天，晓兰来看大虎时，把人撞了，住在了监狱的医院。那天，监狱开大会，我还见到她了呢！是不是晓兰搅了你的心情啊？"

"这件事晓兰都和我说过了。"马旭龙说。

马旭东："那是谁气着你了？"

马旭龙看看四周，见没有狱警注意，他们都在忙别的事，他压低声音对马旭东说："嗨，他妈的，哥最近走背字，有些社会上玩的人看到你和大虎都进来了，黑吃黑，故意找我的茬，跟我作对。"

马旭东恶眉一挑："谁他妈的这么大胆子？敢招惹咱哥们？"

马旭龙："是三喜，前些日子三喜带人到煤矿上捣乱，我和弟兄们赶去，想教训他，没想到三喜下手更狠，打伤了我们好几个弟兄。"

马旭东瞪大眼睛气愤地说："他妈的，反了他们了？如果我在外面，吓死他们也不敢，这群小王八羔子，等老子出去，非一个个都废了他们不可。"

马旭龙："我说兄弟，我们现在说狠话、大话没用，得想正经办法，可惜你在里边呢！"

马旭东急忙说："那你赶快想办法把我弄出去呀！"

"唉！我何尝不想啊？我也曾找过很多人，请他们帮忙，多花些钱活动活动，弄个保外就医出去，可是……"马旭龙叹了口气说："难哪！"

"哥，那你准备怎么办呢？"马旭东问。

马旭龙用阴险的目光看着马旭东说："这就看你的胆子了！"然后，马旭龙用手指在桌子上写了一个"逃"字。

马旭东会意地点点头。

马旭龙说："阿东，你跟大虎联系一下，让他协助你，如果你俩都出去了，我心里就更有底了，如果他出不去，就让他掩护你一把。"

马旭东："哥，这小子我现在对他心里没底，我听别人说，这小子表现挺积极的，如果他不同意，反而给我增加了危险。"

马旭龙颇感意外地说："怎么？连大虎也变得不可靠了？"

马旭东："哥，我倒有个人选，如果我跟他好好谈谈，我看差不多。"

马旭龙："谁呀？"

马旭东："这小子你认识，就是那个开过凤凰城酒吧的杜青云。"

马旭龙："他能同意和你一起干吗？"

马旭东："我看差不多！因为他出事以后，他的酒吧就被抵债了。他原来那些小弟兄，被抓的被抓，跑的跑，现在根本没有人管他。他在里边混得也不怎么样，经常被关严管，缺吃少抽的，都是靠着我的接济。平时，对我总是东哥长、东哥短的，这小子还行，挺义气的！我们在里边弄过几次酒喝，就是那个杨队长帮我弄进来的，杜青云也爱喝两口，后来被人点炮了，上面追查下来，都是杜青云这小子替我揽了过去。"

马旭龙："行！你就跟他商量吧！多答应一些好处。最近如果有机会，你们就见机行事。一旦成功，你就马上打我的手机。我已经提前给你们安排了住处，以后就咱俩单线联系，一切由我亲自安排。"马旭龙面授机宜时，不断转动眼珠，观察四周。

这时，马旭龙和马旭东正说着话，只见两名壮汉手下走到马旭龙的面前，其中一个人说道："龙哥，刚才九哥来电话，说有急事，让咱们赶紧回市里。"

马旭龙说："知道了。"

然后，马旭龙指着两名壮汉分别对马旭东介绍："这位叫阿军！""这位叫阿建！"

马旭东分别与阿军、阿建握了握手。

"是我新结交的两位好兄弟。你的事就由他俩来配合你。"马旭龙又说道。

马旭东看着他们，满意地点了点头。

在直属二中队监室里，马旭东躺在铺上，王三正在给他捶背捏脚。王三说："东哥，我遇到你就算遇到贵人了，你给我吃的，给我抽的，跟大哥就应该跟你这样的，你对我好我就心甘情愿地伺候你。俺大事做不了，小事你尽管吩咐。"

马旭东笑着骂道："王八三，你他妈的就是嘴甜，拿嘴混饭吃，是个纯粹的劳改坏！你这人一辈子也当不了老大，混得好一些，给人家当个儿子，混得差一点，给人家当孙子正好。我看我就认你个干孙子吧！你这小子，将来就是出去了，也他妈的是个贱货，还不如给我当一辈子孙子，还能天天混个鱼尾巴吃。"

杜青云走过来说："东哥，王八三这小子对你也算很孝敬了，别人想吩咐他干点活难着呢！有时连我说的话他都不买账，是个势利眼的奴才。"

这时，有人高喊了一声："王三，接见！"

王三一愣，然后傻笑着说："又是哪个王八蛋拿我开心呢？谁他妈的见我来呀？"

刘永和快步走了进来，说："王三，黄队长正在办公室等你呢！说你母亲看你来了。"

王三听说自己朝思暮想的老母亲来探监后，撒腿就往外跑，王三一口气跑到中队办公室，站在门外喊了一声："报告！"

"进来！"黄涛说。

黄涛和林海生正在办公室等王三。黄涛说："王三，今天你母亲看你来了。"

"我妈在哪儿呢？"王三忙问。

黄涛回答："你母亲前天上午就到了，因为老人路途劳累，身体虚弱，我们安排老人休息了两天。今天看老人的状态挺好，所以马上就安排你们母子见面。"

在接见室里，一位衣衫褴褛、白发苍苍的老人，手拄拐杖期待着儿子的到来。看到王三进来，昏花的眼里早已流出心痛的泪水，用颤抖的声音喊道："三啊！娘好想你呀！"说完，因激动过分差点晕倒，站在老人身旁的黄涛忙扶住老人。

王三跑过去跪在母亲的脚下连喊几声："娘！娘！娘！"

母子俩抱头痛哭。

老人哭诉："三啊！娘还以为这辈子再也见不到你了，你让娘找得好苦啊！要不是警察同志救了我，你就见不到我了！"

人到悲伤时，再无情无义的汉子，其声也哀。王三死死地抱着老人的双腿大声哭喊："娘！娘！你一定要等我回去啊！你一定要等我回去啊！"

"咱娘俩的命怎么就这么苦呢？"老人抱着王三的头说："孩呀，你不知道娘为你受的苦，受的罪啊……"

在双龙县的大山里村头山坡上的一座草房内，住着一位孤独的老人，她叫王桂英，丈夫早年离家出走，二十多年音信皆无。王桂英拉扯着年幼的儿子艰难度日。有人说她的丈夫早已亡故他乡，有的说她的丈夫跑到了海外，王桂英一直苦守至今，没有离开她和丈夫当初以身相许的那三间茅屋。岁月无情，二十多年的风雨，带走了她当年如花般芳容，她含辛茹苦地把王三抚养长大。

可王三偏偏是个不争气的孩子，不是偷鸡摸狗，就是打架斗殴，把村子里搅得鸡飞狗跳的，弄得王桂英整天不得安生。王桂英想帮他找个媳妇拴住他，她找了东家跑西家，千方百计，求爷爷告奶奶，就希望他能早点成家立业，改邪归正。可别人一打听，都把脑袋摇得像拨浪鼓一样。王三就这样一年年地荒着了。

前年，王桂英因积劳成疾，加之严重营养不良，卧床不起。王三还算有点孝心，看到母亲病成这个样子，为了给母亲治病，他厚着脸皮去求借别人，但讨遍了全村也没有借到几个钱。王三垂头丧气地回到家里，想了一夜，觉得自己活得窝囊，是男人就该赚钱养家糊口。

第二天，天刚蒙蒙亮，王三给母亲做好了饭，跟母亲说了他准备去县城打工的想法。王桂英一听很高兴，她说：

"三啊！你也老大不小了，也应该学点好，走正路了！现在改好还不迟，好好干点正经事，没别的本事，你有的是力气，怎么也能挣口饭吃，再攒点钱将来也好讨个媳妇呀！也了却娘的一块心病！你出去后，别惦记我，我没什么大事，只要你别让我太操心就行了。"

"娘，你就放心吧！我知道自己再这样混下去不行了，我会好好干的！"王三说。

说完，王三给母亲深深地鞠了一躬，转身走出了家门。王桂英挣扎着下床，走到门外看着王三渐渐远去的背影，心中升起了一丝希望……

一年后，王桂英怀着一种不安和希冀的心情，日夜盼望着儿子的音讯，可她等来的却是儿子因抢劫犯罪被公安机关抓捕投进监狱的消息。

王桂英的精神防线被这突如其来的打击彻底摧垮了，整日以泪洗面，嘴里不停唠唠叨叨地念着王三的名字。最后，从没有走出过大山的王桂英下定了决心，外出寻找儿子。只因家里一贫如洗，借贷无门，王桂英整天望着猪圈里"嗷嗷"乱叫的猪崽，恨不得把它一夜之间吹得像牛那么大。心想着能给受难的儿子多带去一些温暖，王桂英心里稍稍有点欣慰。就这样，王桂英又在煎熬中度过了半年多，猪长得越来越大，她的希望也越来越大。

前几天，王桂英怀揣着全部希望，把那卖猪得来的800元钱用手绢包好，藏进包裹的最里层，带了两件衣服和几天的干粮拄着拐杖上路了。

走出大山的王桂英老人，好不容易登上了开往唐州市的长途汽车，等到了唐州市车站，她把监狱寄往家里的地址拿出来，向一位乘务人员打听海东监狱的地址，那位乘务人员热情地告诉她："你儿子所在的海东监狱离唐州市还有一百多里呢！每天早上八点有一辆去那里的长途车，不过今天天都快黑了，只能明天再去了。"

王桂英听后，只好在长途汽车站找了个僻静的地方吃了点干粮，心里想着明天就能见到儿子，她带着幸福的微笑慢慢地睡着了。

不知睡了多长时间，王桂英感到有人在拉她，她睁开眼睛，看见一个二十多岁的年轻窃贼正在拽她怀里死死抱着的包裹，她本能地使劲抱着，大声嚷道："你要干什么？你要干什么？"

第二十章 慈母心结

曾几何时，早已被人们传统道德所唾弃的坑蒙拐骗偷等不良现象，在一切向钱看的误导下，沉渣泛起。但社会的主流，我们的人民狱警，在名利面前，为了人民安危，却做出了有悖于常人的抉择……

年轻窃贼见王桂英死抱着不撒手，气急败坏地骂道："去你妈的！"一脚踹在王桂英的脸上，顿时，一股股红的鲜血流了下来。

王桂英一松手，那个窃贼夺下包飞跑而去，消失在人流中。

王桂英痛苦地闭上眼，捶胸顿足地哭道："三啊！你好命苦啊！娘给你带的钱都被人抢走了，我可怎么办？"

王桂英说的是实话，在来探监的路上，老人的衣服、干粮，以及那如同命根子的 800 元钱，全部被抢走了，留给她的只有一根陪伴她多年的拐杖。王桂英悲痛欲绝。第二天，王桂英在汽车站讨了一块烤红薯揣在怀里，在路人的指点下，她一直不停地走……

王桂英老人走了两天两夜，才到了海东监狱。王桂英一趴在接见室的大门上，就再也站不起来了。

但她嘴里"喃喃"地叨咕着："我要见我的儿子！我要见我的儿子……"

监狱领导得知情况后，立即决定先把王桂英安排到监狱招待所，并给她进行了身体检查和治疗，接见室的一位女警官又给她拿来了两身换洗的衣服，帮着她洗澡。招待所的同志给她端来了热气腾腾的饭菜，王桂英感动得老泪纵横，拉着工作人员的手不住地絮叨：

"还是政府好啊！谢谢你们了！"在监狱干警的精心照料下，王桂英的身体很快恢复了，精神也好多了。

监狱领导梁启明抽出时间，亲自陪同王桂英老人接见王三。

王三听了母亲的诉说，感动得热泪盈眶，跪在地上直给梁启明等人磕头。梁启明扶起王三说："王三，母亲对儿子的感情是博大无私的，你一定要好好珍惜这份人间真情，好好珍惜这份伟大的母爱，老人在期盼着你回家，盼着你走正路，盼着你和她早日团聚！你要为自己的母亲争口气啊！决不能再混日子了，如果你再混天度日，老人等不起你啦！"

王三泪流满面地说："我王三以前不是人，做了很多没脸见人的事，从今以后我一定改，一定好好做人，不再让我娘伤心，不会再让你们失望。"

二中队办公室干警们正在开会。黄涛正在发言："根据王桂英家中的实际困难，有利于狱犯的改造，监狱领导决定派出直属二中队的林海生指导员护送王桂英回家……"

当日上午，监狱前的公共汽车站，一辆警车驶来，停下。林海生扶着王桂英下车，他们走向公共汽车。林海生扶着王桂英乘坐着长途汽车，几经辗转，安全地回到那久住的山坡。王桂英家的破房漏屋孤零零地在山风中摇曳。房前屋后一片荒凉残破的景象，从房顶上一个碗大的破洞中能够看到空中的云彩，那些不漏雨的房间也显得破损不堪，整座房子在半山腰摇摇欲坠。

林海生看到此情此景，不禁为之动容，对老人生活的艰辛感到吃惊。想着老人在这样的境况下硬是撑起了这个家，把王三含辛茹苦地拉扯大，老人对儿子的至爱深情可谓感人，这让林海生在同情老人的同时也对老人产生由衷的敬意。

林海生站在房前，仔细观察。他在心里暗暗地做出了一个决定，留下来帮老人做点力所能及的事情，得让老人有一个最基本的生存环境。于是林海生用手机与梁启明取得联系，把王三家里的情况做了详尽汇报，并把自己的想法告诉梁启明："我想帮老人修修房子，再帮她把地里的庄稼抢收回家，我能不能请几天假？处理完这些最着急的事，我立即归队！"

"我同意你的想法，你尽力去做，我给你时间，十天以后回来报到。"梁启明说。

林海生留了下来，和王桂英老人一起先把家里四处简单收拾一下，安顿住了下来。

晚饭后，林海生和王桂英坐在土炕上拉起家常。

林海生说："大娘，你这么大岁数，一个人在家过日子，真不容易呀！"

王桂英老人伤心地唠着："谁说不是？不怕你笑话，我这辈子没享过几天福，不顺心的事多啦！我 27 岁走进这个家，那是 1968 年的事啦，我怀着三伢以后，刚半年，正赶上闹饥荒，丈夫就出去逃荒要饭去了，从此就没了音信，留下我一个人。三伢生下来，连他父亲的面都没见着。”

林海生问道："那你丈夫一直都没和家里联系吗？"

王桂英继续说道："有人说他爸饿死在外边了，也有人说他可能偷渡去了香港，发了财又娶了小老婆，所以就不回来了。怎么说的都有。唉！我呢，就横下一条心，不管他是死是活，我都等他。等啊！等啊！一直把我的头发都等白了，他就是活不见人，死不见尸。"

林海生同情地说："大娘，真苦了你啦！"

王桂英叹着气说："我心想啊！不管三伢爸回不回来，我反正有儿子！我就把全部的希望寄托在儿子身上了。只要一切都好，我们娘俩相依为命，就这样过下去了。我不敢想孩子有多大出息，长大了能娶个媳妇，好好过日子就知足了。哪承想啊，这孩子从小就不争气，让我操碎了心啦！"

林海生问道："大娘，王三出去几年了？"

"从他离家到现在都三年多了，他跟我说出去打工，挣点钱回来也好讨个媳妇过日子。"王桂英回答。

"王三这想法挺好的！后来呢？"林海生接着问道。

王桂英边哭边说道："我心想，这也是好事啊！临走那天，嘱咐他的话我说了一大车，他答应得挺好！可是不到一年，我就听说他抢了别人的钱送进看守所了。听到这些，当时我就懵了，连担心带害怕也就病倒了。"

"唉！也真是祸不单行啊！"林海生感慨地说。

王桂英老人擦了擦眼泪，接着给林海生絮叨："我琢磨着，等我病好了能下炕了，就去监狱看看他，可家里连一分钱都没有，哪有路费呀！心想，去找别人借点，又怕别人知道了三伢的事，七嘴八舌地说闲话。唉！这不是，前些日子，我卖了圈里的猪，又卖了点多余粮食，凑了点钱才去了你们那看孩子。哪承想，我带的钱都让一个坏小子给抢跑了。要不是遇上你们监狱那么多的好警察，我连咋回来还不知道呢，弄不好，我这老骨头就扔在外边了。"

"大娘，你也别着急，你儿子知道你的难处，他一定会好好改造的，他改好了，你的日子就有盼头啦！"林海生说。

王桂英又有些忧伤地说道："唉，我也盼着他能走正道啊！可眼下这日子……"

"大娘，你不用担心！我已经向领导请了假，留在这帮你先度过这个坎。我们监狱的领导都很关心你老人家的生活。"林海生安慰着老人说。说着，林海生从衣兜里掏出一沓钱，说："大娘，这 1000 块钱是我们监狱的领导捐给你老人家的。"

王桂英眼挂泪花，激动地说："好人啊，好人，你们都是大好人！"老人拉住他的手，久久不愿松开。

"大娘，明天我准备先帮你老人家修房子，眼看就到雨季了，不能让房子老是漏雨呀！房子修好后，我再把院墙给垒起来，过几天咱们再去地里收庄稼，你老人家辛苦点，给我做点饭就行了，家里地里的活就不用您伸手了。"林海生说。

"孩子，这么多的活，会把你累坏的。"王桂英说。

"大娘，我从小也是在山沟里长大的，以前这些活我没少干，你就别操心了。"林海生说。

王桂英望着夜灯下林海生那张善良真诚的脸，老泪纵横，感动得不知道说什么好："孩子，你累了一天了，早点睡吧……"

第二天，雄鸡报晓，天刚蒙蒙亮，林海生就早早地起床，开始忙活起来。

林海生推着单轮的小木车运土、铡草、和泥，房上房下忙活着修房子。房子修好后，林海生找来几块白石灰，把房屋的墙壁粉刷得白白净净。干完这些活，林海生就又赶紧把院墙给垒起来。林海生接连干了好几天，总算把家里这些杂活干完了。

吃完晚饭，林海生就头顶着清亮的月光，推上单轮小木车，装上柳条筐，带上绳子镰刀，去地里收玉米。林海生在地里稀里哗啦地干了一晚，装上满满的两筐玉米棒子，迎着东方的曙光，推着小木车往回走，头上的汗珠，一串串地往下淌。

到家后，王桂英心疼地迎上前去，手里拿着毛巾给林海生擦汗，说："孩子，看把你累的！"林海生望着院里已经收回的一堆玉米棒子，脸上露出了无限的欣慰。

晚上，林海生与王桂英娘俩坐在炕上，一边搓玉米，一边唠家常。

"大娘，这两天我准备去赶趟集，抓俩小猪崽回来，等你老人家把猪养肥了，卖点钱，改善一下自己的生活，再买一台旧电视看。你老人家在大山里住着，外边的事知道的很少，有了电视看能知道天下的很多事。它还能给你做伴，免得你老人家自己生活寂寞。"林海生说。

"好孩子，你把大娘的事都当成自己的事啦！你让大娘说什么好呢？"王桂英说。

"大娘，你老人家就别客气了。"林海生说。

林海生抓紧时间为王桂英老人修葺了房屋，码垒了院墙，粉刷了墙壁，整理了庭院，忙完家里的杂活后，赶紧扛起农具下地收拾庄稼。几天工夫，里里外外的活计都忙活得差不多了，老人的家也有了家的样子了。

　　远处山路口，林海生用单轮小木车推着小猪崽高高兴兴地往回走。他期盼老人的日子慢慢地好起来，惦记着为老人买两只小猪崽，也好养大了换个油盐酱醋钱。他跑到几十里外的集市上，用自己的工资为王桂英老人买回了两个小猪崽。

　　一边赶路，他的思绪又飞到了遥远的家乡，仿佛看见了自己的母亲在炎热的太阳下辛勤地劳动着。为了抚养自己长大，为了自己学业有成，母亲没日没夜不知疲倦地劳作着，节衣缩食地为自己攒上学的钱……可怜天下父母心啊！他边思考边沿着崎岖的山路往回赶。

　　天色渐渐地黑了下来，王桂英老人站在院门前，向着通往山外的大路久久眺望，老人在家中替迟迟不归的林海生担心起来，琢磨着："出了什么事？怎么还不回来呀？"她一会儿出来站在门口扶着院墙四处张望，一会儿又长吁短叹地回到屋里。锅里的饭菜早已熟了，她热了一遍又一遍。

　　山路上，月光下林海生推着单轮小木车继续赶着路。突然，林海生感到一阵剧烈的疼痛，眼前一黑，差点摔倒。他知道自己的胃病又犯了，忙蹲在地上，豆大的汗珠顺着他的两颊流淌下来……过了好大一会儿，疼痛稍稍缓解一些，林海生长长地"吁"了一口气，又艰难地推起小木车慢慢地赶路。崎岖的山路像一条长蛇伸向远方，越发显得不平和难走，林海生强忍着疼痛终于走完了漫长的山路，把车推到了王桂英家的院子里，终因体力不支，摔倒在了地上。

　　灯下，久候在屋里的王桂英老人，正坐卧不宁之际，忽然，她听到院子里"咕咚"一声，接着传来了小猪崽的叫声。王桂英心里一松，心想："可回来了！"她忙喜出望外地迎了出去，嘴里喊着："孩子，快进屋吃饭了！"

　　老人跑到院中被眼前的情景惊呆了。林海生蜷缩着身体倒在地上，两个小猪崽在林海生的身旁胡乱地拱着。王桂英迅速跑到林海生的身边蹲下来，用手抱起林海生的头大声地喊道："孩子！孩子！你怎么啦？"随即，王桂英就踉踉跄跄跑出院子，向乡亲们求救。

　　山村众乡亲都被惊动了。他们知道王桂英家来了一位监狱的警察，这几天又是修房子又是种地，像儿子一样伺候着老人，大家都在为老人遇到了贵人而感到高兴。林海生为人正直热情，与众乡亲相处得非常融洽，乡亲们都很敬重他。这时，乡亲们忽然听到王桂英老人嘶哑的呼救声："快来人呀！大家快来救人！林警官晕倒啦！大家快来帮忙呀！"

大家都冲出了家门，纷纷跑到了王桂英家。

消息一传十，十传百，不一会儿，村里的老少爷们都知道了。

村长急匆匆地赶来，他冲到林海生跟前，看着脸色苍白的林海生双眉紧蹙，呼吸也十分的微弱，忙转身对议论纷纷的众乡亲说："大家静一静！这位林警官是从几百里外来到咱们大山里，是来帮助我们山里人的，他是一位好人！也是我们山里人的亲人！今天，这位林警官病倒在了咱们大山里，他是为了我们山里人而累倒的，是我们的恩人！我们要不惜一切代价去救治他，咱们这里山高路陡，离县城医院还有四十多里路，交通也不方便，我们只能用担架把林警官送到医院。"

大家面面相觑，都不知如何是好。只听村长接着说："现在，我给大家分一下工，体格壮的年轻小伙子负责抬担架，其余的人到家中去拿钱，给林警官治病用！"

院里院外的乡亲听了，大家都立即行动起来，有的人去家中拿钱，有的人站在原地准备抬担架，有的人一直守候在林海生的身边。

突然，阴暗的天空亮起了一道刺目的闪电，紧接着一个炸雷震响在山腰，一阵狂猛的山风吹了过来，真是"山雨欲来风满楼"啊！大家知道，一场大雨即将来临。

这时，担架做好了。村长组织乡亲们在做着出发前的准备工作。王桂英老人从屋中拿出了一床被褥铺在上面，一位好心的村民拿来了一块大塑料布，以备给林海生路上挡雨。

几位村民小心翼翼地将林海生抬上担架。

两个年轻力壮的小伙子抬起担架，飞快地穿过人群，向山路上奔去。

村民们自动地闪出一条道路让担架通过，一大群青壮年紧随着担架。村长对剩下的村民说："大家都快回去休息吧！"村长说完，也紧紧地跟在后面。王桂英老人急急忙忙跟跟跄跄地跟着跑过来。

村长忙对老人说："大婶，您腿脚不好，就回去吧！在家安心等着好消息！"

王桂英老人两眼含泪激动地说："村长，孩子是为了我累成了这样的！你叫我怎么安得下心呀！我一定要亲自去医院，亲眼看着孩子被治好！村长，你就让我去吧！"

看着老人激动的神情，村长没有说什么，默默地搀扶着老人，一齐向前赶去。乡亲们都默默地跟在担架的后面，谁也没有说话，却保持着一种自然的默契。

救护的队伍行进在崎岖的山路上，天空又是一个炸雷，风静了下来，只听见护送队伍的脚步声。乡亲们用手电筒照着担架前面的山路，仿佛航标灯一样为大家照亮了前进的道路。

豆大的雨点落了下来，打在人们的身上、脸上，他们都浑然不觉，几个年轻人扯着一块大塑料布，走在担架的两旁，为林海生遮挡着风雨。青年们轮番抬着担架，昂着他们不屈的头，在泥泞不堪的山路上急速地奔跑，任凭暴雨淋打，没有丝毫的减缓。

在通往双龙县医院的山路上，手电筒的亮光映照在山腰，一支护送人民狱警林海生的队伍，像长龙一样，蜿蜒前行……

第二十一章　风雨欲来

一位优秀的人民狱警，为了拯救一个在押犯的灵魂，献身在他毕生追求的事业中；镰刀，是用来割稻的。可一名罪犯，为了追求自己所谓的"幸福"，抗拒改造，竟对待他如亲人的人民狱警挥起镰刀，顿时，鲜血迸溅……

危难时刻见真情，纯朴的乡亲们，经过几个小时的艰难跋涉，终于安全地把林海生送到了双龙县医院。刚进医院的大门，一位小伙子就大声地喊着："医生！医生！"急诊室里的医护人员，听到有人呼喊，纷纷跑到门前，大家七手八脚地将林海生送入了急救室。

通过乡亲们的诉说，医院领导得知这位人民狱警的感人事迹，迅速组织以院长为首的急救小组，对生命垂危的林海生进行抢救。闻讯而来的乡亲们陆陆续续地赶到了医院，聚集在急诊室门前，大家焦急地打探着林海生的病情。

村长对大家说："大家安静！医院正在对林警官进行抢救，我们不要打扰他们，大家到外边去等着。"众人立刻静了下来，向外边走去，急救室门口只留下了王桂英老人和几位在村里德高望重、比较有主见的人，大家都默不作声地等待着。

这时，医院的院长从急救室里走了出来，对大家问道：

"你们谁是病人的家属？"

大家相互望望，不约而同地摇摇头。

院长颇感意外，又向乡亲们解释道："经初步诊断，病人是胃癌晚期，需要立即做大手术，而且危险性很大，所以需要病人的直系亲属签字！否则，我们医院不能进行手术。"

王桂英拨开众人，走到院长跟前说："他是我儿子！我按手印！"

林海生的手术在进行着。走廊内，村长赶忙打电话："喂，海东监狱吗，我找你们监狱长……"在电话里，他把林海生病危的情况告诉了海东监狱的领导。

得知林海生为救助在押犯的母亲，积劳成疾，生命垂危，海东监狱领导中断一切会议，驾着一辆警车风驰电掣驶来，戛然停在医院门口。高天宇、梁启明等监狱领导走下警车，小跑着赶到了双龙县医院。

与此同时，双龙县县委书记陈芳得知消息后，也代表双龙县委前来探望慰问！

在医院的会议室里，海东监狱的几位主要领导正在听取医院的病情诊断介绍。院长："病情就这样，经过两个多小时的抢救，现在病人还没有脱离危险……"

高天宇对院长说："林海生同志是一位好同志！他把自己的全部心血都奉献给了我们的监狱事业！希望医院能够不惜一切代价抢救林海生的生命！"

"我们医院一定会尽全力去做，请大家放心！"院长理解地点点头说。

就在有关领导研究林海生病情，制定抢救方案之际，手术室外，众人还在焦急地等待着。王桂英老人心急如焚，她眼巴巴地望着手术室，急得不停地搓手，嘴里不停地念叨着："这苦命的孩子！到底怎么样了？都怨我……"

开完会议，高天宇也来到手术室外，他把老人扶到一边的板凳上坐下说："大娘，您别急！千万不要急坏了身体。林海生同志是个好警察，他会好起来的！"

梁启明握着村长的手说："谢谢你！谢谢乡亲们了！"

村长忙说："快别这么说，林警官为我们山里人做了不少好事，这是我们应该做的。要说谢的话，我们应该谢林警官才对呀！"

突然，手术室的门被推开，大夫们低着头，哽咽着走出。

医院经过彻夜的抢救，未能挽留住林海生年轻的生命。终因病情恶化，这位优秀的人民警察永远地离开了人间！

在医院的大院内，守候着的乡亲们得知这一噩耗，顿时，惊天动地的哭声如惊涛骇浪般响了起来……

高天宇坐在救护车上，面对着英雄的遗体泪如雨下。

双龙县城大街上，前来送行的人们，抹着眼泪默默地闪出一条道来，救护车缓缓地驶出医院，慢慢地行驶在人群中，灵车越走越远……慢慢地离开了人们的视线。

海东监狱的广场上，一座灵棚已搭建起来，灵棚内停放着林海生的遗体。整座狱城被一种悲戚的气氛所笼罩，灵棚的两边摆满了纪念英雄的花圈。广场上站立着三百多名身着警装的干警和两千多名犯人，准备为光荣牺牲的林海生警官开追悼大会。

灵棚内林海生的母亲、妻子和儿子悲悲切切地哭泣着。

这时，守候在灵棚前的吴志强说："嫂子，监狱领导来了！"

海东监狱的全体警官，在监狱长高天宇带领下前来吊唁！来看望这位他们昔日的战友！他们走到林海生的遗体前，依次与林海生的家属握手，并致问候！

王桂英和几名乡亲向灵棚走来，王桂英拉着林海生母亲的手，泪如泉涌，悲切地说：

"老姐姐，俺对不住你啊！是俺把孩子给拖累死了！"说完，两位老人相抱痛哭……

喜妹走过来，抽噎着劝慰道："大婶，别哭坏了身子！俺们不怪你！……"

林海生的追悼会由高天宇主持！追悼会由已退休的马玉清致悼词！

全场肃穆，哀乐低吟……

高天宇站在灵棚前，宣布："林海生同志追悼会现在开始！"

"首先，由马玉清同志致悼词！"

马玉清站在前面用低沉的声音念道："林海生同志，1965 年生于华北省唐州市河西县，1987 年参加工作，1989 年加入中国共产党。从事监狱管教工作十几年，林海生同志对党无限忠诚！林海生同志热爱自己的事业！用高尚的革命精神，鞠躬尽瘁为党工作，全心全意为人民服务！对党和人民庄严地履行了自己的神圣职责，为党和人民奉献了自己宝贵的青春！林海生同志是我们党的一位优秀党员！是我们司法战线上一位优秀的同志！是人民的好儿子！林海生同志永垂不朽！林海生同志永远活在我们心中！"

随后，高天宇宣布："下面由司法部余副部长讲话！"

余副部长走到前面，高声说道："我首先代表司法部党组，向林海生同志的亲属表示亲切的慰问！对林海生同志表示深切悼念！"大家一起向林海生的遗体鞠躬！并默哀！

余副部长又激动地宣布司法部的一个红头文件，他讲道："我代表司法部党组宣布一项决定，追认林海生同志为革命烈士！"

随后，高天宇宣布："全体与会人员向英灵三鞠躬！"

这时，全场近三千人都怀着悲痛和崇敬的心情给烈士三鞠躬。

高天宇喊道："告别仪式开始！"

司法部、省司法厅、海东监狱的诸位领导，以及林海生同志生前共同战斗过的广大管教干警，双龙县公检法司的全体干部和群众，海东监狱的全体服刑人员，按顺序怀着悲痛的心情与林海生遗体告别……

这时，阴沉的天空中，淅淅沥沥地飘起了小雨，好像上苍也在为这样优秀的人的英年早逝而伤怀落泪！人们悲痛的泪水与雨水交汇在一起，惊天地，泣鬼神！

杨明贵搀扶着林海生的母亲，黄涛搀扶着喜妹，吴志强搀扶着铁蛋，接受着人们的慰问！给大家谢礼！

王三哭得像个泪人似的，跪到林海生母亲的脚下哽咽着说："大娘，我对不起您！林指导员为了我，为了我家，做了那么多的好事，累垮了身体，牺牲了自己的生命，我在林指导员的灵前向您保证，我一定要好好地改造，洗心革面，做一个好人，做一个对社会有用的人。"

林海生的母亲流泪说："孩子，快起来吧！海生是我的儿子，我了解他，他是个要强的孩子，从小就特别懂事，知道关心别人，孝敬父母，干什么事都是替别人着想，从来不关心自己。他是一名警察，教育、挽救你们是他的职责，他尽到了自己的职责，是一个好管教，我为有这样的儿子而感到骄傲！"

"只要你能悔过，重新做人，就是对海生最大的回报了！"喜妹对王三说。

王三用力地点点头，眼里充满希望的火花。

在海东监狱会议室里，监狱主要领导与双龙县公检法司的领导们坐在一起正在举行座谈会。高天宇发言说："欢迎双龙县的各位领导来我们海东监狱指导工作，大家欢迎！"

双龙县县委书记陈芳说："我们是来向你们学习的！你们为党为人民培养了那么多优秀的同志，为国家做出了突出的贡献！我们应该向你们学习！向你们致敬！我提议我们双龙县县委、县政法系统的干部与海东监狱的同志们建立长期的学习共建关系。"

"我对陈书记的提议表示赞同！我们互相学习，取长补短。我们都是人民的公仆，都是为党工作，为人民服务的，只要是对国家、对人民有利的事，我们大家都要共同努力去做。等有机会，我再带领我们监狱的同志到你们双龙县学习参观！"高天宇说。

说完，会议室里响起了热烈的掌声……

在海东监狱的大墙外一条比较僻静的小路上，吴志强与刘海燕边走边谈。海燕说："原来我对监狱的情况和你们的生活情况缺乏了解，自从我父亲被送到这里服刑以后，我和你们这些监狱干警接触的机会多了，逐渐对这里产生了一种特别的感情。当初是因为我父亲在这里，所以我也有自私的一面，通过对你们黄队长、林指导员以及其他同志的进一步了解，使我对你们从事的事业，和你们崇高的品格产生了强烈的敬意！从你们身上让我看到了闪闪发光的无私奉献精神，我真应该好好地向你们学习呀！我也希望在我以后的事业和生活上能够得到你们的支持和帮助，给我更多向你们学习的机会。"

吴志强说："至于我个人嘛，我也没有多少值得你学习的地方，不过我们黄队长、林指导员那可是典型人物，他们是我们共同学习的榜样，我们都应该向他们学习！他们正直、博爱、大公无私、舍己为人，有那种'先天下之忧而忧，后天下之乐而乐'的精神，他们都是好样的！"

这时，海燕用一种特殊的眼神深情地望着吴志强，用女性特有的柔情轻声说道："吴队长，今天有机会与你谈心，我非常高兴！"

随后，海燕从包里取出一封信递向吴志强，说："吴队长，我有一个心愿想对你说，可我怕当面向你说不清楚，我就把它写在了纸上，请你读完后，方便的时候给我打个电话，我的手机号码我已经写在了信上。"

吴志强双手接过信说了声："好啊！"

海燕挥手说："请你用心读，再见！"

吴志强等海燕走远了，着急地打开信，只见上面写着：

"志强：你好！

我不知道用这种方式向你表达我的感情是否合适？自从我与监狱有了不解之缘后，我就逐渐开始用心地了解这个神秘的世界，而这个神秘的世界中，又让我感觉到了一种神圣的东西，那就是你们的朴实和真诚，以及监狱人民警察的男儿豪情，这些人间最美好的东西触动了我的灵魂，触动了我内心深处的情感世界，我非常希望自己能走进这个美好的世界里，走进你的世界！

志强，你欢迎我吗？"

吴志强读着读着，脸上荡漾出幸福的微笑。

阳光驱散乌云，不远处一朵朵不知名的小花在阳光下绽开了笑脸。吴志强迫不及待地拿出手机，拨通了海燕的电话。

吴志强第一句话说："海燕，我欢迎你！"

一轮红日从东方升起，照亮了整个华北大地。

空中飘着朵朵白云，像一团团棉絮慢慢随风飘动；

清爽的秋风吹过一片片稻田，传来阵阵稻香。

稻子像波浪一样在随风摇动。

又是一个秋高气爽的好天气……

清晨，监狱大门口静悄悄的，显得十分静谧和庄严。这时，只听"咣嘟"一声，海东监狱的大门打开了，武警战士持枪威严地站在两旁。劳动出工的时间到了，嘹亮的歌声和整齐的脚步声飘荡在空中：

"踏着晨曦，迎着朝阳；

步伐整齐，歌声嘹亮；

勤奋劳动，锻造人生；

挥洒汗水，换来希望。

告别过去，向着未来；

自觉改造，扬帆起航；

告别过去，向着未来；

自觉改造，扬帆起航。

一二三四！"

各中队都排着整齐的队伍走出大门，黄涛、吴志强、杨明贵、唐亮等人带着出工队伍走向狱外稻田的劳动现场……

在劳动现场的稻田里，杨明贵对犯人们说："近几天，天气可能要有变化，所以大家都要加把劲儿，争取在雨天来临之前把稻子收割完。"

随后，杨明贵进行劳动分工，杨明贵吩咐道：

"赵刚、刘永和、杜青云，你们三人去仓库领镰刀割稻子；田二亮、王三、马旭东，你们三人负责装车……"

"报告杨队长！我请求去割稻子。"马旭东出列报告说。

杨明贵问："为什么？"

马旭东："我也想到第一线出点力。"

杨明贵："很好！那你就去割稻子吧！"

得到命令，大家分头干活，有的人在装车，有的人在割稻子，一派热火朝天的劳动场景……

日晷转动，不知不觉下午五点钟左右了，夕阳西下。看着满地割好的稻子，黄涛对吴志强说："赶紧让他们装车！车装好后，你和唐亮带着他们运送稻子回仓库，我和老杨在这儿盯着。"

吴志强答应了一声，就和唐亮忙着组织犯人们装车。

他们把车装好后，就往监狱仓库赶。

黄涛在劳动现场来回地巡视着犯人们干活。

杨明贵也在巡视着，不一会儿手机响了起来。杨明贵拿起手机问："谁呀？"

电话里传来杨明贵爱人高伟的声音："明贵，我是高伟。"

杨明贵："哦，老婆啊！您有什么事啊？"

"今天是你的生日，晚上无论如何要回家吃饭，我已经买好了蛋糕，又给你买了一瓶你爱喝的衡水'老白干'，想着下班后，别耽搁时间早点回家！"

"啊！"杨明贵高兴地叫了一声："哦！你要不说我都忘了，我就说嘛，还是自己老婆好嘛！别看平时总是对我絮絮叨叨地提意见，关键时候还是知道疼我呀！"

"别耍嘴皮子了！今天晚上你们中队谁值班啊？"高伟问。

"是吴志强。"杨明贵说道。

高伟说："那正好，你把黄涛也一起叫来，让他陪你喝两盅，省得你一个人又喝闷酒，小娟爱吃蛋糕，放学后，我去把她也接过来。"

杨明贵一脸喜气说："好吧，咱们是该在一起好好聚一聚了。你放心，我们准时回家向你报到。"

杨明贵说完，挂断了手机，心里别提多美了，嘴上也哼起了小曲……

杨明贵不知不觉走到了马旭东的身边。马旭东正在那儿小声地骂娘："他妈的，什么破活，老子可受不了。"

马旭东偷眼看见杨明贵走了过来，忙装模作样地干起活来。

杨明贵走到马旭东跟前，杨明贵跟马旭东说："马旭东，你今天的表现很好，主动要求干累活，有进步了！"

马旭东忙堆出一副笑脸说："杨队长，我是你的帮教重点对象，怎么也不能老给您脸上抹黑呀！"随后，马旭东鬼鬼祟祟地向四处张望了一会儿，对杨明贵说："杨队长，我有事要和你说，这里人多，我们到办公室去谈好吗？"

杨明贵没吭声，转身朝劳动现场临时办公室方向走去。

马旭东紧跟着溜过去，俩人进了劳动现场临时办公室。马旭东嬉皮笑脸，皮笑肉不笑地对杨明贵说："杨队长，我从到二中队至今，一直多亏了您的照顾，让我少受了很多罪，少吃了很多苦！我心里对您是万分的感激，一直总想找机会孝敬您老人家，向您表示表示心意。"

说着，马旭东从怀中掏出了一瓶酒，又摸出两盒罐头放在办公桌上。

马旭东将酒打开，递给杨明贵，又把罐头打开。边张罗着边说："前几天，我哥来看我，给我搞了两瓶'五粮液'，我没舍得喝，心想给您老人家留着。嘿！可也巧了！今天是您的生日，就拿来特别地孝敬您！来，杨队长，您尝尝！"

杨明贵低声道："你倒是挺心细的，我的生日你都记得这么清楚，难得你小子有这片心意呀！不过，以后你小子可不准再搞酒了，出了问题不好办呢！"

"那是！那是！下不为例！下不为例！"马旭东忙说。

马旭东偷偷地看了看杨明贵，见杨明贵盯着酒瓶不住地"咂"着嘴，知道他的酒瘾上来了，马旭东忙说："杨队长，您老在这里先喝点，就算我给您老人家过生日了。"

杨明贵一边与马旭东闲聊，一边喝酒，不知不觉一瓶酒下了肚，他头也晕了，眼也花了，顺势就趴在了办公桌上。看到看守的老狱警的醉态，马旭东脸上露出了得意的笑容，嘴里说着："杨队长，您没事吧？"

马旭东见杨明贵没吱声，回头鬼鬼祟祟巡视一番，见周围静悄悄的，没有人监视他，就一抹腰，急速地溜出了办公室。

第二十二章　血腥脱逃

一个人犯了错误并不可怕，就怕执迷不悟，罪犯被判刑，这是罪有应得，如果老老实实接受改造，服刑期满，还可获得新生，可一些狂妄之徒，仗着有权有势，自作聪明，妄想逃脱法律的制裁，铤而走险，结果……

马旭东偷偷摸摸，由劳动现场临时办公室溜出来后，立即在劳动现场找到杜青云，俯在他的耳边，低声对他说："搞定了！"

杜青云会意地点了点头。然后，他俩蹑手蹑脚地向站在不远处的黄涛靠近……马旭东和杜青云一起手握镰刀，从背后慢慢靠近了黄涛。

突然，马旭东从后面一把搂住黄涛，另一只手握着镰刀，刀刃卡在黄涛的脖子上，凶狠地说："黄队长，对不起了！哥们我被关得实在太闷了，想出去散散心，请你放我一马吧！如果你帮了我的忙，哥们不会忘了你的。"

黄涛正在巡视前面服刑犯劳动情景，没有在意身后发生的诡异情况，突然被歹徒以刀架在脖子上，以死相威胁，这突然发生的事情，把他惊呆了，但他马上明白过来，意识到已经发生了严重事件。

他闻听了马旭东的话后，斩钉截铁地大声说："马旭东，你知道你在做什么吗？你现在的行为已经触犯了法律，是暴力越狱，会加刑的！我劝你还是趁早放弃恶念，不要在犯罪的道路上越走越远，否则你的后果是严重的！即便你一时得逞，你又能跑到哪里去呢？法网恢恢，疏而不漏，你最终还是难逃法律的制裁！"

黄涛义正词严的警告，马旭东根本没往心里去。

马旭东恶狠狠地说："我跑到哪里，不用你黄队长操心！我也不想听你讲什么大道理，哥们没时间跟你磨嘴皮子，痛快点儿，帮还是不帮？"

"我不帮！"黄涛毫不犹豫地说。说完，黄涛就去夺马旭东手里的镰刀。马旭东一咬牙用镰刀向黄涛的脖子上狠狠地拉去，顿时血流如注。

正在不远处劳动的犯人被眼前发生的一切惊得瞪大了眼睛。刘永和、赵刚也都傻了眼，一时不知该怎么做。

杜青云在旁边对着他们挥舞着镰刀威胁着说："你们都他妈的别给我动，谁敢动我就砍了他！"

这时，黄涛已身负重伤，半边警服被鲜血浸透了，但黄涛以惊人的毅力仍奋力与马旭东搏斗，嘴里大声地叫着："刘永和，快抓逃犯！"

刘永和被这一声大叫惊醒过来，他对着身边的赵刚说："快救黄队长！抓逃犯！"说着，刘永和不顾一切地冲了上去解救黄涛，赵刚也扑向杜青云。

田间地里，几个人混战在一起……

这时，只见黄涛全身血迹斑斑，刘永和也挂了彩。

马旭东仍在疯狂地砍杀。

赵刚与杜青云搏斗，也已伤痕累累，赵刚被杜青云砍翻在地。

杜青云又跑过来帮助马旭东，嘴里大声喊："东哥，快跑！我掩护你！"

说着，狠劲地照准黄涛的后脑举起了镰刀……

此刻，在劳动现场临时办公室，杨明贵趴在办公桌上，迷迷糊糊，昏昏欲睡。忽然，他听见外边吵吵嚷嚷，并伴随着阵阵打斗声，他嘴里嘟囔着："这是谁吃了熊心豹子胆，敢在这里吵架？你们这些坏小子，一会儿不盯着你们就惹事，真不让人省心！"

杨明贵摇摇晃晃地站起身往外走，想去看看到底出了什么事。他眯着眼睛看见不远处有几个人在打斗，嘴里不清不楚地喊道："别打了！都给我住手！你们还有没有一点儿纪律性？"

杨明贵一边喊着，一边晃晃悠悠地跑向打斗现场……

来到近前，杨明贵正看见杜青云高高地举起镰刀，正要向黄涛脑后砍来。顿时，杨明贵的酒清醒了。他大吼一声："黄涛！注意！"

杨明贵一把推开了黄涛。

黄涛躲过了致命的一击，可杜青云的镰刀却重重地砍在了杨明贵的头上，杨明贵一头栽了下去。

杜青云又挥舞镰刀向黄涛砍去，杨明贵死死地抱住了杜青云的大腿。

杜青云无法挪动脚步，便将愤怒全发泄到杨明贵的身上。他凶残地用镰刀向杨明贵的身上乱砍，一刀，两刀，三刀，一刀比一刀狠。

血流如注，杨明贵被砍得像个血人一样。

杜青云一边砍一边喊道："东哥，你快跑哇！"

马旭东闻听一惊，扔下镰刀，像个兔子一般，撒腿就跑……

黄涛见杜青云正在砍杀杨明贵，对刘永和、赵刚大声喊道："快去救杨队长！"

刘永和、赵刚两人一齐扑向杜青云。杜青云被黄涛按倒在地。刘永和、赵刚也死死地压在了他的身上。

混乱中，杜青云被抓获，马旭东钻进了附近的庄稼地，逃走了。

傍晚，杨明贵的妻子高伟做好了晚饭，沏了一壶好茶，高高兴兴地忙里忙外，桌子上早已摆好了酒和酒杯，蛋糕也放在了桌子的中央，插好了蜡烛。

厨房里饭香扑鼻，菜也已经洗净、切好，就等着下锅了。

高伟把一切安排就绪，惬意地坐在沙发上哼着不成调的小曲，看着电视。她看看时间差不多了，小娟该放学了，就拿起身边的电话打到黄涛家里。

此刻，小娟刚刚放学回家，电话就响了起来，忙接起来问：

"谁呀？"

"我是你高伟阿姨！"高伟说。

"高阿姨，你好！你怎么这么长时间没来看我，我好想你呀！"

"阿姨最近比较忙，今天是你杨伯伯的生日，我想今天咱们热闹热闹，请你和你爸来我家吃饭。小娟，你不是最爱吃蛋糕吗？我买了一个大蛋糕！阿姨我不会唱歌，还等你过来为你杨伯伯唱生日快乐歌呢！"

"好哇！我早就想我杨伯伯了，一会儿我给我爸打个电话，让他下班后早点回来。"

"不用了，我也是担心他俩一工作起来就没完，就提前给你杨伯伯下了死命令，让他下了班立刻带着你爸爸回来向我报到。"

"那太好了！"小娟嘻嘻笑着说。

"你如果没作业，就赶快过来吧！"

"好！我马上就过去！高阿姨，再见！"

放下电话，小娟背起小背包就要往外跑。

这时，电话又响了起来，小娟忙拿起电话问："谁呀？"

"小娟，我是吴老师！"电话里传来吴玉华的声音。

"吴老师，您好！您有什么事吗？"小娟说。

"小娟，你爸爸回家了吗？我给他织了一件毛衣，想让他试一试，我给他打电话，他的手机关机了。"

"爸爸没回家呢！啊！对了，吴老师，今天是我爸的同事杨伯伯的生日，他邀请我爸和我去他家吃饭，我爸可能会直接去他家。吴老师，我先替我爸谢谢你了！待会儿我见到我爸，我让他给你回电话，好吗？"

"那好吧！"

"吴老师，再见！"

说完，小娟放下电话，蹦蹦跳跳地跑出了家门……

工夫不大，小娟敲开门，到了杨明贵家。这是一个中等水平的警察之家。

高伟是位快人快语的人，一辈子稀罕小孩儿，却没有生育，抱着小娟，娘俩亲热了好一阵子。

小娟问："高阿姨，我能帮你做点什么呀？"

高伟："不用了，我把一切都准备好了，你就等着吃蛋糕吧！走，咱娘俩看电视去。等会儿他们就该回来了。"

娘俩坐在客厅的沙发上边看电视边闲聊，墙上的挂钟时针指向八点，外边已经黑了下来。

高伟脸上露出了焦急的神色，嘴里说："这俩家伙，一工作起来什么都忘了，一会儿回来我再好好地批评他们一顿。"

小娟随声附和地说："是得批评批评，这么晚了还不回来。"

高伟说道："我打电话催催他们。"说着，高伟拿起电话，拨打杨明贵的手机。杨明贵的手机关了机。

小娟说："打我爸爸的手机。"

高伟又拨打黄涛的手机，也是关机。

杨明贵和黄涛同时关机，真让人有些纳闷，高伟自言自语地说："不对呀！平常他们是不会关机的，是不是出了什么事了？"

小娟安慰她说："不会的，或许是手机没电了，一会儿他们就该回来了。"

正在这时，电话响了，高伟急忙抓起话筒问："你怎么还不回来呀？都什么时候了？"

"嫂子，我是志强。"电话里说。

高伟不好意思地说："啊？是吴队长啊！我还以为是我们家老杨呢！志强，你知道老杨在哪儿吗？"

"对不起！嫂子，告诉你一个不好的消息，杨队长负伤住院了。"

高伟着急地问:"啊?老杨怎么了?出了什么事了?"

吴志强说:"我们这里今天有两名犯人越狱逃跑,杨队长为了抓捕逃犯解救黄队长被逃犯砍伤了,现在正在唐州市工人医院进行抢救。请你马上过来吧!"高伟听后,一屁股瘫坐在沙发上,愣了一会儿急忙又问:"吴队长,那黄队长呢?他怎么样了?"

吴志强答道:"黄队长也伤得不轻,也在医院呢!"

"我马上去!"高伟说。

小娟听说黄涛也负了伤,吓得直哭。她对高伟说:"高阿姨,这可怎么办呀?吴老师还等着我爸爸回电话呢!"

"小娟,你赶紧给吴老师打电话,让她也赶快去医院。"高伟说。

小娟拨通了吴玉华的手机,哭着说:"吴老师,我爸爸被坏人打伤了,正在医院抢救呢!"

吴玉华急切地问:"他在哪家医院?"

小娟答:"在市工人医院!"

在唐州市工人医院里,四位伤员分别在四间病房里进行紧急救治。

黄涛、杨明贵、赵刚等三人伤势较重,刘永和的伤势相对较轻一些。

等在外面的监狱领导在一起开了个临时碰头会。监狱长高天宇说:"梁监狱长,你马上组织狱侦科的同志,并从狱政科抽调出主要警力,组成抓捕专案组,全力缉拿逃犯马旭东!并马上通知办公室主任向各地公安机关发出协查通告,对马旭东进行全国通缉!"

梁启明答道:"是!我马上去办!"

高天宇继续说着:"贾科长,你们狱政科要安排专人严密看守杜青云,并抓紧对杜青云进行审问,看看是否能从他嘴里得到马旭东逃向的线索,有什么情况随时向我报告!"

"对杜青云的审讯正在进行,一有突破,我马上报告!"贾洪强插话说。

"聂政委,是不是暂时把入监二中队的陈明指导员调到直属二中队主持工作?吴志强同志对伤者家属的情况比较熟悉,让他留在医院监护,并帮助做好伤者家属的工作。"高天宇商量着对聂清华说。

"我看可以!"聂清华点点头说。

高伟带着小娟急匆匆地赶到医院。高天宇等人忙迎上去,看着焦急不堪的高伟,高天宇安慰说:"高伟同志,请你一定要坚强、冷静!杨明贵同志正在抢救,我们理解你的心情，现在我们只有耐心地等。"

高伟眼含热泪点点头对高天宇说："今天是我家老杨的生日，没想到……"

高伟哽咽着说不下去了。

大家上前安慰着高伟。

高天宇蹲下身，拉着小娟的手说："小娟，不要为你爸爸担心！我们相信他会挺过去的。"

小娟懂事地点点头，但禁不住眼泪吧嗒吧嗒地往下掉。

高天宇说："孩子，坚强点！"

"爷爷，您放心！我爸爸是个好人，他不会有事的！"小娟说。

小娟说完，用袖子胡乱地抹了抹眼泪。

吴志强用手摸着小娟的头说："小娟，走！跟叔叔坐那边等爸爸。"

然后，吴志强对高伟说："嫂子，别难过了！我们慢慢地等着消息吧！"

他们三人刚坐到长椅上，这时，吴玉华拎着给黄涛织好的毛衣和一大袋子食品急匆匆地跑了进来。

小娟忙迎上去难过地说："吴老师，我爸爸正在里边抢救呢！不让进去！"

小娟说完，痛苦的泪水又止不住地流了下来，小娟一头扎进了吴玉华的怀里。吴玉华心疼地抱着小娟，慈爱地为小娟擦着眼泪。

吴志强走过来问："你好！你是小娟的老师吧？"

"我是小娟的班主任，我姓吴。请问黄队长怎么样了？"吴玉华说。

吴玉华说："吴老师，别着急！黄队长应该没大事，我们一起等吧！"

小娟拉着吴玉华的手，走到高伟跟前，给吴玉华介绍说："吴老师，这位就是我经常跟你提起的高伟阿姨！"

吴玉华忙上前握住高伟的手说："小娟总说你对她非常好！"

"小娟也总在我面前夸奖你！"高伟说着，和吴玉华及小娟等三人坐在走廊的长椅上。

夜深了，在唐州市工人医院的走廊里，高伟、吴玉华和小娟等三人心里牵挂着急救室正在抢救的亲人，不时地往急救室里张望。

吴志强走到走廊尽头的僻静处，掏出手机，拨通了海燕的电话。

海燕正在家里看电视，听到手机响，拿起来问："你好！请问您是哪位？"

"我是志强！"吴志强用深沉的语调说。

"志强，这么晚了是不是在办公室里值班呢？"海燕高兴地问。

"我是在医院值班。"

"你在医院值什么班啊？"

"我们黄队长负伤了，正在医院抢救呢！"

"出什么事了？"海燕忙问。

"今天我们这里有两个犯人越狱，黄队长冲上去阻止，被逃犯砍伤了。"吴志强回答。

"那你没事吧？"海燕关切地问道。

吴志强吞吞吐吐地说道："我当时不在现场。可……可你父亲也在抓捕逃犯时受了伤。"吴志强吞吞吐吐地说道。

"啊？！我爸爸伤得怎么样啊？"海燕慌忙问道。

"你爸爸没大事，你不要着急！你把情况也告诉你妈妈一声，你们可以来医院看望他。"

"什么时间探望？"

"什么时间都可以！"

"我妈妈去省委党校学习去了，不在家。我先自己过去吧！"

"你来之前给我打个电话，我们在唐州市工人医院。"

"那我马上就去！"海燕忙说道。

在神龙集团的歌舞厅内，霓虹闪烁、人头攒动，激烈的摇滚乐曲震人心弦，舞池内的红男绿女疯狂地扭动着身躯。

在歌舞厅的一间包房内灯光暗淡，沙发上横躺竖卧着几个男女，其中一人身着笔挺的西装，斜靠在沙发上，左手拿着麦克风，右手搂着一名妖艳的女子在吼着歌曲："我听过你的歌，我的大哥哥，我明白你的心，你的喜怒哀乐……"

此人正是神龙集团的总裁马旭龙，在他右侧的沙发上，坐着两个戴墨镜的青年，两人都留着披肩的长发，满脸的横肉，怀中各抱着一个小姐，在与小姐喝酒取乐。

其中一个戴墨镜的人是当地有名的黑社会组织成员，绰号鬼子六，说："龙哥，我们整天闲着，您又对我们这么好，我们觉得心里有愧呀！龙哥，有什么事您尽管吩咐，我们哥俩不是吃干饭的！"

"兄弟，你龙哥是什么样的人？我希望弟兄们以后多体会体会，如果弟兄们觉得我马旭龙够意思，像个当大哥的样，那咱们就交个心，然后再一起做事。官场有官场的规矩，道上有道上的规矩。为人做事不讲规矩不行啊！我马旭龙能有今天，不就是弟兄们眼里有我，觉得我马旭龙够义气，让大家捧起来的吗？"马旭龙笑着说。

另一个戴墨镜的家伙，绰号麻老四，说："龙哥的大名我们是如雷贯耳，敬仰得很！过去我们跟杜三哥混的时候，就想投奔龙哥！前年我们和杜三哥一起出事，杜三哥被抓，我们哥俩躲出去两年，这次回来投奔龙哥。我们很想为龙哥出点力！"

马旭龙深沉地说："如果你们愿意跟我马旭龙干，机会多着呢！"

马旭龙神秘地说："我正准备做一件大事，现在是'万事俱备，只欠东风'啊！"

俩人忙附和着说："龙哥是个干大事的人，连说话都玄机深奥。弟兄们佩服！佩服！我们一定跟着龙哥好好风光风光！"

这时，陪在身边的小姐有些耐不住寂寞，浪声浪气地说："你们光说什么大事小事的，我们也不懂，光喝酒又没意思，我们来点刺激的，放个迪曲，跳一曲好不好？"

众人都随声附和："来点刺激的！好！来点刺激的！"

"弟兄们尽情地玩吧！"马旭龙说。

一会儿，疯狂的迪曲响了起来，几个人扭臂摆臀，放浪形骸地跳了起来。马旭龙躺在沙发里看着几个人的身影，像是欣赏，又像是在想着什么心事……

突然，马旭龙的手机响了，他退出包房，走进旁边的卫生间，接通了电话说："我是马旭龙！"

电话里传来的声音让马旭龙露出了得意的笑容："哥，我是阿东……"

在晓兰的家里，晓兰正在床上跟小雨逗着玩耍。乌丹一边用洗衣机洗着衣服，一边收拾着屋子。晓兰温馨的家中传来阵阵的欢笑声。忽然，电话铃声急促地响了起来。乌丹拿起电话问：

"您好！您是哪位？"

电话那头问："是晓兰吗？"

乌丹说："我是乌丹。"

电话里问："我是赵娜，晓兰在家吗？"

乌丹回答："在家，晓兰姐正和小雨玩呢。"

赵娜说："请让她接电话！我找晓兰有急事。"

乌丹忙喊："晓兰姐，赵娜姐的电话！"

"哎！"晓兰应了声。

晓兰忙跑到客厅，拿起电话说道："喂，我是晓兰！"

赵娜急切地说："晓兰，出事了！"

晓兰忙问："出什么事了？"

赵娜说："赵刚被人砍成了重伤！在医院呢！"

晓兰瞪大了眼睛问："什么时候的事？"

赵娜："十多天前吧！"

晓兰："他在哪家医院呢？"

赵娜："唐州市工人医院！是监狱的吴队长通知我的，我随即就赶过来了。你能不能带着小雨一起来看他呀？"

"赵娜姐，我带小雨马上去，再见！"

晓兰放下电话，坐在沙发上发愣，想了好久。她忽然站起来对乌丹喊："乌丹，赶快给小雨换衣服！"

然后，晓兰翻箱倒柜地自己换衣服，又精心地化了妆，从家里找了许多的营养补品，装了一大袋子。这时，乌丹帮小雨换好了衣服。晓兰抱过小雨亲了亲她的小脸蛋说："小雨，咱们现在看爸爸去！"小雨冲着晓兰张开了笑脸，晓兰对乌丹说："乌丹，你跟我一起去。"乌丹答应着，拎起装满补品的袋子，两人一前一后，相继出了家门。

赵刚被砍伤后，经过十多天的精心治疗，已经基本痊愈，腿部因为伤得比较重，还不能下床走路，只能靠两根拐杖撑着慢慢走。在病房里，赵娜正扶着赵刚缓慢地走着。赵刚让赵娜松开手，自己试着挪动着脚步，一会儿脸上就渗出了汗珠。赵刚强忍着疼痛继续坚持着。

这时，晓兰突然闯了进来。

赵刚一看见晓兰，不知怎么就腿一软，差点跌倒。

晓兰忙上前扶住赵刚，赵娜也赶紧跑过来，一起将赵刚扶到床上。

晓兰关切地问："赵刚，你伤得怎么样？"

第二十三章　真情实感

生死关头，考验一个人的品质和情操。爱恨情仇的转化，也有着不可抗拒的法则。多行不义必自毙，反之，多做善事、好事，就会集腋成裘，赢得人们的赞誉。

赵刚脸上泛着红晕望着晓兰说："没什么事了！只是腿脚还不方便。"

晓兰假装嗔怒地说："都这样了！还说没事？我看你就是鸭子嘴煮不烂——嘴硬！"

赵刚咧着嘴嘿嘿地傻笑着，晓兰又板着脸问："别净跟我傻笑，我问你，你在里边怎么还跟人打架呀？"

没等赵刚开口，赵娜忙解释说："晓兰，你误会了，赵刚的伤不是和别人打架弄伤的，是他们中队有犯人逃跑，赵刚帮着抓逃犯，被逃犯用镰刀砍伤的。吴队长刚才还跟我夸奖赵刚呢，说他在里边表现积极，帮着政府抓捕逃犯，还说要给他记大功呢！"

晓兰听后满意地笑了，说："我当初没有看错你，我就知道你能改好，你会有希望的。"

然后，晓兰问赵刚："逃跑的犯人抓住了吗？"赵刚惋惜地说："那个叫杜青云的被抓住了！可惜让马旭东这小子跑了。"

晓兰一听神情马上严肃起来问："你们中队有几个叫马旭东的？"

赵刚说："就一个，原来是黑社会组织分子。"

晓兰点点头。

赵刚问："怎么，你认识他？"

晓兰没有回答赵刚的问题，说了句："我把小雨给你带来了，你先看看女儿吧！"

赵刚迫不及待地问："在哪里？"

晓兰走到门口，对站在门外等待的乌丹说："进来吧！"乌丹抱着小雨走进了病房。

赵刚起身就想迎上去，突然往下倒去，晓兰赶忙用肩膀架住赵刚，说道："赵刚，你小心点！"

乌丹把小雨交到赵刚怀里，赵刚眼圈红红地盯着变得又白又胖的小雨激动地不知说什么好。赵娜站在旁边对小雨说："小雨，叫爸爸！"

"爸爸！"小雨小嘴一抿甜甜地叫了声。

"乖女儿，嘴真甜！"赵刚听了高兴地叫着，然后，感激地握住晓兰的手说："晓兰，太谢谢你了！你比小雨的亲妈还好啊！"

晓兰脸蛋红红地低下头去。

赵娜冲乌丹使了个眼色，乌丹会意地与赵娜退出了房间。

在另一间病房里，吴玉华正在用药棉球给黄涛轻轻擦脸。

黄涛感激地说："玉华，这些日子辛苦你了！"

吴玉华说："是你做了那么多让我敬佩和感动的事，才让我的心靠近了你。你是优秀的人民警察！我俩从事的其实都是教育工作，我教孩子们学文化长知识，培养他们成为对国家有用的人，让他们为社会出力。你呢，是把我们没有教育好的人，再对他们进行教育挽救，你付出的不仅是辛勤的汗水……"说着，吴玉华摸了摸黄涛缠满纱布的头，心疼地接着说："还有流出的鲜血！你已经是个三十几岁的人了，整天风里来雨里去，又没有人照顾你的生活，受的委屈实在太多了！"

"……"黄涛感动得说不出话来。

吴玉华一对葡萄般的大眼，动情地看着自己心爱的黄涛，继续说："不但我心里心疼你、牵挂你！我的父母也非常惦记你！"

"吴书记和杜校长都是人民的好领导！是我们尊敬的好长辈！如果老百姓遇到的都是像他们这样的好干部，那我们的国家就更有希望了！"黄涛说。

吴玉华想打破这沉闷的气氛，就转换话题，微笑着说道："咱们不说这些了，我给你唱首歌吧！"

黄涛高兴地说："好哇！我长这么大歌舞厅都没去过，也没看过歌唱家的演唱会，还是头一回听别人离我这么近给我唱歌听呢！"

"如果你爱听，以后我就天天给你唱！"吴玉华深情地说。

"我希望这一天早点来临！"黄涛说道。

"我给你唱一首《念念不忘的情人》吧！"吴玉华说。

黄涛点点头。

吴玉华满怀深情地唱道：

"有一首思念的歌，我不能唱，唱了以后就会伤感；

有一瓶回忆的酒我不敢喝，喝了以后就要难过；

电话接通，犹豫的名字说不出口，

匆匆地挂断我盼望已久的问候……"

隔壁，在老狱警杨明贵的病房里，妻子高伟和战友吴志强坐在床前。

高伟默默地看着一直昏迷不醒的杨明贵，眼里溢满了伤心的泪水。

吴志强站起来从床头柜里拿出一个面包，倒了一杯开水递到高伟的面前。

高伟轻轻地摇了摇头。他们是共同走过人生风雨几十年的患难夫妻，虽说他们没有生儿育女，但老夫妻各自都没有怨言，就在老杨准备退休，颐养天年之际，却风云突变，发生这样意想不到的事情，确实出乎高伟的意料之外，倘若老杨残疾或者牺牲，这后半辈子让她一个人怎么过呀？想到这些，高伟又哭起来。

在刘永和的病房里，刘永和靠在床上，女儿海燕坐在床边给他捶腿，两人的心情都非常好！海燕赞叹道："爸爸，你真行！在那种危险的情况下你能挺身而出！"

刘永和摆摆手，感慨地说："唉！爸爸做了对不起国家的事情，一直感到很惭愧！能有赎罪的机会，我是求之不得呀！黄队长是个天底下难找的好人啊！他把自己的一切精力都投入自己的事业，日夜操劳！对于我们这些犯了罪的人，他不但不歧视，还把大家当亲人看待，这一切都是我亲眼所见，亲身经历的。看着黄队长，我能不自我反省吗？还有牺牲的林指导员，为了拯救犯人王三失足的灵魂，帮助他的家庭，倒在了咱们家乡的大山里，真是令人感动啊！原来真没想到监狱的干警这么朴实、这么伟大，真是令人敬佩啊！"

海燕说："爸爸，妈妈临去学习前给你写了封信。吴队长给了我。"海燕说着拿出一封信递过去。

刘永和接过信说："哎！海燕，爸爸问你件事。"

海燕："爸爸，什么事？"

刘永和："你交男朋友了吗？"

海燕羞涩地低下了头，没有回答。

刘永和说："爸爸是不会干涉你的婚姻大事的，这种事完全由你自己做主。不过，我可以给你提供一些好建议，给你当一个好参谋。也许爸爸现在提这个建议不太合适，但我也是为了给你找一个更好的归宿。如果你同意，我倒希望你找一个监狱警察来托靠一生。我现在有一个很不错的人选，请你考虑一下。"

海燕听了父亲的话，怀着兴奋的心情又不好意思地问："谁呀？"

刘永和神秘地说："这个人你认识……"然后，刘永和指了指门外："你看吴队长这个人怎么样？"

海燕只觉一股暖流涌了上来，然后满脸桃花地笑着说："爸爸，那你就不用操心了！"

刘永和似乎听懂了海燕的意思说："你们就好好相处吧！爸爸祝你们幸福！"

海燕说："爸爸，把妈妈的信也读给我听听？"

"好！"刘永和说。说完，他慢慢地打开信读道：

"永和，你好！最近怎么样？

我听监狱的领导讲，这段时间你进步很快，已经记了三个功了！继续努力吧！我和女儿天天都在盼着能听到你进步的好消息，千万别辜负了政府对你的关怀和帮助教育！以前，你做错了事，知道改就是进步，就有希望！我和女儿盼着你早早回家，我把这封信给你寄出去后，就起程去省委党校学习去了。近期，全国都在学习'三个代表'重要思想，宣传'三个代表'重要思想。全县的干部队伍素质提高得很快，各项工作搞得都很好，老百姓生活水平提高很快！老百姓的心与我们贴得也更近了！我真诚地希望你能更加努力地学习，加速你的改造步伐，早日回到家乡！为咱家乡的建设还能出把力！

永和，以前你转交给县委的《关于加快双龙县公路建设的意见书》，经过有关部门的研究论证，采纳了你提出的一些积极建议，制定了全县加速道路建设、加速山区经济发展的远期规划。

永和，人贵在自信，自强，努力吧！我相信你！

我和女儿盼你回家！……"

最美不过夕阳红，又是一天即将过去了，落日的余晖洒满了整个唐州市，街道上车水马龙，行人熙熙攘攘，没有人理会大自然制作的美景，都各自奔回自己的家。在市区一处偏僻的居民楼显得格外的静寂。

某别墅区内，在一栋装饰华丽的白色二层小楼里，窗帘拉得紧紧的，屋内摆设奢侈豪华，屋顶的米黄色吊灯闪着淡淡的光线，在客厅内的真皮沙发上，马旭东正在一个人喝着闷酒，身前的茶几上摆着一瓶高档美酒，酒瓶旁零乱地摆着一副裸体扑克牌，马旭东将酒杯往茶几上重重地一放，百无聊赖地躺在沙发上看着屋顶的吊灯发呆。

忽然，楼下有汽车驶过来停下的声音，马旭东"噌"的一下从沙发上跳下来，快步跃到窗户边，用手将窗帘拉开一条小缝，将脑袋贴近了向外观看。

只见楼下停着一辆黑色豪华奔驰轿车，马旭龙戴着墨镜一个人从车上下来，手里拎着一个皮箱往楼梯口走来。楼道里传来上楼的脚步声，马旭东又向四周和不远处的街道上扫了两眼，确认没有人跟踪，将窗帘放了下来，这时门外有人用钥匙开门，门开了，马旭龙拎着皮箱走了进来。

马旭东忙将门关好说："哥，都给我带什么好吃的来了？"

"阿东，在里面待了两年也苦了你了，想吃什么你就说，哥上天下地都会给你弄来的，你现在什么也不要想，只管吃好、喝好、睡好，把身体养得壮壮的。"马旭龙说。

马旭东皱着眉头说："哥，吃、喝都没的说，可睡觉……"

马旭龙问道："怎么？想女人了？"

马旭东皱着眉头说："你也不能老让我抱着枕头睡呀！能不能给我弄一个解解闷啊？"

马旭龙把箱子放在地上，拿出一支烟点燃了，他吐了个烟圈说："阿东，你提出的这个问题，我正在考虑，你好不容易才从监狱里出来，我们做什么我都得考虑周全啊！一定要小心谨慎。否则，稍有不慎会招来横祸的。我已经想好了，这件事由我亲自去办，选一个各方面都比较合适的，即便不能当老婆使唤，但最起码她得会照顾你的生活，因为以后日子还长着呢，再说我老往这里跑太惹眼，对你的安全不利，哪怕多花几个钱，也得把人选好。"

马旭东坐在沙发上，手里端着没喝完的半杯酒说："哥，你说得有道理，不过，可不能找一个只会照顾我的婆娘，如果我看不上眼，只当个机器那多没意思啊。"

"阿东，你放心，哥的眼光差不了，我琢磨了几天，咱们歌舞厅倒有一个比较不错的。人长得没挑儿，听说人心眼也不坏，是本市的，市里的情况也比较熟悉，前年她丈夫因为强奸罪被抓进去了，两人离了婚，没说没管的挺合适。"马旭龙说。

马旭东一听来了精神，把酒杯放在茶几上忙问："真的？那你找她谈过了吗？她愿不愿意呀？"

马旭龙眨眨眼说："哥啥时候骗过你，不过倒是还没跟她说，我想，我就说给她介绍个对象，她一个做陪舞小姐的，不就是为钱嘛。我多给她点钱，估计不会有太大的问题。"

马旭龙将抽剩的半截烟往烟缸里一捻说:"阿东,这样吧,你在这里耐心地等我的好消息,今天晚上,我就专门找她谈一谈。"

夜幕降临了,街道两旁的路灯亮起橘红的灯光,一轮弯月升上了半空,像丰收时的老农笑得合不拢嘴。满天的繁星眨着好奇的眼睛看着人世间的缤纷景色,街道上行人三三两两,不绝如缕。

这时,在"神龙集团"的舞厅内却是热闹非凡,在五光十色的灯光映照下,一对对紧紧相拥的红男绿女在舞池内蹭着慢悠悠的舞步,想入非非,在舞厅两旁的椅子上,一对对没有灵魂的躯壳在打情骂俏,人间丑态一览无遗,服务生端着酒水在人群中来往穿梭,忙得不亦乐乎。

马旭龙坐在办公室里悠闲地喝着茶水,淡淡茶香溢满了整个房间。

马旭龙将茶杯放下,手掌拍出"啪"的一声响,办公室的门随即开了,进来一个身材魁梧、剃着光头的戴墨镜男子,男子站好问:"龙哥有什么吩咐?"

马旭龙眼皮都没有抬一下低声说:"把晓兰叫来。"

光头男子答应一声:"是,龙哥。"忙关上门跑了出去。

一会儿,晓兰敲响了办公室的门。

"进来!"马旭龙说。

晓兰推门进来问道:"龙哥,找我有事吗?"

马旭龙吩咐说:"给我叫个小姐。"

晓兰赔着小心问:"有朋友来呀?"

马旭龙没有回答,接着说:"这不是你关心的问题,你把她给我叫到六号包房。"说完,又端起茶水美美地喝了一口。

晓兰问:"龙哥,你要几号小姐?"

马旭龙说:"那个叫梦婕的。"

晓兰想了想说:"今天她已经有客人了。"

马旭龙把茶杯往办公桌上重重一放,瞪着眼高声吼道:"只要她陪的不是我爸爸,就他妈的别废话!"说完,站起身走出办公室到了楼下四层。马旭龙向六号包房走去,不一会儿,晓兰领着梦婕进了六号包房。

晓兰说:"龙哥,还有什么吩咐吗?"

"忙你的去吧。"马旭龙一摆手说。

随后晓兰退了出去,马旭龙坐在沙发上,上下打量着梦婕。

梦婕问:"马总叫我?"

200

马旭龙脸上露出少有的笑容说："啊，来来，快坐。"

说着，招呼梦婕在自己身边坐下，梦婕娇怯地坐在了马旭龙的身边。

"梦婕小姐，好像有些紧张啊？你不用害怕，我又不会吃了你，梦婕小姐大名怎么称呼？"马旭龙微微一笑问道。

梦婕回答道："我大名叫许梦婕。"

马旭龙说："名字挺好听的嘛！今天我心情好，你不用拘束，尽管放松点。我还有话想跟你说呢！"

马旭龙接着问道："梦婕小姐想喝点什么？"

第二十四章　醉生梦死

人生的追求，各有不同，有的人只为自己打算，吃喝玩乐，贪图感官的刺激；有的人，一时糊涂，误入歧途，但能够迷途知返；有的人，把自己的人生目标，锁定在对财富与金钱的占有与攫取上，他们最大的乐趣，就是享受……

梦婕装出一副媚态，醉眼蒙眬地说："随马总吧！"

马旭龙亲自倒了两杯酒，自己端了一杯，又端了另一杯递给梦婕，梦婕忙伸手接过，马旭龙顺势一把搂住梦婕说："梦婕小姐，先陪我喝一杯！"说完，拿酒杯往梦婕的杯子上一碰，一仰脖喝了下去。将杯子放在茶桌上，梦婕喝了一口也将杯子放下。

马旭龙又问："梦婕小姐今年多大了？"

梦婕回答说："26岁。"

马旭龙问："成家了吗？"

梦婕忙摇头说："我还没有搞对象呢！"

马旭龙又问："那为什么不找一个呀？有合适的先占个位嘛！"

梦婕说："我不想早早结婚，结了婚处处就受人管制了，还不如趁年轻多玩几年，多攒点钱，将来也好干点正经事，等有了成就再成家也不迟呀！"

马旭龙嘿嘿一笑说："你这想法也对，人嘛！活在世上图个啥呀！不就是吃喝玩乐，活得高兴嘛，人无论到什么时候总得为自己打算，想活个人样，想活得潇洒，指望谁也没用，还得靠自己，自己有了钱，想怎么着就怎么着，就可以当爷！自己没钱，想给别人当孙子，别人还不一定愿意要呢！"

梦婕说："马总说得对！马总说得对！当今这个世道没钱就跟人没血一样，活得一点精神都没有，如今这社会太现实了！"然后，梦婕看看马旭龙问："马总，你说今天有话跟我谈，不会就为了跟我说这些吧？"

马旭龙说："梦婕小姐果然精明，我是有别的事要跟你说。"

梦婕："马总有话，尽管直说。"

马旭龙说："那我就直说吧，我有个堂兄弟叫马东，今年 32 岁了，小伙子长得不错，不过以前只知道玩，不知道正经成家过日子，为这事我一直都很操心，总想遇到合适的给他张罗个对象，我觉得许小姐人长得漂亮，心眼儿又好，我看跟我兄弟挺般配的。如果你觉得行，我准备给你们俩捏合捏合。"

梦婕说："像我这种身份，如果对方知道了底细，恐怕会嫌弃我的。"

马旭龙叹了口气说："唉！他以前也不是个太争气的主儿，他还挑别人什么呀？这样吧，我给你俩搭个桥。让你俩先处处，相互了解了解，如果觉得合适就往一块走，如果实在合不来就当找个伴玩玩，我这兄弟手里也有几个钱。不管怎么说，他也不会亏待你的，如果他差了，我来给你补。"

"既然马总把话说到这儿了，我就听马总的。"梦婕说。

马旭龙："不过有个事儿我得提前跟你交代清楚，我这个兄弟以前也在社会上打打闹闹玩过几天，肯定也有跟社会上的人磕磕碰碰的事，现在社会上正在搞严打，为了图个安全，最近一段时间，我不希望他再抛头露面了，想让他好好地在家里待上一段时间，有吃有喝的，别往枪口上撞，等风声松点的时候再干点事也不迟。你一定要明白这一点，替我看好他，生活上照顾好他。如果你做得好，我不会亏待你的！"马旭龙说着，从包里拿出一万元钱放在茶桌上，面向梦婕说："别的我也不多说了，我就拜托你了！"

梦婕拿起钱说："马总，您就放心吧！我一定会全心地与您堂弟相处的，我一定会做好，如果合适的话，我就嫁给他。"

马旭龙把钱往梦婕面前一推，在酒杯里倒满了酒说："梦婕小姐爽快！来，祝你们在一起玩得愉快！"

然后，马旭龙与梦婕举杯对饮……

夜晚，晓兰下了夜班，走出神龙大厦，掏出手机拨通了家里的电话。

家里，乌丹正在陪着小雨玩玩具，电话响了。

乌丹忙跑过去接电话，晓兰说："乌丹，你和小雨玩够了就睡吧，我想去医院看看赵刚。另外，我带了些吃的给在医院值班的吴队长他们送去，回来可能会晚一点。"

"晓兰姐，你去吧，家里的事你就别惦记了，路上小心点！"乌丹说。

晓兰放下电话，拿出车钥匙，走到自己的车旁，晓兰上车启动轿车往医院赶去。

晓兰驾车来到了医院停车场，停下车，晓兰拎着东西往病房走，看见吴志强正在和另一名干警坐在走廊旁的凳子上在讨论着什么。

吴志强看见晓兰忙向她打招呼："晓兰……"

晓兰走上前说："吴队长，我想看看赵刚，顺便给你们带了点吃的。"

吴志强接过东西说："晓兰姑娘，谢谢你了，进去吧，赵刚可能还没睡，不过别待时间长了。"

"好吧。"晓兰说。

晓兰推门进了赵刚的病房，赵刚正躺在床上看书，见晓兰来了忙起身，高兴地说："晓兰，这么晚了，你怎么还跑来了？"

晓兰问："我给你们送点吃的，另外看看你的伤怎么样了。"

赵刚说："快好了，晓兰，谢谢你的关心！"

晓兰坐在赵刚的床边，拿出带来的水果和营养品放在旁边的桌子上，然后拿起水果刀给赵刚削苹果。

晓兰问："赵刚，你现在进步得很快，按这样走下去，你的刑期还有多长时间呢？"

赵刚回答："还有不到四年。"

"政府能给你减刑吗？"晓兰问。

"我已经记了三个功了，如果我不犯错误，估计最后能减两年，到2004年底就可以回家了。"赵刚说。

"你对自己的将来有什么打算吗？"晓兰问。

"具体的打算还没有，总之将来出去不管干什么，反正违法的事我是坚决不干了，这次的教训太深了，名誉毁了，家庭也散了，连梦婕现在做什么自己也不知道。"赵刚说。

"梦婕是谁啊？"晓兰问。

"就是我离婚的前妻。"赵刚说。

晓兰突然想起了什么，又追问了一句："你前妻今年多大了？"

"26岁了。"赵刚说。

"那她长得一定很漂亮吧？"晓兰又问。

"人长得没得说，白白的皮肤，大大的眼睛，大概一米七的个头。"赵刚说。

晓兰似乎明白了什么点点头。

"怎么？你认识她？"赵刚问。

"啊，不认识。"晓兰忙摇头说。

然后，晓兰问赵刚："你想她吗？"

"要是一点不想那是假话，要说想得掉眼泪也不至于，毕竟她也惩罚了我，她告发了我，又离开了我。"赵刚说。

晓兰手里拿着削了一半的苹果，半截苹果皮在她手里晃来晃去，晓兰低声问："那你们将来还有复婚的可能吗？"

"那段感情已经是过去的事情了，无论从她那方面，还是从我这方面，这种破镜重圆的可能性都不复存在了。"赵刚说。

"那你将来还想成家吗？"晓兰忙问。

"谁不想能有一个幸福美满的家庭呢？可是哪家的好女孩子还肯嫁给我呀？我一没权，二没钱的，更何况我还进过监狱，想得再好也不现实呀！"赵刚有些沮丧。

晓兰认真地问赵刚："如果有一个女孩子不在乎你这些，看上了你这个人，你会怎么办？"

赵刚自然地一笑说："我怎么办？这种好事我连想都不敢想，哪会轮到我的头上？"

晓兰低下头默默地削起了苹果，沉默了一会儿，晓兰抬起头看着赵刚，赵刚碰到晓兰热烈的眼神，有点手足无措。

"自从我和你们家的人产生了关系后，不知不觉中我的心就靠近了你们，从赵娜大姐那里我了解了你的过去，从我和你的接触中我看清了你的人品。"晓兰用一种深沉的语气说："赵刚，我认为你的本性不坏，犯错误也许是一时的冲动，我相信自己的判断力。"

"你说，我说得对吗？"她问赵刚。

赵刚使劲地点了点头。

"好！既然你已经承认自己是一时糊涂做错了事，那么你将来肯定会改造好的！"晓兰接着说。

晓兰忽然无限深情地说："赵刚，我不在乎你过去做了些什么，那不能代表你的以后，我知道你人品不错，我和小雨的感情很好，我真想成为她永远的妈妈，我希望你能好好改造，我等着你，你千万不要让我失望啊！"

晓兰说完，将削好的苹果递到赵刚的手里。赵刚感动地眼含泪花看着晓兰说："晓兰，谢谢你对我的一片真情，我赵刚一定不会让你失望的！"说完狠劲地咬了一口苹果说："苹果真甜呢！一直从我的嘴里甜到了心里。"

这时，走廊里响起了脚步声。晓兰站起身来说："好了，赵刚，我相信你，请你一定要把我的话牢记心里，今天太晚了，我先回去了，改天再来看你，再见！"

晓兰转身走出房间，迎面走来了邱大伟。"邱警官，你好！"晓兰忙说。

"你好！"邱大伟说。

然后，邱大伟笑着说："晓兰，这么晚了还牵挂着赵刚？又来看望他了！"

晓兰点点头。

"赵刚这人还确实不错，晓兰姑娘，如果感觉有电你们可以好好处处嘛！"邱大伟又开玩笑地说。

晓兰不好意思地低下了头。

"啊，晓兰，我有件事正想找你了解一下情况。"邱大伟说。

"什么事呀？"晓兰问。

"马旭东从监狱里跑了，你知道吗？"邱大伟说。

"我听说了，而且也知道已经发了通缉令了。"晓兰说。

"是啊！马旭东可是个穷凶极恶之徒，我们的黄队长和赵刚他们就是被马旭东和他的同伙杜青云砍伤的，杜青云被抓住了，马旭东却跑了，我们现在正全力以赴地追捕他呢。"邱大伟说。

"我能帮你们什么忙啊？"晓兰问。

"神龙集团总裁马旭龙是马旭东的哥哥，我们估计马旭东越狱后最有可能投奔的就是他，你在神龙集团上班，又是马旭龙的助理，如果你发现马旭龙有什么异常的情况或是马旭东的踪迹，我希望你能给我们的抓捕工作提供一些帮助。"邱大伟说。

"邱警官放心，如果有机会我一定会帮助你们的。"晓兰表态。

晓兰忽然想起了什么，又对邱大伟说："对了，邱警官，前几天的一个晚上，马旭龙把一位小姐带进包房，坐到很晚才走，而且还带走了那位小姐，那位小姐自从那天晚上被马旭龙带走后，就一直没有见到她的踪影，而且这段时间马旭龙经常一个人出去，不知道去哪儿。"

"你提供的情况很重要，以后你要多留心马旭龙的行踪，有什么情况随时与我联系。"邱大伟说。

"好吧。"晓兰说。

晓兰走后，邱大伟沉思了一会儿，掏出手机给马旭阳打电话："喂……旭阳吗……"

从事新闻媒体工作的马旭阳正躺在床上看画报，听到手机响，她一看来电号码，迅速从床上坐起来，接通电话。

"喂？是旭阳吗？"邱大伟问道。

"我是旭阳，你是大伟吧？"马旭阳说。

"对，我是大伟。"邱大伟说。

"今天是哪边出太阳了？想起给我打电话啊？肯定有什么事找我吧？"马旭阳说。

"算你猜对了。"邱大伟说。

"有什么事你就直说吧，只要我能办到的。"马旭阳说。"旭阳，这事电话里不方便说，我们能不能约个地方面谈？"邱大伟说。

"好哇！在哪谈？"马旭阳高兴地说。

"你选个安静，环境好一点的地方吧。"

"那就在咱俩上次待的那间咖啡屋吧。"

"那好吧。"

"不见不散！"

马旭阳接完电话，高兴地亲了一下自己的手机，随后跳下床，从衣柜里挑选衣服，换上自己满意的衣服后，又坐到梳妆台前左照右照地开始化妆。

马旭阳忙活一阵子后拎起挎包嘴里哼着小曲："久别的人，盼重逢，重逢又怕日匆匆……"

眨眼的工夫，一身时髦服装的马旭阳迅速跑下楼，钻进自己的白色本田小轿车，一溜烟地开跑了。

在海东监狱里一间遮挡着厚厚窗帘的会议室里，监狱长高天宇、政委聂清华、副监狱长梁启明和贾洪强、郑浩南、吴秋扬以及狱政科、狱侦科的十几名干警正在观看马旭东的录像资料。只见挂在墙上的投影屏幕上正在显示着马旭东的头像、走路姿势的图像以及说话声音的录音，看完马旭东的资料以后，坐在前排的高天宇、聂清华、梁启明、贾洪强、郑浩南、吴秋扬等监狱领导都转过身来。

高天宇看了看对面坐着的十几名表情严肃的干警说道："同志们！刚才我们都看过了逃犯马旭东的有关资料，这些只是马旭东的基本相貌特征，这是你们抓捕小组必须掌握的东西，但是我们还必须掌握住马旭东更详细的情况，才能为我们及时抓捕到马旭东创造更有利的条件，从我们目前掌握的基本情况分析，这次马旭东越狱脱逃能够成功，他不仅仅是得到了监狱内罪犯杜青云的帮助，更重要的是马旭东肯定也得到了监狱外人员的接应。那么，马旭东的同伙究竟是谁呢？通过我们的分析，这次马旭东的脱逃事件，可以肯定地说与马旭东的哥哥马旭龙有着必然的关系。"

高天宇转脸对坐在旁边的郑浩南说道："郑科长，请你把我们了解到有关马旭龙的情况跟大家说说。"

郑浩南应声道："是！"

郑浩南扫视了一眼在场的人，开始说道："通过我们目前已经侦察到的情况看，马旭东这次越狱脱逃绝不是孤立的事件，这个事件的背后肯定还隐藏着更大的阴谋，我们唐州市最大的私营企业神龙集团的总裁马旭龙，也就是马旭东的哥哥，这个人从小就混迹社会，劣迹斑斑。最近几年，马旭龙通过很多非法手段，很快暴富起来，并且编织了很大的社会关系网，所谓黑白两道，呼风唤雨。前段时期，因马旭龙结怨甚多，黑吃黑的暴力火拼事件接连发生，而且马旭龙没有捞到便宜。马旭龙为了稳住自己的地位，目前正在召集人马，准备反扑，预谋制造更大的血腥事件。马旭东自然就成了马旭龙急需的最得力、最可靠的头号打手。所以说，马旭龙会不惜一切代价，帮助马旭东从监狱里跑出去，根据我们这些判断，马旭东肯定不会跑远，很有可能就在我市某个地方藏匿着，我已派邱大伟同志秘密侦查、搜集有关证据，如果时机成熟、相应条件具备，我们不但要抓捕回马旭东，而且还要协助地方政法机关，将黑恶首犯马旭龙及其帮凶绳之以法，一网打尽，为稳定社会治安做出我们的贡献，情况就介绍到这里。"

郑浩南话音刚落，高天宇说："刚才郑科长谈了很多重要情况，我想在座的大家都明确我们的行动意图，我们面前的对手是一个有组织系统、有黑色经济来源，有着复杂保护背景的犯罪团伙，而且这帮人的手中很可能会有作恶的武器，根据上述情况，我宣布三条命令：第一，在我们侦查和抓捕行动中，要密切与地方公安机关合作。第二，要严守秘密，不该对外人讲的话，守口如瓶。有什么情况要及时向我和梁监狱长请示汇报。第三，在我们实施抓捕过程中，如遇歹徒持枪顽抗，暴力拒捕，可以果断将其击毙。大家都听明白了吗？"

众人齐声道："明白了！"

在一间环境幽雅的咖啡屋里，马旭阳笑眯眯地说："大帅哥，今天找我有什么事啊？是不是你让聂荣花给甩了？找我要温暖来了？"

邱大伟一本正经地说："旭阳，别开玩笑了，今天我找你是谈一件要紧的公事！希望你能帮我。"

"我还以为你是要跟我重温旧梦，真扫兴！"她随口道："什么破公事啊？我能帮你什么啊？"马旭阳不高兴地噘着小嘴说。

邱大伟沉思了一下，然后表情严肃地说："旭阳，今天我们谈的事对你我都很重要。"

马旭阳看到邱大伟一本正经的样子，有点疑惑地问道："对你对我都很重要，那是什么事啊？"

"你二哥马旭东从监狱里跑出来了，你知道吗？"邱大伟说。

"你说我二哥越狱了！"马旭阳吃惊地问。

邱大伟点点头。

马旭阳继续追问："什么时候？"

邱大伟答道："一个月以前。"

马旭阳："我怎么一点消息也没有听说？"

邱大伟："旭阳，我们是老同学，也是好朋友，我希望你在对待你哥马旭东脱逃的这件事上，一定要站稳立场，明辨是非，以国家和人民的利益为重，深明大义，协助我们抓捕逃犯，如果你知道了你哥哥的下落，请你及时向我们提供情况或督促你哥哥去投案自首，争取从宽处理。"

马旭阳听邱大伟说到这里，向邱大伟摆摆手说道："大伟，别说了，我俩哥哥翻船是早晚的事，路是他们自己走的，我二哥跑不跑，跑到哪里去，与我没有任何关系，我上次已经和你说过了，从小到大我就和两个哥哥合不来，我们兄妹之间也没有真正的感情，我不关心我哥哥的事，他俩也管不了我的事，平常我们就很少来往。大伟，我帮不上你的忙。"

邱大伟："旭阳，你能不能给我提供一些线索？比如你去你大哥那里打探一些情况。"

马旭阳："你是让我去探路？大义灭亲？"

邱大伟："不管怎么说，你和马旭龙、马旭东毕竟是一家人嘛，也许你大哥向你透露一些情况呢。"

马旭阳摇摇头说："不可能！他才不会那么傻呢。不过，既然是你求我去，看在你的面子上，我就走一趟吧。"

上午八点多，阳光早已洒满了大地。

在马旭东藏身的二层小楼内，马旭东打着鼾声躺在被窝里，怀里搂着浑身赤裸的梦婕。

忽然电话铃响了，马旭东从睡梦中惊醒，揉了揉眼睛一把抓过电话，马旭龙的声音传了过来："阿东，还没起床呢？"

马旭东："刚几点呀？"

马旭龙："早上八点多了！"

马旭东打了个哈欠问："哥，你有事吗？"

马旭龙："你们先起来，穿好衣服，等会儿我过去，有事见面再说。"

马旭龙把车停在路边，他给马旭东打完电话，自己开着车到了唐州饭店，他把车开到停车场，然后掏出手机打电话。

唐州饭店内一○一房间内的电话响了。房间里住着两个东北人，其中一个人正坐在床上玩着扑克，另一个在往镖盘上扎飞镖。

听到电话响，玩扑克的人忙去接电话问："谁呀？"

马旭龙问道："我是马旭龙，你们起来了吗？"

接电话的人说道："啊！是龙哥，我是阿建。"

"我在饭店停车场等你俩，你和阿军过来吧。"马旭龙说。

不一会儿，两个人戴着墨镜从饭店里走了出来，上了马旭龙的车。

街道上，马旭龙开着车穿大街，走小巷，专挑僻静的街道走。绕了好几圈，最后停在郊区外一栋二层小楼下，三个人一齐下车……

此刻，马旭东已经从窗户的窗帘后看到了三个人，一声门铃响，马旭东开了房门，三个人进来，梦婕忙走过来问候："马总，您好！"

"梦婕小姐，这段时间玩得高兴吗？"马旭龙说。

"有马总的关照，我过得很开心。"梦婕说。

马旭龙掏出一沓钱说："梦婕，我来了两个朋友来看望阿东，今天就不去饭店吃饭了，你上街买点现成的，随便吃点就行了。"

梦婕答应着接过钱出了门。

这时，马旭东招呼几个人坐下，马旭龙说："阿东，我这两位新交的朋友，阿军、阿建，做事怎么样？"

马旭东一挑大拇指夸奖道："哥，你真有眼力，这次要不是你派他俩接应我，我根本就跑不出来。"

马旭东走到阿军、阿建面前，拍着两人的肩膀说："两位兄弟，你们是干大事的人，以后好好跟大哥混吧！大哥亏待不了你们。"

"东哥，你放心，我和阿军也在道上做事多年，差不了。"阿建说。

马旭龙招呼几个人坐下后，马旭龙说："前一阵子关于煤矿的事，我们吃了三喜的亏，不但名誉上受到了极大的损失，而且经济上我们一年的损失也不下几百万，这个事情我们要解决，解决的最好办法就是让三喜从这个世界上彻底地消失。这件事，必须要做得干净利落，具体的事情由你们三个人亲自来完成，事成之后，我给你们准备了50万现金，你们三人一起去缅甸，在那里我开设了几家赌场，也有咱们不少的兄弟，你们就到那里去发展，在那里成家立业，到那边后你们如果没有什么特殊情况就不要与我联系，我有需要你们帮忙的时候，再打电话找你们。"

然后，马旭龙对马旭东说："阿东，为了保障这次计划的成功，你带他们俩事前多去现场提前查看一下，熟悉熟悉地形。"

马旭龙又对阿军、阿建说："你们两个在这次行动中，手脚一定要麻利，因为三喜身边的人也不是吃素的。"

马旭龙想了想又对他们三个人说："这次计划只许成功，不许失败，三喜也是个老狐狸，狡猾得很。如果一击不成，以后就不好找机会下手了，我给你们准备了几把枪，另外准备了几把刀，不是万不得已，尽量少伤其他人，我们的目标主要是干掉三喜这小子，得手后，除了车不用外，他身上的一切钱物全部带走，造成抢劫的假象。一切顺利地解决后，我马上安排你们走。"

马旭东听完马旭龙的行动计划后，摩拳擦掌，跃跃欲试，嘴里嚷着："奶奶的，老子憋得都快疯了，今天终于又有仗打了，肯定他妈的过瘾！"

"阿东，你可千万不能大意，三喜这小子不是孬种，我们这一仗获胜的希望就是攻其不备。"马旭龙说。

阿军、阿建忙不约而同地说："龙哥说得是。"

这时，门铃响。

出去买饭的梦婕回来了，马旭东给她打开了门。

梦婕大包小包的拎了一大堆饭菜进了屋，屋里的人立刻停止了谈话，阿军、阿建装作关心地询问马旭东的身体状况、生活情况。

梦婕把饭菜摆好，招呼几个人吃饭，阿军、阿建招呼梦婕一起吃。

梦婕说："你们先吃，我待会儿再吃。"说完，梦婕转身进了里屋。

里屋，梦婕正在收拾房间，马旭龙推门而入，对梦婕说："梦婕小姐，你觉得我这个弟弟怎么样？"

梦婕说："人嘛，还可以，就是粗鲁点。"

马旭龙笑着说："人嘛，哪有那么多十全十美的人呢？总的感觉不错就行了，你们两个先好好处，时间长了，相互也就习惯了。"然后，马旭龙对着梦婕说："在客厅吃饭的那俩人，是我多年的朋友，他们可能会经常过来看看阿东，你要替我招待好他们，不能让人说我马旭龙怠慢了朋友，这里的事不准跟任何人提起，你一心一意和阿东交朋友就行了，别的不要管。"

梦婕点点头。

这天中午，在工人医院里，吴玉华拎着饭盒推门走进黄涛的病房。

黄涛惊喜地说："玉华，你来啦！"

吴玉华："黄涛，我妈炖了只鸡让我给你送过来，另外，我爸问你什么时候能出院，在你出院前，我爸说他准备亲自来一趟，看望一下你们大家，尤其是那位伤得很重的杨队长。听说他当时表现得特别勇敢，差点为你丢了性命，被砍的那天还是他的生日。"

"你了解的还挺清楚的嘛！"黄涛说。

"这些都是小娟告诉我的，小娟说你工作忙顾不上她的时候，杨队长和他爱人没少照顾她。"吴玉华说。

"是啊！如果说我是个称职的警官，但我绝不是个合格的父亲，我欠小娟的太多了！"黄涛说。

黄涛又问吴玉华："玉华，你和小娟相处的日子也不短了，你感觉小娟对你的印象怎么样？"

"这孩子挺懂事的，也许是从小就没得到过母爱的缘故，她特别希望从我身上获取母爱的感觉，这也许就是缘分吧。这段时间我也觉得跟她难舍难分了。"吴玉华说。

说到这里吴玉华不好意思地说："你还是跟小娟多谈谈这些事情吧。"黄涛点点头。

在同一层杨明贵的病房，妻子高伟正在给杨明贵擦身体。高伟正在唠叨："老杨啊，你这辈子革命算革到底了，当了二十多年兵又干了多年的警察，几十年了，也没有混出个人样来，讲文的吧，斗大的字识不了几筐，写不了几笔，你在部队时，我跟你分开了那么长的时间，也没收到过你一封信，看着别人又是情书又是甜言蜜语的，我都羡慕死了，就算你不会写浪漫的词，哪怕说几句实在话对我也是个安慰呀！论武的吧，你看你这把骨头架子早被酒精泡糟了，你要是壮壮实实，这次你就不会伤得这么惨了。"

经过紧急抢救，身体素质不错的杨明贵又从鬼门关逃了出来，经过一段疗养，身体逐渐复原，听到老伴儿的唠叨，他说："高伟，我跟你夫妻几十年了，我几乎都没有听到过你表扬我的一句话，我今天都伤成这样了你也不说几句好听的安慰安慰我，这次事情，我杨明贵也不是孬种啊？！"

门外传来"我们老杨绝对不是孬种，是好样的"。原来是已退休的监狱长马玉清看望杨明贵来了，马玉清进门笑呵呵地说。

"马书记，您来啦！您快坐！"杨明贵忙坐起来伸出两只手说。

"听说你老杨这次的表现不错哦！我来慰问一下我的老伙计，一晃我们也在一起工作十几年了，真快呀！老同志走，新同志来，这不，你也快跟我回家做伴一起喝酒聊天去了。"马玉清笑呵呵地说。

"喂！老杨，听说你的脚筋被砍伤，留下残疾了，组织上怎么说的？"马玉清关心地问道。

杨明贵说："前几天，聂政委来医院看我时说，可能批准我提前退休。其他方面，聂政委还说，可按国家政策给予适当照顾。"杨明贵摇摇头又说："惭愧呀，组织上替我想的太多了，我杨明贵这十几年的警察生活经过多少大风大浪，却在马旭东、杜青云的小河里翻了船，我反省多次，虽说没有做出过什么业绩，但却在工作中出现过不少的问题，现在想想后悔呀！"

马玉清说："老杨，你能认识到这个问题就是很好的嘛，而且听说你抓捕逃犯时，表现得非常勇敢，没有给我们人民警察丢脸嘛！是个好样的嘛！"马玉清说着，从衣兜里掏出几张折叠的纸说："我把这个还给你。"

杨明贵接过马玉清递过来的信纸，惊讶地问："什么呀？"

马玉清微笑着说："我退休前，你交给我的检查呀！"

杨明贵不好意思地笑了，马玉清也嘿嘿地笑了起来。

马玉清："老杨，咱们是老警察了，时刻不能忘记自己的神圣职责，那就是人民警察执法救人，做和谐社会的忠实保卫者。"

杨明贵闻言，深有感触，他们的目光移向窗外。

第二十五章　良心未泯

　　狱警的工作，实质就是帮助在押犯拯救自己的灵魂，令人欣慰的是，他们的工作卓有成效，除少数冥顽不化的罪犯之外，大多数在押犯在人民狱警的教育感召下，走向了光明……

　　在风景秀丽的山区公路上，一辆豪华帕萨特轿车正在急驰。

　　车内，李涛手握方向盘，副驾驶位上坐着的是刘军。此二人都曾是冀东监狱的狱犯，现均已刑满释放，成为自食其力的劳动者。

　　李涛问："小军，这个月咱们公司的利润是多少？"

　　刘军回答："大概有十几万吧。"

　　李涛憧憬着发展的远景："不错！照这样下去有个三年五年的我们的公司就能达到一定的规模了，到那时我们就扩大经营范围，就不光做粮食和水果生意了，跟踪市场，搞国际贸易，我们就应该走向世界大市场，真正展示一下我们自己，干点大事业！"

　　说着，李涛叹了口气道："哎，只可惜我们今天的风采，林海生指导员看不到了，这会成为我今生的一大憾事了！我刚到二中队的时候，因为心情不好，经常找碴儿与人打架，也经常被送进严管队。后来，林指导员专门负责做我的思想工作，我就故意刁难他，不配合。他说话我就装睡觉，可真睡着了醒来后，他坐在那里还没走。有一次，我病了，感冒发烧，林指导员说：'除按时打针吃药外，最好搞点姜汤喝。'我就对他说：'那就请林指导员做点好事，给我搞一碗姜汤喝吧。'没想到，林指导员还真的不知从哪儿给我弄来了一碗加了生姜的面条汤来。说句实在话，我当时倒不是真的想喝这碗姜汤，我就是想看看他究竟怎么做，如果他说话算话，说到做到，那我就相信他，我就听他的。从那以后，我就再也没给林指导员惹过麻烦，心情也顺了，一下子由后进分子变成了先进分子，这不减了三年刑，一晃几年就过去了，哎！想想他们这些管教干警，比我们还苦哇，挣的工资不多，操心费力的事却一大堆。"

刘军也深有感触："哎，涛哥，听说林指导员家里很穷，一家四口就指望他的那点工资，而且老太太还长年有病，打针吃药，林指导员的一半工资，都花在了给老太太治病上了，但乡村的医疗条件差，始终也没有根治老太太的病，林指导员撒手一走，不但苦了老婆孩子，更苦了老人家了。"

李涛："小军，咱们在监狱服刑的时候，最希望得到队长们给的什么东西？"

刘军："当然最想得到的是记功啦！"

李涛摆摆手："你的这种说法我并不反对，但我要说的是那时，我首先想得到的是政府队长能给我更多的理解，和对我人格的尊重，虽然我犯了罪，但我还有自己的人格，如果他是一个好队长，他知道尊重你的人格，他就会教你怎么去做人，那么说我就可以相信他，跟他能走上正路，如果当初不是林指导员把我领上正路，也许就不会有我的今天，所以我李涛把林指导员视为我一生最敬仰的人。今天到了我有能力报答他的时候了，他却连个招呼也不打就匆匆地走了，我不甘心！在我的感情里，他根本就没有死，绝对没有死！他不该死，肯定还活着！"

回首往事，李涛动了真情，颗颗泪珠从墨镜后流了下来，李涛又说道："我一定要找到他，一定要把我现在的一切都告诉他，虽然他不能再跟我说话了，可我一定要把我的心里话说给他听，他听了以后肯定会非常高兴的，我要好好报答他，我要再给他立个大碑，我要给他家盖个大房子，我要把他的孩子送到城里最好的学校去读书，我要把他的母亲当成自己的母亲来奉养，只要林指导员未了的心事，我都希望帮他做好！"

刘军说："涛哥，你说得对，做人就应该这样，有情有义，爱憎分明，要不是当初林指导员挽救了我们，我们肯定也不会有今天，所以我俩应该多为他做一些事情。"

李涛："小军，我跟你商量点事，准备把这个月的利润，全部拿出来为林指导员做点事情。"

刘军："涛哥，你看怎么合适就怎么办吧。"

李涛从西服口袋里掏出一个存折说："我已在市里钓鱼台储蓄所，以林指导员爱人赵喜妹的名字存了五万元钱，她没有工作，这是我留给她将来养老的钱。"

随后，李涛又说："刘军，你打开后座上放着的那只手提箱。"

刘军闻声打开手提箱，里面装着现金。

李涛："手提箱里的十万元现金，准备留给林指导员的爱人赵喜妹，给她盖几间新瓦房。回来时，我们再把林指导员的母亲接回市里，给老人家找一个好一点的医院，彻底地把病治好，不能再让老人家受罪了。"

"好，一切按涛哥说的办。"刘军说。

说话间，汽车驶进一个小山村，车速慢了下来。

在村头，汽车停下来，俩人说着话，不知不觉到了林海生家的小村子，刘军下车向村民打听林家的住处，村民带着他俩左拐右拐到了一条街道前。在大山深处的一个小山村里，一辆豪华帕萨特轿车缓缓地驶过狭长的小巷，一位上了年纪的村民，在对着不远处一个小土坡上的几间破旧的房屋指指点点着，那位村民说："山坡上那家就是铁蛋他们家。"

"老伯，谢谢您。"刘军礼貌地说。

刘军说完坐上车，车内李涛坐在驾驶位上。

"涛哥，前边小土坡上的房子就是林队长的家。"刘军说。

李涛驾着车，通过坑坑洼洼的小石子路，向那户人家驶去。

轿车在林海生家用石块石板垒成的院门前停下，李涛和刘军下了车，向院子里打量着，只见几间破旧的房屋破败不堪，屋顶的瓦片早已坑洼不平，上面长着一些杂草，在山风的吹拂下左右摇摆，房屋的墙壁由于风雨的侵蚀，呈现出一片斑驳，墙上粉刷的石灰一块一块的都已脱落，两扇木制的窗户上蒙着一层厚厚的塑料布，两扇木门虚掩着，四面的院墙高低不平，一处倒塌的院墙用树枝临时地连接着，院子里种满了各种蔬菜，绿油油的，充满了生机，蔬菜架上结满了果实，一条由小石板铺成的小路被打扫得干干净净，通往几间房屋。

李涛和刘军见了此情此景心里都很酸楚，李涛冲着屋里喊道："屋里有人吗？"

"谁呀？"随着一阵脚步声，门"吱扭"一声打开了，从里面走出一位四十来岁的中年妇女。

妇女问："你们找谁呀？"

李涛说："请问，这里是林海生林指导员的家吗？"

中年妇女仔细打量陌生来客问道："是呀，你们是……"

刘军忙问："您就是赵喜妹吧？"

中年妇女点了点头说："我是林海生的爱人，赵喜妹。"

李涛闻言赶忙自我介绍："嫂子，我们是从唐州市来的，以前我们俩，都在林指导员所在的监狱里服刑改造过，我们俩出狱已经快两年了，林指导员的事我们都已经知道了，林指导员以前对我俩特别好，给了我俩很多的关心和帮助，听说了林指导员的事后，我们俩特地来看望一下嫂子和家人。"

"啊，快进屋，快进屋！"赵喜妹听后忙说。

李涛和刘军被让进了屋里，屋子里光线很暗，李涛和刘军摘下墨镜，揉了揉眼睛仔细地看着屋里的一切，狭窄的屋子里没有几件像样的家具，东面正中一个小茶几，茶几两边摆着两个板凳，地面是水泥打成的，这些简单的家具被擦得干干净净、一尘不染，南边土炕上躺着一位七十多岁，白发苍苍的老人，老人见有外人来，挣扎着欲坐起。

喜妹、李涛、刘军三人忙上前将老人扶起。

老人问道："喜妹呀，这两位是谁呀？"

"娘，这两位是从唐州市里来的客人，是专程看您来了。"赵喜妹说。

李涛和刘军相互对视了一眼，紧接着"扑通"一声，一起跪倒在老人的面前，李涛说："娘，儿子来看您来了！"

林海生的母亲用惊疑的目光，看着两个陌生的小伙子，忙说："你们到底是谁呀？我怎么不认识你们呢？"

随后老人又对着赵喜妹说："喜妹呀，快！快扶他们起来！"

喜妹赶忙上前去搀扶起李涛和刘军。李涛看着老人说："娘，您听我说，他叫刘军，我叫李涛，我们俩是从唐州来的，我们俩以前因为做错了事，犯了法，被判了刑，投到林指导员所在监狱服刑、改造，我们不但不反思自己的罪过，反而处处与政府作对，直到碰到了林指导员，是他在生活上关心我们，在思想上帮助我们，教给我们做人的道理，带领我们走上了正路，给了我们新的生命，林指导员挽救了我们，自己却积劳成疾，落下了病根，结果……"李涛越说越激动，话语也哽咽了起来……

刘军此时也已是泪流满面，刘军抹了一把眼泪说："林指导员是个世间难找的好人，林指导员这么早就走了，都是为了挽救我们，是我们害了他呀！害得您失去了儿子，娘，您放心，从今天起我们就是您的亲生儿子！我们来侍奉您，为您尽孝，儿子如果没本事，就是去要饭也绝对不让您老人家饿肚子。"

李涛说："今生今世我们无法报答林指导员的恩情了，您是林指导员的母亲，也就是我们的母亲，只要是林指导员的亲人，就是我们的亲人。娘！您就认下我们吧！"

李涛说到这里，就和刘军一起跪在地上给老人连磕了三个响头。

林母老泪纵横地说："好孩子，好孩子，快起来！娘认下你们了，快起来。"

李涛和刘军听后满意地答道："哎！"站起来，一边一个坐在老人身旁。

老人一只手拉着李涛的手，一只手拉着刘军的手，看看这个又瞅瞅那个，喜欢得不得了，拍着他们的手，嘴里一个劲地念叨："好孩子，真是好孩子，哎！海生地下有知，也瞑目了。"

喜妹在旁边也是喜极而泣，李涛扭头对赵喜妹说："嫂子，咱们现在是一家人了，一家人就不用客气了。"

说着李涛从西服兜里掏出一个存折，递给喜妹，接着说道："嫂子，我和小军出狱后开始做买卖，赚了一些钱，这是我们哥俩给嫂子存的五万元钱，留着你将来养老用。"

"那怎么行呢！你们挣点钱也不容易，还是自己留着吧，再说，给我这么多钱，我怎么花呀？"喜妹忙说。

"嫂子，你就把钱收下吧。"刘军说。

这时，李涛又拿过皮箱，取出十万元钱，递到喜妹面前说："嫂子，这些钱是留给嫂子盖房子用的，铁蛋一天比一天大了，也该给他准备几间像样的房子了。"

忽然，只听外边有人喊："是不是黄叔叔来了？黄叔叔……"

铁蛋跑着闯进屋里，只见有两个陌生人坐在炕上，没有见到他的黄叔叔，铁蛋愣在那里，不知说什么好了，李涛和刘军忙从炕上下来走到铁蛋跟前摸着铁蛋的小光头说："你叫铁蛋吧？放学了？"

铁蛋用一种警惕的目光看着两个陌生人说："我是铁蛋，你们是谁呀？"

喜妹对铁蛋说："铁蛋，这两位是你的叔叔，和你爸爸认识，是来看我们的。"

"他们也是警察吗？"铁蛋问道。

"不，我们是犯人。"李涛接过话说。

"不过我们已经改造好了，现在是好人。"刘军急忙补充道。

"叔叔好！"铁蛋忙向李涛和刘军问好。

"嫂子，正好铁蛋也回来了，我们一起去看看林指导员吧。"李涛对喜妹说，喜妹点点头。

一家人踏着山间小路，向林海生的墓前走去。

林海生被葬在一个小山坡上，坟的四周苍松翠柏掩映，树下长满了绿茵茵的野草，草丛中一朵朵小花绽放，吐着淡淡的清香。

山风吹过，绿草山花频频致意摇动着。

一家人来到了林海生的坟前。

李涛将带来的纸钱点燃，然后打开了一瓶酒。李涛倒了一杯，双手举过头顶说道："林指导员，和你相处了好几年，没有机会跟你喝杯酒，今天是头一回，咱们好好喝一场，喝个一醉方休，来！林队长，这杯酒我先请您喝了！"

李涛把酒洒在了林海生的坟前，然后又给自己和刘军各倒了一杯继续说："林指导员，这杯酒是我们哥俩与您的认识酒。"

李涛和刘军眼含热泪将一杯酒喝了下去，喝完，李涛又倒了一杯酒，洒在林海生的坟前。随后，李涛又和刘军各倒一杯酒，举过头顶："这第二杯酒，是我们兄弟俩的谢恩酒。"

李涛又把酒洒在林海生的坟前，然后一饮而尽，随后又给自己和刘军各倒了一杯说："这第三杯酒是我们的认亲酒，本来我们兄弟准备等我们获得新生后，跟你交个好朋友，可是你不够意思，也不打个招呼，扔下我们就走了，你就这么走了，扔下了老娘，扔下了嫂子，扔下了铁蛋，就这么狠心地走了……"

李涛抹了一把眼泪继续说道："林指导员，我知道你累了，走就走吧，你也该歇歇啦！你放心，家里的事，你就别操心了，我们现在已经是一家人了，有我和刘军两兄弟在，你就好好地歇着吧，我们会在娘的身边好好尽孝的，会照顾好嫂子和铁蛋的，你就放心吧！大哥，来！咱们一起喝了这杯我们的认亲酒！"说完，李涛和刘军一饮而尽，然后站起来，向着林海生的坟墓深深地鞠了三个躬。

喜妹和铁蛋也跪在了林海生的坟前，喜妹说："海生，你就安心地休息吧，以前的时候我就是磨破了嘴皮子你也不会听我的，现在好了，我也不用再劝你了，这回你就听话好好地休息吧，我也可以经常看到你了，也不用再为你的身体担心了，家里的事你就不用操心了，我会把铁蛋抚养大的，教他好好做人的，你就好好地歇着吧！"

铁蛋说："爸爸，铁蛋现在也长大了，地里的活我也能帮妈妈干了，我会听妈妈的话，不惹妈妈生气，好好学习，爸爸，我的学习成绩很好，老师也经常夸我聪明、懂事，爸爸，等将来我长大了也一定当个警察，帮您去做您未做完的事，我一定像您一样做个好警察！"

这时，李涛将铁蛋扶起来，递给铁蛋一大束鲜花，然后，李涛、刘军、喜妹和铁蛋四人一起向林海生的坟墓上扔鲜花……

刹那间坟头变成了美丽的花山，他们扔啊……扔啊……花山越堆越大……

自从马旭东脱逃后，监狱里加强了管理和警戒，一直较为平静。这一天，二中队办公室里十分安静。黄涛正在写自己的总结："自从刘永和、赵刚住院以后，根据改造表现，由田二亮暂时代理刘永和的主值班工作，胡桂荣代理了赵刚学习员的工作，王三这段时间也表现得非常积极……"

在直属二中队院内，田二亮正在带领同犯们练习队列。

田二亮站在八十多人的队伍面前高声喊道："按照队长的指示，今天我们专门进行队列训练，准备参加下星期监狱组织的各中队队列表演比赛，和《监狱服刑人员行为规范》知识竞赛。今天上午我们首先进行队列训练，下午进行《规范》考核，现在开始队列训练！全体都有：稍息！立正！向右看齐！向前看！向右转！正步走！一二一，一二三四！"整个队伍齐声高喊"一二三四！……"

此时，胡桂荣正站在黑板前用粉笔写中队板报，只见上面写着"直属二中队拟报减刑人员名单：刘永和、赵刚、田二亮……"

记表扬人员名单："王三、刘小春、李永军……"胡桂荣正埋头写着板报，陈明指导员忽然喊道："胡桂荣！"胡桂荣听到队长呼唤，迅速站起身来，应声答："到！"快步跑到陈明指导员的面前。

陈明说道："胡桂荣，你妻子和你女儿看你来了，跟我去接见。"

不大工夫，在接见室里，胡桂荣看见妻子秀芝和女儿小玉正坐在一个方桌旁等他。小玉看到日夜想念的爸爸，迅速跑过来，一把抱住胡桂荣的腰，大声喊着："爸爸！爸爸！我想死你了！"

然后，小玉拉着爸爸的手，向李秀芝走来。

李秀芝忙站起来，上下打量着胡桂荣，看了好一会儿，才欣慰地说道："桂荣，看你精神状态这么好，是不是心情挺好啊？"

胡桂荣笑眯眯地拉了一下李秀芝的手说："来，坐下，咱们慢慢说。"

胡桂荣拿起桌子上的茶壶，给妻子秀芝和女儿小玉各倒了一杯水，开始说道："这段时间我过得挺充实，每天从早忙到晚，协助队长搞工作，队长还多次表扬了我呢！"

小玉忙问："爸爸，队长都表扬你什么了？"

胡桂荣说："自从我治好病回来以后，我就全力以赴地开始做其他法轮功人员的思想工作，我们整个监狱一共有六名练法轮功的犯人，通过我协助政府、队长做他们的工作，他们已经全部转变了思想，开始积极地改造了。"

胡桂荣感叹地继续说道："真是事实胜于雄辩！法轮功这个蒙人害人的东西，早晚是要被人们识破的。"

李秀芝说道："要是在前几年，打死你也不会说出这些话来，你把李洪志看得比你媳妇还亲，我只说了一句李洪志是个害人精，你就跟我大吵大闹，为了这个该死的李洪志，你竟然把自己的老婆赶出了家门。"

秀芝嗔怒地用手指戳了一下胡桂荣的脑门，继续数落着胡桂荣道："我省吃俭用，辛辛苦苦攒了两千多块钱，都让你拿去买李洪志瞎编的那些破书，你的钱全让李洪志骗走了。他上美国花天酒地享福去了，你这个傻瓜，却蹲监狱来了，你白活了大半辈子。"

"爸爸，妈妈说得对，您要是把那两千块钱留着现在给我买台电脑多好啊！学电脑能学到很多真知识。"小玉说。

听着妻子和女儿的絮叨，胡桂荣惭愧地说："你们娘俩说得都对，李洪志骗了我们的血汗钱，跑到美国喝洋酒去了。"胡桂荣打了自己一个嘴巴生气地说："我真是猪脑子。"看到胡桂荣悔恨的样子，李秀芝劝慰道："算啦！猪脑子也好，猴脑子也好，都是过去的事了，吃一堑，长一智，明白道理就行了。"

李秀芝继续说："前些日子，我和晓兰、赵娜一起合伙开了一家洗衣店，生意不错，半年时间我们挣了三万多，照这样下去，等你出去后，我能攒上几万呢！然后我们俩就开个小吃店，挣个辛苦钱，一家人踏踏实实过日子。"

小玉接着说："爸爸、妈妈，我放学回家后帮你们去洗碗。"

胡桂荣叮嘱说："小玉，你走进学校去念书不容易，大人的事你不用操心，你还是用心把书念好，等长大了好好为社会做点事，会挣钱了，别忘了给我们的恩人买瓶酒喝。"

"爸爸，我忘不了。"小玉说。

小玉掰着小手指数着说："我给吴爷爷买、给黄叔叔买、给大伟叔叔买……"

"给爸爸买。"小玉望着爸爸说。

胡桂荣提醒："还有呢？"

小玉纳闷地看着爸爸，摇摇头不知如何回答，只见胡桂荣表情激动、眼含泪花地说："小玉，别忘了给我们的林队长也买一瓶……"

第二十六章 诡计多端

许许多多的服刑犯，走出监狱，犹如小鸟，获得自由，他们在享受蓝天白云，自由翱翔的时候，没有忘记高墙铁狱内的生活，没有忘记狱警苦心孤诣的教诲，没有忘记政府对他们的改造。但也有一些白眼狼，狼性不改……

轿车在公路上奔驰，李涛驾驶着车，刘军坐在副驾驶位上，林母、喜妹、铁蛋坐在后排座位上，一家人往唐州市里赶去……

李涛说："娘，这回咱们到市里的大医院去治病，山里的医生比不上市里的医生，大医院的设备好，医生的技术高，一定会把您的病彻底治好的。"

林母说："我的病这么多年了，治不好就算了。"

"娘，咱什么时候把病治好了，什么时候再出院，您老人家只要能健康长寿，就是我们的福气呀！"李涛说。

刘军表示："是啊！娘，您想吃什么、想穿什么我都会给您办好。"

"好孩子，你们的心意我心领了，花钱千万要计算着点，挣点钱不容易呀！我一个糟老婆子活了七十多岁，别为我太破费了。"林母说。

李涛安慰道："娘，钱您就不用操心了，只要您的病能治好，就是我们最大的心愿。"

刘军问："涛哥，我们准备去哪家医院？"

"就去工人医院吧。"李涛说。

刘军忽然想起了什么又问李涛："涛哥，听说马旭东从监狱里跑出来了，这事你知道吗？"

"知道，我已经看过通缉令了。"李涛说。

"马旭东这小子真是坏透了，在监狱整天的惹是生非，也净和我们哥俩作对了，这次又搞出这么大的事，我看他是自寻死路。"刘军说。

李涛愤然："马旭东这小子逃跑时，听说还砍伤了几个人，不知道是谁受了伤？如果我知道他砍伤了队长，我绝对不会放过他……"

在马旭龙的办公室里，马旭龙正跟谭云海密谈着。

谭云海："阿龙，你胆子也太大了，你帮着阿东从监狱里跑出来，这事闹得海东监狱炸了锅，听说，阿东逃跑时还打伤了好几个人。现在，全国都在通缉阿东，连咱们唐州市也都折腾得鸡飞狗跳的，你不是在玩火吗！弄不好，大家都得跟着倒霉。"

马旭龙说："海哥，你担什么心，这事连不上你，是我一手策划的，你怕什么？"

谭云海不高兴地说："哼！你说得轻巧，一旦你出了事，我是管还是不管？如果你把事情闹得无法收拾，别说我这个公安局副局长救不了你，到时候恐怕连长瑶市长也爱莫能助，你做的这件事也太不冷静了。"

马旭龙冷笑一声，从沙发上站起来，来回踱着步挖苦地说道："人未死，先愁哭，你慌什么？再说了，警方不是没有抓住阿东吗！他们不也没抓到我的什么把柄吗！谁能把我怎么样？"

马旭龙话锋一转，又抱怨地说："阿东被关进监狱这么长时间了，你怎么没想出来一个更好的办法，让阿东从监狱里出来呢？"

谭云海见马旭龙动了真气，口气软了下来安慰道："阿龙，别激动，反正事情已经这样了，咱哥俩相互抱怨也没用，还是想想下一步棋该怎么走吧！"

谭云海问马旭龙："阿龙，你把阿东藏哪儿了？"

马旭龙说："阿东在我留给你的那套别墅里住着呢。"

谭云海瞪大眼睛说道："你怎么让他住那儿了？"

马旭龙冷笑了一声说："在你名下的房子里住着不是更安全嘛！谁敢说堂堂的公安局局长家里会藏着一个逃犯。"

谭云海冷笑了一声说："亏你想得出来！"

谭云海被气得来回走动，然后问马旭龙："夜长梦多，不宜久留。那你准备让阿东什么时候离开呀？"

马旭龙说："等过一阵子，风声没那么紧的时候，我准备让阿东做掉三喜就离开，远走高飞。"

谭云海问道："阿东一个人怎么能对付得了三喜？"

马旭龙似乎胸有成竹："我已经给阿东找好了两个帮手，那俩小子是专门干这活的，手脚麻利，等他们把三喜这个狗杂种处理完以后，我就让他们几个人一起逃往缅甸，去那里帮着我们打理那边的赌场。"

谭云海问："他们怎么走？"

马旭龙说："让九哥护送他们走……"

谭云海抱怨："瞎干，真是瞎干！"

一阵警车响，两个人都紧张地站起来，走到窗前向楼下探视。

马旭阳开车来到神龙集团，锁好车门，她刚要走进大楼的厅门，迎面碰上晓兰从里面走出来。

马旭阳忙喊道："晓兰姐！"

晓兰见是马旭阳便高兴地迎向前："旭阳，哪阵风把你给吹来了？"

马旭阳说："想我大哥了，过来看看。"

晓兰说："龙哥啊，他在楼上办公室和谭副局长说话呢。"

马旭阳问道："哪个谭副局长？"

晓兰答道："是市公安局的副局长谭云海啊。"

马旭阳冲晓兰一摆手说："晓兰姐，改天再聊，我先去了，再见！"

马旭阳转身向楼内跑去……

马旭阳上了电梯，不一会儿到了十八层，她走出电梯，就向马旭龙的办公室方向走去，刚走几步，一名保安迎面挡住了马旭阳的去路。

保安说道："小姐，您好，请留步。"

马旭阳瞟了保安一眼说道："干什么？"

保安问道："请问小姐，你找谁？"

马旭阳一扬脸傲气地说："我找谁，你管得着吗？"

"马总吩咐过，没有他的允许，任何人不得去他办公室。"保安说。

马旭阳把保安推开，硬气地说道："躲一边去！你们老总是我大哥，我叫马旭阳！"

说完，马旭阳拿出记者证在保安面前一晃，就往里走。保安没敢吱声，怔怔地待在那儿。

马旭阳轻手轻脚地走到了马旭龙办公室的门外，她贴耳细听里面的动静，只听到隐隐约约的说话声从里边传了出来……

只听马旭龙说："海哥，听说省纪委已派出调查组，对长瑶市长暗中查得很紧，是吗？"

"是啊，我也一直在为长瑶大哥担心！万一他这一关过不去，那可就麻烦了。我听说市委书记吴成彬那个老头子，在上边没给长瑶大哥说好话呀。"谭云海挑唆说。

"这个老家伙，是个他妈的老正统，谁要是让他瞧不上眼，肯定就没好果子吃，前几天，我请他的秘书吃饭，他的秘书告诉我，唐州市很多人都在告我，已经告到吴成彬那里去了，说吴成彬那个老家伙，已经向反贪局的领导打过招呼，要查我。"马旭龙骂道。

"阿龙啊，无论情况怎么样，总之，现在我们都要小心点，只要他们摸不准我们的事，他们就拿我们没办法。"谭云海说。

"好了，阿龙，我还有事，先走一步了。"谭云海从沙发上站起来继续说道。

随后，谭云海又叮嘱马旭龙一句："阿东的事，你一定要把握好，千万不能出漏洞，知道吗？"

马旭龙一拍谭云海的肩膀说："四哥，你放心吧！"

马旭阳听见了马旭龙与谭云海的谈话，吓出了一身冷汗，听到房间里的人要出来，马旭阳的心脏怦怦乱跳，刚想拔腿跑，已经来不及了，马旭龙陪着谭云海推开办公室的门走出来，跨出门外的马旭龙，忽然发现一个漂亮女人远去的背影，马旭龙大声喊道："谁？站住！"

马旭阳见走不脱，忙停住脚步，转过身来。

马旭龙见是自己的妹妹，既惊喜又疑惑地走过来问道："小阳，你什么时候来的？"

"大哥，我刚来。"马旭阳故作镇静地说。

"那你怎么不进房间呢？"马旭龙问道。

"我看你办公室的门关着，还挂着'请勿打扰'的提示牌，我想你肯定是在忙工作，我就想待会儿再来找你。"马旭阳说。

一直在马旭龙身后愣神的谭云海走了过来，笑呵呵地说："这不是我们的大记者旭阳妹妹嘛！这么巧，在这我们碰上了。"

马旭阳假装客气地说："啊，是谭局长，怎么？今天谭局长这么清闲？上我哥这里串门来啦！"

"嗨，忙中偷闲嘛。我与你大哥好长时间没在一起喝酒了，今天我们哥俩喝了几杯。"谭云海应承道。

马旭阳扯住马旭龙的胳膊说："大哥，你们俩都吃饱了，我还饿肚子呢，你也请我撮一顿吧。"

马旭龙一拍马旭阳的肩膀笑着说道："小阳，你想吃什么？今天大哥好好请你一顿。"

在唐州市工人医院里，监狱长高天宇、政委聂清华、纪检书记陈明德、副监狱长梁启明等监狱领导前来接黄涛、杨明贵、刘永和、赵刚出院。

吴玉华、高伟、黄小娟、刘海燕也都赶到了医院，亲人们手捧着五彩的鲜花，各自对自己的亲人表示着自己的心意。

高天宇手握着杨明贵的手说："老杨啊，你也是辛辛苦苦大半辈子了，这次回家就好好歇歇吧，组织上考虑到这次你伤得不轻，需要好好地调养一下，所以批准你提前退休，好好在家里陪着嫂夫人安享晚年吧！"然后笑着说："老杨啊，等你感到寂寞的时候，就去找咱们的马书记聊聊天、钓钓鱼，等你们钓到大鱼吃不了的时候，就给我打个电话，我就多带几个人去帮着你们打扫战场，好不好？"

高天宇的话逗得大家哈哈大笑。

高天宇开玩笑道："嫂子，以后我就把老杨交给你了，你可要替我照顾好哇！不过，如果老杨敢气你，你就打电话向我举报，我来处理他。"

"他敢！他如果敢跟我作对，我就把他当废品给卖了，不要他这个废物。"性格开朗的高伟也打着哈哈。

大家一听，全笑了。

高伟又说道："不过，今年算是委屈我们老杨了，那天，我辛辛苦苦准备了一大桌子饭菜，等着给他过生日，可他一口也没吃着。"

高天宇说："今年的生日就过去啦，等到明年老杨再过生日的时候，我去给他祝寿，到时候我与老哥、老嫂子喝个一醉方休！"

高伟说："好！那咱们一言为定。"

这时，黄涛正在与吴玉华和小娟说着话。黄涛说："玉华，我住院这段时间，多亏了你的照顾，我才能康复得这么快，全是你的功劳哇！玉华，辛苦你了。"

吴玉华深情地说："快别这么说，照顾你是我心甘情愿的，我也早就想靠近你，跟你好好地谈谈了，这次正好给了我这么一个机会，要不是你负了伤，你肯定又没白天没黑夜地忙你的工作去了，不知道你忙到什么时候为止，难得你有时间躺下来休息一下，今天你出院了，以后见到你的机会就又少了。"

黄涛笑笑说："我们干这份工作就是这种状况，这些你已经了解的很多了，要想当个好警察就得有牺牲精神嘛！"

"这些你就不用再给我上课了，你就好好地工作吧，我理解你，不过工作归工作，你可要注意自己的身体，身体累垮了可不行啊，别让我太担心了。"吴玉华说。

"我知道了。"黄涛说。

黄涛说完话，憨憨地笑了。

"你呀！嘴上说得好，可一工作起来就又什么都忘了。"吴玉华说。

"请领导放心，这次我一定把您的指示记在心上。"黄涛说。

吴玉华"扑哧"一笑说：

"家里你就不用操心了，小娟有我照顾呢，你就放心地好好工作吧！"

黄涛点了点头。

"爸爸，您不用担心我了，我已经长大了，我能照顾好自己，现在我什么活都能做了，烧饭、洗衣服我都行，爸爸，你不在家的时候，吴老师对我可好了，我也特别喜欢她，以后你有时间也多陪陪吴老师吧！"小娟说完话冲着黄涛做了个鬼脸，跑开了。

吴玉华望着小娟的背影动情地说："黄涛，别的我也不再跟你多说了，你以后不回家的时候给我打个电话，报个平安，免得我整夜睡不着觉，替你担心，听见了吗？"

黄涛像个孩子似的点点头。

出院的日子，也是离别的时候，狱警要归岗，服刑犯也要去继续服刑。刘永和也在和女儿告别，海燕拉着刘永和的手说："爸爸，您的年纪大了，一定要爱惜自己的身体，女儿不能陪在您的身边照顾您，您不会怪女儿吧？"

刘永和："我怎么会怪你呢，要怪就怪当初爸爸做错了事，你是我的好女儿，你不要自责什么，再说，我现在的身体不是很好嘛，一般的小伙子还不如我体格好呢。要不我怎么敢和逃犯搏斗呢！"

"您的事我已经跟妈妈说了，妈妈听了后非常高兴，也很感动，妈妈希望您珍惜自己的改造成绩，继续努力，妈妈的学习还没有结束，等妈妈回来，我们再一起来看您。"海燕说。

"海燕，请你给妈妈回个话，就说爸爸现在一切都好，不用她操什么心，我会珍惜自己的，更会珍惜你们母女俩对我的感情，我更要对得起政府队长们对我的帮助挽救，他们已经用自己的行动彻底把我教育好了，我绝不会辜负大家对我的期望，我会用自己的改造成绩来回报你们。"刘永和说。

然后，刘永和问海燕："你与吴队长进展得怎么样了？"

"志强是个正直、善良、有上进心的好青年，我与他很合得来，志趣也相投，感觉很好。"海燕腼腆地说。

刘永和笑着说："那就好，那就好，吴队长的人品我十分了解，他是个可以让你托付终身的人。"

刘永和又问海燕："对了，你们俩的事，你妈妈知道吗？"

"我在电话里已经详细地跟妈妈说了。"海燕说。

刘永和忙问："你妈是什么意见？"

"妈妈说她尊重我的选择，妈妈还说，通过她对监狱干警的了解和体验，她已经对监狱的警官印象非常好，妈妈希望我把自己的感情托付给监狱警察。"海燕说。

刘永和说："那你就和志强好好处下去吧，我支持你们，不过海燕，请跟志强讲清楚，在我的改造问题上，我不需要他给我另开小灶，吃偏饭，这样对我、对他都不好，我希望用自己勤劳的汗水，洗刷掉自己身上的污点，才能问心无愧。出去以后，堂堂正正做人。"

海燕被父亲的真诚和决心所感动，海燕眼含热泪地说："爸爸，如果您刚才说的这些话，让妈妈听见了，她会非常高兴的，爸爸，祝您一切顺利……"

显然，赵刚和赵娜正在人丛中寻找着什么，显得有些焦躁不安，终于，赵刚的视线里出现了晓兰苗条的身影。晓兰今天打扮得特别漂亮，下身穿着一条贴身的休闲裤，上身穿着一件紧身圆领的毛衫，脸上化了淡淡的粉妆，一头秀发披在肩上，显得曲线玲珑，婀娜多姿，在她的怀里抱着一身粉色童装的小雨，乌丹紧紧地跟在晓兰的身后，急匆匆地向赵刚他们走来。

一股淡淡的清香扑入赵刚的鼻孔，赵刚如醉如痴地看着靓丽的晓兰，如同欣赏一幅绝世佳作。

晓兰轻轻地喊了一声："大刚！"

赵刚才如梦方醒般地说："啊，晓兰，你们可来了，都把我急死了！"

"对不起，我有点事耽误了一会儿。"晓兰说。

说着，晓兰把小雨递到赵刚的怀中说："你先抱抱孩子吧，跟你女儿说几句话，也好放心地走。"

赵刚抱起自己心爱的女儿看了又看，在小雨白里透红的脸蛋上亲了一口，小雨被赵刚的胡须扎痒，小手推着赵刚的脸，咯咯地乐了。

"小雨，快叫爸爸。"乌丹在旁边说。

小雨看着赵刚，用稚嫩的童声叫了声"爸爸"！

赵刚乐得合不拢嘴。

"乖女儿。"赵刚咧着嘴说。

说着，赵刚将小雨扛在了肩上，小雨骑在赵刚的脖子上不停地笑着，晓兰、乌丹看着父女俩高兴地玩耍，也开心地笑了。

这时，赵娜用手捅了捅赵刚说："大刚，晓兰今天特意来为你送行，你别光顾抱着女儿逗，小雨能健康地成长，不都是人家晓兰的功劳嘛！你怎么连句谢谢的话也没有啊？"

一语惊醒梦中人。

"对了！你看我这个人。"赵刚忙说。

然后，赵刚对晓兰说："我不知道该怎么表达我对你的感激之情，晓兰，真是太谢谢你了。"

乌丹在旁边插嘴说："一句谢谢就想蒙混过关啦？你总得拿出点实际行动来，向晓兰姐表示一下才行啊。"

赵刚窘迫得满脸通红，也没想出来该怎么表示，用求助的眼神看着晓兰。

"乌丹，你就别难为他了。"晓兰说。

随后，晓兰又对赵刚说："大刚，你回去后一定要继续好好地表现，听政府队长的话，踏踏实实地改造，我和小雨在家里盼你早日回来，你时刻要记住！我们娘俩在等你，听见了吗？"

赵刚激动地说："晓兰，难得你对我的这份真情，我会把你的话牢记在心里，我会用自己的全部热情，走完我最后的改造路程，晓兰，等我出狱那天，我希望你能带着小雨到监狱的大门口来接我，如果你同意，我们俩就在监狱的大门口举行结婚典礼，我也盼望着，从我走向新生的第一天起，你就陪在我身边，共度幸福生活，让我俩永远相随，白头到老。"

晓兰听后，也万分激动地说："大刚，你希望的那种日子，我也在天天地盼望着，等你出狱的那天，我一定穿上婚纱，在大门口等你。"

乌丹在一旁听着赵刚和晓兰的谈话，深受感动地说："哎呀！你们好浪漫，晓兰姐，到时候我一定要给你做伴娘。"

乌丹又对赵刚说："未来的姐夫，别忘了举行婚礼的那天给我这个做伴娘的赏点喜钱哦！"

乌丹的话把在场的人全逗笑了。

赵刚摸着小雨红苹果似的脸蛋说："小雨，喊爸爸！"

"爸爸！"小雨高兴地叫着。

"小雨，喊妈妈。"赵娜指着晓兰说。

小雨伸出胖乎乎的小手去抓晓兰，连声叫着："妈妈！妈妈！"

第二十七章　各奔东西

人们追求的幸福是多种多样的，有精神的、有物质，有奉献的、有享受的，至于什么是幸福，每个人给出的答案不同，追求的标准也不同。亲兄热妹，道路各异……

马旭龙和马旭阳坐在一间包间里，餐桌上摆放着美味佳肴，马旭龙打开一瓶XO洋酒，给妹妹旭阳倒了大半杯，自己斟上了满满的一杯，端起酒杯说："小阳，说起来，我们兄妹有大半年没在一起吃饭了，你工作忙，我们经常见不上面，大哥也很想你呀。来，咱们兄妹俩先喝一杯。"

马旭阳也端起酒杯，跟马旭龙碰了一下后，也喝下一大口。

马旭龙放下酒杯，伤感地说道："小阳，咱爸去世得早，妈妈辛辛苦苦把咱们几个孩子拉扯大，挺不容易的，她老人家图的是什么呀？不就是图得我们将来都有出息，能混出个人样来吗！不就是盼着我们几个孩子在一起，好好相处嘛。"

说到这里，马旭龙又给自己倒满了一杯酒，一仰脖，一口干了下去。

马旭龙和马旭阳兄妹俩还在继续喝着酒。马旭龙叹了一声说道："唉！我拼搏了这么多年，钱挣了不少，别人看我的眼神也变了，该有的，我都有了，可光有钱有什么用呢？"

"大哥，你今天是怎么了？心情这么差？"马旭阳说。

马旭龙又给自己满满地倒上一杯酒，一口喝下去后，舌头发硬地说："我、我、我有很多话想、想、想和你说，可你、你、你脾气太倔，看、看、看不惯我、我和你二、二哥干、干、干的事，我、我、我们仨，就、就、不像、像一家人，你二、二哥，被抓、抓、抓进监狱，你、你、你连一、一次、都、都没去看、看、看你二哥。"

马旭阳看着已经喝醉的马旭龙故意说道："大哥，那我明天就去监狱看二哥。"

马旭龙胡乱地摆着手说："别、别、别去了，你二、二哥不、不在监狱。"

马旭阳故意问道："我二哥不在监狱？那他在哪儿呀？"

马旭龙眯着一双醉眼，身体趴在桌子上，用手指着门外说："他、他、他正搂着女、女、女人睡、睡、睡大、大觉呢。"马旭龙说完，呼呼地打起了鼾声⋯⋯

马旭阳看着马旭龙烂醉如泥的样子，心里充满了矛盾的感情，眼睛里流出了连自己都说不清楚的泪水。

突然，马旭阳的手机响了起来，马旭阳赶紧走出包间接电话。

只听电话里说："喂？是旭阳吗？我是邱大伟。"

"大伟，是我。"马旭阳回答道。

"你打听到什么情况了吗？"邱大伟问道。

马旭阳思忖了一会儿说道："还没有，再给我一段时间。"

上午的医院门口，行人络绎不绝。这时，一辆奥迪轿车驶进医院的大院。

汽车停下，唐州市委书记吴成彬笑容可掬地走下车来。高天宇等监狱领导忙迎上去说："吴书记，您工作那么忙，还亲自跑一趟。"

吴成彬说："再忙，我也得来看看你们，你们都是好样的，我不能放过向你们学习的机会呀！你们为党做事，我也是为党做事，只不过岗位不同嘛！谁做得好，我们就应该向谁看齐，高监狱长，你说对吗？"

高天宇说："是啊，吴书记，我们有许多优秀的同志，为党、为人民确实付出了很多宝贵的东西呀，我们不能忘记他们。"

高天宇说完，指着站在自己身边的黄涛和杨明贵向吴成彬介绍说："这位是黄涛队长、这位是杨明贵队长。"

吴成彬握着黄涛的手哈哈笑着，对高天宇说："这位黄队长，我们是老相识了。"随后，吴成彬又对黄涛和杨明贵说："你们的英雄事迹，我早就听说了，让我深受感动啊，你们不畏顽凶，勇敢地与逃犯拼斗，在危险之时挺身而出，这种为党、为人民的牺牲精神，值得我们好好地学习啊！"

接着吴成彬又表扬了在抓捕逃犯时负伤的刘永和、赵刚。吴成彬对他俩说："你们能够协助政府、队长勇敢地抓捕逃犯，充分地证明了你们的改造思想的进步，这是监狱警官对你们的教育结果，希望你们继续努力，用更大的改造成绩争取立功，减刑，早日回家与亲人们团聚。"

这时，一辆帕萨特轿车鸣了一下喇叭驶进了医院，院子里的人们不约而同地把目光聚集在那辆轿车上。

李涛和刘军从车的前门下来，喜妹和铁蛋也从后车门走下来，然后，李涛和刘军又从后车座上，搀扶下来一位白发苍苍的老妇人，李涛和刘军搀扶着老妇人向人群走来。

吴志强眼尖，高声喊道："铁蛋！"

"喜妹！"杨明贵也随即喊道。

吴志强和杨明贵同时向喜妹和铁蛋娘俩迎了过来，高天宇等监狱领导也走了过来。喜妹惊喜地望着众人，对高天宇说："高监狱长，我带着婆婆看病来了。"

高天宇指着李涛和刘军问："这两位是……"

李涛对高天宇说道："高监狱长，您不认识我了？我是李涛哇。"

刘军也赶忙对高天宇说："高警官，我是刘军啊。"

高天宇一拍自己的脑门说："我想起来了！你瞧我这记性。"

黄涛忙问："你们俩怎么和喜妹他们在一起呀？"

"他们俩去祭拜海生，还认我娘做了义母，说要替海生尽孝道，这不，他们俩非要把我娘接到医院来治病。"喜妹赶忙解释说。

高天宇冲李涛和刘军高兴地说道："好哇，我们的监狱警官，没有对你们白付出辛苦啊，他们得到回报了，你们是好样的！做得很对，我支持你们！"

高天宇又激动地把李涛和刘军介绍给吴成彬书记说："吴书记，这两位小伙子都曾经在海东监狱服刑改造过，如今都成大老板了。"

吴成彬感动地对高天宇说："这些都是你们的功劳哇，过去他们在社会上犯罪，当地公、检、法机关，依法判决之后就交给你们了，最后真正把他们改造成人的是你们这些监狱的同志们啊，你们的功德是令人敬佩的，今天我看到了这两位改造典型，想想还有那么多正在追求光明的人们等着你们去挽救，监狱的事业伟大而神圣，你们监狱干警为社会做出了巨大的贡献，我代表全市人民向你们表示衷心的感谢。"

吴成彬的话音刚落，在场的人都热烈地鼓掌。

海东监狱严管队的一间小号内，杜青云在一张小床上，只见他脸色苍白，眉头紧锁，双眼狰狞地望着房顶，眼前不断地浮现出越狱脱逃时砍杀的情景，只见满天是红的，满地是鲜血，他越想越恐怖，浑身忍不住在颤抖着，脚上的铁镣"哗啦，哗啦"配合着他的抖动，他不禁双手抱头，想从眼前的恐怖景象中逃出来，却又挥之不去。

这时，只听"咣啷"一声铁门响，狱侦干警邱大伟和另一名干警走了进来。

"杜青云，起来。"邱大伟说。

杜青云把眼睛一闭，装作没听见，邱大伟大喊一声："杜青云！起来，提审。"

杜青云还是一动不动，邱大伟与另一名干警走进小号，一下子把杜青云架起来，带走了。干警架着杜青云进了一间提讯室，将杜青云锁在了一个铁椅子上。狱侦科长郑浩南和邱大伟坐在审讯台后面的椅子上。

邱大伟将审讯记录准备好，对郑浩南说："开始吧。"

郑浩南对杜青云说："杜青云，下面我问你的问题，你要如实回答，听见了吗？"

杜青云抬头看了看郑浩南，他是死猪不怕开水烫，满不在乎地说："愿意问，你就问呗。"

郑浩南说："你和马旭东预谋逃跑有多长时间了？具体什么时候？谁主谋的？"

杜青云歪着脑袋说："你们问马旭东去吧，他会告诉你们的。"

郑浩南厉声："别耍滑头，他是他，你是你，现在是看你的态度。"

杜青云眯缝着小眼，一脸无赖样说："看我什么态度？我是死猪不怕开水烫，已经走到这份儿上了，态度好坏还不是一样，到头来还不是吃枪子，你们别浪费时间了，以后也别再问我了，趁我还没死的时候，让我好好睡几天觉吧。"

邱大伟厉声问道："杜青云，你态度老实点！你想睡觉就睡觉吗？"

杜青云哀叹了一声说："唉，人都快死了，你们就别再打搅我了。如果你们想发发善心，临死让我做个饱死鬼，就整点实在的，请你们给我搞点酒来，弄点肉来吧。好好地让我吃上几顿，临死别太亏了我，我在阴曹地府也会感激你们的，至于怎么密谋逃跑，跑出去干什么，我一概不知，你们去问马旭东好啦。"

郑浩南提醒说："杜青云，你自以为自己在充英雄，当好汉，讲哥们义气是吧？其实你错了，马旭东只不过是把你拉出来做个垫背的，他是在利用你的义气来达到他不可告人的目的，马旭东跑了，留下你垫背，你以为他一个四处逃命的人，能回来帮助你吗？"

"我们这些在道上混过的，有我们的规矩，你怎么知道他不会来帮我？"杜青云反问道。

郑浩南轻蔑地一笑说道："杜青云，马旭东怎么帮你，平常在一起服刑的时候，马旭东也许给过你一些帮助，只不过是一些吃的、抽的，但他是在收买你，让你给他将来做替死鬼，你知道吗？你把他对你的那点可怜的施舍，看作是一种仗义，那你也太没有思想了吧？你说自己在社会上也混过几年，难道这些小问题还需要我给你解释吗？"

杜青云瞪着一双阴森的眼睛看着郑浩南问："郑科长，马旭东跑了吗？"

"跑了。"郑浩南说。

杜青云点了点头……

"杜青云，你知道马旭东可能会跑到哪里去吗？跑出去他和你讲过要干些什么吗？请你回答我！"郑浩南问。

"郑科长，你也太拿我杜青云当小孩子看了，我会那么痛快地告诉你吗？你能给我什么好处？放了我，不可能，不杀我，恐怕你又做不了主吧？趁我没死，我还是求你多给我留些人情吧，为我做点实际点的事，也许哪天我被你感动了，或许还能帮你点什么，就看你郑科长够不够朋友了。"杜青云说。

"你有什么要求？说说看。"郑浩南问。

"咱们打开天窗说亮话，这一次，我杜青云也不指望你们饶了我，我肯定早晚会吃枪子，我杜青云帮助马旭东逃跑，他跑了，我留下了，只不过是在当时情况下，我俩都难脱身，我想既然跑了，就跑出去一个算一个，也不是我杜青云对他有什么太仗义的东西，当时黄队长、杨队长拼死拉住我不放，我也只好当垫背的了。"

"你知道马旭东可能跑哪去吗？跑出去要干什么吗？他能回来帮你吗？"郑浩南问。

"马旭东将来回头帮我，那是不可能的事，这个我自己心里也很清楚，至于他跑出去干什么，跑哪去，我说句实话，我确实还知道一些情况，不过我也不会就这么痛快地告诉你们，如果我向你提出的事，你办得还可以，那我杜青云做事也不会含糊。"杜青云想了想说。

"你有什么要求？"郑浩南说。

"不高，每天供我一包香烟，三顿肉菜，半斤酒就行了。"杜青云说。

"你还挺能讲条件的。"郑浩南说。

"前两条我可以答应你，后一条不行。"郑浩南想了想说。

杜青云一听有门，笑嘻嘻地说："郑科长，求你好事做到底，发发慈悲吧！要不就给我喝二两，二两行吗？"

郑浩南果断拒绝说："一两也不行！"

在海东监狱直属二中队的办公室里，陈明指导员正在办公桌前批阅二中队的押犯们写的学习体会，还不时地拿起笔在学习体会上写着什么……

这时，办公室的门开了，黄涛、吴志强精神抖擞地走了进来，陈明抬头一看，忙迎上去握着黄涛的手说："黄涛，终于把你们盼回来了。你们回来就好了，这些日子也实在把我忙得够呛。"

黄涛关切地问："陈指导员，最近队里的情况怎么样了？"

"总的来说还算稳当，不过这次马旭东和杜青云的逃跑确实给在押的人员造成了不小的震动，这段时间组织大家学习，效果还算不错，我要求所有人员都向中队写一份学习体会，发动大家积极讨论、查找问题。这段时间犯人值班组组长刘永和、学习员赵刚都不在，队里的押犯胡桂荣主动承担起了组织大家学习的任务，田二亮、王三等人也积极协助维护监内秩序和搞好环境卫生的责任，这段时间，中队也没有发生打架、赌博等违反监规、监纪的事。"陈明说。

"好，陈指导员把中队管理得井然有序，真是辛苦你了。"黄涛说。

"还是你黄涛打下的基础好哇。"陈明说。

"中队全体服刑人员好长时间没有见到你们了，都很想念你们，很多人还向我打听你黄涛的伤势情况呢，我想刘永和、赵刚也回来了，针对刘永和与赵刚的表现，我们组织个学习讨论会，发动大家以他们俩为学习的榜样，争做好人好事，坚决与坏人坏事作斗争，你们看行不行？"陈明接着说道。

黄涛一听高兴地说："好哇，咱俩想一块去了，开个会，鼓励一下大家，再说我也确实挺想他们的。"

在二中队的监舍内，八十多名犯人早已整齐地坐好，等候他们日夜想念的黄队长，当黄涛出现在门口时，全体押犯起立，以热烈的掌声问候他。

黄涛、陈明、吴志强、唐亮四位队长坐下来，黄涛示意大家坐下，黄涛首先讲话说："大家好！很长时间没有和大家坐在一起了，很想念大家！大家身体都好吗？"

大家齐声说道："好！"

"前些日子我们中队出现了两个抗改分子，企图越狱逃跑，杜青云当场抓获，马旭东暂时逃脱了，这事我们需要进行认真的反思和检查。但是，通过这个事件，也涌现出了几位舍己救人，勇于同犯罪分子坚决作斗争的先进分子，今天刘永和、赵刚也已伤愈归队了，我们为他们的胜利归来表示欢迎！"黄涛说。

大家给予热烈的掌声……

"我们在座的各位都应该以他们为榜样，学习他们不畏强暴，敢于与犯罪分子作坚决斗争的精神，学习他们舍己救人，勇于献身的高尚品质，下面，我们请刘永和谈谈他的改造体会。"黄涛继续说道。

大家再次鼓掌欢迎，刘永和站起来说："队长好！大家好！下面我说说我的改造体会，转眼我已经来咱们二中队服刑两年多了，回想刚来的时候，那时我的思想压力特别大，想想自己当初在外面时，不能说位高权重，但也是要风得风，要雨得雨，一下子从一个国家干部跌落为一个囚犯，思想一时转变不过来，我的年纪也大了，刑期又那么长，心理压力确实很大，总希望能通过一些社会关系，用不正当手段来减短自己的一些刑期，我的这种思想被队长和家人发现后，他们耐心地帮助我、教育我、做我的思想工作，给我摆事实，讲道理，使我看清了自己的犯罪给国家和社会所造成的危害和损失，帮我查找出了自身的缺点、错误和犯罪的根源，使我认识到了只有认罪、悔罪，踏实改造，改掉恶习，才能重获新生，走出了思想误区后，我豁然开朗，我想既然自己已经犯了罪，就该有勇气承担责任，洗刷罪恶，重新做人，重新创造未来的世界，所以在这种思想的支配下，自己也能够自觉地投入到改造生活中去了，心里踏实了，生活也变得多彩了，当我发现马旭东、杜青云企图逃脱，危害政府队长生命的时候，自己的思想本能地意识到，这是一个非常事件，是邪恶与正义的较量，所以，我毫不犹豫地选择了正义，冲了上去，这是政府挽救教育的结果，也是自己积极改造的成绩，我的话讲完了！"

监舍内再一次响起热烈的掌声，接着赵刚也做了简单的改造总结报告。

黄涛说："刚才，他们两个现身说法，总结做得很好，下面大家进行一下讨论，说说自己的改造体验，今后的改造目标，如何把向刘永和、赵刚学习的口号落实到实际行动中。"

二中队的全体押犯都积极参与，踊跃地举手发言，都表示要以刘永和、赵刚为榜样，走积极改造道路的决心。

和煦的阳光透过明亮干净的玻璃窗照在服刑人员的脸上，使他们看到了光明，看到了希望，热烈的讨论发言结束后，黄涛总结说："今天，大家的发言都很好，我们就应该向好人好事学习，同坏人作坚决的斗争。"

"为了监狱更加稳定，希望你们互相帮助，互相监督，发现坏人坏事和安全隐患都要立即报告。"黄涛接着说道。

全体押犯高声答道："是！"

最后黄涛宣布："经监狱党委会研究决定，为了对刘永和、赵刚的先进事迹进行表彰和奖励，监狱已经向唐州市中级人民法院上报了，准备为刘永和、赵刚各记大功一次，呈报减刑各两年的减刑材料。"

　　这时，全体服刑人员欢呼雀跃，纷纷涌向刘永和、赵刚，和他们紧紧握手，祝贺他们取得的成绩，大家沉浸在无比欢乐、喜悦的气氛中，黄涛、陈明、吴志强、唐亮也欣慰地相视而笑。

第二十八章 再开杀戮

已经退休的看守所所长，早晨遛弯时，偶然发现越狱潜逃犯，他跟踪追击，发现他们藏匿的窝点，不幸的是螳螂捕蝉，黄雀在后，老所长落入残忍歹徒之手，命运如何？实难预料……

夜幕降临在唐州市区，街道上华灯初上。

秋叶飘落，天气一天比一天凉了。

街道上的行人也稀少起来，在马旭东躲藏的楼上，透过窗帘，隐约可见一丝灯光，在二楼的卧室里，一盏粉红色的台灯发出柔和浪漫的光线。

马旭东躺在柔软的床上，梦婕坐在马旭东的身边陪他说话："梦婕，你跟我在一起也有一段时间了，对我阿东什么感觉呀？"

梦婕说："我感觉你这人还行，如果你踏踏实实地过日子，别再去干犯法冒险的事，我倒觉得和你在一起蛮开心的。"

马旭东掐了梦婕一把说："你小嘴倒挺乖的，哎，梦婕，我将来如果有一天想离开唐州，远走高飞，你跟我走吗？"

梦婕问："去哪儿啊？"

马旭东说："还不一定呢，不过，早晚是要离开的。"

"为什么？"梦婕问。

"你别问那么多了，反正是要离开，越远越好。"马旭东说。

马旭东忽然坐起来，扳住梦婕的肩膀问："梦婕，你能跟我一起走吗？"

"我也有过想离开唐州的想法，可去哪儿呢？"梦婕说。

"不管去哪儿，只要老子手里有钱，就什么都不怕！"马旭东说。

这时，电话响了，是马旭龙打来的。

"阿东，我现在在你楼下，梦婕睡觉了吗？"马旭龙说。

"还没有，我们正在聊天呢。"马旭东说。

"你让梦婕先睡觉，你穿好衣服等我，我马上上去。"马旭龙说。

"好的。"马旭东说着穿衣服，走下二楼。

楼门响，不一会儿，马旭龙开了房门进来，手里拎着一个大皮箱。

马旭龙一屁股坐在沙发上，打量楼梯一眼，警觉问道："阿东，梦婕睡了吗？"

马旭东指了指二楼说："她已经睡下了。"

马旭龙将皮箱放在茶几上，打开皮箱，从里边取出两把短柄的五连发猎枪和一把仿六四式手枪。

马旭龙对马旭东说："阿东，你们今晚行动。现在，三喜挺猖狂的，我们要打狗也要防止被狗咬伤，就得必须争取一次成功，彻底干掉他，事情办完后，由老九护送你走，让老九想办法送你去缅甸，这段时间你不能和我联系了，以后一切事情由老九帮你安排。"

"哥，我知道了。"马旭东说。

然后马旭东又问马旭龙："哥，那两个东北人怎么处置？"

"事成之后，我先安排他们连夜赶回东北，找个偏僻的地方躲一阵子，等时机成熟之后，你们在缅甸会合。"马旭龙说。

"哥，怎么不让他们跟我一起走呢？"马旭东问。

"一起走的话，目标太大，再说了，他们两个都是身负命案的逃犯，有案底，全国公安机关都在网上通缉追逃，我们还是先为自己着想吧。有利就合，没利就散。"马旭龙说。

"阿东，这两个东北人是我专门为你挑选的，至于以后怎么用他们，你脑袋也不笨，你自己看着办吧。"马旭龙继续说。

"哥，我还有一件事。"马旭东说。

马旭龙："什么事？"

马旭东："梦婕怎么办？"

马旭龙："你觉得她怎么样？"

马旭东："我倒觉得她不错，挺合我的胃口，刚才我也用话试探过她了，她说她愿意跟着我，我说想离开唐州市，她正好也有离开唐州市的意思。"

马旭龙点了点头，想了一会儿说："阿东，如果她愿意跟着你也好，一是生活上有个照顾，二是以后出出进进也好做个掩护，如果你真的喜欢她，就留在身边吧，别亏待了她。"

马旭东点了点头又问："哥，咱们什么时候动手啊？我可早就在这个小窝里待腻了。"

"干大事不能毛手毛脚，稳住阵脚，这两天我准备了车，三喜矿上的情况你先熟悉一下，踩好点后，瞧准时机，马上动手。"马旭龙说。

随后，马旭龙又从皮箱内拿出一个大塑料袋，对马旭东说："阿东，这里是三十万现金，你先拿着应急，等你把事情办完后，马上去缅甸，千万记住！不要再跟我直接联系，关于你的情况，我会通过老九了解清楚。"

"好。"马旭东说。

在海东监狱的会议室里，高天宇正在召开科长以上干部会议。

高天宇说："马旭东、杜青云的逃跑事件已经过去半年多了，这个案子不破，我们心里犹如压块石头，吃不香，睡不着。我们一定要尽快破案，给受伤的同志报仇，杀杀罪犯的气焰。同时，通过这次脱逃事件，我们要总结经验，认真吸取教训，防止类似事件的发生。"然后，高天宇问郑浩南："关于杜青云的审讯情况进展得怎么样了？"

"刚开始时，杜青云的态度非常恶劣，一问三不知，闭口不答，通过多次做他的思想工作，他的思想有所松动，开始与我们谈了一些事情，我估计，如果我们再加强一步工作，他会交代出一些有价值的东西。"郑浩南说。

"好吧，你们狱侦科目前的工作重点就是如何尽快侦破这起合谋越狱逃跑事件，抓回逃犯，要加大侦查力度，并与公安机关紧密配合，协调行动，在没有抓获马旭东以前，可以把杜青云的犯罪事实专项立案，侦查终结后呈报检察院和法院，请求判决。"高天宇说。

高天宇又问郑浩南："关于马旭东的抓捕，你们有什么新情况了吗？"

"根据我们初步掌握的情况看，马旭东的越狱逃跑不是一个孤立的事情，他的背后很可能隐藏着一个很复杂的东西，据了解，马旭东的哥哥马旭龙是一个社会背景和社会关系都非常复杂的人物，我们怀疑马旭东的逃跑与马旭龙可能有直接的关系，而且马旭东很有可能就在马旭龙的保护伞里躲藏着。"郑浩南说。

"郑科长，你推断的依据是什么？"高天宇问道。

"我们目前尚未掌握确凿的证据，所以目前我们通过各种途径搜集情况，另外公安部门提供的资料显示，马旭龙多年来在唐州一带称霸一方，是个黑白两道的头面人物，发迹荣华的后面可能隐藏了大量的血腥，只是现在他有钱了，势力越来越大，编织的关系网也越来越密，抓不住他的铁证不好动他，如果通过抓捕马旭东的机会，深入调查，细致的工作就有可能也会获得马旭龙的罪证，那么，我们可以帮助有关方面，揭开一个非常大的黑洞，为铲除邪恶势力做出我们的贡献。"郑浩南说。

"好，我们看问题就应该看得远一点，做事情也应该有个大局观念，继续努力吧，有什么问题和困难及时向党委提出来，我们会给予全力帮助和支持。"高天宇说。

这时，聂清华对狱侦科科长郑浩南说："郑科长，下个月省监狱管理局，组织全系统狱侦部门业务技能知识竞赛活动，你准备派谁去呀？"

"我们准备派邱大伟去，他在这方面比我们都有优势。"郑浩南说。

"那好吧，让他好好地准备准备，争取得个好成绩回来。"聂清华说。

"是！"郑浩南答。

高天宇又对狱政科科长贾洪强说："贾科长，请你们狱政科的同志利用这次马旭东和杜青云的逃跑事件，认真组织一下全监狱的安全自查活动，要防止类似事件的再次发生，对各监区监舍进行全面的安全检查，每个月不能少于两次狱政科组织的安检活动。"

"是！"贾洪强答道。

然后高天宇对教育科科长吴秋扬说："吴科长，你们教育科要把直属二中队的押犯刘永和、赵刚的先进事迹广泛地进行宣传和组织学习，鞭策后进，表彰先进，要把学先进的活动不断引向深入，使狱内形成良好稳定的改造气氛。"

"是！"吴秋扬答道。

高天宇问其他监狱领导还有没有什么事。

"没有了。"大家说。

"今天会议上决定的事，回去以后各部门都行动起来，散会。"高天宇说。

在马旭东躲藏的二层小楼内，梦婕起床后忙着做早饭，不一会儿饭菜飘香。马旭东懒洋洋地睁开了眼，一摸身旁，不见了梦婕，嘴里喊道："梦婕！"

梦婕从厨房走进卧室，在马旭东的脑门上亲了一口说："懒包，快起来吧，太阳都该晒屁股了，早饭我已经做好了，快起来！咱们吃饭吧。"说完，梦婕转身出去，把饭菜从厨房里端出来摆在饭桌上，马旭东起床后洗漱完毕，与梦婕共进早餐。

马旭东一边吃一边对梦婕说："梦婕，我们可能马上就要离开这里了，如果你真的愿意跟我走，你今天就把要处理的事全部处理完吧。"

"这么急？"梦婕说。

"我今天去取钱，顺便把自己的事处理一下，这两天就走。"马旭东说。

"那我一会儿回家一趟，看一下我爸爸、妈妈和妹妹，晚上我可能不回来住了。"梦婕说。

"晚上你不回来住，让我一个人抱着枕头睡啊？"马旭东说。

"我顶多在我妈那里住一晚，明天就回来。"梦婕说。

两人吃完了饭，梦婕收拾了碗筷，就出门处理她的事去了。

梦婕刚走，电话响。马旭东就给马旭龙挂电话，电话接通了。

马旭东说："哥，我现在一切都准备好了，你让那两个东北人过来吧。"

"梦婕呢？"马旭龙问。

"梦婕出去了。"马旭东说。

"阿东，胜败在此一举，你明白吗？要干得干净利落，千万不要留尾巴，免除后患，你自己也要多加小心，见机行事。"

"哥，你就别担心了，我知道该怎么办。"

"阿东，哥在道上混了这么多年，能有今天全仗着你帮我了，这么多年的经历给我感触最深的，就是关键时刻还得靠自己的兄弟，旁人是靠不住哇，不是万不得已，我不会让你去拼命的。"

"哥，从小到大，咱哥俩一起出生入死，闯到现在也不容易，我没有你那种头脑，你是个干大事的人，而我只懂得舞刀弄枪、冲锋陷阵，这么多年全靠你处处护着我，吃、喝、玩闹我也没少折腾，我这辈子也值了，现在你有事需要我，我怎能畏缩不前呢，以后的命运就看我的造化了。"马旭东也动情地说。

"阿东，你多保重吧，哥今天就不过去了，一切你自己掌握就是了，我马上通知他们俩，让他俩把房间退了，去你那里。"马旭龙说。

"好吧。"马旭东说。

马旭东放下电话，从抽屉里掏出"仿六四式手枪"慢慢地擦拭着，然后他将枪口指向不远处的一只花瓶，嘴里说道：

"三喜子，狗杂种，你他妈别怪我手黑，谁叫你他妈的瞎了眼，惹到我大哥头上呢。"说完嘴里发出"叭"的一声。

然后马旭东脸上露出了狰狞的笑容，仿佛三喜已被他真的杀掉了。

忽然，外边传来了脚步声，他两步跨到门边，通过门上的观察孔向外看，只见阿军、阿建在敲门，马旭东将门打开，阿军、阿建进了屋叫了声：

"东哥！"

　　然后，他们三个人就坐在沙发上密谋杀害三喜的计划，马旭东将两把猎枪和两把匕首交给阿军、阿建，两个人熟练地试了试枪，检查完后，将子弹装上了膛。

　　"今天晚上我们去三喜的煤矿踩点，先把有些情况摸清楚，过两天，我们就对三喜下手，干掉三喜以后，你俩迅速离开唐州市，回东北老家躲一阵子，然后，我们在缅甸会合，以后你们哥俩就在缅甸帮我做事，这是大哥的安排。"马旭东说。

　　张军说："我和阿建一切听从大哥的吩咐。"

　　马旭东说："好，晚上八点，我们就去三喜的矿上。"

　　晓兰正在百货大楼领着小雨买衣服，在五颜六色的童装货架上，晓兰挑选了几件合意的衣服，付完款，抱着小雨准备给她去买玩具。

　　这时，晓兰的手机响了，晓兰忙接听电话，是赵娜打来的。

　　"晓兰，小雨的妈妈许梦婕给我打电话说，想要见见小雨，她说要和男朋友去广州办什么公司，可能这一去就不回来了，所以她想在临走前见小雨一面，我当时没有给她肯定的答复，我想先听听你的意见，再给她回话。"赵娜说。

　　晓兰想，自从那天晚上，梦婕和马旭龙走后一直都没有露面，怎么这么快就有了男朋友了？而且还要去广州，一去就不回来了，这里边透着古怪，肯定有什么秘密，于是晓兰忙说：

　　"赵娜姐，你就约她在北湖公园东门口见面，我们一起去和她见一面。"

　　"那好吧。"赵娜说。

　　此刻，在北湖公园东门口，梦婕焦急地左顾右盼等待见女儿小雨一面。

　　公园两旁的花池里，朵朵荷花含苞待放，可她无心欣赏，眼光在来往的人丛中搜寻着。这时，一辆白色本田轿车停在她的面前，晓兰探出头来喊了声："梦婕！"

　　"啊，是晓兰姐，你怎么来了？"梦婕一看说道。

　　晓兰一指车后座，这时，赵娜抱着小雨从车上走出来，梦婕忙抢上几步抱过小雨，顿时两眼流下了两行热泪。"小雨，妈妈好想你呀！妈妈对不起你！"梦婕哭着说。

　　晓兰从车里走出来，走到梦婕面前说："梦婕，孩子现在生活得很好，你不用担心，我会照顾好她的。"

　　"晓兰姐，这是怎么回事？"梦婕忙问。

　　"我已经认小雨做女儿了，而且，那个在监狱里被你放弃的丈夫，已经成了我的男朋友了。"晓兰说。

　　"你是说赵刚吗？"梦婕惊疑地问。

"对，是他。"晓兰说。

闻听此信，梦婕如堕五里雾中，曾被自己抛弃的男人，却成为别人的男朋友，是自己看花了眼，还是命中注定。她猛地抱住头自言自语地说："这是为什么呀？这究竟是怎么回事？"

"这都是缘分。梦婕，咱们也都不是外人，这种事我才敢向你说清楚，听说你也交了男朋友了，能不能也把你男朋友介绍给我认识？"晓兰说。

"说这些还有什么必要呢，你要非想知道，就回去问马总好了。"梦婕说。

"晓兰姐，这样也好，我既然与赵刚分手了，他有权利重新选择任何人，小雨判给了他，我也是一时冲动办这事，我一直都很后悔，怕他抚养不好这个孩子，现在我知道有你照顾她了，那我也就没什么可担心的了，既然你对赵刚有这份心，我希望你们好好相处吧，祝你们幸福。"梦婕接着说道。

"谢谢。"晓兰说。

"再见吧。"梦婕不想再伤心下去，说完头也不回地跑远了……

第二十九章　血溅黄昏

其实，梦婕这个痴情女子，走到这个境地，也是迫不得已，她和赵刚离婚，也是情非所愿，自己就要走了，去哪里她不知道，去干什么，她也迷茫，而对目前与自己同居的男人，她……

其实，已然成熟的梦婕，在经历了人间的风风雨雨之后，并不完全相信面前这个神秘男人的话，可又被他的甜言蜜语所蛊惑，真真假假难以辨清，竟然相信：他有个大款的哥哥，很有钱，花钱很冲，出手也大方，像她这样的二婚头，找这样一个男人已经知足了。

但她总觉得他的身世可疑，做什么事情都背着自己，神神秘秘，好像有什么不可告人的秘密，把前途与未来押在这样男人的身上，梦婕还有些不放心，见完小雨，她又想到赵刚，怎么着也是相爱过的人，还是见上一面，不然，她会心里不踏实，就是在这样的心理支配下，梦婕不由自主地来到海东监狱的接见室里，来见赵刚。

俩人面对面地又坐在了一起，赵刚问道："梦婕，今天怎么想起见我来了？"

梦婕说："赵刚，其实我早就该来看看你，虽然我们俩离婚了，但是，你毕竟是小雨的亲生父亲，我是小雨的亲生妈妈，因为孩子也好，因为我对你还有一份感情也好，我对你不可能一点都不挂心。"

"梦婕，不管你因为什么来，怎么解释，既然你来看我，我就很感动了，因为你什么都不欠我的，不来看我，怨不着你。是我亏欠了你很多，很对不起你。"赵刚说到这里，眼里噙满了泪花，惭愧地低下了头。

梦婕也动情地说："赵刚，别老说这些道歉的话了，其实，当初我提出跟你离婚，做的也有点过分，说句心里话，现在想起来我挺后悔。"梦婕叹了口气继续说：

"唉，谁敢保证一辈子不办错事呢？虽然你当初做了对不起我的事，让我很生气，可我没有给你留下改过的机会，在你最痛苦、最需要人关心的时候，我却狠心地离开了你，你也很可怜哪。"说到这里，梦婕用情地看着赵刚，两串热泪流了下来。

赵刚抬眼看着梦婕无限伤感的样子说道："梦婕，你现在生活的怎么样？"

"还能怎样，自从我们分手以后，我就辞掉了在老家当教师的工作，回到市里跟父母一起过日子，妹妹已经出嫁了，父母都下岗了，家里的日子过得很艰难，我先后找了几份工作，给别人打工，可工资给的都不高，后来，我就先后辞掉了那几份工作。"梦婕说。

"那你靠什么生活？"赵刚忙问。

"后来我一狠心，想趁着自己还年轻，我就去了舞厅做了陪舞小姐。"梦婕难为情地说。

"啊——"赵刚一听，惊讶地看着梦婕说不出话来。

突然，赵刚两手捶打着自己的头伤心地说："梦婕，我真该死，都是我害了你呀。"

梦婕忙拦住赵刚的手说："赵刚，快别这样，本来我不想把这些事情告诉你的，可又不忍心对你撒谎。"

然后梦婕自我安慰道："赵刚，人嘛，都要生活下去，只不过选择的生活方式不同，只要自己觉得能够适应，就别想那么多了，总之，想办法活下去才是最重要的。"

"你也不能老去舞厅陪舞啊！你下一步是怎么打算的？总得找个正经归宿吧。"赵刚问道。

"这几年我攒了十几万块钱，我给我父母存了五万，留着他们养老用，以咱女儿小雨的名字，给你存了五万。"梦婕说。

"给我存五万干什么？"赵刚忙问。

"我是想把这笔钱留给你出去以后用，将来你自己也做点事。"梦婕说道。

"梦婕，你的心意我领了，谢谢你！可这笔钱我不能要。"赵刚说。

"为什么？这些钱是我心甘情愿给你的，为什么不能要？"梦婕问。

"梦婕，你挣这些钱也很不容易，我一个大男人，怎么能花女人的钱呢。还有，你可能不知道，我已经另谈对象了，她对我也很好，她已经在市里开了一家挺大的洗衣店，等我回去跟她一起干，现在我姐姐赵娜也在那里帮忙。"赵刚说。

"赵刚，你是什么时候跟晓兰谈上的？"梦婕说。

赵刚惊疑地问道："怎么？你认识晓兰吗？"

"啊……认识。"梦婕说。

"你们是怎么认识的？"赵刚说。

"晓兰就是我上班那家娱乐城老板秘书，我们非常熟悉。"梦婕忙说。

梦婕怕赵刚误解什么又解释道："晓兰姐，这人很好，我挺了解她的，既然你们已经相处了，你就好好地对她吧。"然后，梦婕怀着一种矛盾的心情幽幽地说道："赵刚，我祝福你们，我希望你们将来能过得比我好，还有咱们的小雨。"

"梦婕，那你也找个合适的人成个家吧。"赵刚关切地说。

"成不成家走一步算一步吧。"梦婕苦笑了一下说。

梦婕稳定了一下自己的情绪对赵刚说道："赵刚，可能从今以后我们两人再也见不到面了。"

"为什么？"赵刚急问。

梦婕："我想离开唐州市，走得越远越好，再也不想回来了。"说着，梦婕的眼里又流出了串串的泪珠……

晚上，马旭东带着杀手张军和王建，趁着天黑，开车来到三喜煤矿的附近，观察地形和三喜的活动规律，三个人在离煤矿100多米远的地方停下车来，关掉车灯，马旭东坐在车后排的位置上，仔细辨认着煤矿上出出进进忙忙碌碌的每一个人。

这时，只见一个四十多岁，留着板寸发型，身高一米九左右的大个子人，领着两名随从出现在马旭东的视线里，车上的马旭东立即兴奋起来，他用手一指在煤矿井口晃动的三个人，向张军和王建说道："哎！你们快看，三喜这小子出来了。"

张军和王建拿出枪来忙问："在哪儿？"

马旭东说："前面那个大个子就是三喜那个王八蛋，那小子身边有两个人，一个叫石头，一个叫黑子，这俩小子以前我们交过手，打架都挺手黑的。"

王建说："东哥，那我们就把这俩小子一块干掉。"

张军提议："东哥，趁现在他们不注意，我们下车吧。王建从左边绕过去，我从右边兜上来，你从正面冲上去，一顿猛揍，保证这仨小子一个也活不了，干完事我们就迅速撤退。"

马旭东从后座下取出"五连发双筒猎枪"枪口瞄向三喜，嘴里恨恨地咒骂着："三喜，你这个婊子养的，趁我不在，给我哥添堵，你小子是活腻了，老子成全你。'叭'！"

马旭东这样骂着，然后收起了枪，张军和王建着急地问："东哥，我们现在就可以冲上去把这小子做了，你还等什么呀？"

"现在矿上情况不明，他们人多，干完了，我们不好脱身，我们还是按原计划，在半路上截他去，我们走。"马旭东阴着脸说。

马旭东说完，王建发动汽车，一溜烟地向回开。

汽车在坑坑洼洼的土路上颠簸了一阵，他们三人来到一片废弃的厂房区，马旭东喊了一声："停车！"

三个人从车上下来，在废厂房区转了两圈。

马旭东说："这条道是三喜回家的必经之路，我们就在这里埋伏好等他，我就不信，候不着这小子。"

三个人上了车，等着三喜的出现。

夜黑风高，秋叶飘落，旋风卷起枯叶……

远处山路上，驶来一辆汽车，转个弯，掉头而去。

一直苦等的马旭东不时抬手看了看手表，时针已经指向十一点。马旭东嘴里骂着说："三喜这小子鬼脑子转得快，他是不是闻到什么气味了？"

"不会吧。"王建说。

"我们的车在他的煤矿附近停了那么长的时间，不见有人从车上下来，他也难免会生疑心。"马旭东说。

"那他怎么也不会想到我们在等他吧。"张军说。

"那倒不会，不过，这小子最近在道上玩得挺猛，老仇家、新冤家也结了不少，他肯定会加小心的。"马旭东说。

"那我们就在这里干等下去啊？"王建说。

"今天不等了，让这小子多活几天，如果他有准备，我们就不好办了，我们想打蛇，别打不了蛇反被蛇咬，听我的话，撤！"马旭东说。

三个人开车往市里返，很快就到了市中心。

看着车窗外美丽的夜景，马旭东感叹着说："外面的世界真精彩，想吃什么吃什么，想喝什么喝什么，想去哪玩去哪玩，看见顺眼的漂亮妞，就可以他妈的想办法办了，在监狱里面关着，别说玩女人，连他妈女人的影子都见不着，那种日子真他妈不是人过的。"

张军边开车边问马旭东："东哥，你从监狱里跑出来，监狱警察肯定到处都在找你，如果被他们的人撞上怎么办？"

"怎么办？我要是让他们抓回去，那还有好吗？我判了十几年，还杀伤了两个警察，他们不杀了我的头才怪呢，反正都是一死，如果撞上他们，我就他妈的先开枪，杀一个够本，杀两个赚一个。"马旭东哼了一声说道。

"东哥，我和阿军在道上混了这么多年，身上都背着好几条人命，其实我们吃饭的家伙，早已不是我们自己的了，我们还是快活一天是一天吧，哎，我说东哥，反正今天我们哥仨回去也没什么事，既然我们一起出来了，不如我们哥几个找几个小姐快活快活去。"王建说。

张军一听，来了精神，也马上附和着说："对呀，东哥，我们每人找两个小姐，玩玩双飞吧，那多刺激呀！反正龙哥的娱乐城和桑拿中心养着那么多的三陪小姐，不玩白不玩嘛。"

"我何尝不想呢，可是大哥不敢让我在他那里露面，怕坏了他的大事啊，大哥知道我耐不住寂寞，怕我想女人，才把梦婕安排在我身边的。"马旭东说。

"那你老是抱着一个妞睡觉，你不烦哪？今天还是换换口味吧。"王建说。

"阿军、阿建，咱们几个今天就是想淘气，也得躲开大哥的眼睛，不然让他知道了，他肯定会狠狠地骂咱们的，想玩，咱们哥仨偷着去别的地方潇洒去。"马旭东说。

张军和王建高兴地说道："走！"

汽车停在一个霓虹灯闪烁的停车场，三个亡命之徒找了一家名叫"百合花"的桑拿中心走进去。三个人进去后领班小姐忙笑着迎了上来，热情地说道："欢迎三位先生光临！三位都需要做什么项目？请你们尽管说。"

"你们这里都有什么项目？"张军问道。

领班小姐忙笑着说道："我们这里服务的项目可多啦！大哥是想吃荤的还是想尝素的？"

"哥们今天嘴上馋了，那就给我们哥仨上荤菜吧，每人两份。"王建说道。

"好了，大哥真爽快，请你们三位稍等，我马上安排。"领班小姐高兴地说。

不一会儿，只见六位打扮妖艳的三陪小姐，笑嘻嘻地来到他们三人面前，一个个都嗲声嗲气地围着三个人抢着说道："大哥，我来陪你吧！"

"大哥，我有绝活！包你满意。"

"大哥，我是今天刚来的，还没让人碰过呢，来吧！"

马旭东和张军、王建三个人每人挽着两个小姐，哈哈笑着，在领班小姐的引路下，向楼上的桑拿包房走去，身后不时传来这些男女的浪声荡语。

退休后的唐州市第一看守所所长潘永年闲居在家，正坐在电视机前看本市新闻，电视上正在报道着一条令潘永年震惊的消息。

只见电视画面上一位气质高雅、容貌绝色的女主持人说道："我是唐州市电视台法律在线栏目主持人马旭阳，下面播报公安部 A 级通缉令：今年 6 月 2 日，海东监狱押犯马旭东暴力越狱脱逃，并在越狱的过程中残忍地砍杀监狱干警，致多人受伤，此人已被列为全国通缉的要犯，希望广大公民积极向当地公安机关提供有关线索，协助公安机关抓捕逃犯，特此通告。举报电话，0305—9762580。"

马旭阳播报完通缉令继续说道："在我们电视台的演播室里，今天我们特意请来了海东监狱的狱侦警官邱大伟，下面请他详细介绍一下逃犯马旭东的个人情况。"

一位二十五六岁，穿着笔挺的警装，一脸英武之气的年轻警官出现在电视画面上，邱大伟说道："观众朋友们，大家晚上好，我是海东监狱狱侦干警邱大伟，现在我向大家介绍一下有关情况，逃犯马旭东，男，32 岁，因犯绑架罪和伤害罪被法院判处有期徒刑十四年，羁押在海东监狱，今年 6 月 2 日押犯马旭东与另一名押犯杜青云合谋暴力越狱，并在脱逃的过程中疯狂砍杀监狱干警，致使监狱警官黄涛、杨明贵受重伤，致使协助监狱警官抓逃的押犯刘永和、赵刚也身受重伤，目前，伤者正在本市医院接受治疗……"

潘永年看着电视上的新闻，脸上的表情异常严肃。

这时，潘永年的老伴端着一杯水走过来说道："老头子，你看什么节目呢？这么用心？快把药吃了吧。"

潘永年接过水杯跟老伴说道："我的冤家马旭龙的弟弟马旭东从监狱里跑出来了，这小子跑出来还会干坏事的，他是个亡命徒，我琢磨着这小子能从戒备森严的监狱里跑出来，肯定有人接应他，这事肯定与马旭龙有关系。"

潘永年眼珠一转接着说："我猜想马旭东这小子跑不远，很可能让马旭龙藏在了某个秘密地方，我出去转转！如果能逮住马旭东这小子，他哥哥马旭龙肯定躲不掉干系，我在退休前没能在看守所里候着马旭龙这个王八羔子，今天我老潘退休了，我也不会放过他这小子。"

说着，潘永年就站起来穿衣服准备往外走。

"你都这把年纪了，还这样火爆的脾气，说干什么就干什么，要是那个人真让你碰上了，你这把老骨头能对付得了吗？"老伴忙说。

"我现在身上虽然没枪了，我也敢碰他。"潘永年哼了一声说。

说完，潘永年蹲下身，从衣柜底下摸出了一把铁榔头，对老伴得意地说："我拿这家伙对付他！"

陌生救赎

潘永年临出门老伴又嘱咐道:"老头子,你小心点……"

马旭东与张军、王建从"百合花"桑拿中心快活完出来后,三人上了车,汽车启动,向马旭东藏身的地方赶去,一路上三人嘻嘻哈哈地谈论着与三陪小姐翻云覆雨的事。

"东哥,这回你算是解馋了吧?"王建说。

"真他妈的爽透了。"马旭东说。

汽车行驶,三人嬉闹着,不一会儿就到了马旭东的住地,三个人下了车。

王建说:"东哥,没别的事我们哥俩就回大哥的酒店睡觉去了。"

马旭东拍了拍张军和王建的肩膀说:"东哥今天高兴,梦婕也没在家,回她妈那里住了,我一个人待着也没意思,你们哥俩进去陪我喝两杯再走。"

三人说话时,潘永年正溜达到他们不远的地方,潘永年听到有人叫"东哥",迅速躲进黑影里,仔细观察动静,他揉了揉自己的眼睛,发现三人当中的胖子分明就是马旭东,马旭东在看守所里关了一年多,他的身影潘永年是再熟悉不过了,他屏住呼吸,见三个人走进了一套别墅的大门。

潘永年轻手轻脚地靠了上去,在别墅的院门外把脸贴在大门上,听里边的动静。突然,大门猛地被人拉开,只见一个黑影手拿枪柄,照着潘永年的头狠狠地砸下,还没等潘永年反应过来,另两个黑影也扑向潘永年,用衣服蒙上潘永年的头,"叮咣"的一阵猛打。然后,几个人架着潘永年进了别墅,他们几个人把潘永年带进别墅的客厅,张军、王建一边一个,架着潘永年的两只胳膊,马旭东掀掉蒙在潘永年头上的衣服,只见潘永年满脸鲜血,低垂着头,马旭东用手托起潘永年的下巴,仔细地端详了一阵,随后发出了狼一样的笑声,说道:"哈哈,我当是谁呢,原来是潘永年这个老东西。"

马旭东用手拍了两下潘永年的脸,然后把沾满潘永年鲜血的手指用舌头一舔,狠狠地骂道:"老家伙,你今天终于落到我手上了,在看守所你他妈的没少收拾我,这回该老子收拾你了。"

马旭东用手捏着潘永年的下巴晃动着说:"你他妈的给我睁开眼,看看老子是谁。"

潘永年慢慢地睁开了双眼,怒视着马旭东,两人的目光仇恨地对视了一会儿,忽然,潘永年朝马旭东脸上狠狠地吐了一口,恨恨地骂道:"呸!你这个千刀万剐的狗杂种,要怎么着?别他妈的废话。"

马旭东阴冷地一笑,说道:"哎哟!老不死的,死到临头还他妈嘴硬。"

随后抡起拳头照着潘永年的面门狠打一拳，潘永年的右眼立即肿胀起来，封住了眼睛，潘永年往后趔趄着退了两步，然后大吼一声，骂道："我操你八辈祖宗，我跟你拼了！"说完，潘永年奋力挣扎着被拧住的双臂，猛地向前一窜，用力一脚踹向马旭东，马旭东被踹了个仰八叉，马旭东恼羞成怒地从地上爬起来，随手掏出了手枪，对着潘永年恶狠狠地骂道："我他妈的嘣了你！"

"慢着！"话音刚落，只见从卧室的房间里马旭龙走了出来。

马旭东回头一看，叫了一声："哥！"

这时张军和王建也赶紧叫着："龙哥、龙哥。"

马旭龙推开站在潘永年面前的马旭东，按下马旭东的枪口，随口说道："阿东，不能开枪，开枪惊动了别人，我们就不好办了，我们还是让这老家伙换个死法吧。"

马旭龙走到潘永年的面前，双手一抱拳说道："对不起了，潘大所长，兄弟们无礼，让您老人家受惊了，不过，话又说回来，你也不能全怪他们，这也是你自己找的，我弟弟在看守所里关着，手铐、脚镣、铁椅子你没少照顾他，你还巴不得候着我也进看守所，你也太关心我们哥俩了，你已经退休回家了，还不在家里好好待着，还惦记着我们哥俩的事，今天你竟敢找上门来。"

"我说潘大哥，你也太不够意思了，我的兄弟这样招待你，虽然有点过分，可你是自讨苦吃啊，潘大哥，你说是吧？"马旭龙又挖苦地说道。

"马旭龙，闭上你的臭嘴，谁是你大哥？你们都是一帮狗杂种，是一帮没有人性的畜生，我潘永年没有能亲手给你们戴上手铐，没有亲眼看到你们被带上法庭，这是我终生遗憾，但是你们终究逃不出法网，早晚有一天你们这帮王八蛋会下地狱的！"潘永年咬牙切齿地骂道。

"老不死的，我叫你盼着我们死，我让你先死，我让你先死。"这时，马旭东吼叫一声，掏出身上的匕首，照着潘永年的肚子一刀、两刀、三刀狠狠地捅了进去。

顿时，潘永年的鲜血喷溅了马旭东一身，潘永年倒在地上挣扎了几下，瞪着一双不能瞑目的眼睛，没有了声息……

马旭龙望了一眼已经死去的潘永年，冲着马旭东、张军和王建阴沉着脸说道："你们今天都去哪了？为什么到现在才回来？梦婕呢？"

马旭东说："哥，我们趁天黑先去了三喜的煤矿踩点，回来后我们顺便找了个地方玩了一会儿，梦婕今天晚上住她妈那里去了。"

马旭龙问："潘永年这老家伙是怎么盯上你们的？"

王建抢过话头："龙哥，我们送东哥回来时，发现有人跟踪，所以才把这老家伙打晕了，拖了进来。"

张军说道："既然这个老家伙是龙哥的仇人，把他做了也省得将来麻烦。"

马旭龙一摆手说道："别说了。"

马旭龙吩咐道："阿军、阿建，你们俩趁现在天还没亮，赶快把这老家伙的尸体处理掉，扔在郊外的野地里埋了。"

"是！龙哥。"张军、王建随即答道。

第三十章　火拼山坳

深夜，煤矿老板提着装有大量现钞的皮箱驾车回家，突然，刺眼的灯光射来，随即一阵乱枪，老板及他的保镖倒在了血泊中，杀手是谁？

在直属二中队的院子里，吴志强正带领着刘永和浇花。刘永和拔着花池里的草，王三推着水车，吴志强用洗脸盆舀水浇花。吴志强对刘永和吩咐："刘永和，待会儿浇完花，你再和王三把厕所的下水道通一通，这两天下水道堵了，得赶紧修好，不然的话，会影响到院子里的环境卫生。"

"是，吴队长。"刘永和说。

忽然，吴志强的手机响了起来，吴志强一看来电显示，忙走到一边接电话。

"海燕，你好。"吴志强说道。

"志强，你在哪儿？"海燕说。

"我在中队。"吴志强忙说。

"我和妈妈来看爸爸，妈妈说想见见你，一会儿我和妈妈就到接见室，你和爸爸一起过来吧。"海燕说。

吴志强一听，未来的岳母来见他，高兴地对海燕说："好，我马上带你父亲去见你们。"

吴志强带着刘永和来到了接见室，只见陈芳和海燕正坐在一张餐桌旁，她们娘俩见吴志强带着刘永和走进来，俩人忙站了起来。海燕指着吴志强向陈芳介绍道："妈妈，他就是吴志强队长。"

海燕又向吴志强介绍说："志强，她就是我妈妈。"

吴志强忙伸出手说："啊！您好，陈书记。"

陈芳与吴志强握手。随后吴志强又说："陈书记，我们已经见过面了，只是我们没有打过招呼。"

陈芳笑问："是吗？什么时候？"

吴志强解释道："啊，就是去年您来参加我们林指导员追悼会的时候。"

"啊，想起来了。"陈芳忙说。

"志强，你快请坐。"陈芳又客气地说。

"陈书记，您也请坐。"吴志强也客气地说。

然后，几个人一起坐了下去，陈芳高兴地打量着吴志强说："志强，正好今天我们一家人坐在了一起，一是，我这次带海燕来看看她爸爸；二是，想和你商量一下海燕你们俩将来的婚事，虽然以前我们俩没有正式接触过，可海燕跟我说过你不少了。还有"，陈芳指了一下坐在吴志强旁边的刘永和说："海燕爸爸对你的印象非常好，他打电话也曾经跟我谈过你。"

"吴队长确实不错，要不，我是不会向你提这事的。"刘永和插话说。

"志强，既然海燕你们俩感觉对方都不错，愿意相处下去，我们做父母的没有别的意见，我们就这么一个宝贝女儿，希望你一辈子好好对她就行了。"陈芳接着说道。

"请陈书记放心，我会对海燕好的。"吴志强忙说道。

"志强，你该叫妈了，别光是陈书记、陈书记的，让人听了挺别扭。"海燕插话说。

吴志强偷着向四周看了一眼，不好意思地说："海燕，现在在这里叫妈不合适。"

海燕假装生气地说："志强！你对我爸爸现在怎么称呼我不管，反正你对我妈妈应该改口了。"

吴志强哄着海燕小声地说："等出了监狱的门，我再叫行吗？"

"这还差不多。"海燕"扑哧"一笑说道。

"海燕，别跟志强逗了，趁你爸爸也在，咱们还是商量一下你们俩结婚的事吧，反正你们俩年龄也不小了，犯人的女儿嫁给监狱的警察，也不是政策不允许的事，既然你们俩都同意结婚，我看最近就挑一个好日子办了吧，海燕她爸爸现在还在里边，帮不上什么手，就我一个人在外边给你们操持吧，我们也没必要大操大办，我给你们俩准备点钱，你们出去旅游结婚。"陈芳说。

"我和海燕结婚的事，先别着急办。"吴志强说。

"为什么？"海燕抢着问道。

"我有个想法。"吴志强提议。

"什么想法？"海燕对吴志强的提议十分感兴趣。

"你父亲上次协助抓捕逃犯，监狱给你父亲报了特功，刑期能够减下来，等我们一家人团圆了，再举行婚礼也不迟。"吴志强指了指身旁的刘永和说。

"真的？你们为我爸爸报特功了？"海燕惊喜地问。

"我们是按监狱的政策办事，不是徇私情。"吴志强解释。

"那太好了。"海燕高兴地赞赏。

"还有……"吴志强欲说又止。

"还有什么？"海燕忙问。

"我们的黄队长目前正处在热恋当中，估计他也该办喜事了，我想是不是我们能和黄队长一起举行一个热闹的婚礼。"吴志强再次提议。

"志强的想法不错，我同意。"陈芳点头应许。然后，她又望着刘永和问道："永和，你的意见哪？"

"我也同意。"刘永和高兴地说。

"志强，你说黄队长的恋人是不是唐州市市委书记的女儿呀？"海燕问吴志强。

"我能娶个县委书记的女儿，就不允许黄队长娶个市委书记的女儿啊？"吴志强得意地说。

"看把你美的。"海燕含情脉脉地看了一眼面前心爱的男人，撇撇小嘴说。

某煤矿上会计室，海州最大民营企业家三喜与买煤的客户结完账，挂钟时针已指向晚上九点多钟了，他把矿上的事情料理了一下，将白天卖煤的钱装进一个大皮箱，他拎着皮箱走到门口，来到院中自己的车前，打开车门，将皮箱扔到副驾驶位上，自己坐在驾驶座上将车启动了，他扭头看了看身边的皮箱，又走下车来，进了办公室，对坐在沙发上的石头和黑子说："今天刚结了账，带的钱多，你们俩带上家伙跟我回家。"

石头和黑子应了声："是。"

然后，长相粗糙、相貌彪悍的石头和黑子，从一间屋子里拎起两杆双管猎枪，哗啦一声推上子弹，随着三喜上了车。

胖如狗熊的三喜驾着车，石头和黑子坐在后座上，三喜对石头和黑子说："注意点！"

石头和黑子说："是！"

黑暗中，车子驶出煤矿上了土路。

在一片准备拆迁的居民楼前，马旭东和张军、王建早已埋伏在那里了，他们手中拎着枪，每人还带着一把寒光闪闪的匕首。

马旭东低声叮嘱："你们记住，三喜这小子胆大逞能，每天都是一个人到处乱跑，今天我估计他最多也就是带着个司机，他们是两个人，我们是三个人，他们没有准备，我们有准备，争取一举得手！"

"是！"张军和王建答道。

刚说完话不一会儿，他们看见不远的拐角处一束灯光照在对面的楼上，马旭东就像潜伏的猎手看见了猎物，兴奋地说：

"他来了，准备！"

灯光越来越近，一辆奔驰轿车拐过弯来，慢慢地行驶过来，张军和王建埋伏在道路两旁，两杆枪瞄准了车内，马旭东坐在车内，左手按着灯光按钮，右手握着手枪，眼睛一眨不眨地盯着缓慢靠近的车。

在三喜的车驶到离马旭东的车只有几米远的地方的时候，马旭东突然打开车灯，照向三喜的车。

三喜在车上看到一束灯光照向自己，随后，三喜喊道："不好！有情况。"

三喜猛踩油门向前冲，马旭东看清楚开车的正是三喜，大吼一声："给我打！"

马旭东跳下车来"嗵、嗵"地扣动了扳机。

张军和王建也照准三喜"嗵、嗵"地开火。

三喜头部、胸部中弹，他的车划了一条弧线，撞在了路边的一棵树上，没了动静，马旭东哈哈大笑道："三喜，你小子也有今天。"说着领着张军、王建向三喜的车走来。突然，三喜的后车门打开，石头和黑子从车里窜出来，端着双管猎枪对着马旭东和张军、王建"嗵、嗵"地一通乱射。

马旭东经验丰富，一见车门打开，就知道情况不妙，立即扑倒在地，一阵翻滚，躲到了一旁。张军和王建被打了个措手不及，两人还没有反应过来，早已身中数弹倒在了地上。

马旭东趴在地上照着黑子"嗵"就是一枪，黑子应声倒在地上，当马旭东的枪口对准石头的时候，石头撒腿就往楼里跑，还不时地转身朝马旭东乱射。

马旭东急忙追赶，可石头早已跑得失去了踪迹，马旭东骂了一句："他妈的，小兔崽子，跑得还挺快。"

马旭东拿着枪走向三喜的车，他用枪对着三喜的车，小心翼翼靠近，走到车前，猛地将车门拽开，枪口对准车内，车上，三喜趴在方向盘上，一动不动，轿车四面的玻璃都已打碎，轿车内到处都是玻璃碎片。

马旭东抓住三喜的头揪起来查看，只见三喜头部中了两枪，伤口上仍有鲜血慢慢地流出来，脸上也早已血迹斑斑，像个唱戏的大花脸，马旭东还是不放心，用手探了探他的鼻息，已经没气了，马旭东这才确定三喜已经死了，他将三喜身上值钱的东西都掏出来装进兜里，看到副驾驶位上的大皮箱，拎起来就走，将皮箱扔在自己车上。随后，马旭东走到张军和王建身旁，用脚踢了踢，见没了动静，骂道："真他妈的没用，一对废物。"他接着跳上了自己的车，迅速地开跑了……

马旭东开着车火速逃离了现场，上了公路，他猛踩油门，车像要飞起来一样向前飞奔，马旭东开着车，掏出一支烟点燃了，静了静心，打开音响，心情慢慢地平静了下来，他机警地驾驶着车左拐右拐地回到自己藏身的楼下，他将车熄了火，拎着皮箱上了楼。

马旭东悄悄打开房间门时，看见梦婕站在屋内，他先是一怔，但很快恢复平静，梦婕看到马旭东回来了，一下子扑到马旭东的怀里说："阿东，你可回来了，我好担心你呀，如果你再出什么事，我可怎么活呀？"

"怎么了？"马旭东搂着梦婕问。

"我心里难受。"梦婕说。

"好了，好了，我这不好端端地回来了嘛。以后咱们俩在一起，我会天天陪着你，让你天天开心地活着，不会让你再受委屈的。"马旭东说。

"阿东，你真的那么爱我吗？"梦婕说。

马旭东将皮箱放在茶几上，自己坐在沙发上，然后把梦婕搂在怀里说："梦婕，我是真的很爱你，就算我掉了脑袋也会保护好你，绝不让你受半点伤害。"

梦婕眼含着泪满意地点了点头。

然后，梦婕问马旭东："你的事情都办好了吗？"

"都办好了，你呢？"马旭东说。

"我也办好了。"梦婕说。

"那你赶快收拾一下东西，咱们一会儿就走。"马旭东说。

梦婕点点头，站起身去收拾东西，马旭东将皮箱打开，只见里面满满一箱子的钞票，他把马旭龙给他准备的三十万元钱也由保险箱内取出，放在一起，然后他把箱子合上。

"收拾完了吗？"马旭东问梦婕。

"收拾好了。"梦婕此时拎了两个箱子走过来说。

这时，电话突然急促地响了起来，马旭东看着电话犹豫了片刻，然后抓起了电话，只听见那边传来马旭龙的声音说："是阿东吗？"

"哥，是我。"马旭东说。

"怎么样？"

"都办妥了，不过……"

"怎么了？"

"张军和王建两个笨蛋，都躺在那里了，回不来了。"

"那你……怎么丢下他们，不把他俩一起带回来呢？"

"他俩都已经不会说话了。"

马旭龙沉默了一会儿，没说话。

"哥，现在怎么办？"马旭东问。

"我刚得到消息，那边已经报了案，全市的路口都已经戒严了，你现在出不去。"马旭龙说。

马旭东着急地问："哥，那怎么办呢？"

"你先在那里待着别动，等我的电话。"马旭龙说完挂断了电话。

老看守所所长突然失踪，煤矿再发生火拼血案……一系列案件，惊动了唐州市高层领导，在全市的各个道路出口处，一辆辆警车闪着耀眼的警灯，两边武装警察荷枪实弹，在对过往的行人和车辆进行检查，在市里的各条道路上，一辆辆巡警车辆搜寻着可疑的车辆和目标……

在枪战现场停着五六辆警车，公安技术人员在对现场进行着细致的勘察，一位公安干警在对报案人询问着什么，一切工作都在紧张有序地进行着。

这时，一辆车门上写着司法标志的警车驶了过来，停在枪战现场的旁边，邱大伟从车上走了下来，对站在外围保护现场的公安出示证件，走了进来。

下午，邱大伟在市公安局查阅马旭东和马旭龙的一些资料，一直工作到了晚上。突然，公安局的人员全部出动，他向值班干警一打听才知道发生了血案，根据直觉判断，可能是一条重要的线索，于是他也匆匆地赶到案发现场，对血案进行侦查。

在神龙集团总裁办公室内，马旭龙抽着香烟，也在紧张思考着问题。

忽然，有人敲门，马旭龙一惊："进来。"

门外进来一个戴着墨镜，剃着光头的高大青年。

马旭龙将烟往烟缸里一扔问道："外边怎么样？"

光头青年回答："龙哥，外边各个路口都有公安，查得很紧。"

马旭龙说："知道了，你出去吧。"

　　光头青年答应一声，悄然退出了房间。马旭龙又点燃了一支香烟，在烟雾中，马旭龙又陷入了沉思……

　　在唐州市区的一条马路上，海州监狱刑侦科科长邱大伟开着一辆三菱吉普车在公路上行驶着。忽然手机响了，邱大伟拿起手机问："喂？哪位？"

　　电话是聂荣花打来的，聂荣花说："是大伟吗？"

　　"夫人好，我是大伟。"邱大伟调侃道。

　　聂荣花："还没嫁给你呢，谁是你夫人？快说，你现在在哪儿？"

　　邱大伟："我在市里。"

　　聂荣花："有时间吗？"

　　邱大伟："怎么？想我啦？"

　　聂荣花："有点，大伟，我们一起去吃顿饭吧。"

　　邱大伟："去哪儿？"

　　聂荣花："去东方美食城吧，吃完了饭，我们再玩一会儿。"

　　邱大伟："好的，你在哪里？"

　　聂荣花："我在家里。"

　　邱大伟："我马上去接你，十分钟到。"他说着，掉转车头，飞快驶去。

　　轻车熟路，邱大伟开着车，一会儿到了聂荣花家的楼下。花坛前，聂荣花正在等待，她见大伟开车驶来，招手上了车。

　　俩人驱车来到街上。

　　他们来到唐州城"东方美食城"内，在一个雅间里，两个人点了几个小菜，边吃边聊。聂荣花问："听说你们那里，前不久有犯人越狱了？"

　　"是啊，跑了一个，抓住了一个。"邱大伟不便再隐瞒。

　　"跑的那个有线索了吗？"聂荣花又问。

　　"还没有，不过，我相信我会抓住他的。"邱大伟拍拍胸脯表示。

　　"真的吗？"聂荣花有些不相信："你那么肯定吗？"

　　"当然，你老公的本事你还不清楚吗？"

　　聂荣花："正经点儿。"

　　"荣花，我跟你说……"邱大伟坐近些，压低声音说："我有一种直觉，我估计他并没有跑远，甚至可能就在本市某个地方躲藏着，不过想要抓住他，并不是件容易的事情。"

　　聂荣花不解："为什么？"

邱大伟说："因为这个人的背后有一个庞大的黑网，势力很大呀！"

聂荣花打破砂锅问到底："逃跑的那个人叫什么名字？"

"那家伙叫马旭东，杀人不眨眼，他哥哥马旭龙是个黑白两道的头面人物。"

聂荣花一惊："啊，我知道了，马旭龙就是那个神龙集团的老板吧。"

邱大伟说："是他，我一直怀疑马旭东的逃跑并不是个简单的事情，很可能跟马旭龙有着直接的关系，肯定是有预谋的，而且，我断定马旭东逃出来以后，肯定还会有所行动。"

聂荣花："你的根据是什么？"

邱大伟站起走动几步说："马旭龙靠黑道起家，在黑道上肯定有很多冤家，马旭东和刘大虎，一直是马旭龙横扫一切的得力打手，他们两个被抓捕，投进监狱以后，如同折断马旭龙的两条胳膊，据我所掌握的情况看，马旭龙近两年在黑道上也不好过，受了很多的窝囊气，但不知道马旭龙是出于什么原因，他一直没有什么动作。但是，出于他的本性，他是绝不会甘心吃亏的。马旭东是他的得力打手，也是个施暴的老手，我考虑马旭龙很可能会利用他，而且马旭东、马旭龙两兄弟的感情很深，所以马旭东为了马旭龙会不惜一切的。"

聂荣花不解："那你为什么不与地方公安联起手来，侦查马旭龙呢？"

邱大伟说："马旭龙在当地公安部门内部有复杂的人际关系，如果我们不能掌握确凿的证据，不但惩治不了他，反而还会被他咬伤，所以，我们必须要谨慎行事。"

"听说前几天，在西矿区个体煤矿附近，有黑道上的人火拼，死了好几个人是吗？"

邱大伟说："是呀，而且我还怀疑这个血案，可能就是马旭龙伸出的黑手。"

聂荣花："理由呢？"

第三十一章　窥破端倪

道高一尺，魔高一丈。在黑恶势力猖獗之时，也就正是他们走向灭亡之际。

邱大伟分析近期掌握的情况说："近段时期，我专门对马旭龙进行了侦查，那个被打死的叫三喜的人，也是黑恶势力头子，他与马旭龙在前一段时间，因为煤矿的利益，曾与马旭龙有过几次冲突，而且马旭龙还吃了三喜的亏，两人怨仇很大。"

聂荣花好像明白了很多，然后点点头。

"对了，我认识马旭龙身边的一个人，可以通过她掌握很多马旭龙的情况。"邱大伟忽然想起什么似的。说着，邱大伟拿出手机，拨通了一个号码："请问你是晓兰吗？"邱大伟问。

"是我，你是谁呀？"电话里晓兰反问。

邱大伟说："我是邱大伟。"

晓兰："啊，原来是邱警官，请问，你找我有什么事吗？"

邱大伟说："也没什么大事，如果你今天有时间，我想约你出来坐一坐。"

晓兰："我这里还有事，一会儿我打电话给你吧。"

邱大伟说："好，我等你电话。"

世上就有那么的寸劲儿，在洗浴中心经理室，晓兰刚放下电话，马旭龙带着一帮人走了过来。马旭龙吩咐说："晓兰，今天我来了几位贵客，你吩咐下去，一定要给我伺候好。"

"你们请到四号大包厢吧，我稍后就到。"晓兰说。

不一会儿，晓兰领着几位小姐来到四号包厢里。

"龙哥，我把咱们这里最漂亮的小姐都叫来了。"晓兰对马旭龙说。

"晓兰，长瑶市长、谭副局长，还有省委的一位副秘书长，今天我们哥几个喝得挺高兴，唱唱歌，放松放松，你去安排两名保安，在包房门口守着，任何人不许进包房。"马旭龙拉过晓兰说。

"好的，我马上去安排。"晓兰假意应酬说。

晓兰刚转身要走，马旭龙眉头一皱，生怕此时被他人窥破更多秘密，他灵机一动又叫住晓兰说："晓兰，你也累了一天了，安排完事，你就回家去休息吧。"

晓兰："好的……"

此刻，正在美食城雅间等电话的邱大伟，手机终于响了，邱大伟赶紧接通电话，是晓兰打来的："邱警官，你在哪儿？"晓兰问。

"我在东方美食城二楼八号雅间。"邱大伟回答。

"邱警官，我马上就去找你，一会儿就到。"

不一会儿，晓兰来到了"东方美食城"，她推门走进八号雅间，邱大伟忙站起身来说："晓兰，你好。"

"邱警官，你好。"晓兰说。

"这位是聂队长，也是我女朋友。"邱大伟指指聂荣花说。

聂荣花与晓兰握了握手说："你好，我叫聂荣花。在劳教所当管教。"

"请坐。"邱大伟说。

三个人坐下，晓兰问："邱警官，找我肯定有事吧？"

"我们俩早就认识啦，也算是老朋友了。所以，我跟刘小姐也不必客气。"邱大伟热情道。

"邱警官，有话直接说。"晓兰点点头说。

"上次在医院，我和你大致地说了马旭东越狱逃跑的事，根据我们掌握的情况，种种迹象表明，马旭东的越狱与马旭龙有关系，刘小姐是位识大体的人，你又在马旭龙身边工作，我希望你能给我们多提供一些线索。"邱大伟说。

"邱警官，这一点你放心，我哥和我男朋友都在你们海东监狱改造呢，如果我能替他们赎点罪，帮你们做点事，我是求之不得。"晓兰说。

"那好，请问刘小姐，按你的分析判断，你认为马旭东应该逃到哪去呢？"邱大伟说。

"我断定马旭东就在唐州市。"晓兰不假思索地说。

眼前这位姑娘的判断，印证了邱大伟的感觉，他与聂荣花对视了一下点点头。邱大伟问："你的依据是什么？"

"第一，马旭东谁的话也不听，但马旭龙说什么是什么，所以我认为马旭东越狱，肯定得到了马旭龙的同意和帮助；第二，马旭东习惯了花天酒地的生活，如果他逃往外地，离开了马旭龙的视线，马旭东肯定适应不了；第三，马旭东是个亡命徒，按他的本性来说，他也不会躲到外地去，最重要的一点，马旭龙最近很需要马旭东的帮助，他们可能在预谋什么。"晓兰说。

邱大伟听了很高兴："刘小姐分析得很有道理，我也是这么判断的，可证据呢？我们抓不住他们的证据啊！"

"我怀疑一个人，可能就和马旭东在一起。"晓兰说。

邱大伟问："谁？"

在马旭东住的二层楼内，马旭东正和梦婕躺在床上睡觉。

忽然，电话响了。马旭东拿起电话："阿东，老九来了，一会儿我们一起过去，你起来吧。"马旭龙在电话里对马旭东说。

马旭东放下电话，钻出被窝，穿好衣服。

"你干什么去？"梦婕问。

"没事，你睡吧。"马旭东说着，走向门外，沿着楼梯，跑到楼下。

一楼客厅，门铃刚响，马旭东就拉开门，马旭龙带着谭九明来到了马旭东的住处。马旭龙说："阿东，九哥看你来了。"

马旭东焦急地问："九哥，我们什么时候走？"

谭九明说："阿东，你现在把整个唐州市都搅乱了，通缉你的画像到处都是，现在我们走，很危险。三喜的死，目前他们还没有怀疑到你头上，你先稳住神，在这里躲几天，别让他们摸到你的影子，万一他们怀疑到你的头上，龙哥肯定跟着受牵连。"

"阿东，我和九哥商量过了，我俩会尽快安排你走，至于怎么个走法，什么时候走最安全，我们还要听听谭四哥的意见。"马旭龙说。

"这种他妈的见不着天日的日子，我实在是过够了，也该让我透透新鲜空气了。"马旭东说。

"阿东，在缅甸，我和阿龙合伙开设了几家赌场，规模挺大的，就由你去经营吧，那里有咱们的几十名弟兄，你在那里干好了，站稳了地盘，也算给龙哥我俩留块最后退步的地方。"谭九明说。

谭九明拍着马旭东的肩膀说："阿东，我和龙哥对你寄托的希望很大呀！"

马旭东点点头，又问："哥，现在外边情况怎么样？"

"三喜死了，还搭进三个陪葬的，四条人命，事闹得不小啊。这几天市里各个路口都查得很紧，很难出去呀，再忍几天吧，一有机会，九哥带你马上冲出去。"马旭龙说着，从怀里掏出一把精致的小手枪说："阿东，这是最新式的家伙，把它留在身上，用作防身。"说完，马旭龙和谭九明都站起身来。

"阿东，多注意点，过几天我就带你一起走，我和龙哥还有事，我俩先走了。"谭九明说。

随后，两人出了门。

马旭龙和谭九明两人走后，马旭东手里摆弄着小手枪，梦婕从屋子里走出，由楼梯上下来，马旭东赶忙把枪藏好。

"谁来了？"梦婕不放心地问。

"是我哥，还有我以前的朋友。"马旭东搪塞道，他没有说出实情。

梦婕"哦"的一声，坐在马旭东的身边问道："阿东，我们到底什么时候走啊？"

"快了。"马旭东说：

"我们不是随时都可以走吗？"梦婕坐到沙发上，撒娇地又问。

马旭东搂着梦婕问："怎么？着急了？"随后，马旭东抚摸着梦婕姣好的脸蛋动情地说："梦婕，难得你对我的一片真心啊，有些事你还不明白。"

"难道你还有什么事瞒着我吗？"梦婕说。

"你不知道的事，还多着呢，不过，你还是什么也不知道为好，否则，一旦哪一天出了什么事，会连累你的。"马旭东说。

"你告诉我不告诉我都没关系，我既然把人都交给了你，就是死，我也陪着你。"梦婕说着，扑到马旭东怀里。

在海州市严查马旭东的同时，海东监狱也加强了对助逃犯杜青云的审问，期望发现马旭东脱逃后的蛛丝马迹，在严管队的一间提讯室里，郑浩南和邱大伟正在提审杜青云。郑浩南威严地说："杜青云，你提出的条件我们也都答应你了，这段时间你过得也挺潇洒的，该向我们交代些问题了吧。"

杜青云掏出一支烟，邱大伟过去给他点燃，杜青云美美地吸了一口。

杜青云笑着说："郑科长，你还是挺够意思的。"

杜青云伸出一个大拇指接着说："这段时间我确实过得不赖，一日三餐，顿顿有肉，感谢你郑科长的美意啦！不过郑科长，我姓杜的是不会白吃人家饭的，我会还账的，最近这段时间心情好，我也把我这几十年经历的事，都想了一遍，觉得自己半辈子虽然没有遇到过什么太风光的事情，但毕竟也在市面上混过几天，多少也有点小名气，大钱没挣过，小钱也花过不少，没有摸过女明星的手，但风流女子的小脸蛋我也亲多啦，想想也不算太亏了。"

这时，邱大伟指着杜青云说："杜青云，闭上你的臭嘴，没人想听你说这些。"

杜青云嘿嘿一笑说："邱警官，你急什么？"

杜青云："至于我和马旭东逃跑的事，倒谈不上他收买我什么，因为他想出去，我也想啊！反正刚才我也说过了，我觉得自己也就这样了，能出去享受几天算几天。"

"从监狱里，是那么好出去的吗？"邱大伟反问。

"出不去，判我个死刑，倒也省心啦。"杜青云又说："所以马旭东一找我说，我就痛快地答应他了。在那天逃跑的时候，我叫马旭东快跑，而我却拼命抵挡，那也不是我杜青云仗义，不是我心甘情愿当替死鬼，是老杨队长死死抱着我大腿，我想跑也跑不了哇！"杜青云又感叹道。

"后来，我一看完了，走不了了，所以我就拼命地砍杀老杨队长，企图用他的死来换我的死，反正我也好不了啦，我当时就是这么想的，现在细想起来，觉得挺对不住老杨队长的，所以，我有个想法，今天，想跟你们正式地谈一谈。"然后，杜青云继续吸烟。

"你有什么想法？"郑浩南问。

杜青云说道："我在社会上玩了十几年，伤害过不少无辜的人，但更多的人由于惧怕我，而忍气吞声了，所以就助长了我的野性蛮横，好多旁观者又都事不关己，躲得远远的，见义勇为之士很少，如果这样下去，就是你们杀了我一个杜青云，还有第二个、第三个杜青云再危害社会。"

"少扯这些，说你自己的事。杜青云，你知道你将来的结果吗？"郑浩南问道。

"我知道，虽然我是个即将离开这个世界的人了，但我想把我血的教训留给身后的人，所以，我决定把自己的遗体、器官捐献出去，用换回来的钱，奖励给像老杨队长那样，为维护正义而不怕丢性命的人，就算你们给我的帮助教育，我对你们的一点回报吧，也算我杜青云为自己赎点罪吧。"杜青云说着说着，眼里已经含满了悔恨的泪花。"人之将死，其言也善嘛。"杜青云自言自语地说。

"这是你正式的请求吗？"郑浩南问。

"郑科长，都到什么时候了，我还有心情跟你扯没用的？"杜青云心灰意懒，身心疲惫说。

"那好，这件事，你自己写个申请，我给你交上去审批。"郑浩南说。

“那就多谢啦。”杜青云一抱拳说。

“杜青云，你知道马旭东可能逃到哪里吗？”郑浩南再次追问。

杜青云犹豫片刻："马旭东曾跟我讲过，我们逃出去以后，他哥哥马旭龙肯定会帮助我们的，所以我想，马旭东跑出去以后，肯定与他哥哥取得了联系，具体马旭东逃出去在什么地方，我说不准，但我肯定，马旭东一定会藏在马旭龙提供的安全地方，所以，你们应该多注意马旭龙的动向，从他身上找到马旭东。"

郑浩南和邱大伟听了杜青云的话，都点点头……

改造在押犯的工作，是一项拯救罪犯心灵的工作，急不得、恼不得，是自从有人民监狱以来，成千上万的人民狱警一直都在从事的伟大事业，是功在当代，利在千秋，润物细无声的善举。在直属二中队办公室，黄涛正在与刘永和谈话，吴志强坐在旁边。

黄涛说："刘永和，这次中队给你申报了减刑材料，你现在是五个基本功，两个狱级积极分子，中队给你报减刑一年九个月。"

“那太谢谢黄队长了。”刘永和高兴地说。

“你不要谢我，要谢你应该感谢政府，感谢各位队长对你的帮助教育。”

“我会把这些都记在心里的。”刘永和表示。

黄涛说："另外，关于你和赵刚协助抓捕杜青云的事，给你们请报特功的申请已经批下来了，决定给你和赵刚每人减刑两年的奖励。最近，监狱开减刑大会，就给你们宣布。"

“那太好了，我应该把这个喜讯马上告诉家里人。”刘永和说。

黄涛表态："应该，应该，告诉他们让家里人也跟着你一起高兴嘛。一会儿，我带你去大队办公室给家里打个亲情电话，你去吧。"

刘永和应了声“是！”高高兴兴地刚要走出办公室。

黄涛说：“对了，你把赵刚叫来。”

“是。”刘永和答道。

此时，赵刚正在打扫院子，他浑身是汗，不断把落叶扫起，装到三轮车上。

刘永和急匆匆走来：“赵刚，黄队长找你……”

赵刚：“什么事？”

刘永和：“好事，快去吧。”

赵刚：“我的事没干完呀……”

刘永和：“别操心了，剩下的我来干。”

赵刚："好嘞……"

赵刚急匆匆来到中队办公室，黄涛正在看报纸，只听门外喊道："报告。"

黄涛应声："进来。"

"是。"赵刚在门外答道。

走进办公室，赵刚在距黄涛两米处站好。

黄涛说："赵刚，好消息呀，中队这次给你减刑报了一年六个月，另外，还给你追加了特功，减刑两年，共计三年六个月，你已经服刑三年五个月，你刑期共七年，所以近期开完减刑大会，你就可以回家了。"黄涛说。

赵刚一听，"扑通"一声跪在了地上说："黄队长，是你和各位队长挽救了我，是政府挽救了我，我赵刚谢谢你们了。"

黄涛忙走过去扶起赵刚说："赵刚，记住这次教训，回归社会后，要努力为社会做好事，报效国家，不要辜负我们大家对你的期望。"

黄涛吩咐说："你把胡桂荣叫来，让他到小花园找我。"

"是。"赵刚答道。他转身出去了。

小花园里，黄涛正在剪花，胡桂荣小跑着赶来，近前喊了一声："报告。"

黄涛放下剪刀："来，胡桂荣，这次给你申减刑六个月。最近，开完减刑大会你就可以回家了，有什么感想啊？"

"黄队长，说实话，如果不是我娘、秀芝和小玉她们在家等我，我现在还真有点舍不得离开你们。"胡桂荣笑笑说。他接着说道："黄队长、吴队长，没想到我胡桂荣活了大半辈子的人了，还走了这么段弯路，要不是你们这么诚心诚意地挽救我，恐怕我的后半生也就完了。"

"你出去后准备干些什么呀？"

"我还能干什么大事，我和秀芝原来是市饮食公司的工人，别的不会干，包饺子、烙大饼、蒸包子，凭辛苦过个稳当日子就知足了。"胡桂荣微笑着说。

吴志强说："这个想法挺好，根据自身情况，能做什么就踏踏实实地做些什么，不要好高骛远，好。我和黄队长就等着到你的包子铺吃包子去了。"

"那是我求之不得呀。"胡桂荣说。

"好吧，就先谈到这里，你回去把王三叫来。"黄涛吩咐。

"是。"胡桂荣答道，他转身离去，走出几步，又忽然回身，给黄涛鞠个躬："谢谢政府，谢谢黄队长。"

这时，吴志强拿着几份报纸走来，恰巧与刚来的王三走了个对面。

"王三，今天怎么这么高兴呀？"吴志强问。

"刘永和教我识字，今天他考了我一百多个生字，我全写对了，刘永和给了我一百分。"王三说。

"好样的，继续努力吧，争取亲自给你母亲写一封信。"吴志强说。

王三点点头。

黄涛近前说道："王三，叫你来，是要告诉你一件事，这次中队给你申报减刑一年五个月，你是一个表扬，两个基本功，一个狱级积极分子，一个省级生产技术能手。"

王三一脸喜色："好哇，黄队长、吴队长，真没想到像我这种家庭情况，还能减这么多刑。"

黄涛说道："为什么不能啊？"

"那个该死的马旭东骗我说在监狱里，像我这样家里条件困难的，既没钱，又没关系的，干得再好也减不了刑，所以刚来的时候我就混日子，耽误了一阵子，要不是队长们积极地帮助我，我非让马旭东把我给毁了不可。"王三说至此，十分气愤。

黄涛安慰王三说道："你要相信政府，不要听信谣言。王三，你进步很快，一定要继续坚持，不但要积极地参加生产劳动，更要刻苦地学习文化，因为社会发展得很快，将来出去要想有所为，没有文化、没有知识，是不行的，你文化底子薄，更要加强文化和知识方面的学习，你懂吗？"

"我一定好好学习，等将来我出去的时候，好可以给你们写信，有机会报答你们的恩情。"王三表示。

黄涛摆摆手："王三，你对我和吴队长将来怎么样，并不很重要，但我想提醒你一下，到什么时候也不能忘记林指导员，他是倒在你们家乡的。"

王三听了，马上两眼流泪地说："黄队长、吴队长，我王三今生今世也还不完林指导员的人情了，我只有一个心愿，等我出去后，我就把林妈妈接到我们家，当皇帝一样供着，只要我王三有一口气，一分力，我一定会伺候好她老人家的，为林指导员的亡魂免去一分牵挂。"

王三的情绪勾起了黄涛和吴志强对战友的深深情感。

黄涛慢声说："王三，你先回去吧。"

王三抹着眼泪出去了。

刚才的话题，勾起了黄涛对林指导员的思念，由此想到他的老妈妈、喜妹和铁蛋。王三走后，黄涛掏出手机拨了一个号码，电话接通了。"是李涛吗？"黄涛问。

"是我，你是黄队长吧？"李涛回答。

黄涛说："我是黄涛，林妈妈她老人家最近怎么样啊？"

"通过这段时间的治疗，老人家恢复得很好，这不，这几天老是闹着要回去，心疼我花钱，我是好说歹说勉强留住了，多住几天是几天吧，我觉得差不多该彻底治好了，我想带着全家人出去旅游，因为老人家一辈子都没走出过大山，林嫂和铁蛋除了唐州，别处也哪都没有去过。"

黄涛说道："李涛，也难得你一片真情呢。哎，李涛，你现在在哪？"

"我现在在公司办公室，刘军在医院陪着老娘呢，我待会儿下班后也去医院。"

黄涛说道："李涛，今天我和吴志强准备去医院看望一下大家，也想跟大家吃顿饭。"

"那太好了，从我和刘军出来后还没有请你们喝过酒呢，今天我一定要好好地请请你们。"

黄涛说道："李涛，你的心意我领了，以后我会给你机会的，不过，今天不行，我和吴志强的心意，大家在一起坐坐，另外还有几个人，你就负责给大家选一家你熟悉的饭店就行了。"

"几个人？"

第三十二章　危险出逃

杀人越货之后，歹徒欲逃之夭夭，孰料，天网恢恢，作恶者惶惶不可终日，奢想做漏网之鱼，机关算尽，求仙拜佛，又有何用？

黄涛看看天色，屈指算了算，考虑一下欲请人员的家庭、道路情况，居住远近，说道："大概十个人左右吧。"

"你们什么时候来？"

黄涛说道："我们晚上七点钟在医院碰面，然后一起去饭店。"

黄涛挂断电话，又给杨明贵打电话。"喂？是老杨吗？"黄涛问道。

杨明贵一听是黄涛的声音，高兴地说："啊，是黄涛啊？今天怎么想起我来啦？"

黄涛说道："今天我想请你喝顿酒。"

杨明贵："哈哈，老战友，是不是有什么特别的喜事啊？"

花坛旁，黄涛还在打电话。

杨明贵："该不是和吴老师举行订婚仪式吧？"

黄涛说道："你就慢慢等着吧。"

"哎！到底怎么回事吗？"

黄涛说道："今天我和你还有志强，也叫上高伟嫂子，咱们陪喜妹全家人吃顿晚饭。"

"啊，原来是这么回事啊，好哇？几点？在哪儿？"

黄涛说道："七点，我们在工人医院会合。"

"请黄队长放心，我和你嫂子保证准时到。"

随后，黄涛又拨通了吴玉华的手机，接通后，黄涛说："是玉华吗？"

"是黄涛吧？我是你杜阿姨。"电话里说道。

"啊，对不起，杜阿姨，玉华呢？"黄涛不好意思地问。

"你稍等一会儿，我给你喊去，她和小娟在洗澡呢。"杜校长说。

不一会儿，电话里说："黄涛，我是玉华。"

黄涛说道："是这样，今天晚上我和吴队长想请喜妹嫂子全家人吃顿饭，你有时间吗？"

"没问题，几点呢？"吴玉华说。

黄涛说道："晚上七点，你和小娟到工人医院找我。"

"好吧。"吴玉华爽快答应。

晚七点，黄涛、吴志强、杨明贵、高伟、吴玉华、小娟陆续到了工人医院，这下可把铁蛋乐坏了，又是逗这个，又是亲那个的，吴志强给铁蛋买了新玩具：一辆大坦克。

李涛开着一辆小轿车，刘军开着一辆面包车驶来，一起拉着众人驶出了医院。

车窗外美丽的唐州夜景——闪过，面包车内，人们不断指点着窗外的夜景。欢聚，使人们倍感高兴，他们说说笑笑，指指画画。

汽车在一处灯火辉煌的大楼前停了下来，众人下了车。

黄涛抬眼一看"神龙集团"四个大字闪着刺眼的光芒。

杨明贵触景伤情，这里曾经有过不好的记忆，也给他带来伤害和惨痛的教训，他惊疑了一下，不解地问："咱们怎么来了这里？"

出于职业的习惯和警觉，黄涛对这里也顿生疑窦，他仔细打量周围几眼，对这里也似曾相识，他突然忆起，那天晚上，他尾随同事老杨熟悉的身影，也曾来过这座大厦。他问李涛："你经常来这里吃饭吗？"

"对呀，我们招待客户，基本都是在这里。"李涛不解。

黄涛心想，不入虎穴，焉得虎子。今天，正好借此侦查一下神龙集团内幕，说不定会发现点什么，找到有价值的线索，他点点头说："没关系，我们也潇洒一把。"

杨明贵看见黄涛首肯，没有再说什么，也说："那我们进去吧。"

俗话说，冤家路窄，就在众人一起往里走，刚走上二楼，迎面来了几个戴墨镜的人，一位漂亮小姐在前边带路，黄涛一眼就认出那位小姐就是晓兰。此时，晓兰也已认出了黄涛等人，忙上前说："哎呀！这不是黄队长嘛，欢迎！欢迎！"

刚要进包房的几个戴墨镜的人一听，全愣愣地看着晓兰与几位警察说话。这时，其中一个戴墨镜的人摘下墨镜走到杨明贵的跟前说："啊，我还以为是谁呢？原来是杨队长大驾光临，失迎、失迎！"然后一抱拳，表示欢迎。

杨明贵"哼"了一声没有理他。

绝顶聪明的晓兰，见马旭龙有些尴尬，忙上前介绍："啊，黄队长，这位是我们神龙集团的总裁，马旭龙先生。"

然后，晓兰指着黄涛介绍说："这位是黄涛，黄队长。"

走南闯北、谙熟社会交际应酬的马旭龙，知道眼前这几位都是自己的冤家对头，都有背景，不好惹，忙迎上去抱拳说道："久仰黄队长的大名，难得！幸会！今天光临本酒店是为亲人过生日啊？还是朋友聚会呢？"

黄涛不露声色地说："啊，是朋友随便聚聚。"

"那好，既然是黄队长的朋友，也是我马旭龙的朋友，今天算我请客，记我的账。"马旭龙吩咐手下，讨好着有来头、有背景的这批不速之客。

黄涛笑着说："今天就不必了，看样子你也有客人，马老板，先忙你的去吧。以后我们再专门造访。"

马旭龙哈哈一笑说："好，我恭候啦！"

马旭龙等人进了大包间内，领班领着身后的客人走进包房，这也是一间比较宽大的包房，装饰较为华丽，大家陆续地就座。然后，黄涛走到晓兰身边问："你们最贵的一桌要多少钱？"

晓兰说："贵点的有五千元和八千元的。"

黄涛吓得一惊，不好意思地问："那最便宜的呢？"

晓兰回答："最便宜的是三百元和五百元的。"

黄涛显得很尴尬地说："那就来一桌五百元的吧。"

这时，吴志强走过来插嘴说道："我说黄队长，你真大方啊，你不看别人，你也得给吴老师留点面子吧，她男朋友请客，让别人吃了个半饱儿就回家了，你不怕别人笑话呀？"然后，吴志强从兜里掏出了一千元递给晓兰说："给，这是一千元，你看着弄去吧。"

晓兰笑着出去了，黄涛对吴志强说："你怎么插进来了？"

吴志强说："我占一半股份，算咱俩的，好不好？"

"真拿你没办法。"黄涛说。

吴志强拍了一下黄涛的肩膀说："哎，我说黄队，难得今天大家聚在一起，咱们也玩玩潇洒，唱唱歌，怎么样？"

"唱什么呀？"黄涛说。

吴志强把黄涛拉到吴玉华跟前说："下面，我们欢迎黄队长与吴老师给大家唱一段黄梅戏《夫妻双双把家还》，大家欢迎！"

吴志强说完，满屋的人都高兴地拍起了巴掌。

这时，吴玉华拿起话筒，把另一只话筒递给了黄涛，面对着大家，深情地唱了起来：

"树上的鸟儿成双对。"

"绿水青山带笑颜。

……"

一曲完毕，全屋的大人小孩欢快地鼓起了掌。

这时，善于渲染气氛的吴志强又提议："下面有请杨明贵先生与高伟女士为大家演唱一首《纤夫的爱》！"杨明贵笑呵呵地与妻子高伟手挽手唱了起来……

杨明贵与高伟欢快地唱完后，满屋子又是一阵热烈的掌声。

一曲结束，这时，吴志强又提议："下面，有请赵喜妹给大家唱首歌。大家欢迎！"

喜妹手握着话筒深情地唱起来，歌曲《绒花》：

"世上有朵美丽的花，

那是青春吐芳华

……"

在喜妹动情的演唱声中，她仿佛又回到了童年时代，与林海生在山间嬉戏，仿佛看见了林海生上大学前与自己依依惜别时的情景，仿佛又进入了与林海生举行婚礼后，进入洞房时的喜悦气氛中，仿佛又见到了林海生的坟墓上松柏起伏，鲜花摇曳，仿佛……

大家都被喜妹真情的歌声感染了，默默地听完喜妹的演唱，热烈地响起了掌声，这时，酒菜都已摆好。

吴志强俨然主持人招呼大家："今天咱们聚在一起，是件高兴的事，应该痛饮几杯，这第一杯是我们大家的团圆酒。"说完，他将酒杯端起来，大家纷纷端起酒杯，不会喝酒的林妈妈、吴玉华、喜妹、铁蛋端起饮料，大家碰杯，一齐干杯。

吴志强再次提议："这第二杯酒，我们祝林妈妈身体健康、长命百岁！"

众人又都端起酒碰杯。

吴志强接着说："这第三杯酒嘛，我祝大家以后生活越来越美、锦上添花。"

大家齐声说："好！"

三杯酒下肚，吴志强招呼大家吃菜，不断地给林妈妈等人夹菜。

这时，晓兰走了进来对黄涛说："黄队长，我有事想和你谈一谈。"

他们俩悄然走到一旁，一簇高大的凤尾竹，遮住周围行人的视线，黄涛与晓兰走到窗前。黄涛问道："晓兰，你有什么事？"

晓兰抱歉一笑说："今天你们这么高兴，本不该打搅你，可我最近工作比较忙，所以没时间去看望赵刚，我想向你打听一下他的情况。"

黄涛警觉地查看四周几眼，低声说："赵刚在监狱里表现积极，目前监狱已给他申报减刑三年五个月，还有一个月就走向新生了。"

晓兰听了高兴地说："真的吗？那太好了，我没有看错他呀！"随后，晓兰自言自语地说："一切都好了，到了该了结的时候了……"

马旭龙、马旭东兄弟横行乡里多年，作恶多端，就在公安、狱警追查、追捕他们犯罪事实之际，在公园树林里的僻静处，集聚着几位直接或间接被马旭龙迫害过的女性，她们要联合起来报仇。晓兰长出一口气，发狠道："姐妹们，我们一定要把马旭龙绳之以法，出口恶气。我的想法就是我刚才说的这些，你们看怎么样？"

一旁的赵娜、乌丹听了晓兰整治马旭龙的想法后，表示十分赞同。

赵娜站起说："对！不能便宜这个坏蛋。"

乌丹拢拢秀发："我完全同意，让他这样的人类渣滓逍遥法外，是我们的耻辱，我一定要为田二亮报仇。"

晓兰："好，咱们三个人达成共识，纳成一股劲儿。三个臭皮匠，顶个诸葛亮，我们一定斗得过他这个王八蛋。来，让我们握手加油。"

姐妹三人的手握到一起，眼里充满必胜的目光。

晓兰："赵娜姐，明天我想去监狱见我哥哥，主要是想向我哥哥了解一下马旭龙的事。"

赵娜问道："你哥哥大虎，怎么会知道马旭龙的事呢？"

晓兰解释："你不知道，我哥哥从十几岁就跟着马旭龙在社会上打打杀杀，这么多年，他肯定知道很多马旭龙干的坏事，我准备让我哥哥给我写一份揭发马旭龙犯罪的材料，我们兄妹俩联手扳倒马旭龙。"

赵娜问："那你哥大虎，能同意吗？"

晓兰说："过去我哥哥也帮着马旭龙做过很多坏事，我哥哥对马旭龙也有一些感情，毕竟他们在一起混了十几年，不过我哥哥现在变了，他知道自己做了很多的

错事，也明白了马旭龙过去是一直在利用他，他现在很痛恨马旭龙。"

赵娜说："晓兰，你哥哥现在知道改好，我也替你高兴，等你哥哥出来了，我们帮他成个家，让他好好过日子。"

乌丹在旁边听着晓兰和赵娜的谈话，眼珠一转，插嘴说道："赵娜姐，我有一个好主意，不知道你愿意不愿意听。"

"乌丹，你有什么好主意？说出来听听。"赵娜问道。

"赵娜姐，我说出来后，你不许生气。"乌丹笑着说。

"乌丹，你卖什么关子啊？有话快说，别叽叽喳喳的。"晓兰说。

乌丹冲赵娜挤眼说："赵娜姐，我看你做晓兰姐的嫂子，挺合适的。"

乌丹话一出口，臊得赵娜忙捂上了脸，用手一推乌丹说："去你的，净瞎说。"

晓兰也被乌丹突然冒出来的话弄得不知所措。

晓兰看着赵娜羞怯的样子，也突然觉得眼前的赵娜跟自己的哥哥挺合适。于是，晓兰冲着赵娜笑笑说："赵娜姐，我看刚才乌丹的主意挺不错，我嫁给你弟弟赵刚，你嫁给我哥哥大虎，蛮有意思的。"说完，晓兰捂着嘴"咯咯"地笑了起来。

赵娜不好意思地说："那不成了换亲了吗？在我们山区老家才有过这种事，让我们也这么做，不怕被人家笑话呀？"

晓兰还在"咯咯"地笑着说："货换货，两头乐。你们赵家捡了便宜，我们刘家也不吃亏。只要我们两头乐意，管他呢？"

"赵娜姐，如果你觉得对我哥有意思，明天我就带你去监狱见我哥。"晓兰接着说。乌丹也在一旁凑热闹地说："赵娜姐，你要是见了大虎哥不好意思张口，我就替你说，说成了，别忘了给我这个媒婆弄点喜钱花花。"

赵娜红着脸，满脸彩霞，对乌丹佯装嗔怪说："就你鬼点子多……"

翌日一早，晓兰、赵娜和乌丹，带着小雨早早来到了海东监狱，在接见室的登记窗口，晓兰对怀抱小雨的乌丹说："把小雨给我吧，你去登记见二亮。"

晓兰接过小雨后，又对赵娜说："赵娜姐，我们两个先登记见赵刚，然后我们再一起见我哥。"

"那好吧。"赵娜说。

乌丹冲赵娜开玩笑地说："赵娜姐，待会儿你见了大虎哥，可要主动点，我等着听你们的好消息，拜拜！"

乌丹说完，拎着一大袋子食品往接见室里边走去……

喝杯茶的工夫，在接见室里，晓兰怀抱着小雨和赵娜、赵刚坐在了一起，晓兰忙哄着小雨，指着赵刚说道："小雨，快叫爸爸。"

小雨望了望赵刚，又扑回到晓兰的怀里，连声叫着："妈妈、妈妈。"

赵娜在一旁笑着说："咱家小雨真偏心眼，眼里光有妈妈，没有爸爸了。"

"我离开家里这么长时间，孩子肯定跟我有点陌生了。"赵刚说："唉！想起来我做过的错事，真是连孩子都对不起呀。"

晓兰忙安慰道："赵刚，过去的事，别想了，现在咱们一家人，不是挺好嘛。"

赵刚也笑着说："是啊，我这叫傻人有傻命，谁让我碰上你了呢。"

晓兰说："大刚，你怎么学的会顺情说好话了？"

"晓兰，不是我故意跟你说好听的，我说的是实话。"赵刚忙解释道。

晓兰看着赵刚一脸真诚的样子，脸上露出了幸福的微笑，赵娜看着晓兰和弟弟都充满爱意的表情，知趣地说道："晓兰、大刚，你们聊，我先出去转一会儿。"说着，赵娜起身要离开，晓兰忙扯住赵娜的衣襟说："赵娜姐，你躲什么呀？我们一家人都在一起好好待会儿，不是挺好嘛，再说了……"

"我们不是还有更重要的事要跟大刚商量吗？"晓兰冲赵娜笑着说。

"姐，有什么事要跟我商量啊？"赵刚忙问赵娜。

赵娜看着赵刚，不知该怎么说，赵娜用求助的眼神看着晓兰，晓兰看了一眼早已涨红了脸的赵娜，一本正经地对赵刚说："大刚，今天有件大事，赵娜姐想征求一下你的意见。不管你是同意还是不同意，请你都要说实话。"

赵刚一脸雾水的表情，追问道："到底是什么事啊？搞得这么严肃，快告诉我就是了。"

"赵娜姐今年都二十九岁了，她的终身大事到现在都没有定下来，我们是不是也该关心一下赵娜姐啊？"晓兰说。

赵刚听到这里，似乎明白了晓兰要说的事，赵刚惭愧地低下头说："都是我给耽误的。"

"大刚，既然你说赵娜姐的婚事耽误到现在你也有责任，那么，我们就赶紧帮助赵娜姐解决这个问题呀！"晓兰说。

"我又不能给姐变个大男人来，我怎么帮啊？"赵刚说。

"你们监狱里关着的不全是大男人嘛！"晓兰忙说。

"蹲过监狱的男人，我姐能接受吗？"赵刚忙说。

"大刚，你还别这么说，赵娜姐就想嫁给一个蹲过监狱的男人。你就帮赵娜姐从里边给选一个吧。"晓兰说。

"我选不好，这事还是你们自己看着办吧。只要姐姐自己愿意，她嫁给谁，我都同意。"赵刚勉为其难地说。

"真的吗？"晓兰忙问赵刚。

"是真的。"赵刚亮明自己的观点。

"如果赵娜姐看上我哥哥大虎呢？"晓兰又问。

"大虎……"赵刚惊讶地瞪大了眼睛，看了看晓兰，又看了看赵娜，一时语塞……

赵娜羞怯地对赵刚问道："大刚，你同意吗？"

赵刚思忖了一会儿，点点头……

第三十三章　浪子回头

马氏兄弟横行乡里多年，惹起众怒，就在他们谋划出逃之际，围捕他们的大网，也正逐步收紧。法网恢恢，疏而不漏。这次，他们还那么幸运，能逃过人民的审判吗？

海州监狱外，秋风掠过，田野里一片丰收的景象。农民们正在收获，果园里笑声不断，歌声嘹亮，远处隐约可见高墙、电网林立的监狱。在接见室里，晓兰、赵娜和小雨又和刘大虎坐到了一起。

晓兰说："大虎，这些日子，赵娜姐一直帮着我打理洗衣店，她不光勤快，人品也好，我看让赵娜姐做我的嫂子挺合适。"

"妹妹你赞同，赵娜也不嫌弃我，我当然没意见。"刘大虎憨厚地笑着说。

"大虎，你的事，我都清楚，晓兰都已经跟我说过了，虽然你还有几年的刑期，只要你在监狱里好好地改造，我愿意在外面等着你。"赵娜说。

"赵娜，有你这句话，我就一定在里边好好改造，争取早日回去，我不会让你失望的。"刘大虎感动地说。

晓兰看着赵娜和哥哥都非常兴奋的表情，欣慰地说道："没想到我们这些不幸的人，却有幸地走到了一起。"说着，晓兰眼里噙满了激动的泪花，晓兰掏出手绢擦了擦眼泪，扬起脸，对大虎说："哥，我想现在就动手，我们联起手来扳倒马旭龙。"

刘大虎问晓兰："你想好了吗？"

晓兰回答："我想好了。"

刘大虎问："那我们该怎么办呢？"

晓兰谨慎地四下观察一下："我已经发现了马旭龙的一些罪证，但有些问题，我还没有完全查清，不过，我会尽快找到他更多的犯罪证据。"

"这次，一定要把马旭龙这个畜生，彻底地搞垮。"晓兰咬牙切齿地继续说。

刘大虎激动地说："好，我早就盼着这一天了，回去以后，我马上写揭发马旭龙犯罪的材料，写好以后，我就交给监狱政府。"

赵娜在一旁鼓励着说："大虎，你做得对！我支持你！以后我会经常地来看你，我还会经常给你写信，你要多保重自己。"随后，赵娜又关切地嘱咐刘大虎说："大虎，别忘了给我写回信。"

"我记住了……"刘大虎高兴地说。

晓兰、刘大虎、赵娜和小雨，几个人正兴奋地谈论着，忽然，乌丹像一片彩云，走到了他们几个人的面前。乌丹开玩笑地冲着赵娜说道："看样子，是大功告成了。"

晓兰兴奋地冲乌丹点了点头，乌丹走到刘大虎的面前说道："大虎哥，你和赵娜姐的事，还是我提起来的呢，你可别忘了我这个大媒婆哟！"

"乌丹，今天回去以后，我先代表我哥哥和赵娜姐好好请你撮一顿，咱们先庆贺庆贺。"晓兰提议。

乌丹笑嘻嘻地说道："知恩图报，这还差不多。"

随后，几个人都开心地笑了起来……

在"神龙集团"马旭龙的办公室里，马旭龙、谭云海和谭九明，正在密谋着什么事情。

马旭龙对谭云海说："四哥，阿东出来了，了却了我的一块心病，三喜这小子除掉了，也解了我的心头之恨，这两件事，我们干得都很顺手，现在我们应该尽快想办法处理后事，让阿东赶快离开唐州市，免得夜长梦多，坏了我们的大事。"

谭云海一边吸着烟一边慢吞吞地说："跟你说，原来，我不同意你莽撞地把阿东弄出来，可事情已经做了，阿东也出来了，就别说做得合适不合适了，总之，出来了就好，杀三喜的事，虽然阿东干得很漂亮，没留下什么痕迹，可他这么一折腾，也捅马蜂窝了，现在全国到处都在抓他，监狱方面追得更紧。"

"四哥，你知道监狱方面的情况吗？"马旭龙试探道。

"别的我不知道，但我知道监狱方面为挽回影响，肯定会动用很大的力量来抓捕阿东，这是必然的，可是……"谭云海说。

"可是什么？"马旭龙忙问。

"我怀疑，监狱方面的动向，可能不仅仅是针对阿东在做文章。"谭云海略显沉思地说道。

"为什么？"马旭龙疑惑地问。

"这还用问吗？你想一想，监狱看管得那么严，阿东就能顺利地跑出来？如果没有人接应，没有现代化的交通工具，方圆百里的盐场，光靠两条腿跑，能跑掉吗？这么简单的问题，难道那么多的监狱警察都是白吃饭的？你换位想一想，谁会冒这么大的风险去接应阿东呢？答案很简单，那就是与阿东关系最密切的人。"谭云海说。

"四哥，你是说监狱方面在暗中侦查我？"马旭龙说。

"你以为呢？"谭云海卖着关子。

"我没感觉到这段时间有什么不正常啊！"马旭龙说。

"你这么大名气的人物，他们不抓住你致命的东西，会轻易地动你吗？"谭云海冷笑一声说道。

"是啊，四哥说得对，我们最怕的就是背后挨黑枪，龙哥，除了我们哥仨以外，从今以后，其他任何人，我们都要防着点。"谭九明插话。

"阿龙啊，老九说得对，尤其是你身边挨得最近的人，更要注意！家贼难防啊。"谭云海提醒。

谭云海好像忽然想起了什么，说道："最近，有个监狱的狱侦干警，总在市里乱转，这小子还经常去我们市公安局查阅一些东西。对了，他还去过杀三喜的现场，另外，前些日子，我还看见他和咱家的旭阳在一起秘密接触。"

马旭龙问谭云海："四哥，你知道那小子叫什么名字吗？"

谭云海挠挠脑袋说："具体……叫什么名字，我不知道，只听说，他姓邱。"

"姓邱……啊，我知道了，那个小子叫邱大伟，以前这小子上大学的时候，和我妹妹旭阳处过对象。"马旭龙恍然大悟地说道。

谭云海突然又冒出一句："对了，我还看见过这个邱大伟在工人医院跟晓兰说过话呢，看样子，好像他们以前很熟悉。"

马旭龙忽然像是感觉到了什么，对谭云海说："这个姓邱的小子，是不是想在我身边的人身上找突破口呢？"

"我看很有这种可能。"谭云海赞同地说。

"他妈的，搞到我头上来了。"马旭龙发狠地骂道。

这时，谭九明抢着对马旭龙说道："阿龙，既然这样，我们就先下手为强，趁这小子还没有跟咱们最后摊牌，我先灭了他。"

"你俩先别急，杀警察可不是闹着玩的事，前些日子，你们把潘永年给做了，这事已经引起了上边的注意，市委的吴书记也在多次催促着我们公安局尽快破案，万一弄不好，别把我们大家都搭进去。"谭云海一摆手忙说。

"那我们也不能光等着挨打呀，等哪天人家找上门来了，我们不就只有等死吗？"谭九明说。

谭云海鼻子"哼"了一声说："哼，等死？哪有那么便宜的事？不过我们要想反击，必须谨慎从事，再好的棋，也不能操之过急，要一步一步地走。"

"四哥，究竟该怎么办？你快拿个准主意啊。"马旭龙催问道。

"这样吧，先把枪口瞄准已经指向我们的邱大伟，先收拾这个小子。"谭云海咬牙切齿，拍了板。

谭九明一听，来了精神，忙问道："四哥，你说该怎么收拾这小子呢？"

"这小子，整天开车在市里转，我们搞个交通肇事出来，警方不会怀疑有人故意杀警察吧！"老谋深算的谭云海一脸得意地说。

马旭龙和谭九明听谭云海说到这里，都连声说："好主意！"……

在中心公园的小树林内，树木繁茂，花草迷人，鸟儿在树林中穿梭嬉戏，发出婉转动听的歌声，天空中一群白鸽在自由地翱翔，树荫下，一对对恋人在互相倾诉着衷肠，不远处的游乐场内，欢声阵阵，不绝于耳，聂荣花挽着邱大伟的手漫步在林间的小路上。

聂荣花问："大伟，今天你怎么有时间陪我出来散步？"

邱大伟说："明天，省监狱管理局组织一次狱侦部门业务技能知识竞赛，监狱领导决定由我代表监狱参加比赛，这两天给我放了假，让我好好地准备准备，监狱领导对我寄予的希望很大，希望我能拿回一个好成绩。"

"既然这样，你不好好地准备，还跑出来偷懒干什么？"聂荣花责备说。

"我的本事你还不清楚？当年在警校，哪次不是我邱大伟夺冠呢！直害得那帮追星少女警花们都得了相思病。"在女朋友面前，邱大伟有些自诩。

聂荣花娇嗔地说："去你的吧，我看你就是王婆卖瓜，自卖自夸，一点也不谦虚，我说你可不能辜负了领导们对你的期望啊！"

"拿个冠军嘛，小事一桩，就如同探囊取物一般，这叫自信。"邱大伟还在卖弄。

聂荣花"哼"了一声，装作生气的样子，不再理邱大伟。

邱大伟拉了拉聂荣花的手，恳求说："领导，别生气嘛，今天出来放松放松，这也叫劳逸结合，明天也好正常地发挥，再说了，我也挺想念领导的。"邱大伟继续说道。

"就你嘴巧，会哄人开心。"聂荣花说着，把头靠在邱大伟的肩上意味深长地说："大伟，咱俩从警校毕业后就各自在工作岗位上，见面的时候也少了，我真怀念当初在警校时与你相处的那段好时光。"

"是啊，那时候咱俩形影不离，花前月下……"邱大伟也感慨地说。

接着，邱大伟又换了一副油嘴滑舌的腔调说："那时候，你千方百计地和我套近乎，真可谓是费尽心机呀，我说聂警官，你当时是不是被我邱大伟的英俊潇洒给迷住了？"

聂荣花轻轻地推了邱大伟一下说："去你的，把谁迷住了？还不是你一厢情愿？老是跟在我后边拍本姑娘的马屁，甜言蜜语把我搞糊涂了。"接着，聂荣花感慨道："真快呀，一晃我们毕业参加工作好几年了。"

两个人都沉浸在对过去美好岁月怀念的幸福之中。

两人在一处僻静的角落里停下，邱大伟说："我们坐一会儿吧。"

在一片树荫下，一把长椅默默地蹲在那儿，随时准备供游人们休息。邱大伟坐下来，聂荣花靠在邱大伟的身上。

聂荣花羞怯地说："大伟，你还记得当初我们俩的约定吗？"

"当然记得，在咱们工作上都取得成绩以后，我们就完婚。"邱大伟说。

"我现在已经是个劳教所的中队长了，你也取得了不小的成绩，如果你这次比赛能够夺冠取得好成绩，为监狱争光回来，我们就结婚。"聂荣花甜蜜地撒娇。

邱大伟高兴地说："好哇！"

邱大伟拍了拍胸脯接着说："请领导放心吧，我绝不会辜负您的期望的，为早日实现我和你同床共枕的梦想，我会不惜一切，勇敢拼搏的，解除领导的相思之苦啊！"

"瞧你，又来了。"聂荣花说完，撒娇地依偎在邱大伟的怀里，邱大伟搂着丰满的姑娘聂荣花，释放着无尽的真情，树梢上两只美丽的小鸟叽叽喳喳地叫着、唱着，仿佛是在为这对有情人祝福……

在省监狱管理局举办的狱侦部门业务、技能、知识竞赛上，省内各个监狱的优秀狱侦干警云集在一起，各显神通，比赛进行得激烈，甚至有些残酷。

经过几个项目的角逐，邱大伟以精湛的技能、娴熟的业务知识，艺压群雄，取得比赛的冠军。在海东监狱的大会议室内，监狱领导为邱大伟同志举行庆功大会。监狱长高天宇在正中，政委聂清华、纪委书记陈明德、副监狱长梁启明及监狱领导坐在高天宇的两侧，对面整整齐齐地坐满了威武的监狱警官，高天宇主持会议，首先讲话。

高天宇说："今天召开这个会议，主要是要表彰我监狱的优秀狱侦干警邱大伟同志。大家对他都应该非常地熟悉，邱大伟同志，从警校毕业分配到我监狱参加工作以来，一直踏踏实实地埋头苦干，不断加强自身的素质和业务技能，多次侦破狱内的犯罪活动，取得了不小的成绩，昨天邱大伟同志在省监狱管理局举办的狱侦部门业务、技能、知识大赛上又再次取得佳绩，载誉而归，为我们监狱赢得了殊荣，下面，请邱大伟同志讲一下自己的工作经验。"

邱大伟从座位上站起来，向着全场鼓掌欢迎的人"啪"地立正，行了个标准的军礼："其实我也没有什么经验可谈，虽然在工作上我暂时取得了一点小小的成绩，但这些成绩的取得，与领导和同志们的关心帮助是分不开的。尤其是我的老领导，郑浩南科长，他为人正直、无私、工作踏实、乐于助人，他的优良作风和高尚的品格，给我树立了好的榜样，让我学到了很多好的东西，还有许许多多的同志们，他们都有闪闪发光的优点，所以，我以后还应该继续努力向他们学习，争取更大的成绩，来回报党的培养，领导的关怀，同志们的支持。"邱大伟说完，又行了个军礼，坐下，全体干警都为他的发言鼓掌。

高天宇待掌声稍平静后宣布："经监狱党委研究决定，任命邱大伟同志为入监大队二中队中队长，即日上任。"

大家又一次以热烈的掌声向邱大伟表示祝贺。

这时，邱大伟忽然站起来对高天宇说："报告高监狱长，我有个请求。"

"你有什么请求哇？"高天宇说。

"我要求暂时不到入监二队上任。"邱大伟说。

众人狐疑地望着邱大伟，会议室里立即静了下来，高天宇也疑惑不解地问："为什么？有什么困难吗？"

"前一段时间，我监狱越狱逃跑的犯人马旭东，现在尚未抓捕归案，现在狱侦科的主要警力都在为抓捕逃犯奔忙，目前，已经到了最关键的时刻，我想向监狱党委申请，暂时继续从事抓逃工作，等抓回逃犯后，我再到入监大队报到，请领导批准。"邱大伟请求。

高天宇"哦"了一下，目光转向郑浩南问："你有什么意见吗？"

郑浩南点点头说："目前，我们抓逃工作确实已经到了关键阶段，邱大伟同志业务技能熟练，对逃犯的各种情况也都比较熟悉，而且也是他多次侦查到的情况，使我们的抓捕工作有了很大的进展，我也希望党委能够暂时留邱大伟同志在狱侦科协助工作。"

高天宇听完后，用赞许的目光看了看邱大伟，旁边的聂清华、陈明德、梁启明等监狱领导小声地交换了一下意见，郑浩南看着邱大伟，邱大伟也与郑浩南对视着，仿佛在向郑浩南表示谢意，一会儿，监狱领导的讨论结果出来了，高天宇宣布道："根据实际情况的需要，我们监狱党委研究决定，同意邱大伟同志的请求，暂且由邱大伟同志协助狱侦科的抓逃工作，等抓逃工作结束后，立即到入监大队报到。"

"是。"邱大伟立正答道。

"散会。"随后，高天宇大声宣布。

散会后，邱大伟走到郑浩南面前，伸出手掌互击一下，笑着说："谢谢您，老领导。"

郑浩南笑着说："我也是实话实说嘛，你干得确实很出色，我需要你的帮助。"

这时，高天宇走过来拍着邱大伟的肩膀说："大伟呀，好好干，等抓到了逃犯，我再给你记一功。"

"谢谢高监狱长的鼓励，我一定要亲手把马旭东抓回来。"邱大伟表达决心。

"不过……"高天宇再次叮嘱，"你一定要注意安全！"

邱大伟立正行礼："是！"

晚霞初绽，染红了半边天，北方沿海开放新兴城市，沐浴在金色的晚霞里，犹如身披嫁衣的新娘，美丽动人，令喜爱她的市民，陶醉在城市美丽的怀抱中。在唐州市区一条街道上，邱大伟驾驶着三菱吉普车缓慢地行驶着，刚刚忙碌了一天的他，看着要下山的太阳自言自语道："时间过得还真快，一转眼一天又过去了……"他愤愤不平："马旭东，就算你逃到天上，有天王老子护着你，我也要把你抓回来。"

这时，邱大伟的手机响了，邱大伟赶忙接听，电话是聂荣花打来的。

"大伟，你有时间吗？"聂荣花说。

邱大伟一听，忙笑着说："领导大人，有什么事？尽管吩咐。"

"我妈想让你来我家吃晚饭。"聂荣花说。

"老妈有请，我马上就到，我正发愁去哪儿混顿饭吃呢。"邱大伟高兴地应允。

"你现在在什么地方？"聂荣花又问。

"我在市里，一会儿就到你家，待会儿见，拜拜。"邱大伟说。

太阳已经下了山，虽然天气已到中秋。但它的火热的气息感染了大自然的一切，阵阵的热浪不断地袭来，在聂荣花家住的小区内，到处是鲜花盛开，绿草茵茵的景色，聂荣花和母亲在为邱大伟的到来而忙碌地准备着晚饭，这时，楼下一辆三菱吉普停下来，邱大伟拎着一大兜水果和两瓶酒，向楼道走去。

一会儿，门铃响了，聂荣花急忙跑去开门，一见邱大伟，她逗趣道："来得挺神速的嘛。闻见香味了吧？"

"老妈召见，我哪敢怠慢呀？"邱大伟小声地说。"咱爸、妈都在家吗？"邱大伟神秘地问。

"我爸不在，我妈在厨房里正忙着呢。"聂荣花回答。

这时，聂荣花的妈妈边往外走边说："是大伟来了吧？"

"伯母，您好。"邱大伟忙答道。

"大伟，来，快坐，以后再来就不要买东西了，都是一家人，别老那么客气。"聂妈妈说。

"伯母，我聂伯伯不在家呀？"邱大伟说。

"他呀，早忘了哪儿是他的家了，不用管他。"聂妈妈说。

"大伟，好长时间没来伯母家玩了，我挺想你的，今天正好荣花也在家，我就想让你来家里坐坐，一起吃顿饭，你们俩坐着，我去做饭。"聂妈妈接着说道。

"您别忙了，我和荣花去做饭，您歇会儿。"邱大伟忙说。

娘俩谦让了好一阵，聂荣花说："妈，您就歇着吧，再谦让就都得饿肚子啦。"

"好，好，那我就歇会儿。"聂妈妈说。说完，聂妈妈坐在沙发上看着邱大伟和聂荣花一起进了厨房，脸上露出了开心的笑容。

厨房内，邱大伟边切菜边问聂荣花："荣花，今天是不是有什么特殊的情况啊？我总觉得咱妈跟平时不太一样。"

"就你精明，总有点搞狱侦的味道。"聂荣花笑着说。

"就请您提前透露一点内部消息嘛。"邱大伟说。

"一会儿你就知道了。"聂荣花说。

"您就别卖关子了，您提前给我透个口风，我也好有个心理准备呀！"邱大伟猴急地说。

聂荣花看着邱大伟着急的样子，"扑哧"一声笑了，高兴地说："商量商量咱俩的事呗。"

"哦，怪不得我一进门，就觉得有种不一样的味道呢，原来是幸福的味道啊。"邱大伟仿佛大悟似的说。

"别耍嘴皮子了，一会儿，等把菜炒砸了，看我怎么收拾你！"聂荣花说。

邱大伟拍着胸脯，胸有成竹地说："你就瞧好吧。"说完，大伟抢起了炒勺，一阵子的乒乒乓乓煎炒烹炸后，满桌子的饭菜，散发着诱人的香味，使人闻了馋涎欲滴。

"没想到你还真有两下子。"聂荣花说。

"这叫真人不露相，这算什么，以后做了我的夫人，你就会知道我的真本事了。"邱大伟说。

说完，两人从厨房里走了出来。

饭厅里，聂妈妈说："大伟，咱们娘仨先吃吧，不等老头子了。"

这时，门铃响了，聂荣花忙跑去开门，是聂清华回来了，邱大伟忙站起身说："聂伯伯，您回来了。"

"啊，大伟也在呀！嗬，今天的菜挺丰盛的嘛。"聂清华扫了一眼餐桌，表示满意。

"说曹操，曹操就到，你倒挺有口福的。"聂妈妈说。一家人围坐在饭桌上，有说有笑地吃起来，聂妈妈一边给邱大伟夹菜一边说："大伟，听说你在省里的比赛上得了奖，现在也是中队长了。"然后，对着聂清华说："我就说嘛，大伟这孩子肯定有出息。"

"大伟是个好孩子，也是个好警察，他工作认真、能吃苦、有上进心、责任心强，有前途。不过取得了成绩可不要骄傲啊！以后要更加努力，别让聂伯伯失望啊。"聂清华说。

"您的话，我一定牢记在心，请您放心。"邱大伟说。

"今天是我跟大伟商量点私事，你别拿你的那一套工作唬人，在监狱你是领导，在家里是我说了算，你好好地吃饭，别给我们添乱。"聂妈妈说。

聂清华与聂荣花相视而笑。

"好，好，我不说了，我吃饭。"聂清华说。

"聂伯伯说得对。"邱大伟说。

聂妈妈给邱大伟夹了一筷子菜说："大伟吃菜，别理他。"

"您也吃。"邱大伟说。说完给聂妈妈夹了满满一碗菜。

聂妈妈看看女儿，又看看大伟，夸赞说："大伟这孩子就是懂事。"然后，聂妈妈接着说，"大伟，你和荣花在一起也有好几年了，也该商量一下你们的婚事了吧，我和你聂伯伯可都等着抱外孙子呢。"聂妈妈接着说。

聂荣花一直在默默地埋头吃饭，听到这里，不好意思，羞红了脸，低声叫了声："妈！"

"你看这孩子，这么大了还害羞。"聂妈妈说。

"伯母，您放心，我一定会照顾好荣花的，我们俩准备一下，尽快完婚，早日了却您老人家的心愿。"邱大伟说。

"这就好，这就好。"聂妈妈说。

一家人高高兴兴，边吃边聊，吃完晚饭，聂荣花与邱大伟一起到楼下散步。

第三十四章　美人计划

　　三十六计之美人计，自古以来，被兵家乐此不疲地反复使用，几名遭受黑恶势力迫害的妇女，为复仇，她们自动联合，实施所谓的"美人计划"刺探情报，但狡猾的狐狸嗅出异味，面对残忍的黑恶势力，善良姑娘的目的能否成功？

　　晓兰正在办公室忙碌，自从那次在神龙集团从黄涛那里得知赵刚即将减刑获得新生的消息后，晓兰抓紧了对马旭龙犯罪证据的收集工作，每日在马旭龙的身旁强颜欢笑，尽量接近他，以骗取马旭龙的信任，但马旭龙闯荡江湖多年，是个犯罪高手，对所有事情似乎都很警觉，做得干干净净，不留任何痕迹。

　　忙碌了一天的晓兰刚下班，从神龙大厦里走出来，上了车，打开音响，那首熟悉的萨克斯《回家》飘荡在耳边，晓兰捋了捋额边的秀发，想着将要见到活泼、可爱的女儿小雨，所有的烦恼和满身的疲惫都被驱赶得烟消云散，她将车启动。

　　这时，手机响了，晓兰赶忙接听，电话是乌丹打来的，乌丹焦急地略带哭腔地说："晓兰姐，你快回来吧，小雨生病了，好像发高烧，我们必须马上去医院。"

　　晓兰一听，脑袋"嗡嗡"作响，轿车带着呼啸声冲了出去，快速驶回了家，乌丹早已准备好，抱着小雨跑下楼，钻进了汽车，晓兰驾着车心急如焚地向医院驶去，这时，晓兰的手机又响了，乌丹忙拿过来帮晓兰接听，电话是赵娜打来的。

　　"赵娜姐，我是乌丹，你有事吗？"乌丹问。

　　自从她们在公园结成反马旭东、马旭龙秘密联盟，这三位不同命运的女性，就同仇敌忾，把自己的利益、理想、前途，紧密地联系在了一起，她们互相关心，互相照顾，亲如姐妹。

　　赵娜问："晓兰回家了吗？"

　　"小雨生病了，我和晓兰姐正在去医院的路上呢。"乌丹回答。

"什么病？严重吗？"赵娜着急地问。

"有些发烧。"乌丹回答。

"那我也马上过去。"赵娜说。

乌丹放下电话对晓兰说："赵娜姐一会儿也来医院看小雨。"

晓兰"哦"了一声，这时车已驶入医院的大门。乌丹和晓兰抱着小雨急步跑入医院，进入急诊室……

天已蒙蒙亮了，小雨的烧渐渐退了，脸色由红转黄，带着笑容进入了梦乡。晓兰、赵娜和乌丹三个人也是一夜没有合眼。输完液后，拂晓时分，赵娜抱着小雨，晓兰开车，几个人回到晓兰的家里，她们稍稍松了口气。

"晓兰姐、赵娜姐，你们先歇会儿，我去买些吃的。"乌丹说完走出家门，出去了。

开门声惊醒小雨，她由床上爬起："我要尿尿……"晓兰赶忙进屋，抱起小雨，走进卫生间。

工夫不大，屋门响，乌丹抱着一大堆食品回来了。

晓兰说："你们吃吧，我不想吃。"

赵娜看着晓兰日见憔悴的脸庞说："晓兰，最近你的气色很不好，是不是有什么难事？如果有事你就说出来，咱们一起想办法。"

晓兰忧虑地说："没什么，只是……"她欲言又止。

赵娜说："晓兰，我能从大山里出来到唐州工作，多亏了你的帮忙，如今你又即将成为我的弟媳了，咱们是一家人了，你有什么事别憋在心里，说出来也痛快些，瞧你现在憔悴的，让姐姐看着心疼啊。"

乌丹见此，也附和着说："是呀，咱们现在都是一家人，你和赵娜姐就好像我的亲姐姐一样，我从远方独自一人来到了唐州这个陌生的城市，是你收留了我，待我如亲人一般，我心里感激你们，如今姐姐遇到困难，我这个做妹妹的岂能袖手旁观。"

晓兰长吁了一口气，缓缓地说："我知道你们的心意，可这件事太危险，我不想让我的好姐妹陪我一同涉险。"

"晓兰姐，什么危险呀，我不怕，你说吧，我们一起来对付。"乌丹说。

晓兰沉默了片刻，仿佛下定决心地说："既然如此，那——我就直说了吧，以前，我们在公园商量过，我要扳倒一个人。"

乌丹问："谁呀？"

"马旭龙。"

赵娜说："这个，我们知道，可他……他的势力可大得很呢。"赵娜说。

晓兰走动几步，手握拳头，眼冒怒火："我简直恨死他了。马旭龙干了无数伤天害理的事，罪行简直罄竹难书，害得我哥为他蹲监狱，多少无辜的人都只能忍气吞声，我要为这些人申冤，为了让更多的人少受到伤害，我要找到他的犯罪证据。现在，他的弟弟马旭东从监狱里逃了出来，就是赵刚、田二亮他们服刑的那个中队、黄队长、杨队长和赵刚，就是被他砍伤的。"晓兰说。

听到这里，乌丹"啊"了一声问："那个马旭龙是不是别人都叫他龙哥，是个黑老板？"

"对，就是他。"晓兰说。

乌丹咬牙切齿地说："我终于找到他了，就是这个大坏蛋，不给我们二亮工钱，还把他弄进了监狱。二亮说他是黑社会老大，势力大，谁也惹不起他，我不管他是黑社会还是白社会，为你为我为了更多人少受到他的伤害，我们一定联手将他除掉。"

乌丹坚定的话语，使晓兰和赵娜受到了鼓舞，三个人的手再次紧紧地握在了一起。

乌丹："你们说，马旭龙这个坏蛋，现在在干什么？"

晓兰："干什么？吃喝玩乐呗，还会有什么好事？"

在神龙集团酒店的一个雅间内，马旭龙与谭九明边吃边聊。

马旭龙："九哥，你们说，咱们大清早就在这儿吃喝玩乐，是不是有点太奢侈了？"

谭九明："这才叫神仙过的日子。"

"可惜呀可惜呀，这样的好日子不长了！"马旭龙有些沮丧。

谭九明："马总怎么忽然这么消沉？是不是……"

马旭龙："听说公安局、监狱都在调查我……"

谭九明："龙哥，这些日子我一直跟踪着那个叫邱大伟的小子，摸清了一些情况。"

"说出来听听。"马旭龙眉毛一扬说。

"这个姓邱的监狱警察，是搞狱侦的，也就好比说是地方公安局里干刑警的，这小子未来的老丈人是海东监狱的政委，他对象也是个干警察的，听说他们最近正在操持结婚，近段时期，两个人经常在一起出入，四哥说过，这小子最近几次找过咱们家旭阳，不清楚这事与阿东是否有关系，但种种迹象表明，姓邱的频繁接触晓兰肯定与阿东的事有关。"谭九明说。

马旭龙说道："怎么样，我的感觉没错吧？你推断的根据是什么？"

谭九明："马总，你的担心是对的。第一，晓兰跟着你并不是心甘情愿的，只是她还想利用你的能力去救大虎，早点出来，所以她对你有二心。第二，这么好几年过去了，晓兰没见你在大虎的事上有什么行动，已经对你失去了信心。另外，听说这个大虎现在跟政府靠得很近，晓兰这丫头也经常去监狱见大虎，他们哥俩在一起究竟都谈了些什么，鬼才知道，还有，听说晓兰这丫头正在处对象，想甩了你。"

马旭龙震怒道："我怎么不知道？那小子是谁？你快说，我他妈的立马就做了他。"

"这个人你做不了。"谭九明说。

"为什么？"马旭龙问。

"这小子在监狱里关着呢，你以为晓兰总往监狱跑光是为了看大虎吗？晓兰也是为了去见那小子。"谭九明说。

"他们是什么时候搞上的？"马旭龙问。

"听说是晓兰那次撞人以后。"谭九明说。

马旭龙似乎明白地点点头，然后自言自语地说："我说这个臭丫头怎么把三个多月的孩子做掉了呢。"

至此，马旭龙恍然大悟，一拍桌子骂道："我他妈的真笨。"

"阿龙，强扭的瓜不甜，再说了，女人就是身上穿的衣服，穿完旧的换新的，你还发愁摸不到女人的屁股？你看这样好不好，我倒有个两全其美的好主意。"谭九明出谋献策说。

"你有什么好主意？快说出来听听。"马旭龙忙催促。

"我认识一个靓妹，模样长得比晓兰绝对不差，天生一个美人坯子，而且她还保证会哄着你开心，另外，这位小姐在酒吧干过领班，还是个会捞钱的耙子，我看让她顶替晓兰挺合适。"谭九明说。

"那你就快把她找来啊！"马旭龙着急地说道。

"一会儿我就给她打电话，让她马上过来，公事、私事你和她一起谈，能不能把这个妞拿下，阿龙，就看你的本事了。"谭九明说。

"这妞叫什么名字？"马旭龙问道。

"她叫杜美丽，啊！对了，这妞的哥哥，你肯定听说过。"谭九明说道。

"谁是她哥哥呀？"马旭龙忙问。

"就是以前开凤凰城酒吧的杜青云，杜老三啊。"谭九明说。

马旭龙一听，晃着脑袋说道："啊……我知道了。"

谭九明见马旭龙接受了他的建议，又问马旭龙："阿龙，晓兰你怎么安排？"

"我看这样吧，这两天我先找晓兰谈谈，就说看她工作很辛苦，先让她在家里休息一段时间，慢慢地离开公司，无论过去晓兰对我有多少真的东西，毕竟她已经跟了我这么长时间，我对她总是还有点感情，我也不好一脚把她踢开，总之，她早晚都会离开我，别搞得晓兰太难堪了，至于说她要嫁给谁，既然她已经和我同床异梦了，我就没必要再关心这些事了。"狡猾的马旭龙不想再招惹是非，想了想息事宁人地说道。

"既然这丫头已经成了我们的家贼，俗话说家贼难防，就让她离我们越远越好。"马旭龙停顿了一下继续说道。

"晓兰的事就这么说定了，可那姓邱的小子怎么办？他还会继续查我们的。"谭九明问。

"既然这小子不识好歹，非要往我马旭龙的枪口上撞，我就他妈的成全了他。"马旭龙咬牙切齿地骂道。

"这样吧九哥，你马上带着鬼子六、麻老四去追杀这小子，马上行动！"马旭龙沉思了一下又继续说。

谭九明一听，来了精神，马上站起来说："阿龙，我马上去办。"

谭九明刚要转身往外走，马旭龙忙喊道："九哥，马上打电话把那个杜美丽给我叫来呀！"

谭九明笑着说："看把你急的……"

又是一个美丽的黄昏，悄然而至，今天的天气分外的凉爽，饱受酷暑煎熬的人们纷纷走上街头，呼吸着清新的空气，公园里，街道上，处处人头攒动，人们身穿各种式样、五颜六色的服装，形成一道亮丽的风景线。

晓兰驾驶着她的白色本田轿车行驶在去神龙集团的路上。

车内，坐着乌丹、赵娜和小雨。今天她们要实施美人计划的第一步。

晓兰对乌丹说："今天的行动，你都清楚了吗？"

"晓兰姐，你就放心吧，我都记住了。"

"以后你可要加倍小心，马旭龙可不是个省油的灯，既不能被他看破，又不能让自己受到伤害。"晓兰不放心地说。

"晓兰姐，我机灵着呢，我会见机行事的。"乌丹说。

然后，乌丹对赵娜说："赵娜姐，以后小雨就由你照顾了，和小雨相处了这么长时间，我还真舍不得离开她。"

赵娜摸着小雨的头说："我会照顾好小雨的。"

这段日子，马旭龙深居简出，经常独自在办公室里躲避风浪，思考着事情，忽然门开了，一位穿着入时的小姐嘻嘻笑着走了进来，人来到近前，一股浓烈的香风吹进了马旭龙的鼻孔。这位小姐款款走到马旭龙的跟前，伸出纤纤细手，微笑着说道："我叫杜美丽，听说马总叫我？"

马旭龙上上下下打量了杜美丽一会儿，满意地点点头，然后热情地与杜美丽握手、让座："啊！是杜小姐，欢迎、欢迎！快请坐。"马旭龙说。

杜美丽坐在沙发上，马旭龙也靠近杜美丽的身边坐了下来，马旭龙问杜美丽："杜小姐，今年芳龄？"

"我今年25岁。"杜美丽忙说。

"杜小姐这么漂亮，追你的男士肯定少不了吧？"马旭龙打趣地说道。

杜美丽假装羞怯地说："马总过奖了，小妹现在先追求的是事业，男士追不追我，我根本没考虑过。"

马旭龙假惺惺地夸奖道："难得杜小姐能有这样的雄心，佩服！"

"听九哥说，杜小姐不但人长得靓，而且还有做事的能力，我马旭龙现在事业发展迅速，正是急需杜小姐这样得力的帮手。如果杜小姐不嫌弃我神龙集团的门槛低……"马旭龙接着说。

"马总，您说什么呀，全唐州市谁不知道您马总是头号的大老板哪！如果马总在神龙集团能够容身小妹，我高兴还来不及呢。"杜美丽赶紧说道。

马旭龙听到这里，从茶几上拿起一瓶红酒，给杜美丽和自己各斟上一杯，端起酒高兴地说道："好，杜小姐爽快，既然我们现在是一家人了，杜小姐，来！喝一杯，咱俩先庆贺、庆贺。"

这时，马旭龙一只手端着酒杯与杜美丽碰杯，另一只手不安分地伸向了杜美丽的后腰，杜美丽也把酒杯端起来，用一双勾魂的眼睛，火辣辣地盯着马旭龙说："龙哥，既然你也承认现在咱俩是一家人，以后就别再叫我杜小姐、杜小姐的，让人听着多别扭啊！"

马旭龙一脸淫笑地用力一搂杜美丽问道："那我应该叫你什么呀？"

杜美丽顺势把头往马旭龙的怀里一扎，用娇滴滴的声音说道："你就叫我美丽好了……"

马旭龙："好，那咱们就美丽一回！"说着，他用胳膊一揽，把杜美丽姣美的身体揽入怀里，再一抄腿抱起，大步走向卧室。

　　这时，晓兰驾车已驶入神龙集团楼前的停车场，三人领着小雨走进了大楼。上了二楼的歌舞厅，在一个比较惹眼的地方坐了下来，现在歌舞厅内人比较少。只有不多的客人在喝酒、聊天，服务生在忙碌地打扫和准备着，舞台上的乐队成员在轻轻地弹奏着一首轻柔的乐曲，晓兰对乌丹和赵娜说："你们先坐着，我去准备一下。"

　　然后，她起身走向吧台，跟服务生吩咐了几句，又走到点歌房向那里的工作人员嘱咐着，一会儿，一名服务生端着四杯果汁，走到乌丹她们的桌旁说："几位是晓兰姐的朋友，有什么需要尽管吩咐。"说完，服务生将果汁摆在几个人面前，退走了，乌丹与赵娜喝着果汁，慢慢地聊着，小雨好奇地盯着周围的一切，不停地问这问那。

　　天渐渐地黑了下来，舞厅里的人越来越多，歌房里放起慢悠悠的乐曲，彩色的霓虹灯也开始闪烁起来，晓兰迈着轻盈的步伐回到了座位上，对乌丹说：

　　"一切都准备好了。"

　　乌丹点了点头，这时，从吧台旁边晃过四个戴着墨镜、西装笔挺的高大壮汉，前边一个三十多岁，留着板寸，戴一副金边墨镜的人趾高气扬地从人丛中穿梭而行，众人纷纷为他们让路。

　　"前边那个人就是马旭龙吧？"乌丹问。

　　"不是，他是马旭龙的结拜兄弟，叫老九，也是个无恶不作的坏蛋，以后对他要多注意，争取从他身上获得一些有用的东西。"晓兰叮嘱说。

　　这时，一首激烈的舞曲响彻整个舞厅，舞厅里的红男绿女随着舞曲狂乱地摇摆起来，彩色的灯光也随着音乐的节奏忽明忽暗，照在那些狂乱的人们身上，犹如群魔乱舞。离晓兰她们不远处的桌上，两个年轻的少女，打扮得稀奇古怪，犹如外星来的怪物，脑袋像不受自己控制似的胡乱地摇摆着，乌丹指着她俩问："她俩怎么总摇头啊？"

　　"因为她俩吃了一种叫摇头丸的药，这药对人的身体毒害很大，很容易上瘾，和吸毒差不多，马旭龙一直秘密地卖这些毒品，但是却抓不到他的证据。"晓兰说着，又暗暗往狂歌乱舞的人群指着，乌丹顺着晓兰指的方向看，只见有很多年轻的男女都在这种药的支配下，狂摇着头，乌丹恨恨地说："这个马旭龙真没有人性。"

　　这时，一曲疯狂的舞曲结束了，一位穿着闪闪发光衣服的女主持人走上场，对全场的人说："各位先生、各位小姐、各位来宾，今天我们的节目稍稍有些变动。"

整个舞厅的人都停止了喧哗，听主持人讲下去，女主持人接着说："今天，是一位来自祖国边陲的少数民族姑娘的生日，她是我们神龙集团总裁助理晓兰姐的朋友。今晚，她被请到我们歌舞厅来，为这位美丽的姑娘庆祝生日，她就是乌丹小姐。"

全场的灯光随着女主持人讲话的结束暗了下去，一束橘黄色的灯光将乌丹罩在中间，主持人接着说："让我们一齐为她唱生日歌，祝她永远年轻，永远漂亮，青春常在！"

主持人的话音一落，钢琴师弹起了《生日快乐》歌。

歌声悠悠而起，一个服务生推着一个大蛋糕，蛋糕上点着闪烁的彩色蜡烛，从人丛中缓缓向乌丹走来，在场的所有人都不约而同地为乌丹唱起了《生日快乐》歌。

"祝你生日快乐，

祝你生日快乐……"

歌声结束，乌丹含着眼泪将蜡烛一口气吹灭，并默默地许下愿望，众人又是一阵热烈的掌声响起，中间夹杂着几声口哨声，晓兰将刀递到乌丹手中，乌丹切了一块块的蛋糕，让众人跟她一起分享快乐。

这时，歌声、音乐声又响了起来。一曲《你曾经有几个好妹妹》响彻舞厅，乌丹悄悄对晓兰说："晓兰姐，刚才我许下了一个愿望，我一定要将马旭龙的犯罪证据抓住，从这些人为我唱《生日快乐》歌的祝福中，我看到了希望，更有信心了。"

"是啊，别看这些红男绿女在这里狂乱跳舞，其实人性本善，他们这些人只是缺少别人真正的关爱，才到这里来寻找刺激，这些人的本性都是很善良的。"晓兰感慨万千。

这时，仪态万方的主持人又走上舞台，对全场的人说："今天这位年轻漂亮的寿星，是一位多才多艺的才女，下面，我们用热烈的掌声，盛情邀请这位南国的小姐为我们表演一段'孔雀舞'。"

台下掌声热烈，伴随着阵阵的口哨声，乌丹迎着众人的目光，轻起莲步，款款走向舞台，音乐响起，乌丹在音乐声中翩翩起舞，她那迷人的身材，婀娜的舞姿，使人浮想联翩，好像一只美丽的金孔雀在清澈的池塘边幽雅地清洗自己的羽毛，又像是孔雀舒展开自己美丽羽毛展示迷人的风采。

台下的人被她的精彩表演和漂亮的容貌深深地吸引住了，不住地喝彩，叫好声此起彼伏。

此刻，吧台边上一双色眯眯的眼睛，正在乌丹曲线玲珑的玉体上不停地打转，他就是马旭龙。刚才，马旭龙在旁边的包房与谭九明正在喝酒，被舞厅传来的阵阵喝彩声引了出来，看个究竟，马旭龙问吧台服务生："跳舞的小姐是咱们这儿的吗？"

服务生恭恭敬敬地说："马总，她是晓兰姐请来的朋友。"说完，指了指坐在不远处的晓兰，马旭龙慢步踱到晓兰的跟前，笑着说："晓兰，怎么，来了朋友也不给我介绍介绍啊？"

晓兰站起来笑着说："龙哥，你有贵宾在座，而且公事繁忙，我来了两个普通朋友，就没去打搅您。"

"这位是我的朋友，叫赵娜。"晓兰指着赵娜介绍。

"这位是我的老板，马旭龙先生。"接着，晓兰跟赵娜说。

赵娜友好地与马旭龙握手说："马先生，您好。"

"这是小雨，是我的干女儿。"晓兰指着小雨说。

"小雨，快叫马叔叔。"晓兰对小雨提醒。

"马叔叔好。"小雨听话地叫道。

这时，乌丹在众人的掌声中结束了表演，向晓兰这边走来，马旭龙忙跟着众人为她鼓掌，晓兰拉过乌丹说："这位是我干女儿的保姆，名叫乌丹。"然后，晓兰指着马旭龙对乌丹说："这位是'神龙集团'的总裁马旭龙先生，是本市著名的企业家。"

乌丹微笑着与马旭龙握手说："马总，您好。"

"乌丹姑娘舞跳得好，人长得也漂亮，真是人如其名，像彩霞一样绚丽多彩呀。"马旭龙笑着说。

"马总，您说笑了，我们山区姑娘没见过什么大世面，只是随便跳跳，寻个开心。"乌丹说。

"是应该开心，人生在世不就是图个高兴嘛，乌丹小姐今年芳龄？"马旭龙哈哈大笑着说。

"我今年24岁了。"乌丹一脸彩霞说。

"正是青春好年华呀！"马旭龙在她那曲线分明的身上又瞟了几眼说。

"各位美女，你们想吃什么，尽管点，今天我请客。就算我略尽地主之谊吧。"马旭龙对晓兰吩咐。

"那就谢谢马总了。"

这时，音乐又响了起来，马旭龙对乌丹说："我请乌丹姑娘跳个舞可以吗？"

乌丹将手递给马旭龙，两人轻轻地滑向了舞池。

赵娜对晓兰说："真是不可思议，这样一个文质彬彬的人，竟然是个恶贯满盈的衣冠禽兽。"

"道貌岸然的伪君子，越是这样的人越不好对付。"望着马旭龙的身影，晓兰恨恨地说。她一边与赵娜交谈，一边盯着舞池中的马旭龙和乌丹。

马旭龙搂着乌丹的柳腰，握着乌丹柔嫩的玉手，眼睛不住地盯着乌丹漂亮的脸蛋看，心里痒痒的，不住地对自己说："一定要把她搞到手，真是天生的尤物。"

马旭龙心里暗恨晓兰道："妈的，晓兰这个臭婊子，家里藏了个这样的美人，都不献给我，怕抢了自己的位置吧？"此刻，马旭龙甚至有些恨自己粗心大意："早知道晓兰从外边弄了个野种回来，还请了个这么漂亮的保姆，怎么自己就不过去看看呢？那样，我岂不是早就发现她了吗？"

乌丹被马旭龙色眯眯、直勾勾的目光盯得两颊红红的，不好意思地说："马总，您看什么呢？"

马旭龙这才缓过神来，对乌丹说："乌丹小姐，你家里还有什么人呢？为什么跑这么远来唐州打工啊？"

"我家中还有卧病在床的父母，和尚未成亲的哥哥，家里因为穷，没有钱给父母治病，哥哥也因此一直未能娶上媳妇，我觉得山里没有什么出路，就跟着别人一起跑到这里来打工，一是想多挣点钱接济家里，二是也给自己多些选择和发展的机会。"乌丹以实相告。

"乌丹小姐，你现在在晓兰家里做保姆，一个月工资是多少啊？"马旭龙一听，打破砂锅问到底。

"不多，600元。"乌丹回答。

"太少了，如果乌丹小姐愿意，我倒有一个工作需要像乌丹小姐这样的人才，我给你每月工资2000元。"马旭龙开始诱惑面前的美人。

"这么多！我怕我干不了呀！"乌丹惊讶地问。

"你这么聪明，一定能做好。"马旭龙笑着说。

"那太谢谢马总了，我可是遇到贵人了。可晓兰姐那里怎么办？"乌丹感到有些为难地说。

"你放心，她那里我去说。"马旭龙满不在乎，大包大揽说。

一曲终了，马旭龙将乌丹带到自己的办公室。马旭龙对乌丹说："乌丹小姐，以后你就在这里工作，做我的私人秘书。"

乌丹问："马总，我的具体工作是什么？"

马旭龙说："很简单，到时候听我的吩咐就行了。"

乌丹问："那我什么时候来上班？"

马旭龙说："越快越好。"马旭龙说着去摸乌丹的手，乌丹闪身躲开。

乌丹说："马总，你急啥吗？"

马旭龙急忙掩饰："没什么。我看你的手好细好长……"

"马总，那我明天就来上班吧。"

马旭龙高兴地说："那太好了，越快越好。"

乌丹告辞马旭龙，走出他的办公室，来到晓兰和赵娜跟前。晓兰关切地问："怎么样？鱼儿咬钩了吗？"

乌丹冲着二人诡秘地眨了眨眼睛说："真是个老色鬼，一切按计划搞定，可以进行第二步了。"乌丹愉快地向晓兰和赵娜诉说刚才马旭龙那副失魂落魄的模样，三人笑成了一团……

第三十五章　穷途末路

　　就在公安机关紧锣密鼓追查脱逃罪犯之际，黑恶势力的头面人物马旭龙附近的人脉关系，也在发生着裂变。这次，又是谁看清形势，反戈一击呢？

　　专案组侦查罪犯的工作，紧锣密鼓，有条不紊地进行着，线索逐渐集中，脉络更加清晰，在罪犯暴露的蛛丝马迹中，逐渐锁定了罪犯。这些日子，侦查员邱大伟忙得不可开交，他驾车刚刚从唐州市公安局里出来。行驶在繁华的街道上，突然，他的手机响了起来。他一看来电号码，赶忙找到宽敞之地停下车说道："旭阳，你好。"

　　"大伟，我找你有事，你在什么地方？"马旭阳说。

　　"我刚从市公安局办完事出来。"邱大伟说。

　　马旭阳："你有空吗？"

　　邱大伟："有空。"

　　马旭阳："那你来我们单位门口找我吧。"

　　邱大伟："那好，我一会儿就到。"

　　他们挂断电话，邱大伟加速向前驶去。

　　在邱大伟开车刚从市公安局出来的时候，躲在树丛后的谭九明就带领着鬼子六和麻老四，驾车也悄悄跟踪上了邱大伟。

　　市广播电视局的大门口路边，马旭阳见邱大伟开车过来，摆手。邱大伟把车停在路边。

　　马旭阳钻进汽车里对邱大伟说："去老地方，我有事要跟你讲。"

　　与此同时，马旭龙一伙儿的报复行为，一刻也没有停止。针对公安、狱警的追捕，他们狗急跳墙，还来了个反追踪，在马旭龙的指使下，谭九明开始实施暗杀邱大伟的阴谋，近日来，谭九明驾车悄悄跟踪狱警邱大伟。谭九明老远就看见上了邱大伟车的那个女孩儿是马旭阳。然后，谭九明、鬼子六和麻老四又继续跟踪邱大伟。

他们来到一家咖啡屋里，在一个较为僻静的茶桌前，邱大伟与马旭阳面对面地坐着。小姐为他们面前摆上冒着热气的咖啡，走出。

邱大伟回头见小姐走出，急切地问："旭阳，找我有什么事啊？"

马旭阳察看四下说："平心而论，本来这件事我不想对你说，可是……"

邱大伟忙追问道："旭阳，你今天是怎么了？说话吞吞吐吐的。"

"从公心上讲，我是一个社会的国民，我有义务帮助你尽快抓捕逃犯，更何况，我还是一名有着重要社会责任的新闻记者。从私心上说，你是我倾心所爱的旧情人，我不忍心看着你为了破获这个案子，天天到处奔波。"马旭阳说。"可是，你要抓捕的这个人，毕竟是与我一母所生的亲哥哥呀！"马旭阳动情地说道。

"怎么？你知道你二哥的下落了？"邱大伟瞪着一双大眼睛问。

马旭阳慢慢地摇了摇头说："我不知道。"停了一会儿，马旭阳又说道："不过大伟，我可以告诉你，我二哥肯定就在本市。"

邱大伟问道："你怎么那么肯定？"

"你要想早一天抓到我二哥，你就去跟踪一个人，他能带你找到我二哥。"马旭阳说。

"你让我跟踪谁呀？"邱大伟问。

不远处，谭九明手拿一份画报，躲在角落里，不断窥视着正在交谈的邱大伟。

马旭阳说："这个人……你不认识，可我认识他。"

"旭阳，那你快带我去找他呀！"邱大伟急忙站起身来，一把拉起马旭阳的手就往外走。刚要走出咖啡屋大门口的时候，一名女服务员追了上来，忙问道："请先生、小姐留步，你俩哪位埋单？"

邱大伟一听，忙不好意思地说道："啊！小姐，真对不起，我有急事忙着走，就把埋单的事给忘了，多少钱？"

"150元。"女服务员说。

邱大伟忙掏出钱数了数，递给了女服务员，女服务员接过钱，不高兴地说："还是个警察呢，想白吃白喝呀？……"

邱大伟和马旭阳从咖啡屋里出来后，俩人匆忙上了车，邱大伟对马旭阳说："我们现在上哪去找那个人？"

"那个叫谭九明，绰号老九的人，是咱们唐州市公安局谭副局长的堂弟，也是我大哥的铁杆哥们。"马旭阳说。

"那我们是不是要去神龙集团呢？"邱大伟问。

"你真聪明。"马旭阳点点头说。

"我们现在就到神龙集团附近候着老九。"马旭阳继续说。邱大伟和马旭阳商量好后，邱大伟发动汽车，一踩油门，一溜烟地开走了。

躲在暗处的谭九明把这一切看在眼里，他见邱大伟、马旭阳出了咖啡厅，也悄悄溜出来，赶忙上车，带着鬼子六和麻老四紧紧地跟着邱大伟的车，他们在后面跟踪了一段路程后，鬼子六对谭九明说："九哥，找个合适的地方我们就下手吧。"

"他妈的，这个姓邱的小子真有艳福，临死还要拉上一个漂亮妞来垫背。"麻老四眼热地说。

谭九明对鬼子六和麻老四说："你们两个不动脑子，知道那个漂亮妞是谁吗？"

鬼子六蛮横地："管他妈的是谁呢。"

谭九明对鬼子六说："你小子要是敢动那个小姐一根汗毛，就有人要了你的命。"

鬼子六惊问道："要我的命？谁他妈敢呢？"

"阿龙。"谭九明说出谜底。

"九哥，那个女孩儿到底是谁呀？这么厉害？"麻老四如堕五里雾中，追问谭九明。

谭九明说："告诉你，别吓出尿来，那个女孩是阿龙的亲妹妹马旭阳。"

鬼子六惊叫："妈呀，好险啊。"

谭九明接着说道："别着急，等马旭阳不在车上的时候，我们再下手。"

谭九明跟踪的目标邱大伟，在马旭阳的陪伴下把车开到了离贼窝不远处的人行道上，停了下来。邱大伟用眼睛扫视了一下"神龙大厦"，对坐在身边的马旭阳说："旭阳，你假装去大厦里看你大哥，看看那个叫老九的人在不在里面。"

"那好吧，我去侦查一下。"马旭阳歪着脑袋想了想说。说完，她跳下了车，马旭阳刚要关上车门走，又有些不放心，扭过头来对邱大伟叮嘱："大伟，注意一个四十来岁的大个子，脸上有刀疤的人，那就是老九。"

"知道了。"邱大伟点点头说。

"大伟，等我，拜拜……"马旭阳微笑着冲邱大伟一摆手说。

马旭阳下车走出不远，邱大伟掏出一支烟"啪"的一声点燃了。邱大伟深深地吸了一口，然后，聚精会神地看着已经越走越远的马旭阳的背影。

此刻，他只顾前面，没有注意后面。

这时，谭九明开始实施他的暗杀计划。

就在邱大伟专心致志观察神龙集团大楼之际，忽然，只听"咣啷"一声巨响，剧烈的撞击使邱大伟的车颤动起来，随后，前挡风玻璃的碎片四处飞溅，"稀里哗啦"地全掉了下来。

邱大伟本能地向后一闪身，已经撞扁的车门没有伤到邱大伟的腿脚，但飞溅的玻璃碎片却扎伤了邱大伟的前额，殷红的鲜血流了下来。

邱大伟用手捂住伤口，正在这时，邱大伟忽然发现撞击他的那辆越野三菱吉普车飞快地向前逃去……

马旭阳从邱大伟的车上下来，刚走出十几米远，还没有进入神龙集团的大门，突然听到身后一声巨响，她猛然回过头来，眼前的情景把她惊呆了。

只见邱大伟的车前部左侧，被撞变了形，前挡风玻璃也撞没了，邱大伟正捂着流血的头，又见撞邱大伟的那辆车疯狂逃逸，在逃逸车辆从马旭阳的眼前闪过的瞬间，马旭阳发现了开车人的刀疤脸。

片刻间，马旭阳回过神来，猛往回跑，边跑边高声喊叫："大伟！……"

在海东监狱，高天宇监狱长的办公室里，高天宇正在批阅着文件，这时，只听门外有人喊了一声："报告！"

"请进。"高天宇说。

只见黄涛精神抖擞地站在了高天宇面前，高天宇忙站起身来与黄涛握手、让座。

"来，黄涛，坐。"高天宇说。

两人坐定后，高天宇对黄涛说道："黄涛，今天我找你来，主要是谈两件事，一件是公事，一件是私事，咱们先谈公事。"

"高监狱长，您请讲。"黄涛笑着说。

"根据你的工作表现，经监狱党委研究决定，准备让你接替郑浩南同志的工作，任狱侦科科长，正式任命书过两天就在监狱全体干警大会上宣布。等会儿咱俩谈完话后，你到隔壁的陈书记办公室找陈书记待会儿去，过两天陈书记就要离休回家抱孙子去了。陈书记对你的成长一直很关心，对你的这次任命，还是陈书记提议的呢。你应该向陈书记说声谢谢才对呀！"高天宇说。

"那是，那是。"黄涛憨笑着说道。

"我提前给你透露一点风声，省局党组已经决定了，任命郑浩南同志任海东监狱的党委委员，纪委书记，过两天开完'宣布任免大会'，你们这些同志就交接工作了，尤其是你，今后的工作非常重要，任务很艰巨，你要提前做好思想准备呀！"高天宇继续说道。

"请领导放心，我一定会竭尽全力干好自己的工作。"黄涛说道。

高天宇满意地点了点头，继续说道："马旭东和杜青云越狱逃跑的事，在我们海东监狱和社会上闹的动静可不小啊，如果我们不能尽快破案抓回逃犯……"

高天宇说到这里，用无限信任的目光看着黄涛，黄涛接过话来，表情严肃地说道："请高监狱长放心，我会尽快抓捕马旭东归案，坚决完成任务。"

"黄涛啊，对你我是一百个放心，哎！对了，你回去后，把中队的工作跟吴志强同志交代一下，监狱党委已经决定了由吴志强同志任直属大队二中队的中队长。好了，公事就谈到这里，下面我们谈点私事吧。"高天宇笑呵呵地说道。

"高监狱长，你不说我已经猜了个八九不离十了。"黄涛说道。

"你猜我想和你谈些什么呀？"高天宇哈哈笑着问黄涛。

"肯定又是我成家的老问题呗。"黄涛也笑着说道。

"我说黄涛同志，既然你也承认这是个老问题了，你为什么不抓紧时间解决呀？"高天宇说。

这时，黄涛一脸兴奋的表情说道："快了。"

"黄涛，别光嘴上说快了，我要看你的实际行动哟。你不急，可是有人比你急呀。"高天宇说。

"有人比我还急？谁呀？"黄涛纳闷地问道。

"昨天，唐州市委吴成彬书记已经给我打过电话了，他说自己快要离休了，还急等着回家抱外孙呢。"高天宇笑着说。

黄涛听完高天宇的话后，满脸涨得通红……

监狱的管理，一向是军事化管理，不养老、不养小，能者上，劣者下。在直属二中队的办公室里，黄涛、陈明、吴志强和唐亮几位队长正在开会。

"在今天的大会上已经宣布了对我和吴队长的任命，在我交班之前，有些事情需要跟大家商量一下，下面我先谈谈我的个人意见，最近我们中队要走好几名犯人，要走的这几个人都担任着重要的改造岗位，主值班员刘永和、学习员赵刚这个月底以前都要出监释放，保健员胡桂荣也回了，不久以后生产组长田二亮也要回家了，一下子走这么多的改造积极力量，我们应该提前选好人，做好衔接工作。"

黄涛说。

"黄队长说得对，我们是应该提前做好准备，我看我们现在就议论一下人选吧，把这事定下来。"吴志强插话说。

"我看可以。"陈明也说道。

"那就先请陈指导员提提人选吧。"黄涛说。

"通过王三这段时间的改造表现，我看让他担任中队的学习员挺合适，以前王三没文化，经过几年参加监狱的文化课再加上刘永和帮他补习辅导，王三现在的文化已经达到了初中的水平，干学习员的工作应该没有问题。"陈明说道。

"我看可以，王三还有几年的刑期，让他多接触一下文化方面的东西，对他将来走向社会就业、谋生会有很大的帮助。"吴志强说。

"那主值班呢？你也提个合适的人选吧。"吴志强接着问陈明。

陈明思忖了一会儿，摇摇头说："这个人选我还拿不准，还是请黄队长提一个吧。"

"我提示一个人，行不行我就不拿意见了，由你们几位队长来决定吧。"黄涛笑着说道。

"什么行不行的让我们来决定，你这个主管队长不是还没走嘛，既然是你提出来的人，肯定差不了，你快说，到底是谁？"吴志强说道。

"这个人不是咱们中队的，我想马上调他到咱们中队来。"黄涛说。

"谁呀？"陈明也着急地问道。

"就是几年前，在入监时被你送进严管队的那个刘大虎……"黄涛说。

为了更多更快地搜集马旭龙的犯罪证据，晓兰与乌丹制定并实施她们的"美人计划"，晓兰与乌丹二人同时打入"神龙集团"的核心内部，犹如两把漂亮的尖刀，深深地插入了马旭龙团伙的心脏。

马旭龙为了博得乌丹的欢心，向她发动了一系列的糖衣炮弹攻势，都被乌丹巧妙地躲开了，这天下班后，马旭龙与老九坐在办公室里聊天，马旭龙点燃了一支香烟说："他妈的，这个妞还真他妈的不好对付，滑滑的，像鲶鱼一样，刚摸到边，又他妈的溜了。"

"怎么？在这世界上还有你龙哥泡不到的妞？"谭九明淫笑着说。

"我就不信这个邪，这世上还有不爱钱的人？我想她是刚从山里出来，没见过大世面，猛一下冒出这么多好事，可能心理上承受不了吧，他妈的，早晚我要让她老老实实地跟老子上床。"马旭龙说。

"这个小婆娘确实他妈的够味，龙哥你有了这个小娘们，那把晓兰放哪儿呀？两人在一块工作，你也不怕她们争风吃醋，为情而战啊？"谭九明说。

"这个九哥你就不用担心了，我自有安排，我自有一石二鸟之计。"马旭龙哈哈地笑着说。

下班后，晓兰驾着车和乌丹一同回家。

"晓兰姐，通过这两天的观察，我发现马旭龙经常神秘地给一个人打电话，说话的声音低低的，我故意凑过去，也只是听见他说风声太紧，多注意安全，别的就听不到了。"乌丹说。

"你发现的这个情况很重要，我怀疑他的这些神秘电话是打给他的弟弟马旭东的，以后你要多加注意。"晓兰说。

"好！"乌丹答应了一声。

"对了，我看马旭龙经常一个人在办公室里打电脑，我不懂电脑，不知道是怎么回事，怎么办呀？"乌丹又接着说。

"以前我也经常看到他一个人在电脑前思考，可我一凑上前，他就把电脑关了，我也曾偷偷地查看过多次，可他设置了密码，我打不开，他把电脑设置得这样复杂，里边肯定有什么不可告人的秘密，马旭龙现在正在千方百计博取你的欢心，应该不会避讳你，更何况你不懂电脑，他就会放心大胆地让你看，你要做的就是把他的密码偷记下来，有机会我去查看一下。"晓兰说。

"可我不知道该记什么呀。"乌丹说。

"别着急，等到家我再详细讲解给你听。"晓兰安慰说。

过了一会儿，晓兰想起一件事，对乌丹说："乌丹，我给你买了一台微型录音机，可以随时录下他们的谈话，不过一定要小心使用，否则是很危险的。"

"晓兰姐，你放心吧，我会多注意的。"乌丹说。

第二天中午，马旭龙、谭九明去唐州大酒店吃饭，带着乌丹一同前去，进了饭店包房，服务生忙着招待客人，一会儿满桌的山珍海味摆在了三个人的面前。

乌丹笑问："看来咱们三个人都是饭桶，哪吃得完这么多呀？"

马旭龙嘿嘿地笑着说："吃不了就剩下呗。"

乌丹说："那多浪费呀！这一桌不得三四百元呢？"

马旭龙与谭九明一听，哈哈大笑说："几百元？这一桌起码要 5000 元。"

"我的妈呀。"乌丹听得直咋舌，看着满桌的酒菜，不知该从何下筷子了。

吃完饭，马旭龙又领着乌丹去逛商场，去玩游乐场，二人又是购物又是娱乐的，简直是一掷千金，奢侈至极……

到了傍晚时分，马旭龙、乌丹二人才尽兴回到了"神龙集团"大厦。

马旭龙坐在办公桌后问乌丹："乌丹，你今天玩得开心吗？"

乌丹说："当然开心，我长这么大，还是头一回这么潇洒，这么痛快地购物、玩乐。不过，就是花的钱太多了，今天一天的花费，我一年也挣不够。"

马旭龙潇洒地一摆手："哈哈，这算什么，我有的是钱。"

乌丹说："是呀，跟着马总就是风光。"

马旭龙说："见外了，我不是跟你说了嘛，以后没有外人，不要叫马总，叫我龙哥。"

乌丹甜甜地叫了声："龙哥！"

马旭龙听了，一直甜到了心里，他忙从兜里掏出一个红色首饰盒对乌丹说："小丹，那天你过生日，我没有准备。今天，我把这个戒指送给你，算是我给你补的生日礼物怎么样？"

"这么贵重的礼物，我怎么敢收呢？"乌丹假装推托说。

马旭龙一把拉过乌丹将戒指给她戴上说："只有你的手，才配得上这么高贵的钻戒呀！"

"那就谢谢龙哥了。"乌丹表面上装出不好意思的样子，假意恭维说，心里却在暗暗诅咒："这个人面兽心的家伙，真是不好对付，用这种小恩小惠，他不知坑骗了多少女孩子。"

第三十六章　生死考验

为了获取仇人的犯罪证据，深夜，姑娘冒着生命危险，独
闯虎穴，破解电脑密码，并与匆匆返回的仇人擦肩而过，面对
盘问，她巧言应对，破解危机。歹徒出逃，她发现蛛丝马迹，
临危不惧，果敢追击，为抓捕歹徒赢得宝贵时间……

那天，邱大伟在神龙集团大厦前，险遭谭九明车祸陷害，多亏邱大伟反应灵
敏，只是头部受了轻伤，没有大碍。交警赶到现场时，肇事车辆早已逃之夭夭，不
知去向，邱大伟体检后，没有伤筋动骨。第二天，他就又去上班了，他一方面协助
交警追查肇事车辆，一面加紧搜捕马旭东，没有放松任何有价值的线索，他暗下决
心，一定要把这伙社会渣滓，危害人民群众安全的歹徒尽快绳之以法。但他知道，
自己再着急，也要重证据，不能操之过急。所以，追捕工作越是接近胜利，越要
稳妥。

这天是星期六，聂荣花与邱大伟都不值班，二人一起走出家门。

邱大伟问："哎，荣花，咱们这是去哪儿？"

聂荣花开玩笑道："瞧你这猪脑子，昨晚咱俩不是商量半天了吗，今天筹备咱
俩的婚事……"

邱大伟："是是……我……"他欲言又止。

聂荣花见男友心不在焉的样子，嗔怪道："我看呀，你的心，没在我这里！"

休息的日子，邱大伟不想招惹女友生气，他连忙掩饰："不在这里，还会在
哪儿……"

聂荣花指指邱大伟的脑袋："你呀，还在想着马旭东、马旭龙，还有……"

"是啊，这个案子不破，我什么心情都没有……"邱大伟被说中心里的秘密，
他反而有种轻松感。

聂荣花："今天是休息日，别想那么多了。"

一脸无奈的邱大伟连连点头："是是，今天休息行了吧，我的领导，老婆大人……"

"去你的。"聂荣花推了他一把："还没结婚哪，谁是你的老婆大人？"

聂荣花、邱大伟筹备他们的新婚物品，首先他们一起来到新建的小区内去看新房。聂荣花打开一户新房的门，领着邱大伟走进房门，一边观察，一边说："这是妈妈为咱俩选的，离老人家很近，环境也好，价位也适中……

邱大伟满意地点点头。

聂荣花在客厅、卧室、阳台等处来回地比画着、丈量着，一会儿说：

"这要摆一个衣柜，这给你摆一个办公桌……"

邱大伟站在一边笑眯眯地看着聂荣花说："我的女主人，以后，这个家可就交给你掌管了。"

聂荣花依偎在邱大伟的怀中说："我可不做你的家庭主妇，咱俩比比赛，谁的成绩差，谁就得屈尊打理家务。"

"好，咱俩就这么定了。"邱大伟说。"房子已看得差不多了，该买什么来装饰这个家，可得靠你喽！我对这方面一窍不通啊。"邱大伟又接着说。

"走！咱们现在就去家具城。"聂荣花提议："我早已心中有数了，你就负责给我当贴身保镖就行了。"

"是。"邱大伟双手一抱说："一定保证领导的安全！"

聂荣花笑着与邱大伟走出新房，上街购买婚礼用品。

在"神龙集团"的办公室里，马旭龙坐在办公桌前哼着小曲，抽了一支烟后，马旭龙走到电脑前，坐在旁边沙发上的乌丹，知道马旭龙又要打电脑，忙起身给马旭龙沏了一杯茶端了过去。马旭龙说："小丹啊，做人可是活到老学到老啊，你这么年轻，不懂电脑怎么行？以后我送你到学校去学习学习。"

"好吧！"乌丹说。然后，她站在马旭龙的身后，看他怎么开电脑，马旭龙看了看乌丹说："有事吗？"

"没有，我就是好奇，想看看。"乌丹回答。

"看能看懂吗？等以后学了就会了。"马旭龙说完，自己开始在键盘上敲击着，不一会儿，电脑画面出现了一行行的文字，乌丹轻轻地退到旁边的沙发上，集中精力记忆马旭龙打电脑时的敲击顺序，确定自己记的没有差错后，悄悄地退出了办公室。

乌丹来到歌舞厅，找到晓兰，她将晓兰拉到僻静的角落说："晓兰姐，刚才我已经记下了电脑的密码。"然后，她将密码写在纸上，悄悄塞给了晓兰。

晓兰四下看看，低声说："你赶快回去，不要引起马旭龙的怀疑。"

乌丹急忙返回，端着一杯咖啡又悄悄地进了办公室。

马旭龙仍然坐在电脑前沉思。忽然，马旭龙对乌丹说："小丹呀，你来的时间不长，对我马旭龙的为人可能不了解，对我的事业你可能只是一知半解，我这个人可是恩怨分明啊，别人敬我一尺，我就敬别人一丈，如果谁做了对不住我姓马的事，我可是不会让他好过的，知道吗？"

乌丹闻言一惊，心里怦怦乱跳，心想："是不是他发现了我的底细？"手里端的咖啡微微发抖，表面却镇定地说："龙哥对我这么好，我怎么可能背叛你，做对不住您的事呢！龙哥，是不是我做错了什么事，惹您生气了？如果有的话，您就指点指点我，我从大山里出来，没见过什么大世面，不懂什么规矩，全指望龙哥调教呢。"乌丹越说越委屈，眼圈红红的，就要掉下眼泪了。

马旭龙看着楚楚可怜的乌丹说："小丹，我不是说你做错事，你做得很好，我只是告诉你，龙哥没把你小丹当外人看待，龙哥我对你怎么样，你也体会到了，你长得漂亮，人又机灵，以后前途无量啊，不要相信别人的话，不要把你听到的看到的东西和外人说，知道吗？"

乌丹点了点头说："龙哥，你放心，我一定跟着你好好干，不乱说话。"

马旭龙说："如果你听话，以后我保证让你开名车，住别墅，过上神仙般的生活。"他说着，端起咖啡喝了一口，放下咖啡杯。

乌丹说："谢谢龙哥的厚爱，我一定听龙哥的话。"

"好了，我一会儿有点要紧的事去办，你在这里好好待着。"马旭龙吩咐说。看见马旭龙站起来，乌丹忙将马旭龙的外套给他取下穿上，马旭龙将电脑关上走出了办公室，乌丹长长地出了一口气，拍了拍前胸自言自语地说："妈呀，好险，吓死我了……"

在海东监狱的二楼会议室里，监狱长高天宇、政委聂清华、纪委书记郑浩南、副监狱长梁启明等监狱领导正在与教育科科长吴秋扬、狱政科科长贾洪强、狱侦科科长黄涛以及抓捕小组的成员召开紧急会议。

众所周知：戴国徽的公职人员，在开会的时候，都要脱帽，人民狱警也是如此，邱大伟带伤参加海东监狱干部会议，可以看到他头缠纱布，全体与会者庄严肃穆，鸦雀无声。这时，只听高天宇说道："同志们，这次邱大伟同志遭遇车祸，意外负伤。根据我们目前掌握的情况分析，完全可以肯定，这是一次有预谋的暗杀活动。我们面前的敌人，早已不仅仅是一个逃犯马旭东的问题，而是一个很庞大的黑社会暴力组织团伙。而这个犯罪团伙，不但拥有着雄厚的物质基础，还有着相当的政治势力做后盾。这个团伙的犯罪手段和他们的残暴性，应该引起我们的高度戒备。邱大伟同志这次被谋害，已经充分地证明了这伙穷凶极恶的歹徒已经向我们打响了顽抗到底的枪声，针对目前非常的情况，下面请梁监狱长谈一谈我们的行动方案。"

这时，坐在高天宇身旁的梁启明副监狱长开始讲道："根据我们面对的非常情况，监狱党委已经向省监狱管理局的领导请示了行动方针，省局领导已向省委主要领导汇报了目前面对的整个情况，省委领导十分明确地指示我们，无论我们面对的敌人是个什么样的对手，希望我们都要以必胜的信心和勇敢的牺牲精神，联合当地政法机关将这个犯罪团伙彻底铲除。"

高天宇插话说道："我已经和唐州市委书记吴成彬同志互通了情况，吴书记明确表示，地方党委政府以及政法机关将会全力支持和配合我们的行动，争取将这帮违法犯罪分子一网打尽。"

梁启明接过高天宇的话继续说道："下面请抓捕小组组长黄涛同志谈一谈我们下一步的具体行动。"

"脱逃犯马旭东以前一直在我手下改造，对他本人的一些基本情况，我比较清楚，他哥哥马旭龙的情况我也了解一些，前几天我们监狱的在押服刑人员刘大虎也就是马旭东的同案，过去一直跟着马旭龙，刘大虎掌握着很多马旭龙的犯罪情况，并正式向监狱狱侦科上交了揭发检举材料，材料中涉及很多重要的问题和重要人物。"黄涛说。

高天宇插话说道："关于这几名重要人物的问题，我已经向唐州市委吴成彬书记做了通报，吴成彬同志也及时地向省委主要领导做了汇报，省委领导明确指示，此案无论涉及谁，他的职务有多高，权力有多大，只要证据确凿，立刻逮捕归案。"

然后，高天宇冲黄涛说道："黄涛，你继续讲。"

黄涛缓缓站起，目光如电，掠过会场，他铿锵有力地说："同志们，明天，我们开始代号'擒龙'行动，动员公安、武警力量，将带领抓捕小组与唐州市警方密切合作，根据我们目前掌握的线索，对我们怀疑的重点地区进行搜捕行动，从抓获的马旭东身上入手，彻底撕破这个犯罪团伙的黑网，将所有的涉案分子抓捕归案，绳之以法。"

马旭龙开着车，独自一人悄悄地来到了马旭东居住的小楼前，他从车上下来，向两旁看了看，钻进楼道。

此刻，躲在窗口观察外面情况的马旭东，在楼上早已看见哥哥来了，他忙由楼梯上下来，疾步赶到门前，将门打开，让马旭龙进屋。

已如惊弓之鸟的马旭龙进屋，站在客厅内四下观察后，见没有发现异常情况，他又走到窗前，撩起窗纱，看看外面没有什么情况，他才惊魂未定地坐下。

马旭东急切地问："哥，怎么样？可以出去了吗？"

马旭龙摆摆手说："阿东，你不知道，外面这帮公安，他们还他妈的跟咱们较上劲了，这么多天了，一点松懈的迹象也没有。"

"哥，总在这个小屋待着，都快把我憋疯了，我真想冲出去跟他们拼了，杀一个够本，杀两个赚一个。"马旭东说。

"阿东，你千万别冲动，梦婕呢？"马旭龙不放心地问。

"梦婕出去买东西了。"马旭东回答："每次梦婕问我什么时候走，我都无法回答她，真他妈的憋气。"马旭东发泄着怨气。

"阿东别急，过两天，我和老九去给你烧烧香、拜拜佛，也好去去晦气，你再忍耐两天，我一定想办法尽快把你送出去。"马旭龙走过去，拍拍兄弟的肩膀。

马旭东无奈地点了点头。

夜已经深了，神龙集团大楼里，灯光多已熄灭。晓兰仍留在公司里，公司里只有几个保安人员在巡视着，晓兰走进了办公室。保安人员过来问："晓兰姐，您这么晚了还工作呢？"

晓兰手里拿着一摞文件说："没办法，有一些文件明天赶着用。"

"晓兰姐，那我就不打搅您了，您忙吧。"保安人员说完，转身走开了。晓兰快步走到电脑前，按照乌丹告诉的密码快速地在键盘上敲击着……

不一会儿，电脑密码破译完成，电脑画面上出现了密密麻麻的文字，晓兰仔细地查阅着，看着一行行的文字，晓兰的心里也是越来越惊，这都是马旭龙集团的罪证，涉及贩毒、走私汽车等等，都是令人发指的私账。

晓兰忙将自己带的软盘放了进去，拷贝马旭龙的罪证，晓兰在键盘上迅速地敲击了几下，拷贝开始。时间此时似乎凝固了，一分一秒似乎都显得格外漫长，几分钟后拷贝完成，晓兰将软盘取出，放进手包内。

晓兰关掉电脑，迅速离开了马旭龙的办公室。

事有凑巧，就在晓兰乘着夜色，在昏暗灯光中，快步走出"神龙集团"大厦，来到座驾前，钻进自己的车内，拿出钥匙将车启动，驶离神龙大厦之时，对面驶来一辆黑色豪华奔驰。车内，马旭龙和谭九明在谈论如何将马旭东送出唐州的事。

晓兰的白色本田轿车与他们擦车而过。

马旭龙一眼就看到了晓兰，惊疑地说："这么晚了，晓兰才走，干什么呢？"

谭九明说："是有些可疑，回去我查一查，小心没大差。"

这天上午，晓兰没有去上班，来到海东监狱。

在接见室里，晓兰与刘大虎坐在一张桌旁，桌上摆着茶水和瓜子。

刘大虎喝了一口茶说："晓兰，这段时间你过得怎么样？马旭龙那个浑蛋有没有欺负你？"

"哥，我已不是当初那个不懂世事，不懂得保护自己的小丫头了，我有办法对付他。"晓兰说。

"哥，你在里边过得还好吗？有什么改造成绩了吗？"晓兰接着说道。

刘大虎嘿嘿一笑说："哥在里边活得很充实，什么活也难不倒我，平时还经常帮别人干呢，政治学习使我懂了法，知道了国家的政策，我在电脑班上学的东西可多了，以前想都不敢想，我这个大老粗能玩这么先进的东西，队长们经常地找我谈话，鼓励我、帮助我。现在回想以前自己的所作所为真好像做了一场噩梦啊，等有一天我新生了，我会换个活法，真正为社会建设出力，把我学到的东西都用上。"他喝口茶又说："这次中队为我呈报了减刑材料，说是要给我减两年刑呢！"然后，刘大虎竟像个孩子似的笑起来。

晓兰听了，眼中含着泪花说："哥，你确实变了，你要继续好好干，晓兰等着你早日出来。"

刘大虎忽然想起了一件事问道："晓兰，我把以前自己知道的马旭龙他们的犯罪揭发材料写完了，你那边怎么样？"

"我已掌握了他的大量罪证，你把你的揭发材料交给监狱部门吧，我也会尽快地把马旭龙的罪证交到公安部门的。"晓兰低声道。

"既然如此，你赶快离开他，免得他狗急了乱咬人。"刘大虎关切地说。

"暂时我还不能走，我还要留在他身边，因为马旭东还没有抓住，不过我敢肯定，马旭东就在马旭龙的保护下，暂且让他们再快活两天，等到我探听到马旭东的下落，就是这帮恶贼的末日了。"晓兰发狠道。

"那你可要千万小心！"刘大虎关切地提醒。

沉默了片刻，晓兰对刘大虎说："哥，我有件事想和你商量商量。"

"你跟哥客气什么，有什么事你就说吧。"刘大虎说。

"哥，我收养的孩子小雨和我的感情特别深，和我亲生的一样，小雨的父亲赵刚，在那次抓捕逃犯中负伤，在他住院期间，我与赵刚的接触很频繁，我了解赵刚的为人，他人品不错，是个有爱心的男子汉，通过他舍身救人抓逃犯也能看得出来，他还是个有正义感的人。"晓兰说。

"是啊，赵刚这人确实不错，是个汉子。现在，在我们监狱，赵刚可是个模范人物。"刘大虎有些羡慕。

"在交往中，我们相爱了，赵刚向我保证，出狱后，他绝不再干违法的事情了，我相信他。"

刘大虎一听，嘿嘿地乐了起来说："没想到这小子成了我的妹夫了，你们的嘴巴还挺严哪，保密工作做得蛮好的嘛。"

"刚开始，事情也不成熟，就一直没向你提起，下个月你们不是要开减刑大会了嘛。"晓兰说。

"是啊。"刘大虎说。

"赵刚呈报减刑三年五个月，减刑后就获得新生了，我曾经答应赵刚，在他走出监狱的时候，我们俩就举行婚礼，让他开始新的生活。"晓兰说。

"好哇，这是好事啊！"刘大虎表态。随即，刘大虎低下了头，神色黯然地说："只可惜呀，我不能参加你们的婚礼了，怪我呀！谁让哥当初糊涂呢。"

"哥，你觉得遗憾，那我们就把婚礼推迟举行。"晓兰说。

"别，千万别推迟，晓兰，哥从小到大看着你长大，你是哥一辈子最亲的人，哥盼着你能嫁个好人家，找个好男人托付终身，如今你找到了依靠，哥也就放心了，赵刚人不错，我相信他会照顾好你的，哥先祝你们生活幸福、百年好合。"刘大虎说。

"哥！……"晓兰含着热泪说。泪水模糊了视线，晓兰拉着刘大虎的双手，痛哭失声。

刘大虎抚摸着晓兰的秀发说："晓兰，不要为哥难过，我正在为了以后不再干错事而改过，你不一直希望哥学好吗？"

晓兰抬起头看着眼前的哥哥，使劲点了点头。

傍晚时分，晓兰驱车从监狱赶回"神龙集团"大厦前。

晓兰走进四楼的歌舞厅，舞厅内已是人潮汹涌了。吧台服务生一看见晓兰，马上叫道："晓兰姐，你怎么才来呀？马总都找了你好几次了。"

晓兰一摆手说："知道了。"然后，晓兰朝马旭龙的办公室走去。来到门前，她站定，稳稳自己怦怦乱跳的心，敲了敲办公室的门，听见里边喊："进来。"

晓兰闻声推门而入。她看到办公室内，马旭龙和谭九明每人燃着一支香烟，坐在沙发上，乌丹坐在马旭龙的旁边，一见晓兰进来，乌丹忙站起来说："晓兰姐，你来了，你身体不舒服怎么还来上班呢？"

没等晓兰说话，马旭龙对乌丹说："这里没什么事了，你先出去吧。"

乌丹看了看晓兰，不情愿地从办公室里退了出去。

"龙哥，您找我有事吗？"晓兰说。

"晓兰，你坐下说话。"马旭龙说。

晓兰在马旭龙的对面坐了下来，马旭龙看着晓兰嘿嘿一笑说："怎么？不愿意和我坐在一起了？还是心里有鬼不敢和我坐在一起呀？"

晓兰说："龙哥你说的什么话，我有些听不懂。"

谭九明"噌"地站起来说："你他妈装什么装，别他妈的跟老子讲斯文，老子可不吃你那一套。"

马旭龙对谭九明摆了摆手说："你先出去，我想和晓兰单独谈谈。"

谭九明气呼呼地站起，狠狠瞪了晓兰一眼，转身出了办公室。

马旭龙点燃了一支烟，向晓兰吐了个烟圈说："晓兰，你跟了我这么长时间了，我对你怎么样，你心里清楚吧？"

"龙哥对我一直很好，我心里一直很感激龙哥。"晓兰平静地说。

"你知道就好，我马旭龙的脾气禀性，你也应该特别地了解吧？"马旭龙威胁说。

"龙哥恩怨分明，讲义气，是一位好大哥，手下的小弟哪一个不夸龙哥好。"晓兰故意吹捧抬高他。

看见晓兰不慌不忙，没有露出什么破绽，马旭龙转怒为喜："我就喜欢你这张小嘴，会说话，说的话让人爱听。"马旭龙笑了笑说。"我虽然义薄云天，可有的人视我为眼中钉，不拔掉我，他们心里就难受，像这种人，你说我应该怎么对付他们呢？"马旭龙接着考验晓兰说。

"谁吃了熊心、吞了豹子胆，敢在老虎嘴边拔毛啊？"晓兰说。

"有，最近我得到消息，有个叫邱大伟的监狱警察一直在暗中调查我，你认识这个人吗？"马旭龙抛出撒手锏，进一步考察晓兰说。

"那个人啊，我也认识，我去监狱看望我哥的时候和他见过面，不过和他没什么交往。"晓兰察言观色，说自己也认识，并说出与这名狱警认识的原因和过程，目的是打消马旭龙的疑虑。她知道，马旭龙一定得到了什么风声，但详情他并不知晓，他是在诈自己，如果自己说不认识，反倒会引起他的怀疑。这样如实回答，反而倒有可能骗过这只狡猾的狐狸。

果不其然，马旭龙听后，觉得合情合理，心情坦然了些，连忙掩饰说："其实没什么，都是些捕风捉影的事，你最好不要和他交往太多，嘴巴严一点，否则对你没好处。"

"龙哥的话，我一定记在心里，我跟龙哥这么长时间，难道龙哥还不相信我？"晓兰以退为进，反问道。

"就是因为我对你有感情，我才对你提出忠告的。"马旭龙脸上的笑容瞬间消失，他将烟往烟缸里一捻，突然问："你昨天晚上干什么去了？你可要说实话。"

"昨天，我有份文件需要赶制出来，所以在公司工作得晚了一些才走。"昨晚，晓兰离开神龙集团大厦时，看见马旭龙的奔驰车回来，猜测他一定会问这件事，只好这样说。如果她说没来，就会前功尽弃。

"就这些？没有别的？"马旭龙逼问。

"这种事，以前我也经常赶上，为了公司的利益，我辛苦一点也没什么，难道还能有别的什么吗？"晓兰反问。

"今天，你身体不舒服怎么还来上班呢？"马旭龙说。

"我今天去监狱探望我哥，好长时间没去看他了，心里挺想念他的，乌丹可能是怕你批评我，才说我病了，你不要怪她呀！"晓兰说。

提到大虎，马旭龙有些心虚，他知道大虎为自己企业大发展，没有少卖力气，如今进了监狱，自己马上翻脸，卸磨杀驴，传出去会动摇军心，在道上的名声也不好听，他见没有抓住什么把柄，神色缓和了一些问："大虎现在好吗？"

第三十七章　垂死挣扎

　　马旭龙越来越心虚，面对公安人员的调查，他表面镇静，其实内心如焚，但他还是不甘心自己的失败和灭亡，加紧策划孤注一掷的最后搏击，以望抓住最后一棵救命的稻草。

　　面对马旭龙的盘问和追查，晓兰没有心慌，小心应付。以免被对方窥透心事，她见马旭龙问到哥哥，心里泛起一股暖意，随意回答："还可以吧。"

　　"七事八事太忙了，有时间，我也该去看看他了。"马旭龙笼络人心道。

　　"龙哥，如果没别的事我先出去了。"晓兰想尽快脱身，免得马旭东再问什么，回答不周，露出破绽。

　　马旭龙点了点头，晓兰从办公室出来，到了舞厅吧台附近的卫生间，轻轻拭去脸上的热汗。然后，她来到了舞厅吧台，乌丹急忙迎过来说："晓兰姐，没事吧？"

　　"你放心，没事的。"晓兰安慰她。

　　"你快回去吧，盯着点，我怕他们会对邱警官采取行动。"晓兰接着对乌丹说。乌丹答应一声，急忙跑回了办公室。

　　马旭龙办公室内没有人，乌丹走进办公室，仔细观察一番，将随身携带的微型录音机，悄悄放在花瓶上插的满满一束鲜花内。这时，门外响起了脚步声，乌丹将录音机打开，马旭龙与谭九明推门而入，坐在沙发上，马旭龙对乌丹说："小丹，你先出去，我和九哥有事要谈。"

　　乌丹应声退出了办公室。

　　马旭龙问谭九明："外边的情况好些了吗？"

　　"阿东这件事干得太大了，三喜这个案子一下子死了四个人，闹得公安局跟炸了窝似的，警戒不除，满街道都是巡逻的公安，出不去啊！"谭九明说。

　　"这件事也怪我考虑得不够周全，如果我提前在三喜的身边放个眼线，就不会

318

有这么大的伤亡了。"马旭龙有些自责。

"事已至此，龙哥你也不要太自责了，如今之计是我们如何将阿东尽快地转移出去，现在市里公安、狱警，这帮东西天天四处查找、搜捕，他很不安全啊。"谭九明说。

"唉，现在我也没有太好的办法，只能走一步算一步了。对了，我听说青龙山有座青龙寺，那里的和尚佛法高深，我想去拜拜佛，替阿东办个法事，为他求个平安。"马旭龙说。

"那我跟你去一趟。"谭九明说。

夜深了，歌舞厅的人都已散去，服务生也都下班了，只有晓兰独自一人还坐在吧台边上，舞厅的灯光都已关灭，只剩下一盏昏黄的舞台灯在闪着微弱的光，晓兰慢步走上舞台，在一架古筝前坐了下来，晓兰神情肃穆地轻抚了一下琴弦，古筝发出一声浑厚的声音"咚"。接着晓兰轻挥玉手，在古筝上弹奏着，"叮咚"之响不绝于耳，一曲悲悲切切的古筝曲在晓兰的手下释放着激情，她手随心动，情由感发，令人闻之动容。

晓兰在乐曲中仿佛又回到了童年时代……

在那个大雪飘飞的冬天，大虎与晓兰身穿破烂的单衣，手挽着手哆哆嗦嗦地在垃圾堆里捡着那些可以卖钱的破烂，一天没有吃饭的大虎从怀里掏出一张薄饼递给晓兰吃，晓兰掰下一小块，将剩余的递给大虎，晓兰眼中含着眼泪，忽然幻觉消失了。

童年的回忆又回到了现实中，琴声由缓而疾，变得更加悲愤起来，让人听了义愤填膺，在乐曲声中晓兰仿佛又看到大虎被押上警车，她苦苦地哀求马旭龙，让他救大虎，马旭龙却趁机强暴她，晓兰眼中的泪水止不住地流了下来，琴音如行云流水般地铺洒下来，让人闻之倍感心动情绕。

在乐曲的追忆中，晓兰仿佛又与赵刚亲昵地在一起交谈，谈天说地，小雨甜甜地喊着"妈妈"。晓兰手下的古筝越弹越快，声音如枪林弹雨般地爆发出来。

催琴急进，在乐曲中她仿佛看到了马旭龙办公室的电脑里一行行罪恶的黑字，被晓兰拷贝下来，仿佛看到马旭龙被绳之以法，晓兰越来越激动，她看到了希望，看到了美好的明天。

忽然"咚"的一声，古筝断了根琴弦，乐曲也随之停止，晓兰表情坚毅地站了起来，她走出"神龙集团"大厦，开着车奔向回家的路……

晓兰开车回到了家中，她打开屋门，看见乌丹和赵娜坐在客厅里，她们在家里正在为晓兰担心。看见晓兰进屋，她们站起来。乌丹说："晓兰姐，你怎么这么晚才回来呀？我担心死了。"

晓兰脱去外罩说："没事，我在公司一个人静了静，怎么样？今天有什么收获吗？"

"晓兰姐，今天收获可大了，你知道前一段时间市里发生的那起黑社会的大仇杀吗？"

"是不是死了四个人那起？"晓兰说。

"对，今天我找到证据了，是马旭龙指使马旭东干的。"乌丹说着，将微型录音机拿出来，按下了播放键，录音机里传出了马旭龙和谭九明的声音。晓兰听完了录音，对乌丹说："你可算立大功了，现在我们证据确凿，可以扳倒马旭龙了。"

"那我们就行动吧。"乌丹高兴地说。

"明天我就把这些证据交上去，交给邱警官，我再问问他的意见。"晓兰说。

乌丹点点头……

树林里僻静处，晓兰拨通了邱大伟的手机。"是邱警官吗？"晓兰问。

"是我，你是晓兰吧？"邱大伟说。

"是我，邱警官，你现在有时间吗？我有重要的事情要找你谈。"晓兰急切地说。

"好，我在体育场旁边的咖啡厅等你……"邱大伟说。

环境幽雅，摆设讲究，在屋角的一张桌边邱大伟与聂荣花对面而坐，高兴地谈论着他们未来的小家，两人面前各摆着一杯浓浓的咖啡。晓兰从外边推门而入，看见他们后径直朝二人走来。

邱大伟与聂荣花忙站起身来。

"晓兰，你来了。"邱大伟热情招呼。

"原来聂队长也在啊。"晓兰望着聂荣花有些意外地说。

聂荣花说："今天挤点时间。抽空，我们一起出来买东西。"

三个人一同坐下，邱大伟为晓兰要了杯咖啡。

"看你们两个兴高采烈的样子，是不是有什么喜事啊？"晓兰说。

"你的眼力不错嘛，告诉你吧！我和荣花准备结婚了，到时候请你来喝杯喜酒，今天我们就是出来购买新婚物品的。"邱大伟说。

"那真的是大喜事，我先恭喜你们了，到时候我一定去参加婚礼。"晓兰听了笑着说。

"谢谢！"聂荣花说。

邱大伟对晓兰说："原来以为结婚真是太美了，没想到结婚还是件苦差事，今天买房子，明天搞装修，还得拍结婚照，光是照相就累得我腰酸腿疼的，真是忙得人晕头转向。"说完还装模作样地直叹气，晓兰和聂荣花听后都笑了。

"既然你们准备结婚了，那你们应该都休假了吧？"晓兰问。

"不，我们都在上班，我和荣花说好了，先把一切准备好，等我把马旭东抓回来，我们再举行婚礼。"邱大伟说。

"是啊，这段时间我们抽空买了房子，家具也差不多买齐了，连结婚照和结婚证都办了，有空你到我们家里坐坐，我还想让你给我指点指点如何摆放家具呢。"聂荣花说。

"你们这一对真让人羡慕，有时间我一定去。"晓兰高兴地说。

角落里，一个不为人注意的茶座后，谭九明用杂志挡住脸，正在窥视、偷听晓兰、邱大伟他们谈话。

"晓兰，今天你找我有什么事？"邱大伟单刀直入，切入主题。

晓兰回望四周，没有发现什么可疑情况，低声说："你们注意，马旭龙已经发现你在调查他们，我怕他会对你们采取什么不利的行动。"晓兰神情严肃地说。

"晓兰，谢谢你的提醒，我会注意的。不过，我相信正义终究会战胜邪恶的，对了，晓兰你现在有什么收获吗？"邱大伟问。

"本来靠我自己是有困难的，马旭龙一直对我有所防范，我的好姐妹乌丹铤而走险，我们才有了突破性的发现，获得了马旭龙的大量犯罪证据，而且还确定马旭东就在马旭龙的周围，前一段时间发生的那起重大枪杀事件也是马旭龙一手策划，由马旭东实施的。"晓兰低声介绍。说着，晓兰将软盘和微型录音机从包里掏出来交给邱大伟："这些就是他们的罪证。"晓兰说："虽然我们已经掌握了他们的证据，但马旭东的藏身之处我们还不知道，所以，我想应该等查出马旭东的藏身之处以后，再将他们一网打尽。"

"真是巾帼不让须眉呀，晓兰你们可是立下大功啦，我马上与有关部门联系，制定出行动计划，在此期间，你们也要多注意自身安全！"邱大伟赞叹道。

晓兰点了点头，表示赞同。

在"神龙集团"的一个包间内，略显疲惫的马旭龙，坐在沙发上闭目养神。这时，谭九明推门进来，马旭龙眼皮稍稍抬了一下问："怎么样？"

谭九明说："保安说，昨天晚上晓兰那个丫头，在舞厅弹了很长时间的古筝，真他妈的死到临头，还有心情玩他妈的高雅。今天，她在一间咖啡屋与那个叫邱大伟的监狱警官见过面，他们在一起谈了很长的时间，恐怕对我们不利呀。龙哥，你下决心吧，不能再让她开口了。"

马旭龙慢慢地睁开眼睛说："本来我不想伤害她，大虎曾跟着我出生入死，多有功劳，晓兰跟着我这么长的时间，也有一定的感情。我警告过她，不要与我作对，不要再与那个监狱警官有来往，既然她不听良言相劝，那就别怪我姓马的不仗义了。"马旭龙露出狰狞面目。

"龙哥，我带几个弟兄去干掉她。"谭九明讨要军令。

"不能鲁莽，现在市里风声这么紧，本来前一段三喜的事公安就曾经怀疑过我，只不过他们没有证据，才拿我没有办法。晓兰是我身边的人，如果现在晓兰无缘无故地被杀了，恐怕会惹上麻烦的，我们得想一个万全之策，不能露出杀死她的痕迹。"马旭龙摆了摆手制止手下的蛮干。

谭九明说："龙哥想得周全。"

"这样吧，让她在交通事故中意外死亡。"马旭龙沉思了片刻，说出自己的意图。

"好办法，我这就去安排。"谭九明站起来，往外走。

马旭龙叮嘱："做得巧妙点。"

傍晚，神龙集团大厦前，晓兰下班回家，她走出大厦，来到车前，开车上路。旁边，一辆面包车尾随而去。晓兰驾车来到家门口，看见赵娜和小雨正在路边等候。晓兰将车减速，停下，赵娜拉开车门，让小雨上车。赵娜关上车门："你们去吧，我回去洗衣服。"

晓兰点点头，她带着小雨，放着音乐，开车离去。今天，要带小雨去吃麦当劳，晓兰开着车，小雨坐在副驾驶位上，不停地拍手唱着、笑着，晓兰看着活泼可爱的小雨，所有的烦恼与不快都烟消云散了。

晓兰将车停放在离麦当劳不远处的停车场，抱着小雨从马路中间的人行横道上穿过，马路上车辆来回穿梭，她穿过人行道抱着小雨走进麦当劳快餐厅。

找好座位后，晓兰为小雨点了汉堡包、薯条等食品，自己点了一杯可乐，坐在靠近玻璃窗的位置，小雨高高兴兴地吃了起来。

路边，一辆红色桑塔纳半开车窗，谭九明举着望远镜，正在观察麦当劳快餐厅内晓兰母女的情况。

娘俩吃完后，晓兰抱着小雨走出快餐厅。

这时，不远处的人群中邱大伟与聂荣花正拎着一大包东西，向晓兰这边走来。邱大伟一眼看见了晓兰，刚要同她打招呼。

这时，那辆停在路边的红色桑塔纳轿车，猛地从她们母女身后十几米外冲了出来，向着晓兰母女撞了过来。

看见这一幕的邱大伟大叫一声："晓兰！危险！"

第三十八章　法网恢恢

　　法网收紧，歹徒仓皇出逃，被追捕得走投无路，竟丧心病狂挟持女友做人质；人民狱警挺身而出，换下人质，危急关头，弱女子的她大喊一声，吓得歹徒心惊胆战……

　　生死关头，人民狱警没有畏缩，邱大伟不愧优秀男儿，他扔掉手中的东西，猛跑几步，不顾自己生死，将晓兰母女扑到一边，桑塔纳轿车带着呼啸声，从他们的身边驶过。

　　此时，聂荣花也跑了过来，邱大伟与聂荣花将晓兰从地上扶起关切地问："晓兰，有没有受伤？"

　　晓兰的手上鲜血直流，她忍着疼痛说："没事，只是擦伤，脚好像崴了一下，有些疼。"

　　"那赶快去医院看一下吧。"邱大伟扶起晓兰提议。

　　他们来到人行道上，找个地方坐下来，此刻，晓兰想的不是自己，而是小雨。晓兰望着怀里的小雨，童真的小雨还冲着晓兰乐呢。

　　晓兰说："孩子没事就放心了。"

　　邱大伟提议要晓兰去医院检查一下。

　　晓兰抚摸、拍打小雨，见没大碍："没关系，只是表面伤，别处一切正常。"

　　"晓兰，现在你的处境已经很危险了，马旭龙可能已经发觉了什么。"邱大伟不无担心地说。

　　"我了解他，在他现在内忧外患的时候，他不会明目张胆对我下黑手，惹火烧身，我小心些，会没事的。"晓兰说。

　　"你们有什么计划吗？"晓兰接着说。

　　"我已经同公安部门协商过了，我们准备联合出击，来个引蛇出洞，加大搜捕力度，让马旭龙时刻感到有一种危机感。晓兰，这两天你注意观察马旭龙的动静，他们该有所行动了。"邱大伟推测说。

"邱警官，我会注意的。"晓兰平静地说。

做贼心虚的马旭龙感觉形势紧张，为求心理平衡，他与谭九明一行人，决定去唐州市东北方向的青龙山的青龙寺，为自己和马旭东焚香祷告，以求平安。其实，马旭龙此行，目的是一箭双雕，一是进行火力侦察，看看公安局到底查得怎么样？二是为马旭东的出逃探路。他和乌丹、晓兰同坐在豪华奔驰车内，谭九明坐在前边的车内，奔驰后面还有三辆轿车，里面坐着马旭龙的保镖和打手。

车队从"神龙集团"出发，向市外驶去。市区的各条马路上警笛长鸣，公安巡逻的车辆随处可见。在出市区的路口，武警端着冲锋枪威武地站在两侧。

马旭龙默默地看着这一切，没有说什么，只是慢慢地合上眼。

在路口检查站，车辆被拦住，几十名荷枪实弹的武警围住车队，逐个检查身份证，就连后备厢、车架下也要搜查，还要警犬嗅味，足足半小时，才检查完毕放行，沿途耳闻目睹这一切，马旭龙感觉此次的搜捕的确不同以往，他心情沉重，没有多说或评论什么，这是默默观察，生怕言多语失，露出什么马脚，车队向青龙山的方向驶去。

一路上谁也没有多说话，不知不觉一座青山呈现在人们的眼前。

虽说青山绿水，风景如画，可车上老板的心情不佳，大家心情各异，谁也无心赏景，山上翠柏成行，绿树成荫，山上苍松翠柏之间，掩映着一座座古老的建筑。车队在山脚青龙寺前停车场慢慢地停下，一条石板铺成的石阶一直向山间延伸。停车场，马旭龙等一行人下了车。

晓兰昨天因为车祸脚腕受了伤，不方便走路，对马旭龙说："龙哥，我的脚受了伤，不能陪您上山祷告祈福了。"

马旭龙看了看一瘸一拐的晓兰说："那你就在这儿等着吧。"

晓兰答应一声，钻进车里。

马旭龙与谭九明走在前面，乌丹紧随其后，后边跟着马旭龙的十多名保镖和打手，他们拾级而上，两旁的苍松翠柏之间，鸟叫虫鸣，一片世外桃源景象，走到半山腰，一座规模壮观的古刹出现在众人的面前。

前面的屋宇两扇大红漆门敞开着，前面一排松树昂首挺立，通向里院的青石路，打扫得干干净净，一群人顺着青石路走进内院，迎面一座房屋内钟声阵阵，木鱼的敲打声伴着喃喃的诵经声不绝于耳，门旁的一只香鼎内香烟缭绕，阵阵香气扑面而来，简直如人间仙境一般。

马旭龙、谭九明和乌丹三人走进屋内，保镖和打手都在门外守候，屋内一座高大的如来佛像矗立在人们的眼前，佛祖慈眉善目、大耳垂轮，正襟端坐在神坛上，让人看了有种亲切的感觉。

佛像前的供桌上，各种鲜果供品摆得满满的，供品前一个大香炉内一排香火正冒着袅袅的青烟，佛像侧面，一位高僧身披袈裟，在敲着木鱼诵经。

马旭龙、谭九明和乌丹三人各点燃了一股香，跪在蒲团上各自许下自己的心愿，许完愿后三人向佛祖叩了头，马旭龙伸手从兜里掏出一把钱，交给谭九明说：

"去让他们做一场法事，为阿东祈求平安。"

山脚下的停车场，晓兰坐在轿车内等待马旭龙他们回来。忽然，一声清脆的电话铃声响了起来。晓兰忙打开包，打开自己的手机，然而却不是自己的手机响。电话铃声急促地响着，晓兰忙在车上找，在轿车前排的储物箱内，晓兰找到了声音来源。是马旭龙的手机，晓兰犹豫了一下，猛地接通电话，电话里传来了一个焦急的声音："哥，我住的龙福花园小区里来了很多警察，正挨家挨户地搜呢，你快想个办法呀！"

晓兰的心猛地一惊："是马旭东！"晓兰心想。"原来马旭东躲在龙福花园小区。"晓兰立即将电话挂断，迅速将手机放回原位，电话铃声又急促地响了起来。

晓兰从包中掏出自己的手机，正要给邱大伟打电话，她往山上一瞥，看见马旭龙和谭九明一行人已经拜完佛，走下山来了。

晓兰忙将手机收起来，打开车门下了车，一瘸一拐地迎向马旭龙说：

"龙哥，车上有手机一直在响，我没找到在什么地方。"

马旭龙快步跑来，迅速打开车门，从储物箱中把手机取出来，看了看号码，独自走到一旁的松树林去接听电话了，只听电话里说："哥，是你吗？"

"阿东，你有什么事？不是告诉你不要给我打电话！"马旭龙责问。

"哥，小区里来了很多警察在搜查，我不知道该怎么办了，才给你打电话的。"马旭东心情十分紧张。

"阿东，稳住神，你不要慌，你现在把需要带走的东西准备好，我马上让谭九明去接你。"马旭龙说完，挂断电话，大步走回来。

谭九明低声问："出了什么事？"

马旭龙在谭九明的耳边说："阿东那边去了很多警察在搜查，恐怕他那里不安全了，你马上带鬼子六和麻老四过去，马上带阿东走，你们千万要小心。"

　　谭九明点了点头说："好，我马上就走。"说完，谭九明一招手，带着鬼子六和麻老四钻进了一辆黑色轿车内，轿车冒着一股浓烟向前飞奔出去，转眼驶离了众人的视线。

　　乌丹问马旭龙："龙哥，出了什么事吗？"

　　马旭龙说："没什么事，走，咱们回去。"说完钻进了轿车，晓兰和乌丹也跟着上了车。

　　四辆车风驰电掣地向唐州驶去。

　　马旭龙在前，晓兰、乌丹随后，他们回到了"神龙集团"大厦。

　　马旭龙让晓兰和乌丹二人一起回到他的办公室。

　　马旭龙把办公室的门一关说："外面很乱，你们都在这里老实待着，哪也别去。"

　　忽然，晓兰左脚一瘸，跌倒在了地上。

　　乌丹赶忙将晓兰扶起关心地问："晓兰姐，你没事吧？"然后，她将晓兰扶到沙发上坐下，帮晓兰查看脚腕，只见晓兰雪白的脚腕肿得像个白馒头似的。

　　"我送你上医院吧。"乌丹说。

　　晓兰用可怜的目光看着马旭龙，乌丹对马旭龙说："龙哥，你一向懂得心疼人，你看晓兰姐都伤成这样了，有什么事等回来再说嘛。"

　　马旭龙看着乌丹撒娇的神态，无可奈何地说："你们去吧，不过看完伤马上回来。"

　　乌丹搀扶着晓兰走出了神龙大厦，来到停车场，上了车。乌丹不放心地问："晓兰姐，你能开得了车吗？"

　　"没事，刚才我是故意摔倒的。"

　　乌丹问："为什么？"

　　晓兰："路上再说……"

　　晓兰将车启动，离开了神龙集团大厦。

　　车内，晓兰边开车边说："我已经知道马旭东的下落了，可能谭九明他们要逃走，所以我才脱身出来。"说完，她拿出手机拨通了邱大伟的手机："是邱警官吗？"

　　正在市里执行协助搜捕工作的邱大伟，接到晓兰的电话："是我，你是晓兰吧？"

　　晓兰说："我是晓兰，邱警官，我知道马旭东的藏身地点了。"

　　邱大伟急忙问："在哪儿？"

晓兰说："他在龙福花园小区，可能准备外逃。"

邱大伟说："好！那我马上赶过去。"

晓兰挂断电话对乌丹说："乌丹，你赶快回家把小雨和赵娜接走，抓住马旭东后，就是马旭龙他们的末日到了，现在是最后时刻，不要被他咬伤了。"

乌丹答应了一声，晓兰将车停在了路边。

乌丹下了车，"打的"向家里赶去。

晓兰驾着车往龙福花园小区驶去。

邱大伟接到晓兰的电话后，立即上了自己的吉普车，他掉转车头边往龙福花园小区赶，边给黄涛打电话："黄科长，据我们得到的可靠消息，马旭东藏匿在龙福花园小区，现在可能准备外逃。"邱大伟报告说。

"好，我马上与市公安局取得联系，协助抓捕马旭东，你与我随时保持联系，我们马上赶过去支援你。"黄涛说。

"好。"邱大伟精神为之一振。放下电话之时，龙福花园小区已经到了，邱大伟猛打方向盘拐进了小区内。

在马旭东住的二层小楼内，谭九明、马旭东和梦婕拎着两个皮箱下楼，也已准备好，梦婕问马旭东："阿东，今天怎么突然这么急着要走啊？"

"你就不要问那么多了。"马旭东说。

谭九明骂骂咧咧地说："别他妈的婆婆妈妈，快点走吧！"说完，招呼鬼子六和麻老四上来，将两箱钞票搬上了车。

已是惊弓之鸟的马旭龙手下一行五人，行动慌张，他们忙乱一阵，坐在同一车内，鬼子六开车，麻老四坐在副驾驶位上，谭九明和马旭东在后座上分坐在梦婕的两旁，车子向小区外驶去。

这时，晓兰从小区的另一头驾着车驶了进来，她远远地看见前方的一辆黑色轿车，忙紧踩油门跟了上去，渐渐地她看清了车牌号，没错，是谭九明的车，晓兰在后面慢慢跟着，掏出手机拨通了邱大伟的电话。

晓兰说："邱警官，你在哪里？"

"我就在你的身后，前面那辆车是他们吗？"邱大伟说。

"没错，就是那辆车。"晓兰说。

"这里是市区，人多，他们又都有枪，为了避免伤及无辜，我们得等待机会，看他们走的方向，好像是去唐南，在去唐南区路口的关卡处，我们就行动。"邱大伟胸有成竹地说。

马旭东驾车逃走的路线，走的正是唐南区的路口，不一会儿到了检查站，马旭东、谭九明、梦婕及鬼子六和麻老四下车接受盘问。后面的一辆三菱吉普和一辆白色本田轿车疾驰而至，也紧跟着停在路旁，晓兰和邱大伟分别下车。

晓兰大喊一声："抓住他！他就是马旭东！"

一声娇喊，犹如晴天霹雳一样，惊得马旭东、谭九明等人都是一愣，两旁的武警迅速将几个人围在中间。

谭九明、马旭东、鬼子六和麻老四等人也迅速掏出了枪。

这时，谭九明一把将吓蒙了的梦婕揽了过来，枪口指向梦婕的头部，声嘶力竭地向围在他们周围的公安、武警和邱大伟、晓兰喊道："谁也不许过来，谁敢过来，我就一枪打死她！退后，全都退后。"

公安、武警们面对着几个罪犯，与他们展开了对峙，梦婕吓得浑身发软，向马旭东求救道："阿东，救救我。"

马旭东对谭九明说："九哥，不要杀她。"

谭九明狠狠地骂道："都他妈到了什么时候了，你还顾及这个臭婊子，你不要命了？"

这时，警笛声由远而近，十几辆警车驶了过来，武警、公安迅速下车将马旭东等人团团围在中间，枪口齐齐指向他们，这时市公安局的领导和监狱领导也已赶到。

几位领导了解，研究了一下情况。然后，黄涛走到前面对着马旭东几个人说："马旭东，难道你到了现在还死不悔改？你同广大的人民群众作对，和政府作对，你能有好下场吗？杨队长为你付出了无数心血，而你却恩将仇报，将他们砍伤，难道你连做人的一点最起码的良心都没有吗？我想你也应该清楚我们的政策，我希望你们几个人都放下武器，放开人质，争取政府的宽大处理。"

"黄队长，你什么时候变得这么会骗人了？我做了什么我心里清楚，我一旦放下枪，你们岂能放过我？别废话了，请你们赶快让开一条路，否则的话，我们就先杀了她。"马旭东狂笑着说。

市局领导与监狱领导商量，为了确保人质安全，暂时放行，沿途严密跟踪，等待时机。

这时，邱大伟从黄涛的身边走过来，敏捷地拔下了黄涛的枪，将自己的枪别在后腰间，走到马旭东的面前说："马旭东，你算什么汉子？拿个女人来保护自己，如果你还是个男人，你把她放了，我跟你们走。"

谭九明嘿嘿一笑说："怎么？你还想来一个英雄救美是吧？"

　　这时，黄涛挺身上前说："用我来换人质。"然后，黄涛对邱大伟说："大伟，你年轻，是个人才，将来还有很多事需要你去做，还是我去吧。"

　　邱大伟拨开黄涛说："不行，黄科长，正因为我年轻，身体素质好，还是我去吧。"

　　见俩人互相推让，马旭东讽刺说："邱警官、黄队长，你们俩谦让什么？谁来都一样。"

　　谭九明看着邱大伟说："你就是那个邱大伟吧？"

　　"我就是邱大伟，不知你有何指教？"邱大伟挺身而出说。

　　谭九明咬牙切齿地说："早就听说过你，两次车祸，都没要了你的小命，今日才得相见，果真是个汉子，那好，就由你来换这个臭婊子吧，让你这个警察当人质，老子更安全，把枪扔掉，过来吧。不过我可告诉你，别耍花样，老子的枪子可是不长眼的，别你到了阎王爷那儿，说我谭九明没有提醒你。"

　　邱大伟把手里的枪扔到地上，双手抱着头向马旭东他们慢慢地走过去。

　　马旭东和谭九明冷森森的枪口都指向邱大伟，谭九明放开梦婕。

　　已被吓傻了的梦婕，双腿发软，哆哆嗦嗦地一步一步挪到公安人员的一边。晓兰搂着梦婕不住地安慰她，谭九明用枪抵着邱大伟的头，一步一步向自己的车旁靠近。

　　公安、武警枪口对着他们一步步后退，鬼子六打开车门刚要钻进车内。

　　这时，晓兰突然喊道："不能放他们走！"

第三十九章　危急关头

一首电影《便衣警察》主题曲《少年壮志不言愁》，经久不衰，其魅力就在于歌词歌曲，以及演唱者艺术家刘欢真实地艺术地再现了人民警察危急关头挺身而出的大无畏牺牲精神……

一声女性的呐喊，不亚于晴天霹雳，把马旭东与谭九明吓得心中一惊，险些坐在地上，一齐朝晓兰望去，说时迟，那时快，邱大伟迅即拔出后腰间的枪，左手将谭九明指向自己的枪口往上一托，右手迅速拿枪对着鬼子六和麻老四射出了正义的子弹，然后又对着马旭东开了一枪，两声清脆的枪响结束了鬼子六和麻老四的生命。

马旭东的左肩头挂了彩，谭九明和马旭东立即反应过来，对准邱大伟开了枪。"啪、啪……"邱大伟身中数枪，马旭东和谭九明还在不停地向邱大伟射击。

这时，一排排的子弹打在了马旭东和谭九明的身上，两人身体扭曲着倒在了地上，谭九明、鬼子六和麻老四罪恶的生命就这样彻底的结束了，马旭东身负重伤，奄奄一息。

就在邱大伟身中数枪，摇晃着身躯将要倒地的时候，驾车赶来的马旭阳刚好看到了这一幕，马旭阳扒开人群，不顾一切地跑向邱大伟，嘴里大声喊道：

"大伟！大伟！大伟！……"

马旭阳用自己的身体架住邱大伟，两人摇晃了一下，一起倒在了地上，马旭阳看着满身血污的邱大伟，撕心裂肺地哭喊着："大伟，你不能死啊！大伟，你睁开眼看看，我是旭阳啊！你不能就这样离开我呀！"

搀扶身负重伤的邱大伟的马旭阳，身上也沾满了斑斑血迹，她紧紧地抱住邱大伟的头，哭得跟泪人一样。

这时，一批武警冲上来，将马旭东团团围住。

监狱长高天宇、狱侦科科长黄涛和晓兰冲到邱大伟身边。

邱大伟已经是满身鲜血，嘴角不住地往外流着血，高天宇和黄涛蹲下身来不住地喊着邱大伟的名字，晓兰也已哭得跟泪人似的。

忽然，邱大伟慢慢地睁开了眼，黄涛攥着邱大伟的手，邱大伟嘴唇轻轻动了动，吃力地说："黄科长，我没有给监狱警官丢脸吧？"

"大伟，你是好样的。"黄涛说。

邱大伟痛苦地笑了笑说："只可惜我不能……"

"大伟哥，你不会有事的，我还要参加你和聂荣花的婚礼呢！"马旭阳哭着说。

邱大伟咽了口鲜血，吃力地说："旭阳，替我告诉荣花，我爱她！"

邱大伟说到这里，头一歪紧紧地闭上了双眼。

马旭阳哭着说："大伟哥、大伟哥，你醒醒啊！你不能死啊！你不要离开我！"

周围站满了公安、武警战士，默默地看着这悲壮、英勇、痛苦、感人的一幕，无不眼含热泪，高天宇、黄涛以及在场的所有公安、武警战士们都摘下帽子向英雄致礼，把枪口指向天空，为英雄的人民狱警鸣枪敬礼……

在唐州市委书记吴成彬的办公室，吴成彬拿起电话一脸严肃的表情，吴成彬对着电话听筒大声说道："是公安局高局长吗？"

"吴书记，是我。"电话里说道。

"我命令你，马上带人逮捕刘长瑶和谭云海，将一切涉案人员全部抓获，执行吧。"吴成彬说。

这边，市委书记的电话刚刚结束，市内公安、武警系统全部出动。一辆辆警车鸣着警笛，闪着警灯，一辆辆军车上是荷枪实弹的武警官兵和头戴防暴头盔的防暴队员。

各路公安人马一同出击，将神龙集团的各个公司团团围住，进行全线收网，将马旭龙的黑恶势力爪牙一网打尽……

一个个身穿五颜六色衣服的黑恶势力成员，被押出大厦，推上警车，等待他们的将是法律的严惩。

在神龙大厦前，十几辆军车、警车戛然而止，全副武装的公安、武警迅速跳下车，将"神龙大厦"的各个出入口都封锁住了。

大厦的正门口，几十只枪口对准那里，一排公安、武警战士手里端着冲锋枪，快步跑进神龙集团大厦将马旭龙的爪牙一个个押走。

在马旭龙的办公室内，一个保镖急匆匆地奔进，向马旭龙报告情况："马总，情况不妙，我们被公安包围了。"

马旭龙强作镇静地说："慌什么，你先出去。"

保镖退了出去，马旭龙倒了一杯酒，端起来。

这时，房门被撞开，十几名公安干警冲了进去。

马旭龙喝了一口酒，对着他们，故作镇定地说："各位驾临我公司，不知有何公干呢？"

为首一名公安掏出逮捕令，向马旭龙宣读："马旭龙，你因涉嫌杀人、抢劫、贩毒、走私、伤害、强奸等罪名，被唐州市公安局依法执行逮捕。"

两名公安人员跨步上前，将明晃晃的手铐戴在了马旭龙的手上。

直到此刻，马旭龙还不死心，装腔作势喊："我抗议，你们有什么证据逮捕我？我可是唐州市的著名企业家、人大代表、政协委员，你们要对自己的行为负责。"

公安干警说："以后你就会知道我们有什么证据了，带走！"

两名公安押着马旭龙上了警车，警车鸣着警笛呼啸着开走了。

海东监狱的广场上空，阴云密布，空气中凝结着一股闷热的气浪，广场上监狱全体干警，警容严肃、面向主席台。主席台前，英雄的人民狱警邱大伟的遗体被安放在正中，面容依然那样英俊、安详，仿佛只是暂时进入了梦乡。

主席台下一排排花圈列两旁，主席台上的横幅写着"沉痛悼念邱大伟同志"。哀乐声声，弥漫广场，直冲云霄，仿佛在向上天哀叹。

监狱长高天宇站在灵棚前，安慰着已哭成泪人的聂荣花。

聂荣花将准备好的婚纱穿在身上，伏在邱大伟的遗体上，痛哭不止，众人好不容易才将聂荣花劝慰得暂时安静了些，这时哀乐声停了下来。监狱长高天宇站在主席台前说："邱大伟同志追悼大会现在开始，首先由狱侦科黄科长致悼词。"

黄涛悲痛地念道："邱大伟同志，男，汉族，1974 年 3 月 20 日出生在唐州市路南区，1995 年从省警察学校毕业，分配到海东监狱从事狱侦工作，邱大伟同志的一生是光荣而伟大的，他不愧为一名好警察，一个人民的好儿子，他的精神将永垂不朽。"接着监狱长高天宇宣布："经司法部批准，追认邱大伟同志为革命烈士。下面举行告别仪式。"哀乐声随即又响彻云霄。

曾经同邱大伟一起工作战斗过的同志们一排接着一排，有秩序地来到邱大伟的遗体前，向英雄的遗体鞠躬告别，告别仪式结束后，就该将英雄的遗体进行火化了。

聂荣花撕心裂肺地哭着，抱着邱大伟不肯放手，身旁的政委聂清华、监狱长高天宇、狱侦科科长黄涛及在场的所有人都暗自垂泪。聂清华和晓兰上前将聂荣花搀扶起来，聂荣花对聂清华说："爸爸，女儿有件事要对你说。"

"荣花，有什么事你就说吧。"聂清华说。

"我要履行与大伟的诺言，马旭东的事结束了，我们俩该举行婚礼了，爸爸你同意吗？"聂荣花说。

聂清华眼含着泪水点了点头。

聂荣花将为邱大伟准备好的新郎小红花别在了邱大伟的胸前，自己将婚纱整理了一下又将邱大伟的遗体扶坐起来，自己坐在了邱大伟的旁边，一只手扶着邱大伟的肩膀，一只手拿着两人的结婚书，将头靠在邱大伟的肩膀上，聂荣花悄声说："大伟，今天咱们结婚了，我是你的妻子啦，来，咱们再照最后一次相，我陪着你，以后你再也不会孤单了。"

目睹此情此景，周围的人无不痛哭流泪。最后，邱大伟的遗体被拉走了，在海东监狱外的公路上越走越远，逐渐消失在地平线上……

数日后，乌丹来到海东监狱探望田二亮。

田二亮见到乌丹后高兴地对乌丹说："乌丹，你知道吗？队长为我呈报了减刑，我马上就要新生了。"

"真的？在哪一天？"乌丹说。

"下个月十二号，我和赵刚同一天出监。"田二亮说。

"太好了！我再等你一个月，我们就可以天天在一起了。现在，我和晓兰姐、赵娜姐一起在做洗衣店的生意。二亮，你回去以后就和我们一起干吧。"

"乌丹，洗衣店的活是你们女人干的，我一个大老爷们笨手笨脚干不好，赵刚我们两个已经合计好了，出去以后，我们两个开出租车去。"

"二亮，你知道吗？赵刚和晓兰姐决定在赵刚出狱的那天举行婚礼，我们能不能也在那一天举行婚礼呀？"

田二亮摸着乌丹的头动情地说："要不是我被抓进监狱，你早就名正言顺地成为我的妻子了，害得你受了那么多的委屈。"

"二亮，那个害你进来的马旭龙已经被抓起来了，是晓兰姐和我一起找到的他的犯罪证据，我为你报仇了。"乌丹骄傲地说。

"乌丹，谢谢你对我的一片真情，要是我田二亮以后有什么对不起你的地方，我就……"

乌丹捂住田二亮的嘴说:"我不要你发什么誓,只要你真心对我就行了。"

"乌丹,你放心,我会的。"田二亮说。

"那你同意那天我们也举行婚礼吗?"

"我当然同意,只是我在里边帮不上你什么忙啊。"

"你同意就行了,别的你就不用操心了,安心地等着做你的新郎官吧。"

在押犯们期盼许久的减刑大会,5月12号终于到了。那一天,太阳老早地从东方升了上来,驱散了黑暗,送来了黎明。监狱的广场上,十几名押犯在紧张有序地准备着减刑大会的会场。会场主席台上边的大横幅已经拉好,上面写着"海东监狱第八批减刑大会"。上午七点半左右,广场上空响起了震耳的口号声,各中队的押犯在队长的带领下,汇集到广场上。

监狱领导纷纷进入会场,监狱长高天宇主持减刑大会。减刑大会别具一格,程序从简,却有崭新内容。他走到麦克风前,隆重宣布:"海东监狱第八批减刑大会现在开始。"然后,他掏出减刑名单,高兴地说道:"这次,我监狱共有56名服刑人员因改造积极被减了刑,又有30人减去余刑获得新生!"随后,高天宇把减刑人员的名单念了一遍,然后减刑人员代表赵刚走上主席台来发言。

赵刚今天已换上了一身崭新的西服,他走到主席台的中央对着台下的2000多名服刑人员感慨地说:"大家好,我叫赵刚,这批减刑后我就新生了,以前由于自己不懂法,一时冲动而使自己走上了犯罪的道路,当时我万念俱灰,妻子也离我而去,丢下了年幼的女儿,是人民政府、是管教队长,还有人民狱警苦口婆心的教育挽救,唤醒我内心的良知,通过自己的积极改造,我获得减刑,得到了新生,今天是我走向社会的第一天,也是我赵刚结婚的大喜日子,和我一样,今天要举行婚礼的还有我们中队的田二亮。"

台下的所有服刑人员热烈鼓掌,一片欢腾。

监狱长高天宇说:"有请新人田二亮,证婚人黄涛、吴志强到台上来。"

接着广场上响起了欢快的音乐,田二亮穿着崭新的西服,黄涛与吴志强穿着笔挺的警装,阔步走到主席台上,黄涛与吴志强分别为赵刚和田二亮在胸前别上了新郎的彩绸,赵刚与田二亮向两位队长深深地鞠了一躬,台下爆发出一阵阵热烈的掌声,赵刚和田二亮拿着喜糖往台下的人群中使劲地抛撒。

"减刑大会到此结束。下面请各中队的队长把队伍带到大门外,准备迎接新娘的到来。"高天宇宣布道。

随后各中队服刑人员在队长的带领下喊着口号走到监狱的大门外，整齐的队伍在大门口一直排到武警检查站，人群站在道路的两侧，中间让出一条通道，准备让新娘通过，大门外彩带与气球飘扬，值勤武警手持冲锋枪，一派特殊的欢乐景象，人们在兴奋地期待着。

不一会儿，在通往监狱的马路上出现了一支车队，每辆车上都贴着大红的喜字，车的后视镜上挂着红色的气球，车队前边两辆装饰漂亮的花车在前边带路，车队越来越近，通过石桥，过了检查站，从人群中驶过，人们欢呼雀跃，不住地向车上扔彩色的纸花。

田二亮、赵刚、黄涛、吴志强和众位监狱领导兴奋地等在大门外，此时挂在大门上的鞭炮齐鸣，车队在大门前停下，晓兰和乌丹穿着雪白的婚纱，分别从两辆花车上走下来，微笑着向几位监狱领导鞠躬。监狱长高天宇说：

"恭喜你们，祝你们白头偕老、百年好合。"

"高监狱长，谢谢您。"晓兰说。

然后，高天宇提议大家照一个合影，在大门口，黄涛和吴志强等人站在前排两边，晓兰与赵刚、乌丹与田二亮站在前排中间，高天宇及其他几位领导在后排，他们一起合影留念。

晓兰拿着麦克风激动地说："首先，我要感谢党、感谢政府、感谢这么多好心的队长，是他们付出了血汗，把赵刚培养成了新人，使他和我获得了幸福的生活，我在此对大家表示深深的谢意。"晓兰接着说道。"现在仍在服刑的朋友们，你们的亲人在期盼你们早日回家，我坚信你们都是可以改造好的，只要你们悔过自新，积极地改造，新生的曙光就会向你们招手，美好的明天会向你们招手，为了这些美好的希望，朋友们努力吧！"

晓兰的话极大地鼓舞了全体服刑人员，掌声如潮地响起来，紧接着高天宇为两对新人致贺词：

"今天，两位曾在我监狱服刑的新生人员幸福地走进了婚姻的殿堂，我代表监狱党委和全体干警祝两对新人比翼双飞、永远幸福、永远快乐。"

全场人员再次为他们鼓掌祝福，随后新娘与新郎互相挽着手上了婚车。

车队在人们的欢呼声中缓慢驶过，晓兰、赵刚、乌丹、田二亮向欢呼的人群挥手致意。

车队缓慢驶过检查站，驶过石桥，离监狱越来越远，渐渐地消失在人们的视线中……

送走新婚的人们，高天宇走到黄涛和吴志强跟前，拍着两人的肩膀说："什么时候也让我喝你们的喜酒啊？"

"高监狱长，不用急嘛，您还怕没有喜酒喝吗？我听说黄科长与吴老师现在可是如胶似漆，黏手得很哪。"吴志强笑着说。

"别老是眼睛盯着别人，你和海燕不也是难舍难分吗？"黄涛笑着对吴志强说。

两人相视，都开心地笑了。

天刚蒙蒙亮，在海东监狱严管队的小号里，一个人趴在桌上写着什么。

原来是杜青云在写着遗书，他边写边流泪……

写完后双手拿起来仔细地看着，只听杜青云悲切的声音读着："尊敬的监狱政府警官，你们好，这是用我悔恨的每一滴眼泪写成的遗书，也许你们根本就不会相信，像我这样一个从骨子里都充满了邪性的人，一个曾经伤害过很多无辜的百姓，而没有半点同情心的人也会流眼泪。也许你们不会相信，像我这样一个长期抗拒改造，甚至越狱杀人的狂徒，会有一天说出忏悔的话来。无论你们现在怎么看待我，相信不相信我说的话，这已经不重要了，我只是想在我即将离开这个世界之前，把我最想说的话都说出来，不然的话，我不能安心地走。如果你们认为我留下的话会对有些人有用处，那么我恳求你们，把我留下的几句话，告诉还在这个世界上活着的人。人生一世，什么应该是最重要的，那么我要告诉你，人的生命和自由是最重要的。什么样的人是最好的人，那么我对你说，勤劳和善良的人是最好的人……"

杜青云动情地读着自己的遗书，早已泪流满面。

忽然，小号的铁门一响，只见黄涛带着刘大虎送饭来了。

杜青云从床上站起来，拖着沉重的脚镣"哗啦、哗啦"地朝站在门口的黄涛走了过来，杜青云走到黄涛面前，斜眼看了看刘大虎端进来的饭菜，苦笑了一声对黄涛说："黄科长，今天给我加了菜，对我这么施舍，是不是今天要送我上路啊？"

"杜青云，既然知道今天给你加了菜，还是多吃一口吧，别亏了自己。"黄涛没有回答他的问话，岔开话题。

"黄科长，难得你在我临走之前还这么关心我，多谢啦。如果还有来世，我会好好做人，跟你交个朋友的。"杜青云深知，自己罪孽深重，难逃一死。

"杜青云，你的遗书写好了吗？"黄涛问。

杜青云双手举着遗书递给了黄涛说："黄科长，我想说的都写在纸上了。"

黄涛把杜青云的遗书拿在手上看了看说："杜青云，你吃饭吧，待会儿我来找你。"

杜青云"哎"了一声。

陌生救赎

黄涛带着刘大虎走了以后，杜青云看着地上放着的肉菜和白米饭，没有去动口，而是用心地开始整理自己的遗容。不一会儿，只听小号的铁门又"哗啦"地响了一下，杜青云本能地浑身一哆嗦，回头一望，只见小号的铁门已被打开，黄涛紧绷着脸，在黄涛的身后站着两名全副武装的法警。两名法警迅速走进小号里，按着杜青云的双肩，随着"哗啦、哗啦"的脚镣声，杜青云被带出小号。杜青云被押进了一间询问室。室里早已站着几位表情严肃的法官。只听一名法官说道："我们是省高院的，请你回答我们下面的问话。"

"是。"杜青云回答。

"你的姓名？"这名法官接着问道。

"杜青云。"杜青云痛快地答道。

"年龄？"法官问。

"37岁。"杜青云说。

"籍贯？"法官问。

"唐州市，路北区……"杜青云回答。

随着法官的询问，杜青云心里非常明白，执行法官是对他验明正身，履行最后一道手续。此时，杜青云的大脑一片空白，虽然眼前的一幕是他预料之中的，但是他还是觉得这一天，似乎来得太快了，法官宣读着对杜青云的裁定书。

杜青云正在愣神，法官的最后一句话惊醒了杜青云："遵照高级人民法院院长下达的执行死刑令，现对被告人杜青云依法执行死刑。请你签字。"

此时，杜青云双腿一软，手哆嗦着，脸上充满了悔恨的表情，眼里噙满了泪花，他犹豫了一下，然后拖着"哗啦、哗啦"的沉重脚镣，勉强支撑着走到几位法官面前，拿起法官递过来的笔，在雪白的死刑判决书上，哆哆嗦嗦签上了自己的名字，一滴滴眼泪滴在执行死刑令上，此刻，他恨……他悔……但一切都晚了……

第四十章 救赎灵魂

走向新生，是刑满在押犯梦寐以求的夙愿。为了这一天的早日到来，人民狱警不知要耗费多少心血，他们的家人也不知要费多少口舌，他们也不知要付出多少劳动……

又是一年秋风色，又是果实累累，收获的金秋。

这一天，是刘永和新生出狱的日子，也是黄涛与吴玉华、吴志强与刘海燕新婚大喜的日子，这一天阳光和煦，秋风宜人，在海东监狱的广场上，一派喜气洋洋的气氛，主席台上大幅标语贴着一排金光闪闪的大字："恭贺新婚之喜。"主席台的两侧墙壁上分外醒目地贴着斗大的喜字。广场上空飘扬着悠扬的乐曲，军歌声中，各中队的服刑人员跑步进入广场整齐的脚步声，口号声和军歌声形成和谐的节拍，待2000多名服刑人员、200多名警官及新亲家属100多人全部入场后，副监狱长梁启明说："下面我宣布，海东监狱警官黄涛同志与吴玉华同志，警官吴志强同志与刘海燕同志新婚典礼现在开始！"

台下爆发出热烈的掌声，梁启明继续说："下面有请中共唐州市委书记吴成彬同志和海东监狱监狱长高天宇同志上台。"

这时，伴着欢快的乐曲声，吴成彬和高天宇走上了主席台就座，全场掌声雷动，随后梁启明宣布："下面有请吴书记讲话，大家热烈欢迎！"

吴成彬走到台前的麦克风前，满面春风地说："今天，我特别的高兴，为什么呢？首先，我为能参加这样一个别开生面的婚礼而高兴，我为我们国家今天监狱事业的发展和取得惊人的成绩而高兴，我为我们那么多辛辛苦苦奋斗在教育改造战线上的优秀监狱干警们，能有一个幸福美满的家而高兴，同时我也为我的女儿，能嫁给我们的优秀监狱警官，并与监狱警官攀上亲而高兴。"

这时，台下人报以热烈的掌声……

吴成彬激动地说:"今天,我还以市委书记的身份,代表全市680万人民向他们表示祝贺,我以一个新亲代表的身份,祝愿他们相亲相爱、美满幸福。"

台下又一次爆发出热烈的掌声……

吴成彬继续讲道:"同时,我希望我们的广大监狱干警再接再厉,热爱自己的神圣事业,继续为国家、为人民做出自己更大的贡献,党和人民理解你们,支持你们,热爱你们。"

这时,台下又爆发出经久不息的掌声……

随后,吴成彬又语重心长地说:"借此机会,我也想与台下的服刑人员说几句知心话,你们的过去曾经给社会和自己的家庭造成了很大的危害,但是党和政府没有抛弃你们,而是正在全力地挽救你们,我们的许多监狱干警为了你们能早日成为社会的新人,呕心沥血,对你们进行教育感化,希望你们早日成为有用之才,回报社会,国家的建设在等待着你们,亲人的目光在期盼着你们,我相信你们在党的政策感召下,在监狱警官的教育帮助下,在亲人们的无限关怀下,你们大家都能够积极地改造,早日获得新生,你们的前途是光明的,你们的未来是美好的!"

台下的众多服刑人员听了吴成彬动人的讲话,都眼含感动的热泪,向吴成彬报以雷鸣般的掌声……

"下面有请海东监狱监狱长高天宇讲话。"梁启明宣布道。

高天宇走到麦克风前高兴地说道:"首先,我代表海东监狱党委对吴书记的到来表示热烈的欢迎。"

台下掌声再次响起……

高天宇接着说:"我们的监狱事业在党的正确思想指引下,在我们广大监狱干警与时俱进,团结奋斗的共同努力下,在地方党委政府和广大人民群众的大力支持下,监狱事业正在健康地向前发展,国家在财力上给予了大力投入,极大地改善了监狱干警的工作条件和生活条件,极大地改善了服刑人员的生活条件、学习条件和劳动条件,广大监狱干警学习'三个代表',践行'三个代表',构建和谐社会,正在努力加强学习,提高自身素质,用崭新的精神面貌,投身挽救失足人生的监狱事业,我相信在座的服刑人员,会更加珍惜今天拥有的良好改造环境,我衷心地祝福你们,在今后的改造道路上,都取得更大的成绩。"

这时台下掌声经久不息……

随后梁启明高兴地说:"下面有请新郎黄涛、吴志强,新娘吴玉华、刘海燕到台上来。"

欢乐的音乐声再次响起……

只见黄涛、吴志强穿着笔挺的警服，各自挽着心爱的恋人，面带微笑，喜气洋洋地走上台来，两对新人首先向台下坐着的各位领导三鞠躬，然后，转身向台下的人挥手致意。

接着梁启明宣布："下面有请吴志强、刘海燕的新婚证婚人吴书记，黄涛、吴玉华的新婚证婚人高监狱长，为新婚人颂贺词。"

吴成彬和高天宇笑容满面地走到两对新人面前，各自打开新人的结婚证，吴成彬念道："新郎吴志强、新娘刘海燕自由恋爱，经唐州市路南区民政局颁发结婚证，结成终身伴侣，合法有效，祝你们永远幸福，白头偕老。"

高天宇接着打开结婚证高兴地念道："黄涛、吴玉华自由恋爱，经唐州市路南区民政局颁发结婚证，结成终身伴侣，合法有效，祝你们永远幸福，相爱一生。"

宣读完毕，台下又爆发出热烈的掌声……

全场人为两对有情人终成眷属表示衷心的祝贺。

接着梁启明说道："今天是刘海燕新婚大喜的日子，也是她父亲刘永和获得新生的大喜日子，下面有请双方亲属代表上台！"

只见吴玉华的母亲杜校长，原海东监狱党委书记马玉清、刘永和、陈芳欢欢喜喜地走上台来，杜校长站在吴成彬和马书记旁边，陈芳站在刘永和和高天宇旁边，马玉清作为黄涛的亲属代表，高天宇作为吴志强的亲属代表，接受两对新郎、新娘的敬拜。

只听梁启明说："下面请新郎、新娘向双方家长拜礼。"

黄涛、吴玉华站在吴成彬、杜校长、马玉清面前，吴志强、刘海燕站在陈芳、刘永和、高天宇面前，同时鞠躬，礼毕。

全场掌声不断……

"双方亲属代表请到台上来照全家福。"随后梁启明宣布。

这时，广场上又响起了欢快的乐曲声，伴着欢快的乐曲，李涛、刘军、喜妹、铁蛋、林海生的母亲、胡桂荣、李秀芝、胡小玉、黄小娟、晓兰抱着小雨、赵刚、赵娜、田二亮、乌丹、聂荣花、杨明贵、高伟、身穿囚服的刘大虎等人陆续走上台来。

大家分别在吴成彬和高天宇两边站好，留下了热烈美好的微笑，拍完照后，梁启明高兴地宣布："新婚庆祝活动现在开始！"

顷刻，只见整个广场四周鞭炮齐鸣，五彩的纸花漫天飘洒，台上的新郎、新娘和亲属用力向台下抛撒喜糖、纸花，优美的音乐伴着喜庆的鞭炮声，伴着飘舞的纸花，伴着所有人幸福的微笑，整个狱城充满了欢乐的气氛……

以马旭龙为首的犯罪团伙被一网打尽，押上了法律的审判台，在庄严的法庭上，审判长正在高声宣读判决书，被告席上依次站立着马旭龙、马旭东、谭云海、刘长瑶、杜美丽等十几名马旭龙的同案犯。

审判长说道："罪犯马旭龙，犯故意杀人罪、行贿罪、组织妇女卖淫罪，经唐州市中级人民法院审理结案，报请最高人民法院核准，判处罪犯马旭龙死刑，剥夺政治权利终身，立即执行。"

审判长接着说道："罪犯马旭东，犯故意杀人罪、越狱脱逃罪，经唐州市中级人民法院审理结案，报请最高人民法院核准，判处罪犯马旭东死刑，剥夺政治权利终身，立即执行。"

审判长继续说道："罪犯谭云海，犯故意杀人罪、受贿罪，经唐州市中级人民法院审理结案，判处罪犯谭云海有期徒刑十五年，剥夺政治权利三年。"

审判长瞟了一眼站在被告席上的刘长瑶，继续宣读着判决书："罪犯刘长瑶，犯受贿罪、泄露国家机密罪，经唐州市中级人民法院审理结案，判处罪犯刘长瑶有期徒刑十二年，剥夺政治权利三年。"

"罪犯杜美丽，犯协助组织妇女卖淫罪，经唐州市中级人民法院审理结案，判处罪犯杜美丽有期徒刑四年……"

宣判完毕，马旭龙和马旭东被全副武装的法警带出法庭，押上囚车。

街道上，囚车的前面是两辆开道的警车，囚车后面的两辆车站满手持冲锋枪的武警，呼啸的警车穿过市中心的楼房、街道，在人山人海的路人注视下，在人们的一片唾骂声中，罪恶累累的马氏兄弟被游街示众。

胡桂荣、李秀芝和女儿小玉也在观望的人群中，胡桂荣对李秀芝说："秀芝，你看那个不可一世的马旭龙也低着头呢。"

"我在马旭龙的酒店上班，挨了别人的打，他连管都不管，这个黑心的家伙。"李秀芝说。

小玉也站在一旁对李秀芝说："妈妈，那两个人谁是马旭龙？"

李秀芝用手一指说："在第一辆车上站着的那个人就是马旭龙。"

小玉听完后，冲着马旭龙狠狠地吐了一口说："呸！大坏蛋。"

"秀芝，今天宣判马氏兄弟，我们黄队长肯定也来了，我看是不是把黄队长叫到我们饺子馆来，吃顿我亲手给他包的饺子。"胡桂荣说。

"那你怎么和黄队长联系呀？"李秀芝说。

胡桂荣嘿嘿一笑，从兜里掏出了手机说："我知道黄队长的手机号。"

这时，小玉也抱着胡桂荣说："爸爸，我也知道小娟姐姐的电话号码，我也给她打个电话，让她也来我们饭店吃饺子吧。"

"好、好，快给小娟姐姐打……"胡桂荣说。

一路上，行刑车队呼啸而来，纷纷停在荒凉、空旷的河滩上。

马旭龙和马旭东被押到法场后，四名法警分别把马旭龙和马旭东架下车，快步走到已经挖好的两个小土坑前，把马旭龙和马旭东按倒跪下。

此时的马旭龙一脸木然的表情，在那将诀别人世的瞬间马旭龙先扫视了一眼蔚蓝的天空，似乎在他的内心还在留恋这个五彩的世界。

然后，马旭龙收回目光，用眼斜视着跪在不远处的马旭东，此时的马旭东正在用一种绝望的眼神看着马旭龙，哥俩的目光相碰的刹那，马旭东突然流下了眼泪，马旭龙不知弟弟的眼泪是悔还是恨，马旭龙不敢再看下去，也不愿再想什么，马旭龙知道一切都完了，闭上眼睛静静地等死。

"叭、叭"两声正义的枪响，马旭龙和马旭东这两个罪恶累累的恶魔，永远地离开了人间。

从执行完马旭龙和马旭东的刑场回来，黄涛驾驶着三菱吉普车往市里赶，心想着马旭东的事总算彻底地了结了，也该回家好好陪陪自己心爱的妻子，坐在一起吃顿安稳饭了。车内，忽然，手机响了起来，黄涛拿起手机说道："你好，我是黄涛。"

电话是胡桂荣打来的，胡桂荣说："黄队长，我是胡桂荣。"

黄涛惊喜道："啊，是胡大哥。"

"刚才我打了好几遍，你的手机一直关着。"

"胡大哥，有什么事吗？"

"啊，也没什么事，我是想如果你有空，请你带着弟媳妇和小娟来我的饺子馆吃顿饭。"

"胡大哥，你真的开上饭店啦？在什么位置？"

"胜利路，叫'天天饺子馆'。"

"太好了，恭喜你发财。"

"你嫂子秀芝，跟晓兰她们合伙开了几年洗衣店，攒了几万块钱，这不，我们两口子就拿这钱垫本开了一家小饺子馆，生意挺火的。"

"那太好了，我马上就上你那儿吃顿饺子去，顺便给你买块镜匾送过去，祝贺祝贺。"

"那好吧，对了，黄队长，请你顺便把弟媳妇和小娟也接过来吧。"

"好，我带她们去。"

这是新婚不久的居民单元房，黄涛回到家里，一按门铃，小娟忙高兴地对吴玉华说："妈妈，爸爸回来了。"

小娟去开门，黄涛笑呵呵地走进屋里，高兴地对吴玉华说："玉华，今天我彻底把马旭东这个坏蛋送走了，我终于可以回家好好陪你几天啦。"

吴玉华挺着个大肚子说："你呀，嘴上说得好听，在家陪我几天，单位有一点事你就又坐不住，跑得没人影了，还好有女儿小娟给我做伴，要不我又得自己守着个空房子，饭还得自己做，我自己挨饿不要紧，现在可是俩人挨饿。"

黄涛忙说："对了，玉华，今天咱们不用做饭了，我带你们娘俩吃饺子去。"

"爸爸，你是不是带我们去胡伯伯的饺子馆去吃啊？"小娟插话说。

"你怎么知道的？"黄涛忙问。

"刚才小玉已经给我打过电话了。"小娟说。

"那我们就赶紧去吧，别让人家等急了。"黄涛说。

"黄涛，你自己去吧，我和小娟就不去了。"吴玉华说。

"为什么呀？"黄涛问。

"你看我挺着个大肚子，去也不方便，去了还给人家添乱，等孩子生下来以后，我再去给他们一家子祝贺去。"吴玉华说。

"也好，小娟，你在家里照顾好妈妈，爸爸自己去。"黄涛一听说道。

"爸爸，你快去吧，我会照顾好妈妈的。"小娟说道。

楼下花坛前，黄涛下了楼，掏出手机给杨明贵打电话。电话接通后黄涛说："老杨吗？我是黄涛。"

"是我，黄涛，今天怎么想起我这老家伙来啦？"杨明贵问。

黄涛："老战友、老同事，什么时候也忘不了你呀？我跟你说，胡桂荣开了一家饺子馆，咱俩道个喜去。"

杨明贵："好哇！我去。黄涛，咱俩就空着手吃人家的饺子去呀？"

黄涛："我给胡桂荣买了一块镜匾送过去。"

杨明贵："黄涛，我就不整那些虚的啦，我就来点实在的，正好，我这几天运气好，钓了好多鱼，给胡桂荣送几条去，既实惠又吉利，开业大吉，年年有余（鱼）嘛！"

"好，就这么办，我马上去接你。"

黄涛接上杨明贵，俩人一起来到了胡桂荣的"天天饺子馆"，俩人刚停下车走下来，小玉忙跑过来高兴地喊着："黄叔叔！杨伯伯！我爸爸让我站在这里等着你们呢。"

"小玉就是懂事。"黄涛说。

黄涛、杨明贵随小玉进了小饭店，黄涛一看，食客还真不少。

这时，胡桂荣和李秀芝都高高兴兴地迎了过来："欢迎，欢迎，欢迎二位队长大驾光临。"胡桂荣忙伸出手来，与黄涛和杨明贵热情握手。

"胡老弟，你是说干就干，已经把生意做得这么火了，恭喜发财呀！"杨明贵说道。

"我们家的老胡啊，要不是以前瞎胡来，我们家的这个小饭馆早开张了。"李秀芝接过话来说。

胡桂荣推了一把李秀芝说道："你别哪壶不开提哪壶，当着矮子说短话。"

胡桂荣说完，几个人哈哈大笑起来。这时，只见两位小姐走了进来，着急地对胡桂荣说道："胡老板，我们李总吃了你包的饺子，说特好吃，今天派我们来让你给我们包好 50 斤饺子带走。"

"要那么多？"胡桂荣说道。

"我们李总说了，胡老板包的饺子好吃，今天他请全公司的职员都吃饺子，为胡老板做做广告宣传，大伙都等着吃呢。"一位小姐说。

"请问小姐，你们是哪家公司的？"黄涛问道。

"我们是赛德公司的。"这位小姐说道。

"你们的李总是不是叫李涛？"黄涛又问道。

"你怎么知道我们李总的名字啊？"这位小姐笑着回答说。

"我不但知道你们李总的名字，我还知道你们的副总叫刘军，对不对呀？"黄涛也笑着说道。

"你们李总、刘总，不但是我的老朋友。"黄涛指了指胡桂荣说道，"他们也是胡老板多年的老朋友了。"

"既然你们李总对胡老板有这份好意，大力捧场，那我们就成全他的心愿，来，我们大家一起帮胡老板包饺子去。"黄涛说完，与杨明贵两个人，都伸胳膊、卷袖子地要动手去厨房帮着包饺子，只听有人在他们身后说道："黄队长、杨队长，不劳你们二位了，我不是已经把帮着胡老板包饺子的人给派来了吗！"

众人回头一看，只见李涛和刘军满脸欢喜地走了进来，黄涛高兴地说："怎么，李涛，你也学会给人当托了？心眼够多的。"

黄涛话一出口，大家都开心地笑了。

城市街道上，赵刚正开着出租车拉客人，车载对讲机响了，只听对讲机里说："赵刚，我是田二亮，你在什么地方？"

"二亮，我在红旗大街，正往火车站赶。"赵刚拿起对讲机说。

"赵刚，我在火车站广场上的站前饭店呢，你过来吧，咱哥俩今天坐在一起喝一顿，高兴高兴。"田二亮说。

"有什么高兴事啊？喝完酒我们不拉客啦？"

"不拉了，今天咱哥俩喝个痛快，喝完酒就回家抱着媳妇睡觉去。"

"二亮，啥事让你这么高兴啊？难道是捡钱了？"

第四十一章　善恶报应

一个人，一个社会，如果不能做到与时俱进，就要落后，就要被淘汰。为了避免这种悲剧的结果，必须学习，随时改正缺点，跟上时代前进的脚步。这不，同为狱因，有的人经过改造，获得新生，有的人走进坟墓，大浪淘沙，时不我待……

兴奋的二亮和赵刚，这两个重做新人的狱友，还在议论着近来社会的变化。"枪毙了马旭龙和马旭东那两个浑蛋，不是比捡钱还高兴嘛！"

"啊，原来你说这事啊，今天中午为这事，我就和晓兰庆贺一顿了，好，惩治了那两个坏蛋，大快人心，我们哥俩再庆贺一下，我马上就到。"赵刚恍然大悟地说。

在火车站的站前饭店，赵刚和田二亮坐在了一起。田二亮说："赵刚，今天我看见马旭龙这小子站在囚车上，那副垂头丧气的样子，可把我高兴坏了，真解气，过去我给他打工，他不但黑了我的钱，还派人打了我一顿，我气不过，就偷着推走了工地上的一辆买菜用的三轮车，本想把车卖了换个车票钱回家，可是家没回成，我却蹲了几年的监狱，都是这个王八蛋害的。"

"马旭东这小子更不是个好东西，在监狱里他整天捣乱，这次他又从监狱里跑出来，帮马旭龙杀人越货，真是罪该万死，更可气的……"赵刚说。

"这个畜生。"赵刚一拍桌子骂道。

"赵刚，这个王八蛋在监狱里，还有让你更生气的事吗？我怎么不知道。"田二亮疑惑地问赵刚。赵刚双手抱住自己的头哀叹了一声说道："唉，真是报应啊。"

田二亮望着一脸悔恨表情的赵刚问道："赵刚，到底怎么了？你快说呀！咱哥俩这么好，啥事你还瞒着我吗？"

"马旭东这小子跑出来以后，把梦婕给搞了。"赵刚恨恨地说道。

"你是说你那个前妻，许梦婕？"田二亮吃惊地说。

赵刚痛苦地点点头。田二亮又问赵刚："他们怎么能搞在一起去呢？你是怎么知道的？"

"二亮，你听说了马旭东一伙跟公安干的那次枪战吗？"赵刚问。

"听说了。"

"你听说那次枪战中，有个被马旭东一伙挟持的女人质吗？"赵刚问。

"那个女的就是许梦婕？"田二亮说。

"听说梦婕已经跟了马旭东很长时间了。"赵刚说。

"赵刚，你怎么知道得这么详细，你到底是听谁说的？"田二亮说。

"是晓兰告诉我的……"赵刚说。

田二亮："事情过去就算了……"

赵刚和田二亮分手以后，赵刚就开着车往家里赶，这时赵刚的手机响了，电话是晓兰打来的。

"赵刚，你在哪儿？"晓兰说。

"我正在回家的路上。"赵刚说

"赵刚，你回来顺便给我买几斤酸菜，我想吃点酸东西。"晓兰说。

"晓兰，你是不是感冒发烧了？"赵刚忙问。

"不是。"晓兰说。

"那是什么？"赵刚说。

"亏你还是个结过婚的大男人，这么不细心。"晓兰嗔怪道。

忽然，赵刚明白过来，高兴地忙问道："晓兰，你是不是怀孕了？"

"是，你快回来吧。"晓兰催促说。

赵刚一听可乐坏了，大喊一声："哇噻！我又要当爸爸啦！"

"赵刚，别美晕了头，开车小心点，快回来。"晓兰忙说。

电话挂断了，赵刚把手机装进兜里，美滋滋地唱着《迟来的爱》开车继续赶路……

赵刚沉浸在幸福之中，忽然，赵刚发现前边的路旁，有一个女人着急地摆手拦车。赵刚猛刹住车，说了声："对不起，小姐，今天我家有急事，我不拉客了。"

赵刚说完就要开车走，只听那拦车的女人突然喊道："赵刚，我是梦婕。"

赵刚仔细打量这个喊他名字的女人，然后惊讶地说道："梦婕，真的是你呀！"

梦婕迅速地上了赵刚的出租车："真是太巧了，没想到临走前还能和你见一面。"梦婕说。

"梦婕，你这是要去哪儿？"赵刚惊问。

梦婕用情地看了赵刚一眼说："去一个你再也见不到我的地方。"

"梦婕，你不会去五台山出家当尼姑吧？"赵刚说。

梦婕用幽怨的目光看着赵刚，点了点头说："算你说着了。"

赵刚惊讶地瞪大了眼睛说道："你这是因为什么呀？"

梦婕眼里落下了滴滴泪珠，慢慢地说道："因为你，也因为我，还有……"

"梦婕，还有什么呀？"赵刚忙问。

"赵刚，你别问了，临走我只求你一件事。"梦婕请求。

"你有什么事。"赵刚问。

"你把咱们的小雨一定要照顾好，还有等小雨长大了，你千万不要告诉她，我去了什么地方。"这时的梦婕早已泪流满面，她又用万分悲怨的眼神盯着赵刚说："如果你心里对我还有那么一点感情的话，我求你让我安静地活几天，千万别带孩子再去打搅我，赵刚，你听见了吗……"

马旭阳开车来到了林山公墓，走下车来，手捧一束鲜花，默默地来到了邱大伟的墓前，把鲜花恭恭敬敬地放在了邱大伟的墓前，摘下了墨镜，跪在邱大伟的墓前，一双美丽的大眼睛里含着晶莹的泪花。

马旭阳无限深情地说道："大伟，我看你来了……"

正在马旭阳对着邱大伟的墓地哭诉心声的时候，聂荣花也来祭奠大伟，聂荣花发现在邱大伟墓前跪着一个女人，聂荣花就悄无声息地躲在了马旭阳不远处的一棵松树后面……

马旭阳继续跪在邱大伟的墓前倾吐着心声："大帅哥，你是我今生唯一的梦中人，6年以前，在我们上大学的时候，你就偷走了我的全部感情，为了你，我可以不要这个世界，我只求你像我爱你一样地爱我，可是天命难违，也许今生咱们俩只有昨天没有今夜，都是我不好，我把你从我的身边吓走了，不是那个聂荣花把你从我身边抢走的，是那个聂荣花把你从我身边挖走的。大伟，你告诉我，是不是、是不是呀？"

马旭阳越哭越伤心……

这时，聂荣花也手捧一束鲜花跪在了马旭阳的身旁，聂荣花把鲜花往邱大伟的墓前轻轻一放，双眼凝视着墓碑，任泪水冲洗着自己的脸，一句话也说不出来，马旭阳忽然发现聂荣花也跪在了邱大伟的墓前，马旭阳久久地看着聂荣花泪雨纷飞的脸。

突然，马旭阳一下子抱住了聂荣花，两个痴情的女人哭成了一团……

拜祭完邱大伟，马旭阳戴着墨镜又来到了哥哥马旭龙和马旭东的墓前，马旭阳在两个哥哥的墓前默默无语。一会儿，马旭阳弯下腰在马旭龙和马旭东的墓前分别洒上了一些酒，放上了一堆纸钱，从兜里掏出打火机，"啪"的一声打着火，把分别放在马旭龙和马旭东墓前的纸钱点燃，看了一眼正在窜动的火苗，转身走了……

在海东监狱直属二中队，今天没有出工，为了迎接新年的到来，全中队的犯人们在刘大虎和王三带领下，有的人在打扫室内外卫生，有的人在赶排文艺节目，整个大院里充满了喜气洋洋的气氛。

刘大虎正在忙碌着，吴志强手里拿着一封信，走到了刘大虎面前说道："刘大虎。"

刘大虎看见吴队长在叫他，忙迎上前回答："到。"

吴志强高兴地冲着刘大虎一笑说："刘大虎，你女朋友给你来信了。"

说完，吴志强把信递到了刘大虎的手里，转身走了，刘大虎急忙打开信，映入眼帘的第一句话就让刘大虎兴奋地跳起来："日夜想念的大虎"。

信是赵娜写来的，是一封充满着绵绵情意的家书："日夜想念的大虎，读信如面，今天我跟你说的每一句话，就好像我在看着你的眼睛对你的倾诉告白，我爱你！对你的无限牵挂早已成了我每天晚上魂心飞扬的美梦。

"在梦中，你正在一步一步地微笑着向我跑过来，激动的我早已顾不了世界上的任何东西，拼命地向你跑去，也许我俩相抱的路程还很远，但是为了我能够早一日得到你真心的拥抱，我愿继续拼命地向前跑，迎着你跑的方向，大虎，为了我，为了早一天把我抱进你的怀里，你愿意再跑快一些吗？我想你肯定会的，大虎，我最爱的人！加油、加油、加油……"

刘大虎读着赵娜万分真情的家书，激动的泪水溢满了双眼，刘大虎把信揣进兜里，迅速地向队长办公室走去。

刘大虎走到队长办公室喊道："报告！"

吴志强："进来。"

"是。"刘大虎应声答。

刘大虎走进了队长办公室，只见陈明和吴志强两位队长坐在里面。

"报告，陈队长、吴队长，我想给家里打个亲情电话。"刘大虎说。

吴志强一听，笑着对刘大虎说："是不是看了女朋友的来信受感动了？有什么心里话想跟人家说呀？"

"是。"刘大虎不好意思地说道。

"那好，这个电话应该打，我带你去大队办公室打。"吴志强说。

吴志强刚要起身带刘大虎去打电话。

"吴队长，你顺便叫上王三，让他也给家里打个电话吧。"陈明说道。

吴志强一头雾水地望着陈明说道："陈指导员，王三家里没有电话呀，他怎么打？"

陈明笑了笑，从口袋里掏出了一张小纸条顺手递给吴志强说道："你就让王三按着这上面的电话号码打，王三的妈妈就能听见儿子的声音了。"

吴志强似乎明白了，吴志强问陈明："王三家的电话是不是你给装上的？"

陈明："上个礼拜，我去王三家搞家访时，正赶上当地电信局到王三他们村动员村民们装电话，我就顺便给老人家也装上了一个，这对促进王三今后的改造会有帮助。"

吴志强赞同地点了点头。

此刻，晓兰、赵娜和乌丹几个人正在洗衣店忙活着，几个人边干边谈笑着。

"赵娜姐，你看晓兰姐这次也怀上宝宝了，如果晓兰姐这次生个胖小子，人家可是儿女都全啦！净剩美啦，我呢，虽然不能跟晓兰姐比，可我也有一个千金后代了，你看着我们俩心里不着急呀！我还等着抱大侄子呢。"乌丹说。

说完乌丹哈哈地笑了起来。

"鬼丫头，就你的小嘴会说，这事是我一个人着急的事吗？早一天、晚一天抱大侄子，那就看大虎着不着急啦。"赵娜说。

"赵娜姐，前几天你不是给我哥去了一封十万火急的盼归信吗？我哥看了以后肯定会加油地往家赶的。"晓兰也打趣地说。

"你怎么知道我给你哥喊加油？"赵娜说。

"我不但知道，我还知道你喊了三遍加油呢。"晓兰也"咯咯"地笑着说。

赵娜嗔怒地瞪了晓兰一眼，假装生气地说："偷看别人的情书，也不害臊。"

"我偷看你给我哥哥写的情书，就等于领导审查……"晓兰"嘻嘻"地笑着对赵娜说道。

晓兰和乌丹正在拿赵娜开涮，忽然洗衣店的电话"丁零零"地响了起来，赵娜拿起电话忙说：

"您好，我这儿是巧妹洗衣店。"

“麻烦您，找一下赵娜。”只听刘大虎在电话里说。

赵娜一听，是大虎的声音，立刻涨红了脸，小声说道：“大虎，我就是。”

“赵娜，你来的信我已收到了，你写得太好了，真让我感动，我一定会听你的话，在里边好好地改造，早一天回到你的身边。”刘大虎说道。

“大虎，你想我了吗？”赵娜说。

赵娜和刘大虎正在说着悄悄话，忽然乌丹从赵娜的身后一伸手按下了“免提”，只听电话里说：

“想死我了！赵娜，我恨不得马上就飞到你的身边。”

听着电话里刘大虎想赵娜的真情话，晓兰和乌丹“咯咯”地笑着，赵娜一看电话被乌丹按了“免提”，气恼地冲着乌丹喊道：“死丫头，你坏死了，躲一边去。”

“我就不，人家想听听嘛。”乌丹一噘嘴说。

“回家听你们家二亮说去。”赵娜佯装生气。

“我就不，我就想听大虎哥说话，你要是不让我听，我就拔电话线。”乌丹撒娇地说。

这时，晓兰“咯咯”地笑着走过来对着电话说道：“哥，我是晓兰，有什么话你就对赵娜姐说吧，我是你妹妹，乌丹是你小姨子，有什么不好意思的？”

晓兰说完这些，捂着嘴笑得更凶了……

在双龙县王三的家里，王桂英老人正在喂猪、喂鸡，隔壁邻居一位中年妇女来串门，中年妇女走进王桂英家的院门，笑嘻嘻地对王桂英说：

“大婶，现在你家的日子一天比一天好过啦，大婶，你命好，净让你碰上贵人了。你家三伢，蹲监狱还因祸得福啦，监狱的警察经常上你家来，帮你做好事，真是想不到哇。”

“他二婶，你话说对一半啦，监狱警察是好，那一点都不假，可谁愿意让自家的孩子进监狱里待着去呀？就连监狱的警察也不愿意有人总往监狱里跑哇。这不，前些日子咱家又来了一个姓陈的警官，他为了咱家的三伢子早点出来，他还自己掏钱给我家装上电话了，陈警官说现在监狱里犯人往外打电话很方便，他希望我家三伢子经常能跟我通通电话，唠唠嗑，对我们娘俩都有好处，唉，真是难得他的这片心呢。”王桂英说。

中年妇女说：“可不是嘛，要不是我亲眼所见，他们这帮监狱警察帮着你家干了这么多的好事，打死我，我也不信。我听别人说过，监狱里的犯人天天都要干累死人的活，吃不饱肚子，听说还经常挨警察的打呢。1983 年严打，咱村二秃子因为偷了人家一只羊，就判了八年，他出来以后说，监狱里可吓人了，他说监狱警察看谁不顺眼，想打谁就打谁，连一点人情味都没有，可凶啦。"

王桂英老人摆摆手："其实呀，监狱里哪有二秃子说的那么凶？那都是过去，咱们也没见过，反正现在的监狱可不是你说的那样，前年我去监狱看三伢子，人家那里的犯人医院比咱们县里的大医院一点都不差，犯人们吃的净是白馒头，咱种庄稼地的人天天都吃啥呀，三伢子从家走时，一个大字都不识，这不，三伢子已经给我来过十多封信了，他说在里边可以学技术，又可以学文化，监狱警官对他像亲人一样，三伢子信上说现在他们那实行什么文明管理，他们的待遇也变高了，就连对他们的称呼都改了，不称呼犯人了。"

中年妇女问："不叫犯人，叫什么呀？"

王桂英："村长给我念信时说，叫什么服刑人员，这是新名词，村长把三伢子的来信给很多人都看过了，村长说也让乡亲们多了解一下现在的监狱。"

王桂英和中年妇女俩人正说着话，忽然屋子里的电话响了，俩人忙跑进屋里。王桂英心里犯疑，猜测电话是谁的。那位妇女更觉稀奇："电话是谁打来的？"

"八九不离十，肯定是三伢子打来的。"王桂英回答。

"要是咱家三伢打来的，我先跟三伢唠两句，听他说说监狱里边的事。"中年妇女说。

"咱娘俩一块听吧，按一下这个，咱俩就都听见了，还是那个陈警官教给我的。"王桂英办事行家似的说。

王桂英说着，就按下了"免提"，只听电话里传出了王三激动的声音。

王三问："妈，我是三伢子，您老人家好吗？"

王桂英忙对着电话机用颤抖的声音说道："三啊，妈好，你呢？你好吗？"

"妈，我一切都好，你就别惦记我啦。"王三说。

"三啊，你可一定要在里边好好改造哇，妈等着你回家呢。我一天比一天年纪大啦，可别让妈临死都见不到你呀！"话至此，王桂英老人泪流满面地说。

"妈，你可不能扔下我走哇，我现在已经减了一次刑了，还能减一回，再有二年我就回来了，妈，您老人家一定要保重身体，等儿子回家呀，妈您老人家听见了吗？妈，您听见了吗？妈……"王三哭泣着喊。

王三已泣不成声，王桂英听着儿子的真情告白，老泪纵横，激动得说不出话来了……

距离千百里，一线牵情。吴志强带着刚打完亲情电话的王三回到中队，吴志强对满脸泪痕的王三说道："王三，可怜天下父母心，老人养你这么大实在是不容易，继续努力，争取早点回家吧。"

"吴队长，我不会让你和我妈妈失望的。"王三用袖口抹了一把眼泪说。

"那就好，王三，你回去吧。"吴志强欣慰地说。

"是。"王三答道。

吴志强看着王三走进中队大院的背影，心中也是感慨万千，忽然，吴志强的手机响了起来。

吴志强一看是海燕的来电，忙接通电话说："海燕，我是志强。"

电话里传来了海燕悲切的说话声："志强，你快回来吧，咱家出事了。"

吴志强一听海燕的话，忙急着问道："海燕，出什么事了？你快说。"

"爸爸在修路的施工现场，被一个哑炮炸伤了，正在医院抢救。"海燕哭泣着说。

"伤得重不重？"吴志强忙问。

"已经快不行了，你快回来看爸爸一眼吧。"海燕哭泣着说。

"海燕你先别着急，我马上赶过去。"吴志强安慰完，向领导请过假，立即驱车赶去。

此时的刘永和正躺在双龙县医院的急救室里，刘永和的妻子陈芳和女儿海燕正焦急地等在急救室门外，吴志强气喘吁吁地跑了过来。看见陈芳，吴志强忙问道："妈，我爸爸他怎么样啦？"

海燕走上前来抱着吴志强的肩膀"呜呜"地哭，陈芳看着吴志强跑得满头大汗，焦急万分的样子回答说："你爸爸正在施工现场指挥打隧道，有一个哑炮没响，你爸爸前去排险，哑炮突然响了。"

陈芳说着，眼泪也流了下来，她掏出手绢擦了擦，又对吴志强说："你爸爸正在抢救，我们耐心等会儿吧。"这时，一位五十多岁戴眼镜的医生从抢救室里走了出来，他走到陈芳的面前说："对不起，陈书记，老刘伤得太重了，趁他还没走，你们一家人进去看他一眼吧。"

"谷院长，我们家老刘真的一点希望都没有了吗？"陈芳无限悲痛地说道。

谷院长摇了摇头。陈芳、海燕和吴志强三人急忙冲进了急救室，陈芳急声地喊道："永和、永和，你快睁开眼，你快睁开眼吧。"

第四十二章　花开蒂落

有人说：急诊室就是传说中的奈何桥，过了桥，就是阴间；不过桥，就是阳间。其实，阴阳两界，对于人来说，就是一口气。有这口气，你就活蹦乱跳，你就是人；没这口气，床上一躺，你就是鬼，就是死尸。

看着丈夫一个活生生的大老爷们，躺在急救室窄小的病床上，艰难地呼吸着一口救命的气，县委书记陈芳百感交集。往日，在千人万人大会上，陈芳无论演说还是讲话，都会滔滔不绝。而今，面对生死攸关，弥留之际的丈夫，她还能说什么？过去一切对错，都将成为历史，她早已原谅了他。因为，他的行动，为自己的人生，写下合格的答卷，想着昔日夫妻恩爱的甜美，还有不愉快的争吵，她一串串眼泪流了下来。

海燕也无限悲痛地喊道："爸爸、爸爸，你快睁开眼看看女儿呀，爸爸，你快看看我呀！"

这时，吴志强也早已泪湿衣襟，他伏在刘永和的病床前，动情地喊道："爸爸，我是志强，你可不能就这么走哇，爸爸，你睁开眼跟我说句话吧。"

刘永和在重度昏迷的状态下听到亲人们的真情呼唤，他慢慢地睁开了眼睛，看到自己的亲人们正在泪流满面地望着他，刘永和的脸上渐渐地浮起了淡淡的笑容，他艰难地动了动嘴，可一句话也没有说出来，突然，刘永和又闭上了双眼，头一歪，刘永和永远地告别了人世，为自己颇具争议的一生画上完美的句号。

霎时，抢救室里传出了撕心裂肺的哭声……

谭云海和刘长瑶被执行到海东监狱入监改造，海东监狱政委聂清华正在打电话，电话接通了。

355

"永康，一会儿我去你们入监队转一转，顺便看一个新入监的学员，我给他买了点吃的，我把这些东西放你那，你再交给他，别的我就不求你照顾他，练队列、背规范、行为养成等各个项目，让他跟别的新犯一样，该怎么着就怎么着，只是生活上给他一些照顾就行了。不过，我给他送去的香烟和食品，你要分批给他，不能违反规定，懂吗？"聂清华说。

安永康笑着问道："聂政委，太阳从西边出来了？您一向不介入新犯的事，怎么这次也关照起新犯来了？是不是您的朋友进来啦？"

聂清华说："也算是朋友吧，但那是以前的事啦，我在部队上当连长的时候，这个人是指导员。"

安永康说道："我说聂政委今天怎么舍得掏自己的腰包呢，原来是老战友来啦，好吧，我肯定给你照顾好。哎，聂政委，那名新犯叫什么名字？"

聂清华："我一提你就知道，他是原来咱们唐州市公安局的副局长，叫谭云海。"聂清华说。

安永康说："这个人我早就听说过，据说过去在社会上玩得挺开的，对了，他的同案刘长瑶也和他一起发到咱这来了。"安永康说。

聂清华问道："那个刘长瑶进来以后，在入监队表现怎么样？"

安永康说："挺老实的，练队还挺卖劲呢，我找他谈过话，刘长瑶认罪态度还可以，对自己过去做过的事挺后悔的。"

聂清华说："他们这些人呀，也不知道是怎么想的，身份、地位有了，可为人民服务的思想却没了，自己陷进泥潭拔不出脚来了，才知道哭鼻子、后悔。"

安永康说："聂政委，如果所有领导都像你似的，清正为官就好喽。"

聂清华说："永康，你别吹捧我了，你就是跟我套近乎，我也帮不上你的忙了，今天省局政治部主任已经正式跟我谈话了，这回好啦，我退休后可以天天陪着老伴打太极拳啦，将来的监狱事业还需要我们更优秀的新人来接班哪。"

安永康问道："聂政委，谁接你的班呢？"

聂清华说道："我告诉你一个不是秘密的秘密吧，今天省局领导和我谈过话后，也找贾洪强同志谈了，省局领导已经决定任命贾洪强同志任海东监狱政委，明天干警大会上就宣布。"

安永康说："这样吧，聂政委，明天您也光荣离休了，今天晚上我先请你撮一顿，为你提前送个行，好不好？"

聂清华说："永康，谢谢啦，待会儿我就去你那，晚上我值最后一班，吃饭就免啦，晚上查岗时，我跟你多待会儿……"

聂清华到了入监二中队门口，安永康和陆浩正等在那里。

陆浩忙迎上前说："聂政委，你先到办公室里坐，我马上去叫谭云海过来。"

聂清华摆摆手说："不忙坐，我先进院子里看看。"

这时，入监二中队 100 多名新入监学员正在练队列。

谭云海和刘长瑶也在队列当中，两个人的脸上挂满了汗珠。

刘长瑶练得很卖力，他身着崭新的囚服，挺着圆圆的肚子，很像电影《沙家浜》里的胡传魁……聂清华看着这些，心里不知是什么样的一种滋味，也许那种滋味里包含着很多的愤恨和怜悯，可能还有别的……

待行进队伍停下来以后，只听陆浩高喊了一声："谭云海！"

"到！"谭云海立即高声回答。

"出列！"陆浩又喊道。

"是！"谭云海立即回答。

只见谭云海迅速出列跑到了陆浩的面前，立正站好，左手托帽，高声喊道："报告警官，入监二队罪犯谭云海，前来报到，请指示。"

这时，聂清华走了过来，上下打量了一会儿谭云海说道："谭云海。"

谭云海又高声向聂清华喊道："报告警官，入监二队……"

聂清华用手一摆制止道："算啦，谭云海，好好接受一下教训吧，知道错了，现在改正还来得及，好好在里面改造，争取减几年刑，早点出去，将来有机会多为社会做些好事，向老百姓补补过吧。"

谭云海眼里转着泪珠，强忍着没有掉下来……

"报告警官，您说的话我记住了，我一定认罪服法，好好改造，决不辜负您的期望。"谭云海说道。

这时，安永康对聂清华说："聂政委，谭云海当过兵，训练队列肯定是把好手，我看就把谭云海留在入监队值班，来训练新犯吧。"

"聂政委，我看谭云海留在我们入监队也挺合适。"陆浩也说道。

聂清华说："谭云海分配到哪个支队改造，那是副监狱长梁启明分管的事，这事由他说了算，你们想留谭云海，找梁副监狱长去商量吧。"

安永康打趣地说："我说，聂政委，您这么大的领导，您一句话不就定啦？"

聂清华摆摆手说道："什么大领导、小领导的，赶明儿我就回家只领导你嫂子一个人去啦……"

远眺海东监狱的轮廓，树叶飘零，大地深秋景象，正在劳动改造的场面……

在海东监狱入监二中队的院子里，新入监的学员正在进行队列训练，100 多名新犯，在值班组长谭云海的指挥下，谭云海高喊着："一二三四……"

谭云海正带领新犯练习正步走，当整个队伍走到院子的一头时，谭云海高喊道："立定！"

"向后转。"

谭云海接着说道："下面我们练习单排行进正步走，第一排听我的口令。"

"稍息、立正、正步走，一二一、一二三四。"

第一排的五名新犯齐声高喊：

"一二三四……"

"立定。"谭云海喊道。

这时，谭云海走到一名新犯面前，狠狠地骂道："你他妈的脑袋进水了是吧？你怎么老是跟不上节奏，笨手笨脚的，跟他妈熊瞎子似的。"

谭云海一边骂骂咧咧，一边纠正这名新犯的动作，并用脚使劲踩新犯的脚。这名新犯被踩痛了，说了声："谭组长，我求求你别踩了，你再踩，我痛得受不了了。"说着，这名新犯蹲下身去揉自己的脚。谭云海见这名新犯没有和他请示，就蹲了下去，勃然大怒，一把拽住新犯的领口，把新犯提起来，照着新犯的脸左右开弓，"啪、啪、啪……"就是几个响亮的耳光，谭云海边打边骂："你这头蠢猪，谁他妈让你蹲下揉脚了？打你，你还他妈的敢躲，你眼里还有我这个组长吗？"说着，谭云海又向新犯的脸上猛抽了几个耳光，嘴里还不住地骂道："我他妈让你躲，我他妈让你躲。我抽死你这个孬孙子。"

这名新犯继续躲闪着，左边的耳孔里已经流出了鲜血，谭云海正打得起劲，忽然，有人高喊了一声："住手！"这时只见安永康、陆浩和两名年轻的警官走进了大院，几个人走到了谭云海的面前。

安永康气愤地对谭云海说道："谭云海，你为什么打人？"

谭云海手指着被打的新犯说："他不好好练队列，还跟我顶嘴、吵架。"

安永康严肃地训斥道："谭云海，无论他好好练，还是没好好练，咱们先放一边，我问你，谁给你这么大的权力，你想打谁就打谁，政府队长安排你训练新犯队列，是考虑到你曾经当过兵，让你教给新犯一些队列知识，不是让你在这里逞凶打人。"

安永康一边训斥着谭云海，一边走到被打的新犯面前，安永康拿开这名新犯一直捂着耳朵的手，见新犯的耳朵从里面往外流血，顿时火冒三丈。安永康冲着站在旁边的陆浩等几位队长大声地命令道："陆浩，你们马上把这名新犯送医院去治伤，把谭云海给我送进严管队。"

"是！"陆浩等几位警官立即回答。

在严管队的一间询问室里，谭云海双手戴着手铐，脚拖重镣，坐在一张铁椅子上，狱侦科科长黄涛和一名年轻的狱侦干警正在审讯谭云海。

黄涛一脸严肃的表情怒视着谭云海说道："谭云海，你也是一名罪犯，为什么随意殴打新犯？谁给你的权力？你比新犯特殊吗？你过去当过兵，懂得一些队列训练知识，政府是相信你，发挥你的长处，让你协助政府队长工作，你倒好，你不用心做好自己的工作，反而体罚、打骂新犯，政府警官严令禁止你们值班犯人组长打骂、体罚新犯，你明知故犯是吧？"

谭云海满不在乎地说道："黄科长，骂新犯是我不对，可我没有动手打新犯。"

黄涛一拍桌子喊道："谭云海，你给我放老实点，到现在你还瞪着眼睛说瞎话，那名新犯已被你打破了耳膜，造成了耳穿孔，你想赖账吗？你以为自己当过公安局长，懂点法，耳穿孔属轻伤，怕给你加刑，你就死不承认是吗？打人的时候你怎么没想到这个问题呢？现在害怕了。"

谭云海狡辩说："那名新犯不听话，虽然我的教训方法不当，但我也是为了工作嘛。"

黄涛怒斥道："哼，为了工作，你说得倒好听，有你这样干工作的吗？你过去当局长的时候，工作是不是都这么干的？刑讯逼供这套活，干熟了是吗？有些冤假错案，不都是像你这样干工作才造成的吗？这次你被判了15年，你对自己过去的错误不该好好反省一下吗？"

谭云海耷拉着脑袋，听着黄涛的训斥，谭云海慢慢地抬起头来，望着黄涛说道："黄科长，别说了，你让我好好地想想。"

谭云海哀叹了一声继续说道："唉，黄科长，从我走进监狱大门的那一天起，我的心里就非常的烦乱，一想到要在监狱里待上十几年，心里就发慌，很怕，情绪很不稳定，所以有时我就故意找碴儿发火。"

黄涛说："你心里不高兴，就找人撒气，你以为监狱是你们家开的？你想打谁就打谁。"

谭云海一脸沮丧："黄科长，我也知道打人不对，可是，我的思想压力实在太大了，精神快要崩溃了，看着监狱的高墙电网，想想自己在外面当局长的时候，很多人整天围在我的身边，想要什么吭一声，就什么都有了，这次我被抓，过去别人送给我的钱，政府全给没收充公了，名誉、地位也全没了，就连老婆也跟我离婚了，过去的朋友，没有一个人来看我，我现在什么都没有了，剩下的只是还有十几年的漫漫刑期。"说到这里，谭云海仰起头，眼望房顶，长长地出了口气，低声说道："报应，这是报应啊！……"

谭云海说完这句话，眼里流出了串串泪水，那串串的泪水里，也许包含着太多、太多的东西……

吴志强、陈明和唐亮几位队长正在开会。吴志强强调："同志们，今天，是新犯分流的日子，在场的各位，都要精神点，各项工作不能有丝毫的差错。"

陈明："是，请领导放心，我们……"

吴志强："先别说大话，今天有个大人物来我们这里……"

唐亮："谁呀，什么大人物，还值得队长这么操心？"

电话铃响，吴志强抓起电话："他来了，到办公室来吧……"

监狱入监大队长安永康，带着被分配到直属二中队的犯人刘长瑶，来到了直属二中队报到，只见刘长瑶身背一个大行李包，手里抱着一个洗脸盆，盆子里放着洗漱用品和几卷卫生纸。到了直属二中队办公室门前，刘长瑶气喘吁吁地把行李包放在了地上，安永康命令道："刘长瑶，你进办公室向你们队长报到去。"

"是。"刘长瑶迅速回答道。

然后，刘长瑶在办公室门外立正站好，高声喊道："报告！"

只听里面有人说了一声："进来！"

刘长瑶进入队长办公室后，左手托帽，高声说道："报告警官，罪犯刘长瑶前来报到，请指示。"

办公室里，吴志强、陈明和唐亮几位队长都在。陈明和唐亮说："是你？刘长瑶副市长……"

刘长瑶："不敢不敢，刘长瑶罪犯……"

吴志强问道："你叫什么名字？"

"报告警官，我叫刘长瑶，请指示。"刘长瑶马上回答。

"多大年龄？""53岁。"

"捕前职业？""干部。"

"文化程度？""大学。"

"犯的什么罪？""受贿罪和泄露国家机密罪。"

"刑期？""12年。"

"你认罪吗？""我认罪。"

吴志强对唐亮说道："唐队长，你带刘长瑶去安排铺位吧。"

只见在一旁做登记的唐亮站起来："是。"

他冲着刘长瑶说道："走吧。"

晚上开饭的时候到了，刘长瑶手拿两个饭盆排队打饭，晚饭是大米粥和馒头，咸菜炒黄豆，刘长瑶把饭打回来，坐在自己的床头柜前吃饭。这时，很多同犯边吃饭，边小声地议论着："听说那个新来的原来是个当市长的，今天也栽进监狱来了，肯定是个腐败分子。"一位犯人说。

"我听说这老头子挺黑的，捞了好几百万呢，现在这些贪官，不怕权大，不怕钱多，不怕女人多，真是坏透了。"另一位犯人说。

"听说这老头子还是马旭东哥哥的同案呢，呸！真不要脸！现在，好多当官的净他妈的傍大款，想着鬼招儿捞黑钱，一捞就是几百万、几千万的，我看这种人就不该往监狱里送，直接判个死刑，拉刑场上去枪毙算了，这些臭贪官，在外面风光的时候都人模狗样的，现在歇菜了，呸！真他妈的恶心。"又有一位犯人说。

刘长瑶听着周围人的议论、责骂，不敢抬头，吃到一半的馒头再也没有胃口往下咽了，他眼里流出了泪，"吧嗒、吧嗒"的泪珠掉进了自己的饭碗里，不知道这滴滴的泪珠里，包含了他多少的心痛和悔恨，也许只有他自己心里明白。

时针指向晚上八点半，一阵哨音响过，押犯纷纷由监室内涌出，在院中集合。直属二中队的全体押犯排列整齐地站在院中。

中队长吴志强、指导员陈明和干警唐亮，站在犯人队伍面前。

吴志强高声喊道："全体都有！稍息！立正！向右看齐！向前看！报数！"

只听到站在前排第一位的刘大虎高声喊道："一。"

紧挨刘大虎的王三高声喊道："二。"

犯人们依次报数……

点完名后，吴志强又高声说道："下面，大家听我的指挥，一起高唱'八荣八耻人人须知'教育歌。"

"什么是荣，什么是耻，预备！唱。"吴志强打着节拍高声领唱道。

全体押犯怀着高昂的激情，大声唱道："什么是荣，什么是耻，八荣八耻人人须知，讲道德、树新风，从我做起，用行动落实。什么是荣，什么是耻，八荣八耻人人须知，讲道德、树新风，从我做起，用行动落实。

"以热爱祖国为荣、以危害祖国为耻；以服务人民为荣、以背离人民为耻；以崇尚科学为荣、以愚昧无知为耻；以辛勤劳动为荣、以好逸恶劳为耻；……"

夜深人静，监室内十分寂静。刘长瑶看到同犯们都睡着了，他轻轻地翻了翻身，趴在床上开始写信，只见信的开头写道："尊敬的吴书记，您好……"

吴成彬离休后，闲居在家，正在书房里练习书法，吴成彬挥毫泼墨，在一张很大的宣纸上抒放情感。龙飞凤舞的字迹，写出了吴成彬内心真言，"清正为官、一生心安"，吴成彬欣赏着自己的名言杰作，哈哈大笑。这时，老伴手拿一封信走进了书房，对吴成彬说道："老吴，你的信。"吴成彬随口问道："哪来的？"老伴说："看地址是从监狱里寄出来的。"吴成彬放下手中的毛笔，戴上老花镜，拆开信封认真地看着……

"尊敬的吴书记：您好！

我是长瑶，首先问候您身体可好？今天我怀着一种十分平静的心情，跟老领导说几句心里话，忏悔自己，我希望您在读这封信以后，有时间给我回封信，因为此时我非常渴望能够听到您的声音，也许这对我来说十分重要。

我自幼生在一个贫穷的农民家庭，父母省吃俭用供我读完大学。参加工作后，我当上了一名令人骄傲的人民教师，从一个小学教师的起点上通过自己多年的努力奋斗，当上了几百万人口城市的堂堂副市长，当初我也曾有过自己的雄心壮志，欲想着多为党和人民做一些有益的工作，但是，由于自己平常的学习不够，被拜金主义的思想腐化了自己的灵魂，背弃了做一个真正共产党员的政治标准，淡化了为人民服务的思想意识，丧失了做人的基本品格，而沦为今天为人不齿的一名罪犯，抚今追昔，令我悔痛不已，教训是惨痛的，通过在监狱里这段时期的学习和反省，让我深刻地理解了法律的深刻意义，对照法律，我深挖了自己的犯罪根源，目前，全国人民都在学习落实胡锦涛总书记提出的'八荣八耻社会主义荣辱观'，对照胡锦涛总书记告诫人们的'八耻'其中的每一条，都与我本人有着密切的关系。第一条，以危害祖国为耻这句话，震撼了我的心灵，我作为曾经的领导干部，沦为今天的罪犯，严重危害了自己的祖国，愧对人民。这种结果，是我严重缺乏对祖国对人民深厚的感情造成的。使我背离了人民，成了人民的罪人。如果在自己的主观思想上和行为上加强政治学习，也许不会走到今天这个地步，这个惨痛的教训，让我悔恨一生。我决心在里面认罪服法，好好地改造自己，我希望能把我感悟到的这种深刻体会，告诉更多监狱外的党员、干部，让更多的人从我的身上及时得到深刻的警示教育，违法违纪的事，千万做不得，否则，悔之晚矣。

老领导，如果还有来世，再给我机会，我一定向您看齐！

顺致嫂夫人安好！

刘长瑶

于海东监狱"

这个刘长瑶，早知如此，何必当初。吴成彬回忆起与刘长瑶相识的一幕幕往事，他这个代课教师出身的小学校长，提拔起来的副市长，耗费人民多少心血，进修、培养、上师范，读大学，哪一步不是人民血汗浇灌的，可他却为金钱、美女所诱惑，毒化了自己的灵魂，堕落为人民的罪犯，救赎这样的心灵，需要花费多少人的心血呀？但愿他……还有那些个误入迷途的人，能够洗心革面，自省，觉悟，自我救赎自己被毒化、污染的心灵，做点好事、善事，也不枉生养他的父母，还有乡亲们的期望……

老书记看看挂钟，已过零时，他长叹一声，关闭台灯……

第四十三章　青山作证

　　新时代的人民狱警，作为幸福生活的卫士，每时每刻都在辛勤地付出智慧和汗水，牺牲个人的利益和幸福，捍卫着国家的安全，人民的安康。致敬，千百万无名的人民警察……

　　凡是从事狱警工作的干警，都十分珍惜与家人和睦相处的时光。

　　这一日黄涛家里，他起床后，悄悄走进厨房，独自忙活了起来。

　　忙活了一阵后，把饭菜端到了桌子上，然后黄涛喊道："玉华、小娟，吃饭啦！"

　　这时，吴玉华和小娟也起床了，洗漱完后，三个人坐在一起吃饭。

　　吴玉华说："黄涛，今天是星期天，你今天不上班，正好有时间，吃完饭后咱们一块去看看爸爸妈妈吧，爸爸现在离休了，闲着在家挺没意思的，我们过去陪陪爸爸。"

　　黄涛商量道："玉华，今天我有事，改天去吧。"

　　吴玉华说："大星期天的，你又有什么事呀？"

　　小娟也附和着说："爸爸，从我记事起，你就天天忙，天天有事，也不知道你哪来的那么多事？以前你整天把我一个人扔在家里不管，现在你又整天把我妈扔在家里，你也太狠心了吧，不行，今天说啥也不行，必须跟我看姥爷、姥姥去。"

　　黄涛说："小娟，姥爷、姥姥那儿我们当然应该去，等爸爸回来，晚上我就带你们去，好不好？"

　　吴玉华说："黄涛，那你白天干什么去呀？"

　　黄涛说："今天我已经和志强、老杨和唐亮约好了，我们去铁蛋家，看看海生去，说来海生也走了几年了，我们都很想念他。"

　　小娟请求说："爸爸，那我也去，我也挺想林伯伯。"

吴玉华说："那你们爷俩就去吧，顺便替我给喜妹嫂子问个好。"

黄涛说："放心吧，我一定把你的问候带到。"

黄涛冲小娟一摆手说："小娟，我们走吧。"

黄涛和小娟刚要走，吴玉华喊道："等等！"

黄涛问吴玉华："玉华，你还有什么事吗？"

吴玉华走进卧室，从床头柜里拿出一摞钱，走到黄涛面前说："黄涛，这是我两个月的工资，有2000多元，你把这些钱带给喜妹嫂子，也让她买几件像样的衣服穿吧。"

黄涛高兴地接过钱来说："玉华，你想得挺周到，我替嫂子先谢谢你了。"

吴玉华说："谢啥呀，这点事不值得谢，你们爷俩快去吧。早去早回！"

这时，小娟也跑进了自己的小卧室，抱出了一个玩具大熊猫说："爸爸，我也给铁蛋哥哥带件礼物……"

黄涛开着车，拉着吴志强、杨明贵、唐亮和小娟几个人行驶在河西县山间的公路上……

杨明贵："黄涛，我和志强、唐亮合伙给铁蛋买了一台电脑，也让铁蛋这小家伙多学点知识，等将来他长大成人了，也好接他爸爸的班，这小子有志气，早就跟我说过，长大了他也当警察，抓坏蛋。"

黄涛赞许说："好哇，咱们也后继有人啦，我看铁蛋这小子将来有出息。"

几个人正说话，忽然，黄涛的手机响了，黄涛忙掏出手机说："你好，我是黄涛。"

"黄科长吗？我是李涛，你现在在哪儿？"只听电话里问。

"我在去河西县的路上，李涛，你找我有事吗？"黄涛说。

"我从市里给铁蛋买了一套商品房，准备把孩子接市里来念书，等铁蛋长大了，就让他在市里成个家，我想你们有空的话，咱们今天一起去接铁蛋过来，顺便也看看我妈妈，刘军也去。"李涛说。

"我和吴队长、杨队长、唐队长正在去铁蛋家的路上，刚出市里不一会儿，你们要来，就过来吧，我们在路边等你们。"黄涛说。

"好的，我马上去追你们。"李涛刚挂了手机，突然又响了起来，李涛接听，只听电话里问："是李涛吗？"

李涛忙说："我是李涛，请问你是谁呀？找我有什么事？"

"涛哥，我是赵刚。"电话里说。

李涛高兴地说："哎呀，是你，赵刚，你出来我还没给你接风洗尘，听说你小子也结婚了，媳妇长得还挺漂亮的，说说，你是怎么勾上的。"

赵刚："涛哥，不瞒你说，早就勾上了，我在监狱里的时候，我就和她好上啦，没想到吧。哈哈……"

这时电话里又说："涛哥，我是田二亮。"

李涛忙说："二亮，你好。"

田二亮说："涛哥，我和赵刚知道你和刘军发财了，我和赵刚今天商量过了，今天想过去找你蹭顿酒喝，咱哥几个好好唠唠。"

李涛笑着说："好哇，今天晚上，请你们到咱们唐州市最好的饭店吃一顿，好不好。"

田二亮说："那咱们就说定了。"

赵刚又接过电话说道："涛哥，听说你已经给咱林指导员的母亲做义子了，还经常去照顾他们全家，你真了不起呀，啥时候你也带我和二亮去看看他们吧。"

李涛说："赵刚，你们要想去，现在就过来吧，我正想去林指导员家里，对了，今天黄科长、吴队长、杨队长、唐队长也正好去林指导员家，他们正在路上等着我和刘军哪，咱们一起追赶他们去吧。"李涛说。

赵刚高兴地说："那太好啦，我和二亮马上去找你们。"

岔路口，黄涛等人在路边上等着李涛，不一会儿，李涛驾着车和刘军就赶到了，李涛的后面还跟着两辆富康出租车，李涛把头伸出车窗，冲黄涛说道："黄科长，赵刚和田二亮也来了，要去林指导员家看看，咱们赶路吧。"

"你们都来了，好哇，咱们走。"黄涛高兴地说。

在去河西县林海生家的路上，几辆车在急驰……

来到林海生的墓碑前，黄涛、杨明贵、唐亮、林妈妈、喜妹、铁蛋和小娟以及李涛、刘军、赵刚、田二亮等一群人，每个人都怀着无限沉痛和无限思念的心情，默默无语，久久站立着，似乎在与冥界中的林海生进行着心灵的对话与沟通。

黄涛手捧鲜花，蹲下身来，把鲜花轻轻地放在林海生的墓碑前，动情地说道："海生，你好吗？过去你为了事业，拼命工作，挽救了别人，牺牲了自己，你总是忙活个没完。这回我放心了，你也用不着我再劝你休息了，反正我说了你也不听。"他喃喃自语着，脑海里早已浮满林海生生前的音容笑貌，脸上早已挂满了泪珠。

这时，吴志强也眼含热泪手捧着鲜花蹲下来，双眼凝视着墓碑上林海生的遗

像，抽泣着哭诉道："林指导员，你就在这里安心地睡吧，你留下来的工作，我们都替你干了。别担心，我们能干好……"

杨明贵和唐亮也手捧着鲜花蹲下身来，把鲜花轻轻放在了林海生的墓碑前。

此时的杨明贵早已老泪纵横，杨明贵哭泣着说："海生啊，老哥今天看你来啦，老哥也干了半辈子警察，可老哥干得不露脸哪。要是老哥能换你活过来，让我躺进去，老哥我求之不得呀。"

杨明贵"呜呜"地哭诉着……

唐亮也眼含晶莹的泪花，喃喃自语地说："林指导员，我跟你在一起工作已经六年了，你给我留下了太多的东西，你的精神是我永远学习的榜样，你留下的事业，我会努力地来完成。林指导员，你安息吧……"

天色阴沉，不知何时，飘起小雨，泪水伴随着雨珠淌下，杨明贵和唐亮被黄涛和吴志强扶起身来，走向一旁。

这时，李涛、刘军、赵刚和田二亮同时走到林海生的墓前，一起跪了下来，此时几个人早已满脸泪花，痛哭不止。

李涛哭诉道："哥，我和刘军、赵刚、田二亮都看你来了，我们都非常地想念你，希望你在这里好好歇着。我们现在都不用你操心了，我们能干点正事了，我们都会听你的话，好好地做人，多为社会做些好事。林妈妈现在身体已经治好了，我会好好地孝敬咱妈的。哥，你就放心吧。"

这时，黄涛、吴志强、杨明贵和唐亮走上前，分别扶起了李涛、刘军、赵刚和田二亮。

黄涛满含热泪，动情地说："苍天有眼，人在做，天在看。你们现在的一切，林指导员都看见了，他会为你们高兴的，不用再和林指导员讲了，他什么都明白，咱们走吧……"

后　记

　　敲完《陌生救赎》修改稿的最后一个字，虽觉得有些遗憾和劳累，可精神依然亢奋。思绪还犹如一匹脱缰野马，奔驰在想象的空间；更如一枚石子，丢进池塘，泛起阵阵涟漪。

　　梳理自己前半生的岁月，一个甲子悄然过去，而且又已转弯了六个春秋。借助"六六大顺"的年龄，与家人商量，决定拿出多年前的拙作出版，投放市场，目的是让读者检验，自己的思维是否僵化，传统的写作手法是否过时，塑造特定环境中典型的人物，是否还能进入读者的法眼？眼下图书市场流行碎片化阅读，而读者的喜好是试金石，掏钱购书者是上帝。可我更相信，经典永流传。有的朋友劝我：眼下的图书行情不尽如人意，我却不以为然，从历史的角度看，市场也不全是试金石。世俗的眼光、价值观，也有缺陷。例如卡夫卡的作品，生前就没有人买账，年纪轻轻的他就因重病，在饥馑中悄然离开人世，朋友把他即将投入火炉的作品，拿出来出版，孰料在其身后，却一鸣惊人！

　　回眸自己的前半生，有苦有泪，有激情也有沮丧。我是在农村长大的娃，自幼生存的环境，使我有缘在长达半个多世纪的岁月里，接触到了一批批狱警。他们的音容笑貌，不时浮现在脑际。我的家乡在北京市大兴区原天堂河农场四分场东侧的岳家务。四分场初建是在 20 世纪 60 年代初，那是个全民饥馑

368

的年代，那地界儿又是在永定河流域、薄碱沙洼的土地上，年收成很少，人们经常吃不饱肚子。四分场建立后，扎根在连绵起伏的大沙丘、被俗称为荒凉的"十八套"上。平整沙丘土地，引来永定河水浇灌，改良土壤，种植水稻。此举给周围的村庄带来希望，各村争先效仿。

后来，四分场又以几块钱一亩地的价格，划拨我村6000亩地。正是这笔钱为村里安了电灯、电磨，在带来了光明的同时，也打机井发展水浇地。城里劳改犯的家属，也陆陆续续搬到附近的村庄。节假日，劳改犯就到附近村里与在此租房的家属团聚。他们中人才济济，有的教村里的孩子识字，有的为村民义务理发，有的修理电器、收音机，与村里关系融洽。也有村里的姑娘，嫁给了他们中的佼佼者。而我也是在这种氛围中，耳濡目染，像村边的一株小树，日益长高。

后来，经过几个春秋的苦战，天堂河农场焕然一新，吸纳周边38个村庄加盟，规模逐渐发展为十七八个分场，北由黄村大庄，向南到永定河大堤，区域面积几十平方公里、几十万亩土地的农场，十分红火。可惜，天有不测风云，"文革"开始了……天堂河劳改农场缩减，部分前往外地，部分去了新疆。建设现代化农场的设想灰飞烟灭，由此进入非常时期。

十年后的1975年，我走进北京师范学院中文系，巧合的是第一年学农，课堂就是原天堂河劳改农场四分场，我在那里割稻、种麦、打场、学习，度过1976年唐山大地震木板房岁月。那时候，我就时常遐想，什么时候，我一定拿起笔，写一部反映狱因生活的小说。

2003年，作家出版社出版了我的中篇小说集《岁月白皮书》，收录了十几篇有关这方面题材的中篇小说，记述那段难以忘却的岁月。

记住：人生不在于别人如何评价，重要的是你做了什么！

岁月倥偬，白驹过隙，人生如梦。转瞬人之将老，夕阳西下。好在我辈没有虚度人生，没有愧对脚下那片热土。这部小说，视野更宽阔，杂糅了文友的许多生活和人生经历，虽皓首穷经，殚精竭虑，但还是不够理想，还有许多疏漏和不足。

同时，笔者恳请文友、读者海涵！并谨以此作，告慰那些为新中国建设发展流血流汗的无名英雄，慰藉为此牺牲，做出贡献的人民狱警！最后，还要告诉朋友们的是，人生有许多机缘。也许是巧合，也许是缘分，使笔者结识了武迪先生。友谊的种子，孕育了此作。感谢他的劳动，提供大量第一手素材，感谢他的一段非凡经历，为笔者推开了解社会——人民狱警的一扇窗口。同时，还要感谢采访中大量真诚介绍情况、提供各种资料的文朋好友！谢谢你们！好人一生平安！

作者
2020 年 1 月 18 日